Knaur.

Knaur.

Im Knaur Taschenbuch Verlag ist von der Autorin bereits erschienen:
Die Maurin

Über die Autorin:
Lea Korte, geboren 1963 in Frankfurt, wanderte nach Abschluss ihres Studiums nach Spanien aus. Von Anfang an setzte sich Lea Korte intensiv mit der Kultur und Geschichte ihrer Wahlheimat auseinander. Zusammen mit ihrem französischen Ehemann und ihren vier Kindern lebt sie in Südspanien.
Weitere Informationen über Lea Korte finden Sie unter:
www.leakorte.de – und bei Facebook!

Lea Korte

Das Geheimnis der Maurin

Roman

Knaur Taschenbuch Verlag

Besuchen Sie uns im Internet:
www.knaur.de

FSC
www.fsc.org
MIX
Papier aus verantwortungsvollen Quellen
FSC® C014496

Originalausgabe Dezember 2012

Redaktion: Regine Weisbrod
Umschlaggestaltung: ZERO Werbeagentur, München
Umschlagabbildung: Oriental Pastime (oil on panel), Dicksee,
Sir Frank (1853–1928)/Leeds Museums and Galleries (City Art Gallery)
U. K./The Bridgeman Art Library
Stammbaum und Karten: Computerkartographie Carrle
Heike Boschmann
Satz: Adobe InDesign im Verlag
Druck und Bindung: GGP Media GmbH, Pößneck
Printed in Germany
ISBN 978-3-426-50938-8

2 4 5 3 1

Für Habel, Fekadu, David und Alina

Kinder sind die Flügel des Menschen.
SPRICHWORT AUS ARABIEN

Wenn wir wahren Frieden in der Welt erlangen wollen, müssen wir bei den Kindern anfangen.
MAHATMA GANDHI

Dramatis Personae

Historische Personen sind mit einem Sternchen * gekennzeichnet.

Maurische Familie und ihr zugehörige Personen

Zahra as-Sulami, geb. 1464
Zainab, ihre Schwester, geb. 1468
Mahdi, ihr Bruder, geb. 1482
Hayat, ihre Halbschwester, geb. 1454
Jaime de Córdoba y Aguilar, geb. 1460, der Vater von Zahras Kindern
Raschid, ihr Bruder, geb. 1462
Deborah, Raschids Frau, Jüdin
Ranaa, eine von Deborahs Töchtern
Livana, Deborahs kleine Schwester
Abdarrahman, auch **Abdu** genannt, Zahras Sohn, geb. 1485
Adilah, seine Frau
Chalida, Zahras Tochter, geb. 1487
Yayah, Zahras Sohn, geb. 1489
Mohammed, Zahras Sohn, geb. 1502
Tamu, älteste Dienerin des Hauses, für Zahra wie eine zweite Mutter
Zubair, Leibwächter von Zahras verstorbenem Vater

Maria / Maryam, kastilische Dienerin, die einst vor ihrem christlichen Herrn zu ihnen floh, konvertierte Muslima, hat einen Sohn namens Hamid
Khadidscha, Dienerin
Aaron, Waise, Pflegesohn von Deborahs Eltern, geb. 1484
Musheer, Abdarrahmans bester Freund und Chalidas Verlobter
Jamaal, sein Bruder
Mosche ben Israel, Deborahs Vater, Arzt
Anisha, eine enge Freundin Chalidas

Ehemalige maurische Herrscherfamilie

Muhammad XII.*, **Boabdil** (1452 – ca. 1533), letzter Emir von Granada
Aischa*, *»la Horra«* († 1493), seine Mutter
Morayma* (ca. 1465 –1493), Boabdils Frau
Kafur, Haremswächter

Kastilische Königsfamilie

Isabel* (1451–1504), Königin von Kastilien (deutsch: Isabella I. von Kastilien; Isabella die Katholische)
Fernando* (1452–1516), ihr Gemahl, König von Aragón und Sizilien (deutsch: Ferdinand II.)
Juan* (1478–1497), Juan de Aragón y Castilla oder Juan de Trastámara y Trastámara (deutsch: Johann von Aragón und Kastilien), ihr Sohn

Berater der kastilischen Königsfamilie

Gonzalo Fernández de Córdoba y Aguilar* (1453–1515), Vertrauter Isabels, älterer Bruder von Jaime de Córdoba y Aguilar

Padre Tomás de Torquemada* (1420–1498), Großinquisitor, der Schrecken Kastiliens

Conde de Tendilla*, Íñigo López de Mendoza y Quiñones (1440–1515), ab 1492 Alcaide und Capitán General von Granada

Hernando de Talavera* (um 1428–1507), Isabels Beichtvater, erster Erzbischof von Granada

Fray Diego de Deza* (1444–1523), Inquisitor, Nachfolger von Tomás de Torquemada*

Kardinal Gonzalo Jiménez de Cisneros* (1436–1517), dritter Generalinquisitor von Spanien und Regent von Spanien nach dem Tod Fernandos, zweiter Inquisitor von Granada

Don Juan Zapata*, für die Leibesertüchtigung verantwortlicher Erzieher des Prinzen Juan

Sowie

Diego Colón* (ca. 1478–1526) (deutsch: Christopher Kolumbus), ehelicher Sohn des »Amerika-Entdeckers« Christoph Kolumbus*, Page des kastilischen Thronfolgers Juan und später seiner Mutter Isabel

Hernando Colón* (1488–1539) (deutsch: Ferdinand Kolumbus), unehelicher Sohn von Kolumbus*, wie sein Bruder Page Juans. Beide erhielten eine Erziehung bei Hofe.

Carlos Sánchez, kastilischer Söldner

Pedro Pulgar, kastilischer Söldner

Najah, maurische Seherin

Yusef Franco*, ein Jude, der von den Christen der Ketzerei angeklagt wird

Rabbi Moshe Abenamías*, ein Rabbi, der mit Yusef zusammen von den Christen der Ketzerei angeklagt wird

Shihab: ein maurischer Brotbäcker

Zwei wichtige Vertreter der jüdischen Gemeinde Granadas

Abraham Seneor* (1412–1493), Berater der Krone und oberster Königlicher Steuereinnehmer. Fernando verlieh ihm den Titel eines *Rab do la Corte* (Hofrabbi).

Isaac Abravanel* (1437–1508), jüdischer Theologe und wohlhabender Kaufmann

Gelegentlich stolpern die Menschen über eine Wahrheit.
Aber sie richten sich wieder auf und gehen weiter,
als sei nichts geschehen.

Winston S. Churchill

Was zuvor geschah …

Der 25. November 1491 war ein schwarzer Tag in der Geschichte des märchenumwobenen al-Andalus: Nach über siebenhundert Jahren Herrschaft über die Iberische Halbinsel und vor allem in den letzten Jahrzehnten heftigen kriegerischen Auseinandersetzungen wurde den Mauren von den Katholischen Königen auch noch ihre letzte Bastion, das Königreich Granada, entrissen. Viele Mauren wollten nicht unter den neuen Herrschern leben, zumal ihnen fanatische Glaubenseiferer wie der kastilische Großinquisitor Tomás de Torquemada Furcht und Grauen einflößten. Auch Zahra as-Sulami und ihre Familie kehrten der alten Heimat den Rücken in der Hoffnung, in dem anscheinend toleranteren Portugal, wohin in den letzten Jahren bereits viele jüdische Familien geflüchtet waren, ein neues Leben beginnen zu können.

So verkauften sie ihr Stadthaus in Granada, ihre Seidenfarm und ihre Ländereien in der Vega, luden ihren liebsten Besitz auf zwei Wagen und zogen einer ungewissen Zukunft entgegen …

Erster Teil

Talavera
1491 bis 1496/97

I.

Eine Lichtung unweit von Umbrete
(Provincia de Sevilla)
2. Dezember 1491

»Mutter, so hört doch, da, im Wald … Hört Ihr das nicht?« Bang sah die vierjährige Chalida zu ihrer Mutter auf, doch diese war damit beschäftigt, auf dem kargen Boden der kleinen Lichtung ihren Schlafplatz für die Nacht vorzubereiten, und brummelte nur: »Ach Kind, was soll da schon sein? Wahrscheinlich streift eine Herde Mufflons umher, oder ein paar Wildschweine stöbern nach Mäusenestern im Laub.«

Trotz der beruhigenden Worte starrte Chalida mit ihren großen blauen Augen weiter angstvoll zum dunklen Wald hinüber und wich ihrer Mutter nicht von der Seite. Als Zahra die Decken ausgebreitet hatte, wandte sie sich ihrer Tochter zu und strich ihr über die kastanienbraunen Locken. »Was hast du bloß? Du bist doch sonst nicht so furchtsam!«

Chalida antwortete nicht. Ihr kleines, feines Gesichtchen war noch blasser als sonst, ihr Atem ging rasch und flach wie nach einer Verfolgungsjagd. Allmählich doch von der Unruhe ihrer Tochter angesteckt, spähte Zahra in die Richtung, in die Chalida blickte. Zahra lauschte angestrengt, konnte aber weiterhin nichts Ungewöhnliches feststellen. Allerdings herrschte um sie herum rege Geschäftigkeit. Auch ihre Geschwister und einige ihrer Diener und Geleitsoldaten waren damit beschäftigt, die Schlafstätten für die Nacht vorzubereiten, während andere die Reittiere absattelten. Die Pferde, die ihre beiden Wagen zogen, stampften ungeduldig und wollten getränkt und zum Weiden geführt werden. Tamu, ihre älteste Dienerin, packte gemeinsam mit der fünfzehnjährigen Khadidscha das Kochgeschirr aus, um für ihre Truppe, die aus achtunddreißig Männern, Frauen und Kindern bestand, eine kräftige Suppe zu kochen. Zwar war es ein milder Herbst gewesen, aber sobald die Sonne unterging, wurde es mittlerweile empfindlich kühl, und dann tat es gut, sich zumindest von innen aufwärmen zu können.

Zahra sah zu Jaime, der gerade ein Lagerfeuer anfachte. »Kannst du im Wald etwas Besonderes hören? Chalida ist schier außer sich vor Angst, und ich verstehe nicht, warum!«

Jaime blies zum wiederholten Male in die Glut, woraufhin endlich eine kleine Flamme hochzüngelte und das allzu klamme Reisig doch noch Feuer fing. Dann erhob er sich, trat zu ihnen und nahm seine Tochter auf den Arm. »Was hast du denn, mein Herz?«

Chalida blickte weiter starr in den Wald. Jaime drückte sie an sich. »Aber Kind, du zitterst ja!«

»Vater, hört Ihr das denn nicht?«, wisperte sie und schien sich immer mehr in sich selbst zu verkriechen.

Jaime rief den anderen zu, für einen Moment in ihren Tätigkeiten innezuhalten, aber auch als sich alle ganz ruhig verhielten, vernahmen sie nichts als ein leises Blätterrascheln im Wind. »Sie ist gewiss übermüdet«, meinte er und reichte Zahra ihre Tochter. »Immerhin sind wir seit Sonnenaufgang fast pausenlos geritten. Es wird Zeit, dass wir etwas in den Magen kriegen und sie schlafen kann.«

Wirklich zu beruhigen vermochte er Zahra damit nicht, und auch Tamu hob zweifelnd die Augenbrauen. Die alte

Berberin drückte Khadidscha die Karotte, die sie gerade schälte, in die Hand und ging zu Zahra und Chalida hinüber.

»Was hörst du, mein Liebling?«, brummelte sie und näherte ihr von tiefen Falten zerfurchtes Gesicht dem Chalidas, bis sie es fast berührte. »Na komm, sag deiner alten Tamu, was du hörst!«

»Ich weiß nicht«, brachte Chalida mit erstickter Stimme hervor. »Es wird immer lauter. Es ist wie Schreien und Hämmern …«

Plötzlich horchte Jaime auf. »Verdammt«, brüllte er. »Das Kind hat recht, da donnert ein Reitertrupp auf uns zu! Schnell, alle Frauen und Kinder unter die Wagen, und ihr Männer auf eure Plätze! Na los, jeden Moment werden sie hier sein!«

Hastig sah sich Zahra nach ihren Söhnen um. Der sechsjährige Abdarrahman und der zweijährige Yayah übten sich am Waldrand im Steineweitwurf.

»Abdu, hörst du denn nicht, was dein Vater sagt? Kriech sofort mit Yayah unter unseren Wagen! Jetzt mach schon!«

Im nächsten Moment brachte sie sich gemeinsam mit Chalida in Sicherheit, während ihre Schwester Zainab mit ihrem kleinen Bruder Mahdi und Raschids Frau mit ihren Kindern und Dienerinnen unter den anderen Wagen krochen.

»Khadidscha, Maria, kommt endlich!«, herrschte Zahra ihre Dienerinnen an. Die beiden jungen Frauen stolperten ihr nach, wobei Maria mit ihrem ob der groben Behandlung ärgerlich strampelnden kleinen Sohn zu kämpfen hatte. Am ganzen Körper zitternd, kroch sie neben Zahra und wimmerte: »Oh Gott, Herrin, oh Gott!«

Im nächsten Moment drang ein großer Trupp siegesgewiss johlender Kastilier mit massigen Rössern auf die Lichtung. Gnadenlos hieben die Männer mit ihren im Licht der tief stehenden Sonne blitzenden Schwertern auf die von dem Angriff völlig überraschten Mauren ein. Schluchzend presste Chalida das Gesichtchen in Zahras Halsbeuge, während Abdarrahman mit seinem kleinen Bruder von der Wagenmitte zum äußeren Rand des Wagens kroch, wobei sich in seiner Miene weniger Furcht denn Faszination spiegelte. Achtzehn Männer wies ihr Trupp auf: Neben Jaime, Zahras Bruder Raschid und Zubair, dem früheren Leibwächter von Zahras verstorbenem Vater, traten auch die acht Geleitsoldaten und sieben Diener den Angreifern entschlossen mit ihren Krummsäbeln und Langdolchen entgegen. Nach einem kurzen, heftigen Gefecht gelang es Jaime, seinen ersten Widersacher vom Pferd zu stoßen. Mit einem allen Lärm übertönenden Wutschrei stürzte er sich auf den Mann und rammte ihm sein Schwert in den Leib. Zugleich spritzte ihm von der Seite warmes Blut ins Gesicht: Ein Kastilier hatte dem Geleitsoldaten neben ihm den Hals aufgeschlitzt.

»Jaime, pass auf!«, brüllte Raschid, doch seine Warnung kam zu spät. Noch ehe Jaime den Kopf wenden konnte, fuhr ihm eine Schwertschneide in den rechten Oberarm. Instinktiv ließ Jaime sich fallen, womit er ein tieferes Eindringen des Schwertes verhindern konnte. Er rollte sich zur Seite, sprang sogleich wieder auf die Füße und ergriff das Schwert mit der anderen Hand. Mittlerweile war Raschid an seiner Seite und hieb mit ihm zusammen auf den Angreifer ein, bis der getroffen zusammenbrach, doch sofort attackierten sie zwei andere berittene Kastilier. Raschid konnte einen am Bein verletzen, Jaime den anderen aus dem Sattel hebeln. Nach einem gewaltigen Schlagabtausch ergriff sein Angreifer die Flucht. Hastig verschaffte sich Jaime einen Überblick. »Bei Santiago«, stöhnte er. »Das sind ja fast doppelt so viele Männer wie wir!«

Auf einmal gewahrte Zahra, dass Yayah nicht mehr neben Abdarrahman lag. Erschrocken sah sie sich um und stellte fest, dass der kleine Kerl auf dem besten Wege war, seitlich unter dem Wagen herauszukrabbeln.

»Yayah, bleibst du hier!« Hastig schob Zahra Chalida der neben ihr liegenden Tamu zu und robbte ihrem Jüngsten hinterher. Während sie sich immer wieder am Wagenboden den Kopf stieß, kam der kleine Bursche gut voran, und noch ehe sie ihn auch nur am Fuß packen konnte, war er unter dem Wagen heraus und wackelte auf seinen kurzen Beinchen in Richtung Wald. Ein Kastilier bemerkte den Jungen und trieb sein Pferd auf ihn zu.

»Yayah, komm zurück!«, schrie Zahra entsetzt. Das Kind hielt inne und wandte den Kopf, und im gleichen Moment hieb der Kastilier auf ihn ein. Wie eine mit Stroh ausgestopfte Stoffpuppe flog der Knabe durch die Luft und landete in einem Busch. Der Reiter riss sein Pferd herum und hielt erneut auf den Jungen zu. Zahra hetzte zu ihrem Sohn, doch Zubair stieß sie zur Seite.

»Bringt Euch in Sicherheit!«, brüllte er sie an und sprang dem Reiter in den Weg, um den Jungen zu schützen.

Hohnlachend holte der Kastilier mit seinem Schwert gegen ihn aus, doch trotz seines fortgeschrittenen Alters erwiderte Zubair den Schlag mit unnachgiebiger Härte. Dumpf klirrend prallten die Scheiden gegeneinander. Zubair taumelte zurück, aber auch der Reiter geriet für einen Moment aus dem Gleichgewicht. Mit dem Mut der Verzweiflung ergriff Zahra die Zügel seines Pferdes und riss es herum. Sie sah das Schwert des Mannes auf sich niederzischen und meinte den Schmerz des Hiebs schon zu spüren, als der Kastilier plötzlich röchelnd die Arme hochriss, nach hinten kippte und zu Boden donnerte. Zubair kniete sich vor ihn, zog sein Wurfmesser aus dem Leib des Toten und wehrte einen neuen Angreifer ab, während Zahra ihren reglos daliegenden Sohn hochhob und mit ihm zurück unter den Wagen floh, wo sie Tamus hilfreiche Arme empfingen. Behutsam bettete diese das am Arm stark blutende Kind zwischen sich und Zahra.

»Ruhig, Zahra, ganz ruhig, Ihr müsst Euch beruhigen!«

Erst als die alte Frau ihre Hand auf die ihre legte, merkte Zahra, wie sehr sie zitterte. Sie nickte, blies sich eine Haarsträhne aus dem Gesicht, die sich unter ihrem Hidschab gelöst hatte, und hob den Stoff von Yayahs Tunika über der Verletzung an. Als sie die lange, tiefe Schnittwunde erblickte, die sich von der Schulter bis zum Ellbogen zog, stockte ihr der Atem.

»Er lebt, Zahra«, mahnte Tamu sie, »und an nichts anderes dürft Ihr jetzt denken!«

Zahra nickte, zerrte ihren Hidschab samt Niqab vom Kopf, drückte die Wundränder zusammen und fertigte mit dem Tuch einen Notverband. Zwischendurch warf sie immer wieder angstvolle Blicke zu den Kämpfenden. Einige ihrer Männer lagen reglos am Boden, andere waren so schwer verletzt, dass sie sich kaum noch zur Wehr setzen konnten. Von den Kastiliern waren bisher nur zwei Männer gefallen, und kaum jemand schien verletzt zu sein. So brachten sie die Mauren immer heftiger in Bedrängnis. Beim nächsten Aufsehen erfasste Zahras rascher Blick Jaime. Auch am Bein hatte er nun eine Wunde. Lange würde er seinem Gegner nicht mehr standhalten können.

»Los, schnappt euch die Wagen der verdammten Mauren, und dann nichts wie weg von hier!«, brüllte mit einem Mal der Anführer der Kastilier seine Leute an.

Mit schreckgeweiteten Augen schnellte Zahra zu Tamu herum. »Wir müssen unter den Wagen heraus, los, los!«, zischte sie ihr zu und trieb mit dieser zusammen die anderen vor sich her.

Auch ihre Schwägerin scheuchte die Ihren unter dem Wagen hervor und in Richtung Wald. »Lauft, so lauft doch!«

Mit Yayah im Arm und den Notverband mit den bloßen Händen zusammenhaltend, hastete Zahra hinter den anderen her zum Wald. Direkt nach ihr kam Tamu, an deren Hals sich Chalida klammerte. Kurz bevor sie das schützende Dickicht erreichten, stürzte ein Kastilier auf die alte Berberin zu und versuchte, ihr das Kind zu entreißen. »Nun gib schon her, du dämliches Weib!«

Tamu presste Chalida nur noch fester an sich.

»Lasst mein Kind, so lasst doch mein Kind!«, schrie Zahra und blickte sich panisch nach Jaime um, doch der kämpfte viele Meter von ihnen entfernt gegen einen Kastilier, und auch alle anderen Männer waren zu sehr mit der Verteidigung des nackten Lebens beschäftigt, um ihnen beistehen zu können. Der Kastilier packte Chalida am Arm.

»Ihr sollt mein Kind loslassen!«, brüllte Zahra, und als der Kastilier noch immer nicht von Chalida abließ, presste sie sich Yayah mit einem Arm gegen den Leib und zerrte mit der freien Hand am Wams des Kastiliers, womit sie den massigen, grobschlächtigen Kerl aber keinen Fingerbreit von Tamu und ihrem Kind wegbrachte. Kreischend krallte Zahra ihre Finger in seine Haare und versuchte erneut, den Mann von den beiden wegzuzerren, woraufhin der Kastilier aufbrüllte, zu ihr herumfuhr und ihr mit aller Wucht ins Gesicht schlug. Der Schlag war so hart, dass Zahra zu Boden ging und es an ein Wunder grenzte, dass ihr Yayah nicht aus dem Arm glitt. Benommen fuhr sie sich mit der Hand über die rechte Wange und wollte sich auf ihren Arm aufstützen, um wieder aufzustehen, aber ihr Körper gehorchte ihr nicht, und ihr Blick war verschleiert. Umso schärfer und drängender nahm sie Chalidas gellende Schreie wahr. Wie unendlich weit entfernt und doch direkt vor sich sah sie, wie der Kastilier das Schwert hob, Tamu nachstürmte und es von hinten auf sie niederfahren ließ. Die Dienerin schien die Gefahr zu spüren und versuchte, dem Hieb auszuweichen, doch sie war zu alt und zu langsam: Das Schwert drang ihr in die rechte Hüfte. Sie sackte in die Knie, hielt Chalida aber unverändert fest und krümmte, als sie zu Boden fiel, ihren Oberkörper schützend um das Kind.

»Vergiss das Mädchen und komm!«, brüllte ein Kastilier. »Von wegen todsichere Beute und keinerlei Risiko für uns – der Mistkerl hat uns reingelegt!«

»Aber wenn wir ihm das Maurenmädchen nicht bringen, schneidet er uns die Eier ab!«, schnauzte dieser zurück und versuchte, Tamu zur Seite zu drehen. Die Alte umklammerte das Kind mit all der Kraft, die ihr noch blieb, doch da trat der Kastilier ihr gegen den Kopf – und ihre Hände glitten schlaff von ihrem Schützling herab. In Panik robbte Zahra mit Yayah zu Tamu hin und versuchte, den Kastilier am Fuß festzuhalten, doch der trat sie einfach beiseite. Nach einem letzten, kräftigen Ruck konnte er Tamu Chalida endgültig entreißen.

»Jaime, Raschid!«, gellte Zahra erneut, und endlich hatten die beiden sich freigekämpft und stürzten herbei. Der Kastilier stürmte zu dem Wagen, auf dessen Kutschbock bereits sein Kamerad saß, und schwang sich, Chalida unter den Arm geklemmt, zu ihm hoch. Der Kastilier knallte den beiden Zugpferden die Peitsche über. Als die geschundenen Tiere den Wagen anzogen und Raschid dadurch noch weiter zurückfiel, schrie Zahra erneut auf: »Nein, mein Kind, nicht mein Kind!«

Hilflos sah sie, wie Raschid einen fliehenden Kastilier vom Pferd riss und Jaime versuchte, dem Wagen den Weg abzuschneiden. Tatsächlich gelang es ihm, das seitliche Gestänge zu fassen und sich am Kutschbock hochzuziehen. Während der eine Kastilier die Pferde weiter mit der Peitsche antrieb, trat der andere, der Chalida umklammerte, dem verzweifelten Vater gegen die Brust, doch Jaime ließ nicht los, sondern hob die Faust – und im nächsten Moment drang der Wagen donnernd in den Wald ein, so dass sich alles Weitere Zahras Blicken entzog.

»Jaime, Chalida, oh nein, Chalida!«, schluchzte sie.

Im nächsten Moment kam Tamu neben ihr stöhnend zu Bewusstsein und versuchte, sich aufzurichten. Reflexartig drückte Zahra ihr die Hand auf die Brust und hielt sie zurück.

»Nein, Tamu, nicht, blieb liegen, du bist verletzt!«, rief sie, warf noch einen letzten, qualvollen Blick zum Wald, in dem nun auch ihr Bruder auf seinem eben erbeuteten Pferd verschwand, richtete eilig den Notverband um Yayahs Arm neu und drehte die alte Berberin behutsam auf ihre unverletzte Seite, um sich ihre Wunde anzusehen.

»Chalida«, stöhnte Tamu. »Wo ist Chalida?«

»Scht, Tamu, nicht reden, das strengt dich zu sehr an. Jaime und Raschid sind ihnen auf der Spur. Sie werden Chalida zurückbringen, ganz gewiss! Und du hast getan, was du nur konntest!«, versuchte Zahra die Alte zu beruhigen und biss sich auf die Lippen, um das Schluchzen zurückzudrängen. Während sie mit der einen Hand den Verband um Yayahs Wunde zusammenhielt, untersuchte sie mit der anderen ihre gute, alte Tamu, die Frau, die wie eine zweite Mutter für sie war – und schielte zwischendurch auch zu den vielen anderen Verletzten. Von allen Seiten drangen Stöhnen und Schmerzensschreie zu ihr.

»Zainab, Deborah!«, schrie Zahra hilfesuchend in Richtung Wald, erhielt jedoch weder von ihrer jüngeren Schwester noch von ihrer Schwägerin Antwort. Sie nahm an, dass sie zu weit weggelaufen waren, um sie noch hören zu können. Auf einmal entdeckte sie eine der Dienerinnen, die, am ganzen Körper schlotternd, unter einem Busch kauerte. »Khadidscha, komm her, du musst mir helfen!«

Statt sich in Bewegung zu setzen, wich das junge Mädchen noch tiefer ins Gebüsch zurück.

»Reiß dich zusammen, wenn du mir nicht hilfst, verblutet Tamu! Beim Allmächtigen, ich habe doch nur zwei Hände!«

Erst nach der dritten Aufforderung kroch das Mädchen zu ihr. Zahra befahl ihr, den Hidschab abzulegen und auf Tamus Wunde zu drücken. »Nun mach schon!«

Als sie sah, wie zögerlich das Mädchen den Umhang zur Wunde führte, packte sie deren Hand und drückte sie mitsamt dem Stoff gegen die Blutung. Anschließend bettete sie ihren kleinen Sohn neben sich ins Gras und untersuchte seine Verletzung. Sie blutete noch immer, wenn auch nicht mehr so stark wie zuvor. Zahra war klar, dass sie genäht werden musste, aber so etwas hatte sie noch nie getan – nur Tamu ein paarmal dabei zugesehen. Sie schloss kurz die Augen. »Oh Gott, so hilf mir doch, hilf mir!«

Als Nächstes hörte sie Jaime, der sie leise von hinten ansprach. Blitzartig fuhr Zahra zu ihm herum. Als sie sah, dass er ihre Tochter nicht bei sich hatte, schluchzte sie auf. »Nein, Jaime, nein!«

»Ich werde sie zurückholen, verlass dich drauf«, keuchte Jaime. »Die Schweinehunde haben mich vom Kutschbock getreten, aber Raschid versucht, ein zweites Pferd einzufangen, und sobald er eines hat, jagen wir ihnen nach!« Er schnappte nach Luft und wies auf Yayah. »Was ist mit ihm? Und mit Tamu?«

»Chalida …« Zahra konnte an nichts anderes denken.

»Zahra, ich schwöre dir, dass ich sie dir zurückbringe, und

wenn es das Letzte ist, was ich in diesem verdammten Leben tue. Und jetzt sag, was mit Yayah ist!«

»Yayah …« Zahra brach die Stimme, aber als sie zu ihrem kleinen, beängstigend bleichen Sohn sah, fasste sie sich.

»Ich brauche meine Kräutertasche«, presste sie hervor. »Und unser Verbandszeug. Jaime, halte die Wundränder zusammen! Und rede mit Yayah, hörst du? Du musst mit ihm reden!«

Zahra überließ ihm ihren Platz, warf einen raschen Blick auf Tamu, sprang auf – und erst da wurde ihr bewusst, dass die Kräutertasche auf dem Wagen war, den die Kastilier geraubt hatten. »Jaime, ich … meine Heilkräuter!« Ihr schwindelte.

»In meinem Lederbeutel«, presste Tamu hervor. »Wurzeln und Kräuter. Nehmt sie für Yayah! Und eine Nadel …«

Zahra bückte sich und sah in dem Lederbeutel nach, den Tamu stets unter ihrer Tunika trug. Unter anderem fand sie darin aus dem Norden stammenden Beinwell, Wurzelstücke und tatsächlich eine Messingnadel samt einer feinen Knochensehne zum Nähen von Wunden. Im gleichen Moment schlich Maria mit ihrem Kind aus dem Wald.

»Maria, Gott sei Dank, dass euch nichts fehlt! Komm, du musst mir helfen. Mach heißes Wasser und einen Brei aus Beinwell!«, befahl sie der Dienerin und drückte ihr die Kräuter in die Hand. Sie sah noch einmal zu Yayah, dessen Kopf leblos zur Seite hing, und gewahrte aus den Augenwinkel Abdarrahman. Genau wie Khadidscha hatte auch er sich unter einem Busch verborgen. Sein Gesicht war weißer als die Bergspitzen der Sierra Nevada, doch er schien unverletzt. Ihr Blick ging zurück zu Jaime.

»Lass mich nach deinem Arm sehen!«

»Das ist nichts, das kann warten«, brummte Jaime. »Kümmere dich erst um die anderen!«

Zahra lief zu einem verletzten Geleitsoldaten. An dessen Unterarm klaffte eine tiefe Wunde. Sein Kamerad hatte schon einen Stoffstreifen gerissen, um ihm den Arm abzubinden, weswegen Zahra gleich weiter zu einem ihrer Diener eilte. Dessen Kopfverletzungen waren so schwer, dass sie nur noch eines für ihn tun konnte: Sie nahm seine Hand und betete: »La ilaha illa llah.« Es gibt keinen Gott außer Gott. »Und Mohammed ist sein Prophet.«

»La ilaha illa llah«, stöhnte der kaum dreißigjährige Mann und schenkte ihr ein letztes, dankbares Lächeln. Er wusste, dass ihm mit diesen Worten der Weg in den Paradiesgarten geebnet war.

Der Geleitsoldat, der nicht weit von ihm lag, hatte ein gebrochenes Bein, ein anderer eine Armverletzung. Auch der Rückenwunde eines Dieners gönnte Zahra nur einen kurzen Blick, denn sie hatte fast schon aufgehört zu bluten. Ein wenig abseits lagen zwei Tote: ein Geleitsoldat mit aufgeschlitzter Kehle und ein Diener mit zahllosen Stichwunden. Danach kam sie zu einem Diener, der mehrere Rippenbrüche hatte und kaum mehr atmen konnte. Daneben wälzte sich ein Geleitsoldat mit einem zerfetzten Unterschenkel in grässlichen Schmerzen. Rasch band Zahra den Unterschenkel ab und gab einem nur leicht verletzten Diener Anweisungen, was er weiter tun sollte. Ihr war längst klar, dass sie viel, viel mehr Heilkräuter brauchte, als sie in Tamus Ledersäckchen finden würde: gegen die Schmerzen, zur Wundheilung, gegen Fieber … Wenigstens die anderen Geleitsoldaten und Diener, die sie jetzt noch untersuchte, hatten nur leichte Verletzungen.

Zahra eilte zurück. Maria hatte inzwischen das Wasser gekocht und den Beinwellbrei angesetzt. Auch Zainab, Mahdi, Deborah, ihre Kinder und die anderen Diener kehrten langsam aus dem Wald zurück. Deborah weinte lautlos und drückte ihren Jüngsten an sich. Und schließlich preschte Raschid auf einem Schimmel heran und zerrte einen Rappen hinter sich her. Sofort überließ Jaime die Fürsorge Yayahs einer Dienerin und schwang sich aufs Pferd. Mit brennenden Augen sah Zahra ihnen nach, bis der Wald sie verschluckte, dann beeilte sie sich, den Frauen zu zeigen, wie sie ihr beim Versorgen der Verletzten helfen konnten, und bat ihre Schwester, sich um Abdarrahman zu kümmern, der noch immer unter dem Busch kauerte.

Mit den Jahren hatte Zahra von Tamu vieles über das Sammeln und die Verwendung von Kräutern gelernt, und obwohl ihr die Gegend fremd war, fand sie einen guten Teil dessen, was sie brauchte, und kam schon wenig später mit Heilkräutern, Wurzeln und Rinden zurück. Sie wies Maria an, noch mehr Wasser zu kochen, versorgte Tamus Wunde mit dem von Maria vorbereiteten Breiumschlag, schiente das gebrochene Bein eines Dieners – und hatte dann keine Ausflüchte mehr: Sie musste Yayahs Wunde nähen.

Zahra biss die Zähne zusammen, holte die leicht gebogene Messingnadel aus Tamus Lederbeutel, erhitzte sie im Feuer, fädelte anschließend die Tiersehne ein und bat Khadidscha, das Tuch von Yayahs Wunde zu nehmen. Ihr einziger Trost war, dass Yayah noch immer bewusstlos war – und sie hoffte inständig, er würde es während des Nähens auch bleiben. Behutsam reinigte sie die Wunde mit einem Tuch, bat Maria um heißes Wasser, wusch sich die Hände und nickte Khadidscha zu.

»Drück die Wundränder jetzt fest zusammen«, raunte sie. Sie schluckte noch einmal und stach in den Wundrand an der Schulter. Das Durchstechen ging leichter, als sie es sich vorgestellt hatte. Behutsam zog sie den Faden nach, stach auf der anderen Seite wieder durch, schnitt den Faden ab und verknotete seine Enden. Als sie das nächste Mal einstach, zuckte Yayah zusammen, und als sie die Nadel auf der anderen Seite wieder ausführte, maunzte er so jämmerlich wie kleines Kätzchen.

»Scht, Yayah, ich weiß, dass es weh tut, aber es geht nicht anders!«

Als Zahra das nächste Mal einstach, riss Yayah so abrupt den Arm hoch, dass er Khadidscha aus den Händen glitt.

»Zum Donner, so pass doch auf!«, fuhr Zahra sie an.

Beim nächsten Zustechen kam Yayah endgültig zu Bewusstsein. Er schrie auf und schlug um sich, so dass Khadidscha erneut die Kontrolle über ihn verlor. Sie brauchten geraume Zeit, bis sie den jetzt jämmerlich weinenden Kerl wieder gebändigt hatten und Zahra zumindest den schon angefangenen Stich beenden konnte. Grummelnd wischte sie sich mit dem Handrücken den Schweiß von der Stirn. »So wird das nichts!«

Mit einem Mal stand Abdarrahman neben ihnen. »Bitte, Mutter, kann ... kann ich Euch helfen?«

»Aber nein, Abdu, du siehst doch, welche Mühe Khadidscha hat, Yayah zu bändigen, wie willst du das dann schaffen. Du könntest einen Diener holen.«

In Abdarrahmans Augen schimmerten Tränen. »Das ... das sagt Ihr nur, weil ich vorhin nicht richtig auf ihn aufgepasst habe, nicht?«

Zahra sah erstaunt zu ihm auf. »Aber nein, Abdu, wir hätten besser auf Yayah aufpassen müssen, wir Erwachsenen, nicht du! Du hast ihn mit unter den Wagen genommen, und mehr hat niemand von dir verlangt!«

»Aber wenn, wenn ich ...« Seine Worte ertranken in einem Schluchzer.

»Abdu …«

»Aber ich würde es so gern wiedergutmachen!«

Zahra zögerte einen Moment. »Gut, dann halte ihn mit Khadidscha zusammen fest.« Sie gab der Dienerin ein Zeichen, Abdarrahman neben sich Platz zu machen. »Und du, Yayah, musst jetzt tapfer sein!«

Khadidscha packte Yayah fest an dem gesunden Oberarm und unterhalb des Ellbogens des verletzten Arms; Abdarrahman legte Yayah beide Hände auf die Brust, damit er sich nicht aufbäumen konnte, und blickte ihm fest in die Augen. »Ich bin bei dir und werde es von jetzt an immer sein! Es tut mir so leid, hörst du, Yayah, es tut mir so unendlich leid!«

Als Zahra mit der Nadel einstach, wimmerte Yayah zwar erneut, versuchte aber nicht mehr, sich aus der Umklammerung zu befreien, sondern bohrte seinen Blick ebenso tief in den Abdarrahmans wie umgekehrt. Bis Zahra mit dem Nähen fertig war, hatte Abdarrahman Yayahs Tunika ganz nassgeweint, während dieser keine Träne mehr vergossen hatte.

Schon längst hatte sich die Nacht über das Lager gesenkt. Zahra hatte sich in eine Decke gehüllt und wachte über Yayah und Tamu, während sich Zainab, Khadidscha und eine von Deborahs Dienerinnen um die anderen Verletzten kümmerten. Deborah versuchte, ihre Kinder zu beruhigen, die durch den Überfall so verstört waren, dass sie mehrmals weinend aus dem Schlaf schreckten. Zahras Blick ging immer wieder voller Unruhe zum Wald, und je mehr Zeit verstrich, desto größer wurde ihre Angst. Als Jaime und Raschid endlich heranritten und Zahra sah, dass sie ohne Chalida zurückkamen, presste sie sich die Hand vor den Mund und schüttelte den Kopf. Jaime drückte einem Diener die Zügel in die Hand und eilte zu ihr. »Wir haben ihre Spur verloren;

aber morgen, bei Tag, werden wir sie wiederfinden – und damit auch Chalida!«

»Und wenn sie ihr in der Zwischenzeit …« Zahra brachte die Worte nicht über die Lippen, doch Jaime verstand sie auch so. Er ging vor ihr in die Hocke und raunte mit belegter Stimme: »Sie werden ihr nichts antun, Zahra, ganz gewiss nicht. Ich habe keine Ahnung, warum sie ausgerechnet Chalida wollten, aber sie wollten sie lebend, und nur daran darfst du jetzt denken, Zahra, nur daran!«

Er sah sie eindringlich an und erkundigte sich dann nach Yayah, Tamu und den anderen Verletzten. Erst nach mehrfachem Schlucken konnte Zahra antworten. »Alle Verletzten sind versorgt, und Tamu und Yayah …« Zahra biss sich auf die Lippen, und dann brach es wie eine Woge aus ihr heraus: »Wer waren diese Männer, Jaime? Was wollten sie von uns? Und warum Chalida? Warum haben sie gerade sie mitgenommen? Jaime, will sich da jemand an uns rächen?«

»Ich weiß es nicht, aber ich werde es herausfinden«, schwor Jaime ihr. Er küsste sie auf die Stirn und ging zum Lagerfeuer, welches nur noch schwach glomm. Er nahm einen Stock und verschob damit ein paar Scheite. Dann wartete er einen Moment – und stieß den Stock mit plötzlicher Wut mitten in die Glut hinein. Giftig helle, knisternde Funken stoben empor, in der Glut knackte und barst es, und wie von Geisterhand schleuderte es auf einmal wild hochzüngelnde Flammen empor. Jaime warf den Stock ins Feuer und sah mit geballten Fäusten zu, wie das Feuer ihn verzehrte.

Kaum zehn Tage war es her, dass sie alle von Granada aufgebrochen waren, um sich nach langen, entbehrungsreichen Kriegsjahren und einem zunehmend verzweifelten Kampf um ihr geliebtes al-Andalus auf den Weg nach Lissabon zu machen, wo sie ein neues Leben zu beginnen hofften. Da die Christen Zahra als vermeintliche Hochverräterin suchten, hatte sie die Stadt vor der offiziellen Übergabe verlassen müssen, aber auch Raschid und Deborah hatten nicht unter den neuen Herrschern leben wollen. Deborah war in früheren Jahren schon zu oft Opfer von Übergriffen der Christen geworden, um jetzt noch ohne Angst unter ihrer Herrschaft leben zu können. Da Deborahs Eltern seit zwei Jahren recht gut in Lissabon lebten, hatten sie beschlossen, ebenfalls dorthin auszuwandern. Auf ihre Wagen hatten sie das Allernötigste geladen und den überwiegenden Teil des Erlöses ihres Besitzes in doppelten Böden verborgen. Lediglich einen kleinen Teil des Goldes trugen Raschid und Jaime in Lederbeuteln unter ihren Tuniken.

Obwohl Zahra wusste, dass dies kaum mehr genug war, um damit ein neues Leben in Portugal anfangen zu können, verschwendete sie im Moment doch keinen Gedanken daran. Chalida, das war das Einzige, woran sie denken konnte, und an Yayah und Tamu. Besorgt fühlte sie die Temperatur der beiden. Während Tamu nur leichtes Fieber hatte, war Yayahs Stirn in den letzten beiden Stunden beängstigend heiß geworden. Schon zwei Mal hatte sie ihm einen Heiltrank eingeflößt, der laut Tamu Wunder bewirken konnte, allerdings hatte sie nicht alle Kräuter finden können, die Tamu ihr genannt hatte. Sie konnte nur hoffen, dass der Trank auch so seine Wirkung entfalten würde.

Irgendwann musste Zahra dann doch eingenickt sein, denn beim ersten Dämmerlicht schrak sie hoch, und sofort ging ihre Hand zu Yayahs Stirn, die ihr unvermindert heiß erschien. Auch sein Puls jagte. Sie tastete nach Tamus Stirn und war froh, dass zumindest sie stabil war. Ein paar Minuten Ruhe wollte sie ihr noch gönnen, aber sobald es richtig hell war, musste sie sie wecken und fragen, was sie sonst noch für Yayah tun konnte. Zahra setzte sich auf und sah, dass auch Jaime schon wach war. Er sattelte sein Pferd und redete mit Raschid. Mit einem Mal schien ihr Wortwechsel heftig zu werden. Zahra erhob sich und trat zu ihnen.

»Bis Mittag gebe ich uns – und keine Stunde länger!«, knurrte Jaime Raschid an. »Entweder haben wir Chalida bis dahin gefunden und zurückholen können, oder ich mache das, was ich dir eben gesagt habe!«

»Jaime, ich verstehe, dass du Angst um Chalida hast, aber was du da vorhast, ist der reine Selbstmord und bringt weder dir noch Chalida etwas!«

»Was hast du vor?«, fiel Zahra ihrem Bruder ins Wort und blickte Jaime fest in die Augen.

Jaime warf Raschid einen ärgerlichen Blick zu. »Dein Bruder übertreibt. Es gibt derzeit nur eines, was gefährlich ist, und das ist, nichts zu unternehmen!«

»Ich will wissen, was du vorhast, Jaime!«

Statt auf ihre Frage zu reagieren, bückte sich Jaime, um den rechten Vorderhuf seines Pferdes auszukratzen.

Mit bebendem Blick wandte sich Zahra an Raschid. »Dann sag du es mir!«

»Wenn ich es nicht tue, wirst du wohl keine Ruhe geben.« Unwillig hob Raschid die Augenbrauen. »Nun denn: Jaime meint, wenn wir Chalida bis zum Mittag nicht gefunden haben, müsste er … Nun ja, dann will er zurück nach Granada reiten und seinen Bruder um Hilfe bitten.«

»Nach Granada? Und ausgerechnet zu Gonzalo?« Zahra fuhr zu Jaime herum. »Das ist nicht dein Ernst!«

Jaime ließ das Bein des Pferdes sinken und klopfte dem Schimmel auf den Hals. »Doch, Zahra, denn das ist dann der einzige Weg, wie wir Chalida wiederfinden können!«

Zahra kniff die Augen zusammen. »Du weißt mehr, als du uns sagst, nicht wahr? Wer waren die Männer gestern? Kennst du sie?«

Mit jedem Wort war Zahra näher auf Jaime zugegangen. Jaime hob die Hände. »Ja, verdammt, ich habe zwei der Männer wiedererkannt. Als ich noch für die Christen gekämpft habe, unterstanden die beiden mir in meiner Truppe. Sie sind damals nicht lange geblieben, weil sie einen Brotherrn gefunden haben, der ihnen für private Überfälle mehr zahlte als die Königin für ihren Einsatz bei der Rückeroberung des Maurenreichs.«

»Aber wenn du die Männer erkannt hast, dann musst du doch auch wissen, wer sie geschickt hat!«

»Leider nicht«, gab Jaime zurück. »Die arbeiten für jeden, der ihnen genug Gold bietet.«

»Und was willst du von Gonzalo?«

»Männer, Waffen und Pferde, Zahra!« Jaime stieß einen Schwall Luft aus. »Wir brauchen Hilfe!«

Zahra schluckte. »Und ... und wenn er sie dir nicht gibt? Oder die Büttel dich gefangen nehmen, weil, weil ... Jaime, du weißt genau, dass sie dich suchen, weil du mich aus dem Kerker befreit hast, und ich, ich will nicht ...«

»Es wird schon gutgehen«, fiel Jaime ihr ins Wort. »Auch wenn Gonzalo wegen all dem eine unbändige Wut auf mich hat – er ist kein Unmensch. Und er ist mein Bruder. Er würde mich niemals ausliefern.«

»Und wenn dich jemand anderes erkennt? So manchem jucken sicher die Finger, wenn er an das Kopfgeld denkt, das auf dich ausgesetzt ist! Und außerdem verstehe ich immer noch nicht, wie du darauf kommst, dass ausgerechnet Gonzalo uns helfen würde!«

»Gewiss nicht, weil ich mit der Frau lebe, für die er vor ein paar Jahren alles hatte aufgeben wollen, um sie heiraten zu können, das ist mir auch klar, Zahra. Aber dieses kastilische Diebespack ... Ich weiß, dass die Krone sie schon lange sucht und ein saftiges Kopfgeld ausgesetzt hat, weil sie bei einem Attentat auf den König beteiligt waren. Der Krieg hat bisher verhindert, systematisch nach ihnen suchen, doch jetzt ist der Krieg vorbei – und wer könnte derzeit motivierter sein, sie zu finden, als ich? Das muss auch Gonzalo einsehen, und da ihm das Wohl der Könige mehr am Herzen liegt als sein eigenes, könnte ich mir vorstellen, dass ich ihn für meinen Plan gewinnen kann. Alles, was er tun müsste, wäre, mir ein paar gute Leute mitzugeben!«

»Und warum bittest du nicht Boabdil um Hilfe? Auch wenn wir den Krieg gegen die Christen verloren haben, hat er als unser ehemaliger Emir doch noch beste Kontakte! Oder wir bitten einen unserer maurischen Freunde in Granada, uns zu unterstützen?«

»Boabdil hat derzeit genug eigene Probleme, und unsere Freunde in Granada tun gut daran, sich zurückzuhalten, wenn sie nicht im Kerker enden wollen. Auch wenn wir Attentäter jagen – es sind Christen!«, brachte Jaime ihr in Erinnerung. »Du weißt es doch selbst: Den Mauren ist es streng verboten, die Waffen gegen einen Christen zu erheben – ganz gleich, was er verbrochen hat.«

Jaime schwang eine mit Vorräten gefüllte Ledertasche über den Sattel, drehte sich noch einmal zu Zahra um und umarmte sie aus einem Impuls heraus heftig. »Mach dir keine Sorgen, ich werde die Halunken finden – entweder mit Raschid oder mit Hilfe meiner alten Kontakte bei den Kastiliern! Und ihr bleibt hier und wartet auf uns. Außerdem könnten wir mit den Verletzten ohnehin nicht weiterreiten. Wir müssten uns so oder so trennen!« Er küsste sie noch einmal und blickte ungeduldig zu Raschid. »Und was ist mit dir? Kommst du nun mit oder nicht?«

Raschid schnaubte, machte sich aber daran, sein Pferd zu satteln.

»Nun beeil dich doch!«, herrschte Jaime ihn an, schwang sich in den Sattel und trieb sein Pferd so hart an, dass es fast aus dem Stand in Galopp verfiel.

Im Laufe des Tages begriff Zahra, dass Jaime schon viel weiter vorausgeplant hatte, als er ihr gesagt hatte. So hatte er Zubair angewiesen, sich nach einem Lagerplatz umzusehen, der auch für einen längeren Aufenthalt geeignet war und den Verletzten Schutz vor Kälte und Nässe bot. Auch die Diener und Geleitsoldaten hatten, sofern sie nicht zu schwer verletzt waren, konkrete Aufträge erhalten: Einer sollte sich auf die Suche nach weiteren Pferden machen, ein anderer jagen, einer die nähere Umgebung erkunden und die übrigen das Lager bewachen.

Zunächst hatte Zahra wenig Zeit, an Jaime und seine Verfolgungsjagd zu denken, da sie mit der Versorgung der Verletzten alle Hände voll zu tun hatte, aber als die Sonne ihren höchsten Stand erreicht hatte, wuchs ihre Nervosität. Zu allem Übel brauten sich am Nachmittag dicke, schwarze Wolken zusammen, die nichts Gutes verhießen, und kurze Zeit später schüttete es tatsächlich in Strömen. Zahra, die gerade aus der Tunika einer der Verstorbenen neues Verbandsmaterial riss, sah besorgt zu ihrem kleinen Sohn und Tamu. Sie hatten sie und die anderen Verletzten unter die Büsche gebettet, aber bei dem heftigen Regen boten die Blätter keinen nennenswerten Schutz.

Durch das Prasseln des Regens hörte sie Khadidscha rufen: »Herrin, Ihr müsst kommen, ich glaube, er ist …« Ihre Worte ertranken in aufquellenden Schluchzern. Rasch eilte Zahra zu ihr und dem Geleitsoldaten, dessen Unterschenkel im Kampf zerfetzt worden war. Sie kniete sich vor den Mann, fühlte ihm den Puls und hielt zur Sicherheit noch ihre Wange vor Nase und Mund, doch sein Lebenshauch war versiegt. Lähmende Verzweiflung überkam sie. Tamu hätte dem Mann sicher den Unterschenkel abgenommen, damit er nicht durch die vielen klaffenden Wunden nach und nach verblutete, aber sie hatte es nicht gewagt, sondern nur die größten Wunden genäht, bei denen sie noch einigermaßen etwas hatte zusammenfügen und schließen können. Offensichtlich war das die falsche Entscheidung gewesen. Sie blickte zu ihrem kleinen Sohn und Tamu, bat den Allmächtigen voller Inbrunst, dass er die beiden wieder gesund werden ließ, und wisperte ein jämmerlich klingendes »inschallah« hinterher – so Gott will.

II.

Santa Fe
10. Dezember 1491

Das Warten und die Ungewissheit drückten Jaime wie eine Zentnerlast nieder. Er merkte, dass er die Hände vor lauter Ungeduld schon wieder zu Fäusten geballt hatte, zwang sich, sie zu lockern, und lief erneut rastlos vor Gonzalos Empfangszimmer auf und ab. Dabei versuchte er, sich mit dem Gedanken abzulenken, dass man über die kastilische Königin Isabel denken konnte, wie man wollte, ihr aber zumindest in einem Punkt Achtung zollen musste: Sie war zweifelsohne eine ausgesprochen findige Herrscherin. In den letzten Jahren hatte sie so manches vollbracht, was an Wunder grenzte – Wunder wie dieses Haus und zahllose andere, die hier in Santa Fe innerhalb weniger Wochen quasi aus dem Nichts hochgezogen worden waren. Mit dem Bau dieser Häuser hatte Isabel den Mauren vor Augen führen wollen, dass sie auch der Winter nicht von der Fortsetzung der Belagerung Granadas abhalten würde. Hundertfünfzig Maurer und über fünfzig Schreiner hatten am Bau von Santa Fe mitgewirkt. Und ihr Plan ging auf: Die Mauren, die schon seit Monaten von den Christen in ihrer eigenen Stadt – einer Stadt mit mehr als zweihunderttausend Bewohnern! – von der Außenwelt abgeschnitten worden waren, hatten einsehen müssen, dass Isabel nie mehr von ihnen ablassen würde. Entweder sie kapitulierten – oder sie würden den Tod finden. Auch Jaime und seine Familie hatten zu den Hungernden gehört, die schließlich dem Emir klarmachten, dass weiteres Ausharren nur noch mehr Menschenleben fordern würde. Trotzdem war es für alle ein schwerer Tag gewesen, als Boabdil seine Gesandten nach Santa Fe schickte, um den Katholischen Königen ihre Kapitulation zu überbringen. Über so viele Jahre hatten sie gekämpft – und letztlich alles verloren. Am zweiten Januar würde Boabdil den Katholischen Königen die Schlüssel der Stadt überreichen: der letzte symbolische Akt, der die Christen zu den neuen Herrschern des Maurischen Königreichs erheben und den Schlusspunkt unter eine Ära setzen würde, die fast achthundert Jahren Bestand gehabt hatte.

Als Jaime sah, wie Gonzalos Knappe aus dem Empfangszimmer kam und direkt in den nächsten Raum verschwinden wollte, eilte er ihm nach und hielt ihn am Arm fest. »Wie lange muss ich denn noch warten, von deinem Herrn empfangen zu werden?«, knurrte er ihn an.

Mit arrogant erhobenen Augenbrauen blickte der sicher kaum fünfzehnjährige Bursche auf Jaimes Hand herab, mit der dieser ihn weiterhin gepackt hielt. In Jaime zuckte es. Am liebsten hätte er den Lümmel am Kragen gepackt und ihn so lange geschüttelt, bis ihm seine widerwärtige Selbstherrlichkeit wie Schuppen vom Gesicht fiel, aber leider war er in Turban, Tunika und Pluderhose gehüllt, und als vermeintlicher Muslim war es nicht ratsam, Hand an einen Christen zu legen. In kastilischer Kleidung herzukommen, war Jaime zu gefährlich erschienen: In der Stadt hätte er allzu leicht erkannt werden können. Auch seinen wahren Namen hatte Jaime dem Knappen nicht genannt, sondern sich als Bote des Emirs ausgegeben. Den Umständen gehorchend, ließ er seine Hand vom Wams des Burschen gleiten, zwang sich zur Ruhe und wiederholte seine Frage. Mit einem Mal ging die Tür des Empfangszimmers noch einmal auf, und Gonzalo trat heraus.

»Nanu?«, rief er. »Ein Besucher?« Er sah seinen Knappen ärgerlich an. »Warum hast du mir nicht gesagt, dass jemand auf mich wartet?«

Der Bursche bekam einen feuerroten Kopf. »Er, er ist … Aber er ist doch nur ein verd…«

»›Verdammter Maure‹ wolltest du jetzt aber sicher nicht sagen, oder?«, fiel Gonzalo ihm mit Donnerstimme ins Wort.

Während der Knappe verlegen vor sich hin stotterte, wandte sich Gonzalo mit entschuldigender Geste seinem Besucher zu – und zuckte unwillkürlich zusammen, als er erkannte, wer sich unter dem tannengrünen Turban verbarg. Mit einer unwilligen Handbewegung hieß er seinen Burschen schweigen und den Raum verlassen. Erst als die Tür hinter dem Jungen ins Schloss gefallen war, sah Gonzalo wieder zu Jaime. Auge in Auge standen sie einander gegenüber, die hoch aufgerichtete Statur des einen so mächtig wie die des anderen, aber ihre Gesichter, die sich vor ein paar Jahren noch so ähnlich gewesen waren wie die von Zwillingsbrüdern, hatten nur noch erstaunlich wenig miteinander gemein. Die Zeit hatte in Gonzalos langes, hageres Gesicht scharf abgegrenzte Falten gegraben, die ihm etwas Hartes und fast einen Hauch Bitterkeit verliehen, nur in den bernsteinfarbenen Augen spiegelte sich die frühere Milde wieder. Jaimes Gesichtszüge dagegen waren trotz der für ihn weit härteren Kriegsjahre und des Leids und Elends, das er und seine Familie in diesen Jahren hatten ertragen müssen, offener geworden, und in den tiefgründigen grünen Augen flimmerte eine Verletzlichkeit, die dort früher nicht zu entdecken gewesen war.

Gonzalo schürzte den Mund und blickte Jaime so abschätzig an, dass dieser schon befürchtete, er würde doch nach den Wachen rufen und ihn in den Kerker werfen lassen, aber dann wies Gonzalo ihn mit einem knappen Ruck des Kinns an, in sein Empfangszimmer zu gehen.

Jaime war klar, dass er noch lange nicht aufatmen konnte. Wortlos ging er an seinem Bruder vorbei in den kahlen Raum, der von einem ausladenden Schreibtisch beherrscht wurde. Jaime registrierte, dass der größte Teil der Dokumente und Schriftrollen, die sich dort stapelten, das königliche Siegel trugen. Ehe er mehr erfassen oder gar etwas lesen konnte, verstellte Gonzalo ihm den Blick und wies ihn an, auf einem der Stühle in der Sitzecke am Fenster Platz zu nehmen. Dies entlockte Jaime trotz allem ein spöttisches Grinsen. »Hast du Angst, ich könnte euch ausspionieren?«

Er nahm den Turban ab, schüttelte die dunkelblonden Locken aus und nahm den ihm angewiesenen Platz ein.

»Fest steht, dass wir seit Jahren nicht mehr auf derselben Seite kämpfen«, erwiderte Gonzalo mit unverhohlener Feindseligkeit.

»Eigentlich kämpfen wir beide nicht mehr«, gab Jaime zurück. »Schon vergessen? Die Mauren haben kapituliert!«

»Außer solchen Spitzfindigkeiten ist dir allem Anschein nach nichts geblieben!«

Jaime beschloss, auch diesen Fehdehandschuh nicht aufzuheben. Er atmete tief durch, ehe er weitersprach. »Es hat Zeiten gegeben, Bruderherz, in denen du weit, weit mehr als ich auf dieser anderen Seite gestanden hast!«

»Man kann für einen Gegner durchaus Achtung und Respekt, ja, sogar Freundschaft empfinden, ohne deswegen gleich zu ihm überlaufen zu müssen. Natürlich habe ich mich bemüht, zwischen den Mauren und den Christen zu vermitteln, aber ich habe und ich werde mein Schwert niemals gegen meine eigenen Landsleute erheben!«

»Das haben auch viele andere in diesem Krieg getan – als Söldner. Und trotzdem schaust du nicht auf sie herab!«

»Du warst aber kein einfacher Soldat, sondern einer der siegreichsten Heerführer der Krone«, konterte Gonzalo. Statt ebenfalls Platz zu nehmen, stellte er sich hinter einen Stuhl und umschloss mit seinen großen, aber fein geschnittenen Händen die hohe Rückenlehne. »Was willst du?«

»Carlos Sánchez und Pedro Pulgar …« Jaime sprach bewusst nicht weiter.

»Was ist mit den Hurensöhnen?«

»Ich kann sie euch bringen. Aber dafür brauche ich ein paar Männer, gute Männer, versteht sich, mit Pferden und Waffen.«

»Und warum kommst du damit zu mir?«

»Ich weiß, dass du hinter ihnen her bist, weil sie bei dem Attentat auf den König beteiligt waren.«

»Und warum sollte ich ausgerechnet dir Männer zur Verfügung stellen? Jetzt, da der Krieg vorbei ist, könnte ich ihnen auch jeden anderen guten Mann mit einer Truppe hinterherjagen!«

»Könntest du, ja, aber keiner wird sie so dringlich verfolgen wie ich.«

»Und warum?«

»Weil sie meine Tochter entführt haben.«

Gonzalo hob die Augenbrauen. »Das tut mir leid, vor allem für …« Aber er sprach Zahras Namen nicht aus. Erst etliche Atemzüge später fuhr er fort. »Wo ist das passiert? Hier in der Stadt?«

Jaime erzählte ihm in wenigen Worten, was geschehen war.

»Ihr wollt – nach Portugal?« Gonzalo riss erstaunt die Augen auf.

»Irgendwo müssen wir ja hin! Zum einen werden Zahra und ich weiter von den Häschern unserer werten Königin gesucht, und ...«

»Aber das ist doch längst vergessen!«, brummte Gonzalo und machte eine wegwerfende Handbewegung.

»Mit einem Mal? Das hat sich vor vier Jahren in Málaga aber noch ganz anders angehört! Zudem sind wir, wie du gewiss bemerkt hast, nicht die Einzigen, die das Land verlassen, und viele werden uns noch folgen – wenn auch aus anderen Gründen: Die Mauren sind ein stolzes Volk. Sie haben den Freiheitswillen ihrer Vorfahren, der berberischen Nomaden, im Blut. Isabel wird ihnen die Luft zum Atmen nehmen, und was meinst du, was passieren wird, wenn sie erst ihren Beichtvater kennenlernen? Allein die Vorstellung von dem Großinquisitor Torquemada in Granada – Gonzalo, muss ich dir wirklich erklären, welche Wirkung dieser Dämon im Dominikanergewand auf die Mauren haben wird? Die Stadt wird sich schneller leeren, als eine Feuerbrunst dies vermag – und mit jedem Mauren, der geht, wird ein weiterer Teil dieser reichen Kultur für immer verloren gehen. Ihr werdet bitter merken, dass ihr mit eurem Sieg in Wahrheit nichts gewonnen, sondern nur etwas Reiches und Blühendes für immer zerstört habt!«

»Wenn man bedenkt, wie heftig du noch vor wenigen Jahren alles Maurische gehasst hast, ist dies eine beachtliche Wandlung, Brüderchen!«, höhnte Gonzalo.

»Du weißt genau, dass meine schlechte Meinung die Folge meiner Gefangenschaft bei ihnen war – und wer mich eines Besseren belehrt hat.«

Auch ohne dass Zahras Name fiel, zuckte Gonzalo zusammen. Er wandte sich ab.

»Nein«, sagte er geraume Zeit später.

»Nein was?«, fragte Jaime.

»Ich kann dir nicht helfen, zumindest nicht so.«

»Wieso nicht? Diese Banditen richten zu können, wäre doch ein weiterer Triumph auf eurem glorreichen Siegeszug!«

»Darum geht es nicht.« Gonzalo wandte sich ihm wieder zu. »Ich ... ich könnte dir die Männer nur geben, wenn du ein Pfand dafür hierlassen würdest. Ich muss sicherstellen, dass du die Männer nicht benutzt, um uns damit Schaden zuzufügen.«

Seine Worte versetzten Jaime einen Stich. »Früher hätte dir mein Wort genügt.«

»Nicht ich habe den gemeinsamen Weg verlassen, sondern du«, erwiderte Gonzalo und trat vor ihn. »Bring deine Familie zurück nach Granada, dann bekommst du die Männer und die Waffen, die du brauchst.«

»Was hast du vor? Um der Königin Zahras Asche zum Namenstag zu schenken, ist es noch ein bisschen früh. Die Santa Isabel ist erst am zweiundzwanzigsten Februar! Obwohl, bis so ein Scheiterhaufen errichtet ist ...«

»Rede keinen Unsinn! Natürlich werde ich die Königin ersuchen, Zahra als unschuldig zu befinden, womit auch du nicht mehr verfolgt werden würdest.«

»Wieso solltest ausgerechnet du dich plötzlich um eine Amnestie für uns bemühen wollen?«

Jaime meinte ein Flackern in den Augen seines Bruders zu sehen und fragte sich, ob Gonzalo einen Hintergedanken haben könnte, doch beim zweiten Hinsehen fand er seinen Verdacht nicht bestätigt.

»Warum sollte ich nicht?« Mühelos hielt Gonzalo Jaimes Blick stand. »Schließlich geht es auch um den Ruf unserer Familie. Bevor du wie ein räudiger Hund zu den Mauren übergelaufen bist, war der Name der de Córdoba y Aguilar einer der angesehensten des Landes!«

Auch wenn Jaime seinem Bruder nicht glaubte, dass dies der Hauptgrund für sein Vorhaben war, konnte er das Argument doch nicht ganz von der Hand weisen. Zudem war er nicht in der Position, sich auf Streitgespräche mit seinem Bruder einzulassen. Er brauchte diese Männer mitsamt ihren Pferden und Waffen, wenn er seine Tochter finden und befreien wollte, und je früher er sich wieder auf die Suche nach ihr machen konnte, desto besser. »Du würdest mir also einen Trupp Soldaten zur Verfügung stellen, wenn ich meine Familie als Geisel in der Stadt lasse?«

»*Gast* hört sich weit freundlicher an und trifft es auch besser!«

»Mein jüngster Sohn ist bei dem Überfall schwer verletzt worden. Wenn, dann könnte zunächst nur Zahra zurück nach Granada kommen …«

Gonzalo nickte.

»Und du garantierst mir, dass Zahra und den Kindern hier nichts geschieht und wir, sobald ich Chalida befreit habe, ungehindert nach Portugal reisen können?«

»Ich spreche gleich bei der Königin vor. Sie erwartet mich ohnehin. Und alles andere versteht sich von selbst.«

»Inwiefern?«

»Ich dachte, du kennst die Kapitulationsvereinbarungen? Raschid war doch bei den Verhandlungen dabei. Obwohl … stimmt, bei den letzten Gesprächen hat er gefehlt. Nun weiß ich auch, wieso.«

»Was wurde denn da besprochen?«

»Insgesamt hat sich die Situation der Mauren noch einmal verbessert. Eigentlich können sie ihr Leben unverändert fortführen: Sie behalten ihre Ländereien und ihr Vieh, ja, sogar ihre Pferde! Darüber hinaus hat Isabel eingewilligt, dass die Muslime weiterhin der Gerichtsbarkeit ihrer Qadis unterstehen. Und wer dennoch das Land verlassen und nach Afrika auswandern will, kann eines der Boote in Anspruch nehmen, welche die Krone ab dem ersten April zur Verfügung stellen wird: Zehn große Schiffe werden in unseren Häfen in Motril und Almuñécar bereitliegen, und für die Überfahrt zahlen müssen die Muslime auch nicht.«

»Das ist natürlich auch eine Art, die Mauren loszuwerden«, spottete Jaime.

Gonzalo zuckte gleichmütig mit den Achseln. »Ich denke, es ist ein großzügiges Angebot, und wer will, kann innerhalb der nächsten fünf Jahre zurückkommen – was ebenso für euch gelten würde … Außerdem garantiert Isabel den Muslimen, dass sie ihren Glauben weiter frei ausüben dürfen, ja, sie ist sogar so weit gegangen, dass sie den Christen ausdrücklich untersagt, die Moscheen zu betreten, und wenn es doch jemand wagen sollte, drohen ihm hohe Strafen. Das Gleiche gilt für maurische Privathäuser: Christen dürfen muslimische Häuser nur mit der ausdrücklichen Erlaubnis des Besitzers betreten, und wenn ein Maure einen Christen in seinem Haus tötet, weil dieser unerlaubt eingedrungen ist, wird er dafür nicht zur Rechenschaft gezogen.«

»Und womit soll der Maure den Christen töten? Mit der Suppenkelle?«, höhnte Jaime.

»Nein, natürlich mit seinem Schwert«, gab Gonzalo verärgert zurück. »Ja, du hörst richtig: Sogar ihre Waffen dürfen die Mauren behalten!«

Dieses Zugeständnis verwunderte Jaime in der Tat. »Fragt sich bloß, wie lange sich die Christen an diese Vereinbarungen halten werden.«

»Denk doch, was du willst«, unterbrach Gonzalo ihn ungehalten. »Außerdem darf ich dich daran erinnern, dass nicht ich etwas von dir will!«

»Ist ja schon gut. Natürlich bin ich dir dankbar, dass du dich bei Isabel für uns einsetzen willst!«

Jaime verließ zusammen mit seinem Bruder das Haus. Während Gonzalo auf direktem Weg zur Residenz der Könige ging, streifte Jaime durch die Gassen, um sich die Wartezeit zu verkürzen. Die Vorfreude seiner Landsleute auf den Tag der Übergabe Granadas war nicht zu übersehen: Viele lachten und rissen Witze, andere wiesen ihre Burschen an, die Aufzäumungen und die Sättel der Pferde aufzuputzen. Als einige Christen breitbeinig auf Jaime zukamen, wich er, um eine Auseinandersetzung zu vermeiden, zur Seite aus und trat in eine schlammige Pfütze. Er sagte nichts, dachte aber, wie viel angenehmer es doch war, in den maurischen Städten über gepflasterte und von Straßenkehrern rein gehaltene Straßen schreiten zu können, statt wie hier und in allen anderen christlichen Städten durch Schlamm, Dreck und stinkige Abfälle waten zu müssen. Mit einem Mal hatte er es eilig, hier herauszukommen, und eilte aufs Stadttor zu. Er brauchte Luft. Frische, reine Luft, wie es sie bei den Christen nicht gab – und sicher auch in den maurischen Städten nicht mehr lange geben würde, wenn die Christen dort erst einmal Einzug gehalten hatten.

Die Wehmut verließ Jaime auch vor der Stadt nicht. Der Zufall wollte es, dass er gerade an dem Tor aus der Stadt trat, von dem aus man direkt auf Granada und ihren ganzen Stolz blicken konnte: den Nasridenpalast. Im Licht der späten Nachmittagssonne erstrahlte die Alhambra in tiefem Rot über der Stadt, dem Rot, dem die mächtige Burganlage ihren Namen verdankte: *qasr al-hamra,* die rote Festung, der »Rubin über der Stirn Granadas«. Auch wenn Jaime erst seit sechs Jahren bei den Mauren lebte – damals hatte er Zahra aus dem Kerker befreit – und er mit ihr kaum mehr als ein Jahr in Granada selbst verbracht hatte, hatte er in dieser Zeit den Palast, seine Patios und die herrlichen Parks doch gut genug kennengelernt, um zu wissen, dass diese Worte nicht übertrieben waren. Nie in seinem Leben hatte er ein erhabeneres Bauwerk gesehen – ein Gedanke, der ihn dazu brachte, erneut aus ganzem Herzen zu bedauern, dass die Mauren die Christen nicht hatten zurückschlagen können. Jaime hatte bei ihnen jedoch nicht nur ihre prächtigen Bauwerke und die Sauberkeit ihrer Straßen, Häuser und Menschen schätzen gelernt, vor allem ihre Toleranz und ihre Offenheit Andersgläubigen gegenüber hatten ihn für sie eingenommen sowie ihr unbändiger Freiheitswille, ihre hochkultivierte Lebensart und die vertrauensvolle Zuversicht, mit der sie auch noch in den aussichtslosesten Situationen auf Allahs gnädige Hilfe vertrauten: »Inschallah …«

Religionsfreiheit und vieles mehr versprachen die Christen jetzt den Mauren … Der Gedanke an Gonzalos Worte entlockte Jaime ein Schnauben. Er hatte König Fernando lange genug gedient, um zu wissen, wie oft dieser aus taktischen Gründen Zugeständnisse machte, die er von Anfang an nicht einzuhalten gedachte. Fernando war listig wie ein Fuchs, und doch – es blieb ihm nichts anderes übrig, als darauf zu hoffen, dass seine Familie in Granada zumindest so lange sicher war, bis er Chalida und möglichst auch ihr Gold zurückgeholt hatte und sie das Land verlassen konnten.

Jaime setzte sich auf einen Findling und fragte sich, wie Zahra reagieren würde, wenn er ihr Gonzalos Vorschlag unterbreitete. Zwar hatte er keinen Zweifel daran, dass sie alles für ihre Tochter tun würde, aber nach Granada quasi als Geisel zurückkehren zu müssen, würde sie tief in ihrem Stolz verletzen. Er fragte sich erneut, ob sein Bruder nicht doch einen Hintergedanken dabei hatte, Zahra im Austausch für die Truppe bewaffneter Männer zu fordern. Im Grunde seines Herzens, davon war Jaime überzeugt, zweifelte sein Bruder nicht daran, dass er diese Männer einzig und allein dazu nutzen wollte, seine Tochter zu befreien. Was hätte Jaime auch für ein Motiv, einen Anschlag auf die Christen auszuführen? Der Krieg war verloren, und er stand seinen Landsleuten ohnehin nicht feindlich gegenüber. Nur um seine Familie zu schützen, war er auf die maurische Seite gewechselt. Ging es Gonzalo um Zahra? Glaubte er, dass er heute mehr Chancen bei ihr haben könnte als vor acht Jahren?

Jaime kratzte sich an der Stirn, und ohne dass er es wollte, war tief in ihm Zweifel gesät.

Als er eine gute Stunde später zu Gonzalos Haus zurückkehrte, traf er dort niemanden an. Und wieder hieß es warten. Erst als die Sonne hinter dem Wald verschwunden war, kam sein Bruder. Als er Jaime bemerkte, hob er dezent die Schriftrolle an, die er in seiner Rechten hielt. Erst in seinem Arbeitszimmer reichte Gonzalo ihm das Dokument. Jaime überflog die Zeilen und nickte erleichtert. »Du hast es tatsächlich geschafft: Zahra und mir wird nichts mehr vorgeworfen; niemand sucht uns …« Er sah zu seinem Bruder auf. »Ich weiß nicht, was ich sagen soll, noch, wie ich dir dafür danken kann!«

Gonzalo winkte ab. »Keine Sorge, das habe ich nicht für dich getan. Außerdem waren die Vorwürfe gegen Zahra ohnehin aus der Luft gegriffen, was ich Isabel natürlich so nicht sagen konnte, was sie aber sehr wohl selbst weiß. Von daher musste ich sie noch nicht einmal allzu sehr bedrängen, damit sie die Amnestie ausstellte.« Er verschränkte die Arme vor der Brust. »Meinen Teil der Abmachung habe ich damit erfüllt. Den Trupp bewaffneter Männer stelle ich dir zur Verfügung, sobald … Zahra in der Stadt ist.«

Dieses Zögern in Gonzalos Stimme, bevor er Zahras Namen aussprach, ließ Jaime aufmerken.

»Was hast du?«, fragte Gonzalo.

Erst jetzt wurde Jaime bewusst, dass er die Augenbrauen zusammengezogen hatte. Er versuchte, sein ungutes Gefühl abzuschütteln, aber es gelang ihm nicht.

»Es ...« Er räusperte sich. »Es ist dir schon klar, dass Zahra und ich, ich meine, auch wenn wir nicht verheiratet sind ... Herrgott, was ich sagen will, ist einfach, dass ich hoffe, dir ist klar, dass Zahra zu mir gehört und sich daran nie etwas ändern wird.«

»Ich weiß ehrlich gesagt nicht, warum du mir das jetzt sagst«, gab Gonzalo mit einem Erstaunen zurück, das auf Jaime echt wirkte. Eine ganz spezielle Wärme stieg ihm ins Gesicht, eine Verlegenheit, die er schon Jahre, wenn nicht Jahrzehnte nicht mehr gespürt hatte. Er drückte die Schriftrolle an sich, senkte den Blick, nickte Gonzalo noch einmal kurz zu und verließ eiligen Schrittes das Haus.

III.

Umbrete
16. Dezember 1491

Behutsam legte Zahra ihrem kleinen Sohn einen frischen Kräuterverband auf die Wunde und strich ihm das schweißnasse Haar aus der heißen Stirn. Trotz allem spiegelte sich in ihrem Blick zum ersten Mal seit dem Unfall Hoffnung. Auch wenn Yayah weiter hohes Fieber hatte, war er eben doch ansprechbar gewesen und hatte sogar nach Wasser und etwas zum Essen verlangt. Zwar hatte er dann nur einen winzigen Bissen Brot und einen kleinen Schluck Wasser zu sich genommen, aber es war ein Anfang und machte ihr Mut.

Auch Tamu ging es trotz ihres hohen Alters und des beträchtlichen Blutverlusts von Tag zu Tag besser. Zwar war sie noch zu schwach, um aufzustehen, aber ihre Stimme donnerte dafür umso drakonischer von ihrem Krankenlager aus auf die Dienerinnen nieder und ließ keinen Zweifel daran, dass sie besser spurten, wenn sie nicht dafür büßen wollten, sobald sie wieder auf den Beinen war. In der Tat entging ihren Augen nichts, und selbst wenn in dem Schuppen, den Zubair für sie gefunden und zusammen mit den anderen unverletzten Männern halbwegs bewohnbar gemacht hatte, nur denkbar wenige hausfrauliche Pflichten zu erfüllen waren, fand Tamu doch ständig neue Aufgaben für die Dienerinnen. »Müßiggang bringt sie nur auf dumme Gedanken«, hatte sie Zahra hinter vorgehaltener Hand erklärt und dabei einen beredten Blick auf die Männer geworfen, die in der Tat recht oft zu den Frauen hinsahen – was auch kein Wunder war: Keine von ihnen war mehr verschleiert, da Zahra alle Hidschabs und Niqabs als Verbandsmaterial gebraucht hatte.

Zahra strich auch Abdarrahman über den Kopf. In den letzten Tagen war er Yayah noch nicht für eine Minute von der Seite gewichen. Nur wenn ihm vor Erschöpfung die Augen zugefallen waren, hatte er über kurze Zeitspannen geschlafen, und ansonsten hatte er seinem kleinen Bruder immer wieder mit unendlicher Geduld mit einem Tuch Wasser und Ziegenmilch einzuflößen versucht. Dabei hatte er selbst lediglich dann etwas gegessen, wenn Zahra ihm angedroht hatte, dass er sich ansonsten nicht weiter um Yayah kümmern dürfe. Erst eben, als Yayah diesen Bissen Brot gegessen hatte, hatte Abdarrahman sich auf seinem Lager zusammengerollt und war in tiefen Schlaf gefallen. Zahra war klar, dass Abdarrahman es sich niemals verziehen hätte, wenn Yayah gestorben wäre, und sie hoffte, die Jungen würden es nicht allzu schwernehmen, dass Yayahs Schulter nie mehr so werden würde wie früher. Sie selbst wollte froh und dankbar sein, wenn Yayahs Schulter nicht vollends steif blieb.

Raschid trat zu Zahra und zeigte ihr stolz die beiden Kaninchen, die er erlegt hatte. »So werden wir heute endlich wieder etwas Herzhafteres als Orangen und diese grausligen Wurzeln zu essen bekommen, die Tamu Maria dauernd sammeln und kochen lässt«, grinste er sie an.

»Die Wurzeln sind nahrhaft«, konterte die Alte bärbeißig, und Raschid solle froh sein, dass sie in dieser kargen Gegend und um diese Jahreszeit überhaupt etwas zu essen fänden. Sie hatten es nicht gewagt, zum nächsten Dorf zu gehen und dort

Essen zu kaufen: Immerhin waren sie hier mitten im kastilischen Gebiet. Wer wusste schon, ob sich bis hierher herumgesprochen hatte, dass der Krieg zu Ende war? Einer weiteren kämpferischen Auseinandersetzung hätten sie niemals standhalten können. Auch wenn die verletzten Männer auf dem Wege der Besserung waren, waren doch nur die wenigsten von ihnen so weit wiederhergestellt, dass sie ein Schwert führen konnten. So blieb ihnen nichts anderes übrig, als ihren Speiseplan auf das zu begrenzen, was der Wald, die Wiesen und die Felder hergaben. Ihr größter Schatz waren die Ziegen, die sie von Granada mitgeführt hatten und die sie mit Milch versorgten.

Auf einmal hörten sie den Hufschlag eines sich nähernden Pferdes. Raschid drückte Khadidscha die beiden erlegten Tiere in die Hand, zog sein Schwert und machte den anderen Männern Zeichen, ihm zu folgen. Vorsichtig öffnete er das Tor, das sie notdürftig hatten instand setzen können, spähte hinaus und versetzte dem Tor dann einen so heftigen Stoß, dass es mit einem lauten Knall bis zum Anschlag aufflog. »Jaime!«

Augenblicklich stand Zahra auf und rannte hinaus. Jaime lenkte das Pferd zu ihr, sprang ab und schloss sie in die Arme. Mit brennenden Augen sah Zahra zu ihm auf. Jaime nickte ihr beruhigend zu und drückte sie noch fester an sich. Dann strich er ihr eine Strähne ihres langen, dunklen Haares aus dem Gesicht. »Wie geht es Yayah?«

»Ich glaube, er ist endlich über den Berg, und auch die anderen sind auf dem Weg der Besserung.«

Raschid trat neben ihn und rieb ihm zur Begrüßung über die Schulter. »Und?«, drängte er. »Jetzt erzähl schon! Wie hat Gonzalo reagiert?«

Eine gute Stunde später hatte Jaime Raschid und Zahra ausführlich berichtet. Als er Gonzalos Bedingung nannte, dass Zahra im Austausch für die bewaffneten Männer in Granada bleiben solle, wurde sie blass, sagte aber nichts.

»In dem Fall werden auch wir nicht weiter nach Portugal ziehen«, entschied Raschid und bot Jaime an, dass dieser gleich am nächsten Tag mit Zahra nach Granada zurückreiten könne. Er würde mit dem Rest der Truppe nachkommen, sobald den Verletzten die Reise zugemutet werden könne.

Jaime nickte ihm dankbar zu. »Für mich wäre es eine große Beruhigung, wenn wir nicht noch mehr Zeit verlieren würden und Zahra und die Kinder nicht allein mit den Dienern in Granada blieben!«

»Sicher kann ich anfangs bei Aischa in der Alhambra unterkommen«, meinte Zahra. Sie hatte der Sultanin über viele Jahre als Hofdame gedient und war in dieser Zeit eine enge Vertraute für sie geworden. Dennoch klang ihre Stimme bedrückt. Jaime sah sie fragend an, doch Zahra tat so, als bemerke sie es nicht. Jaime nahm sich vor, sie später, wenn sie einen Moment für sich waren, danach zu fragen.

Mit dem ersten Licht des Tages brachen Jaime und Zahra gen Granada auf. Es war noch kälter geworden, der Frühnebel zog als dicke, weiße Schwaden von den Feldern zu ihnen in die Wälder, so dass sie kaum zwanzig Schritte weit sehen konnten. Wie unter einer Glocke waren sie in diesem Nebel gefangen, und ob sie schneller oder langsamer ritten – der Nebel umfing sie immer gleich und gab ihnen dadurch das Gefühl, auch Stunden später kaum von der Stelle gekommen zu sein. Zahra verkroch sich in ihren dicken Umhang und blickte starr vor sich und das, obwohl oder gerade weil sie längst ahnte, dass Jaime sie fragen wollte, was mit ihr los sei. Doch darüber wollte sie keinesfalls reden, ja, noch nicht einmal darüber nachdenken wollte sie. Sie merkte, wie Jaime immer wieder zu ihr hinübersah, aber ganz gleich, ob er »Verdammte Bäume!« brummte, weil sich seine Locken wieder einmal in ein paar Ästchen verheddert hatten, oder ob er über den harten Gang seines Pferdes nörgelte, das nichts mit seinem wundervollen Prachthengst Barbakan gemein hatte, der die Mägen der hungernden Soldaten El Zegrís bei der Belagerung Málagas hatte füllen müssen – Zahra hütete sich vor jeglicher Reaktion, um von ihm nicht in ein Gespräch gelockt zu werden.

Mittags löste sich der Nebel endlich auf, und kurz darauf kamen sie an eine Lichtung mit einem kleinen Weiher. Jaime schlug Zahra vor, die Pferde zu tränken und zu rasten. Sie nickte, band ihr Pferd in Ufernähe fest, reichte Jaime eine Kaninchenkeule, nahm sich eine Orange und ließ sich auf einem umgestürzten Baumstamm nieder. Aus den Augenwinkeln sah sie, wie Jaime sie beobachtete, die Augenbrauen hob und wieder senkte und schließlich stoßweise ausatmete. »Zahra, bitte, so geht das nicht. Warum sagst du mir nicht endlich, was du hast? Bist du wütend, weil ich nicht durchgesetzt habe, dass Gonzalo mir die Männer zur Verfügung stellt, ohne dass du dafür quasi als Geisel in der Stadt bleiben musst?«

»Aber nein, natürlich nicht! Wie kommst du denn auf den Gedanken?«

»Na, weil … Mein Gott, seit ich gestern gesagt habe, dass du mit mir zurück nach Granada musst, meidest du mich doch, als hätte ich die Pest!«

»Aber Jaime, du … nein, das ist doch alles ganz anders!« In Zahras Augen trat verzweifelte Abwehr, die noch größer wurde, als Jaime vor ihr in die Hocke ging.

»Aber wenn es das nicht ist, was ist es dann?«

Zahra presste die Lippen zusammen, schüttelte den Kopf und strich sich mit einer seltsam bedächtigen, ergebenen und unendlich traurigen Geste den Hidschab vom Kopf, den Jaime ihr aus Granada mitgebracht hatte.

Sanft legte Jaime seine Hand auf die ihre. »Zahra, so rede doch, um Himmels willen!«

Sie sah ihn an, und als ihre Blicke sich begegneten, trat Schmerz in ihre Augen, Schmerz, Hoffnungslosigkeit und Tränen; Tränen, die sie schon so lange unterdrückt hatte und lieber niemals geweint hätte.

»Zahra …«

Und dann rann sie über ihre Wange, die erste Träne, und mit ihr zugleich lösten sich weitere und auch die Worte. »Ich … es ist … ach, einfach alles zusammen. Chalida, Yayah, Abdarrahman, Tamu – aber natürlich ist es auch die Rückkehr nach Granada … Warum haben wir diese verdammte Amnestie nicht früher bekommen können? Dann würden wir jetzt in unserem Haus in Granada leben, hätten noch unsere Seidenfarm, Chalida wäre bei uns, Yayah und Tamu nicht verletzt …«

»Willst du damit sagen, es war ein Fehler, Granada zu verlassen? Ist es das, was du mir vorwirfst?«

»Aber ich werfe dir doch nichts vor! Und Fehler, mein Gott, man kann doch immer nur aus dem Moment heraus entscheiden, und überdies ist es der Allmächtige allein, der unsere Schritte lenkt. Ach, Jaime, du hast nie verstanden, was Granada für mich bedeutet, und wirst das vielleicht auch nie, aber ich, ich werde Gonzalo auf ewig dankbar sein, dass er dies für uns erreicht hat.«

»Pah, erreicht!« Jaime warf den Kopf zurück. »Bevor ich von Granada aufgebrochen bin, habe ich in den Gassen von

Santa Fe zwei Männer sagen hören, dass derzeit selbst jeder dreckige Händler, der christliche Sklaven nach Afrika verkauft hat, von Isabel eine Amnestie bekommt. Da musste dies bei dir, die nichts weiter verbrochen hat, als im falschen Moment am falschen Ort zu sein, ja wohl allemal möglich sein! Außerdem hatte dich Gonzalo ja selbst in diese missliche Lage gebracht!«

Zahra sah ihn an. »Du weißt, dass das so nicht stimmt!«

»Natürlich stimmt das so!«, ereiferte sich Jaime. Mit grimmigem Blick klaubte er einen Stein vom Boden und schleuderte ihn über die Wasseroberfläche. Erst nach dem siebten Hüpfen ging er unter.

»Jaime, bitte, ich will nicht streiten. Gesteh Gonzalo zumindest zu, dass es großzügig von ihm war, sich für uns einzusetzen. Eigentlich hätte er allen Grund, dir und noch mehr mir auf ewig böse zu sein!«

»Böse, weil du dich für mich entschieden hast?«, schnaubte Jaime und schleuderte den nächsten Stein. »Nein, damit machst du es dir zu einfach!«

»Oder du!«, gab Zahra zurück und war selbst erschrocken, wie spitz es klang. Von seltsamer Eile getrieben, legte sie ihren Hidschab wieder an, ging zu ihrem Pferd und wartete, dass Jaime nachkam, aber er stierte stur auf den Weiher und ließ noch drei weitere Steine über die Wasseroberfläche hüpfen. Dann endlich stieg er auf sein Pferd und ritt so heftig an, dass Zahra Mühe hatte, mit ihm mitzuhalten.

Jaime trieb sie auch die nächsten Tage unnachgiebig an, so dass sie sehr viel früher in Santa Fe ankamen, als sie erwartet hatten. Ihr erster Weg führte sie zu Gonzalos Haus. Sein Knappe empfing sie mit größter Dienstbeflissenheit, meldete sie an und konnte sie auch unverzüglich vorlassen. Während sich Jaime und Gonzalo mit einem kaum wahrnehmbaren Nicken und einem langen, einander abschätzenden Blick begrüßten, war Zahra so verlegen, dass sie kaum aufzusehen und noch weniger etwas zu sagen wagte. Als sie bemerkte, dass Gonzalo die rechte Hand hob, sie sich nach arabischer Art auf die Brust legte und sich verbeugte, tat sie es ihm gleich.

»As-Salamu alaikum, Gonzalo.« Friede sei mit dir.

»Wa alaikum as-Salam, Zahra!« Auch mir dir sei Friede.

Der warme, dunkle Klang seiner Stimme veranlasste Zahra, ihn nun doch kurz anzusehen, und als sie die Verletztheit in seinen Augen gewahrte, war ihr, als seien nicht Jahre, sondern Minuten vergangen, seit sie sich zum letzten Mal gesehen hatten, denn es war die gleiche Verletztheit, mit der er ihren Blick bei ihrer letzten Begegnung erwidert hatte – an dem Tag, an dem er hatte erkennen müssen, dass sie nicht ihn, sondern seinen Bruder liebte. Sie öffnete den Mund, wollte sich bei ihm entschuldigen oder ihm zumindest erklären … – aber heute wie damals gab es keine Worte dafür, und so senkte sie hastig wieder den Blick. Zu Zahras Erleichterung setzte Jaime im gleichen Moment zu sprechen an: »Zahra würde gern bei Aischa in der Alhambra wohnen, bis ihr Bruder mit den anderen nachgekommen ist. Ich hoffe, das findet deine Zustimmung und du hattest nicht vor, sie hier einzusperren.«

Zahra ärgerte sich über Jaimes scharfen Unterton.

»Natürlich kann sie dort wohnen«, beeilte sich Gonzalo zu versichern. »Ich bin über diese Lösung sogar ausgesprochen froh! Erst als du schon weg warst, ist mir eingefallen, dass ihr hier gewiss alles aufgelöst und verkauft habt, und ich habe schon gegrübelt, wo man sie am besten unterbringen kann.«

»Heißt das auch, dass ich ab sofort über die Männer verfügen kann, die du mir zugesagt hast? Ich würde gern gleich morgen früh aufbrechen.«

Gonzalo versprach es ihm.

Wenig später ritt Jaime mit Zahra weiter zum Palast. Wie seit Jahr und Tag stand der Haremswächter Kafur vor Aischas Gemächern. Zwar war er mittlerweile zu alt und zu gebrechlich, um seine Gebieterin noch beschützen zu können, aber doch verbrachte er noch immer viel Zeit auf seinem altangestammten Platz und hatte so auch immer ein Auge auf die beiden weit jüngeren Eunuchen, die Aischas Schutz dienten. Als er Zahra die weitläufige Treppe im Comares-Turm hinaufgehen sah, trieb ihm die Freude Tränen in die Augen. Stumm vor Rührung breitete er die Arme aus, woraufhin Zahra – ganz wie vor vielen Jahren – einfach auf ihn zurannte und sich ihm an den Hals warf. »Ach, Kafur, guter alter Kafur!«

»Oh mein Sternchen«, seufzte Kafur aus tiefster Seele, dicke Tränen liefen ihm über die Wangen. »Dass ich dich in diesem Leben noch einmal wiedersehe!«

Auch Aischa war hocherfreut über Zahras Ankunft. Weit distanzierter, aber doch mit einem verräterischen Glitzern in den Augen, begrüßte sie Zahra in gewohnt hoheitsvoller Haltung und gewährte ihr eines ihrer überaus seltenen, aber darum umso kostbareren Lächeln.

»Natürlich kannst du hier wohnen«, versicherte sie Zahra. »Allerdings weißt du, dass meine Tage im Palast gezählt sind …«

»Ja, Gebieterin, das ist mir bewusst«, erwiderte Zahra und bewunderte die Sultanin für die Gefasstheit, die sie in jeder auch noch so schwierigen Lage zu bewahren wusste. Auch Laila, Aischas Lieblingsdienerin, begrüßte sie nun und ebenso die anderen altverdienten Hofdamen, Dienerinnen und Sklavinnen. Erst als diese Frauen in den Nebenraum verschwunden waren und Aischa sich einen Hidschab über ihr mit grauen Silberfäden durchwirktes, schweres dunkles Haar gezogen und ihn vor ihrem Gesicht geschlossen hatte, ließ Kafur Jaime eintreten. Jaime bedankte sich bei Aischa für die Gastfreundschaft, die sie auch ihm für diese Nacht im Palast gewährte, und zog sich sogleich wieder zurück. Als Zahra ihn aus dem Zimmer gehen sah, hatte sie das Gefühl, dass ihr Leben noch einmal von vorn begann: Genauso war damals auch ihr Vater von hier weggegangen, als sie mit dreizehn Jahren zum ersten Mal am Hof geblieben war, um Aischas Hofdame zu werden. Jetzt stand sie in ihrem achtundzwanzigsten Lebensjahr. So viel Zeit war vergangen – und doch hatte sie das Gefühl, das alles sei erst gestern gewesen. Vater, Mutter ... Sie biss sich auf die Lippen, denn auch diese beiden Menschen, die sie so sehr geliebt hatte, waren dem Kampf um Granada zum Opfer gefallen.

IV.

Granada
2. Januar 1492

Genau wie Zahra, Raschid, Zubair und Abdarrahman standen auch viele andere Mauren vor dem Stadttor und sahen zu, wie ein riesiger Trupp Christen prächtig aufgeputzt unter den Siegesfanfaren ihrer Hörner auf die Stadt zumarschierte. Ihre Gesichter erhellte strahlender Triumph, während die der Mauren wie versteinert waren und so viel Trauer und Schmerz ausdrückten, wie man es sonst nur bei dem Begräbniszug eines geliebten Menschen finden kann. Auch ein paar Christen waren unter den maurischen Zuschauern, Christen, die seit vielen Jahrzehnten in ihrer Mitte lebten und den Katholischen Königen und ihren Gefolgsleuten mit derselben Unruhe entgegensahen. Genau wie den Juden war es auch ihnen unter der maurischen Herrschaft gut ergangen, sie hatten ein sicheres Einkommen gehabt, frei ihren Glauben ausüben können und Freunde unter den Mauren gefunden. Der Machtwechsel bereitete ihnen kaum weniger Unbehagen als den Mauren, und noch besorgter, ja, furchtsam gar, blickten dem kastilischen Siegeszug die Renegados entgegen, jene Muslime, die vormals Christen gewesen, dann aber von ihrem alten Glauben abgefallen und zum Islam übergetreten waren. Gerade unter ihnen hörte man immer wieder einen voll Beklommenheit gehauchten Namen fallen: den Namen Torquemadas, des christlichen Großinquisitors.

Obwohl Zahra auf keinen Fall ihren Schmerz zeigen wollte, stiegen auch ihr beim Anblick der kastilischen Siegesflagge Tränen in die Augen. Raschid nahm ihre Hand und drückte sie nachdrücklich. »Nicht, Zahra, nicht weinen. Das sind sie nicht wert!«

»Ich weiß.« Zahra biss sich auf die Lippen und war froh, dass der Schleier zumindest dies verbarg. Nie würde sie verstehen, wie christliche Frauen freiwillig darauf verzichten konnten, ihr Gesicht zu verhüllen. Sie jedenfalls hätte sich in diesem Moment am liebsten unter einer Burka verborgen – allein sein mit sich und seinem Schmerz, ohne Blicke von außen zulassen zu müssen.

»Ich verstehe ohnehin nicht, warum du unbedingt sehen willst, wie … wie …« Raschid machte eine unwillige Handbewegung.

»Wie die Christen in Granada einziehen und in Besitz nehmen, was sie niemals in Besitz hätten nehmen dürfen!« Fast spuckte Zahra die Worte heraus.

Nach den Signalhornbläsern, Trompetern und Leibwächtern sahen sie nun die Katholischen Könige auf sich zureiten. Isabel saß hoch aufgerichtet auf ihrem golden aufgezäumten Schimmel, gekleidet in ein himmelblaues, perlenbesetztes Kleid, eine diamantenbesetzte Krone auf dem blonden, frei niederwallenden Haar. Sie streifte die Menschen, die ihr entgegensahen, mit einem erhabenen Blick und wandte ihre stahlblauen Augen dann der Stadt zu. Nur wenige Atemzüge trennten sie von der Schlüsselübergabe, nach der dieses Königreich endlich ihres sein würde. In der Tat feierte die Königin heute nicht nur ihren persönlichen Sieg, sondern auch den ihres Gottes: Er allein hatte ihren Soldaten die Macht verliehen, die Krieger und das Volk Allahs auf dem Boden Granadas in die Knie zu zwingen. Und ebenso wie von Isabels Augen ging auch von ihrer ganzen Erscheinung eine nahezu übermenschliche Erhabenheit aus, als strahlte die Übermacht ihres Gottes auf sie ab, und diese Wirkung war so stark, dass sich selbst Zahra und die anderen Zuschauer ihr nicht ganz entziehen konnten.

An Isabels Seite ritt Fernando, und auch wenn er nicht minder würdevoll und majestätisch wirkte, erschien er dabei doch weit irdischer als seine Gemahlin. Möglicherweise lag es an dem Glitzern in seinen Augen: Zahra konnte sich des Eindrucks nicht erwehren, als taxierte er Granada schon jetzt unter dem Blickwinkel, welchen Nutzen er aus der Stadt ziehen könne. Zahra fragte sich, welcher der beiden Regenten für Granada und die Mauren der gefährlichere war – und im nächsten Moment dachte sie: Mauren? Nein, Mauren waren sie die längste Zeit gewesen. Fortan gab es keine Mauren mehr. Genau wie das Maurenreich mit dem heutigen Tag zu existieren aufhörte, so taten es auch seine Bewohner. Von Stunde an waren sie nichts als Mudéjares, Muslime, die unter christlicher Herrschaft lebten und die froh und dankbar sein mussten, wenn diese sie ihren Glauben weiter ausüben und sie ihrer Arbeit nachgehen ließen, statt sie auf dem nächstbesten Sklavenmarkt wie räudige Hunde an den Meistbietenden zu verhökern.

»Wollen wir nicht doch zurück in die Stadt gehen?« Besorgt musterte Raschid seine Schwester. »Zahra, du bist weiß wie die Wand!«

»Nein, Raschid. Ich muss das hier sehen. Ich muss es sehen, um es nie, nie wieder zu vergessen!«

»Und Abdarrahman? Sollte nicht wenigstens er zurück in die Stadt? Zubair könnte ihn begleiten …«

Hastig klammerte der Junge seine Hand um die seiner Mutter. »Bitte, Onkel Raschid, lasst mich hierbleiben!«

Zahra sah zu ihm, und im gleichen Moment hob auch Abdarrahman den Blick zu ihr. Zahra wurde ganz heiß, denn sie erkannte in seinen Augen das, was auch sie empfand – und sie nickte ihm zu. Ja, mein Sohn, dachte sie, ja, wir werden uns rächen. Ich weiß noch nicht, wann, aber den heutigen Tag werden wir niemals vergessen – und Isabel und ihr Gefolge dafür zahlen lassen, dass sie uns unser Paradies, unsere Heimat genommen haben.

Der christliche Trupp war noch nicht ganz zum Stehen gekommen, als Boabdil und die Seinen die Stadt durch das Tor der sieben Länder verließen und auf sie zuritten. Auch er, seine Frau Morayma und Aischa, seine Mutter, waren von einem großen Gefolge umgeben und ihre Pferde nicht weniger prächtig gezäumt, ihre Kleidung nicht weniger edel als die der Christen – aber die Trauer in ihren Herzen nahm ihnen allen Glanz. Haltung zu beweisen war das Einzige, was ihnen blieb.

Als Boabdil auf einer Höhe mit den Katholischen Königen war, zügelte er seinen Rappen und wollte absteigen, um vor den neuen Machthabern niederzuknien und ihre Hand zu küssen, wie es die Sitten vorschrieben, doch Fernando gebot ihm, im Sattel zu bleiben.

»Das ist nicht nötig«, raunte er ihm so leise zu, dass es nur Zahra und einige wenige hören konnten, die ebenso dicht bei ihnen standen wie sie. Zu gern hätte Zahra geglaubt, dass Fernando Boabdil diese letzte Demütigung aus Mitgefühl ersparte, aber sie wusste, dass Klugheit seinem Charakter weit eher entsprach. Er und Boabdil tauschten einen kurzen Blick: In Fernandos war in der Tat kein Hauch von Wärme zu finden, während Boabdils gebrochen war vor Schmerz. Der maurische Emir verneigte sich vor Fernando, Isabel und ihren

Kindern. Dann trieb er sein Pferd an, noch zwei Schritte vorzugehen – und überreichte Fernando die Schlüssel der Stadt. »So nehmt hier die Schlüssel zu diesem Paradies.«

Einen kurzen Moment hielt Fernando sie in den Händen, Händen, die vor Erregung zitterten, wie Zahra wohl bemerkte, dann reichte er sie an Isabel weiter. Ihr Gesicht schien förmlich zu erglühen, ihre Augen heller als die Sonne zu leuchten. Sie drückte sich den Bund ans Herz, bekreuzigte sich, hob die Schlüssel gen Himmel – und im selben Moment brach unter ihren Gefolgsleuten ein solcher Jubel los, dass der Boden unter ihren Füßen erzitterte. Hörner und Trompeten, Bischöfe und Feldherren, Ritter und Fußvolk – sie alle jubelten ihrer Königin und ihrem triumphalen Sieg zu. So viele Jahre hatte Isabel auf diesen Tag hingearbeitet, sich keine Ruhe und kein Nachlassen gegönnt und ihren Gott täglich um seinen Beistand angefleht, um das Maurenvolk mit seinem falschen Glauben zu besiegen und selbst in Granada einziehen zu können. Nun war dieser große Tag endlich da. Als der Jubel abebbte, gab Isabel die Schlüssel an denjenigen weiter, der ihn schon heute stellvertretend für die künftigen Generationen ihres Herrscherhauses entgegennahm: an ihren dreizehnjährigen Sohn Juan, einen hübschen, noch schmächtigen Jungen mit dunkelblonden Locken und einem Gesicht, in dem noch nichts von der gradlinigen Entschlossenheit seiner Eltern zu sehen war. Er wiederum reichte sie an denjenigen weiter, der Granada als Statthalter für sie regieren würde: den Conde de Tendilla.

Boabdil, Morayma und Aischa warfen Zahra, Raschid und Abdarrahman noch einen letzten Blick zu und ritten von dannen. Die Geschichte Granadas lag hinter ihnen. Der Stolz und ihre Selbstachtung verbaten es ihnen, sich noch einmal umzudrehen. Zahra sah ihnen nach, bis sie hinter dem ersten Hügel verschwunden waren.

Raschid rieb ihr über den Arm. »Komm, Zahra, jetzt reicht es – lass uns nach Hause gehen!«

Zahra blickte zu ihm auf. »Nach Hause?« Sie hob die Augenbrauen und wusste selbst, welche Bitterkeit in ihren Worten mitschwang. Es war nicht ihr Zuhause. Mit dem wenigen Gold, das ihnen nach dem Überfall noch geblieben war, hatte Raschid zwar ein durchaus ordentliches Haus anmieten können, aber der Gedanke, dass »ihr« Haus, das Haus ihrer Eltern und ihrer Kindheit, nur zwei Straßen weiter lag und jetzt einem anderen und noch dazu einem Christen gehörte, machte es ihr unmöglich, sich dort heimisch oder auch nur wohl zu fühlen.

»Zahra, Bitterkeit bringt uns nicht weiter. Wir müssen nach vorn sehen.«

»Nach vorn sehen ... Meinst du damit solche Ereignisse wie den großen, festlichen Einzug, mit dem die Christen in vier Tagen unsere Stadt vereinnahmen werden? *Unsere* Stadt!« Sie richtete die Augen gen Himmel und drückte Abdarrahmans Hand so fest, dass der Junge einen kleinen Schmerzensschrei ausstieß.

»Zahra, nicht nur du hast dein Zuhause verloren«, erinnerte Raschid sie.

Zahra biss sich auf die Lippen. »Ja, ich weiß, es tut mir leid, aber ich ...«

Raschid legte ihr den Arm um die Schulter. »Du brauchst dich nicht zu entschuldigen, ich verstehe dich doch! Und ich weiß, dass deine Angst um Chalida das alles noch schlimmer macht. Hätten wir nicht vor den Christen fliehen müssen ...«

Zahra hob die Hand, um ihn zum Schweigen zu bringen, und musste ihre ganze Selbstbeherrschung aufbringen, um nicht in Tränen auszubrechen. Chalida – ja, natürlich wäre sie noch bei ihr, wenn die Christen sie nicht besiegt hätten und sie nicht vor ihnen hätten fliehen müssen! Kein Tag verging, an dem sie die Christen für all das nicht wenigstens hundert Mal verfluchte – wenn diese Bilder in ihr auftauchten, wie der Kastilier Chalida von Tamu weggerissen hatte und sie nichts hatte tun können, um sie zurückzuholen ... Und wenn sie sich dann erst vorstellte, wie es ihrer kleinen Tochter bei ihren Entführern wohl ergehen mochte ... Aber auch noch darüber zu reden ... Nein, das war mehr, als sie verkraften konnte. Raschid drückte ihr verständnisvoll die Hand, und dann endlich willigte Zahra ein, in die Stadt zurückzugehen.

Als sie in ihre Straße einbogen, sahen sie schon von weitem Yayah an der Tür stehen. Fast eine Stunde hatte Zahra gebraucht, bis er endlich aufgehört hatte zu weinen, weil sie ihn nicht hatte mitnehmen wollen. Schließlich hatte sie ihm versprechen müssen, dass er an der Tür auf sie warten durfte, obwohl er dafür eigentlich noch zu schwach war. Erstaunlich rasch lief er auf seinen großen Bruder zu, der ihn hochnahm, wobei er sorgsam darauf achtete, nicht an den noch immer vollständig verbundenen Arm zu stoßen.

»Wenn du groß genug bist, werde ich dir alles erzählen, was wir heute gesehen haben«, versprach er ihm, »denn auch du sollst diesen Tag nie vergessen!«

Zahra und Raschid tauschten einen Blick, Raschids zeigte Unbehagen, Zahras Entschlossenheit.

Als Zahra am nächsten Morgen durch das Mashrabiya-Gitter vor ihrem Fenster auf die Straße blickte, glaubte sie, ihren Augen nicht trauen zu können, und rief nach Deborah.

Sofort eilte ihre Schwägerin zu ihr und blickte mit ihr nach unten. Zwei Priester liefen vor ihrem Haus vorbei und besprengten die Straße und die Häuser, an denen sie vorbeikamen, mit Weihwasser.

»Was haben sie vor?«, fragte Deborah und strich sich nervös eine Strähne ihres langen, glatten Haares aus dem Gesicht.

»Wahrscheinlich denken sie, in unseren Türritzen säße der Teufel und käme des Nachts hervor, um sie zu verschlingen, wie ja auch wir in ihren Augen alle des Teufels Pack sind!«, knurrte Zahra.

»Bei Abraham, Zahra, was wird jetzt bloß werden?«

Zahra zog ihre Schwägerin liebevoll an sich. »Ich weiß es nicht, und es tut mir leid, dass ich dir Angst gemacht habe; verzeih mir!«

Anders als die restliche Familie war Deborah keine Muslima, sondern sephardische Jüdin. Als sie und Zahra noch Kinder waren, hatte ihr Vater, ein Medicus, Zahras Mutter das Leben gerettet, was der Beginn der Freundschaft der beiden Familien gewesen war. Zahra und Deborah waren von Anfang an unzertrennlich gewesen, und als sich Raschid und Deborah später ineinander verliebten, setzten sie Deborahs Vater zu, ihrer Heirat zuzustimmen, obwohl die jüdische Religion – anders als die muslimische – eine solche Verbindung eigentlich verbot. Doch nicht ihre Gefühle und auch nicht die langjährige Freundschaft ihrer Familien war für Deborahs Vater der ausschlaggebende Punkt für seine Zustimmung gewesen, sondern die Hoffnung, dass diese Ehe seine Tochter vor den Übergriffen der Christen schützen würde. Bei deren zahlreichen Überfällen in den letzten Jahren hatte er nicht nur einen seiner Söhne verloren, sondern auch viele Freunde, und er hatte gehofft, dass seine Tochter durch ihre Ehe Teil der muslimischen Gemeinde würde, auch wenn sie nicht zum muslimischen Glauben übertrat, und die einflussreiche Familie as-Sulami ihr mehr Schutz zukommen lassen könnte als er. Doch dann hatte der Krieg mit den Christen sie alle zu Gejagten werden lassen …

Aus Angst vor den beständig näher rückenden Christen war Deborahs Vater deswegen schon vor Jahren ins benachbarte Portugal gezogen, wo er freundlich aufgenommen worden war und sein Metier ungestört ausüben konnte.

»Und das, was Ihr da unten seht, ist längst noch nicht alles, was diese Christen hier veranstalten«, hörten die beiden plötzlich Tamu hinter sich grollen. Sie fuhren erschrocken herum.

»Was willst du damit andeuten, Tamu?«, rief Zahra.

»Maria und Khadidscha sind eben vom Einkauf im Suq wiedergekommen und haben erzählt, dass in der ganzen Stadt Priester mit Weihwasser zugange sind und die Christen alle Straßen schmücken, die hoch zur Alhambra führen.«

»Sicher für den endgültigen Einzug der Katholischen Könige. Er soll schon in drei Tagen stattfinden«, seufzte Zahra.

»Sie besprengen sogar die Moscheen von außen mit ihrem Weihwasser«, rief Maria und drückte sich an Tamu vorbei ins Zimmer. Sie lebte schon seit vielen Jahren im Hause der Sulamis, seit dem Tag, als Raschid und Zahra sie vor den Zudringlichkeiten ihres christlichen Herrn gerettet und kurzerhand mitgenommen hatten. Damals war sie Christin gewesen, später aus eigenem Wunsch zum muslimischen Glauben übergetreten.

»Und überall stellen sie ihre Soldaten auf«, jammerte Khadidscha und schlüpfte ebenfalls ins Zimmer. »Der ganze Weg zur Alhambra hoch wird von ihnen gesäumt. Bitte, Herrin, kann uns morgen Zubair bei den Einkäufen begleiten? Sie machen mir solche Angst, die Christen!«

»Die Christen …«, setzte Zahra an und wollte fortfahren, dass sie keine Angst vor ihnen haben müssten. Schließlich sei auch Jaime ein Christ, und ihre Mutter sei eine Christin gewesen, bevor sie, nicht zuletzt aus Liebe zu ihrem Vater, zum

Islam übergetreten war, und auch so mancher Freund ihrer Familie und der Mann ihrer Schwester Hayat waren Christen, und sie alle waren gute Menschen, Menschen, die sie liebte und für die sie alles tun würde … Aber sie brachte die Worte nicht über die Lippen. Denn auch sie hatte Angst. Bodenlose Angst.

Drei Tage später war es so weit: Die Katholischen Könige hielten ihren endgültigen Einzug in die Stadt. Kein einziger Maure, kein einziger Mudéjar war auf der Straße zu sehen, und auch nicht die Christen und Juden, die bisher mit ihnen hier zusammengelebt hatten. Doch die Sorge, wie es nun weitergehen würde, trieb sie zumindest hinter ihre halb geschlossenen Fensterläden und Mashrabiya-Gitter, von wo aus sie das Treiben auf der Straße beobachten konnten, ohne gesehen zu werden – und nicht anders verhielt es sich in Zahras Familie. Stumm sahen sie zu, wie eine vor Freude trunkene Meute ausgelassener kastilischer Soldaten dem maurischen Palast entgegenströmte, erblickten schließlich die Katholischen Könige, die, getragen von dieser Woge des Siegerglücks, auf ihren edlen Rössern der Alhambra entgegenzuschweben schienen, wo ihr Statthalter, der Conde de Tendilla, auf dem Comares-Turm das kastilische Königsbanner aufziehen und der künftige Erzbischof Granadas, Hernando de Talavera, das christliche Kreuz aufstellen würde.

»Oh Jaime«, stöhnte Zahra leise. »Komm endlich zurück, komm und bring mir Chalida wieder, und dann lass uns von hier weggehen. Das alles wird niemals gut für uns ausgehen!« Zugleich schmerzten ihr Herz und ihr ganzer Körper schon jetzt bei dem Gedanken daran, ihr Granada, ihr innig geliebtes Granada noch einmal verlassen zu müssen. Allah, *ta'ala,* warum, warum nur, vertreibst du uns aus unserem Paradies?

V.

Granada
17. Januar 1492

Obwohl Zahra eigentlich wie ihre Schwester und ihre Schwägerin hatte sticken wollen, hatte sie an diesem Morgen bisher noch kaum einen Faden eingearbeitet. Auch jetzt legte sie ihre Stickarbeit wieder auf ihrem Schoß ab, und es fiel ihr schwer, ein entnervtes Aufseufzen zu unterdrücken. Sie blickte zu den Kindern, die trotz der Altersunterschiede in einer Ecke des großen Wohnraums friedlich miteinander mit den Tonfiguren spielten, die Raschid ihnen am Vortag auf dem Markt gekauft hatte. Auch Yayah war mit Spaß bei der Sache, obwohl sein Arm weiterhin in einem massiven Verband steckte, aber Abdarrahman war stets an seiner Seite und half ihm, wann immer der Verband ihn behinderte. Zahras Augen wanderten weiter zu Zainab und Deborah. Die beiden saßen direkt am Holzkohleofen, der heimelige Wärme verbreitete, und beschäftigten sich mit Feuereifer mit ihren Stickarbeiten, womit sie eine Atmosphäre von Alltag und Normalität verbreiteten, die Zahra zunehmend schwerer zu ertragen fand – denn nichts in ihrem Leben war mehr normal. Als Zainab anfing, laut darüber nachzudenken, was sie am Abend zu dem Ziegenfleisch essen könnten, das die Dienerinnen am Morgen auf dem Markt erstanden hatten, stand Zahra abrupt auf und verließ den Raum. Im Patio empfing sie schneidende Kälte. Schon seit Tagen fegte ein scharfer Wind über die Dächer der Stadt hinweg und verschonte auch den geschützten Innenhof nicht. Zahra schauderte und zog sich ihren Hidschab wie ein Umschlagtuch eng um die Schultern, doch der Stoff war viel zu fein, um sie wärmen zu können. Trotzdem ging sie nicht in den Wohnraum zurück. Sie wusste, dass sie sonst Zainab anfahren würde, wie sie an Essen denken konnte, während ihre Tochter noch immer in den Klauen dieser Männer war – und wie ungerecht ein solcher Vorwurf gewesen wäre. Deborah, Zainab und die anderen litten nicht weniger als sie, und es war ihr gutes Recht, sich hinter diesem notdürftig errichteten Scheinalltag wie hinter einem schützenden Bollwerk zu verkriechen, statt sich, wie sie selbst, von ihren Ängsten allmählich auffressen zu lassen.

Sie trat zu dem Hibiskus bei der Treppe, die von dem Innenpatio zur Galerie des ersten Stocks führte, rupfte ein gelb gewordenes Blatt ab und zerdrückte es in ihrer Hand. Mein Gott, seufzte sie, was hast du mit uns vor? Werden wir im Frühjahr noch immer hier sein und sehen, in welcher Farbe die Blüten der Sträucher erblühen? Dabei hätte sie nicht einmal zu sagen vermocht, was ihr mehr Angst einjagte: tatsächlich noch hier zu sein oder es nicht mehr zu sein. Drei Wochen waren bereits vergangen, seit Jaime aufgebrochen war, um Chalida zu suchen, und noch immer hatten sie keine Nachricht von ihm. Wenn sie wenigstens gewusst hätte, ob er die Spur der Entführer hatte wiederfinden können oder ob er etwas darüber herausgefunden hatte, wie es Chalida ging! Chalida … ihr kleines Vögelchen … Sicher war ihr schönes, langes Haar schon ganz verfilzt, weil sich niemand die Mühe machte, es ihr, die sich im Schlaf so viel hin- und herwarf, vor dem Zubettgehen zu flechten. Ob sie wenigstens darauf achteten, dass sie warm genug angezogen war? Sie fror doch so schnell!

Je länger sich Zahra diese Fragen stellte, desto deutlicher sah sie das Bild ihrer kleinen Tochter vor sich und desto mehr krampfte es ihr das Herz zusammen. Und schließlich musste sie sich die schlimmste aller Fragen stellen: Lebte ihr Kind überhaupt noch?

Zahra schloss die Augen, ließ sich an der Wand entlang zu Boden gleiten, zog die Beine an den Körper, umschlang sie und drückte ihren Hinterkopf gegen die Wand, erst leicht, dann fester und fester, geradezu, als wolle sie ihn hineinpressen. Chalida, Chalida, Chalida! Mit jedem Herzschlag pochte ihr Name in ihr auf, immer schneller und schneller, und mit einem Mal wurde die Angst um sie so übermächtig, dass sie sich auf die Finger beißen musste, um nicht aufzuschreien.

Kurz darauf trat Maria aus der Küche in den Patio. Die Dienerin blickte zu ihr, schien zu merken, dass sie störte, und machte Anstalten, sich wieder zurückzuziehen.

Augenblicklich riss Zahra sich zusammen. »Du hast doch was, also bleib und sag, was es ist!«

Unsicher zog Maria die Schultern hoch und presste die Lippen zusammen.

»Oh Maria«, seufzte Zahra, fand jetzt aber immerhin die Kraft, sich wieder aufzurichten, und ging zu der Dienerin. Als sie vor ihr stand, sah sie, dass ihre Augen in Tränen schwammen. »Aber Maria, so rede doch! Was hast du denn?«

»Ach Herrin, die christlichen Soldaten …« Sie wischte sich über die Augen. »Sie jagen mir furchtbare Angst ein! Als Khadidscha und ich eben auf dem Markt einkaufen waren, hat einer von ihnen versucht, mir den Niqab vom Gesicht zu reißen. Ich habe solche Angst, dass sie herausfinden, dass ich Kastilierin und meinem alten Herrn davongelaufen bin!«

»Aber Maria, das ist zehn Jahre her«, versuchte Zahra sie zu beruhigen. »Wer weiß, ob dein alter Herr überhaupt noch lebt!«

»Aber sie fänden auf jeden Fall heraus, dass ich eine Renegada bin – warum sonst würde ich als Kastilierin einen Schleier tragen, wenn nicht, weil ich zum muslimischen Glauben übergetreten bin!« Maria schluchzte auf. »Herrin, man erzählt sich so viel Schreckliches, was die Inquisitoren mit uns Renegados anstellen!«

Jetzt schlüpfte auch Khadidscha von der Küche in den Patio. »Und ich habe auch Angst, Herrin! Ihr müsstet sehen, wie die christlichen Soldaten uns anstarren, wenn wir ihnen im Suq über den Weg laufen!«

Zahra schüttelte schwer atmend den Kopf. Sie verstand die beiden nur zu gut. Seit Raschid ihr erzählt hatte, dass oben in der Alhambra über tausend Berittene und fünftausend Fußsoldaten untergebracht worden waren, war auch ihr der Schreck in die Glieder gefahren, und wenn sie einem von ihnen auf dem Weg zum Hammam über den Weg lief, sah sie zu, dass sie schnell weiterkam, um nur ja nicht deren Aufmerksamkeit auf sich zu ziehen.

»Bitte, Herrin, Ihr dürft uns nicht mehr allein zum Einkaufen schicken, ich flehe Euch an!«, jammerte Khadidscha.

»Aber sie können euch nichts tun, sie dürfen es gar nicht!«, versicherte Zahra ihnen, obwohl sie deren Sorgen nur zu gut verstand. »Außerdem können wir uns nicht auf alle Zeiten nur in unseren Häusern verkriechen!«

Plötzlich stürzte jemand von der Straße ins Haus und sofort weiter in den Innenpatio. Es war ihr Diener Musa, ein junger, kaum dem Knabenalter entwachsener und überaus eifriger Bursche, der zum Brotkaufen aus dem Haus gegangen war. Schweiß perlte auf seiner Stirn, und sein Atem ging so schnell, dass er zunächst kein Wort herausbrachte.

»Musa, beim Allmächtigen, was ist?«, rief Zahra und eilte zu ihm.

»Euer Gemahl, Herrin, er …« Der Bursche rang nach Luft.

Zahra packte ihn an den Schultern. »Jetzt sprich schon: Was ist mit ihm? Und was ist mit Chalida? Hat er sie gefunden? So rede doch, Musa, rede! Was ist mit meiner Tochter?«

Im gleichen Moment ging wieder die Haustür auf, man hörte schwere Schritte in dem L-förmigen Gang zum Patio – und dann trat Jaime zu ihnen.

Sofort ließ Zahra den Diener los und stürzte zu ihm. »Jaime!«

Sie warf sich ihm an den Hals und schluchzte auf. »Und Chalida? Wo ist Chalida?«

Jaime drückte sie an sich und grub sein Gesicht in ihr volles Haar. »Ich … ich weiß nur, dass sie lebt.«

Zahra biss sich auf Lippen. Sie lebt, sagte sie sich wieder und wieder, sie lebt! Sie versuchte, sich allein an dieser Nachricht Jaimes festzuhalten, aber in ihrem Hinterkopf pochte doch auch die andere, die unausgesprochene Tatsache, die diese Worte enthielt …

»Sayyidi, ich …« Der Diener keuchte noch immer. »Ich wollte unbedingt vor Euch hier sein und … allen die frohe Botschaft bringen, dass … Ihr zurück seid. Ich habe … ein Stück des Wegs über ein paar Dachterrassen abgekürzt, aber Ihr wart doch schneller mit dem Pferd!«

»Schon gut, Musa, ich danke dir.« Er nickte dem Jungen zu, woraufhin dieser sich zurückzog.

Zahra fand noch immer nicht die Kraft, etwas zu sagen. Jaime hob sanft ihr Gesicht an. »Ich habe dir versprochen, dass ich sie dir wiederbringe, und ich werde mein Versprechen halten!«

Rauh und müde klang seine Stimme, aber darum doch nicht weniger entschlossen. Zahra nickte und wurde sich erst jetzt bewusst, dass Jaime christliche Kleider trug. Unwillkürlich rückte sie ein Stück von ihm ab.

»Hast … hast du sie wenigstens gesehen?«, fragte sie kläglich.

»Nein, aber ich habe Bauern getroffen, die sie mir so genau beschrieben haben, dass es keinen Zweifel geben kann, und Lorenzo de Vila, ein Hufschmied, der früher auf dem Hof meines Vaters gearbeitet hat, hat den Reitertrupp mit Sánchez und Pulgar und unserer Tochter ebenfalls gesehen. Vor drei Tagen waren sie in der Vega, und zumindest Carlos Sánchez ist gestern hier in der Stadt gesichtet worden. Chalida muss ganz in unserer Nähe sein, Zahra!«

»Aber letztlich sind wir keinen Schritt vorangekommen, oder? Und das trotz des Soldatentrupps …« Zahra brach die Stimme.

»Nein, das stimmt nicht, immerhin sind wir ihnen auf der Spur! Ich nehme an, dass Sánchez und Pulgar nach Granada gekommen sind, weil sie festgestellt haben, dass sie die Wertsachen, die sie auf unseren Wagen gefunden haben, nicht in kleinen Orten verscherbeln können. In den nächsten Tagen werde ich die Stadt nach ihnen durchkämmen, und wenn ich jeden einzelnen Stein dafür umdrehen muss. Spätestens wenn sie versuchen, unsere Wertgegenstände hier zu verkaufen, werde ich sie zu fassen bekommen! Außerdem gehe ich gleich morgen früh hoch in die Alhambra. Man hat mir gesagt, dass dort oben ein paar Soldaten untergebracht sind, die ich von früher kenne und die schon immer überall ihre Nasen dringehabt haben. Zahra, glaub mir, wir sind Chalida ganz nah, und es ist nur noch eine Frage der Zeit, bis wir sie finden!«

Zahra wollte ihm zu gerne glauben, aber ihr Gefühl sagte ihr, dass sie noch lange nicht am Ziel waren …

Als Jaime am nächsten Tag kurz nach Mittag von der Alhambra zurückkehrte, konnte er Zahra keinerlei Neuigkeiten überbringen, und auch die nächsten Tage kam er keinen Schritt voran.

»Es ist wie verhext«, fluchte er an diesem Abend. »Inzwischen hat mir ein halbes Dutzend Soldaten bestätigt, sie hätten gehört, dass Carlos Sánchez in der Stadt sei – aber ich finde niemanden, der ihn mit eigenen Augen gesehen hat und mir mehr Auskünfte geben könnte, was mich andererseits auch nicht wundern kann: Schließlich werden die beiden von der Krone gesucht. Und auch Gonzalos Nachforschungen scheinen nichts zu ergeben!« Erschöpft ließ er sich auf einen der Teppiche sinken, die im Wohnraum übereinandergestapelt lagen und – wie in maurischen Häusern üblich – als Sitzgelegenheit dienten. Khadidscha reichte ihm auf Zahras Geheiß einen Becher Granatapfelsaft, den er in einem Zug leerte.

Zahra saß ihm gegenüber und sah ihn nur an. So hatte ihr Gefühl sie also nicht getrogen … Mit einem Mal musste sie an den Santon denken, der ihr damals mit seinen seherischen Kräften geholfen hatte, Raschid aus der Gefangenschaft zu befreien, aber sie wusste, dass sie selbst mit Raschid nicht über einen Besuch bei dem weisen Mann zu reden brauchte. Genau wie ihr Vater damals glaubte auch er nicht an solch hellseherische Fähigkeiten, obwohl er ansonsten, wie die meisten Mauren, recht abergläubisch war und die Voraussage eben dieses Santons bezüglich des Untergangs Granadas in Erfüllung gegangen war. Wenn sie nur wüsste, wo und wie sie den Santon finden könnte ... Sie nahm sich vor, mit Tamu darüber zu reden. Vielleicht hatte sie eine Idee, wie man seinen Aufenthaltsort herausfinden konnte.

»Meine Nachfragen im Suq haben leider auch nicht mehr ergeben«, berichtete nun Raschid, der kurz nach Jaime in den Raum getreten war. »Bisher ist bei den Händlern nichts von unseren Wertsachen aufgetaucht. Aber warum soll Sánchez sonst hier sein, wenn es ihm nicht darum geht, unsere Sachen zu versilbern?«

»Fassen wir Sánchez oder Pulgar, bekommen wir auf jeden Fall heraus, wer hinter dem Überfall steckt«, murmelte Jaime.

»Zahra und ich haben überlegt, wer als Hintermann überhaupt in Frage käme«, erwiderte Raschid, »aber leider war diese Liste ziemlich lang, denn im Prinzip müssen wir jeden verdächtigen, der wusste, dass wir mit all unseren Wertsachen gen Portugal gezogen sind.«

»Aber die meisten hätten sich nicht für Chalida interessiert«, widersprach Jaime. »Nein, hinter all dem steckt jemand, der eine Rechnung mit uns offen hat. Aber wer hasst uns so sehr, dass er dafür ein kleines Kind entführen würde?«

»Die kastilische Königin hat Zahra schon einmal übel mitgespielt ...«, gab Raschid zu bedenken.

»Aber nur, weil sie eifersüchtig auf das Interesse war, das mein werter Bruder Zahra entgegengebracht hat«, gab Jaime zurück. »Selbst wenn sie gewusst hätte, dass und wo wir unterwegs waren – sie hätte doch froh sein müssen, dass Zahra verschwindet!«

Bei seinen Worten war Zahra errötet, sagte aber nichts.

»Und wenn sich Gonzalo immer noch für Zahra interessiert und sie unter allen Umständen hat zurückholen wollen?«, fragte Raschid.

»Er wirkte sehr verwundert, als ich ihm gesagt habe, dass

wir auf dem Weg nach Portugal waren, aber das kann natürlich auch gespielt gewesen sein. Auf jeden Fall hatte er allemal die Möglichkeit, Nachforschungen über unseren Verbleib anzustellen – schließlich war er in Granada. Trotzdem …« Jaime schüttelte den Kopf. »Das passt nicht zu Gonzalo. Außerdem kann ich mir nicht vorstellen, dass er sich an einem kleinen Kind vergreifen würde! Und scheinbar hat er ja auch gar nicht versucht, weiter Kontakt zu Zahra aufzunehmen.«

»Womit wir mit der Liste möglicher Feinde schon am Ende wären«, seufzte Raschid.

»Ich werde das Gefühl nicht los, dass wir etwas übersehen«, brummte Jaime, »beziehungsweise jemanden …«

Beide sahen zu Zahra, die noch immer kein Wort gesagt hatte. Unter ihren Blicken errötete sie erneut. »Und wenn … wenn es jemand der Unseren ist? Vielleicht will mich jemand dafür bestrafen, dass ich unverheiratet mit einem Mann zusammenlebe, der zu allem Überfluss auch noch Christ ist … Ihr wisst doch selbst, dass kurz vor unserem Aufbruch von Granada eine muslimische Frau von ihren Brüdern gesteinigt worden ist, weil sie sich mit einem Christen eingelassen hatte!«

»Von ihren Brüdern, eben! Wenn, dann stände mir als Erstem das Recht zu, dich zu richten!«, erwiderte Raschid. »Aber ich habe es nicht getan, sondern Jaime wie einen Bruder aufgenommen und unter meinen Schutz gestellt. Er hat für unser Land und unsere Familie gekämpft; da wird der Allmächtige sicher eine Ausnahme machen!«

»Das muss nicht jeder so sehen«, beharrte Zahra. »Unsere Familie ist groß. Als ich damals Hayat zur Flucht verholfen habe, hätte mich Ali al-Attar am liebsten getötet, dabei wusste er noch nicht einmal, dass unsere Schwester mit einem Christen geflohen ist.«

»Ali al-Attar lebt nicht mehr!«

»Aber seine Söhne!«

Jaime sprang auf. »Hör auf damit, so kommen wir nicht weiter, sondern schwören uns auf Feinde ein, die wir gar nicht haben, und verlieren darüber vielleicht die einzige konkrete Spur, die wir verfolgen können!«

»Aber was willst du sonst tun?«, fragte Raschid.

»Sánchez und Pulgar finden. Und ich finde sie, verlass dich drauf, ich finde sie!«, knurrte Jaime und verließ schon kurz darauf wieder das Haus.

In der nächsten Woche stießen sie jedoch lediglich auf zwei Soldaten, die ihnen bestätigten, dass Carlos Sánchez in der Stadt war, und ein anderer wollte auch Pedro Pulgar gesehen haben. Und endlich tauchte eine ihrer Wertsachen auf: ein goldener Diamantring, der Zahras Mutter gehört hatte. Als Jaime Zahra den Ring reichte, brach sie in Tränen aus. »Ja, natürlich ist das der Ring meiner Mutter! Vater hatte ihn ihr zu Raschids Geburt geschenkt. Schau, da ist das Datum eingraviert!«

»Dann habe ich mich also nicht geirrt«, brummte Jaime.

»Jaime, wer sagt dir eigentlich, dass sie nicht bloß hier sind, um unsere Sachen zu verkaufen? Vielleicht …« Zahra holte tief Luft. »Vielleicht haben sie Chalida gar nicht mehr bei sich …«

»Diese beiden Männer sind die einzige Spur, die wir haben, und bevor sie in Granada angekommen sind, hatten sie Chalida definitiv noch bei sich. Glaub mir: Wenn ich sie in die Finger kriege, werde ich aus ihnen herausprügeln, wo unsere Tochter ist!«

Jaime drückte ihr den Ring ihrer Mutter so nachdrücklich in die Hand, als sollte es ein Pfand für sein Versprechen sein, und wandte sich wieder zum Gehen. Nachdem er nun sicher war, dass dieses Schmuckstück Zahras Mutter gehört hatte, war er guter Dinge, dass auch sein nächster Weg von Erfolg gekrönt sein würde: Am Morgen hatte ihm jemand den Namen eines Soldaten genannt, der mit Carlos Sánchez gesprochen haben sollte. Mit ein bisschen Glück müsste er den Soldaten um diese Tageszeit in der Alhambra antreffen.

Als Jaime dort ankam, standen am Tor noch mehr Wachen als üblich, woraus er schloss, dass hoher Besuch gekommen war. In regelmäßigen Abständen trafen Granden oder Kirchenmänner ein, die Isabel für eines der vielen leitenden Ämter in ihrer frisch eroberten Stadt vorgesehen hatte. Am dreiundzwanzigsten Januar hatte sie ihren Beichtvater Hernando de Talavera offiziell zum Erzbischof Granadas ernannt, und am Tag danach war ein Jude aus Sevilla angereist, den Isabel mit dem Amt des Schatzmeisters betraut hatte. Allmählich fragte sich Jaime, ob Isabel in Granada halb Kastilien mit Ämtern versorgen wollte, nur damit sie endlich den »Maurengeruch« aus der Nase bekam. Zutrauen würde er es ihr …

Da die Torwächter ihn mittlerweile kannten, gelangte Jaime ohne Verzögerung in die Alhambra. Eine der Wachen verriet ihm, dass Fray Diego de Deza, der Privatlehrer und Tutor des Thronfolgers, von seiner Kurzreise zurückgekehrt war.

»Ihr hättet hören sollen, wie er bei seinem Einzug über die Mauren gewettert hat«, fuhr der Mann mit heißen Wangen fort. »Also, wenn Ihr mich fragt, wird er auch diesmal nicht lange hierbleiben, sondern zusehen, dass sein Schützling möglichst bald mit ihm abreist und erst wiederkommt, wenn die Stadt von den muslimischen Götzendienern gesäubert ist!«

Jaime dankte ihm für die Auskünfte und bot Zahra in Gedanken Abbitte, dass er die Mauren mit keiner Silbe in Schutz genommen hatte, aber er wusste, dass er sich damit nur Feinde schaffen konnte – und wenn er Chalida finden wollte, konnte er sich das derzeit kaum erlauben.

Als Jaime an den königlichen Ställen vorbeikam, sah er den jugendlichen Prinzen, begleitet von einer stattlichen Anzahl schwer bewaffneter Leibwächter, im Gespräch mit seinen Pagen Diego und Hernando Colón und hörte, wie ihm die Söhne des genuesischen Seefahrers von der für den Sommer geplanten Indienreise ihres Vaters vorschwärmten.

»Es steht jetzt fest, dass er im August aufbrechen wird«, erzählte Diego, und Hernando fiel eifrig ein: »Wie es aussieht, wird er mit der Karacke *Santa Maria* und den beiden Karavellen *Niña* und *Pinta* lossegeln.«

»Ach, ich kann es kaum erwarten, dass euer Vater wieder vorbeikommt und er mir noch mehr von seinen Reiseplänen erzählt«, seufzte Juan.

Obwohl Jaime den Prinzensohn schon viele Jahre nicht mehr gesehen hatte, erkannte er ihn sofort wieder. In der Miene des immer noch verträumt wirkenden Vierzehnjährigen entdeckte er rein gar nichts von der eisernen Entschlossenheit seiner Mutter oder von der listigen Schläue seines Vaters – beides sah er nicht als Nachteil, ja, es machte ihm sogar Hoffnung für die Zukunft dieses Landes, und entsprechend leicht fiel es ihm, die gleiche Zuneigung zu dem Jungen zu spüren, die er auch früher stets bei seinem Anblick empfunden hatte.

Auf der anderen Seite des Prinzen stand Don Juan Zapata. Ihm oblag die körperliche Ertüchtigung des königlichen Sohnes, wozu auch der Reitunterricht zählte. Heute wollte er ihm einen neuen, prächtigen Araberhengst vorführen, doch der Junge war so gebannt von den Erzählungen seiner Pagen, dass er noch nicht einmal zu ihm hinsah. Immerhin interessierten sich die Leibwachen des Prinzen für das wundervolle Tier.

»Oh, stellt euch vor, euer Vater findet wirklich eine Seeroute nach Indien«, seufzte Juan und trat noch einen weiteren Schritt zu den Kolumbus-Söhnen hin und damit von seinen Leibwächtern weg. Inzwischen hatten diese allesamt nur noch Augen für den Rappen. Als Jaime schon fast an dem Prinzen vorbeigegangen war, wurde er auf einen Fremden aufmerksam, der mit seltsam verkrampften und überaus zielstrebigen Schritten auf den jungen Thronfolger zueilte. Ohne dass Jaime es hätte begründen können, zog es ihn näher und näher zu den drei Jungen, und plötzlich sah er, wie der Fremde einen Langdolch zückte und auf den Prinzen zuschoss. Jaime stieß einen Warnschrei aus, wartete allerdings nicht, dass die Leibwächter reagierten, sondern rannte selbst auf den Attentäter zu und sprang ihn an. Nach einem kurzen Gerangel konnte er ihn von Juan weg und mit sich zu Boden reißen. Das Messer fiel neben sie, und als er den Mann schon überwältigt zu haben glaubte, entglitt ihm noch einmal dessen Arm, und auf einmal hatte der Attentäter wieder das Messer in der Hand. Jaime sah die Hand auf sich zurasen, doch noch ehe er sich zur Seite rollen konnte, drang das Messer mit Wucht in seine rechte Schulter ein, und in der nächsten Sekunde versetzte der Fremde ihm einen so harten Tritt, dass Jaime mit dem Kopf gegen die Pferdetränke krachte. Stöhnend wollte er aufstehen – doch es gelang ihm nicht. Wie durch einen Schleier sah er, wie Juans Leibwächter endlich ihre Schwerter zogen und sie dem Attentäter beinahe gleichzeitig in den Leib stießen. Jaime ließ den Kopf zurücksinken und fasste nach seiner Wunde; seine Hand versank im Blut. Er fluchte, versuchte erneut, sich aufzurichten, doch mit einem Mal drehte sich alles um ihn, seine Umgebung schien sich von den Rändern her aufzulösen – und im nächsten Moment war alles schwarz um ihn.

Als Jaime zu sich kam, blickte er in Zahras tiefblaue Augen – und war sich sicher, sie noch nie so vor Zorn sprühend gesehen zu haben.

»Zahra …«, stöhnte er, doch die Frau seines Herzens fiel ihm wütend ins Wort: »Du wolltest Auskünfte über diesen Sánchez einholen, damit wir unsere Tochter endlich wiederfinden, und was machst du stattdessen? Du lässt dich für den kastilischen Thronfolger aufspießen!«

Jaime versuchte, sich aufzusetzen, doch sogleich schoss ihm ein scharfer Schmerz in die Schulter und zwang ihn, sich zurücksinken zu lassen. Auch das dumpfe Pochen in seinem Schädel lähmte ihn. Er schloss die Augen und wartete, dass die Schmerzen nachließen, sich der dichte Nebel in seinem Kopf verzog und er die Erinnerungsfetzen in eine sinnvolle Reihenfolge bringen konnte. Als er die Augen wieder öffnete, schien Zahras Wut immer noch nicht verraucht.

»Was, beim Allmächtigen, haben wir mit den Kastiliern zu schaffen?«, fuhr sie ihn an. »Haben sie uns nicht ohnehin schon alles genommen? Wie kannst du nach alldem, was sie uns angetan haben, den Prinzen verteidigen?«

Das war Krieg, Zahra, aber der Krieg ist jetzt vorbei, lag Jaime auf der Zunge, aber ihm war klar, dass er sie mit diesem Satz nur noch mehr in Rage bringen würde. Zornbebend wandte sie sich von ihm ab, trat ans Fenster und krallte ihre Finger in das Geflecht des davor angebrachten Mashrabiya-Gitters.

»Zahra, so versteh doch«, bat Jaime. »Ich … das war … Mein Gott, in so einem Moment denkt man doch nicht groß nach! Ich habe das Messer gesehen, mit dem der Kerl Juan niederstechen wollte, und habe instinktiv reagiert, wie es wohl jeder in meiner Lage getan hätte.«

»Jeder?« Zahra schoss zu ihm herum. »Und wo waren seine Leibwächter, die dafür bezahlt werden, dass sie den Kopf für ihn hinhalten? Jaime, statt mir unsere Tochter wiederzubringen, hast du dich in Lebensgefahr gebracht und den Sohn unserer Feinde gerettet!«

Jaime schloss kurz die Augen. Sohn unserer Feinde, Sohn unserer Feinde … »Für mich ist Juan vor allem ein Mensch«, presste er schließlich hervor. »Verdammt, Zahra, ich kenne Juan, seit er in Yayahs Alter war!«

Dass er überdies lange genug für die kastilische Krone gekämpft hatte, um sich ihr zumindest noch so weit zugehörig zu fühlen, dass er für das Leben der königlichen Kinder jederzeit das seine geben würde, schluckte er im letzten Moment herunter.

Zahra erwiderte nichts, sondern wandte sich wieder dem Mashrabiya-Gitter zu. Jaime schloss die Augen und versuchte, sich ein Stück weit auf seine unverletzte Seite zu drehen. Sofort reagierten seine Schulter und sein Kopf mit einem heftigen, stechenden Schmerz. Er unterdrückte ein Aufstöhnen.

Schließlich räusperte er sich und bat sie um einen Becher Wasser. Wortlos ging Zahra zu dem kleinen Tisch, schenkte aus der Karaffe ein und reichte Jaime den Becher mit einer so heftigen Geste, dass ein Teil des Wassers auf seinen bloßen Oberkörper schwappte.

»Ach, das macht doch nichts«, brummte er automatisch und registrierte erst anschließend, dass Zahra sich gar nicht entschuldigt hatte.

»Zahra, bitte …«, setzte er an.

Doch Zahra schüttelte den Kopf und verließ das Zimmer. Ehe sie die Tür zuwarf, meinte er, das Wort Santon gehört zu haben, sicher aber war er sich nicht.

Jaime hatte Glück im Unglück: Dank Tamus Salben heilte die Stichwunde ohne Infektion ab, aber der Blutverlust hatte ihn so sehr geschwächt, dass er sich in den nächsten Tagen kaum drei Schritte weit fortbewegen konnte, ohne sich setzen zu müssen; an eine Fortsetzung der Suche nach Chalida war unter diesen Umständen nicht zu denken.

Zahra redete nur das Allernötigste mit ihm, ja, sie vermied es sogar, ihn auch nur anzusehen, und drehte ihm nachts den Rücken zu. Es war das erste Mal in ihrer achtjährigen Beziehung, dass sie nicht Arm in Arm einschliefen. Dabei wusste Zahra sehr wohl, dass Jaime trotzdem nicht tatenlos blieb: Er hatte Raschid erklärt, von wem er nähere Auskünfte über Sánchez zu bekommen hoffte, und in der Tat konnte ihr Bruder den Mann ausfindig machen – allerdings weigerte sich dieser, mit Raschid zu sprechen, weil er »nur ein verdammter Maure« war, und in ihr Haus wollte er aus demselben Grund nicht kommen. »Noch nicht einmal Ratten gehen in Maurenhäuser!« Und seinen Bruder in seine Untersuchungen einzuschalten wagte er nicht, um seinen Informanten nicht zu verschrecken.

So konnte Jaime den Mann erst treffen, wenn er sich weit genug erholt hatte, um das Haus wieder verlassen zu können. Zahra war klar, wie sehr Jaime sich verfluchte, diese Tage für die Suche verloren zu haben – aber sie verfluchte ihn deswegen nicht weniger. Noch nie in ihrem Leben hatte sie eine vergleichbare Wut verspürt und sich so ausgeliefert gefühlt, und wahrscheinlich war eben dies das Schlimmste daran: dass sie niemandem zutraute, Chalida zurückzubringen – niemandem außer ihm. Oder dem Santon …

Tamu glaubte nicht daran, dass sie den Santon ausfindig machen konnten. »Ich habe mich überall nach ihm erkundigt, aber niemand weiß, wo er ist. Hört man auf die einen, müsste man ihn in der Sierra Nevada vermuten, andere behaupten, er sei in Almería oder Málaga … Ihr verrennt Euch, Herrin, so kommt Ihr bei der Suche nach Chalida nicht weiter!«

»Aber … aber irgendjemand muss uns doch helfen können«, rief Zahra verzweifelt und lief in der engen Küche auf und ab.

Tamu rührte weiter in der Suppe, die sie seit dem Morgen vor sich hin köcheln ließ. Mit einem Mal hielt sie inne. »Die alte Najah … Vielleicht sollten wir die alte Najah um Rat bitten!«

Zahra sah sie fragend an.

»Schon Eure Mutter hat sich bisweilen an die alte Najah gewandt – natürlich immer so, dass Euer Vater nichts davon mitbekommen hatte, weil der nie etwas von Wahrsagerinnen hatte hören wollen!« In Tamus Augen trat ein listiges Leuchten. »Aber Najah hat er unrecht getan. Sie ist keiner dieser Scharlatane, sondern eine wahrhaft weise Frau! Das, was sie in ihren Kaurimuscheln sieht, wird so sicher geschehen, wie dass am nächsten Tag die Sonne wieder aufgeht!«

»Und wo … wo finde ich diese Najah?«, fragte Zahra.

»Ich bringe Euch zu ihr, gleich heute Abend!«, versprach Tamu und legte den Zeigefinger auf den Mund, weil sich jemand der Küche näherte.

Najah, die alte Wahrsagerin, hauste in einem nur aus einem einzigen Raum bestehenden Haus, dessen zwei Fenster mit schweren Vorhängen geschlossen waren. Als Tamu die Eingangstür hinter ihnen zuzog, brauchte Zahra einen Moment, bis sich die Augen an die Dunkelheit gewöhnt hatten. Umso intensiver nahm sie die Gerüche des Raums wahr. Der markanteste war der schwere, fast narkotisierende Duft von Safran, ein Gewürz, welches, wie Zahra wusste, auch dazu benutzt wurde, um Halluzinationen zu erzeugen – und in hohen Dosen tödlich war. Obwohl es in dem Raum überraschend warm war, ohne dass Zahra eine Heizstelle ausmachen konnte, fröstelte es sie. Da entzündete sich wie von Zauberhand die Flamme einer Öllampe, hinter dessen flackerndem Schein die dunklen, in tiefen Höhlen liegenden Augen der Greisin aufflammten. Zahra erschrak und sah zu Tamu, doch die wirkte ebenso ruhig wie zuvor. Tamu begrüßte die Wahrsagerin und murmelte: »Ihr wisst, warum wir gekommen sind …«

Die alte Najah nickte. »Setzt Euch, setzt Euch«, krächzte sie und wies vor sich.

Zahra und Tamu ließen sich gegenüber der Wahrsagerin nieder. Zwischen ihnen gab es nur das niedrige Tischchen, auf dem die Öllampe stand. Ihr flackernder Schein lenkte Zahras Blicke immer wieder auf die eindrücklichen Augen der Alten. Sie sah, wie die alte Najah eine Handvoll Kaurimuscheln in die Linke nahm, die Hand verschloss, sie vor den Mund hob und mit einem dumpfen Singsang unverständliche Worte hinein murmelte. Danach hieß sie Zahra ihre Hand öffnen und ließ eine große Zahl Kaurimuscheln hineingleiten. Die kleinen, ovalen Muscheln wiesen in ihrer Mitte eine längliche Öffnung auf; einige waren schneeweiß, andere braun gesprenkelt, eine von rötlichem Ton. Erst nach Tamus einverständlichem Nicken wagte Zahra, die Muscheln in der Hand zu behalten.

»Und jetzt nimm sie in die Rechte, die Rechte«, raunte die alte Najah ihr zu.

Zahra folgte der Anweisung.

»Und jetzt denk an dein Kind, und wenn du es deutlich vor dir siehst, puste in deine Hand und wirf die Muscheln direkt anschließend auf den Tisch!«

Wieder tat Zahra, wie ihr geheißen.

Sieben der zwölf Muscheln blieben mit der offenen Seite nach oben liegen, die anderen mit der verdeckten. In der Mitte der Muscheln lag die rote Kauri – und zeigte sich offen.

»Was … was bedeutet das?« Zahras Stimme zitterte.

Statt einer Antwort ließ die Alte ein leises, beständig anschwellendes Murmeln ertönen. Plötzlich erlosch die Flamme der Öllampe wie von Geisterhand, ohne dass Zahra, die der Flamme ebenso nah war wie die Alte, auch nur den geringsten Lufthauch wahrgenommen hatte. Mit der Flamme erstarb auch das Murmeln der Greisin. Zahra stockte der Atem. Sie tastete nach Tamus Hand.

»Sag dem Christen, er soll sich beeilen«, erklang da eine Stimme, die ganz anders als die der alten Najah klang und von der Zimmerdecke zu kommen schien. »Noch lebt dein Kind, aber ihm droht Gefahr – und der Entführer hat es auch auf dich und deine Schwester abgesehen. Hüte dich! Deine Tochter … sie ist nah … nah …«

»Aber … aber wo genau finde ich mein Kind?«, stammelte Zahra. »Wo? Und von welcher Gefahr und welchem Mann redet Ihr? Wer ist der Entführer?«

Die Alte schloss die Augen und wandte sich von ihnen ab. Tamu machte Zahra ein Zeichen, dass sie gehen müssten.

»Aber wir können noch nicht gehen, Tamu! Bitte, Najah, ich flehe Euch an, sagt mir, wo genau ich meine Tochter finde!«, drängte Zahra, doch die Wahrsagerin drehte sich nicht wieder zu ihnen um.

Als sie auf die Straße traten, empfingen sie am Himmel dicke, schwarze Wolken, und von der Ferne rollte ein Donner. Dann schossen auch schon die ersten, heftig züngelnden Blitze über den Himmel, wieder und wieder – und obwohl die Luft voll davon zu sein schien, fiel kein Tropfen Regen.

Auch zu Hause gelang es Zahra nicht, sich wieder zu beruhigen. »Wir haben nur noch wenig Zeit, um Chalida zu retten, sagt die alte Najah. Und wie viel Zeit ist ›wenig Zeit‹?«, rief sie, während sie immer aufgeregter im Wohnraum hin- und herlief. »Und wo sollen wir sie überhaupt suchen? Warum hat sie uns denn nicht noch mehr verraten?«

»Weil sie nur die Bilder wiedergeben kann, die ihr erscheinen«, erwiderte Tamu mit einem ungeduldigen Seufzen. »Wichtig ist jetzt vor allem, dass Ihr endlich mit Eurem Mann und Eurem Bruder redet!«

»Aber du kennst sie doch: Sie werden mich auslachen! Und was sollte ich ihnen auch sagen? Ich weiß doch genauso wenig wie vorher, wo Chalida ist!«

»Das stimmt nicht«, widersprach Tamu. »Die Wahrsagerin hat bestätigt, was Euer Mann vermutet: Chalida ist in der Nähe, und das kann nur bedeuten, dass sie in der Stadt ist!«

»Aber wo, WO?« Das zweite Wo schrie Zahra fast aus sich heraus und sackte danach mit dem Rücken gegen die Wand. »Allmächtiger«, stöhnte sie, »warum hilfst du mir nicht …«

Auf Tamus Drängen hin sprach Zahra am Abend doch mit Jaime und Raschid, aber genau, wie sie es erwartet hatte, wiegelten die beiden die Eingebungen der alten Najah als Hirngespinste ab. Trotzdem übertrugen sich Zahras Anspannung und Nervosität letztlich auch auf Jaime, so dass dieser, obwohl er noch immer unter Schwäche- und Schwindelanfällen litt, am nächsten Morgen ein Pferd für sich satteln ließ. Er wollte endlich hoch zur Alhambra, um den Mann ausfindig zu machen, der mit Sánchez gesprochen hatte. Zwar schaffte er es erst im zweiten Anlauf aufzusitzen, ritt dann aber umso entschlossener davon. Mit bebendem Herzen blickte Zahra ihm nach.

Als Jaime am späten Nachmittag in Begleitung Raschids zurückkam, erwartete Zahra ihn im Patio. Seit er gegangen war, hatte sie den Blick kaum länger als für einen Lidschlag von der Eingangstür genommen. Aufgeregt lief sie ihm und ihrem Bruder entgegen, und ihr Herz drohte stehenzubleiben, als sie ihren Mienen entnahm, dass sie tatsächlich Neuigkeiten mitbrachten.

»Und?«, rief sie mit dünner Stimme.

»Wir wissen, wo Sánchez ist: im Albaicín! Dort hat er über einen Mittelsmann ein Haus gemietet.« Ermattet sank Jaime auf eine der gemauerten Bänke. »Niemals hätte ich gedacht, dass der Kerl sich dreist mitten im Herzen Granadas niederlassen könnte. Aber offensichtlich hat er genug Männer dabei, um sich relativ sicher fühlen zu können – und in der Tat haben wir ja auch sehr lange gebraucht, um seinen Aufenthaltsort herauszufinden.«

»Und Chalida?«, fragte Zahra atemlos.

Jaime zuckte die Achseln. »Ich habe mich mit Raschid bei dem Haus umgesehen, aber du weißt ja selbst, wie die Häuser hier sind: Es ist unmöglich, von außen hineinzuspähen. Auch über die Dächer konnten wir nicht näher heran. Es ist eine klug gewählte Unterkunft; es wird nicht leicht werden, dort hineinzukommen.«

»Vor allem besteht das Risiko, dass sie Chalida als lebendes Schutzschild benutzen, wenn wir das Haus stürmen«, gab Raschid zu bedenken.

»Als … als …« Zahra verschlug es die Sprache.

»Und wenn ich versuche, dort als Kräuterfrau hineinzukommen und mich umzusehen?«, erklang da Tamus rauhe Stimme hinter ihnen. Die drei wandten sich zu ihr um.

»Bitte, Sayyidi!« Sie blickte zu Jaime und wählte offenbar bewusst diese zwar höfliche, aber auch distanzierte Anrede, die mehr als alles andere verriet, wie schuldig sie sich fühlte. »Immerhin hat Sánchez das Kind aus meinen Armen …«

»Aber Tamu, du hattest doch gar keine Chance gegen ihn!«, fiel Jaime ihr ins Wort. Trotzdem sah er zu Raschid, der sofort zu verstehen schien, welcher Gedanke in Jaimes Kopf herumspukte. Er nickte. »So hätten wir die Tür zumindest schon einmal offen …«

»Nein, lasst mich als Kräuterfrau gehen!«, rief Zahra und richtete sich wieder auf. »Immerhin hat Sánchez Tamu aus direkter Nähe gesehen! Was, wenn er sie wiedererkennt? Auf mich hat er gewiss nicht geachtet!«

»Er wird Tamu nicht sehen. Sie braucht nur vor der Tür zu rufen, und sie gibt eine weit glaubwürdigere Kräuterfrau ab als du«, entschied Jaime.

Zahra warf ihm einen wütenden Blick zu, aber Jaime tat, als nähme er ihn gar nicht wahr.

Am nächsten Morgen brachen Jaime und Raschid mit ihren Männern und Tamu auf. Am Eingang zum Albaicín trafen sie auf Gonzalo, der ihnen zu ihrer Unterstützung acht kastilische Soldaten überstellte. Jaime hatte dies noch am Vorabend vereinbart. Wie Jaime und seine Leute trugen sie Kaufmannskleider – ohne deswegen auf ihre Waffen zu verzichten. Jaime drückte seinem Bruder dankbar die Hand. »Das werde ich dir nie vergessen!«

»Hauptsache, es gelingt!« Gonzalo nickte ihm verbindlich zu. »Santiago stehe euch bei!« Sein Angebot, ihn ebenfalls zu begleiten, lehnte Jaime jedoch ab. »Danke, aber wir schaffen alles andere allein.«

Nach einer kurzen Besprechung ritt Jaime mit seinen Mitstreitern ein gutes Stück weit in den Albaicín hinein, bis sie an einen Mietstall kamen, in dem sie ihre Pferde einstellen konnten. Anschließend verteilten sie sich in der verwinkelten Gasse, die zu dem von Sánchez angemieteten Haus führte, alle mit Blick auf Jaime und Raschid, die Tamu in angemessenem Abstand auf ihrem Weg folgten. Jaime wunderte sich, wie ruhig die Berberin war und wie fest ihr Schritt. Als sie vor der Haustür stehen blieb und sich noch einmal zu Jaime umwandte, leuchtete in ihren müden, alten Augen eine unerbittliche Entschlossenheit auf. Jaime nickte ihr zu, woraufhin sie energisch an die schwere Holztür klopfte.

Nicht nur Jaime wagte in diesem Moment kaum zu atmen. Während er so tat, als würde er sich angeregt mit Raschid unterhalten, huschte sein Blick zwischen Tamu und den in umliegenden Hauseingängen verborgenen Soldaten hin und her.

Niemand reagierte auf Tamus Klopfen. Auf Tamus fragenden Blick hin ermunterte Jaime sie, es noch einmal zu versuchen. Diesmal klopfte Tamu noch nachdrücklicher und rief sowohl auf Arabisch als auch in brüchigem Spanisch: »Kräuter, wertvolle Heilkräuter, gute Leute. Auch für Euch ist etwas dabei!«

Es tat sich nichts. Doch als Tamu noch einmal fragend zu Jaime blickte, wurde die Tür mit einem Mal einen Spalt weit geöffnet.

»Verschwinde, Alte, wir wollen schlafen«, knurrte ein Mann und drückte die Tür sofort wieder zu, aber da war Jaime bereits herbeigesprungen und hatte den Fuß in den Spalt gestellt. Im gleichen Atemzug rammte Raschid mit seiner Schulter gegen die Tür. Krachend schlug sie gegen die rückwärtige Wand, der Mann stürzte zu Boden. Inzwischen waren auch ihre Soldaten herbeigestürmt. Da ertönte auf der Straße hinter ihnen ein Schrei: »Verdammt, wir sind aufgeflogen, nichts wie weg hier!«

Während Raschid mit zwei Männern ins Haus drängte, sah

Jaime noch einmal zur Straße und erkannte Sánchez, der sich mit drei seiner Kumpane aus dem Staub machte. Jaime fluchte und machte zweien seiner Männer Zeichen, ihnen zu folgen; dann stürmte er mit den Übrigen ins Haus, um den anderen beizustehen.

Schon an der Tür musste Jaime sich gegen den ersten Kastilier zur Wehr setzen. Trotz seiner längst nicht verheilten Verletzung hatte er ihn schnell entwaffnet. Er drückte ihn gegen die Wand und setzte ihm die Schneide seines Schwerts an die Kehle. »Wo ist meine Tochter?«

Dem Kastilier, einem noch ganz jungen Burschen, sprangen vor Angst fast die Augen aus den Höhlen. Wieder und wieder schüttelte er den Kopf, wobei nicht klar war, ob er nicht wusste oder nicht zu sagen wagte, wo das Kind war. Dann griff Pulgar selbst Jaime von der Seite an, woraufhin er den Burschen loslassen musste. Jaime setzte ihm heftig zu, aber mit Pulgar hatte er kein so leichtes Spiel wie mit dem Burschen. Der drahtige Mann war auch früher schon ein zäher, ausdauernder Kämpfer gewesen, und in der Enge des Raumes verschafften ihm seine geringe Körpergröße und seine Wendigkeit einen wichtigen Vorteil. Wann immer Jaime meinte, ihn in die Ecke gedrängt zu haben und entwaffnen zu können, schlüpfte Pulgar wieder an ihm vorbei und griff ihn von hinten an. Überdies konnte Jaime nicht riskieren, ihn zu töten, weil er – solange Sánchez flüchtig war – vielleicht der Einzige hier war, der ihn zu Chalida führen konnte. Endlich gelang es Jaime, sich durch einen geschickten Sprung etwas Platz zu verschaffen, und er konnte sein Schwert in dem engen Eingangsbereich frei führen. Mit einem ohrenbetäubenden Wutschrei stürzte er sich auf ihn und stach ihm in den Oberarm. Pulgar brüllte vor Schmerz und ließ sein Schwert fallen. Jaime zog sein Messer, drückte Pulgar damit von unten gegen den Gaumen und zischte: »Und jetzt sprich, du gottverdammte Laus. Wo versteckst du meine Tochter?«

Pulgar schluckte hart und schloss die Augen, woraufhin Jaime den Druck seines Messer verstärkte. »Mach's Maul auf, oder ich jage dir das Messer bis in dein verseuchtes Hirn hoch!«

Als er das Messer tiefer ins Fleisch sinken ließ, gurgelte Pulgar panisch und wies mit der Hand auf eine Tür, die seitlich aus dem Raum hinausführte. Jaime sah sich nach einem seiner Männer um, der ihm Pulgar abnehmen könne, als im gleichen Moment fünf Männer in das Haus stürmten: Sánchez und seine Gesellen.

Ohne zu zögern, stieß Jaime sein Messer nun doch ganz in Pulgars Hals, stieß den röchelnd zusammenbrechenden Mann beiseite und stürzte sich auf Sánchez. Raschid, der im Gefecht am Bein verletzt worden war, versuchte, ihm zu helfen, aber sofort hatte auch Sánchez einen seiner Mitstreiter zur Seite. Jaime gewahrte mit wachsender Besorgnis, wie sich Sánchez nach links zu dem Raum vorarbeitete, von dem die Tür in den Nebenraum abging, und ahnte, was er vorhatte, konnte ihn aber nicht aufhalten. Als Sánchez ihm einen Schwerthieb gegen seine alte Wunde versetzte, musste er für einen Moment zurückweichen. Erst als Sánchez den Riegel zu dem Raum schon aufgezogen hatte und den Türgriff herabdrücken wollte, stürmte er wieder auf ihn zu. Geschickt kreuzte Sánchez seine Klinge, verpasste ihm einen Tritt, der Jaime zurückschleuderte, riss die Tür auf und war dann auch schon im Nebenraum. In der nächsten Sekunde hörte Jaime einen entsetzten Schrei – den seiner Tochter.

»Und jetzt die Schwerter fallen lassen und mit den Gesichtern an die Wand, und zwar alle!«, brüllte Sánchez und drückte Chalida sein Schwert an den Hals. Aus einem Impuls heraus drängte Jaime trotzdem weiter auf ihn zu, doch dann schrie Chalida auf, und er sah, wie ein feines, hellrotes Rinnsal von Chalidas Hals auf Sánchez' Klinge rann. »Noch ein Schritt näher …«, drohte ihm dieser.

Jaime hatte das Gefühl, dass in seinem Inneren alles zerbarst: sein Kind – direkt vor ihm – und nichts, nichts konnte er tun!

Sánchez packte Chalida im Nacken bei den Haaren, hielt ihr die Klinge weiter an den Hals und schob sich mit ihr, sorgsam nach allen Seiten blickend, an Jaime vorbei zur Ausgangstür. Jaime war der Einzige, der Sánchez' Befehl nicht Folge geleistet hatte; alle anderen standen mit dem Gesicht zur Wand. Trotzdem er sein Schwert noch in der Hand hielt, wagte Jaime nicht, Sánchez erneut anzugreifen – er wusste, es wäre Chalidas Todesurteil gewesen.

Sánchez machte seinen Leuten Zeichen, ihm zu folgen. »Der Letzte schließt die Tür zu!«, zischte er und riss Chalida so hart mit sich, dass das Kind erneut aufschrie. Rückwärtsgehend verließ Sánchez den Raum. Drei Schritte weiter stand er direkt in der Türfassung. Er warf Jaime noch einen spöttischen Blick zu – und machte dann auf einmal ein ungläubiges Gesicht. Wie ferngesteuert glitt sein Schwert nach unten, fiel scheppernd auf die Fliesen, dann fasste er sich an den Rücken – und Jaime sprang nach vorn, riss seine Tochter an sich und schaffte sie aus dem Haus. Raschid und die anderen Männer brachten die Gefolgsleute Sánchez' unter ihre Kontrolle, von denen sich die meisten, ihrer beiden Anführer beraubt, freiwillig ergaben.

Auf der Straße sah Jaime, wie Tamu einen blutverschmierten Langdolch im Korb unter ihren Kräutern verbarg. Als sie merkte, dass Jaime sie beobachtete, warf sie ihm einen trotzigen Blick zu. Dann stellte sie den Korb ab und öffnete die Arme für ihr kleines Vögelchen.

VI.

Granada
5. Februar 1492

Der folgende Tag war ein einziges großes Fest im Hause der Sulamis, und Zahra wich kaum eine Minute von der Seite ihrer kleinen Tochter, welche die Gefangenschaft erstaunlich gut überstanden zu haben schien. Zwar war ihr Gesicht noch blasser, der Blick aus den großen blauen Augen noch scheuer und verschlossener als früher, aber alles in allem machte sie auf Zahra einen ruhigen und gefassten Eindruck. Nicht zum ersten Mal stellte sie fest, dass ihre kleine Tochter Jaime weit mehr ähnelte als ihr: Sie war sich sicher, dass sie eine solche Verschleppung als Kind viel schlechter verkraftet hätte. Sehr ruhig und erstaunlich nüchtern hatte sie erzählt, dass die Entführer sie zwar rund um die Uhr in einen Raum eingesperrt, sie ansonsten aber in Ruhe gelassen hatten und sie nie daran gezweifelt habe, dass ihr Vater kommen und sie befreien würde. Leider hatte sie ihnen nicht mehr über die Entführer und ihre Motive sagen können.

Endgültig zu strahlen begann Chalida, als Jaime ihr am Nachmittag einen Welpen mitbrachte. Sie taufte das erst wenige Wochen alte schwarze Fellbündel Miled und hatte von Stund an nur noch Augen für ihn. Selbst beim Essen wollte sie ihn nicht auf dem Boden absetzen, und als Zahra darauf bestand, kullerten ihr augenblicklich dicke Tränen über die Wangen.

»So lass sie doch«, brummte Jaime. »Der Hund lenkt sie ab und hilft ihr, all das Schreckliche schneller zu vergessen!«

Seufzend gab Zahra nach und erlaubte später sogar, dass der kleine Kerl mit in Chalidas Bett durfte. »Aber nur, weil heute dein Festtag ist – und wenn du dich jetzt ohne Widerstand ins Bett bringen lässt!«

Erleichtert drückte Chalida das Tier an sich, gab allen noch Gutenachtküsse und ging dann mit Zahra nach oben.

»Aber wieso ist heute mein Festtag? Ich habe doch gar nichts Besonderes getan. Warum feiert Ihr nicht Vater und Tamu?«, fragte sie, als sie schon fast oben auf der Galerie waren. Zahra legte den Zeigefinger auf die Lippen. »Pst, nicht so laut, sonst weckst du Ranaa!«

Deborahs dreijährige Tochter war bereits vor einer Stunde hingelegt worden, weil ihr die Augen zugefallen waren. Dabei war sie so aufgeregt gewesen, jetzt endlich nicht mehr allein schlafen zu müssen: Während die Jungen alle in einem großen Raum schliefen, war sie alleine im Mädchenzimmer gewesen. Lautlos huschte Chalida zu ihrer Schlafstatt, die direkt neben Ranaas aufgebaut war, und ließ sich von Zahra mitsamt ihrem kleinen Hund zudecken, was diesem so sehr behagte, dass er ihr einmal quer übers Gesicht leckte. Während Zahra unwillig die Augenbrauen hob, begann Chalida, glücklich zu giggeln, und drückte den kleinen, dicken Kerl noch enger an sich.

»Seht Ihr, wie lieb er mich schon hat!«, flüsterte Chalida mit seligem Lächeln.

Zahra strich lächelnd über ihr schon zum Zopf geflochtenes Lockenhaar, das bei ihrer Rückkehr in der Tat verfilzt gewesen war, aber doch nicht so sehr, wie sie befürchtet hatte: Chalida selbst hatte sie in diesen Wochen immer wieder mit den Fingerchen zu entheddern versucht und sie nachts auch geflochten, so gut sie es eben vermocht hatte. Zahra war zutiefst beeindruckt davon, wie pflichtbewusst und selbständig ihre kleine Tochter war – und dass sie sich in dieser für sie gewiss unendlich schweren Zeit anscheinend nie aufgegeben, sondern tapfer nach vorn geblickt hatte.

»Mutter, warum feiert Ihr nicht Vater und Tamu?«, fragte Chalida jetzt noch einmal.

»Das Wichtigste ist doch, dass du jetzt endlich wieder bei uns bist«, erwiderte Zahra leise.

»Aber Vater hat mich zurückgeholt«, beharrte Chalida. »Er muss gefeiert werden – und Tamu und Raschid und all die anderen Männer!«

»Du und dein heißgeliebter Vater.« Zahra kniff ihr zärtlich in die Wange. »Gewiss hast du ihn am meisten von allen vermisst!«

»Aber Euch auch, Mutter, und alle anderen ebenso!«, erwiderte Chalida treuherzig und drückte sich eng an Zahra. »Und die bösen Männer sind jetzt wirklich ganz tot und können mich nie mehr von Euch wegholen?«

»Ja, das sind sie, mein Schatz, ganz, ganz tot, und niemand kann dich mehr mitnehmen! Nie-, nie-, niemand!« Sie kraulte Chalida am Kopf, was diese weit mehr als Schlaflieder liebte, und obwohl sich Zahra dagegen sträubte, musste sie dabei über ihre letzten Worte nachdenken – und je länger sie dies tat, desto kälter kroch ihr die Angst den Nacken hinauf, denn leider wusste sie nur zu gut, dass die Gefahr einer neuerlichen Entführung keineswegs gebannt war und Jaime den Hund Chalida gewiss auch aus diesem Grund geschenkt hatte: Selbst wenn der kleine Kerl noch lange niemanden beißen würde, so würde er zumindest schon bald anschlagen, wenn sich ein Fremder ins Haus zu schleichen versuchte – und nur deswegen ließ er es zu, dass Chalida den Hund ständig bei sich hatte. Da Pulgar und Sánchez tot waren, hatten sie nicht herausfinden können, warum und in wessen Auftrag Chalida entführt worden war, denn die beiden hatten ihre Männer nicht darin eingeweiht, wer ihr Auftraggeber war – zumindest hatten diese selbst dann nichts verraten, als Jaime und Raschid sie gehörig unter Druck gesetzt hatten. Alles, was sie aus ihnen hatten herauspressen können, war, dass es jemanden im Hintergrund gab und dass sich Sánchez und Pulgar in den letzten Tagen mehrfach mit ihm getroffen hatten. Danach hatten Jaime und Raschid die Männer Gonzalos Soldaten übergeben müssen.

Zahra bezweifelte, dass man im kastilischen Kerker noch mehr aus ihnen herausbringen würde, ja, sie bezweifelte sogar, dass man es auch nur versuchen würde: Schließlich hatten sie ja »nur« ein maurisches Kind entführt. Und ob die Sulamis ihren Besitz wiederbekamen oder nicht, war sicher auch kein Thema, das einem kastilischen Büttel den Schlaf raubte. Ja, auch über den Verbleib ihres Eigentums hatten Jaime und Raschid nichts herausfinden können. Aber weit schwerer wog für Zahra der Gedanke, dass der Anstifter noch einmal jemanden vorschicken könnte, um Chalida zu entführen. Sie blickte zum Fenster und hoffte, dass es hoch genug und das Mashrabiya-Gitter ausreichend stabil war, um nächtliche Eindringlinge abzuhalten. Außerdem wollte sie in den nächsten Tagen noch einmal die alte Najah aufsuchen. Sie musste wissen, ob die Wahrsagerin der Meinung war, dass jetzt zumindest die Bedrohung für Chalida gebannt war. Da fiel ihr ein, dass die alte Najah gemeint hatte, dass auch Zainab und sie selbst in Gefahr seien … und sie fragte sich, wie all dies zusammenhängen sollte. Wem hatten sie etwas getan, dass er sie dafür so sehr hasste? Und was genau wollte »er« eigentlich von ihnen? Sie ruinieren? Quälen? Strafen? Vernichten?

Zahra sah, dass Chalida eingeschlafen war, und auch Miled schlief in Chalidas Halsbeuge. Zahra zog die Decke ein Stück höher, strich auch der kleinen Ranaa noch einmal über den Kopf und ging nach unten in den Wohnraum, wo die Erwachsenen zusammensaßen. Als sie das Zimmer betrat, warf Raschid gerade die Frage auf, wie ihr aller Leben nun weitergehen sollte. »Da wir unser Gold nicht wiederhaben, hat es wenig Sinn, nach Portugal aufbrechen. Die Portugiesen werden uns ohne entsprechende Zahlungen nicht ins Land lassen. Außerdem hat sich unsere Situation entscheidend verändert: Jaime und Zahra werden nicht weiter von den Kastiliern gesucht, und die Bedingungen für uns Mauren und auch für die Juden«, er warf einen kurzen, fürsorglichen Blick zu Deborah, »sind jetzt weit besser, als wir zu hoffen gewagt haben. Ich denke, wir sollten in Granada bleiben. Außerdem finden wir hier auch eher Arbeit als anderswo!«

Jaime nickte. »Ja, wir sollten in der Tat erst einmal bleiben und sehen, wie sich alles entwickelt. Und bevor ich nicht den Hintermann von Chalidas Entführung erwischt habe, kann ich sowieso keine Nacht mehr ruhig schlafen!«

Ohne etwas zu sagen, setzte sich Zahra wieder zwischen ihre Schwester und Deborah. Auch diese schwiegen zu den Plänen der Männer, allerdings entging Zahra nicht der Schreck, der in den Augen ihrer Schwägerin aufflackerte, als Raschid vom Bleiben sprach – und sie konnte nachempfinden, was in ihr vorging: Sie hätte es an Deborahs Stelle auch vorgezogen, in Portugal zu leben, wo die Juden weit besser behandelt wurden als in Kastilien. Und sie? Was und wohin wollte sie selbst? Zahra wusste es nicht. Einerseits war sie so tief in Granada verwurzelt, dass sie sich selbst unter der Christenbelagerung lange geweigert hatte, es zu verlassen, andererseits wusste sie nicht, ob sie die Änderungen würde ertragen können, welche die Kastilier ihrer Heimat zweifelsohne beibringen würden. Das Granada, wie sie es kannte, würde von Tag zu Tag mehr verblassen. Mitten in ihr Grübeln hinein betrat Zubair den Raum. Er meldete einen Boten von der Alhambra – und verbesserte sich sogleich verlegen: »Einen Boten von den Christen, wollte ich sagen, Herr!«

Genau das ist es, schoss es Zahra durch den Kopf. Alles hier scheint zu sein, wie es war – und doch ist schon jetzt alles ganz anders!

»Von den Christen?« Raschid sah erstaunt zu seinem Schwager.

»Ich gehe und spreche mit dem Mann.« Jaime erhob sich. »Vielleicht hat mein Bruder ihn geschickt!«

Zahra sah Jaime nachdenklich hinterher.

»Und du, Zahra?«, riss ihr Bruder sie aus ihren Gedanken. »Was denkst du? Es ist doch sonst nicht deine Art, zu den Dingen zu schweigen!«

»Ich weiß nicht, was ich dazu sagen soll, Raschid. Was wäre das Richtige oder Beste? Nein, wirklich, ich weiß gar nichts mehr. Selbst im Krieg habe ich mich weniger verloren und orientierungslos gefühlt als jetzt.«

»Ich würde schon lieber wieder weit weggehen«, erklang es da schüchtern von Zainab. Sie strich sich die feinen, aschblonden Haare hinter die Ohren und ließ ihre Hand danach auf ihrem Hals liegen, als müsse sie sich irgendwo festhalten. »Es … es ist nicht zuletzt Ibrahims wegen, wie ihr euch sicher denken könnt. Seit der Krieg zu Ende ist, habe ich fast jede Nacht Alpträume, dass er sich aus der Sklaverei befreien kann, um sich an mir zu rächen.« Von Wort zu Wort war ihre Stimme noch leiser geworden.

Bei der Nennung des Namens ihres Schwagers zuckte auch Zahra zusammen. Ursprünglich war Ibrahim von ihrem Vater ihr als Ehemann zugedacht worden, und nachdem er ihr schon vor der Hochzeit eine ebenso deutliche wie widerwärtige Kostprobe dessen gegeben hatte, was sie in ihren Nächten mit ihm später zu erwarten hatte, hätte sie alles darum gegeben, dieser Ehe zu entgehen – und später war sie ihr tatsächlich erspart geblieben, allerdings durch Umstände, die sie nicht zu verantworten hatte. Umso mehr traf es sie, als sie bei ihrer Rückkehr feststellen musste, dass ihr Vater Ibrahim nun ihre jüngere Schwester zur Frau gegeben hatte. In Málaga trafen Jaime und sie die beiden später wieder, und als Zahra sah, dass aus ihrer einst so kecken und fröhlichen kleinen Schwester eine überängstliche, niedergedrückte Frau geworden war, brach es ihr fast das Herz. Kurz nach dem Fall Málagas sah Jaime eine Möglichkeit, aus der Stadt zu fliehen, und Zahra konnte ihn dazu bewegen, Zainab und ihren kleinen Bruder, der damals bei Zainab lebte, mitzunehmen. Und Jaime war es ein Vergnügen, den widerlichen Ibrahim wie ein Paket verschnürt in Málaga zurückzulassen. Später hatten sie erfahren, dass die Könige sämtliche Bürger Málagas versklavt hatten, weil diese nicht genug Geld hatten aufbringen können, um sich freizukaufen.

»Aber Zainab …«, versuchte Raschid, sie zu beschwichtigen. »Bisher hat man kaum je einmal von einem Sklaven gehört, der den Kastiliern entkommen ist. Warum sollte es ausgerechnet Ibrahim gelingen?«

Zainab biss sich auf die Lippen und sah auf ihre kleinen Hände. Erst jetzt schien sie zu bemerken, wie sehr sie zitterten. Errötend ballte sie sie zu Fäusten. Zahra verstand sie nur zu gut. Auch sie wollte Ibrahim niemals wieder begegnen und war sich sicher, dass er noch immer voller Wut auf sie war, weil sie sich der Hochzeit entzogen hatte. Zainab hatte er über Jahre dafür büßen lassen, dass er mit der kleinen Schwester abgespeist worden war.

»Selbst wenn er entkäme, würde er es niemals wagen hierherzukommen. Und bedenke außerdem, wie viele Wachleute wir im Haus haben«, sagte sie und versuchte, ihrer Stimme Festigkeit und Zuversicht zu verleihen. »Und überhaupt: Als entlaufener Sklave müsste er zusehen, dass er schleunigst das Land verlässt, bevor er wieder gefasst wird! Gerade hier sollten wir also vor ihm sicher sein!«

Zainab nickte, wirkte jedoch wenig überzeugt.

Da kehrte Jaime zurück.

»Was wollte der Bote?«, fragte Raschid. »Sind es gute oder schlechte Nachrichten?«

»Genaueres werde ich erst morgen wissen, doch ich denke, es sind eher gute. Wobei gut oder schlecht ja oft auch vom Standpunkt des Betrachters abhängt.« Während er seinen alten Platz einnahm, glitt sein Blick zu Zahra. »Der Bote kam vom König selbst. Er erwartet mich morgen früh in der Alhambra.«

»Und wieso?«, fragten Raschid und Zahra wie aus einem Mund.

»Das wusste der Bote nicht. Er meinte nur, ich solle mir keine Gedanken machen. Er habe den König in den letzten Tagen mehrmals mit größtem Wohlwollen von mir reden hören.«

»Dann geht es sicher um deine heldenhafte Rettung des Thronfolgers«, meinte Zahra und merkte selbst, wie bitter ihre Worte klangen. Trotz Chalidas Befreiung gelang es ihr nicht, Jaimes Einsatz für den Thronfolger mit Gelassenheit oder gar Verständnis zu betrachten. Aber die Könige und sie hatten eben mehr als eine Rechnung miteinander offen, und Zahra wusste nur zu gut, dass die ihre wahrscheinlich lebenslang offen bleiben würde, weil ihr die Macht fehlte, den Königen zurückzuzahlen, was sie ihr und ihren Landsleuten angetan hatten und noch antun würden.

Als Jaime am nächsten Mittag in ihr Schlafzimmer trat und Zahra halb lächelnd, halb entschuldigend erzählte, warum der König ihn hatte sprechen wollen, starrte sie ihn an, als habe er sie geohrfeigt. Eine dicke, zähe Woge wütender Empörung stieg in ihr auf und setzte sich wie flüssiger Zement in allen Teilen ihres Körpers fest.

»Mein Gott, Zahra, jetzt guck doch nicht so! Juans Leibwache zu werden ist ja wohl alles andere als ehrenrührig!«

Einen Moment lang starrte Zahra ihn nur an, dann erhob sie sich von ihrem Sitzkissen und ging zur Tür, aber statt hinauszugehen, drehte sich langsam, aber nachdrücklich wieder zu Jaime um. »Wie kannst du mir das antun?«

Ihre Stimme war so leise und scharf, dass Jaime ärgerlich die Augenbrauen zusammenzog. »Zahra, bitte, sieh die Dinge, wie sie sind! Niemand erwartet von dir, dass du dich für die christlichen Könige erwärmst, aber sie sind jetzt nun einmal die Herrscher dieses Landes! Außerdem habe ich auch früher schon in ihren Diensten gestanden, und damals hat dich das auch nicht gestört. Eigentlich müsstest du als Mutter, der man gerade selbst das Kind entführt hat, am besten nachvollziehen können, dass Isabel für ihren Sohn eine Leibwache haben will, die …«

»Willst oder kannst du mich nicht verstehen?«, fiel Zahra ihm mit bebender Stimme ins Wort.

»Was verstehe ich nicht, Zahra?«, erwiderte Jaime mühsam beherrscht. »Dass du dich nicht damit abfinden kannst, dass die Mauren den Krieg verloren haben? Und du voller Hass auf die neuen Herrscher bist? Doch, das verstehe ich sehr gut, aber das bringt uns nicht weiter – und dich auch nicht!«

»Ich werde die Christen niemals als meine Herrscher anerkennen, und ich werde nie ihr Untertan sein, und wenn du meinst, auf ihre Seite überlaufen zu müssen …«

»Wer spricht denn von überlaufen? Vielleicht vergisst du so ganz nebenbei einmal nicht die Tatsache, dass wir kaum noch etwas besitzen! Das wenige Gold, das uns nach dem Überfall geblieben ist, wird vielleicht noch drei, vier Monate reichen, aber danach sind unsere Geldbeutel so leer, wie sie nicht leerer sein könnten! Und du weißt, dass Raschid und ich uns schon um Arbeit bemüht haben, aber bisher nichts haben finden können – und wie sich Hunger anfühlt, haben wir in den letzten Jahren ja mehr als ein Mal erleben müssen! Der Dienst bei den Königen wird gut entlohnt, und auch für Raschid will der König sich verwenden, zumal er ihn von früheren Verhandlungen mit Boabdil in bester Erinnerung hat. Er meinte, dass Talavera gute Übersetzer mit diplomatischem Geschick suche, und will ihm Raschid vorstellen. Immerhin spricht er dank eurer kastilischen Mutter hervorragend Spanisch und ist auch mit den kastilischen Lebensgewohnheiten bestens vertraut.«

»So willst du meinen Bruder also auch noch verkaufen?«

»Zahra, verdammt, jetzt nimm doch Vernunft an!« Wütend schlug sich Jaime mit der Faust in die Hand und machte Zahra weiter Vorhaltungen, woraufhin die nun doch aus dem Zimmer stürmte. Sie lief hinunter in den Patio und von dort in die Küche, wo sie Tamu fand. Die alte Berberin war damit beschäftigt, Maria ein maurisches Kuchenrezept zu erklären, *almojábana,* frittierter Quarkkuchen mit Zimt und Honig, aber als sie Zahras aufgebrachte Miene sah, bat sie die Dienerin, sie allein zu lassen.

Zahra drückte sich mit dem Rücken gegen die Wand. Die Lippen zusammengepresst und die Fäuste so fest zusammengeballt, dass ihre Fingerknöchel weiß hervortraten, starrte sie Tamu an.

»Ach Kind, Kind«, murmelte die alte Frau bekümmert und

schüttelte den Kopf. »Was hilft es denn, sich gegen das Unausweichliche zu sperren?«

»Woher weißt du von dem Angebot der Könige an Jaime?«, keuchte Zahra.

»Das weiß ich gar nicht, aber das brauche ich auch nicht. Seit wir wieder in Granada sind, geht Euch ständig das Gleiche im Kopf herum; regelrecht auffressen tut es Euch! Aber Ihr werdet die Kastilier nicht wieder von hier wegbekommen, sosehr Ihr sie auch hassen und verdammen mögt. Und wenn Ihr Euren Hass nicht besiegt, wird er Euch besiegen – und Ihr werdet alles verlieren, woran Euer Herz hängt und was Ihr sogar noch mehr liebt als Euer Land: Eure Familie! Bisher gehörte Jaime zu Euch wie der eigene Arm, und ich weiß, wie sehr Ihr ihn liebt, so wütend Ihr derzeit auch auf ihn sein mögt – und ich weiß, dass es Euch zerreißen wird, wenn Ihr Euch weiter gegen ihn stellt. Mein Gott, Kind, Jaime kann doch nichts dafür, dass wir den Krieg verloren haben, er am allerwenigsten. Oder habt Ihr schon vergessen, wie sehr er mit den maurischen Soldaten um unser aller Überleben hier gerungen hat?« Sie strich Zahra über den Arm. »Hört auf zu hassen, sonst verliert Ihr Jaime – und Chalida dazu. Das Kind vergöttert seinen Vater, wie ich es noch nie bei einem Kind gesehen habe, und ich habe schon viele Kinder heranwachsen sehen. Merkt Ihr denn nicht, dass Ihr auf dem besten Weg seid, Eure Familie zu zerstören?«

Zahra schluckte. »Aber wie … wie hört man auf zu hassen? Tamu, ich … ich kann nicht, und mein Hass wird nicht kleiner, er wächst noch, von Tag zu Tag wird er größer, und ich kann nichts dagegen tun!«

»Ich weiß nicht, wie Ihr ihn loswerden könnt. Aber ich weiß, dass Ihr einen Weg finden müsst, wenn Ihr nicht alles verlieren wollt!«

VII.

Granada
24. März 1492

Das zaghafte Klopfen an der Schlafzimmertür riss Zahra aus ihren düsteren Gedanken.

»Ja, bitte?«, rief sie und wandte sich um, ohne ihren Fensterplatz zu verlassen, der in den letzten Wochen ihr Zufluchtsort gewesen war: allein und abgeschottet von einer Welt, die ihr fremd geworden war, ein Platz zum Nachdenken und Erinnern.

Deborah betrat den Raum, und sie war so bleich, dass Zahra unwillkürlich zu ihr eilte und sie unter den Arm griff. »Deborah, beim Allmächtigen! Was ist mit dir?«

Sie begleitete ihre Schwägerin zu den Teppichen, die während des Tages nicht als Schlafstatt dienten, sondern als Sitzgelegenheit übereinandergestapelt waren, und nahm mit ihr Platz. Statt ihr zu antworten, brach Deborah in Tränen aus. Es war ein lautloses, hilfloses Weinen, das sie immer wieder vergeblich zu unterdrücken versuchte.

»Ist etwas mit den Kindern oder Raschid?« Zahra musterte sie mit wachsender Unruhe.

Deborah drückte sich mit den Fingerspitzen auf die Nasenwurzel und schüttelte den Kopf. »Nein, nein, das nicht«, presste sie hervor, fasste sich dann und ließ die Hand bis zum

Mund sinken. »Es ist … nichts mit unserer Familie, aber beim … beim Schabbatgebet in der Synagoge hat … hat uns der Rabbi eben erzählt …« Deborah rang nach Luft. »In seiner Predigt hat er gesagt, dass in Ávila mehrere Juden und Conversos bei einem … einem Autodafé der Inquisition zum Teil erdrosselt und zum Teil bei lebendigem Leib verbrannt worden sind!« Ihre weiteren Worte ertranken in hilflosen Schluchzern, wobei sie die Augen nun ganz mit den Händen bedeckte. Zahra wollte sie an sich ziehen, aber Deborah ließ sofort die Hände sinken und wies sie mit wedelnden Bewegungen ab. Dann sprach sie so hastig weiter, als hätte sie Angst, es sonst nie mehr sagen zu können. »Es ist schon vor ein paar Monaten passiert, aber ich … ich habe es gerade erst erfahren. Unter den Juden waren Yusef Franco, ein junger Mann von kaum mehr als zwanzig Jahren, und der Rabbi Moshe Abenamías. Der Rabbi ist … er war ein alter Freund meines Vaters!« Sie schluckte schwer, und auch Zahras Hals war eng geworden. Sie musste sich räuspern. »Aber woher nehmen sie das Recht, Juden zu verurteilen?«, presste sie schließlich hervor. »Eigentlich kann doch nach den Gesetzen der Inquisition nur derjenige als Ketzer verurteilt werden, der als Christ getauft wurde und sich dann gegen die Kirche und ihre Glaubensgrundsätze stellt?«

»Ja, aber sie haben Franco und den anderen Juden vorgeworfen, dass sie versucht hätten, die mitangeklagten Neuchristen wieder von dem katholischen Glauben abzubringen, und außerdem … Oh Gott, Zahra, das Ganze ist so schrecklich!« Wieder brach Deborah in Tränen aus, doch die Worte sprudelten weiter aus ihr heraus. »Die Inquisitoren haben … haben sie auch für schuldig erklärt, einen Ritualmord an einem Kind begangen zu haben: Man wirft ihnen die Entführung und Kreuzigung eines christlichen Kindes vor! Und anschließend sollen sie ihm das Herz herausgeschnitten haben und die Nacht darauf in einer Höhle bei La Guardia mit diesem Herz und einer geweihten, aus der Kirche gestohlenen Hostie irgendwelche Zaubereien begangen haben.«

»Was denn für Zaubereien?«

»Man sagt, sie hätten versucht, alle Inquisitoren und Christen mit einem Fluch zu belegen und ihren Glauben zu zerstören, und als ihr Fluch nicht wirkte, hätten sie das Herz und die Hostie zu Rabbi Abenamías gebracht – in der Hoffnung, dass seine Verwünschungen und Zauberkräfte stärker seien als ihre.«

»Oh Gott«, stöhnte Zahra. »Ich weiß zwar, dass man Juden schon öfter dergleichen unterstellt hat, aber das sind doch nur hetzerische Lügen, die kein Mensch beweisen kann – weil sie vollkommen aus der Luft gegriffen sind! Dafür kann man doch nicht jemanden auf dem Scheiterhaufen in Flammen aufgehen lassen!«

»Ihre Beweise waren die Geständnisse der Angeklagten. Man … man hat sie gefoltert, und am Ende haben die meisten wohl gestanden, was immer die Inquisitoren hatten hören wollen!«

»Diese Autodafés … Mein Gott, wie viele Menschen haben die Inquisitoren schon ihrem ›heiligen Feuer‹ übergeben – und das alles unter dem Vorwand, so ihren Glauben zu schützen!« Zahra überlief ein Schauer. »Was kann ein Glaube wert sein, den man auf diese Art schützt oder schützen zu müssen meint? Und wer will überhaupt einen Glauben, für den Menschen so grausam getötet werden?«

Deborah erwiderte nichts, doch ihre Augen waren schwarz vor Verzweiflung.

»Wann … wann ist das alles denn passiert?«, fragte Zahra mit trockener Kehle.

»Im Frühjahr hat man sie verhaftet, am sechzehnten November war das Autodafé. Mit ihnen zusammen sind auch sechs Conversos verbrannt worden, die angeblich ebenfalls in das alles verwickelt waren.«

»Und in Ávila sagst du? Kommt da nicht Erzbischof Talavera her?«

Deborah nickte. »Der Rabbi meinte, dass sich Talavera sehr für diese Menschen eingesetzt habe, aber leider hat auch er nichts gegen die Inquisitoren ausrichten können.«

»Ritualmord – die Kreuzigung eines unschuldigen Kindes!« Zahra schüttelte fassungslos den Kopf. »Was wollen diese Christen Andersgläubigen denn noch alles anhängen?«

»Und dabei ist nirgendwo ein Kind auch nur vermisst!« Deborah trocknete sich die Tränen. »Zahra, ich … Meine Angst, hierzubleiben, wird von Tag zu Tag größer, und auch der Rabbi sagt, das alles könne nicht gut für uns ausgehen, doch Raschid will auf keinen Fall von hier weg. Er meint, dadurch, dass er jetzt Talavera dient, wären wir geschützt, aber Zahra, was, wenn sich auch in Granada ein Inquisitionsgericht niederlässt? In Ávila hat dieser Talavera doch auch nichts ausrichten können! Ich … ich traue den Christen nicht. Keinem von ihnen! Außer Jaime, natürlich«, beeilte sie sich hinzuzufügen und errötete bis zu den Ohren.

Zahra tätschelte ihr das Knie. »Du musst dich nicht entschuldigen. Selbst für mich ist es derzeit schwer … Solange Jaime mit uns unter Mauren gelebt hat, erschien mir alles so einfach. Immerhin war auch meine Mutter bis zu ihrer Heirat Christin und hat mich in Achtung und mit Verständnis für die Christen und ihre Religion großgezogen, und selbst noch während des Krieges habe ich die Christen oft genug verteidigt, aber jetzt …« Sie verstummte und schloss für einen Moment die Augen. »Meine Welt ist aus den Fugen geraten, und

Jaime und ich … Manchmal denke ich, er ist nicht mehr wie früher, dann denke ich, ich bin diejenige, die sich verändert hat. Mein Gott, wie schwierig alles geworden ist!«

Nachdem die Kinder am Abend zu Bett gebracht worden waren, fanden sich die Erwachsenen im Wohnraum zusammen. Statt an dem niedrigen Tisch saßen sie im hinteren Teil des Raums auf den Sitzkissen, tranken mit Rosenblättern aromatisiertes Wasser und aßen Mandelküchlein. Zahra ergriff die Gelegenheit, auch Raschid, Jaime und Zainab von dem Autodafé zu berichten. Zu ihrem Erstaunen wussten die beiden Männer schon seit geraumer Zeit von den Vorfällen.

»Talavera hat es mir erzählt«, gestand Raschid, »und das nicht zuletzt deswegen, weil auch er dieses Urteil als Skandal ansieht. Er weiß so gut wie wir, dass diese Ritualmordvorwürfe völlig aus der Luft gegriffen waren, aber auch er hat keine Handhabe gegen die Inquisition.«

Zahra hob unwillig die Augenbrauen. »Und ihr beiden findet nicht, dass ihr uns davon hättet erzählen müssen?«

»Wozu?«, fragte Jaime. »Damit hätten wir deine Angst und deinen Hass auf die Christen doch nur noch mehr geschürt!«

»Ich kann dir versichern, dass es meine Angst nicht mindert, wenn ich das Gefühl habe, dass ihr uns die wichtigen Dinge verschweigt«, konterte Zahra ärgerlich.

Jaime krauste die Stirn und setzte zu einer Erwiderung an, aber Raschid legte ihm die Hand auf den Arm.

»Zahra, ich schwöre dir, dass Jaime und ich alles tun, damit ihr sicher seid, und auch unsere Arbeit für die Kastilier, die dir so wenig behagt, ist Teil dieser Sicherheit!«

»In der Alhambra ist es ein offenes Geheimnis, welch große Stücke Talavera auf Raschid hält«, bekräftigte Jaime seine Worte. »Und Juans Sympathie für mich ist in jedem seiner

Worte spürbar. Ganz ehrlich, Zahra, wir haben nichts zu befürchten.«

»Nichts? Nennst du das, was in Ávila geschehen ist, ›nichts‹? Und ihr habt doch eben selbst gesagt, dass auch Talavera gegen die Inquisitoren machtlos ist! Außerdem kannst du mir nicht vormachen, es störe bei den Kastiliern niemanden, dass du mit Muslimen zusammenlebst und mit einer von ihnen sogar Kinder gezeugt hast!«

»Natürlich stößt dies manchem übel auf«, gab Jaime zu und musste überdies einräumen, dass zumindest Bischof Deza, der Beichtvater und Lehrer des Thronfolgers, erhebliche Vorbehalte wegen seines »gottlosen« Verhältnisses mit einer »Heidin« habe. »Wie ich herausgefunden habe, ist er über unser Verhältnis sogar so entsetzt, dass er den König davon zu überzeugen versucht hat, mich als Leibwächter seines Sohnes abzusetzen. Die beiden haben sich auf einen Kompromiss geeinigt: Solange Juan in Granada weilt, bin ich für seinen Schutz verantwortlich, wenn Deza mit ihm abreist, wird jemand anderes meinen Platz einnehmen. Der König will, dass ich dann für Talaveras Sicherheit Sorge trage.«

»Glaubt dein Deza allen Ernstes, er sei etwas Besseres als wir, nur weil er getauft ist und eine Bischofsmütze auf dem Schädel hat?«, schnaubte Zahra.

»Die Tatsache, dass wir nicht verheiratet sind, löst auch bei deinen Glaubensbrüdern alles andere als Sympathie aus!«, erinnerte Jaime sie. »Und du weißt, wie viel weniger Probleme wir hätten, wenn du zum christlichen Glauben übertreten würdest. Dann könnten wir auch endlich heiraten!«

»Das könnten wir auch, wenn du Muslim werden würdest«, gab Zahra gereizt zurück. »Außerdem habe ich dir schon hundert Mal erklärt, was geschehen würde, wenn ich zum Christentum überträte: Unsere Gerichte würden mich zum Tode verurteilen, und im Jenseits würde ich in der Hölle schmoren!«

»Das ist allerdings wahr«, bekräftigte Raschid ihre Worte.

Jaime sah von einem zum anderen, doch statt etwas zu erwidern oder gar darauf hinzuweisen, dass auch seine Religion Konversionen verbot, erhob er sich und meinte mit frostiger Stimme, dass er müde sei und schlafen gehen wolle. Raschid nickte ihm zu, Zahra sah schweigend beiseite. Als Jaime gegangen war, erhob sich auch Deborah. »Ich will noch einmal nach den Kindern sehen. Yaqub hatte leichtes Fieber.«

Zainab schloss sich ihr an.

Zahra sah ihnen nach und fragte sich, ob sie außer Jaime auch die beiden vertrieben hatte. Sie war froh, dass nicht auch noch Raschid Anstalten machte, sie zu verlassen. Als sich die Tür hinter den anderen geschlossen hatte, wurde seine Miene allerdings so ernst, dass sie schlucken musste.

»Bei all meinem Verständnis für deine Lage, Zahra – du darfst deine Wut auf die neuen Verhältnisse nicht an Jaime auslassen! Er hat sie schließlich nicht geschaffen, im Gegenteil!«

»Fängst du jetzt auch noch damit an?« Ungehalten zerrte Zahra ihr Umschlagtuch über der Brust zusammen. »Und ich dachte, wenigstens du stündest auf meiner Seite. Aber wer weiß, vielleicht bist du ja insgeheim sogar selbst dafür, dass ich mich taufe lasse, weil dein Talavera das auch gern sähe!«

»Rede keinen Unsinn! Auch Jaime verlangt das nicht von dir, und das weißt du. Außerdem bin ich ebenso wie du der Meinung, dass er zum Islam übertreten sollte.«

Zahra machte eine Geste der Hilflosigkeit. »Und trotzdem hat ihm niemand von uns je zugesetzt, dass er muslimisch werden soll – und das, obwohl er mich in eine höchst unangenehme Lage bringt, da er es nicht tut!«

»Niemand hat dich gezwungen, dich mit ihm einzulassen!«

»Danke, Bruder, danke! Wenn du mich jetzt nicht daran erinnert hättest, hätte ich es fast vergessen.« Zahra erhob sich abrupt, beruhigte sich dann aber und wandte sich um. »Lass uns nicht streiten. Außerdem wollte ich schon länger über etwas anderes mit dir reden. Ich finde nämlich, es ist Zeit, dass Abdarrahman in die Koranschule kommt. Immerhin ist er schon sechs.«

»Erst sechs, Zahra, erst!« Raschid griff nach einem neuen Küchlein und sah Zahra unschlüssig an. »Warum willst du wirklich, dass der Junge jetzt in die Koranschule kommt? Ich hoffe nicht, dass es dir vor allem darum geht, Jaime eins auszuwischen?«

»Natürlich nicht! Alle Freunde Abdus gehen in die Koranschule, und auch du hast deinen Ältesten mit sechs dort angemeldet. Außerdem hat Abdarrahman mich selbst darum gebeten – gerade wegen deinem Yaqub übrigens«, gab Zahra gereizt zurück.

Raschid hob die Hände. »Ist ja schon gut, Schwesterherz. Kein Grund, mir gleich die Augen auszukratzen!«

»Heißt das, du kümmerst dich darum?«

Raschid wiegte den Kopf. »Zahra, ich … Versteh mich nicht falsch, aber das, was Jaime eben zum Thema Religion gesagt hat, klang nicht danach, als wollte auch er, dass Abdu in die Koranschule geht. Für den Frieden in der Familie wäre es sicher besser, du würdest erst einmal mit ihm darüber reden. Jaime vor vollendete Tatsachen zu stellen, wird ihn gewiss gegen die Koranschule aufbringen!«

»Aber es versteht sich doch von selbst, dass Abdu früher oder später in die Koranschule geht! Außerdem hatte Jaime auch nichts dagegen, dass Abdu beschnitten wurde, und auch Yayah ist beschnitten!«

»Sicher, aber euer Verhältnis ist derzeit ohnehin angespannt. Willst du da noch Öl ins Feuer gießen?«

»Ach, und damit Jaime nicht wütend wird, belassen wir es dabei? Oder wir bringen Abdu überhaupt gleich zur Kirche, damit Jaime ihn dort taufen lassen kann, ja, ist es das, was du vorschlägst?« In Zahras Augen traten trotzige Tränen. »Verdammt, ich hasse die Christen, ich hasse sie!«

»Oh Zahra, ich bitte dich, Hass bringt uns nicht weiter!«

»Ach, und was sonst? Liebe und Verständnis? Für diese … diese Ungeheuer, die Menschen – wie jetzt in Ávila – bei lebendigem Leib den Flammen übergeben?« Sie schüttelte heftig den Kopf.

»Ach, Zahra«, seufzte Raschid. »Zahra, Zahra, Zahra! Natürlich hast du recht damit, dass die Inquisition und alles, was damit zusammenhängt, mit nichts zu verteidigen ist, aber vergiss nicht, dass es auch in der Geschichte der Mauren Zeiten gegeben hat, derer wir uns schämen müssen: 1066 haben unsere Glaubensbrüder aus Wut über den jüdischen Großwesir Joseph ibn Naghrela sämtliche Juden aus Granada vertrieben; die Familien, die sich weigerten, die Stadt zu verlassen, wurden gnadenlos niedergemetzelt. Eintausendfünfhundert Familien fanden dabei den Tod! Auch gegen die Christen gab es von unserer Seite in der Vergangenheit einige bedauerliche Übergriffe – und das, obwohl die Christen und die Juden Dhimmi sind und damit immer unter unserem Schutz standen!«

»Das alles weiß ich selbst – und es ist fünfhundert Jahre her!«

»Meinst du nicht, du machst es dir damit ein bisschen zu einfach? Oder lass es mich umgekehrt formulieren: Fändest du es richtig, wenn die Christen genau dies in fünfhundert Jahren selbst über diese Vorfälle sagen würden? Macht es das besser, wenn etwas schon lange zurückliegt? Sollte man nicht lieber endlich, endlich daraus lernen?«

Zahra hob die Hände und ließ sie hilflos wieder sinken. »Was erwartest du von mir? Dass ich jetzt vor Mitleid mit den Christen in Tränen ausbreche? Gar dies alles als gerechte Strafe ansehe?«

»Nein, gewiss nicht, aber dass du zumindest versuchst, nicht alles nur noch in Schwarz und Weiß zu sehen. Sieh den Menschen, den Einzelnen – und nicht, welcher Religion er angehört. Schau in sein Herz – wie du es auch früher getan hast. Lass dich nicht auffressen von deiner Verzweiflung und deinem Hass!«

Zahra presste die Lippen zusammen. »Als wenn das so einfach wäre!«

»Natürlich ist es das nicht, aber wir müssen es wenigstens versuchen.«

Zahra hob die Achseln, raffte sich dann aber doch zu einem vagen Nicken auf. »Und was wird jetzt mit Abdu? Meldest du ihn nun in der Koranschule an oder nicht?«

»Nicht ohne mit Jaime zu reden. Aber wenn du nicht selbst mit ihm darüber sprechen willst, kann ich es gern für dich tun. Yaqub wird sich freuen, mit Abdu zusammen dorthin gehen zu können. Viele seiner alten Freunde sind mit ihren Eltern von Granada weggezogen; ich glaube, er fühlt sich dort derzeit recht einsam.«

»Gut.« Zahra nickte und machte Anstalten zu gehen.

Raschid hielt sie an der Hand fest. »Zahra, das alles war mir eben ganz ernst: Du musst aufhören, dich in diesen Hass hineinzusteigern! Du machst dich damit nur unglücklich, dich und alle, die dich lieben und die du liebst!«

Wortlos machte sich Zahra von ihm frei und verließ den Raum, ohne sich noch einmal umzusehen.

Als Jaime am nächsten Abend nach Hause kam, maß er Zahra mit kühlem Blick und sprach weder vor noch während des Abendessens auch nur ein Wort mit ihr oder einem der anderen. Lediglich den Kindern gab er einen flüchtigen Begrüßungskuss. Zahra bemerkte, dass er an der Schläfe eine kleine Platzwunde und tiefe Schürfwunden am rechten Unterarm hatte, wagte aber nicht zu fragen, woher sie rührten. Außerdem war sie sich ziemlich sicher, dass nicht diese Verletzungen der Grund für seine Verstimmung waren. Ihr entging auch nicht, dass Raschid, der erst während des Essens zu ihnen stieß, von Jaime ebenfalls ignoriert wurde. Unter der frostigen Stimmung aßen sie weit zügiger als sonst, und nach dem Dessert verließen alle so schnell den Wohnraum, dass Zahra nicht mehr dazu kam, ihren Bruder beiseitezuziehen, um von ihm zu erfahren, was geschehen war. Kaum hatte sich Zahra von dem niedrigen Tischchen erhoben, knurrte Jaime sie an, dass er mit ihr zu reden habe. »Und zwar oben, in unserem Zimmer!«

Zahra ließ sich Zeit. Sie hasste Befehle, außerdem verhieß die Tatsache, dass er sie nach oben beorderte, nichts Gutes.

Als sie ihr Schlafzimmer betrat, erwartete Jaime sie mit sichtlicher Ungeduld. Breitbeinig stand er mitten im Zimmer und herrschte sie an: »Was bildest du dir eigentlich ein?«

Zahra schluckte. »Falls es um Abdarrahman und die Koranschule geht …«

»Worum sonst sollte es gehen?« Jaimes Zorn war so groß, dass er ihr die Worte entgegenspie. »Und ich sage dir: Er wird nicht in die Koranschule gehen, sondern den Katechismus lernen! Eigentlich wollte ich den Jungen schon längst taufen lassen, aber ich dachte, ich gebe dir noch ein wenig Zeit, dich an die neuen Umstände zu gewöhnen. Ich war mir sicher, dass du dann von selbst begreifen würdest, dass die Taufe das Beste für Abdu ist!«

»Niemals wird eines meiner Kinder einen Fuß in ein christliches Gotteshaus setzen und noch viel weniger die Taufe annehmen!«, erwiderte Zahra mit zitternder, aber doch entschlossener Stimme.

»Zahra, ich bin der Vater der Kinder, und wir leben jetzt in einem christlichen Land. Von daher steht es außer Frage, dass die Kinder christlich erzogen werden! Selbst nach euren Gesetzen sind die Kinder nur dann zwangsläufig Muslime, wenn der Vater der Kinder Muslim ist – und das ist bei uns ja gerade nicht der Fall. Abdu wird also getauft!«

»Nur über meine Leiche«, zischte Zahra. »Außerdem vergisst du eine Kleinigkeit: Wir sind nicht verheiratet! Du hast mir nichts zu sagen, und über die Kinder hast du auch nicht zu bestimmen. Raschid ist der einzige Familienangehörige, der mir nach unseren Gesetzen etwas zu sagen hat – und auch er will, dass Abdu in die Koranschule geht. Und Abdu selbst will es auch!«

»Das hast du dir ja schön zurechtgelegt«, donnerte Jaime zurück. »Aber nicht mit mir, Zahra, hörst du? Nicht mit mir!«

Er stürmte aus dem Zimmer, knallte die Tür zu, und kurz darauf fiel auch die Haustür mit einem harten Knall ins Schloss.

Jaime kam die nächsten Tage nicht nach Hause, und wenn Zahra nicht von Raschid gewusst hätte, dass er wie gewohnt seine Arbeit als Leibwache Juans verrichtete, hätte sie annehmen können, er sei gar nicht mehr in der Stadt. Sie selbst sah und hörte nichts mehr von ihm.

Die Kinder fragten natürlich nach ihrem Vater. Zahra erzählte ihnen von einem wichtigen Auftrag, woraufhin Abdu in den nächsten Tagen weit öfter als sonst ihre Nähe suchte, während Chalida fast nur noch in der Küche bei Tamu zu finden war – so zumindest kam es Zahra vor. In die Koranschule ließ sie Abdu allerdings trotzdem noch nicht gehen, und dies, obwohl Raschid ihr nun sogar zuredete.

»Jaime wird sich damit abfinden müssen, dass kein as-Sulami Christ wird. Niemals!«, erklärte er ihr und meinte, dass sich Jaime schon wieder beruhigen würde. »Er lebt lange genug in unserer Mitte, um zu wissen, dass es für uns keine andere Entscheidung geben kann!«

Das Seltsame war, dass Zahra, je mehr Raschid ihr Mut zusprach, umso unsicherer wurde. Sie fühlte sich schlecht gegenüber Jaime, fast, als hätte sie ihn verraten, und musste sich eingestehen, dass Jaime früher, im Maurischen Königreich, gewiss zwar zähneknirschend, aber doch ohne große Diskussion einer muslimischen Erziehung der Kinder zugestimmt hätte – und konnte nicht anders, als ihm zugutezuhalten, dass die äußeren Umstände jetzt in der Tat andere waren. Außerdem stellte sie auch keineswegs in Abrede, dass er um das Wohl der Kinder besorgt war und es für sie tatsächlich sicherer wäre, wenn sie getauft würden, aber dennoch konnte sie sich nicht dazu durchringen. Und es wäre ihr auch ganz und gar unmöglich gewesen, Abdu zu erklären, dass er jetzt Christ werden sollte. Abdu, der den Namen seines muslimischen Großvaters trug, eines Mannes, der alles für sein Land und seinen Glauben gegeben hatte und der sie vom Jenseits aus verfluchen würde, wenn sie zuließe, dass einer seiner Enkel die *umma*, die muslimische Glaubensgemeinschaft, verließ.

Sie vermisste Jaime, und das von Tag zu Tag mehr, und sie wurde sich erst jetzt wieder bewusst, wie unendlich wichtig er für sie war. Nachts schmerzte ihr Körper vor Sehnsucht nach ihm, und wenn sie jetzt am Fenster stand, dann nur, um nach ihm Ausschau zu halten, bis ihr die Augen brannten. Sie musste daran denken, wie sie sich zum ersten Mal begegnet waren. In Loja war es gewesen. Die Mauren hatten die Christen damals erfolgreich zurückgeschlagen, und er war gekommen, um die Verhandlungen mit Ali al-Attar für die Auslösung der gefangenen Christen zu führen. Sie überbrachte ihm eine Nachricht von Gonzalo, der ebenfalls unter den Gefangenen war – und alles an ihm hasste sie von der ersten Sekunde an leidenschaftlich: seine selbstgefällige Art, seine Verachtung für die Mauren, seine Überheblichkeit. Erst zwei Jahre später lernte sie, hinter seine Fassade zu schauen, und begriff, dass ihn nicht zuletzt die grausame Behandlung in seiner Kriegsgefangenschaft so gegen die Mauren eingenommen hatte. Doch selbst in der Zeit, in der sie ihn gehasst hatte, hatte es diese geradezu magnetische Anziehung zwischen ihnen gegeben, und als er schließlich eines Nachts in ihr Zimmer geschlichen war, hatte es kaum mehr als seiner Berührung bedurft, um sie weich und wehrlos zu machen.

Das Warten auf ein Wort, eine Nachricht von Jaime zermürbte Zahra, und selbst Beschimpfungen von ihm hätte sie besser ertragen als diese Stille, diesen völligen Rückzug. Erschwerend kam hinzu, dass sie mittlerweile von Raschid erfahren hatte, woher Jaimes Verletzungen am Unterarm und an der Schläfe rührten, was ihr ohnehin schon schlechtes Gewissen weiter belastete: Zwei Leibwächter, die nach dem Angriff auf Juan degradiert worden waren, hegten Rachepläne gegen den »Mauren« und versuchten ständig, ihn mit kleinen, aber feinen Spitzen aus der Reserve zu locken – wohl wissend, wie Talavera, und noch mehr Deza, reagieren würde, wenn er herausfände, dass er sich in Schlägereien hineinziehen ließ. An dem besagten Tag hatten sie Zahra vor Jaime allerdings so schlechtgemacht, dass er schließlich doch zugeschlagen hatte – und von den beiden übel zugerichtet worden war.

An Zahra nagte das Gefühl, Jaime unrecht zu tun, und doch konnte sie nicht nachgeben. Ihre Kinder waren Muslime und mussten Muslime bleiben – ganz gleich, wie sehr sie Jaime vermisste.

Wie schon so oft in ihrem Leben war Tamu die Einzige, die ihr Halt geben konnte, Halt, den sie dringend benötigte, denn von Tag zu Tag wuchs die Angst, sich zu verlieren.

»Er wird wiederkommen«, machte Tamu ihr Mut. »Mein Gott, er liebt Euch doch nicht weniger als Ihr ihn, oder warum sonst hat er sich mit diesen Burschen geprügelt? Doch bedenkt, dass er auch stolz ist! Er wird ihm nicht leichtfallen zu akzeptieren, dass Ihr die Kinder in Eurem statt in seinem Glauben erziehen lassen wollt!«

Auch in der folgenden Woche hörte Zahra nichts von Jaime, so dass ihre Hoffnung immer weiter sank. Auch ein Brief der Schwester ihres Vaters drückte ihr aufs Gemüt. Sie lebte in Fez, und vor drei Wochen war ihr Mann nach schwerer und langer Krankheit für immer von ihr gegangen. Da sie keine Kinder hatte, schlug sie vor, Mahdi zu sich zu nehmen, um ihn später als Erben einzusetzen. Auch Zainab bot sie an mitzukommen, was diese jedoch sogleich ablehnte, während Mahdi Feuer und Flamme war und schon drei Tage später abreiste – womit Zahra noch ein Mensch, den sie liebte, entrissen worden war.

In jenen Tagen, in denen Zahra während zahlloser Stunden nach Jaime Ausschau hielt, fiel ihr auf, dass eigenartig oft zwei Christen vor ihrem Haus passierten und jeden beobachteten, der bei ihnen ein- oder ausging. Sofort veranlasste sie, dass Chalida fortan ständig von Wachen umgeben war. Am folgenden Abend brachte Raschid allerdings derart erschütternde Nachrichten mit nach Hause, dass diese jeden anderen Gedanken in ihr begruben – jeden, bis auf den einen, wie sehr sie

Jaime gerade in diesem Moment gebraucht hätte. Fassungslos hörte sie ihrem Bruder zu, hielt dabei ihre immer heftiger schluchzende Schwägerin in den Armen und hatte am Ende das Gefühl, nichts von dem, was Raschid berichtet hatte, verstanden zu haben – weil das, was sie verstand, einfach nicht wahr sein *durfte.*

»Das … das können …« Sie rang nach Luft. »Das können die Christen doch nicht machen!«

Hilflos hob Raschid die Arme und kniete sich vor Zahra, um ihr Deborah abzunehmen, die auf Zahras Schoß lag und immer weiter weinte, doch sie klammerte sich so sehr an ihre Schwägerin, dass er von seinem Vorhaben abließ. Er sank ihnen gegenüber auf den Diwan, den sie erst vor wenigen Tagen erstanden und in den Wohnraum gestellt hatten.

»Können oder nicht«, stöhnte er, »die Christen tun es, und die Juden haben nur vier Monate Zeit, sich zu entscheiden: Wer sich bis dahin nicht hat taufen lassen und fortan auch als gläubiger Christ lebt, muss seinen Besitz hier aufgeben und das Land verlassen.«

»Und … und was geschieht mit denen, die sich weigern?«, fragte Zahra fassungslos.

Raschid blickte beredt zu Deborah, deren Gesicht weiter in Zahras Halsbeuge lag, und fuhr sich mit dem Daumennagel über den Hals, als wolle er ihn durchschneiden. Zahra erbleichte. Nur mühsam und nicht zuletzt um Deborahs willen gelang es ihr, Ruhe zu bewahren. Ihre Stimme fand sie allerdings erst nach mehrmaligem Räuspern wieder. »Aber … aber ich verstehe das alles nicht. Die Juden haben den Christen mit ihrem Geld doch erst zu dem Sieg über die Mauren verholfen! Abraham Seneor und Isaac Abravanel sind die großen Geldgeber der Christen gewesen. Wie können sie sie des Landes verweisen?«

»Du kannst dir deren Antwort sicher denken: Niemand hindert sie daran, die Taufe anzunehmen und ihr Judensein hinter sich zu lassen.«

»Um dafür dann von ihrem Gott mit ewiger Verdammnis bestraft zu werden?« Zahra schüttelte den Kopf. »Die Juden dürfen doch genauso wenig zu einem anderen Glauben übertreten wie wir, und das wissen die Christen auch!«

Raschid erhob sich und versuchte noch einmal, Deborah Zahra abzunehmen, und diesmal ließ sie es geschehen. »Raschid!«, entfuhr es gequält ihrer Brust. »Raschid, bitte, ich kann das nicht, lieber sterbe ich!«

Raschid wiegte sie in den Armen, auch ihm traten Tränen in die Augen. »Talavera hat mir versichert, dass er alles in seiner Macht Stehende versuchen wird, dass dieses Edikt wieder aufgehoben wird. Gleich morgen wird er mit der Königin reden. Noch dürfen wir die Hoffnung nicht aufgeben, dass doch noch alles wieder gut wird!«

»Aber wie kommt es denn überhaupt dazu, dass die Juden plötzlich ausgewiesen werden sollen?«, fragte Zahra mit wachsender Verzweiflung.

»Sie nehmen den angeblichen Ritualmord von La Guardia als Vorwand«, erklang da eine Männerstimme hinter ihnen. Ungläubig fuhr Zahra herum, es war in der Tat Jaime, der dort stand und zu ihnen sprach. Freude schoss in ihr hoch, eine Freude, die so groß war, dass sie am liebsten sofort auf ihn zugestürmt wäre, doch dann sah sie, wie abweisend Jaime sie anblickte, und wagte es nicht. Jaime, Jaime!, pochte es in ihrem Kopf, doch da wandte er bereits den Blick von ihr und ging zu Raschid, um diesen, wie zwischen ihnen üblich, mit einer knappen Umarmung und einem Schulterklopfen zu begrüßen. Anschließend murmelte er zu Zainab und Deborah hin ein »Friede sei mit euch«, berührte dabei, wie es Sitte war, mit der linken Hand Brust und Stirn und wandte sich wieder Raschid zu, ohne Zahra auch nur anzusehen. »Und was wollt ihr jetzt machen?«

Raschid wies mit dem Kinn auf Deborah. »Zunächst abwarten. Ich hoffe, dass Talavera genug Einfluss hat, damit dieses Edikt wieder zurückgenommen wird. Außerdem habe ich gehört, dass auch verschiedene Juden, allen voran Seneor und Abravanel, bei den Königen vorstellig werden wollen.«

»Sie werden es schwer haben, sich Gehör zu verschaffen. Immerhin steht Torquemada selbst hinter dem Edikt, und sein Einfluss auf die Königin ist und war schon immer sehr groß.«

»Aber auch Talavera steht der Königin nahe!«, beharrte Raschid. »Über das Ganze ist noch lange nicht das letzte Wort gesprochen!«

Er küsste Deborah aufs Haar, half ihr auf und machte sich daran, sie nach oben zu begleiten. Zainab folgte ihnen. Als die Tür hinter ihnen zufiel und Zahra sich mit Jaime allein im Raum sah, schnürte es ihr den Hals zu, und mit einem Mal wagte auch sie nicht mehr, zu ihm hinzusehen. Sie registrierte, wie Jaime in dem Zimmer umherschritt, mit dem Gesicht zum Fenster stehen blieb und brummte: »Du … du musst mir glauben, dass ich es zutiefst bedaure, dass es zu diesem Edikt gekommen ist.«

Zahra nickte, wollte etwas erwidern, wenigstens ein »Das glaube ich dir« sagen, brachte aber keinen Ton heraus.

»Ich …« Jaime strich sich die Locken aus der Stirn. »Ich hätte es niemals für möglich gehalten, dass sich die Könige zu so einem Schritt entschließen könnten, und ich hoffe inständig, dass Talavera oder Abravanel das Edikt zu Fall bringen können!«

»Bist … bist du nur gekommen, um … um das zu sagen?«,

erwiderte Zahra mit dünner Stimme, und als sich in diesem Moment ihre Blicke begegneten, durchfuhr sie ein so heißer Strom, dass sie wusste: Was auch immer Jaime bei ihrer letzten Begegnung gesagt hatte, was auch immer er je tun würde – niemals würde sie aufhören, ihn mit der ganzen Kraft ihres Herzens zu lieben. Wie glühendes Eisen sank der Blick aus seinen tiefgrünen Augen in sie hinein und brannte sich in ihr fest, und obwohl sie wusste, dass es vieles gab, was sie klären mussten, und es als falsch und unvernünftig empfand, wünschte sie sich in diesem Moment nichts anderes, als in seinen Armen zu versinken. Aber Jaime sah sie nur an, und er antwortete auch nicht, sondern wandte sich von ihr ab. Er ging zu dem kleinen Tisch, schenkte sich einen Becher Granatapfelsaft ein und leerte ihn in einem Zug. Zahra raffte ihr Umschlagtuch höher über der Brust zusammen, als sei ihr mit einem Mal kalt.

»Das Edikt war allerdings ein Grund dafür, dass ich gekommen bin«, antwortete Jaime ihr nun doch noch, »aber es war nicht der einzige.«

Er sah wieder zu Zahra, woraufhin diese rasch den Blick senkte und unsichtbare Flusen von ihrem Umschlagtuch strich. Jaime trat auf sie zu. »Verdammt, Zahra, ich … ich kann doch auch nichts dafür, dass die Dinge jetzt so sind, wie sie sind!«

Zahra wagte erneut einen schnellen Blick zu ihm. »Das … das weiß ich. Und auch, dass du im Grunde nur um unser aller Sicherheit besorgt bist.«

Er nickte. »Und auch als ich gesagte habe, dass Abdu getauft werden sollte, hatte ich nichts anderes im Sinn! Zahra, du siehst doch selbst, welches Damoklesschwert jetzt mit einem Mal über den Juden hängt. Noch gestern hätte niemand für möglich gehalten, dass dies je geschehen könnte. Und wenn man einmal von dem ganzen Elend und Leid absieht, das dadurch unter den Juden ausgelöst werden würde – ich kann mir im Moment noch nicht einmal vorstellen, wie Kastilien ohne die Juden auskommen soll! Immerhin gibt es kaum ein kastilisches Adelshaus, das nicht bei einem Juden einen mehr oder minder hohen Kredit hat und das den auswandernden Juden dann dies Geld zurückgeben müsste. Der größte Schuldner der Juden ist das Königshaus selbst! Und nebenbei bemerkt, gibt es auch kaum ein kastilisches Adelshaus, in dem es keinen Juden gibt. Auch die anderen wirtschaftlichen Folgen für das Land sind kaum abzusehen: Fast alle Steuereintreiber Kastiliens sind Juden, weil dieser Beruf Christen verboten ist, die Ärzte in Kastilien sind ebenfalls zumeist jüdischer Abstammung – wovon auch die Ärzte der Könige nicht ausgenommen sind! Und all die Diplomaten … Wie, um Himmels willen, wollen die Könige ohne die Juden und ihre reichen Sprachkenntnisse und Kontakte die Staatsgeschäfte führen? Und dann die Unmengen von jüdischen Lehrern an den Universitäten und erst die Handwerker! Wenn die christlichen Könige an dem Edikt festhalten, werden sie das Land ausbluten! Selbst aus rein egoistischen Gründen müssten die Könige das Edikt zurücknehmen, und aus menschlichen sowieso … Mein Gott, wie groß muss der Hass der Königin auf die jüdische Religion sein, wenn sie zu einer solchen Maßnahme greift? Und sie ist doch zugleich auch eine Frau, eine Frau mit Kindern … Glaub mir, Zahra, ich bin ebenso fassungslos wie ihr, und deswegen war es mir wichtig, zu euch zu gehen und euch zu sagen, dass ich bei euch bin und mit euch fühle! Und auf eurer Seite stehe, und zwar nur auf eurer!«

Zahra tat einen zögerlichen Schritt auf ihn zu. »Und Abdu?«, fragte sie leise. »Bist du … noch immer dagegen, dass … dass er …«

Jaime nahm ihre Hand und zog sie an sich. »Ach, Zahra, natürlich wäre es mir lieber, wenn wir die Kinder taufen lassen würden, aber andererseits verstehe ich auch, dass ihr euch gerade jetzt etwas bewahren müsst, was zu euch gehört und vielleicht das Einzige sein wird, was euch in Zukunft noch bleibt: euren Glauben!«

Dankbar drückte Zahra ihm die Hand, und als Jaime noch einen kleinen Schritt weiter auf sie zutrat, wagte sie kaum noch zu atmen. Jetzt küss mich endlich!, knurrte sie ihn innerlich an, und als in seine Augen ein freches Blitzen trat, wurde ihr klar, dass er ganz genau wusste, wie sehr sie sich nach ihm sehnte – und wie sehr er es genoss, sie wenigstens in diesem Punkt zappeln zu lassen.

»Verdammter Mistkerl«, raunte sie da, drückte sich mit einem breiten Grinsen an ihn und küsste ihn, woraufhin auch er sich nicht länger zurückhielt und sie mit einem leidenschaftlichen Aufstöhnen in die Arme schloss. Auf einmal flog die Tür hinter ihnen auf. Es war Chalida, die wie immer ihren Hund im Schlepptau hatte. Als sie sah, dass ihr Vater zurück war, flog sie mit einem seligen Aufschrei auf ihn zu, und Jaime fing sie auf.

»Mein Kätzchen, ach, mein kleiner Liebling!«, seufzte er und wirbelte sie im Kreis.

Zahra gönnte ihrer Tochter ihre Freude aus ganzem Herzen, zumal sie in diesen Tagen, als Jaime nicht da gewesen war, nachts immer wieder schreiend aus dem Schlaf hochgeschreckt und auch sonst sehr ängstlich gewesen war. Doch auch etwas anderes schoss ihr durch den Kopf – Tamus Warnung, dass sie, wenn sie jemals Jaime verlieren würde, auch Chalida verlor, weil diese nichts und niemanden so sehr liebte wie ihren Vater. Aber ich werde ihn nicht verlieren, sagte sie sich da schnell. Und in der Tat schienen die Probleme, die sie gehabt hatten, fürs Erste beigelegt zu sein. Doch tief in ihr drinnen wusste sie, wie bedroht ihre Liebe in diesen Zeiten war, bedroht durch Umstände, die sie alle nicht zu verantworten hatten, bedroht durch die Edikte und Erlasse und Entscheidungen von den Katholischen Königen und ihren Inquisitoren. Und nichts, rein gar nichts, konnte sie gegen sie ausrichten.

Steh uns bei, Allah, ta'ala. *Steh uns bei!*

VIII.

Granada
1. Mai 1492

In den nächsten Tagen und Wochen setzten vor allem Abraham Seneor und Isaac Abravanel alle Hebel in Bewegung, um die christlichen Könige davon zu überzeugen, das Edikt zurückzunehmen, ohne bisher einen entscheidenden Schritt vorangekommen zu sein – und das, obwohl Seneor ein hochverdienter, enger Berater der Könige war und auch Abravanel dem Königshaus seit langen Jahren zu Diensten war. Das größte Problem der Juden war die Zeit: Die vier Monate bis zur Ausweisung waren knapp bemessen, zumal sie ja auch Haus und Landbesitz verkaufen mussten.

Allzu schnell war der erste Monat der Frist vergangen. An diesem Tag wollten der hochbetagte Seneor und sein alter Freund Abravanel erneut bei den Königen vorstellig werden. Da auch Juan an dem Treffen teilnehmen sollte, fand sich Jaime mit seinem Schützling als einer der Ersten im Thronsaal ein, der noch ebenso war, wie Boabdil ihn hinterlassen hatte: Der Thronsaal, der *salón de comares,* war das symbolische Zentrum der nasridischen Macht gewesen. Juan, der den quadratischen Saal zum ersten Mal betrat, blickte zur prachtvollen, fast sechzig Fuß hohen Decke mit ihren raffinierten Stuckarbeiten und den sieben Himmelssternen empor. Durch die arkadenförmigen Glasfenster flutete gleißendes Sonnenlicht in den Saal und beleuchtete die Nischen, in denen für die erwarteten Persönlichkeiten Stühle bereitgestellt worden waren. Juan schien fasziniert von den Wänden mit ihren bis unter die Decke filigran ausgearbeiteten arabischen Reliefmustern, Schriftzeichen und Keramikkacheln.

»Fast wie ein Wandteppich«, murmelte Juan und fragte Jaime, ob er wisse, was die Zeichen zu bedeuten hatten.

»Ja, mein Prinz. Dort steht: ›Es gibt keinen Sieger außer Allah.‹«

»Und was heißt das hier?« Der Junge zeigte auf eine Inschrift, die im Zierrahmen des Bogens der mittleren Kammer stand. Jaime ging näher und übersetzte nach kurzem Zögern: »Hilf mir, Gott, Peiniger des Satans. Im Namen Gottes, der barmherzig ist und Erbarmen hat. Sei, Gott, Begleiter und Retter unseres Herrn Mohammed und seiner Nachkommen. Und sprich: Meine Hilfe sei die Wut Gottes und der Geister, die die Hölle zerstören. Und befreie mich vom Übel der Neider, wenn sie mich neiden. Und keine andere Gottheit lebt außer Gott, den wir ewig preisen. Lob dem Gott der Jahrhunderte.«

»Hm«, machte der Infant. »Auf ihre Art glauben die Muslime also vielleicht auch irgendwie an Gott …«

Jaime war nahe daran, das »vielleicht« durch ein »ganz sicher sogar!« zu korrigieren und das »auf ihre Art« zu relativieren, indem er anmerkte, dass jede Religion »ihre Art« hatte, wagte es dann aber doch nicht. Er wusste, dass in Palästen Wände Ohren hatten.

»Torquemada und Deza übersetzen wir diese Zeichen aber besser nicht«, schickte Juan mit einem Augenzwinkern zu Jaime nach, woraufhin Jaime lachen musste und ihm verschwörerisch zunickte. Dann setzte sich der künftige Thronfolger in den Lehnstuhl, der direkt neben den Thronsesseln seiner Eltern stand – und Jaime bezog hinter ihm Stellung und hatte mit einem Mal das starke Gefühl, dass die Zukunft dieses Landes und damit die der Christen, der Muslime und der Juden in den Händen dieses Thronfolgers sehr gut aufgehoben sein würde, schon allein, weil er so viel feinfühliger und offener war als seine Eltern.

Eine halbe Stunde später betraten auch die Hoheiten den Saal und nahmen ihre Plätze ein. Ihnen folgten einige ihrer engsten Berater, unter ihnen natürlich Tomás de Torquemada, der Großinquisitor und einer der engsten Vertrauten der Königin. Jaime wunderte sich, dass dieser trotz seiner hohen Stellung noch immer in seiner groben, wollweißen Dominikanerkutte und derben Sandalen umherging. Als der Großinquisitor ihn bemerkte, trat in seine tiefschwarzen Augen ein Ausdruck von Widerwille, der Jaime wieder einmal deutlich vor Augen führte, dass seine Stellung hier bei weitem nicht so sicher war, wie er es sich und noch mehr Zahra gern vormachte – und nicht nur seine Stellung …

Nachdem auch Torquemada seinen Platz eingenommen hatte, hieß die Königin den Saalwächter, die Wartenden hereinzubitten. Er öffnete die hohe Flügeltür und ließ Abraham Seneor, Isaac Abravanel und vier weitere Vertreter der jüdischen Gemeinde Kastiliens eintreten. Dem achtzigjährigen Seneor wurde gestattet, sich auf einem Lehnstuhl niederzulassen, seine Begleiter knieten vor den Königen nieder und stellten sich dann hinter Seneor, ihren Wortführer. Ohne falsche Bescheidenheit setzte Seneor den Königen auseinander, in welch hohem Maße die kastilischen Juden die Christen schon seit Jahrzehnten unterstützten und auch zuvor schon immer unterstützt hatten, und erinnerte daran, dass sie nicht zuletzt dank ihrer großzügigen Finanzhilfen den Krieg gegen die Mauren überhaupt hatten führen können.

»Außerdem, meine geschätzten Majestäten«, fuhr Abravanel fort und strich sich über den langen, weißen Bart, »bitte ich Euch zu bedenken, dass wir Juden seit über fünfzehnhundert Jahren auf der Iberischen Halbinsel leben! *Sepharad* – das ist auch unsere Heimat, und wir haben Euch und Euren Vorgängern stets treu gedient, in Kriegen, im Handel, in der Diplomatie und bei Krankheiten. Niemals haben wir Euch in all den Jahrhunderten Anlass gegeben, Euch über uns zu beklagen, sondern sind Euch stets treue, ergebene Untertanen gewesen!«

»Treu und ergeben?«, donnerte da die Stimme Torquemadas über sie hinweg. »Und was ist mit Euren erst kürzlich aufgedeckten Greueltaten in La Guardia – diesem schändlichen Ritualmord, den Euresgleichen verübt haben?«

Seneor und Abravanel tauschten einen kurzen Blick und kamen offensichtlich überein, nicht auf Torquemadas Anschuldigungen einzugehen, was Jaime für äußerst klug hielt – denn damit hätten sie sich in eine ebenso unerquickliche wie für sie zwangsläufig schädliche Diskussion ziehen lassen. Stattdessen versuchte Abravanel, den christlichen Königen das Bleiberecht für die Juden in klingender Münze abzuringen, und nannte einen so hohen Geldbetrag, dass Jaime im ersten Moment glaubte, nicht richtig gehört zu haben. Ihr Angebot entzündete in Fernandos Miene ein frohlockendes Leuchten. »Eure Offerte ist allerdings bedenkenswert«, meinte er und tauschte einen Blick mit seiner Gemahlin.

»Nun«, setzte diese nach einem Zögern an. »Natürlich wissen wir zu schätzen, was Ihr und Eure Glaubensbrüder für unser Land getan habt, und ich weiß, dass solche Zahlungen, wie Ihr sie anbietet, auch in anderen Ländern üblich sind. Wir werden also über Euer Angebot beraten.«

Jaime sah die wachsende Hoffnung in den Augen Abravanels und seiner Begleiter und wie sie sich dankbar vor der Königin verneigten. Da erhob sich Torquemada, holte eine Handvoll Silbermünzen aus seiner Geldkatze und warf sie mit Blick zu den christlichen Königen mitten in den Saal. »Dreißig Silberlinge waren es damals, für die unser Herr verraten wurde. Und diesmal? Wie hoch ist der Preis diesmal, für den Er verraten und an die Juden verkauft werden soll? Wie hoch?«

Von Frage zu Frage war Torquemadas Stimme lauter und schneidender geworden, so dass Jaime unwillkürlich einen Schritt zurücktrat – und den jüdischen Vertretern das Blut aus den Gesichtern wich. Auch die Königin zuckte zusammen. Nach einer bedeutungsschwangeren Pause zitierte Torquemada mit dröhnender Stimme die Bibelstelle: »Wehe dem Menschen, durch den der Menschensohn verraten wird. Für ihn wäre es besser, wenn er nie geboren wäre!«

»Ehrwürdiger Vater, so beruhigt Euch doch, immerhin haben wir bisher lediglich überlegt …«

»Überlegt!«, fiel Torquemada der Königin ins Wort, und sicher gab es keinen Zweiten am Hof, der sich dies hätte erlauben dürfen. »Man überlegt nicht, ob man Jesus verrät!« Mit wehender Kutte stürmte er aus dem Saal.

Nach seinem Abgang herrschte betretenes Schweigen. Schließlich räusperte sich Fernando und erklärte Seneor und Abravanel, dass man sie in den nächsten Tagen wissen lasse, wie man sich entschieden habe. Die jüdischen Abgesandten verbeugten sich und verließen mit erschütterten Mienen den Saal.

Drei Tage waren seither vergangen, Tage, in denen die Juden des ganzen Landes inständig dafür gebetet hatten, dass Seneor und Abravanel mit ihrem Vorstoß bei den Königen doch etwas bewirkt hatten. Auch im Hause der Sulamis gab es kaum ein anderes Thema. Um die Stimmung ein wenig aufzuheitern, hatte Zahra vorgeschlagen, an diesem Abend endlich einmal draußen im Patio zu essen – warm genug war es dafür seit Wochen. Selbst die Diener schien ihr Vorschlag zu beflügeln: Maria und Khadidscha kehrten am Morgen kichernd vom Markt zurück und zeigten den Damen des Hauses aufgeregt ihre Einkäufe – eine feine Ledertischdecke für den niedrigen Steintisch im Innenhof, herrlich weiche Kissen für die gemauerten Bänke und Windlichter mit fröhlich-bunten Gläsern. Einzig Tamu grummelte über die Geldausgabe, aber danach wies sie Musa trotzdem an, ein paar hübsche Blumen kaufen zu gehen, die er in ein verwaistes Beet pflanzen sollte. »Und der Springbrunnen muss auch endlich gereinigt und mit frischem Wasser gefüllt werden!«

Als sich Zahra am Abend an den Tisch setzte, türmten sich dort weit mehr Speisen als sonst, und die Kinder erzählten ihr mit geröteten Wangen, wer von ihnen welche Windlichter hatte anzünden dürfen.

Leider kam Raschid nicht pünktlich zur Abendmahlzeit nach Hause, so dass sie schließlich ohne ihn mit dem Essen beginnen mussten, damit die Kinder nicht zu spät ins Bett kamen. Nachdem sie diese später schlafen gelegt hatten, fanden sich die Erwachsenen erneut draußen im Patio zusammen. Das lange Ausbleiben Raschids beunruhigte sie zunehmend, und auch wenn es niemand aussprach, so war ihnen allen die Angst anzumerken, noch heute die Rechnung für ihren Versuch zu bekommen, endlich wieder heimisch zu werden.

Zu vorgerückter Stunde brummte Jaime, dass er ihn suchen gehe. Zahra nickte ihm zu, und Deborah, die pausenlos auf ihrem Platz herumrutschte, hielt es dort nun gar nicht mehr aus und erbot sich, in der Küche eine Karaffe Granatapfelsaft zu holen. Da hörten sie auf einmal, wie jemand das Haus betrat. Als Deborah Raschid erkannte, wurde sie blass, und auch die anderen merkten ihm sofort an, dass er keine guten Nachrichten brachte.

»So … so ist es also tatsächlich beschlossene Sache?«, presste Deborah mit zitternder Stimme hervor.

»Ich hätte dir so gern etwas anderes mitgeteilt!« Raschid hob hilflos die Hände. »Aber ja, es bleibt alles, wie es schon angekündigt war: Die christlichen Könige werden das Edikt nicht zurücknehmen. Gerade eben wurde die Sitzung beendet; Talavera selbst hat mir das Ergebnis mitgeteilt. Die Könige räumen lediglich aus formalen Gründen eine kaum ins Gewicht fallende Fristverlängerung bis zum zweiten August ein. Bis dahin müssen alle Juden das kastilische Königreich verlassen haben und dürfen auch niemals zurückkehren – es sei denn, als getaufte Christen. Allen ungetauften Juden, die nach dem festgesetzten Datum noch im Land angetroffen werden, drohen die Konfiszierung ihrer Güter und die Todesstrafe.«

Deborah schwankte, fing sich aber sofort wieder. Raschid machte einen Schritt auf sie zu und wollte sie stützen und an sich ziehen, aber Deborah wich zurück und machte eine wedelnde Bewegung mit der Hand, als wolle sie unter allen Umständen vermeiden, dass er sie berührte. Zahra sah, wie ihre Schwägerin um Fassung rang – und wie ihr Bruder darunter litt, dass sie seinen Trost ablehnte. Sie verstand Deborahs Reaktion. Auch sie hätte in diesem Moment keine Berührung ertragen: Denn dann würde der Damm brechen, der ihre Ängste und ihr Elend derzeit noch zusammenpferchte und zurückhielt. Zahras Gedanken rasten: Würde Deborah einwilligen, sich taufen zu lassen? Oder würde sie darauf bestehen, von hier wegzugehen? Und bedeutete dies, dass sie doch alle von hier wegziehen würden?

Deborah atmete schwer und stoßweise, nickte Raschid und den anderen aber zu. »Keine Sorge, ich … ich habe natürlich damit gerechnet. Und ich … habe die letzten Wochen dazu genutzt, um darüber nachzudenken, was dann werden soll. Auf keinen Fall will ich, dass ihr euch meinetwegen gezwungen seht, wieder von hier wegzugehen.«

»Aber Deborah, niemand verlangt von dir, dass du dich für uns opferst!«, fiel Raschid ihr ins Wort.

Deborah sah ihn mit ihren großen, dunklen Augen an. Dankbarkeit und Liebe spiegelten sich darin, aber auch Entschlossenheit. »Ich weiß, Raschid, doch ich denke, wir sind uns einig, dass unsere Kinder hier in Kastilien, wo zumindest ihr Muslime noch einen gewissen Schutz erfahrt, am sichersten sind – falls man in diesen Zeiten überhaupt noch irgendwo sicher sein kann. Zu viele Menschen haben bei ihrer Flucht aus Kastilien schon den Tod gefunden, und auch wir … Nein, Portugal sehe ich nicht mehr als Lösung an.«

»Doch ist dir bewusst, was … was du dann gezwungen bist zu schwören?«, hauchte Zahra.

Deborah holte tief Luft und nickte. »Ja, der Rabbi hat uns am letzten Schabbat erklärt, dass es leider noch nicht einmal reicht, wenn wir uns taufen lassen. Wir müssen überdies auch unserer jüdischen Religion entsagen und schwören, dass wir ihre Zeremonien verachten. Außerdem müssen wir erklären, dass wir uns fortan von Juden fernhalten werden – und es ist auch noch vieles andere dabei, was wir werden schwören müssen, was er uns noch nicht hat sagen wollen, um uns die Herzen nicht noch schwerer zu machen.«

»Und du meinst, dass du das über die Lippen bringen kannst?«, fragte Zahra und fröstelte.

Deborah zog die Schultern hoch und schloss die Augen. Als unter ihren Lidern Tränen hervorquollen, hatte nicht nur

Zahra erneut den Impuls, sie in die Arme zu nehmen, doch Deborah hob die Hand, schluckte und presste heiser hervor: »Lasst mich, bitte. Ich muss … damit allein fertigwerden. Am besten … ich lege mich jetzt etwas hin.«

Sie nickte ihnen zu, stieg die Treppe zur Galerie empor und verschwand in ihrem Zimmer.

»Ich … ich kann sie jetzt doch nicht allein lassen«, stammelte Raschid und sah ihr hilflos nach.

»Du wirst es müssen.« Zahra legte ihm die Hand auf den Arm. »Bleib hier, Raschid, und lass uns für Deborah ein *du'a* beten. Mehr können wir im Moment nicht für sie tun.«

In den nächsten Tagen wirkte Deborah so gefasst, dass man hätte meinen können, sie denke gar nicht mehr an das, was ihr bevorstand. Wenn Raschid oder Jaime von ihnen bekannten Juden erzählten, die jetzt ihr Hab und Gut verkauften, um das Land zu verlassen, zog sie sich allerdings schnell zurück.

Die Not der Juden berührte sie alle, und das Argument der Christen, dass sich die Juden doch »einfach nur« taufen lassen müssten, erschien ihnen als blanker Hohn. Zu allem Übel kamen auch noch weitere Schwierigkeiten auf die ohnehin schon geplagten Menschen zu: Durch die immens hohe Zahl von scheidenden Juden – man sprach von über hunderttausend, einem Achtel der Bevölkerung des Landes also – wurden die Märkte mit Waren nur so überschwemmt: Möbel, Kleider und Vieh wurde in riesigen Mengen zum Verkauf angeboten, ebenso Häuser und Ländereien. Da die Käufer fehlten, mussten die Juden ihren Besitz immer häufiger zum Schleuderpreis hergeben, wenn sie überhaupt noch etwas dafür bekommen wollten. Eine kostbare Truhe wechselte den Eigentümer für ein Pfund Getreide, ein Haus für einen Fuhrwagen, ein Weinberg ging für einen Esel dahin.

Zudem durften die Juden weder Pferde noch Waffen, Gold, Silber und Münzen ausführen. Einzig Isaac Abravanel, der es im Gegensatz zu dem weit betagteren Abraham Seneor vorzog, sich nicht taufen zu lassen, war zugebilligt worden, das Land mitsamt seinem Gold, Silber und seinen Juwelen zu verlassen – und zuvor zahlten die Könige ihm auch die Kredite zurück, die sie bei ihm aufgenommen hatten und sich auf immerhin anderthalb Millionen Maradevis beliefen. Alle anderen Juden mussten ihr Gold und Silber in andere Werte umsetzen – wobei sie wiederum viel verloren, denn die Wechsel, hinter denen die Könige als Garanten standen, waren kein faires Entgelt, da ihnen dafür sehr hohe Zinsen abgezogen wurden.

Immer wieder diskutierten Raschid, Jaime und Zahra über das Elend der scheidenden Juden, taten dies Deborah zuliebe allerdings nur noch, wenn sie allein in Raschids Arbeitszimmer saßen.

Auch an diesem Abend lauschte Zahra mit wachsender Beklommenheit Raschids neuestem Bericht.

»Und was«, fragte Zahra schließlich, »was wird eigentlich, wenn die Christen uns eines Tages ebenso ausweisen wie die Juden? Letztlich wundert es mich sogar, dass sie die Juden und nicht uns ausweisen: Immerhin verbindet sie mit den Juden doch viel mehr als mit uns!«

»Sie können die Mauren nicht ausweisen«, antworteten Raschid und Jaime wie aus einem Mund; und Raschid fuhr fort: »In den Übergabevereinbarungen, die Boabdil und die christlichen Könige unterschrieben haben, steht eindeutig, dass die Mauren …«

»… *und* die Juden hier weiterleben können!«, fiel Zahra ihm ins Wort. »Eben: *und die Juden!* Zumindest die Juden im ehemaligen Maurenreich müssten also geschützt sein. Und was, wenn die Ausweisung der Juden nur der Anfang ist?«

»Dazu wird es nicht kommen, Zahra«, beharrte Jaime. »Und wenn Juan erst mehr an Einfluss gewinnt, wird dies noch weniger der Fall sein!«

»Du und dein Prinz ...« Zahra hob unwillig die rechte Augenbraue.

»Ja, ich und mein Prinz«, gab Jaime heftig zurück und erhob sich ärgerlich von seinem Sitzkissen. »Und bete, dass er diesem Königreich erhalten bleibt, denn es gibt viel Schlimmere! Wieso, zum Teufel, kannst du nicht endlich mal mit dem ständigen Zweifeln aufhören und lieber froh und dankbar sein, dass es dir und uns allen so viel besser als diesen armen Vertriebenen geht?«

Ohne ihr die Gelegenheit zu einer Erwiderung zu geben, verließ Jaime türschlagend den Raum. Erschrocken sah Zahra ihm nach und lauschte angespannt. Als sie seine harten Schritte auf der nach oben führenden Treppe widerhallen hörte, atmete sie auf. Sein langes Fernbleiben hatte sie offenbar tiefer verunsichert, als sie es sich bislang hatte eingestehen wollen.

»Gehe ich euch mit meinen Überlegungen wirklich so sehr auf die Nerven?«, fragte sie ihren Bruder zerknirscht. »Oder gibt es noch etwas anderes, was Jaime im Magen liegt? Aber auf der anderen Seite hilft es doch nichts, vor den Problemen die Augen zu schließen. Mein Gott, für Jaime ist das alles auch sehr viel einfacher: *Er* ist ja Christ!«

»Die Probleme totzuschweigen, bringt allerdings niemanden weiter«, pflichtete Raschid ihr bei, »aber trotzdem tust du Jaime unrecht: Wenn ein Christ mit uns fühlt und an unserer Seite ist, dann ist es Jaime! Und ob ihn darüber hinaus noch etwas anderes belastet, weiß ich nicht, allerdings ist auch mir aufgefallen, dass er in letzter Zeit ziemlich gereizt ist.«

»Ob in der Alhambra etwas vorgefallen ist?«

»Na ja, du weißt ja, dass es da diese beiden ehemaligen

Leibwächter von Juan gibt, die ihm das Leben zur Hölle machen – und offensichtlich haben die beiden Feiglinge inzwischen auch noch ein paar ihrer Cousins gegen Jaime aufgehetzt. Ich habe schon mehrmals versucht, mit ihm darüber zu reden, aber er hat jedes Mal sogleich abgewinkt. Das sei sein Problem – und Ende. Du kennst ihn ja ... Auch diese Platzwunde neulich hing indirekt mit diesen beiden Mistkerlen zusammen.«

»Du meinst ...« Zahra starrte ihn an. »Aber mir hat Jaime gesagt, ihm wäre beim Reiten ein Ast ins Gesicht geschlagen!«

Raschid lachte unfroh auf. »Jaime und beim Reiten einen Ast abbekommen – also wirklich, Zahra, sonst bist du doch auch nicht so leichtgläubig!«

Sie errötete. »Und warum hast nicht wenigstens du mir das längst erzählt?«

»Wenn ich gewusst hätte, dass du es nicht weißt, hätte ich wohl auch jetzt nichts gesagt.« Raschid grinste schief.

»Raschid!«

»Ist ja schon gut!« Er seufzte. »Und so spannend ist das nun auch wieder nicht: Sie müssen ihm zu dritt auf dem Nachhauseweg aufgelauert und ihn wegen seiner Beziehung zu dir und uns verhöhnt haben. Jaime hat ihnen ihre großen Klappen gestopft und, obwohl sie in der Überzahl waren, offenbar ganze Arbeit geleistet. Das weiß ich übrigens auch nicht von Jaime, sondern ich habe Talavera davon reden gehören. Er hatte von dem Ganzen Wind bekommen und Jaime zur Rede gestellt.«

Zahra schüttelte fassungslos den Kopf. Das Einzige, was Jaime ihr in der letzten Zeit überhaupt über sein Leben außerhalb ihrer vier Wände erzählt hatte, war, dass die christlichen Könige und ihre Kinder abgereist seien, weswegen ihm nun nicht mehr die Sicherheit des Infanten, sondern die Talaveras oblag. »Aber warum sagt er mir so was nicht?«

»Weil du ohnehin schon völlig verängstigt bist – und derzeit eben auch nicht die Gerechteste!« Raschid warf ihr einen nachdrücklichen Blick zu.

Errötend strich sich Zahra das Haar zurück. »Ja, ja, ist ja schon gut! Ich sage ja schon gar nichts mehr gegen ihn!«

»Aber um auf die fliehenden Juden zurückzukommen – Jaime hat recht. Im Vergleich mit ihnen können wir uns wahrlich nicht beklagen! Übrigens hört man immer wieder, dass sie mit aufgeschlitzten Bäuchen im Straßengraben enden. Anscheinend hat es sich zu den Wegelagerern herumgesprochen, dass viele von ihnen ihr Gold herunterschlucken, weil sie hoffen, es so doch über die Grenze bringen zu können.«

Zahra sah ihn entsetzt an.

»Zudem erlauben die Portugiesen den Juden anscheinend nur, über vier festgelegte Orte ins Land einzureisen. Acht Cruzados muss jeder zahlen, der über die Grenze will, und mit diesem Geld erwirbt er sich nichts weiter als das Recht, für acht Monate im Land zu bleiben. Doch nach diesen acht Monaten können die Juden das Land nur noch per Schiff verlassen, weil ihnen die Rückeinreise nach Kastilien ja verwehrt ist – und du kannst dir vorstellen, welch unverschämt hohe Preise die Portugiesen ihnen dann für Schiffspassagen abknöpfen werden. Und was sie mit denen vorhaben, die diese Passage nicht bezahlen können, wage ich mich gar nicht zu fragen!«

»Weiß Deborah das alles schon?«

Raschid schüttelte den Kopf. »Und ich bitte dich auch, ihr nichts davon zu sagen!«

Zahra nickte und wollte sich erheben, um schlafen zu gehen, doch Raschid hielt sie zurück. »Warte, ich muss dir noch etwas zeigen!«

Er nahm seine Geldkatze und zog ein Schmuckstück daraus hervor: Es war ein rubinroter Anhänger, in dessen Mitte ein tiefblauer Saphir eingelassen war. Auf den ersten Blick erkannte Zahra das Schmuckstück als eines ihrer Mutter wieder. Sie legte es in ihre Handfläche. »Woher hast du das?«

»Von einem Schmuckhändler. Jaime und ich haben einigen Händlern der Stadt genau beschrieben, welche Schmuckstücke uns gestohlen wurden. Als Faisal dieses hier angeboten wurde, hat er mich holen lassen.«

»Aber von wem hat er es? Pulgar und Sánchez sind doch tot ... Oder hatte er es schon länger?«

»Nein, nein, er hat es erst heute früh angeboten bekommen. Und wir hatten ja von Anfang an vermutet, dass hinter Pulgar und Sánchez ein Auftraggeber steht. Anscheinend hat er eine Weile gebraucht, um sich neu zu organisieren, und verkauft die Sachen erst jetzt wieder weiter.«

»Und was konnte der Händler dir über diesen Mann sagen?«

»So gut wie nichts. Ich habe ihm das Schmuckstück abgekauft und hoffe, dass sein Zwischenhändler ihm nun noch mehr Stücke bringt und wir ihn so packen können. Zwei unserer Leute beobachten das Geschäft und außerdem ...« Erst nach kurzem Zögern fuhr er fort. »... das Haus schräg gegenüber von uns ...«

»Wie bitte?« Zahra sah ihn erschrocken an. »Wieso das denn?«

»Wie du gewiss auch schon bemerkt hast, sind da vor kurzem zwei Kastilier eingezogen. Jaime hat über die beiden Nachforschungen angestellt. Sie haben keine Familie, bekommen nie Besuch, und einer Arbeit gehen sie offenbar auch nicht nach. Das hat ihn misstrauisch gemacht, und einer der beiden ist allerdings kein unbeschriebenes Blatt!«

Zahra schnürte es die Kehle zu. »Und was wollen die von uns? Sind das Spitzel der Königin? Will sie mir jetzt doch wieder etwas anhängen? Oder Familiares der Inquisition? Möglicherweise hat auch derjenige, der uns überfallen ließ und der Chalida entführt hatte …« Sie wagte den Satz nicht zu beenden.

Raschid tätschelte ihr den Arm. »Beruhige dich, beruhige dich! Wir haben nach wie vor keine Ahnung, warum sie hier sind, und vielleicht ist auch alles ganz harmlos, und eigentlich wollte ich es dir auch gar nicht sagen. Solange ihr im Haus seid, kann euch nichts passieren. Wir haben ja immer etliche Wachen hier, und wenn es dir wohler ist, können wir noch zwei mehr in Dienst nehmen, die euch begleiten, wenn ihr zum Hammam oder zum Einkaufen geht.«

Nachdenklich sah Zahra wieder zu ihrem Bruder. »Und du hast tatsächlich noch immer keinen Verdacht, wer hinter dem Überfall stecken könnte?«

Raschid presste die Lippen zusammen und schüttelte den Kopf. Zahra lief ein Schauer der Angst über den Rücken.

In der Nacht schreckte Zahra hoch. Von der Straße drangen ungewohnte Geräusche herauf. Barfuß tappte sie ans Fenster und sah, wie zwei nach christlicher Art gekleidete Männer an ihrem Haus vorbeitorkelten und dabei unter albernem Gelächter einen großen, rundlichen Gegenstand vor sich her rollten. Als sie an der Straßenlampe vor ihrem Haus vorbeikamen, meinte sie erkennen zu können, dass der Gegenstand ein nur noch notdürftig von eisernen Beschlägen zusammengehaltenes Fass war. Die beiden lachten und gackerten noch lauter, zogen aber weiter. Zahra legte sich wieder hin und wunderte sich, dass Jaime so tief und ruhig weiteratmete, als sei nichts geschehen. Ob man, grübelte sie, als Soldat mit der

Zeit lernte, bedrohliche und nicht bedrohliche Geräusche selbst im Schlaf zu unterscheiden? Während sie wieder einzuschlafen versuchte, musste sie daran denken, was Raschid über die beiden neuen Nachbarn erzählt hatte. Auch dieser Maure, dieser Shihab, der Maria den Hof machte, ein aus Málaga stammender Brotbäcker, erschien ihr auf einmal in anderem Licht. Was, wenn er mit diesen beiden Männern im Nachbarhaus irgendwie verbandelt war? Vor ein paar Tagen hatte sie ihn gefragt, wieso er nicht wie alle anderen Bewohner Málagas nach dem Sieg der christlichen Könige vor zwei Jahren versklavt worden sei. Seine Erklärung hatte recht plausibel geklungen: Anscheinend war er schon vor der Belagerung der Stadt in den Norden geflüchtet … Am liebsten hätte sie Maria jetzt den Kontakt zu dem Mann untersagt, aber Maria hatte vor zwei Jahren bei einem Überfall der Christen ihren Mann verloren, und erst durch die Bekanntschaft mit diesem Mann schien sie allmählich über den Verlust hinwegzukommen. Sie nahm sich vor, Raschid und Jaime zu bitten, auch über Shihab noch ein paar Nachforschungen anzustellen. Ihr Blick ging zu Jaime. Der milchige Schein der Straßenlaterne vor dem Haus erlaubte ihr, seine Umrisse zu erkennen. Wie immer schlief er auf seiner rechten Seite, den Arm unter dem Kopf, die linke Hand in ihre Richtung gestreckt, als müsse er sich ihrer Nähe selbst im Schlaf versichern. Ach Jaime, seufzte Zahra. Sie strich ihm behutsam über seine dicken Locken und hätte ihn geküsst, wenn sie nicht Sorge gehabt hätte, ihn damit zu wecken.

Auch als später der Ruf des Muezzins zum Morgengebet durch die stillen Straßen bis zu ihr schwebte, wälzte Zahra noch immer schwere Gedanken. Sie erhob sich und fand in der rituellen Waschung und dem Gebet endlich einen Moment der inneren Ruhe. Zum Abschluss murmelte sie den Segenswunsch »As-Salamu alaikum« und »Allahu akbar«, Gott ist groß, verneigte sich ein letztes Mal gen Mekka, wobei sie darauf achtete, dass Stirn, Nase und Handflächen den Gebetsteppich berührten, und hob den Blick zum Fenster. Sie sah, wie sich das Mashrabiya-Gitter gegen das erste, noch diffuse Morgenlicht absetzte, und wandte dann den Kopf zu Jaime, der ihren Blick mit einem Lächeln auffing. »Ich liebe es, dir beim Beten zuzusehen. Du bist dabei so sehr eins mit dir – und wunderschön!«

Sie erwiderte sein Lächeln, rollte ihren Gebetsteppich zusammen und küsste ihn. »Ich wünsche dir einen guten Morgen!«

»Wäre schön, wenn es wirklich einer würde …« Jaimes Lächeln verschwand. Er strubbelte sich durchs Haar und setzte sich auf – und Zahra hatte den Eindruck, dass etwas Gehetztes in seine Miene trat.

»Jaime, was hast du?«

»Aber nichts, Zahra, gar nichts!« Er wich ihrem Blick aus, erhob sich und zog seine kastilischen Beinkleider an.

Zahra rang mit sich – und konnte nicht länger schweigen. »Jaime, warum … warum hast du mir nicht erzählt, dass diese Platzwunde neulich die Folge einer Schlägerei mit den ehemaligen Leibwächtern Juans war?«

»Zahra, ich flehe dich an: Die Sonne ist noch nicht aufgegangen, und du siehst schon wieder Probleme, wo gar keine sind!«

»Du weißt genau, dass das nicht stimmt! Also: Was ist mit diesen Leibwächtern? Und wie gefährlich sind sie?«

Jaime knöpfte sein Wams zu.

»Warum antwortest du mir nicht?«

»Weil ich nichts dazu zu sagen habe!«, knurrte Jaime und stemmte seine Füße mit einem unüberhörbaren Fluch in die

Stiefel. Dann sah er doch noch einmal zu Zahra. »Ich kümmere mich um die Welt da draußen, du um die Welt hier drin. So will es doch auch dein Koran, oder etwa nicht?«

»Netter Versuch, nur weiß ich, dass du so nicht denkst!« Zahra erhob sich nun ebenfalls. »Aber bitte, wenn du mir nicht sagen willst, was los ist, dann statte ich eben ein paar von Mutters Freundinnen einen Besuch ab. Auch einige von ihnen haben Söhne, die sich inzwischen in der Alhambra verdingen und …«

»Ich kann auf mich selbst aufpassen!«, donnerte Jaime sie an, packte sie im gleichen Moment am Arm und zog sie grob an sich heran. »Zum Donner noch eins, das alles hier ist kein Spiel!«

Zahra blickte auf ihren Arm, woraufhin Jaime sie sofort losließ. »Entschuldige, ich wollte dir nicht weh tun …« Er fuhr sich mit den Händen durch seine Locken. »Zahra, es … das ist alles nicht so einfach. Und ja, ich habe meine Schwierigkeiten mit Juans alten Leibwachen, aber das sind … sind Lappalien gegen gewisse andere Dinge, die ich befürchte.«

»Auch das hat Raschid mir letzte Nacht gestanden: die beiden Männer im Nachbarhaus – meinst du die?«

Jaime nickte. »Bisher ist es nur ein Verdacht, deswegen wollte ich dich nicht beunruhigen. Aber der eine dieser Männer war früher genau wie Sánchez und Pulgar ein Söldner, der jedem diente, der volle Truhen hatte. Aber wir können nicht offen gegen ihn vorgehen. Er hat gute Freunde an den höchsten Stellen, und du musst dich da schon ganz und gar raushalten. Früher mag dich der Name deines Vaters geschützt haben, aber heute interessiert es keinen Menschen mehr, dass du die Tochter des großen Abdarrahman as-Sulami bist und er einer der wichtigsten Vertrauten des Emirs war. Und auch ich war viel zu lange weg vom christlichen Hof und habe viel zu viele Dinge getan, die einige Menschen dort nie vergessen werden, um dich schützen zu können! Also halt dich da raus!«

»Du hast Feinde am Hof?«

Jaime machte eine gleichmütige Handbewegung. »Als Söldner dem Feind dienen darf man, aus Liebe zu einer Frau nicht!« Er zwinkerte ihr zu. »Aber mach dir keine Gedanken. Das ist kein Problem.«

»Und was willst du jetzt gegen diese Nachbarn unternehmen?«

»Vor allem umsichtiger vorgehen als bei Sánchez und Pulgar. Wir brauchen keine weiteren Toten, sondern den Hintermann. Und den gibt es, da bin ich mir sicher!«

»Es gibt noch jemanden, den wir uns genauer ansehen sollten«, unterbrach ihn Zahra, »und zwar diesen Mann, der Maria nachstellt. Irgendetwas an ihm ist seltsam. Ich kann dir keinen Grund nennen, aber ich spüre, dass er nicht das ist, als was er sich ausgibt. Bisher wollte ich Maria nicht das Herz beschweren, aber mit all dem, was du und Raschid mir gesagt habt ...«

»Ich kümmere mich um ihn. Und wir haben ja ohnehin immer Wachen!«

»Oh Jaime, wer hasst uns nur so sehr, dass er uns nicht zur Ruhe kommen lassen will?«

»Ich weiß es nicht, Zahra, ich befürchte allerdings, dass die Sache mit dem Überfall noch nicht ausgestanden ist!«

Zahra fasste nach seiner Hand. »Und weißt du, was für mich fast ebenso schlimm ist? Deine Verschlossenheit! Warum redest du nicht mit mir? Früher hast du das doch auch getan. Ich ... ich will dich nicht verlieren!« Und kaum hatte Zahra dies ausgesprochen, wurde ihr bewusst, wie groß diese Angst in ihr tatsächlich war. Allein der Gedanke, dass Jaime die Probleme der Muslime irgendwann so satthaben könnte, dass er sich von ihr trennen und das für ihn so viel einfachere Leben eines christlichen Kastiliers ohne maurischen Anhang wählen würde … ein Leben vielleicht gar an der Seite einer adretten Kastilierin, die ihm Kinder gebar, die selbstredend in seinem Glauben erzogen werden würden, in einem Glauben, der weder ihm noch seinen Kindern Steine in den Weg legte … Sie merkte, dass ihr Tränen in die Augen traten, und biss sich auf die Lippen.

Jaime schüttelte den Kopf. »Aber Zahra, du verlierst mich doch nicht, ich liebe dich!«, raunte er und zog sie an sich. Er küsste sie auf die Stirn und wiegte sie wie ein kleines Kind. »Ach, Zahra. Zahra, Zahra, Zahra!«

Sie sah zu ihm auf, und noch weit mehr als seine Worte verriet Zahra sein Blick, dass sich an seiner Liebe für sie nichts geändert hatte. Als er ihre Lippen auf ihre senkte, machte sich in ihrem Bauch ein wohlvertrautes Ziehen breit, das zu einer brennenden Sehnsucht wurde. »Oh Jaime …«

Ihre weiteren Worte erstarben unter seinen immer drängender werdenden Küssen. Sanft drückte er sie gegen die Wand, schob seine großen, kraftvollen Hände unter ihren Po, hob sie hoch und drückte sich gegen sie, wobei sie seine Lust deutlich spüren konnte. Sie schloss die Augen und versank mit ihm in die Welt ihrer Gefühle – die einzige, in der sie sich derzeit noch eins mit ihm fühlen konnte, weil es wohl auch die einzige war, die ihnen noch allein gehörte.

IX.

Granada
12. Juni 1492

Jaime gab den Versuch auf, sich aus dem eisernen Griff des Mannes zu befreien: Der Kerl hatte ihm den rechten Arm so weit hoch gedreht, dass er vor Schmerzen kaum noch atmen konnte, und drückte ihm überdies mit seinem Unterarm die Kehle zu. Direkt vor ihm stand ein zweiter Mann, ein wahrer Hüne und offenbar der Anführer der beiden. Er trat dicht auf ihn zu und lachte ihm gehässig ins Gesicht. »Tja, wer einmal in der Mangel von Luis ist, wird ihn so schnell nicht wieder los! Pech für dich. Aber er kann es nun einmal nicht leiden, wenn jemand unsere Cousins so zurichtet, wie du es getan hast!«

»Ersticke …«, keuchte Jaime mit gepresster Stimme und hatte in der Tat das Gefühl, jeden Moment die Besinnung zu verlieren. Auf ein Nicken des Hünen hin nahm der Kerl endlich etwas Druck von seiner Kehle. Gierig sog Jaime die Luft ein, der Nebel vor seinen Augen löste sich auf – und gleichzeitig erwachte sein Widerstandsgeist neu. Er erwog, um Hilfe zu rufen, aber hier, im königlichen Pferdestall, würde ihm kaum jemand zu Hilfe eilen. Genau wie er hatten auch die anderen Leibwachen und Knappen, die vor wenigen Minuten von dem Ausritt mit Talavera zurückgekommen waren, ihre

Pferde hier nur abgestellt und waren mit dem Erzbischof gleich weiter in dessen Räume gegangen, und ansonsten hatte er nur zwei dürre Stallburschen wahrgenommen, die sich sicher eher zitternd im Heu verkriechen als sich für ihn prügeln würden. Ein Hilfeschrei hatte demnach so wenig Aussicht auf Erfolg, dass es sich kaum lohnte, dafür einen neuen Faustschlag in den Magen zu riskieren. Jaime konnte kaum fassen, auf welch billigen Trick er hereingefallen war: Ein Laufbursche hatte gemeint, ein alter Freund erwarte ihn im Stall ... und als er hier ankam, hatten sich die beiden direkt auf ihn gestürzt.

»Die entlassenen Leibwächter von Juan sind eure Cousins?«, presste Jaime hervor.

Sein Gegenüber nickte. »Und wir denken wie sie: Auch uns gefällt es nicht, dass jetzt so einer wie du ihre Arbeit macht. Wir sind gläubige Christenmenschen, wir achten die Kirche und ihre Gesetze – im Gegensatz zu dir. Wie du weißt, sieht es auch die Inquisition nicht gern, wenn christliche Kinder von stinkigen jüdischen oder muslimischen Ammen gesäugt werden – und wir mögen genauso wenig, dass einer von uns, ein Christ, seinen Schwanz in Fotzen stößt, aus denen nachher Bälger kommen, die sich dann auch noch was auf ihre halbchristliche Abstammung einbilden!«

Wie um seine Worte zu unterstreichen, wurde der Druck des sehnigen Unterarms seines Kumpans auf Jaimes Kehle wieder nachdrücklicher. Erneut wurde Jaime die Luft knapp, und schließlich hatte er das Gefühl, ihm müssten jeden Moment die Augen aus den Höhlen springen.

»Wie schade, dass die beiden noch zu verletzt sind, um dich jetzt hier so sehen zu können!« Der Mann lachte rauh, wurde jedoch sogleich wieder ernst. »Dein Bruder ist die rechte Hand der Königin, du bist Talaveras Leibwächter, und wenn sich gerade so einer erdreistet, einen solch liederlichen Lebenswandel zu führen, dann ist das ein schlechtes Beispiel. Jemand, der Maurenhuren fickt und am anderen Tag womöglich vor die Königin tritt – da wird es uns übel, verstehst du?« Er spuckte Jaime ins Gesicht.

Jaime schloss kurz die Augen, holte tief Luft und warf sich dann mitsamt dem Mann, der ihn von hinten hielt, mit all seiner Kraft gegen das Gatter der Pferdebox hinter ihnen. Er hoffte, dass bei dem Aufprall wenigstens ein paar von dessen Rippen brachen, und in der Tat brüllte der Kerl vor Schmerz und ließ ihn los. Jaime sprang zur Seite, taxierte seinen Peiniger, um festzustellen, ob ihm von diesem noch Gefahr drohte, und sah aus dem Augenwinkel, wie sich der Rappe in der Box hinter ihm aufbäumte und mit den Vorderhufen gegen die Boxentür donnerte. Einen winzigen Moment lang starrte Jaime den prachtvollen Hengst ungläubig an. Diese Unachtsamkeit reichte dem Anführer der beiden, um ihn zu packen und niederzuschlagen.

»Mach ihn fertig! Denk daran, wie er Carlos und Luis zugerichtet hat!«, keuchte der Verletzte. Wie aus dem Nichts tauchte da ein dritter Mann auf, der offenbar draußen aufgepasst hatte. Er half dem Hünen, Jaime wieder auf die Füße zu stellen, und kaum hatte er ihn in der Senkrechten, rammte der Hüne ihm die Fäuste in den Magen und hörte damit erst wieder auf, als Jaime röchelnd und Blut spuckend vornüber sank.

»Ich hoffe, du hast die Lehre verstanden, Maurenficker!«, knurrte der Anführer. »Denn sei gewiss: Solltest du unseren Cousins noch einmal auch nur ein Haar krümmen, wirst du nicht mehr so glimpflich davonkommen!«

Im gleichen Moment ließ der Mann hinter ihm los, und Jaime knallte mit dem Gesicht in den Staub. Erst Minuten später fand er die Kraft, sich zu rühren, und noch einmal etliche Minuten später, sich hochzustemmen und aufzustehen. Trotz seiner Schmerzen ging sein erster Blick wieder zu dem prächtigen pechschwarzen Hengst in der Box. Der Rappe rollte die Augen und wich stampfend zurück. Jaime schleppte sich zu ihm und ließ sich stöhnend gegen die Trennwand sinken. »Scheiße, tut das weh!«

Für einen Moment drehte sich alles um ihn und drohte im Dunkel zu versinken, aber nachdem er sich gezwungen hatte, ein paarmal tief durchzuatmen, wurde sein Blick wieder klarer. Er wischte sich den Dreck vom Gesicht, spuckte aus, klopfte sich die staubigen Kleider ab, sah dann wieder zu dem Tier und stellte fest, dass es an der Kruppe eine tiefe Schnittwunde hatte, und auch auf dem Rücken machte er ein paar Wunden aus. Obgleich der Hengst weiterhin höchst unruhig war, schob Jaime den Türriegel zurück und öffnete die Tür so weit, dass er sich hineinschieben konnte. Als er in der Box war, scharrte das Tier hochnervös mit dem Vorderhuf.

»Ho, ruhig, ruhig mein Guter!« Jaime näherte ihm die Hand, damit er seinen Geruch aufnehmen konnte, und als er das Tier nun in seiner Gänze sah, wichen auch noch die letzten Zweifel von ihm: Ja, er war es, er war es wirklich: »Oh mein Gott, Barbakan!«

Vor fünf Jahren waren Jaime und Zahra mit Abdarrahman und der gerade erst geborenen Chalida vor den Christen gen Süden geflohen und dabei in die Kämpfe um das maurische Málaga geraten. Nach der Belagerung durch die Christen hatte es für sie wie für die Bewohner Málagas keine Möglichkeit mehr zur Flucht gegeben. Von Woche zu Woche waren die Lebensmittel knapper geworden, so dass El Zegrí, Heerführer Málagas, sämtliche Tiere zur Versorgung seiner hungernden Soldaten beschlagnahmen ließ – auch Jaimes prächtiger

Hengst gehörte dazu. Da sich Barbakan zeit seines Lebens von niemand anderem als von ihm hatte reiten lassen und er somit als Reittier im Kampf für El Zegrí und seine Armee unbrauchbar war, hatte Jaime annehmen müssen, dass er zu den ersten Tieren gehören würde, die zur Ernährung der Truppe geschlachtet werden würden – und er hätte El Zegrí dafür eigenhändig umbringen können, zumal er und seine Familie weiter zu verhungern drohten.

Barbakan war für Jaime nie irgendein Pferd gewesen, und so konnte er es kaum fassen, den Hengst nun lebend wiederzusehen. Behutsam trat er auf ihn zu und redete weiter auf das verstörte Tier ein.

»Ruhig, Barbakan, ruhig. Kennst du mich denn nicht mehr?«

Der Hengst schnaubte und riss den Kopf hoch, seine Ohren zuckten nervös, aber das Weiße aus seinen Augen verschwand, und schließlich senkte er den Kopf und ließ sich von Jaime über die Nüster streichen. Jaime lobte ihn und näherte sich ihm weiter, bis er ihm über die Kruppe streichen und die Verletzung untersuchen konnte. Die Wunde war tiefer, als er auf den ersten Blick vermutet hatte; überdies eiterte sie und schien nicht versorgt worden zu sein.

»Wer hat dir das nur angetan«, brummte er und strich ihm weiter über das immer wieder zuckende Fell. »Und wie kommst du überhaupt hierher?«

»Um Himmels willen!«, gellte da eine vor Schreck ganz kieksige Jungenstimme hinter ihm. »Macht, dass Ihr aus dem Verschlag rauskommt! Das Mistvieh bringt jeden um, der sich ihm nähert!«

Jaime drehte sich zu dem Stallburschen um. »Aber nein, man muss nur wissen, wie man mit ihm umzugehen hat. Sag, kümmerst du dich um ihn?«

»Ich? Nein, das heißt, wir machen es alle zusammen. Das Vieh ist der leibhaftige Satan! Aber wieso tut es Euch nichts?« Der Junge trat näher, schien wegen des Dämmerlichts des Stalls erst jetzt Jaimes Verletzungen zu bemerken und starrte ihn und das Pferd entsetzt über das Gatter hinweg an. »Oh Gott, hat … hat Euch etwa der Gaul so zugerichtet?«

Jaime schüttelte den Kopf, strich sich mit dem Handrücken über die Stirn und wischte das Blut an seiner Hose ab. »Nein, das war Menschenhand. Barbakan würde mir nie etwas tun. Er hat früher einmal mir gehört.« Jaime schleppte sich aus dem Verschlag und ging zu dem Jungen, der ihn verstört ansah.

»Und das war ganz ehrlich nicht der Gaul?«

»Nein, verdammt! Und jetzt sag mir, wer ihn hier eingestellt hat.«

»Er … er gehört dem Stallmeister. Er hat ihn vor ein paar Wochen gekauft. Ab und an lassen wir ihn auch mal raus auf die Weide, weil der Meister sagt, dass er eingeht, wenn er nur im Stall steht, aber ehrlich gesagt tun wir es nicht so oft, wie wir sollten. Wir sind ja nicht lebensmüde!«

»Und wo kann ich den Stallmeister finden?«

Der Junge wies aus dem Stall hinaus in Richtung der Weiden. »Wenn Ihr wollt, bringe ich Euch zu ihm. Er wird sich sicher freuen zu hören, dass zumindest ein Mensch den Teufelsbraten anfassen kann, ohne hinterher von blauen Flecken übersät zu sein – vorausgesetzt, Eure Verletzungen stammen tatsächlich nicht von dem Gaul!«

»Jetzt halt nicht länger Maulaffen feil, sondern führ mich endlich zu ihm. Na los, mach schon!«

Der Stallmeister konnte Jaime keine hilfreiche Antwort geben. Das Pferd war ihm vor ein paar Wochen zu einem Spottpreis angeboten worden, und obwohl er natürlich gemerkt hatte, was für ein Teufelsbraten der Hengst war, hatte er den Kauf doch als Gelegenheit angesehen. »Ich dachte, mit der Zeit würde ich den Kerl schon zahm kriegen. Konnte ja nicht ahnen, wie stur das Biest ist!«

Als Jaime anbot, ihm Barbakan abzukaufen, strahlte der Mann, und noch mehr, als Jaime ihn fragte, ob er Barbakan gegen ein gutes Entgelt noch einige Wochen länger in dem Stall stehen lassen könne. Jaime war klar, dass er sich hier oben in der Alhambra besser um das Tier würde kümmern können, als wenn er es in dem Stall in der Nähe seines Hauses unterbrachte.

Anschließend ging er zu Marco, der mit ihm für Talaveras Sicherheit verantwortlich war und mit dem er sich in den letzten Wochen angefreundet hatte. Wenn er Talavera schon mit einem blauen Auge gegenübertreten musste, wollte er dabei wenigstens wieder sauber gekleidet sein.

Als Marco ihn vor der Tür stehen sah, winkte er ihn grinsend ins Haus, zeigte ihm, wo er sich waschen konnte und drückte ihm einen Stapel frischer Kleider in die Hand. Auch Marco lebte mit einer Maurin zusammen, allerdings war Jaime der Einzige, der davon wusste.

Auch Marco war als jüngster Spross einer angesehenen Familie als Soldat nach Granada gekommen und hatte seine Salma im Suq kennengelernt, wo sie von zwei Kastiliern bedrängt worden war. Nachdem er sie aus der bedrohlichen Situation gerettet hatte, waren sie miteinander ins Gespräch gekommen. Salma hatte ihre Familie im Krieg verloren und suchte händeringend nach Arbeit. Zu Arbeit hatte er ihr nicht verhelfen können, aber ihr angeboten, bei ihm zu wohnen … und sich dann immer mehr in sie verliebt, und sie sich in ihn.

»Welches Donnerwetter Talavera loslassen wird, wenn er dein zerschlagenes Gesicht sieht, ist dir klar, oder?«, meinte

Marco, als Jaime frisch bekleidet zu ihm in den Wohnraum trat.

Verlegen tastete Jaime seine geschwollene Wange ab. »Aber all das wird nichts sein gegen die Vorhaltungen, die Zahra mir machen wird!«

Zahra tobte und zeterte am Abend allerdings, und das vor allem, weil Jaime sich weigerte, ihr etwas über die Hintergründe der Prügelei zu erzählen. Was ihn vor einer endlosen Schimpfsalve Zahras rettete, war Barbakan: Kaum hatte Jaime Zahra berichtet, dass er ihn wiedergefunden hatte, war sie beinahe ebenso aufgeregt wie er. Auch die Kinder redeten fortan von nichts anderem mehr: Am liebsten hätten sie den Hengst sofort im Stall besucht, aber Jaime vertröstete sie: »Zuerst muss er wieder Zutrauen zu mir fassen. Geduld, Geduld!«

Umso neidischer waren sie auf Abdarrahman, der als Erstgeborener durchaus noch so manche Erinnerung an das prächtige Tier hatte und ihnen jetzt die Nase damit lang machte.

In den nächsten Tagen gab es für die Kinder kaum noch ein anderes Thema als Barbakan, den wilden Hengst mit den feurigen Augen, und Jaime musste in jeder freien Minute mit ihnen zum Stall oder zur Weide gehen, damit sie ihn wenigstens aus der Ferne bewundern und zusehen konnten, wie Jaime trotz Barbakans bedrohlich wirkenden Scharrens, Wieherns und Aufbäumens zu ihm in den Verschlag ging und wie das Tier unter seinen leisen Worten ruhig und handzahm wurde. Nach zwei Wochen beständiger Zuwendung schien Barbakan sein Trauma allmählich überwunden zu haben, ließ sich von Jaime wieder reiten, und schließlich konnte er es sogar wagen, ab und an eines der Kinder mit sich auf die Weide zu nehmen, damit auch sie Barbakan streichelten – und welches der Kinder es wagte, galt bei den anderen als der Held des Tages.

Am meisten von allen erstaunte Jaime Chalida, die ihre Angst vor dem riesigen Tier weit schneller als die anderen ablegte und schließlich unbedingt einmal auf ihm reiten wollte. Nachdem Jaime gemerkt hatte, dass sich auch Barbakan zu seiner Tochter hingezogen fühlte, nahm er sie tatsächlich einmal mit in den Sattel, und als er sie ein paar Tage darauf eine Runde auf Barbakan reiten ließ – zwar von ihm longiert, aber immerhin saß sie tatsächlich ganz allein auf dem riesengroßen Tier –, war sie für die anderen Kinder endgültig eine Heldin.

Zahra war froh, dass sich die Kinder so viel mit Barbakan beschäftigten – und die Sorgen und Ängste, die auf Deborah und damit auch auf den anderen Erwachsenen lasteten, nur am Rande wahrnahmen. Der Tag von Deborahs Taufe rückte näher, und das Letzte, was sie und Deborah wollten, war, dass die Kinder das bisschen Sicherheit und Lebensglück, das sie nach den schwierigen letzten Monaten endlich wieder zu spüren begannen, sogleich wieder verloren. So versuchte Deborah, ruhig und gefasst zu wirken, und Zahra half ihr, so gut sie es vermochte: Wann immer Deborah in die Synagoge gehen wollte, wo jetzt besonders viele Versammlungen und Gottesdienste stattfanden, kümmerte sie sich um ihre Kinder und hatte stets ein offenes Ohr für ihre Schwägerin. Auch Raschid war bereit, alles für seine Frau zu tun, doch Deborah zeigte sich abweisend. Zahra nahm an, dass sie trotz allem einen gewissen Groll gegen ihren Mann hegte, der das Unabwendbare nicht hatte abwenden können. Selbst die Tatsache, dass Raschid sie noch mehrmals gedrängt hatte, mit ihm das Land zu verlassen, schien ihn nicht zu entschuldigen.

Am Tag der Taufe hatte Zahra Deborah angeboten, sie zu begleiten, zumal Raschid nicht mitkommen konnte. Am frühen Morgen ging Deborah noch ein letztes Mal in die Synagoge, deren Besuch sie nach der Taufe nicht mehr würde wagen können. Als sie zwei Stunden später zurückkam, war es fast schon Zeit, zur Kirche zu gehen. Deborah wirkte erstaunlich gefasst und erklärte Zahra auch, wieso: »Der Rabbi hat uns versichert, dass wir uns nach der Zwangstaufe keinesfalls verdammt fühlen müssen. Immerhin lassen wir sie nur gegen unsere tiefste Überzeugung und unter Zwang über uns ergehen. Er sagt, der Ewige würde es uns nachsehen, vor allem, wenn wir bei der Taufe nicht mit dem Herzen dabei sind, sondern weiter fest an unserem alten Glauben festhalten!«

Zahra wusste, sie hätte darauf erwidern müssen, dass sie sich aber damit in Gefahr brächte, eines Tages als Ketzerin angezeigt zu werden, aber zugleich war ihr bewusst, dass sie an ihrer Stelle nicht anders gedacht hätte, und so ließ sie ihr diesen ohnehin so mageren Trost.

Dann war es endgültig Zeit, das Haus zu verlassen. Nicht nur Deborah, sondern auch viele andere Juden waren zur heutigen Taufe einbestellt worden, so dass genau wie in den vergangenen Tagen und überall im kastilischen Königreich wahre Massen von jüdischen Männern, Frauen und Kindern der Kirche entgegenströmten. Als sie das Haus verließen, läutete die Kirchenglocke zur Messe, und mitten in das Läuten hinein erklang die Stimme des Muezzins zum Mittagsgebet, zum *zuhr*. Das monotone, drängende Tönen der Glocken und das einschmeichelnde, lockende Rufen des Muezzins prallten in der Stille der Gassen wie Schwerter aufeinander und riefen in Zahra ein Gefühl von Fremdheit und Beklemmung hervor. Sie fragte sich, wie oft die Kirchenglocken und die Stimme des Muezzins in den nächsten Jahren noch diesen Wettstreit miteinander führen würden – und wer ihn am Ende gewinnen mochte …

Auf dem Weg stießen einige von Deborahs jüdischen Freundinnen zu ihnen. Alle wirkten zutiefst verunsichert. Nachdem Deborah einen einvernehmlichen Blick mit ihren Glaubensbrüdern gewechselt hatte, begann sie das *Schma Jisrael* zu sprechen, ein Gebet, das Zahra mittlerweile vertraut war. Sie wusste, dass die Juden es dann beteten, wenn sie sich in größter Not fühlten und ihrem Gott besonders nah sein wollten. Eine Jüdin nach der anderen stimmte ein: »*Schma Jisrael, adonaj elohenu, adonaj echad* – Höre, Israel, der Ewige ist unser Gott, der Ewige ist einzig …« – und auch wenn es für Zahra keinen Gott gab außer Allah, spürte sie doch die Kraft und den Zusammenhalt, den dieses Gebet unter den Leidgeprüften beschwor, und sah, wie ihre Blicke trotz all dem, was ihnen heute bevorstand, fester und sogar ein kleines bisschen hoffnungsvoller wurden.

An der Kirche musste Zahra zurückbleiben. Sie umarmte ihre Freundin noch einmal herzlich und sah ihr nach, wie sie mit ihren jüdischen Glaubensbrüdern und -schwestern in der Kirche verschwand. Immer neue Gruppen von Juden kamen hinzu, so dass es Zahra schwindelte – und das noch mehr, als sie an die Zahlen der auswandernden Juden dachte, die ihr Bruder ihr genannt hatte. All diese vielen, vielen Menschen … Über welch unglaubliche Macht verfügten diese Christen, um über solche Menschenmassen bestimmen zu können? Und hatte es für die Juden tatsächlich keine Möglichkeit gegeben, sich gegen die Ausweisung und die Zwangstaufe zu wehren? Zahra konnte sich nicht vorstellen, dass die Mauren kampflos aufgegeben hätten. Aber vielleicht, sagte sie sich, war der Unterschied einfach auch der, dass die Juden hier schon immer nur Geduldete, aber nie, wie die Mauren, auch über viele Jahrhunderte die Herren des Landes gewesen waren. Von der frühesten Zeit an waren die Juden vom Wohlwollen der Herrscher Granadas abhängig gewesen und hatten von daher auch kein altes Recht, auf das sie sich berufen konnten. Aber gewöhnte man sich denn an Ungerechtigkeit, nur weil sie einem wieder und wieder widerfuhr? Und konnte man sie einfach immer weiter und weiter ertragen?

Weit über vier Stunden mussten Zubair und Zahra warten, bis die Messe und die anschließende feierliche Taufe zu Ende waren. Unerträglich heiß wurde es ihnen im Schein der gleißenden Sonne, heiß wie im Höllenfeuer, wie Zahra mit einem Anflug von äußerster Bitterkeit durch den Kopf schoss. Als sie die drückende Schwüle ebenso wenig mehr ertragen konnte wie den Blick auf den Haupteingang der Kirche, flüchtete sie mit Zubair in den Schatten des christlichen Gotteshauses, doch auch dort war die Luft kaum zu atmen. Dann endlich strömte Deborah zusammen mit den anderen frisch Getauften aus der Kirche. Hatte sie vorher noch tapfer und gefasst gewirkt, stand jetzt nur noch Angst und Abscheu, Ekel gar, in den großen, dunklen Augen. Zahra eilte zu ihr und wollte ihr den Arm um die Schulter legen, doch Deborah wich ihr aus und rannte zu einer nahe gelegenen Seitengasse. Zahra folgte ihr mit Zubair und sah, wie sich ihre Freundin in einen schmalen Gang zwischen zwei Häusern zwängte. Als sie näher kam, merkte sie, dass sich Deborah erbrach.

»Um Himmels willen, was hast du?«, rief sie erschrocken.

Deborah würgte noch einen Schwall hervor, spuckte ein paarmal aus und sank erschöpft gegen die Hauswand.

»Geht es wieder?«, fragte Zahra besorgt. »Willst du ein bisschen Wasser?«

Sie wies auf die Zisterne des Kirchplatzes. Deborah nickte

und spülte sich dort wieder und wieder den Mund aus. Dabei strömten ihr immer neue Tränen übers Gesicht.

»Ich dachte, ich könnte dieses Fleisch Christi, wie sie es nennen, einfach im Mund behalten, bis alles vorbei ist, und später ausspucken, aber diese Hostie hat sich in meinem Mund aufgelöst, und irgendwann hatte ich so viel Spucke angesammelt, dass ich nicht anders konnte, als alles herunterzuschlucken!« Deborah schluchzte auf. »Ich wusste nicht, dass sie uns zwingen würden, diese Hostie zu nehmen, und ich verstehe nicht, wieso der Rabbi uns nicht wenigstens gewarnt hat!«

»Du meine Güte, Deborah, leise, leise!« Zahra sah sich erschrocken um. Sie wusste von Erzählungen ihrer aus Kastilien stammenden, ehemals christlichen Mutter, dass den Christen die geweihten Hostien heilig waren, und ahnte, dass es ihnen gewiss nicht gefallen würde, dass eine frisch Getaufte diese Hostie vor lauter Ekel hervorwürgte und danach solche Worte von sich gab.

»Deborah, glaub mir, ich fühle mit dir, und das mit ganzer Seele, aber wenn du hier mitten auf der Straße weiter solche Dinge von dir gibst, haben wir gleich die Büttel am Hals und enden noch heute in den Kerkern der Inquisition! Auch wenn es dir schwerfällt: Zumindest nach außen musst du die Christin spielen, sonst war alles umsonst! Denk an die armen Menschen von La Guardia. Du willst doch nicht enden wie sie!«

»Oh Zahra, Zahra, das alles … es war so viel schrecklicher, als ich gedacht hatte!«

Zubair warf ihnen einen warnenden Blick zu, denn nicht weit von ihnen stand ein christlicher Soldat, der sich mit einer alten Frau unterhielt und schon mehrmals zu ihnen gesehen hatte. »Ich denke, es wäre besser, wenn wir uns jetzt auf den Heimweg machen«, sagte er leise.

Zahra nickte ihm zu und hakte Deborah unter.

Zu Hause begann Deborah erneut zu weinen. »Zahra, ich … es war so grauenhaft und entwürdigend! Auf einige der Dinge, die wir sagen mussten, hatte uns der Rabbi vorbereitet, aber das, was sie dann noch zusätzlich von uns gefordert haben …« Sie wischte sich die Tränen vom Gesicht und versuchte, ihre Stimme unter Kontrolle zu bekommen. »Mir war natürlich klar, dass wir ab jetzt den Schabbat und unsere Feste nicht mehr begehen dürfen, aber darüber hinaus haben sie uns gezwungen, überhaupt allem Jüdischen zu entsagen. Wenn man uns dabei antrifft, dass wir irgendeine der Regeln, die sie uns auferlegt haben, brechen, werden wir verbrannt oder gesteinigt oder mitsamt unserem Besitz in die ewige Sklaverei übergeben.«

»Und genau deswegen habe ich dich vorhin auf dem Platz gewarnt, deine Worte abzuwägen!«

»Ich weiß, Zahra, das weiß ich doch!« Sie schlug sich die Hände vors Gesicht und ließ sie dann nur so weit herabgleiten, dass sie Zahra über die Fingerspitzen hinweg ansehen, den Mund aber weiter bedecken konnte.

»Und dann mussten wir«, hauchte sie, »mussten wir auch noch unseren Oberrabbiner … verfluchen – und all unsere Ärzte, ach, Zahra, wir mussten sogar erbitten, dass, wenn wir rückfällig werden, auf uns und unsere Kinder all die Plagen fallen sollen, die Ägypten heimgesucht haben, und zur Abschreckung anderer möge uns zusätzlich das Schicksal von Dathan und Abiram treffen, auf dass die Erde uns dann lebendig verschlucke, und nachdem wir dieses Leben verlassen haben, sollen wir dem ewigen Feuer übergeben werden, in der Gemeinschaft mit dem Teufel und seinen Engeln! Oh Gott, Zahra, nachdem wir all dies geschworen haben, sind wir doch so oder so verdammt!« Verzweifelt barg Deborah das Gesicht erneut in den Händen.

»Aber nein, das seid ihr nicht, Deborah! Euch blieb gar nichts anderes übrig, als diese Sätze zu wiederholen!«

»Aber ein Schwur ist doch ein Schwur!«, schluchzte Deborah weiter.

Zahra zog die Freundin in ihre Arme und biss die Zähne zusammen, um nicht ebenfalls in Tränen auszubrechen.

Zahra wusste, dass die Sicherheitsbestimmungen in der Alhambra in diesen Tagen wegen der Judentaufen erhöht worden waren, daher wunderte es sie nicht, dass Jaime auch an diesem Abend nicht zum Abendessen erschien. Während sich die anderen trotz der stickigen Hitze, die auch die schattigsten Räume im Haus nicht mehr verschonte, direkt nach Sonnenuntergang in ihre Zimmer zurückzogen, blieb sie im Patio zurück, um auf ihn zu warten.

Als sie ihn endlich im Schein der beiden Windlichter in den Patio treten sah, eilte sie auf ihn zu und presste sich an ihn.

»Ich habe den ganzen Tag an euch denken müssen«, sagte Jaime, küsste sie und zog sie noch enger an sich heran. »Gewiss war es auch für dich ganz schrecklich …«

Zahra nickte, drückte ihren Kopf einen Moment lang noch fester an ihn, geradezu, als könne sie so einen Teil des Drucks, der heute auf ihr gelastet hatte, abgeben, und sah dann zu ihm auf. »Wenn die Christen sich jemals einfallen lassen sollten, mit uns das Gleiche wie mit den Juden zu versuchen, kann ich dir schon jetzt versichern, dass sie mit mehr Gegenwehr zu rechnen haben. Niemals lasse ich mir die Schwüre abringen, die Deborah heute aufgezwungen worden sind, und ich bin mir sicher, dass meine Glaubensbrüder nicht anders denken.«

»Aber Zahra, für die Muslime besteht keine Gefahr!« Er wollte sie mit sich zu der Sitzbank ziehen, doch Zahra ließ seine Hand los und blieb allein in der Mitte des Patios zurück.

Jaime sah sie fragend an, zuckte dann mit den Achseln, setzte sich und zerrte sich ächzend die Stiefel von den Füßen.

»Warum sagst du immer, für uns bestünde keine Gefahr?« Unwillkürlich zog Zahra die Augenbrauen zusammen. »Es wäre nicht das erste Mal, dass dein König sein Wort bricht!«

»Warum hört es sich, wenn du ›dein König‹ sagst, immer so an, als hätte ich ihn erst dazu gemacht?«, grummelte Jaime, winkte dann aber ab und ließ sich gegen die Wand sinken. »Komm, Zahra, lass uns nicht streiten. Ich bin hundemüde, und zu all dem muss ich morgen auch noch weg – und zwar gleich für etliche Tage …«

»Weg?« Zahra sah ihn erstaunt an. »Aber warum das denn? Und wohin?«

»Ich habe am Nachmittag eine Nachricht von Talavera erhalten. Er möchte, dass ich ihm entgegenreite.«

»Und wozu? Er hat doch schon so viele andere Leibwächter bei sich …«

Jaime hob die Achseln. »Er hat keinen Grund genannt.«

Mit einem Mal wurde Zahra von einer unerklärlichen Unruhe gepackt. Ihr kamen die Worte Najahs in den Sinn. Vor ein paar Wochen war sie noch einmal von der alten Wahrsagerin empfangen worden, hatte aber nur äußerst nebulöse Auskünfte erhalten: »Zwischen dir, deinem Mann, deiner Schwester und deiner kleinen Tochter bestehen sehr enge Bande. Achte darauf, dass die eine nicht die andere ins Dunkel lockt, dann wird niemandem von euch etwas geschehen«, hatte sie gemeint, und dann noch hinzugefügt: »Vor allem der Mann an deiner Seite kann unvermittelt in Gefahr geraten, allerdings nur, wenn er seine Augen allzu lange von dir nimmt.«

… seine Augen allzu lange von dir nimmt …

Bis heute hatte Zahra sich auf diese Worte ebenso wenig einen Reim machen können wie auf dieses »ins Dunkel lockt«, aber vor dem Hintergrund der nun bevorstehenden Reise schien es ihr auf einmal, als könne Najah genau das gemeint haben: eine Reise, die Jaime mehr als nur einen Tag von ihr wegbrachte … *seine Augen allzu lange von dir nimmt* … Ja, sicher! Was sollte es sonst bedeuten? Sie strich sich über den Hals. »Und was ist, Jaime, wenn ich dich bitte, nicht zu gehen?«

»Ich wüsste nicht, warum du das tun solltest …«

»Weil … weil ich Angst habe!«

»Deine Unruhe ist verständlich, aber sie rührt nur von Deborahs Taufe her – mir droht keine Gefahr, Zahra, ganz gewiss nicht! Um euch mache ich mir Sorgen, vor allem, weil wir noch immer nicht wissen, was es mit diesen seltsamen neuen Nachbarn auf sich hat, aber Raschid wird der Sache weiter nachgehen. Außerdem *muss* ich gehen. Alles andere wäre Befehlsverweigerung!«

»Du bist doch nicht in der Armee! Talavera ist Geistlicher, und … und …« Zu gern hätte Zahra ihm die Worte der alten Najah wiederholt, aber sie wusste, dass er sie nur ausgelacht und für verrückt erklärt hätte. Sie stöhnte auf. »Ach, Jaime, verdammt, und wenn du es nur Barbakan zuliebe tust, um den sich dann auch wieder niemand kümmern könnte!«

»Zahra, versteh doch, ich habe keine Wahl, und Barbakan werde ich mitnehmen. Nach wie vor traut sich niemand außer mir in seine Box – zu Recht, wie ich zugeben muss. Der Stallmeister würde mich verwünschen, wenn ich Barbakan im Stall zurückließe. Gerade gestern hat er gegen den Knecht ausgetreten, und das nur, weil der seinen Stall ausmisten wollte. Einzig bei Chalida ist er ebenso lammfromm wie bei mir.«

»Es wäre schön, wenn du meine Ängste ebenso ernst wie die des Stallmeisters nehmen könntest!«, gab Zahra ärgerlich zurück.

»Das tue ich, Zahra, glaub mir! Und jetzt mach nicht so ein Gesicht; es sind doch nur ein paar Tage!«

Zahra stieß einen Schwall Luft aus und drehte ihm den Rücken zu.

Zahra sah auch am nächsten Morgen keine Möglichkeit, ihn umzustimmen, und so steckte sie ihm lediglich heimlich einen blauen Stein in seine Geldkatze. Nach dem arabischen Glauben sollte dieser Schutzstein ihm helfen, unbeschadet nach Hause zu kommen. Als er dann tatsächlich die Haustür hinter sich ins Schloss zog, krampfte sich Zahras Herz vor Angst zusammen, und die Angst verließ sie in den nächsten Tagen auch nicht, sondern verfolgte sie wie ein klebriger Schatten.

Zahra versuchte, sich mit Arbeit abzulenken. Sie brachte den Kindern neue Lieder bei, fragte Abdarrahman die Suren ab, die er für die Koranschule auswendig lernen musste, und ließ sich am Nachmittag von Zainab dazu überreden, nach dem Tuchhändler zu schicken, damit er ihnen seine neuen Stoffe vorführte.

»Wenn wir jetzt hier wohnen bleiben, wird es Zeit, dass wir unsere Garderobe aufstocken«, hielt sie ihr vor, und Zahra musste ihr recht geben.

Als der Händler kam und sie schließlich sogar Deborah überredet hatten, sich seine Ware anzusehen, war Zahra der ganze Trubel auf einmal doch zu viel. Sie bat ihre Schwester, ein paar ihr passend erscheinende Stoffe für sie auszusuchen, und zog sich in ihr Zimmer zurück, wo sie wie eine eingesperrte Raubkatze ständig von einer Wand zur anderen und wieder zurück lief. Jaime, Jaime, pochte es in einem fort in ihrem Kopf, warum hast du nicht auf mich gehört? Ich weiß, dass du in Gefahr bist, ich weiß es!

Doch weder an diesem Abend noch an den nächsten Tagen

kam ein Bote ins Haus, der schlechte Nachrichten für sie brachte, so dass Zahra allmählich ruhiger wurde – bis sie am vierten Tag nach Jaimes Abreise von ihrem Fenster aus auf einen jungen Burschen aufmerksam wurde, der sich vor ihrem Haus herumdrückte und in dem Chalida den Stallburschen aus dem königlichen Stall wiedererkannte. Zahra trug Zubair auf, den Burschen zu fragen, was er hier wolle.

Von ihrem Fensterplatz aus beobachtete sie, wie der Junge angesichts von Zubairs massiger Gestalt verschreckt zurückwich und Anstalten machte, davonzulaufen, doch als Zubairs Donnerstimme mit einem »Sofort kommst du wieder her!« auf ihn niederfuhr, blieb er augenblicklich stehen und drehte sich kleinlaut um. Als Zubair ihn zum zweiten Mal und überdies in recht barschem Ton fragte, was er hier zu suchen habe, stotterte der Junge, dass er den Herrn vom Stall her kenne und gehofft habe, ihn hier zu finden, allerdings nicht zu klopfen gewagt habe.

»Welchen Herrn?«, fragte Zubair zurück.

»Nun … Don Jaime«, erwiderte der Junge und schien noch kleiner zu werden. »Denn der … der wohnt hier doch, oder nicht?«

»Hol den Jungen ins Haus!«, rief Zahra von ihrem Fenster aus zur Straße herunter. »Ich will selbst mit ihm sprechen!«

Hastig hüllte sie sich in einen Hidschab und eilte nach unten.

Als Zubair mit dem Jungen in den Patio trat, erwartete sie sie schon und fragte den Jungen ohne langes Drumherumreden, warum er meinte, Jaime hier finden zu können. »Er ist vor vier Tagen weggeritten, um Talavera zu treffen, aber wenn du im Stall arbeitest, musst du das doch wissen, zumal er Barbakan mitgenommen hat.«

»Ja schon, aber …« Der Junge schniefte und wischte sich

mit dem Ärmel seines schmutzigen Hemds über die Nase, wobei Zahra eine stark verschmutzte Schürfwunde an seinem Arm auffiel. »Die muss gesäubert und versorgt werden, Junge, es sei denn, du willst den Arm durch eine dumme Entzündung verlieren. Wenn du willst, können wir das hier machen.«

Verlegen entzog der Junge ihr den Arm. »Nein, nein, danke, ich … Das war nur … Und der Herr ist wirklich nicht wieder da?«

Zahra schüttelte den Kopf. »Wieso sollte er? Warum sagst du nicht endlich, was du weißt?«

Verlegen zog er die Schultern hoch. »Wissen, nein, wissen tue ich gar nichts, aber, wegen Barbakan … Er ist … ist seit heute früh … also … Das Pferd ist wieder da. Wir haben es jetzt mit viel Glück auf eine Weide bringen können und fragen uns … Na ja, eigentlich würde der Herr das Pferd doch nicht einfach nur so in den Stall gestellt haben … Er weiß ja, wie es ist, und überhaupt …«

»Willst du damit etwa andeuten, dass Pferd sei … allein zurückgekommen?«, fragte Zahra erbleichend.

Der Junge nickte.

X.

Granada
17. Juli 1492

Eine Woche war vergangen, seit Jaime von Granada aufgebrochen war, drei Tage, seit man Barbakan gefunden hatte – und zwei Stunden, seit Talavera wieder in der Stadt war. Raschid hatte ihn sofort aufgesucht, und es wunderte Zahra nicht, dass dieser überhaupt nie nach Jaime geschickt hatte und ihm unterwegs auch nirgends begegnet war. Es wurde damit zur traurigen Gewissheit, was sie seit Barbakans Rückkehr befürchtet hatte: Jaime war von Granada weggelockt worden – weggelockt in eine Falle. Und die Falle war zugeschnappt.

»Glaubst du mir jetzt?«, fragte sie ihren Bruder mit zitternder Stimme. »Und wirst du nun endlich nach ihm suchen lassen?«

Raschid versprach es, und noch vor dem Mittagsgebet jagten einige seiner besten Männer in alle vier Himmelsrichtungen davon, aber Zahra war dies nicht genug. Sie wollte, dass auch jemand mit kastilischen Kontakten nach Jaime suchte, da dieser an Orten nachforschen konnte, die ihren Leuten verwehrt oder weniger bekannt waren. Und es gab nur einen Menschen, den sie um diese Unterstützung bitten konnte: Jaimes Bruder.

Es kostete Zahra große Überwindung, zu Gonzalo zu gehen, und wäre sie nicht der festen Überzeugung gewesen, dass Jaimes Leben von diesem Schritt abhing, hätte sie es niemals gewagt. Um ihm nicht allein gegenübertreten zu müssen, bat sie Tamu, sie zu begleiten. Und so standen sie nur eine Stunde später vor Gonzalos Haus in Santa Fe. Nach einem letzten Blick zu Tamu, die ihr aufmunternd zunickte, klopfte Zahra. Ein Knappe öffnete ihnen und schüttelte sofort den Kopf, als er ihrer ansichtig wurde.

»Mein Herr empfängt heute nicht; er hat keine Zeit«, sagte er mürrisch. Als Zahra in akzentfreiem Kastilisch erklärte, dass sie ihn trotzdem sprechen müsse, hob er verwundert die Augenbrauen und setzte eine verbindlichere Miene auf. »Verzeiht, Señora, aber er hat wirklich so viel Arbeit, dass er niemanden empfangen kann.«

»Mich wird er empfangen«, erwiderte Zahra selbstbewusster, als ihr zumute war. »Sagt ihm, es geht um das Leben seines Bruders!«

Verunsichert ließ der Bursche sie in den Vorraum treten und bat sie, Platz zu nehmen. Dann klopfte er an das Arbeitszimmer seines Herrn, huschte hinein, als er dazu aufgefordert wurde, und wenige Atemzüge später riss Gonzalo die Tür auf. Als er Zahra sah, stutzte er, hatte sich dann aber sogleich wieder im Griff und begrüßte sie.

»Und was sagt der Knappe da? Jaime ist in Lebensgefahr? Aber bitte, kommt doch erst einmal in mein Arbeitszimmer!«

Zahra erhob sich und ging an ihm vorbei, und Tamu folgte ihr trotz der Abwehr des Knappen mit störrischem Blick und über der Brust verschränkten Armen. Statt sich neben Zahra zu setzen, stellte sie sich hinter ihre Herrin und blickte grimmig hinter ihrem Schleier hervor. Gonzalo machte seinem

Burschen Zeichen, sie allein zu lassen, und forderte Zahra auf zu erzählen.

Zahra berichtete das Wenige, was sie wusste. »Ich weiß, dass gerade Ihr der Letzte seid, den ich um etwas bitten darf«, fuhr sie errötend fort, »aber ich habe solche Angst um Jaime und weiß nicht, welchen Christen ich sonst um Hilfe bitten soll, aber da er ins auch ehemals schon kastilische Gebiet geritten ist … Ich dachte einfach, dass Ihr Euch dort sehr viel besser auskennt und gewiss auch über bessere Kontakte verfügt als wir. Selbst wenn Ihr nur einen Rat für mich hättet, wäre ich Euch zutiefst dankbar!«

Erst jetzt wagte Zahra, Gonzalo direkt anzusehen. Erstaunt stellte sie fest, dass sie der Blick aus seinen bernsteinfarbenen Augen auch heute noch nicht gleichgültig ließ und sie sich beschützt und behütet in seiner Nähe fühlte. Und noch etwas wurde ihr bewusst: Es war etwas ganz anderes, ihm ohne Jaime gegenüberzustehen – beunruhigend anders sogar. Auch wenn ihr Herz Jaime gehörte, so war Gonzalo für sie deswegen auch nach all diesen Jahren noch lange kein Fremder … Und sie sah ihm an, dass auch in ihm in diesem Moment vieles wieder hochkam, was nichts mit Jaime, sondern nur mit ihnen beiden zu tun hatte …

Wie Blitze schossen die Erinnerungen in ihr hoch: Ihre kurze Begegnung nach der Rückkehr im letzten Winter, dann die Zeit im Krieg, in Loja, vor nunmehr zehn Jahren, wo sie ihn mit seinen schweren Verletzungen gepflegt, um sein Leben gebangt – und begonnen hatte, von einer Zukunft mit ihm zu träumen. Und dann später, im königlichen Alcázar von Córdoba, wo er ihr einziger Vertrauter und Freund unter Feinden gewesen war – und schließlich der Tag, an dem er sie zum ersten Mal ohne Schleier gesehen hatte, weil Torquemada ihr untersagt hatte, weiter das Gesicht zu bedecken …

Doch dann hatte sie Jaime kennengelernt und ihn, Gonzalo, der sich inzwischen größte Hoffnungen auf eine gemeinsame Zukunft gemacht hatte, so sehr enttäuscht …

Mit bangem Herzen wartete Zahra, dass Gonzalo etwas sagte, doch er sah sie nur an. Schließlich tat er einen Schritt auf sie zu und hob die Hand, als wolle er ihr über die Wange streichen, doch dann ging ein Ruck durch seinen Körper, und stattdessen vollführte er eine fast harte, sehr knappe Geste, geradezu, als wolle er einen Schlussstrich ziehen, und wandte sich von ihr ab, um zu seinem Schreibtisch zu gehen. Etliche Atemzüge später drehte er sich zu ihr um und wirkte jetzt ruhig und distanziert.

»Ihr sagt, er sei seit einer Woche fort?«

Zahra nickte.

Gonzalo blies die Backen auf und schnaubte. »Es wird nicht leicht sein, nach so vielen Tagen jemanden zu finden, der sich an einen einzelnen Reisenden erinnern kann. Wisst Ihr denn wenigstens, wohin genau er wollte?«

Zahra beschrieb es ihm.

»Aber dort muss Talavera auf seinem Rückritt vorbeigekommen sein! Und Ihr sagt, er hat ihn nirgends getroffen? Nun, ich werde ihn auch selbst noch einmal befragen. Vielleicht ist ihm oder seinen Leuten etwas aufgefallen, was uns weiterhelfen kann!«

»Heißt das, Ihr … Ihr werdet mir helfen?«

Statt etwas zu erwidern, sah Gonzalo sie wieder nur an. Wärme und Wehmut traten in seinen Blick. »Keine Sorge, noch heute wird ein Trupp meiner Männer losreiten und nach ihm suchen!«

»Das ist sehr großmütig von Euch«, erwiderte Zahra. »Ich … ich möchte, dass Ihr wisst, wie unendlich dankbar ich Euch für Eure Hilfe bin!« Zahra merkte, dass ihr Gesicht unter dem Schleier heiß wurde.

»Hat ... hat Eure kleine Tochter sich von ihrer schweren Zeit erholt?«, fragte Gonzalo.

»Ja, danke, es geht ihr wieder gut. In den ersten Wochen war sie noch sehr schreckhaft und hatte auch so manchen Alptraum, aber inzwischen hat sich das gegeben.«

Gonzalo nickte und sah sie wiederum an, und Zahra hatte das Gefühl, dass sein Blick immer intensiver wurde.

»Ich ... ich gehe dann jetzt wohl besser ...«, stotterte sie verlegen, und zugleich spürte sie, wie Tamu sie ungeduldig anstieß.

»Ich werde Euch auf dem Laufenden halten!« Gonzalo nickte ihr verbindlich zu.

Zahra dankte ihm mit einer angedeuteten Verbeugung, während Tamu ihr den Ellbogen immer tiefer in den Rücken drückte und sie so in Richtung Tür schob. Unwillig drehte sie sich zu der Dienerin um, was diese jedoch kein bisschen beeindruckte. Mit drohendem Blick versetzte Tamu ihr noch einen weiteren Stoß in den Rücken und zischte, kaum waren sie außer Gonzalos Hörweite, dass Zahra es nicht wagen solle, die Blicke dieses Mannes noch einmal so zu erwidern, wenn sie es nicht mit ihr zu tun bekommen wolle.

Bereits am nächsten Tag erhielt Zahra Nachricht von Gonzalo. Ein Reisender, der ihn am Vortag aufgesucht hatte, war Jaime auf seinem Weg begegnet, so dass es nun einen ersten Hinweis gab, wo sie mit der Suche beginnen konnten. Gleich am nächsten Morgen wollte Gonzalo aufbrechen und dieser Spur, die ihn recht optimistisch zu stimmen schien, persönlich nachgehen. Da Raschids Nachforschungen bisher nichts ergeben hatten, konzentrierte sich Zahras ganze Hoffnung auf Gonzalo, und sie beschloss, ihn noch einmal aufzusuchen. Auch diesmal bat sie Tamu, sie zu begleiten, doch die Alte schüttelte kategorisch den Kopf. »Damit Ihr den Mann wieder so anschaut wie beim letzten Mal? Nicht mit mir!«

»Oh Tamu, jetzt übertreib doch nicht so! Ich will von Gonzalo nichts weiter, als dass er Jaime findet, und das weiß er auch – und alles andere redest du dir nur ein!«

»Nur weil meine Augen an Scharfsichtigkeit verloren haben, bin ich noch lange nicht blind«, gab die Alte kiebig zurück. »Mich führt Ihr nicht hinters Licht!«

Zahra schluckte eine Antwort herunter, zumal sie wusste, dass Tamu nicht ganz unrecht hatte: Natürlich hatten da gewisse Gefühle zwischen Gonzalo und ihr geschwungen, die dort nicht hätten sein sollen, aber trotzdem hatten sie sich beide völlig korrekt verhalten. Versöhnlich rieb sie der alten Dienerin über den Arm und versprach, Gonzalo nur anzusehen, wenn es die Höflichkeit gebot, dann endlich lenkte die Alte ein.

»Ja, gleich morgen früh reite ich mit meinen Leuten los«, bestätigte Gonzalo.

»Und wo genau ist Jaime gesehen worden?«, fragte Zahra.

»Eine knappe Tagesreise von hier, in einer Taverne, wo er, scheint's, die Nacht verbracht hat. Und von dort aus will ich weitersuchen. Ich werde mich mit meinem Trupp in der Taverne treffen und dank seiner Hilfe sicher schnell weiterkommen.«

»Ihr … Würdet Ihr mir wohl erlauben, Euch zu begleiten?«, fragte Zahra und haspelte, ohne eine Antwort abzuwarten, weiter: »Mein Ansinnen mag Euch seltsam erscheinen, aber ich … ich fühle mich für Jaimes Verschwinden verantwortlich. Ich habe von Anfang an gespürt, dass da etwas nicht in Ordnung war, und hätte einen Weg finden müssen, ihn zurückzuhalten!«

»Ach, Zahra, als ob sich mein Bruder je in seinem Leben schon einmal von etwas hätte abbringen lassen, was er sich in den Kopf gesetzt hatte! Und Euch mitnehmen – nein, es tut mir leid, das geht auf gar keinen Fall. Allein der Gedanke, Euch würde etwas passieren … Niemals würde ich mir das verzeihen! Vertraut mir. Ich werde alles tun, was in meiner Macht steht, um Jaime wiederzufinden!«

Zahra sah ihm an, dass er sich nicht umstimmen lassen würde, und fragte ihn nur noch, wann genau er losreiten und welche Strecke er nehmen wolle.

Wie am Vortag verabschiedete sich Gonzalo auch heute nach arabischer Art von ihr und sagte, als Tamu schon halb aus dem Zimmer war, noch zu ihr: »Passt auf Euch auf! Ich … es ist mir wichtig, dass es Euch gutgeht, auch wenn … Es ist mir einfach wichtig!«

Zahra nickte, berührt durch seine Worte und die offensichtliche Sorge und Zuneigung, die aus ihnen sprach. Als sie sein Haus verließ, spürte sie, dass er ihr noch lange hinterhersah.

Auch wenn Zahra Gonzalo nicht weiter bedrängt hatte, hatte sie doch nicht vor, sein Nein zu akzeptieren – nur war ihr klar, dass sie einen anderen Weg finden musste, um ihn davon zu überzeugen, sie mitzunehmen. Pünktlich bei Sonnenaufgang wollte sie sich mit ihrem Pferd am Stadttor Puerta de Elvira verbergen und Gonzalo, wenn er die Stadt verließ, in gebotenem Abstand folgen, bis sie so weit von der Stadt entfernt waren, dass sie sich ihm zu erkennen geben konnte, ohne Angst haben zu müssen, dass er sie postwendend zurückschickte. Zu Hause konnte sie es keinen Tag länger aushalten, zumal das Gefühl, dass Jaime in größter Gefahr war, von Stunde zu Stunde größer wurde.

Also schlich sie im ersten Dämmerlicht die Treppe von der Galerie in den Patio hinunter und wagte vor Angst, die hellhörige Tamu zu wecken, kaum, auch nur Luft zu holen. Als die fünfte Stufe der Holztreppe knarrte, stockte ihr endgültig der Atem, und sie sah vor ihrem inneren Auge schon, wie Tamu aus ihrem Zimmer tappte und ein solches Lamento veranstaltete, dass das ganze Haus zusammenlief. Allein der misstrauische Blick, mit dem die Alte sie am Vorabend ständig gemessen hatte, geradezu, als ahne sie, dass Zahra etwas vorhatte, hatte ihr gereicht. Aber Raschid würde es nicht bei Blicken belassen …

Doch Zahra hatte Glück: Ohne bemerkt zu werden, gelangte sie zur Küche, wo sie sich rasch ein paar Vorräte einpackte, und huschte weiter zur Haustür. Dort traf sie Abdullah, der, wie jede Nacht, im Eingang Wache stand.

»Aber Herrin, wo wollt Ihr denn so früh am Tag schon hin?«, rief er und rieb sich die müden Augen. Zahra legte den Finger auf den Mund. Nach all ihrer Vorsicht hatte sie wenig Lust, dass ihr jetzt dieser grobe Kerl mit seiner Brummstimme noch alles zunichtemachte.

»Mach dir keine Gedanken«, gab sie leise zurück. »Das hat schon seine Ordnung!« Und ehe er noch mehr sagen oder fragen konnte, schulterte sie die Tasche mit ihren Lebensmittelvorräten und der Decke und eilte an ihm vorbei.

Als Zahra die Haustür hinter sich geschlossen hatte, fiel ihr Blick auf das Haus gegenüber. Noch immer wussten sie nicht, was die beiden Kastilier, die dort eingezogen waren, im Schilde führten, obwohl Raschid und Jaime schon einige Anstrengungen unternommen hatten, um ihnen auf die Schliche zu kommen. Raschid vermutete, dass die Männer von der Inquisition auf sie angesetzt worden waren. Bischof Deza hatte es nie gepasst, dass Jaime Juans Sicherheit anvertraut worden war. Wie meist sah Zahra auch jetzt in einem der oberen Zimmer ein Licht flackern und dachte nicht zum ersten Mal, dass dort immer jemand wach zu sein schien. Überdies kam es ihr mit einem Mal so vor, als würde sie beobachtet. Vor Schreck brannte ihr plötzlich das ganze Gesicht. Hastig nahm sie den Blick von dem Haus und sah zu, dass sie weiterkam.

Zahra hatte noch keine zwanzig Schritte getan, als sie hinter sich eine Tür zuschlagen hörte. Erschrocken fuhr sie herum und sah im milchigen Licht der Straßenlaterne, dass ihr ein nach kastilischer Art gekleideter Mann folgte, und alles deutete darauf hin, dass er aus dem Haus gegenüber gekommen war. Zahra schnürte es vor Angst die Kehle zu. Fieberhaft überlegte sie, ob sie zurück nach Hause laufen sollte, aber damit wäre sie dem Mann geradewegs in die Arme gerannt, und bis zu ihrem Stall waren es ohnehin nur zwei Wegbiegungen. Schnell lief sie weiter, ließ die erste Straßenkreuzung hinter sich, beschleunigte ihre Schritte noch mehr, da in diesem Straßenstück kaum noch ein Haus bewohnt war, seit nach Kriegsende so viele Mauren weggezogen waren. Ein kurzer Blick zurück bestätigte ihr, was sie befürchtet hatte: Der Mann folgte ihr noch immer und holte allmählich auf. Sie wurde noch schneller. Es war der Gedanke an Jaime, der ihr die Kraft dazu gab.

Endlich bog Zahra in die nächste Seitenstraße ein und konnte den Stall, den ihre Familie angemietet hatte, bereits sehen. Rasch ging sie noch einmal die Geschichte durch, die sie sich für den Stallburschen zurechtgelegt hatte, damit er ihr ohne Rückfragen ein Pferd sattelte und mitgab. Auf einmal hörte sie hinter sich Laufschritte. Ein neuerlicher Blick zurück zeigte ihr, wie nah ihr Verfolger schon war. Angsterfüllt suchte Zahra nach einem Ort, an dem sie sich verstecken konnte. Vergeblich. Es blieb ihr nichts anderes übrig, als zum Stall weiterzurennen, doch der Mann kam näher und näher.

Endlich hatte sie den Stall erreicht. Zahra hob die Hand, pochte und hämmerte gegen das Tor, rief nach dem Burschen, rief immer lauter, aber da war der Mann auch schon bei ihr und packte sie: Er hielt ihr den Mund zu, schnappte ihren Arm und verdrehte ihn auf dem Rücken.

Panisch versuchte Zahra, sich zu befreien: Sie biss, trat, schlug mit ihrem freien Arm um sich, doch der Mann drückte ihr brutal den Kiefer zusammen, presste ihr ein Messer an die Kehle und zischte auf Kastilisch: »Besser, du bist jetzt ganz, ganz still!«

»Was wollt Ihr von mir?«, keuchte Zahra. »Steckt Ihr etwa hinter dem Verschwinden meines Mannes?«

»Gar nicht mal so blöd für ein maurisches Täubchen«, verhöhnte der Mann sie und stieß sie gegen die Wand.

»Bitte, so lasst uns doch reden«, flehte Zahra. »Ich ... ich zahle Euch viel Geld, wenn Ihr mich laufen lasst und zu meinem Mann bringt.«

»Das zahlt mir auch ein anderer dafür, wenn ich dich ihm bringe – und wir haben jetzt wahrlich lange genug warten müssen, bis wir dich endlich einmal ohne Wachleute erwischt haben«, krächzte er, trieb sie in die nächste Seitenstraße, von dort in eine noch sehr viel dunklere Gasse, und dann spürte Zahra einen heftigen Schlag auf den Hinterkopf und versank in Finsternis.

Als Zahra zu sich kam, schmerzte ihr der Kopf, und sie ertastete eine dicke Beule und geronnenes Blut am Hinterkopf. Sie öffnete die Augen, doch die Schwärze um sie herum blieb. Erst eine gute Weile später hatten sich ihre Augen an die Dunkelheit gewöhnt, und sie nahm am Boden einen blassen Lichtschein wahr. Zahra vermutete, dass er unter einer Tür hindurchkam.

Sie tastete ihr Umfeld ab, spürte kalten, gestampften Lehm unter den Händen und einen Stuhl und einen Tisch direkt neben sich. Auf allen vieren krabbelte sie zu dem Lichtschein, stellte fest, dass dort tatsächlich eine Tür war, und entdeckte direkt daneben eine große Holztruhe, die sich jedoch genauso wenig öffnen ließ wie die Tür.

»Zumindest scheint dies kein Kerker der Inquisition zu sein«, murmelte Zahra vor sich hin, ohne zu wissen, ob dies günstiger für sie war. Sie überlegte, wer der Mann gewesen sein könnte, der sie verschleppt hatte, und was er oder sein Auftraggeber von ihr wollen könnte. Mit Schrecken wurde ihr klar, dass Tamu gewiss davon ausgehen würde, dass sie Gonzalo gefolgt sei – was Raschid veranlassen würde, entweder gar nicht oder in einer falschen Gegend nach ihr zu suchen. Sie verfluchte sich, dass sie sich so leicht hatte überrumpeln lassen und nun, statt Jaime zu suchen, selbst in Gefahr war – denn nur um ein Glas Granatapfelsaft mit ihr zu trinken, hatte man sie gewiss nicht hierhergebracht.

Ewigkeiten schienen Zahra vergangen zu sein, bis sie endlich ein Geräusch vernahm. Es waren Stimmen, Männerstimmen, die dumpf zu ihr klangen, dann gewahrte sie Türschlagen und Schritte, die in ihre Richtung kamen, und kurz darauf das Rasseln eines Schlüsselbunds. Hastig rutschte sie nach hinten in den Raum, obwohl ihr klar war, dass auch dies keinen Schutz bedeutete, dann ging auch schon die Tür auf.

Das gleißende Licht stach Zahra so heftig in die Augen, dass sie sie reflexartig schloss und die Hand vors Gesicht hob. Die Schritte, schwer und schlurfend, kamen näher und direkt auf sie zu. Sie blinzelte unsicher zu dem Mann hoch und traute ihren Augen nicht.

»Da habe ich Euch endlich!«, dröhnte der Mann – und nachdem Zahra seine Stimme gehört hatte, wich auch noch der letzte Zweifel von ihr. Nackte Angst verschlug ihr den Atem. Der Mann stellte eine Öllampe auf dem Tisch ab.

»Ihr seht nicht aus, als hättet Ihr erwartet, dass wir uns noch einmal wiedersehen«, fuhr er fort und lachte höhnisch. »Wundern kann mich das nicht. Immerhin hattet Ihr und Euer Christ Euch redliche Mühe gegeben, dass ich nie mehr aus diesem verfluchten Málaga herauskomme. Ach, wenn Ihr wüsstet, mit welcher Sehnsucht ich seither auf ein Wiedersehen mit Euch gewartet habe!«

Zahra schauderte es. Ibrahim ... der Mann ihrer Schwester, den ursprünglich sie hätte heiraten sollen und der sie beinahe vergewaltigt hatte. Um Fassung ringend, starrte sie ihn an.

»Ja, das hättet Ihr nicht gedacht, dass ich da wieder rauskomme, was? Euer Christ hatte mich ja nach allen Regeln der Kunst verschnürt, um mir jede Flucht aus der Stadt unmöglich zu machen.«

Zahra rutschte noch weiter zurück, stieß aber kurz darauf gegen die Wand.

»Und auch versklavt wurde ich nicht wie all die anderen Einwohner Málagas. Pech für Euch, was?« Er stemmte die Hände in die Hüften. »Ich konnte den katholischen Königen nämlich beweisen, dass ich nicht zu den Bürgern des Maurenreichs gehörte, weil ich damals schon seit Jahren in Marokko ansässig war – und so haben sie mich nicht in das Sklavenheer der Bewohner Málagas eingereiht, sondern mich freigelassen.« Er grinste. »Ich nehme an, Ihr ahnt bereits, dass ich Euch nicht hierhergeholt habe, um mit Euch einen Nachmittag zu verplaudern?«

Zahra konnte nicht antworten. Nicht einmal schlucken konnte sie. Ihr Hals war so trocken, dass sie das Gefühl hatte, er würde zusammenkleben.

»Ja, Rache, werte Zahra, eine wunderbar süße Rache

schwebt mir vor. An Euch allen!« Er lachte auf. »Leider habt Ihr das kleine Vögelchen von meinen Leuten zurückgeholt, ehe ich aus Marokko eingetroffen war. Noch nicht einmal mehr kennengelernt habe ich es, aber ich werde es mir zurückholen; auch mit dem Vögelchen will ich doch meinen Spaß haben. Chalida heißt es, nicht wahr?«

Zahras Atem blockierte erneut. *Er* hatte den Überfall auf ihre Familie in Auftrag gegeben?

»Das Mädchen soll ja genauso bemerkenswert blaue Augen haben wie Ihr. Zumindest hat Sánchez mir das geschrieben. Und wie schändlich von Eurem Christen, ihn und Pulgar aus dem Weg geräumt zu haben. Sie waren nützliche Männer, weit nützlicher als die vier Trottel, die ich jetzt in meine Dienste genommen habe! Na, wenigstens sind die beiden Christen, die ich in Eurem Nachbarhaus untergebracht habe, etwas heller und haben zumindest schon einmal Euch hergeschafft. Ach so, Zainab werde ich natürlich auch zurückholen; eine Frau gehört schließlich an die Seite ihres Mannes, nicht wahr? Und Euch, meine Liebe, erweise ich die Ehre, meine Zweitfrau zu werden. So wird dann die Verbindung, die einst von Eurem Vater angestrebt worden ist, endlich eingegangen werden. Ihr könnt kaum ermessen, wie sehr ich mich schon auf diesen Tag freue. Und Euren Christen – ja, bedauerlich, dass er seinen Schwanz in Orte gesteckt hat, die für andere bestimmt waren, aber dafür werde ich mir dann beizeiten mein Vergnügen mit seinem Mäuschen gönnen.«

Aus einem Reflex heraus sprang Zahra auf und stürzte sich auf ihn, doch Ibrahim hatte ihren Angriff offenbar erwartet. Mühelos fing er ihre Hände ab, bog ihr die Arme nach hinten und schleuderte sie so hart zurück, dass sie mit dem Kopf gegen die Wand knallte. Schon als er damals über sie hergefallen war, hatte sich Zahra gewundert, welche Kräfte in diesem feisten, scheinbar so ungelenken Körper wohnten.

»Ihr werdet mit der Zeit schon zahm werden, Zahra, da mache ich mir keine Sorgen. Spätestens, wenn ich in ein paar Tagen diesen Hurensohn, diesen Christen, hier habe und Ihr hört, wie ich ihm für jedes kleine Widerwort, das Ihr mir gebt, ein weiteres Fingerglied abschneide, werdet Ihr endlich gehorchen lernen!«

Erneut konnte Zahra nichts anderes tun, als ihn mit schrillem Entsetzen anzusehen. Laut auflachend nahm Ibrahim die Lampe wieder vom Tisch, verließ den Raum und verschloss die Tür.

Das kann nicht sein, stammelte Zahra, als sie wieder allein im Dunkeln war. Das kann nicht sein! Das war eben nicht Ibrahim! Er kann, er darf einfach nicht zurück sein! Aber zugleich wusste sie natürlich, dass all dies sehr wohl Wirklichkeit war. Ibrahim war zurück. Und er wollte sich rächen. Und es gab offenbar nichts, womit sie ihm Einhalt gebieten oder auch nur die anderen warnen konnte.

XI.

Granada
29. Juli 1492

Ewigkeiten schienen Zahra vergangen zu sein, bis ein Diener ihr eine Lampe, etwas Essen, eine Karaffe Wasser und einen Eimer mit einem Deckel für ihre Notdurft brachte. Der Bursche schien noch sehr jung zu sein, und als sie seinen Blick auffing, meinte sie Mitgefühl und größte Verlegenheit in seinen Augen zu lesen. Aber bis sie den Mut gesammelt hatte, ein paar Worte mit ihm zu wechseln, verschwand er schon wieder.

Obwohl es Zahra unangenehm war, den Eimer zu benutzen, war sie in ihrer jetzigen Lage sehr froh um ihn. Danach aß und trank sie etwas und untersuchte die Truhe im Lichtschein. Sie stellte fest, dass sie mit der zu öffnenden Seite zur Wand gestellt und nicht verschlossen war, wie sie zunächst angenommen hatte. Sie fand darin Strohmatten und Decken, ließ sie für den Moment aber darin. Ihre Angst vor Ibrahims Rückkehr war so groß, dass sie ohnehin kein Auge hätte zutun können.

Ibrahim – pausenlos musste Zahra an ihn denken. Nie wäre sie auf den Gedanken gekommen, dass er der Mann sein könnte, der sie zu vernichten suchte. Der Überfall auf sie auf dem Weg nach Portugal, Chalidas, Jaimes und ihre Entführung … Offensichtlich war ihm nichts zu schäbig, wenn er nur ihr und ihrer Familie damit Schmerz zufügen konnte. Am schwersten wog für Zahra der Gedanke, dass es anscheinend keinen Weg gab, wie sie ihre Familie warnen konnte, und die Vorstellung, dass dieser widerliche, feiste Kerl Chalida noch einmal entführen, sie hierherbringen und gar anfassen könnte, trieb sie schier zur Verzweiflung. Auch an Zainab wagte sie kaum zu denken. Reichte es diesem Widerling denn nicht, was er Zainab in den Jahren ihrer Ehe angetan hatte? Und warum musste er sich überdies auch noch an Jaime rächen? Oh Gott, stöhnte Zahra, hilf mir, steh uns bei!

Der qualvolle Schrei gellte durch das ganze Haus und schwoll weiter an, bis sich auch noch ein zweiter, weit kläglicherer Schrei mit hineinmischte, der in hilfloses Weinen überging. Dazu erklang aufgeregtes Hundegebell. Tamu und Deborah erreichten beinahe gleichzeitig das Kinderzimmer. Während Deborah ihre kleine Ranaa auf den Arm nahm, zog Tamu Chalida an sich, die noch immer völlig aufgelöst war. In ihren Augen spiegelte sich das blanke Entsetzen.

»Was ist denn, mein Vögelchen? Was hast du?«, fragte Tamu das Kind, wiegte es in den Armen und herrschte den Hund an, endlich still zu sein. Im ersten Moment starrte Chalida nur steif vor Schreck ins Nichts, aber dann kam sie allmählich zu sich, erkannte Tamu und beruhigte sich zumindest so weit, dass sie sprechen konnte.

»Mutter«, schluchzte sie. »Wo ist Mutter?«

Ächzend drückte sich Tamu mit dem Kind auf dem Arm vom Boden ab, ging mit ihm ein paar Schritte im Zimmer auf und ab und krauste die Stirn.

»Deine Mutter, ja, seltsam, dass sie nicht selbst gekommen ist«, murmelte sie und sah zu Deborah hinüber, die nun ebenfalls verwirrt schien.

»Ja, das ist allerdings komisch …«

Mit dem Kind im Arm ging Tamu über die Galerie zu Zahras Schlafzimmer. Sie wollte anklopfen, sah dann aber, dass die Tür nicht verschlossen war, und drückte sie voller Beklommenheit auf. In der Tat fand Tamu Zahras Bett leer vor. Sie unterdrückte einen Fluch und ging zurück ins Mädchenzimmer. Auf Deborahs fragenden Blick hin hob sie die Achseln, woraufhin sie die Kinder wieder hinlegten und ihnen gut zuredeten, noch ein wenig zu schlafen.

»Nein, geh nicht, Tamu«, jammerte Chalida. »Bleib, bitte, bleib bei mir! Und warum ist Mutter nicht da?«

»Ich lasse euch die Lampe hier und komme gleich wieder«, versprach Tamu und stellte die Öllampe ein kleines Stück vom Bett entfernt auf den Boden. »Und jetzt ganz ruhig, mein Herz, alles ist gut!«

Bevor sie das Zimmer verließ, ging Tamu noch einmal zum Bett der Kinder zurück, setzte sich neben Chalida und drückte deren kleine, kalte Hand. »Sag, mein Vögelchen, weißt du noch, was du geträumt hast? Kannst du dich an irgendetwas erinnern?«

»Mutter, Mutter …«, murmelte das schon wieder ganz schlaftrunkene Kind und schlummerte auch schon wieder ein. Tamu strich ihr übers Haar. »Alles wird gut, mein Herz, schlaf ruhig, schlaf!« Dann verließ sie mit Deborah das Zimmer, um das Haus nach Zahra abzusuchen.

»Du meinst wirklich, sie ist Gonzalo gefolgt, um Jaime zu suchen?« Deborah starrte sie fassungslos an. »So verrückt kann doch noch nicht einmal Zahra sein! Warum lässt sie die Männer nicht ihre Arbeit tun? Raschid hat einen Trupp losgeschickt, Gonzalo ebenfalls und ist nun sogar noch selbst los. Was will sie noch?«

Tamu hob die Achseln. »Zahra ist eben Zahra. Außerdem war es damals auch sie allein, die ihren Bruder wiedergefunden hat«, erinnerte sie Deborah, allerdings verriet ihre Miene, dass sie im Grunde ihres Herzens nicht anders als Deborah dachte.

»Wir müssen es Raschid sagen«, meinte Deborah. »Vielleicht kann er sie finden, wenn er ihr jetzt gleich nachreitet. Immerhin kann sie ja nur dasselbe Ziel wie Gonzalo haben: die Taverne, in der Jaime zuletzt gesehen worden ist.«

Als Tamu ihr zunickte, ging Deborah, um Raschid zu informieren, der kurz darauf nur mit seiner Pluderhose bekleidet in Zahras Zimmer stürzte, als müsse er sich mit eigenen Augen davon überzeugen, dass sie verschwunden war. »Dieses dumme Weib, dieser Kindskopf!«, schimpfte er, polterte nach unten und sprach mit dem Wachmann an der Haustür. Kurz darauf erklang wütendes Gebrüll, gegen das sich Abdullah mit jämmerlich klingendem Gejammer zu verteidigen suchte: »Aber sie ist doch die Herrin, Herr. Wie kann ich ihr verwehren, das Haus zu verlassen?«

Als Raschid wieder nach oben kam, war auch Zainab bei Deborah und Tamu. Sie strich ihr vom Schlaf zerwühltes Haar aus dem Gesicht. »Wie kann Zahra nur so etwas tun?«, fragte sie fassungslos.

Raschid befahl, dass keine der Frauen das Haus verlassen sollte. »Und mit keine meine ich keine!«, donnerte er, rannte zurück in sein Zimmer, kleidete sich an und rief Deborah zu, dass er zum Stall wolle. »Ich muss wissen, wann genau sie weg ist – und mit welchem Pferd!«

Eine gute halbe Stunde später kam Raschid wieder, verstört und ziemlich bleich.

»Was ist?«, fragte Deborah ihn erschrocken.

»Zahra … sie war nicht im Stall. Sie ist nie dort angekommen.«

»Aber wo soll sie denn sonst hin sein?«, rief Deborah entgeistert. Ihre Frage blieb im Raum stehen. Niemand wusste eine Antwort. Nach einer Weile murmelte Tamu etwas vor sich hin.

»Was sagst du?«, fragte Raschid.

»Wir müssen das Kind fragen, Chalida ...«, brummelte diese, und als sie Raschids unwilligen Blick sah, trat Trotz in ihre müden, alten Augen. »Das Kind hat von ihr geträumt. Sie muss etwas wissen. Denkt auch, wie sehr sie geschrien hat!«

»Ach woher«, knurrte Raschid und winkte ab. »Chalida hat immer wieder mal Alpträume, seit sie zurück ist. Und sie ist ein Kind, ein ganz normales Kind – und kein zahnloser Seher!«

Unwirsch rief er nach Zubair und befahl ihm, sich mit ihm zusammen auf die Suche nach Zahra zu machen.

Kaum war Raschid aus dem Haus, ging Tamu wieder ins Mädchenzimmer hoch. Geduldig wartete sie, bis Chalida eine gute Stunde später erwachte. Als das Mädchen sie bemerkte, kuschelte es sich an sie. Tamu kraulte ihm den Kopf und legte ihm die Hand über die Augen.

»Was hast du vorhin geträumt, mein Vögelchen? Verrätst du der alten Tamu deinen Traum?«

»Mutter«, sagte das Kind. »Mutter.«

»Hast du sie gesehen?«

Das Mädchen nickte.

»Wo war sie?«

»Ich weiß nicht«, erwiderte Chalida, »aber es war dunkel, ganz, ganz dunkel!«

»Und wer war bei ihr?«

»Niemand, Tamu, und sie hatte Angst, viel Angst!«

Sanft strich Tamu ihr über den Kopf. »Mach dir keine Sorgen. Wir werden sie wiederfinden, ganz bestimmt werden wir das!« In ihre Augen trat Erleichterung. Denn immerhin konnte sie nun hoffen, dass Zahra lebte. Noch.

Als sie die Schritte hörte, schreckte Zahra hoch und war sofort hellwach. Sie wusste nicht, wie viel Zeit vergangen war, seit Ibrahim hier gewesen war, nahm aber an, dass sicher ein halber Tag verstrichen war. Sie drückte sich von dem Tisch hoch, an dem sie eingeschlafen war, eilte zur Tür, stellte sich direkt daneben, und kaum hatte Ibrahim die Tür geöffnet, versuchte sie, sich an ihm vorbeizudrücken und aus dem Raum zu fliehen. Blitzschnell packte er sie am Arm und schleuderte sie zurück in den Raum. Zahra knallte gegen den Tisch und fiel hin.

»Dergleichen solltet Ihr unterlassen. Das macht mich nur wütend, und später muss Eure süße kleine Tochter dafür büßen!«

Zahra rieb sich die schmerzende Hüfte. »Warum kürzen wir das Ganze nicht ab und Ihr tötet mich gleich? Dann hätten wir es hinter uns gebracht!«

»Ihr glaubt doch nicht, dass ich so lange auf meine Rache gewartet habe, um mich dann mit einer bloßen Bluttat zufriedenzugeben?« Ibrahim schüttelte den Kopf. Er ging noch einmal zur Tür, wo ihm jemand eine Schüssel Reis und Gemüse reichte. Er stellte sie vor Zahra auf den Tisch. »Hier, esst. Ich möchte keinesfalls, dass Ihr abmagert, sonst habe ich ja nichts mehr anzufassen!«

Zahra drehte den Kopf zur Wand.

»Und dass Ihr Euch ja nicht den Tod wünscht. In wenigen Tagen wird Euer Christ hier eintreffen. Und es wäre doch schade, wenn ich Euch nicht vorführen könnte, wie ich ihn quäle und in Stücke zerlege.«

Zahra ballte die Hände und zischte ihn an: »Was seid Ihr nur für ein kranker Geist!«

»Ha! So gefallt Ihr mir schon sehr viel besser! Ihr erinnert Euch gewiss noch daran, wie sehr es mich erregt, wenn Ihr wütend werdet? Dabei wollte ich mich eigentlich erst mit Euch vergnügen, wenn ich auch Euren Christ hier habe!«

Auf Zahras entsetzten Blick hin fing Ibrahim zu lachen an. Dann schloss er die Tür hinter sich. Noch lange meinte Zahra sein Lachen zu hören. Sie rang sich durch zu essen. Denn nur, wenn sie bei Kräften blieb, hätte sie eine Chance, je wieder hier herauszukommen.

Die Stille und das Warten waren für Zahra kaum besser zu ertragen, als wenn Ibrahim vor ihr stand und sie mit Hohn und Drohungen übergoss. Zwei oder vielleicht sogar drei Tage war sie nun schon in seiner Gewalt. Sie ging davon aus, dass er ihr drei Mahlzeiten am Tag brachte – und bisher hatte sie acht bekommen. Sie wunderte sich, dass keinerlei Geräusche zu ihrem Zimmer drangen. Noch nicht einmal der Ruf des Muezzins war hier zu vernehmen, weswegen sie bezweifelte, dass sie noch in Granada war. Möglicherweise hatte er sie in ein kleines Dorf in der Vega oder auf eine abgelegene Hacienda verschleppt.

Wie aus dem Nichts hörte Zahra mit einem Mal Türschlagen im Haus, dann ein Fluchen, das Fluchen von wenigstens zwei Männern – und ein Poltern. Unsicher stand sie auf und stellte sich hinter den Stuhl, umkrallte die Lehne und starrte auf die Tür. Wie oft hatte sie sich in diesen Stunden schon vorgestellt, Ibrahim diesen Stuhl mit den Stuhlbeinen voran in den Leib zu rammen – doch die Angst, dass er schneller und stärker als sie sein könnte, hatte sie bislang davon abgehalten.

Das Poltern kam näher, dann war das ihr nun schon bekannte Quietschen einer Tür zu hören und schließlich Schlüsselrasseln. Diesmal flog die Tür auf und krachte gegen die Wand. Der Bursche, den sie schon kannte, kam herein, ihm folgte ein weiterer, der sie mit frechem Hohn angrinste: Shihab, der Mann, in den Maria sich verliebt hatte! Die Erkenntnis, dass ihr Verdacht richtig gewesen war und sie doch nichts unternommen hatte, traf Zahra wie eine Ohrfeige. Erst als sie diesen Schreck verdaut hatte, ging ihr Blick zu dem in eine Decke gewickelten Bündel, das die beiden in den Raum schleppten. Sie legten es im Zimmer ab und gingen wieder, ohne ein Wort zu sagen. Misstrauisch musterte Zahra das reglose Etwas zu ihren Füßen – bis sie am oberen Ende ein Büschel aschblonder Haare entdeckte. Mit einem gequälten Aufschrei sackte sie auf die Knie, schlug mit zitternden Fingern die Decke auf – und blickte in das totenbleiche Gesicht ihrer Schwester.

»Oh nein, Zainab, meine kleine Zainab!« Aufschluchzend sank Zahra auf ihre Schwester, merkte dann, dass sie nicht kalt und steif, sondern warm und weich war, fühlte am Hals ihren Puls und weinte noch mehr, allerdings vor Erleichterung.

»Zainab, was hast du, warum sagst du nichts?« Zahra konnte keinen klaren Gedanken fassen. Erst jetzt bemerkte sie die breiten Schrammen an Zainabs Wange und die großflächige Wunde über dem Ohr. Als sie die Decke weiter öffnete, sah sie, dass ihre Tunika mehrfach eingerissen war und sie auch an den Armen erhebliche Schürfwunden davongetragen hatte. Ohne Zweifel hatte sich ihre Schwester heftig gegen ihre Entführer gewehrt. Allmählich ruhiger werdend, untersuchte Zahra sie weiter, doch die einzige Verletzung, die ihr Sorgen bereitete, blieb die Wunde über dem Ohr. Sie wusste, dass sie hätte versorgt werden müssen, aber dazu fehlten ihr die Mittel. Zahra erhob sich, befeuchtete einen Zipfel ihrer Tunika mit Wasser und machte die Wunde zumindest sauber. Dadurch kam Zainab zu sich und stöhnte, brauchte aber noch etliche Minuten, bis sie so klar war, dass sie Zahra erkannte. Als Zahra ihr sagte, in wessen Gewalt sie waren, starrte sie sie fassungslos an.

»Nein, nicht Ibrahim, nicht er!«, krächzte sie tonlos und schob sich panisch weiter und weiter zurück, geradezu, als stünde Ibrahim schon vor ihr. Zahra sah, wie sie zu zittern begann, krabbelte ihr nach und zog sie in die Arme. Zu gern hätte sie sie getröstet und ihr Mut zugesprochen, aber sie fand keine Worte. Allein die Vorstellung, dass Ibrahim auch seine letzte Drohung wahr machen und sich Chalida zurückholen könnte, trieb sie schier zur Verzweiflung.

Zainab erzählte ihr, wie Shihab sie am Morgen aus dem Haus gelockt hatte. »Er meinte, Maria sei bei ihm und würde schrecklich weinen, und ob ich nicht mitkommen könne, weil er nicht wisse, was sie habe und wie er sie trösten solle. Und kaum war ich in sein Haus getreten, sind er und ein weiterer Mann über mich hergefallen.« Sie fuhr sich über die Stirn. »Oh Zahra, wir müssen hier rauskommen. Lieber sterbe ich, als mich von Ibrahim auch nur noch einmal anfassen zu lassen!«

Das Grauen in den Augen ihrer Schwester machte Zahra nicht weniger beklommen als die Panik in ihrer Stimme. Erneut zog sie sie an sich und murmelte, dass ihnen schon etwas einfallen würde. Dabei schwang weit mehr Angst als Überzeugung in ihrer Stimme mit.

Als das nächste Mal Schritte zu hören waren, saßen Zahra und Zainab am Tisch. Mit angstvoll geweiteten Augen griff Zainab nach dem Arm ihrer Schwester und umkrallte ihn, als Ibrahim ins Zimmer trat.

Er grinste von einem Ohr zum anderen. »Da haben wir das Schwesternpärchen ja glücklich beieinander! Und, Zahra, habe ich Euch zu viel versprochen?«

Sanft streifte Zahra den Arm ihrer Schwester ab, erhob sich, trat hinter ihren Stuhl und umklammerte seine Rückenlehne so fest, dass die Knöchel ihrer Finger weiß hervortraten. Ibrahim kniff die Augen zusammen. »Wagt das ja nicht, meine Schöne. Da draußen in der Küche sitzen die Burschen, die Eure Schwester hergebracht haben, und bei dem geringsten Zwischenfall hier brechen sie Euch alle Knochen!«

»Was habt Ihr vor?«, zischte Zahra. »Ihr bildet Euch doch nicht allen Ernstes ein, uns jetzt über Jahre festhalten zu können? Man wird uns finden, irgendjemand wird uns finden, und wenn es nicht mein Bruder ist, dann Jaimes Bruder, und Ihr wisst, was Euch dann blüht!«

»Selbst wenn dem so wäre – das wäre es mir wert. Außerdem wird das nicht geschehen, denn hier findet Euch niemand, niemand, hört Ihr!«

Er warf ihr zwei kurze, verschieden lange Holzstöckchen zu. »Hier, damit könnt Ihr auslosen, an wem von Euch beiden ich heute meine Lust stille. Und morgen ist dann die andere dran.«

Zahra, welche die beiden Holzstücke reflexartig aufgefangen hatte, schleuderte sie ihm ins Gesicht. »Ihr seid ein Schwein, nichts als ein mieses Stück Dreck!«

»Ihr wollt nicht losen? Nun, dann fange ich doch mit der an, die das Maul am weitesten aufreißt, nicht wahr?« Er trat einen Schritt auf sie zu; erst jetzt bemerkte Zahra den breiten Lederriemen, den er in der Hand hielt und den er nun drohend zucken ließ.

»Oder vielleicht wäre es ja doch prickelnder, wenn ich mich vor Euren Augen mit Eurer Schwester vergnüge?«

Als Zahra vor Grauen schluckte, lachte er schallend auf und ging auf Zainab zu, die wimmernd von ihrem Platz rutschte, dabei am Tischbein hängen blieb und hinfiel. Auf allen vieren rutschte sie von Ibrahim weg, das Gesicht von ihm abgewandt, das Kinn zitternd und immer wieder aufwimmernd, bis sie mit dem Rücken gegen die Wand stieß. Aufschreiend zog sie die Beine an die Brust und vergrub den Kopf dazwischen. Zahra sprang Ibrahim nach, packte ihn am Arm, riss ihn herum und stieß ihn zurück. »Wagt es nicht, meine Schwester anzurühren!«

Ohne eine Miene zu verziehen, verpasste Ibrahim ihr eine Ohrfeige und ließ direkt danach den Lederriemen zischend auf ihr niedergehen. Er traf sie an der Schulter. Der Hieb brannte wie Feuer. Als er sie wieder schlug, ließ der Schmerz sie taumeln.

»Wagt es nie wieder, Hand an mich zu legen!«, donnerte er sie an. »Denn ich kann auch anders, ganz anders, hört Ihr?«

Bedrohlich ließ er den Riemen immer wieder in seine Hand klatschen, während er langsam auf sie zukam. Zahras Herz klopfte ihr bis zum Halse. Schritt um Schritt wich sie zurück, bis auch sie mit dem Rücken gegen die Wand stieß. Grinsend stemmte Ibrahim links und rechts von ihr die Hände an die Wand. »Tja, jetzt sitzt Ihr in der Falle!«

Als sie seinen feisten Wanst an ihrem Bauch spürte, wand sie sich wie eine Schlange, doch Ibrahim ließ sie nicht entkommen. Der Geruch seines fauligen Atems erregte in Zahra Übelkeit, so dass sie trotz seiner Drohung erwog, ihn von sich wegzustoßen, aber noch ehe sie dazu kam, krallte er ihr plötzlich seine Rechte ins Haar und drückte ihr Gesicht dicht an das seine. Wieder versuchte Zahra zu entkommen, aber dann packte Ibrahim sie mit Daumen und Mittelfinger am Handballen zwischen ihrem Daumen und ihrem Zeigefinger, drehte ihre Hand leicht und fügte ihr damit solche Schmerzen zu, dass sie aufschrie und zwangsläufig vor ihm in die Knie ging.

»Seht Ihr, im Endeffekt macht Ihr doch, was ich will!«, frohlockte Ibrahim, ließ ihre Hand los und zog sie an den Haaren wieder dicht vor sein Gesicht. Erneut schlug Zahra sein stinkender Atem entgegen, und dann griff er plötzlich mit der Hand in ihren Halsausschnitt und zerrte an dem Stoff, bis die Tunika quer über ihrer Brust aufriss. Ibrahim riss erneut und entblößte Zahra damit endgültig bis fast zur Hüfte; nur noch an den Schultern und über den Armen hing der Stoff ihrer Tunika. Zahra schloss die Augen.

»Nein, nicht, bitte, nicht sie!«, schrie da Zainab auf. »Nehmt mich, ich … ich bin doch Eure Frau!«

Verblüfft wandte Ibrahim den Kopf zu Zainab, ging zu ihr und sah höhnisch auf sie herab. »Wenn ich Eure Jammergestalt betrachte, weiß ich gar nicht mehr, wieso ich Euch überhaupt hergeholt habe. Eigentlich habt Ihr mich mit Eurem weibischen Geflenne schon vom ersten Tag an nur angeödet, blutloses Geschöpf, das Ihr seid! Eure Schwester hat wenigstens Feuer im Leib!«

Während sich Ibrahim Zainab zugewandt hatte, schlich sich Zahra zu ihrem Stuhl, aber noch ehe sie ihn erreicht hatte, schleuderte Ibrahim sie erneut gegen die Wand. »Na los, jetzt zeigt Eurer Schwester einmal, wie man es richtig macht! Wo habt Ihr es am liebsten? Auf dem Tisch? Oder soll ich Euch gegen die Wand rammeln?«

»So lasst doch Zahra, bitte, Ibrahim, ich … ich mache auch, was Ihr wollt! Alles, alles!«

Mit Tränen in den Augen sah Zahra, wie sich ihre Schwester trotz ihrer Todesfurcht vor Ibrahim für sie einsetzte. Da erinnerte sie sich, dass Ibrahim, als er vor Jahren das erste Mal über sie hergefallen war, umso heftiger auf sie losgegangen war, je mehr sie sich gewehrt hatte. Noch ehe sie eine Schlussfolgerung aus diesem Gedanken ziehen konnte, sah sie, wie ihre Schwester sich entkleidete, die Hände unter ihre weichen Brüste schob und sie, das Gesicht tränenüberströmt, wie köstliche Äpfel darbot. »Schaut, Ibrahim«, schluchzte sie, »schaut her – alles, alles könnt Ihr haben!«

Zunächst hob Ibrahim nur unwillig die buschigen Augenbrauen, aber dann gelang es Zainab, ihre Tränen zurückzudrängen und sogar die Hüften zu wiegen.

Tatsächlich wirkte Ibrahim jetzt interessierter und leckte sich über die Lippen. Er rief nach Shihab und trug ihm auf, Zahra festzuhalten. Mit sichtlichem Frohlocken kam Shihab auf Zahra zu, die sich wie ein gehetztes Tier im Raum umsah und schließlich über den Tisch hinweg zu entkommen versuchte. Shihab sprang ihr behende nach, schnappte sie am Fuß und zerrte sie so brutal zurück, dass sie bäuchlings auf den Boden knallte. Dann riss er sie wieder auf die Füße, und noch ehe sie sich im mindesten hatte wehren können, hatte er ihr schon mit einem einzigen brutalen Griff den Arm im Rücken hochgedreht und hielt sie zusätzlich am Schopf gepackt.

Unterdessen befahl Ibrahim Zainab, sich auf ihre Schlafmatte zu legen, ließ seine Pluderhose herunter und stürzte sich dann wie ein Tier auf sie. Aufwimmernd und wie versteinert ließ Zainab Ibrahims Stoßen und Grapschen über sich ergehen, den Blick so starr auf die Decke gerichtet, als könnte sie auf diesem Weg von hier entfliehen. Wieder und wieder versuchte Zahra, von Shihab freizukommen und ihrer Schwester zu helfen, aber je mehr sie sich wehrte, desto wilder stieß Ibrahim zu und ermunterte Zahra schließlich sogar noch selbst, sich weiter so heftig zu gebärden: »Davon habe ich geträumt, oh Zahra, wenn Ihr wüsstet, wie oft ich davon geträumt habe! Na kommt, kommt, wehrt Euch!«

Als Zahra klarwurde, dass sie ihrer Schwester durch ihre Abwehr nur noch mehr Leid zufügte, sackte sie in sich zusammen und starrte reglos und außer sich vor Schmerz auf die Vergewaltigung vor ihren Augen. Jedes Mal, wenn Ibrahims Gemächt in ihre Schwester hineinstieß, krampfte es ihr das Herz zusammen. Dann endlich hörte sie ihn aufgrunzen, sein Leib bewegte sich einige Male besonders schnell auf dem ihrer Schwester, dann folgte ein letztes Aufstöhnen – und es wurde still.

Zainab stierte noch immer an die Decke; ihr Gesicht war starr und bleich, wie eingefroren. Nach einem weiteren Seufzer rappelte sich Ibrahim auf, zog seine Hose hoch und erhob sich. Auch jetzt veränderte sich Zainabs Blick nicht. Mit zitternden Händen griff sie nach ihrer Tunika und bedeckte ihre Blöße.

Ibrahim blickte Zahra voller Triumph an. »Und das nächste Mal seid Ihr an der Reihe! Jetzt wisst Ihr ja, was Euch erwartet! Und was für ein Spaß das erst wird, wenn wir das Kind hier haben!« Frohlockend rieb er sich über den Schritt, woraufhin Zahra so ruckartig – und für Shihab völlig unerwartet – nach vorn schnellte, dass Shihab sie nicht mehr zu halten vermochte. Mit einem geradezu tierischen Aufschrei stürzte sie sich auf Ibrahim, grub ihm die Fingernägel ins Gesicht und wollte ihm das Knie in den Leib rammen, als Shihab sie wieder packte und in die Ecke schleuderte. Als er sie gleich darauf am Arm hochriss und ihr brutal ins Gesicht schlug, fiel Zahra zum ersten Mal auf, dass ihm an der rechten Hand der kleine Finger fehlte. Bevor er wieder zuschlagen konnte, hieß Ibrahim ihn innehalten: »Das zahle ich ihr morgen selbst heim!« Grinsend wischte er sich über das blutende Gesicht und streckte Zahra die Handfläche entgegen. »Seid gewiss: Morgen wird es Euer Blut sein, das hier fließt! Ich hatte Euch gewarnt!«

Als die Tür hinter den Männern ins Schloss fiel, beugte sich Zahra schluchzend über ihre reglos daliegende Schwester und zog an deren Tunika, um sie noch mehr zu bedecken, aber irgendwie blieb ein Teil ihres Körper immer ungeschützt, und je weniger es ihr gelang, Zainab ganz zu verhüllen, desto mehr schluchzte sie. »Oh Gott, Zainab, Zainab, das … Warum hast du das nur getan? Warum hast du dich für mich geopfert?«

Mit unendlicher Zärtlichkeit strich Zahra ihr über das Haar, holte ein wenig Wasser und wusch ihr behutsam das Gesicht und den Oberkörper. Ganz, ganz allmählich kehrte Leben in Zainabs Augen zurück. Endlich setzte sie sich ein Stück weit auf, machte allerdings nicht den Eindruck, als nähme sie ihre Umgebung wahr.

»Du … du hättest das nicht tun müssen«, stammelte Zahra und strich ihr über den Arm. »Ich … ich will nicht, dass du dafür zahlst, dass er … Er will doch eigentlich nur mir weh tun, weil ich die Heiratspläne vereitelt habe. Zainab, ach Zainab, was du in den Jahren mit ihm alles durchgemacht haben magst und jetzt das … Das tut mir alles so unendlich leid!«

Zainab sah zu ihr und schien sie endlich zu erkennen. »Mach dir keine Gedanken«, sagte sie leise. »Ich … ich habe gelernt, damit umzugehen. Ich hatte ja Zeit genug dazu.«

Und dann hob sie die Hand und strich Zahra über die Wange.

»Aber wie … wie hast du das nur aushalten können?«, flüsterte Zahra.

»Ich denke, wegen Hayat …« Sie machte eine Pause. »Wenn du wüsstest, wie oft ich in der Zeit an sie habe denken müssen – und immer, wenn er über mich herfiel, sagte ich mir, das sei die Strafe, weil ich nie Verständnis für sie und ihre Lage habe aufbringen können.«

Hayat war ihrer beider Halbschwester, eine Tochter ihres

Vaters aus dessen erster Ehe. Zahra hatte Hayat nahegestanden und damals alles in ihrer Macht Stehende getan, um ihr zu helfen, von ihrem Ehemann wegzukommen, bei dem sie die Hölle erlebt hatte – was Zainab damals empört hatte. Zahra strich ihrer Schwester über die Schulter. »Aber Zainab – das ist doch Unsinn! Niemand will dich strafen! Außerdem wusstest du es einfach nicht besser; du warst noch so jung.« Sie drückte ihr nachdrücklich die Hand. »Und jetzt müssen wir zusehen, dass wir hier rauskommen. Irgendeine Möglichkeit muss es geben! Er wird uns sonst zerstören, und wenn er wirklich Chalida in die Finger bekommt … Zainab, dann … dann …«

Nun war es Zainab, die Zahra hielt, und ihrer beider Tränen vermischten sich ebenso wie ihre Angst und Verzweiflung.

Erst sechs Mahlzeiten später erschien Ibrahim wieder bei ihnen. Er wirkte krank, seine Augen glänzten fiebrig, und er blieb nicht lange; Zahra fragte sich, warum er überhaupt gekommen war. Er sagte kein Wort, sah sie nur an und verließ sie dann auch schon wieder. Danach beteten Zahra und Zainab, dass er an diesem Fieber elendig zugrunde gehen möge.

Danach kam niemand mehr. Und irgendwann waren so viele Stunden vergangen, dass ihre Lampe erlosch. Erschrocken nahmen sie sich bei den Händen.

»Was, wenn Ibrahim stirbt – und es seinen beiden Gefolgsleuten egal ist, dass wir hier sind, oder sie gar nicht wissen, dass Ibrahim sich nicht mehr um uns kümmern kann?«, hauchte Zainab in die Dunkelheit hinein.

Zahra drückte die Hand ihrer Schwester, erhob sich und tastete sich zur Tür vor. »Komm, lass uns versuchen, ob wir die Tür nicht doch irgendwie aufbekommen. Wenn niemand hier ist, müssen wir ja auch keine Angst haben, Krach zu machen – und wenn doch jemand hier ist, können wir ihn so zumindest auf uns aufmerksam machen.«

Zainab folgte ihr eilig, doch sosehr sie an der schweren, metallbeschlagenen Holztür auch rissen, drückten und rüttelten – sie bewegte sich keinen Millimeter, und auch auf ihre Hilferufe hin kam niemand, um nach ihnen zu sehen. Schließlich sanken sie erschöpft zu Boden. Stumm saßen sie da, starrten in die Schwärze des Raumes und würgten an ihren Tränen.

Am Tag darauf – zumindest nahmen sie an, dass inzwischen ein Tag verstrichen war – geschah das nächste Unglück. Seit sie Zweifel daran bekommen hatten, dass jemand bald wieder nach ihnen sehen würde, hatten sie sich das wenige Wasser, das ihnen noch geblieben war, streng eingeteilt. Zahra, die sich vorwarf, ihre Schwester in all dies hineingezogen zu haben, trank kaum noch einen Tropfen.

Als ihr Durst jedoch überhandnahm, kroch Zainab in der Dunkelheit zum Tisch, tastete nach der Wasserkaraffe – und auf einmal ertönte ein dumpfer Ton.

»Oh nein, nein!«, schrie Zainab auf, versuchte, die Karaffe zu fassen und wenigstens noch einen Rest Wasser zu retten, war dabei aber so ungeschickt, dass die Kanne nun ganz zu Boden ging. Aufschluchzend sank Zainab auf die Knie, tastete auf dem Lehmboden nach dem versickernden Wasser und weinte noch heftiger. »Oh Zahra, ich … Es tut mir so leid, das wollte ich nicht. Das ganze Wasser … Oh Gott, jetzt werden wir sterben!«

Auch Zahra ergriff Panik, als sie begriff, welches Missgeschick ihrer Schwester unterlaufen war. Schon allein das Wissen darum, dass sie nichts mehr zu trinken hatten, machte, dass auch sie brennenden Durst verspürte. Sie kroch zu ihrer Schwester, suchte die Pfütze, schleckte sich jeden Tropfen, ganz gleich, wie lehmig er schmeckte, von den Fingern – und hatte das Gefühl, nur noch durstiger zu werden. Als endgültig kein bisschen Nass mehr zu finden war, krabbelte sie zur Tür ihres Gefängnisses weiter und riss und rüttelte schreiend an ihr. Nichts geschah. Schließlich trommelte Zahra noch ein letztes Mal heulend gegen die Tür und sank aufschluchzend zu Boden. Auch Zainab weinte und rief plötzlich mit unnatürlich heller Stimme: »Ich … Zahra, mein Gott … Ich … ich halte das nicht länger aus! Nicht diesen Durst, nicht diesen Durst! Ich kann das nicht!«

»Wir müssen es aushalten, Zainab, wir müssen«, entgegnete Zahra und beruhigte sich jetzt wieder. »Spätestens seit auch du noch von zu Hause verschwunden bist, wird Raschid einen Suchtrupp zusammengestellt haben. Und er wird uns finden, ganz gewiss, nur daran dürfen wir denken! Wir dürfen jetzt nicht den Mut verlieren!«

Zainab musste husten. Obwohl sie sich bemühte, den Hustenreiz zu unterdrücken, wurde er immer schlimmer. Zahra strich ihr über den Rücken. »Ruhig, Zainab, ruhig, wir dürfen jetzt nicht die Nerven verlieren. Ganz gewiss können wir noch viele Tage ohne Wasser auskommen. Man hat im Krieg doch immer wieder gehört, wie unglaublich lange Belagerte ohne einen Tropfen Wasser ausgehalten haben. Das schaffen wir auch, ganz sicher schaffen wir das!«

In Wahrheit hatte Zahra nicht die leiseste Ahnung, wie lange man ohne Wasser überleben konnte, und befürchtete, dass sie ziemlich übertrieb, aber auf der anderen Seite war ihr klar, dass Panik und Husten ihre Kehlen nur noch trockener machen würden.

Mit einem Mal kam ihr eine Idee. Sie zog ihren Schutzring vom Finger und drückte ihn Zainab in die Hand. »Hier, nimm den in den Mund und lutsch daran. So kannst du deinen Hals befeuchten, und dann hört der Husten gewiss gleich auf.«

Zainab versuchte es, und in der Tat ließ der Hustenreiz nach. Später lutschte Zahra an dem Ring; dann gab sie ihn Zainab wieder – und nichts weiter als dies blieb ihnen in den nächsten Stunden zu tun. Dies und sich immer wieder, mal nur in Gedanken, mal laut, die Frage zu stellen, ob Ibrahim wiederkäme – und sie hätten nicht zu sagen vermocht, vor welcher Antwort sie sich mehr fürchteten.

Ein weiterer Tag mochte vergangen sein. Weder Zahra noch Zainab redeten viel; die meiste Zeit lagen sie matt danieder, und wenn überhaupt eine von ihnen sprach, dann erzählte sie von früher. Es waren die schönen Erinnerungen, die sie suchten, aus jener Zeit, als ihre Mutter noch lebte und sie alle zusammen draußen auf der Seidenfarm lebten. Da das Reden sie von Mal zu Mal mehr Kraft kostete, fiel immer seltener ein Satz, und schließlich verstummten sie ganz. Mit einem Mal spürte Zahra, wie ihr Herz schneller zu schlagen und schließlich zu rasen begann. Sie wollte Zainab um den Ring bitten. Zwar brachte das Lutschen des Rings inzwischen weder ihr noch Zainab mehr Erleichterung, weil ihre Körper so ausgetrocknet waren, dass auch der Ring keine Spucke mehr hervorzulocken vermochte, aber sie hoffte, dass er sie wenigstens beruhigen konnte. Den Mund zu öffnen, ein Wort hervorzubringen, war jedoch mehr, als sie vermochte. Wie eingesperrt kam sie sich vor in ihrem vertrocknenden Körper, wie lebendig begraben, und mittendrin in dieser sterbenden Ödnis war dieses Herz, das pumpte und pumpte und pumpte …

»Zahra, was ist?«, hörte sie mit einem Mal ihre Schwester mit schleppender Stimme fragen. »Du … du atmest so komisch.«

Ganz weit weg erschien Zahra diese Stimme, so weit weg …

»Zahra, Zahra? Was ist?«

Schrill und dünn klang Zainabs Stimme … und noch weiter weg …

Du musst dich zusammenreißen, sagte sich Zahra. *Du darfst Zainab nicht so erschrecken …*

Aber erst als Zainab noch gellender, noch panischer nach ihr rief, brachte sie zumindest ein »Ich … weiß … nicht …« hervor.

Alles drehte sich um sie, und das, obwohl sie flach auf dem Boden lag. Der Schwindel war so heftig, dass sie unwillkürlich die Hände gegen den Boden presste. In irgendeinem Teil ihres Kopfes wusste Zahra, dass sowohl ihr Herzrasen als auch der Schwindel durch den Wassermangel hervorgerufen werden mussten und dass es sie nicht wundern durfte, dass sie die Folgen des Flüssigkeitsmangels vor ihrer Schwester verspürte, weil sie auch schon am Tag, bevor die Karaffe umgefallen war, kaum etwas getrunken hatte, aber diese Erkenntnis stand so isoliert in ihrem Kopf, dass sie mit ihr nichts anzufangen wusste.

»Zahra, so sag doch endlich, was du hast!«

Zahra hatte das Gefühl, dass Zainabs Stimme davonflog, dann noch einmal zurückkehrte, und wollte ihr rasch antworten, ehe sie wieder davonflog, schon allein, um sie nicht noch mehr zu ängstigen. Sie öffnete den Mund – doch ihre Zunge, dieser unförmige, trockene Klumpen, gehorchte ihr nicht. Sie merkte, wie ihr Kopf zur Seite sank und feine, herrlich kühle und feuchte Nebelschwaden in ihre Sinne zogen, und dann war es auf einmal paradiesisch still und ruhig und frisch in ihr …

Ein Schwall Nass riss Zahra aus ihrer gnädigen Schwärze, aber sie war viel zu schwach, um zu begreifen, woher dieses Nass kam, wo sie war. Nicht einmal die Augen vermochte sie zu öffnen. Sie hörte Stimmen, eine Männer- und eine Frauenstimme. Die Frauenstimme schien ihr vertraut, die des Mannes löste tiefe Ängste in ihr aus. Dann spürte sie, wie jemand Wasser in ihren Mund träufelte. Sie verschluckte sich an den Tropfen und musste husten, und das tat unendlich weh. Jemand hob sie an und klopfte ihr auf den Rücken, bis der quälende Husten nachließ. Die Person hielt sie weiter im Arm, und dann spürte Zahra den kühlen Rand eines Tonkrugs an den Lippen. Wasser floss ihr über die Lippen, aber sie konnte nicht schlucken, und es löste brennende Schmerzen in ihr aus. Die Lippen, der Gaumen, die Zunge – sie waren so trocken! Das meiste Wasser rann ihr übers Kinn, versickerte auf ihrer Tunika, aber bei jedem neuen Versuch ihrer unermüdlichen Betreuerin gelangte mehr Wasser in ihren Mund, und schließlich gelang es ihr doch zu schlucken, und das sogar, ohne husten zu müssen. Dann versank sie wieder in der Schwärze …

Irgendwann kam Zahra zu sich, sah im Licht der auf dem Tisch stehenden Lampe ihre Schwester, die neben ihr und dicht an sie herangekauert schlief. Als sie sich regte, war Zainab schlagartig wach.

»Zahra, endlich!« Sie schlang die Arme um sie und brach in Tränen aus.

»Was … ist … passiert?«, krächzte Zahra und hatte das Gefühl, dass ihr Hals ein rohes, wundes Stück Fleisch war.

»Wir waren ohne Wasser, viele Tage, wie es scheint, weil Ibrahim krank war und er niemanden zu uns geschickt hat. Vor ein paar Stunden kam er, hat eine neue Lampe, Wasser und Essen gebracht.«

»Wasser …«, brachte Zahra hervor, und Zainab reichte ihr einen Becher. Gierig trank Zahra, und langsam kam die Erinnerung zurück. »Du … du hast mir Wasser eingeflößt, oder?«

Zainab nickte. »Und Ibrahim hat dir einen Eimer Wasser übergekippt. Du warst wie tot, Zahra. Mir ging es bei weitem nicht so schlecht wie dir. Und dir Wasser einzuflößen war gar nicht so einfach, weil du anfangs nicht hast schlucken können.«

Zahra erinnerte sich vage, konnte aber nichts erwidern, weil das Sprechen noch immer schmerzte. Sie trank einen weiteren Schluck, ließ sich zurücksinken und war sofort eingeschlafen.

Als Zahra das nächste Mal zu sich kam, war ihr Verstand so klar wie eh und je, womit ihr das Verzweifelte ihrer Lage bewusst wurde – und sie keinen größeren Wunsch hatte, als erneut das Bewusstsein zu verlieren.

Zainab rutschte näher zu ihr heran. Bleich sah Zainab aus, sehr bleich, fand Zahra, und auch die Ringe unter ihren Augen entgingen ihr nicht. Sie musste daran denken, wie sie Ibrahim von ihr abgelenkt hatte, und konnte noch immer nicht fassen, welchen Mut ihre kleine Schwester bewiesen hatte. Sie schrak zusammen und fasste nach Zainabs Hand. »Hat … Hat er dich, während ich bewusstlos war … Ich meine, hat er dich da noch einmal …«

Zainab schüttelte den Kopf. »Nein, keine Sorge, hat er nicht. Er ist noch ziemlich schwach von dem Fieber.«

Zahra ließ ihre Hand von Zainabs Arm gleiten. »Aber er wird sich erholen – und wir wissen noch immer nicht, wie wir hier rauskommen sollen. Raschid …« Ihre Tränen machten es ihr unmöglich weiterzusprechen. Verlegen fuhr sie sich übers Gesicht. Statt ihrer Schwester etwas vorzuheulen, sollte sie ihr lieber Mut machen! Sie fragte sich, wofür der Allmächtige sie die letzten Tage hatte überleben lassen. Nur um sie weiter dieser Hölle hier auszusetzen?

Kurz darauf betrat Ibrahim den Raum und brachte ihnen Essen und einen neuen Krug Wasser. Auch Zahra, die ihn heimlich durch halbgeschlossene Augenlider musterte, fand, dass er noch angegriffen aussah. Doch schon am nächsten Tag schien er zu seiner alten Form zurückgefunden zu haben. Rasch schloss Zahra die Augen und hoffte, er würde sie noch für ohnmächtig halten. Sie hörte, wie er das Essen und den Krug abstellte und dann auf sie zukam.

»He, wacht auf! Es reicht jetzt mit dem Schönheitsschlaf!«

Zahras Atem wurde schneller, während sie die Augen krampfhaft geschlossen hielt. Da traf sie ein fester Tritt in den Bauch. »Ihr sollt aufwachen, habe ich gesagt!«, knurrte Ibrahim.

Zahra unterdrückte ein Aufstöhnen und bemühte sich, weiter reglos dazuliegen, doch dann trat Ibrahim so fest zu, dass sie sich vor Schmerz reflexartig zusammenkrümmte und ein Stöhnen nicht unterdrücken konnte.

»Na also«, brummte Ibrahim. »Doch wieder unter den Lebenden. Wäre auch schade gewesen, wo ich meinen Spaß mit Euch noch nicht gehabt habe und morgen oder übermorgen Euer Christ endlich eintreffen wird.«

Er trat sie noch einmal. »Na los, lasst Euch ansehen, nun macht schon!«

Notgedrungen drehte sich Zahra auf den Rücken und starrte ihn hasserfüllt an. Ibrahim hob den Fuß an, Zahra wappnete sich gegen den nächsten Tritt, doch Ibrahim strich ihr nur mit der Fußspitze über die Brust und öffnete damit ihre eingerissene Tunika. Hastig wollte Zahra den Stoff wieder über ihre Brust ausbreiten, aber Ibrahim trat ihr den Arm weg, schob den Stoff wieder zurück und knurrte: »*Ich* bestimme hier, was geschieht!«

Obwohl die Tritte ausgesprochen schmerzhaft gewesen waren, deckte sie ihre Brust wieder zu, woraufhin Ibrahim ihr eine schallende Ohrfeige verpasste. »Ihr tut, was *ich* sage!«

Zahras Wange glühte, ihr Blick verschwamm für einen Moment, und dann spürte sie eine warme Flüssigkeit, die aus ihrer Nase floss. Sie fuhr mit dem Handrücken darüber, sah das Blut und wischte es an ihrer Tunika ab, ohne ihren Peiniger aus den Augen zu lassen. Ihre tiefblauen Augen troffen vor Verachtung und Wut, und alles in ihr drängte sie danach, ihm beides entgegenzuspucken, doch ihre Kraft reichte nicht, und schließlich musste sie gar kurzzeitig die Augen schließen, um sich zu erholen. Ihre linke Hand jedoch legte sie erneut über den Stoff und den Stoff über ihren Körper. Eher wollte sie sich von ihm grün und blau treten lassen, als hier wie ein Stück Vieh entblößt vor ihm zu liegen.

»Oh Ibrahim«, hörte sie da Zainab flehen, »bitte, wir … also, vor allem Zahra … sie ist noch so angegriffen und … und … so gönnt uns doch wenigstens ein paar Tage, um wieder zu Kräften zu kommen!«

Zahra hörte das Geräusch eines Gürtels, der geöffnet wurde, linste durch die Augenlider und sah, dass Ibrahim seine Tunika angehoben hatte und sich daranmachte, seine Hose herunterzulassen. Sie schluckte, klemmte ihre Beine zusammen und krampfte die Hände in ihre Tunika. Warum, Allmächtiger, warum hast du mich nicht sterben lassen? Warum?

Ibrahim kniete sich über Zahra, zerrte ihre Hand von der Tunika, womit zugleich auch der Stoff zur Seite gefegt wurde und endgültig einriss. Dann gruben sich seine dicklichen, lang behaarten Finger so heftig in ihre Brust, dass sich Zahra vor Schmerz aufbäumte.

»Ibrahim, ich … nein, bitte, so nehmt doch mich!«, jammerte Zainab und zerrte an seinem Arm, um seine Aufmerksamkeit auf sich zu lenken.

»Verschwindet, lasst mich los! Mit Euch habe ich mich lange genug abgeben müssen!«, zischte er, stieß sie von sich und zwängte seine Hand in den Bund von Zahras Pluderhose, den diese sofort krampfhaft zuhielt. Wieder versuchte Zainab, Ibrahim von ihr abzubringen, riss und zerrte an seinem Arm, packte ihn gar an seinen kurzen, krausen Locken, aber dann verpasste Ibrahim ihr auch schon den nächsten Schlag. Zainab fiel nach hinten, stürzte über den Stuhl und stieß mit dem Kopf gegen die Tischkante, wo sie für einen Moment benommen liegen blieb.

Derweil grunzte Ibrahim vor Ungeduld. Bei dem Versuch, Zahra die Hose aus den Händen zu ziehen, riss der Stoff. Obwohl Zahra ihn zu kratzen und zu beißen versuchte, bohrte er ihr die Finger zwischen die Oberschenkel und übte einen solchen Druck aus, dass sie ihm kaum standhalten konnte – und gab ihr mit der anderen Hand immer wieder schallende Ohrfeigen. »Ihr sollt die Beine breit machen, Schlampe, los jetzt!«

Derweil hatte Zainab sich wieder hochrappeln können. »Lasst sie in Ruhe!«, kreischte sie. »Ihr sollt Zahra in Ruhe lassen!«

Ibrahim lachte nur und bog Zahras Beine auseinander. Doch bevor er zustoßen konnte, hatte Zainab den Stuhl ergriffen und donnerte ihn auf Ibrahims Kopf.

Zuerst sah Ibrahim Zahra nur seltsam verstört an, dann sackte er wie ein aus dem Gleichgewicht geratener Kartoffelsack zur Seite und blieb reglos liegen.

»Komm, los, Zahra, wir müssen von hier weg!«

In fieberhafter Eile versuchte Zainab, Zahra unter Ibrahims Leib hervorzuziehen, was ihr erst im dritten Anlauf gelang.

Sie half Zahra aufzustehen, doch Zahra war so schwach, dass ihr die Beine wegknickten.

»Ich kann nicht, Zainab, aber du, geh, geh allein!«, flehte sie. »Mit mir kommst du nie von hier weg!«

»Nein, wenn, dann gehen wir zusammen!«, beharrte Zainab, half Zahra auf – und im gleichen Augenblick regte sich Ibrahim. Er tastete seinen Kopf ab, sah das Blut an seiner Hand.

»Komm, schnell, schnell«, schrie Zainab und versuchte, Zahra mit sich zu ziehen, doch Zahra sackte erneut in sich zusammen und flehte Zainab an, dass sie endlich allein weglaufen solle. »Lauf, so lauf doch!«

Da stürmte Shihab in den Raum. Auf einen Blick erfasste er die Situation, sprang über Zahra hinweg und der aufheulenden Zainab hinterher. Schon hatte er sie am Arm gepackt und zurückgerissen, ohrfeigte sie mehrmals und warf sie dann neben Zahra zu Boden.

Inzwischen hatte sich Ibrahim wieder hochgerappelt. »Das werdet Ihr mir büßen!«, keuchte er. »Freut Euch, wenn ich wiederkomme!«

Er verpasste Zahra, deren Körper ihn daran hinderte, die Tür zu schließen, einen Tritt, der sie zurück ins Zimmer beförderte, stieß Shihab aus dem Raum und donnerte die Tür zu. Während er den Schlüssel herumdrehte, hörten die Frauen Ibrahim brüllen: »Wartet nur, bis ich den Christen und Zahras Tochter hier habe! Wartet nur!« – und dann heulte Shihab auf. Anscheinend hatte Ibrahim ihn geschlagen, wohl, weil er ihm erst so spät zu Hilfe gekommen war.

XII.

Granada
10. August 1492

Jetzt red schon, verdammt!« Raschid trat noch einen Schritt auf den Schmuckhändler zu und musste an sich halten, ihn nicht am Kragen zu packen und durchzuschütteln, aber noch hielt er es für ratsam, es wenigstens einigermaßen im Guten zu versuchen. Er zwang sich, eine etwas freundlichere Miene aufzusetzen, zog seine Geldkatze unter der Tunika hervor und entnahm ihr einen kleinen Lederbeutel. Er ließ die Goldstücke auf seine Hand gleiten und hielt sie dem Schmuckhändler unter die Nase. »All das gehört dir, wenn du mir verrätst, von wem du das Schmuckstück bekommen hast!«

»Aber das habe ich Euch doch schon gesagt, Sayyidi!«, jammerte der hagere Kerl und starrte mit unverhohlener Gier auf das Gold. »Der Mann war mittelgroß, kräftig gebaut und trug eine türkisfarbene Djellaba, und die verdammte Kapuze war so tief ins Gesicht gezogen, dass ich nichts weiter von ihm sehen konnte. Aber es war einer von uns, kein Christ, ganz sicher nicht!« Er hob die Hand und näherte sie dem Gold, woraufhin Raschid das Gold rasch wieder verschwinden ließ – denn diesen Satz wiederholte der Händler schon zum zehnten Mal, und Raschid war davon überzeugt, dass er mehr wusste. Das Schmuckstück, das Zahra seinerzeit als einen Anhänger ihrer Mutter wiedererkannt hatte, war mittlerweile nicht mehr das einzige, das jener von ihren Sachen zugespielt bekommen hatte. Auch den Siegelring ihres Vaters hatte der Händler besessen, es ihm es allerdings nicht mitgeteilt, sondern den Ring anderweitig und überdies zu einem unangemessen niedrigen Preis angeboten. Das war in Raschids Augen Beweis genug, dass der Händler den Ring als Diebesgut erkannt hatte. Vermutlich hatte der Mann, der dem Schmuckhändler ihre Wertsachen zuspielte, diesem noch mehr dieser Stücke versprochen. Ein Freund Raschids hatte den Siegelring bei dem Händler entdeckt und sofort als den von Raschids Vater wiedererkannt.

Raschid atmete mit einem langen Seufzer aus. »Hassan, das erste Mal hast du dir den Kerl vielleicht nicht richtig angesehen, aber das zweite Mal garantiert! Außerdem wusstest du, wie viel mir daran liegt herauszufinden, wer er ist, und jetzt erzähl mir nicht, du wusstest nicht, dass dieses Schmuckstück zu unseren Sachen gehörte. Ich hatte dir diesen Ring bis ins letzte Detail beschrieben. Dass du ihn dermaßen unter Preis verscherbeln wolltest, spricht ja wohl für sich!«

Als der Mann immer noch den Unschuldigen mimte, eine zutiefst bedauernde Miene aufsetzte und theatralisch die Schultern hob, riss Raschid die Geduld: Er hob die Faust und donnerte sie dem Händler mitten ins Gesicht. Das Blut des Mannes spritzte ihm auf Tunika und Wange, und sein Schmerzensschrei gellte so laut, dass Raschid befürchtete, der halbe Suq liefe sogleich in dieser gammligen Verkaufsbude zusammen, aber niemand kam. Da der Kerl noch immer nicht reden wollte, schlug Raschid ein zweites Mal zu. Nach so vielen Tagen vergeblicher Suche lagen die Nerven blank. Er packte den Kerl am Kragen und zischte: »Du redest jetzt, verdammt! Der Scheißkerl, der uns damals überfallen hat, ist wahrscheinlich der gleiche, der jetzt meine beiden Schwestern entführt hat, und wer weiß, ob er nicht auch am Verschwinden meines Schwagers Schuld trägt. Ich schwöre beim Allmächtigen: Wenn du jetzt nicht sofort das Maul aufmachst, zertrümmere ich dir deine miese kleine Visage, bis dich selbst deine Frau nicht mehr wiedererkennt!«

Der Mann sackte in sich zusammen und riss schützend die Arme über den Kopf. »Bitte nicht, Sayyidi, bitte nicht! Ich ... ich ... Vielleicht fällt mir ja doch noch etwas ein!«

»Ich höre!«

»Es ... es war einer ... einer der unseren. Er ist ... e-etwa in Eurem Alter, und das letzte Mal hat jemand auf ihn gewartet, ein ... ein ganz junger Bursche.«

»Weiter, weiter!«

»Nichts weiter, Herr, ich schwöre!«

Als Raschid ihn noch höher anhob, haspelte er: »A-aber mir ist aufgefallen, dass ihm e-ein Finger fehlt. Der kleine, glaube ich, doch, der kleine an der rechten Hand war's!«

Raschid starrte ihn entgeistert an, denn sofort erschien vor seinem inneren Auge das Bild von Shihab – den seine Schwester ihm oft genug als »irgendwie unheimlich« beschrieben hatte; aber da seine Nachforschungen über den Kerl nie mehr ergeben hatten, als dass er als Brotbäcker in der Stadt arbeitete, hatte er deren Verdacht nicht weiter verfolgt.

Raschid ließ so plötzlich von dem Händler ab, dass dieser ins Straucheln geriet und gegen seine Auslagen fiel, die krachend zu Boden gingen. Ruckartig wandte sich Raschid zum Gehen. An der Tür knurrte er: »Und wehe dir, wenn du mich angelogen hast!«

Als Raschid den Suq verließ, drängte es ihn danach, umgehend Gonzalo zu treffen. Dieser war vor fünf Tagen nach Granada zurückgekehrt. Er hatte keinerlei Spuren von Jaime finden können und war zutiefst betroffen gewesen, als er von Raschid erfahren hatte, dass nun auch Zahra und ihre Schwester verschwunden waren. Seither standen die beiden Männer in ständigem Kontakt miteinander. Raschid fand es bemerkenswert, wie sehr der kastilische Grande, den er nicht erst seit den Übergabeverhandlungen nach der Kapitulation der Mauren im letzten Jahr kannte, sich bemühte, ihm bei der Suche nach Zahra und Zainab zu helfen. Gonzalo hatte ihm sogar drei seiner Wachleute überlassen, damit die anderen Familienmitglieder besser beschützt werden konnten.

Um den Kastilier baldmöglichst treffen zu können, schickte Raschid seinen Diener in die Alhambra, wo er Gonzalo vermutete, und ließ ihn seine Bitte überbringen, sich am frühen Abend im Dar al-'attar zu treffen, der nur eine Straße von Shihabs Haus entfernt lag und wo viele Männer dem Genuss des nach dem Koran verbotenen Alkohols frönten. Wie jeder strenggläubige Muslim mied Raschid die Hanuts, die Tavernen, aber in diesem Fall konnte er darauf keine Rücksicht nehmen. Er wollte keinesfalls von Shihab auf der Straße oder in der Nähe seines Hauses gesehen werden, und der Dar al-'attar war bestens geeignet, um unauffällig unterzutauchen.

Schon am Eingang stieß Raschid auf die ersten Betrunkenen. Er drängte sich an ihnen vorbei und tauchte ein in den schummrigen Raum. In dem vollbesetzten Lokal ging es laut und ausgelassen zu. Von allen Seiten schlugen Raschid Stimmen, Musik und klingendes Gelächter entgegen, dazu kam der aufdringlich süßliche Duft von Opiaten, schweren Parfüms und scharf gebranntem Alkohol. Eine fast gänzlich in Gaze gehüllte Frau drückte sich hautnah an ihm vorbei und versuchte, ihn mit sich zu ziehen. Als Raschid sie beiseitestieß, spuckte sie ihm vor die Füße. Endlich entdeckte Raschid Gonzalo: Er saß in der hintersten Ecke auf einem Sitzkissen und nippte an einem Becher Wein. Als er Raschid kommen sah, erhob er sich und begrüßte ihn auf maurische Art. »Friede sei mit Euch, Raschid!«

Auch Raschid berührte mit der linken Hand grüßend Brust und Stirn. »Wa alaikum as-Salam. Und Friede sei mit Euch, Gonzalo!«

Sie nahmen auf den wenig reinlichen und alles andere als weich gepolsterten Kissen Platz. Raschid entschuldigte sich bei ihm für den Ort des Treffens. »Aber wenn ich Euch gleich erklärt habe, warum ich Euch sehen musste, werdet Ihr mir recht geben, dass dies der beste Ort dafür war!«

Mit knappen Worten berichtete er Gonzalo von seiner Unterredung mit dem Händler. »Die Beschreibung passt auf einen jungen Mann, der sich seit einiger Zeit um eine unserer Dienerinnen bemüht und dem Zahra von Anfang an misstraut hat. Leider habe ich ihrem Gefühl nicht genug Beachtung geschenkt. Wenigstens weiß ich, wo er wohnt, und habe zwei meiner Leute in der Nähe seines Hauses plaziert. Sobald der Kerl dort auftaucht, wird uns einer von ihnen holen kommen.«

»Aber wo seht Ihr die Verbindung zwischen Sánchez und diesem Mudéjar?«, fragte Gonzalo. »Und wieso vermutet Ihr hinter beiden Vorfällen denselben Auftraggeber?«

Raschid zuckte bei dem Wort »Mudéjar« zusammen. Auch wenn dies die korrekte Bezeichnung für einen unter christlicher Herrschaft lebenden Muslim war, wollte dieses Wort ihm und seinen Glaubensbrüdern noch immer nicht über die Lippen kommen. Er räusperte sich. »Jaime meinte, dass Sánchez und Pulgar bekannt dafür waren, dass sie für jeden arbeiteten, der ihnen eine lukrative Entlohnung bot, und ich denke, hinter den ganzen Entführungen muss eine verbindende Kraft stehen.«

Gonzalo wiegte nachdenklich den Kopf. »Vielleicht, ja«, brummte er und seufzte. »Ich selbst habe noch immer keine Neuigkeiten für Euch. Ihr könnt Euch nicht vorstellen, welche Vorwürfe ich mir mache. Wenn ich Eurer Schwester erlaubt hätte, uns zu begleiten, hätte niemand sie entführen können!«

Raschid schüttelte den Kopf. »Wenn Ihr eingewilligt hättet, sie mitzunehmen, hätte eben ich es ihr verboten – und auch dann hätte sie sich am frühen Morgen allein aus dem Staub gemacht.« Er legte Gonzalo die Hand auf den Arm. »Außerdem hilft uns diese neue Spur vielleicht endlich weiter!«

Im gleichen Augenblick hastete ein drahtiger kleiner Mann an Raschids Tisch und nickte ihm zu. Sofort machten sich Gonzalo und Raschid mit ihm auf den Weg.

Als die Schritte sich ihrem Zimmer näherten, rückten Zahra und Zainab eng zusammen und nahmen sich an den Händen. Je näher die Geräusche kamen, desto weiter wurden ihre Augen und desto gepresster ihr Atem. Dann hörten sie die Schlüssel, die Tür flog auf und krachte donnernd gegen die Wand. Während Zainab hysterisch aufschluchzte, fühlte sich Zahra, als würde jemand sie in einen Schraubstock zwängen. Ihr Atem blockierte, und ihr Herz schmerzte so sehr, als müsse es jeden Moment platzen. Ibrahim trat in den Raum – und direkt hinter ihm erschienen seine beiden Helfer.

Als Zahra begriff, was, nein: *wen* sie trugen, stieß sie einen gellenden Schrei aus.

»Na los, worauf wartet ihr noch?«, herrschte Ibrahim seine Gehilfen an. »Nun werft ihr unser hübsches Geschenk schon vor die Füße!«

Während Shihab seine Last schlagartig fallen ließ, legte der junge Bursche, von dem Zahra mittlerweile wusste, dass er

Omar hieß, den Kopf so behutsam auf dem Boden ab, dass er dafür von Ibrahim einen Schlag auf den Hinterkopf erhielt und gleich noch einen Tritt in den Hintern dazu.

Zitternd kroch Zahra auf Jaime zu, berührte seine Schulter, stellte fest, dass er noch atmete, und versuchte zu fassen, wie sie ihn zugerichtet hatten: Niemals hatte sie ein solcherart misshandeltes Gesicht gesehen: Die Platzwunden und Prellungen zogen sich bis zum Hinterkopf, die rechte Gesichtshälfte war so zugeschwollen, dass man die Lage des Auges dort nur noch erahnen konnte, auf der linken Wange war eine tiefe, seltsam ausgefranste Fleischwunde, die eigentlich hätte genäht werden müssen, und die Nase war gebrochen. Das Einzige, was Zahra erleichterte, war, dass er bewusstlos war: So spürte er wenigstens nicht die Schmerzen.

»Ich hoffe, Ihr könnt ihn ein wenig aufpäppeln«, höhnte Ibrahim. »Und sobald er wieder bei Sinnen ist, werden wir unseren Spaß vor ihm haben – und dann werdet Ihr es nicht mehr wagen, Euch mir zu widersetzen, weil ich Euch Euren Christen sonst in seine Einzelteile zerlege. Glaubt mir, sein jetziges Aussehen wird nichts dagegen sein!«

Er versetzte Jaime noch einen derben Tritt, nickte seinen Helfern zu und warf die Tür hinter ihnen ins Schloss.

Als die drei gegangen waren, kroch auch Zainab zu Zahra. »Oh Gott«, stöhnte sie. »Das sind doch keine Menschen!«

Zahra rang vergeblich nach Worten, aber ihre haltlos herabrinnenden Tränen sagten genug.

»Leg dich wieder hin«, presste sie schließlich hervor, da sie wusste, dass es auch Zainab nicht gutging. Seit ihrem Sturz gegen die Tischkante hatte sie rasende Kopfschmerzen, die, wenn sie sich aufrichtete, heftigen Brechreiz auslösten.

»Nein, lass mich dir helfen. Du wirst ihn gewiss untersuchen wollen!«

Zahra nickte und trocknete sich das Gesicht. »Als Erstes kümmere ich mich um seinen Finger!«

Der Mittelfinger von Jaimes rechter Hand war gebrochen, die Bruchstelle grotesk verschoben. Zahra richtete ihn gerade, angelte nach einem großen Holzsplitter, der bei Zainabs Sturz von dem Stuhl abgesplittert war, nutzte ihn als Schiene und stabilisierte ihn mit einem Stück Stoff. Dann öffnete sie Jaimes Wams. Zahra stockte der Atem. Brust und Bauch waren übersät von Prellungen, auch eine gebrochene Rippe konnte sie ertasten. Einzig die Beine schienen mehr oder minder unversehrt.

Mit Zainabs Hilfe zog sie Jaime zu ihrer Matte, wo sie ihn zudeckte und seine Lippen mit Wasser befeuchtete. Anschließend riss Zahra ein Stück Stoff vom Saum ihrer Tunika und reinigte und kühlte die Platzwunden mit Wasser, was zu ihrem großen Kummer auch schon alles war, was sie für Jaime tun konnten. Danach senkte sie den Kopf auf seine Schulter und weinte stumm vor sich hin.

Als Omar, Ibrahims junger Helfer, ihnen die zweite Mahlzeit seit Jaimes Ankunft gebracht und die Tür wieder hinter sich geschlossen hatte, stellte Zahra eine Regung bei Jaime fest. Sofort beugte sie sich über ihn. »Jaime? Jaime, hörst du mich?«

Ein feines Flattern durchlief seine Lider, wenig später öffnete er die Augen, so weit die Schwellungen es zuließen, und murmelte ein verwundertes »Zahra?«. Sogleich verlor er wieder das Bewusstsein.

Endlose Zeit schien zu vergehen, bis er wieder zu sich kam. Diesmal war er immerhin in der Lage, etwas zu trinken und Zahra auch ein paar Fragen zu beantworten. Sie erfuhr, dass man ihn in eine Falle gelockt und eingesperrt und dass Shihab und Ibrahim ihn nach einem Fluchtversuch genussvoll zusammengeschlagen hatten. Als Zahra ihm erklärte, dass Ibrahim auch hinter Chalidas Entführung steckte, stöhnte er auf. »Warum habe ich diesem verdammten Scheißkerl in Málaga auch nicht einfach die Kehle durchgeschnitten?«

Behutsam nahm Zahra das Tuch ab, das sie auf die Schwellungen seines Gesichts gelegt hatte, befeuchtete es neu und breitete es wieder aus. Jaime saugte zischend die Luft ein. »Herr im Himmel, tut das weh!«

Nur mit Zahras und Zainabs Hilfe gelang es ihm, sich aufzusetzen. Zahra brachte ihm etwas zu essen, doch das Kauen schmerzte so sehr, dass Jaime nur wenige Bissen zu sich nehmen konnte. Später berichtete Zahra ihm, was Ibrahim vorhatte. »Er wird … wird dich zwingen zuzusehen, und ich bitte dich, Jaime, lass es über dich ergehen, stell dir vor, es sei eine andere Frau, und setz dich nicht zur Wehr, sonst lässt er dich totschlagen!«

»Dann soll er mich eben totschlagen, tatenlos zusehen werde ich auf keinen Fall!«, brauste Jaime auf, wollte sich nun ganz aufsetzen, musste sich aber auf halber Strecke unter einem Schmerzensschrei zurücksinken lassen.

»Mein Gott, Jaime, geht es dir denn nicht in den Kopf, dass wir ihm völlig ausgeliefert sind? Und deswegen habe ich mir fest vorgenommen, ihm keinen Widerstand entgegenzusetzen. Das würde ihm doch nur noch gefallen! Wenn wir eine Überlebenschance haben wollen, müssen wir uns ihm fügen, Jaime! Darüber hinaus können wir nichts tun als beten, dass er wenigstens nicht auch noch Chalida in die Hände bekommt.«

»Raschid und Gonzalo suchen mit Sicherheit nach uns und werden unsere Familie spätestens seit Zainabs Verschwinden besonders schützen«, meinte Jaime und fluchte, weil ihn seine

Verletzungen so hilflos machten. »Und hier gibt es gar nichts, womit wir Ibrahim überwältigen könnten?«

»Nein, außerdem hat er seine beiden Helfer anscheinend meist in der Nähe«, erwiderte Zainab schüchtern.

»Und die Truhe da?« Jaime wies mit dem Kinn zur Wand, wobei er schmerzhaft zusammenzuckte.

»Da waren die Matten und Decken drin, die du hier liegen siehst«, erklärte ihm Zahra. »Jetzt ist sie leer.«

»Und das Schloss?«

Zahra erhob sich und zog die Truhe näher heran, damit er das Schloss begutachten konnte. Es bestand aus einem gebogenen Stück Metall, das in eine darunterliegende Nut einhakte, und war mit dicken, breiten Nägeln in dem Holz befestigt, die im Inneren der Kiste seitlich umgeschlagen und dann ins Holz getrieben worden waren.

»Wenn wir das Schloss abbekämen, hätten wir zumindest etwas in den Händen«, meinte Jaime.

Mit vereinten Kräften versuchten Zahra und Zainab, die Einzelteile abzumontieren, aber mit nichts als ihren Händen und Fingernägeln war es ein hoffnungsloses Unterfangen. Schließlich fiel Zahras Blick auf ihren Löffel. Sie holte ihn vom Tisch, und in der Tat bekamen sie mit dessen Hilfe die Nägel aus ihrer Versenkung und konnten schließlich das Schloss entfernen. Danach hatten sie vier stattliche, leicht angerostete Nägel in Händen sowie das längliche, am oberen Ende recht scharfkantige Metallteil des Verschlusses und das untere gebogene Teil.

Jaime drückte Zahra einen Nagel in jede Hand. »Ich weiß nicht, ob sie dir viel nutzen werden, aber behalte sie trotzdem von jetzt an ständig bei dir!«

Zahra nickte. Die beiden anderen Nägel reichte Jaime Zainab, das scharfkantige Metallteil behielt er selbst.

Die Nacht – das, was Zahra und Zainab aufgrund ihrer Essenszeiten für die Nacht hielten – schien Zahra endlos. Obwohl sie wusste, wie wichtig es für sie war, auszuruhen und Kraft für den nächsten Tag zu sammeln, konnte sie keinen Schlaf finden, und an dem unregelmäßigen Atem Jaimes hörte sie, dass es ihm nicht besser erging. Mit einem Mal merkte sie, wie er sich aufzurichten versuchte und sich sogleich stöhnend wieder zurücksinken ließ.

»Was hast du, Jaime? Kann ich dir helfen?«, flüsterte Zahra.

»Du musst mir aufhelfen«, keuchte er. »Ich muss mal.«

Als er seine Blase erleichtert hatte, sank er keuchend auf einen der Stühle.

»Willst du dich nicht lieber wieder hinlegen?«, fragte Zahra besorgt.

»Nein, nein, es geht schon. Außerdem bin ich viel zu unruhig, als dass ich die ganze Zeit nur daliegen könnte. Ich schwöre dir: So höllisch weh mir auch alles tut – die Schmerzen sind nichts gegen den Gedanken an das, was Ibrahim dir …« Statt den Satz zu beenden, biss er die Zähne zusammen und ließ die Faust auf den Tisch donnern.

Zahra wusste nicht, was sie sagen sollte. Auch ihr wurde beim Gedanken an den nächsten Tag der Hals eng, und ihr war bewusst, dass die Vorstellung, ihr nicht beistehen zu können, für ihn die Hölle sein musste. Als das Schweigen zwischen ihnen quälend zu werden begann, brummte Jaime, sie möge ihm helfen, ein paar Schritte zu gehen und sich dann wieder hinzulegen. Trotz Zahras Unterstützung keuchte Jaime bei jedem Schritt; es war die gebrochene Rippe, die ihn am meisten quälte. Sie half ihm, sich wieder hinzulegen. Als sie ihm die Decke über die Schulter zog, nahm Jaime ihre Hand, führte sie zu einem Kuss an seine Lippen und sah sie mit brennenden Augen an. »Wir … seit wir zurück in Granada sind, ist es nicht einfach gewesen, für uns beide nicht, und wenn wir jemals hier lebend herauskommen, möchte ich, dass wir mehr darauf achten, dass die Politik und die Religion nicht ständig neue Keile zwischen uns treiben! Ich … ich will dich nicht verlieren!«

»Aber ich dich doch auch nicht!«, erwiderte Zahra, küsste ihn vorsichtig auf den Mund und drückte ihr Gesicht dann weinend an seine Schulter. »Ich liebe dich, Jaime, ich liebe dich!«

Jaime strich ihr zärtlich über Haar und Gesicht, küsste sie erneut und bat sie, sich ganz nah zu ihm zu legen.

»Aber das wird dir weh tun!«

»Das ist derzeit meine geringste Sorge!«, gab Jaime mit einem schiefen Lächeln zurück, hob den Arm, damit sie sich an ihn kuscheln konnte – und unterdrückte trotz der Schmerzen, die sie ihm dabei unweigerlich zufügen musste, jedes Stöhnen.

Als das Türschloss zum ersten Mal an diesem Tag entriegelt wurde, fuhren die Blicke von Zahra, Zainab und Jaime wie auf Kommando hoch und trafen einander mit Entsetzen, aber es war nicht Ibrahim, sondern Omar. Als Zahra sah, mit welch unbeholfenen, verlegenen Gesten der Bursche ihnen das Essen hinstellte, ertappte sie sich bei dem Gedanken, dass ihr dieser Gehilfe Ibrahims kaum weniger als Opfer vorkam als sie selbst. Seine Schüchternheit, die Schwierigkeiten, die er hatte, sie direkt anzusehen, und die Tatsache, dass er nie brutal zu ihnen gewesen war, ließen sie vermuten, dass er seine Rolle hier nicht freiwillig spielte, und sie fragte sich, ob sie ihn vielleicht auf ihre Seite ziehen könnten … Nachdenklich sah sie zu, wie der Bursche ihnen nach einem schwer zu lesenden Seitenblick auch noch eine Handvoll Äpfel neben ihr karges

Essen hinlegte, Äpfel, an denen Blätter und ein Stück Ast hingen, geradezu, als hätte er sie eben erst eilig vom Baum abgemacht. Kaum war er gegangen, erhob sich Zahra, legte die Hand auf die Äpfel und fand sie in der Tat so warm, als hätten sie eben noch in der Sonne gehangen. Sollte er sie tatsächlich für sie gepflückt haben?

Die drei hatten kaum ein paar Bissen von dem trockenen Brot gegessen, als die Tür erneut aufgerissen wurde. Wiederum trat der junge Bursche herein, aber diesmal folgte ihm Ibrahim, und als Zahra sah, wie dieser sich mit Blick auf sie über die Lippen leckte, wusste sie, dass die Zeit des Aufschubs endgültig verstrichen war. Sie versuchte sich zu wappnen, wogegen keine Frau der Welt sich wappnen konnte.

Auf Ibrahims Kinnbewegung hin band der Bursche Jaimes Arme auf dem Rücken zusammen, und obwohl er dabei keinesfalls grob, sondern so zögerlich vorging, dass Ibrahim ihn mehrmals anschnauzte, stöhnte Jaime vor Schmerz.

Anschließend musste Omar Jaime am Türriegel festbinden und auch Zainab fesseln. Kaum war er damit fertig, schickte Ibrahim ihn fort: »Na los, mach schon, verschwinde, hock dich in die Küche, da störst du mich am wenigsten, und wag nicht noch einmal, das Haus ohne meine Erlaubnis zu verlassen, sonst schlage ich dich kurz und klein! Und wenn Shihab kommt, sag ihm, ich trete ihm in den Arsch, wenn er noch einmal so lange ausbleibt! Und jetzt geh schon; sollte ich dich brauchen, werde ich dich rufen!«

Kaum war Omar gegangen, ging Ibrahim grinsend auf Zahra zu. Unwillkürlich wich sie zurück, bis sie mit dem Rücken gegen die Wand stieß. Zugleich spürte sie die beiden Nägel, die sie in den Fäusten verbarg, wohl wissend, dass sie ihr kaum nutzen würden – und doch waren sie der einzige Hoffnungsschimmer.

Mit einem Ruck entfernte Ibrahim den Stoffstreifen, mit dem Zahra ihre aufgerissene Tunika notdürftig über der Brust zugeknotet hatte, und nach einem weiteren Ruck hatte er den Rest von Zahras Tunika bis zum unteren Saum aufgerissen, woraufhin das Kleidungsstück über die Schultern rutschte und zu Boden fiel. Reglos und mit abgewandtem Gesicht starrte Zahra wie festgefroren auf die Wand gegenüber. Zainab hatte ihr dazu geraten, und Zahra musste ihr in diesem Moment recht geben: Das Letzte, was sie jetzt ertragen hätte, wäre, in Zainabs oder gar in Jaimes Augen zu blicken.

Als Ibrahim ihr so nah kam, dass sein feister Wanst gegen ihren Bauch drückte, rutschte Zahra mit einem angewiderten Aufstöhnen zur Seite, doch Ibrahim hielt sie an den Haaren fest und donnerte ihren Kopf gegen die Wand. »Hiergeblieben, meine Schöne, hier-ge-blie-ben!«

»Lasst Zahra in Ruhe, oder Ihr werdet dafür auf eine Art bezahlen müssen, dass Ihr Euch noch wünschen werdet, nie geboren worden zu sein!«, presste Jaime zwischen zusammengebissenen Zähnen hervor und riss trotz der Schmerzen, die ihm dies bereiten musste, so fest an seinen Fesseln, dass Zahra für einen winzigen Moment der irren Hoffnung erlag, er könne sich tatsächlich befreien. »Selbst wenn ich das hier nicht überlebe, wird mein Bruder Euch finden und Euch tausendfach heimzahlen, was Ihr Zahra antut, und Euch hinterher in einer der vielen Mühlen der Vega zu Mehl zermahlen und den Schweinen zum Fraß vorwerfen lassen!«

Zahra schloss die Augen. Bitte, Jaime, schweig – schweig, und lass mich vergessen, dass du hier bist!

Ibrahim stieß sie auf die Matte und warf sich grunzend auf sie. Obwohl Zahra sich fest vorgenommen hatte, Ibrahim keinesfalls die Genugtuung zu geben, Angst oder Abwehr zu zeigen, weil er genau dies provozieren wollte, konnte sie jetzt doch nicht anders, als ihn zurückzustoßen. Geschickt fing er ihren Stoß ab und grunzte zufrieden. »Ja, wehrt Euch nur, versucht wegzulaufen … Ihr wisst doch noch, wie sehr mir das gefällt, nicht wahr? Und Ihr, Jaime, schaut her, damit Euch nicht entgeht, wie ich sie nun endgültig zu meinem Weib mache!«

Als Zahra sich erneut loszumachen versuchte, schlug Ibrahim ihr so fest ins Gesicht, dass es ihr vor den Augen flimmerte und alles um sie herum für einen dankenswerten Moment im Nebel versank. Bis Zahra wieder ganz bei sich war, hatte Ibrahim ihr die übrigen Kleider vom Leib gerissen, und sie hörte, wie Jaime weiter an seinen Fesseln riss und Ibrahim in ohnmächtiger Wut ständig neue Drohungen entgegenbrüllte. Dessen ungeachtet strich Ibrahim mit seinen behaarten Fingern frohlockend über Zahras Leib. »Endlich bekomme ich, worauf ich schon so viele Jahre warte!«

Obwohl Zahra auch Ibrahim keinesfalls hatte ansehen wollen, tat sie es in diesem Moment auf einmal doch. Im selben Moment, in dem sie Ibrahim den Blick zuwandte, wurde all ihr Hass, ihr Ekel und ihr Widerwillen gegen ihn so übermächtig, dass sie wie von den Dschinns besessen mit einem wilden Schrei wieder und wieder mit den Fäusten auf ihn einschlug. Es dauerte nicht lange, bis Ibrahim ihre Arme fest im Griff hatte, sie auf den Boden drückte und hohnlachend brüllte: »Weiter, weiter so!« – woraufhin Zahras Widerstand erschlaffte, Ibrahim nach kurzem Zögern ihre Arme wieder losließ und sich stattdessen ihren Brüsten widmete. Doch kaum spürte Zahra seine Finger an ihren Brustwarzen, entriss sich ihren Lungen ein schier endloses »Nein!«, und zugleich rammte sie ihre beiden Fäuste direkt in Ibrahims Gesicht. Der Schrei, der da aus Ibrahims Mund kam, übertönte nicht nur den Zahras bei weitem, er gehörte auch zu dem Grauenhaftesten, was Zahra je gehört hatte – und hatte absolut nichts Menschliches mehr an sich. Ibrahim schrie und jaulte zugleich, hielt sich die Hände vor die Augen, fiel von Zahra herunter und rollte sich vor Schmerzen auf dem Boden – und da erst wurde Zahra gewahr, was sie getan hatte: Sie hatte Ibrahim nicht nur einfach mit den Fäusten ins Gesicht geschlagen, sie hatte ihm die Nägel, die sie immer noch in ihren Fäusten gehalten hatte, in die Augen gerammt. Steif vor Grauen starrte sie auf den sich windenden Mann und wich vor seinen Schreien und seinem blinden Um-sich-Schlagen zurück. Nur wenige Atemzüge später stürmte Ibrahims Bursche ins Zimmer und schlug wie von Geisterhand gesteuert der Länge nach hin. Erst später ging Zahra auf, dass Zainab ihm ein Bein gestellt haben musste. Und in der Sekunde, in der Omar stürzte, ließ sich Jaime, der sich – für Zahra völlig unverständlich – doch noch von seinen Fesseln hatte befreien können, auf Ibrahims Gehilfen fallen und drückte ihm die scharfkantige Seite des Truhenschlosses gegen den Hals. »Eine falsche Bewegung, und ich steche dich ab wie ein Schwein!«

Dem Entsetzen in seinem Blick nach zu urteilen, musste der Junge glauben, dass Jaime ihm ein Messer an den Hals hielt. Zitternd hob er eine Hand und flehte: »Bitte, tut mir nichts, ich … ich habe doch nur befolgt, wozu er mich gezwungen hat!«

Jaime zischte Zahra zu, dass sie Zainab losmachen solle. Hastig folgte Zahra seiner Aufforderung, kroch auf allen vieren zu ihrer Schwester, dröselte den Knoten auf und musste gleichzeitig immer wieder zu dem schreienden und heulenden Ibrahim sehen. Endlich fielen die Fesseln ihrer Schwester. Zainab half ihr, sich anzuziehen und den Riss ihrer Tunika mit einem großen Knoten zu verschließen, der ihre Blöße zumindest halbwegs bedeckte.

»Und jetzt raus, raus hier!«, trieb Jaime sie an. Zahras Blick ging zu Jaime, und sie begriff, dass er aufgrund seiner Verletzungen niemals allein auf die Füße kommen würde und noch viel weniger zugleich weiter Ibrahims Gehilfen unter Kontrolle halten könnte. Waffen, schoss es ihr durch den Kopf, wir brauchen richtige Waffen!

Sie rannte aus dem Zimmer, gelangte in die Küche, entdeckte auf dem Tisch einen kleinen Korb mit Messern und nahm die drei stattlichsten an sich. Zurück im Zimmer, verteilte sie sie an Zainab und Jaime. Nach einem einverständlichen Blick stellte sich Zainab vor Ibrahims Gehilfen und richtete ihr Messer auf dessen Hauptschlagader, und Zahra half Jaime, sich zu erheben.

»Und jetzt geh nach da hinten«, herrschte Jaime den Burschen an, als er endlich stand. »Na los, zurück mit dir, sage ich!«

Statt sich in Bewegung zu setzen, sackte der Junge heulend auf die Knie. »Bitte nicht, Herr, lasst mich nicht hier zurück!« Es war nicht schwer nachzuvollziehen, wovor es ihm graute: Es war Ibrahim, die Art seiner Verletzung und seine nicht enden wollenden Schreie.

»Ich … ich kann Euch helfen!«, haspelte Omar weiter. »Ja, wenn Ihr mich mitnehmt, helfe ich Euch, von hier wegzukommen!«

Nach einem Moment des Zögerns wies Jaime Zahra an, den Jungen zu fesseln. Zahra nahm das Seil, mit dem zuvor Zainab gefesselt war, und verschnürte Omars Hände auf seinem Rücken. Das Messer an seinen Hals drückend, wies sie ihn an, vor ihr in Richtung Küche zu gehen. »Aber langsam, ganz langsam!«, warnte sie ihn.

Hinter ihr ergriff Zainab die Gelegenheit, endlich die Tür zu schließen und abzusperren – und damit auch Ibrahims Geheul, das an ihrer aller Nerven gezerrt hatte, ein Stück weit zu dämpfen. Sich an der Wand abstützend, folgte Jaime ihnen und rief Omar zu: »Wo sind wir hier eigentlich?«

»Auf … auf einem Hof in der Vega, weniger als einen halben Tagesritt von Granada entfernt«, gab dieser eifrig Auskunft. »Das nächste Dorf ist nicht weit. Wenn Ihr wollt, kann ich Euch ein Versteck zeigen und Hilfe holen!«

Zahra sah zu Jaime zurück, und erst in diesem Moment ging ihr auf, was Omar wohl schon länger bewusst gewesen war: Jaime war kaum in der Verfassung, eine längere Strecke zurückzulegen – aber hierbleiben konnten sie auch nicht, denn die Gefahr, dass Shihab auftauchen könnte, war groß, und gegen ihn würden sie sich in ihrem Zustand nicht zur Wehr setzen können. Zahra sah Jaime an, dass ihm all dies bewusst war – und ebenfalls, dass er Omar keinesfalls allein losschicken würde. Wer wusste schon, ob der Junge Shihab dann nicht auf ihre Spur brachte – und sei es nur aus Angst vor dessen Rache?!

»Hinten im Schuppen steht ein Pferd«, haspelte Omar mit flehender Stimme weiter. »Ich könnte für Euch in den nächsten Ort reiten, dort ist der Bruder meiner Mutter Qadi. Meine arme Mutter hatte keine Ahnung, was Ibrahim hier vorhatte, als sie mich in seine Dienste gegeben hat, und Ibrahim hatte mir jeden Kontakt mit meiner Familie verboten. Er hat gesagt, wenn ich es wage, mit ihnen zu reden, oder gar jemandem erzähle, was er hier tut, töten seine Leute auf der Stelle meine Schwestern! Und seit er krank war – und das ausgerechnet, als er mich zuvor mit einer Botschaft zu einem Freund von ihm in die Alpujarras geschickt hatte –, durfte ich den Hof nicht mehr verlassen. Sayyidi, bitte, Ihr könnt mir wirklich vertrauen! Habe ich Euch nicht immer so gut behandelt, wie ich nur konnte? Und mehr konnte ich nicht tun, ich durfte doch nicht das Leben meiner Schwestern aufs Spiel setzen!«

Sie standen in der Küche. Als Zahra die Sonne durch das kleine Fenster scheinen sah, wurde ihr bewusst, in welch greifbarer Nähe die Freiheit lag. Entschlossen blickte sie zu Jaime. »Ich … ich werde mit ihm zusammen auf dem Pferd reiten – und stoße ihm das Messer in den Hals, wenn er uns hintergeht. Aber ich glaube ihm, Jaime, er ist kein schlechter Kerl. Außerdem haben wir keine Wahl! Allerdings müssen wir vorher ein Versteck für dich und Zainab finden. Wenn Shihab zurückkommt und Ibrahim in diesem Zustand findet, wird er euch töten!«

»Unweit des Stalls ist eine Höhle, die sich hervorragend als Versteck eignet«, fiel der Junge ihr aufgeregt ins Wort. »Ihr müsst nur gut zwanzig Schritte weit gehen, denn seht Ihr dichtes Gestrüpp, und dahinter liegt sie. Dort seid Ihr vor Shihab in Sicherheit; er kennt sich hier nicht aus, aber ich, denn ich bin hier großgeworden!«

Unschlüssig wiegte Jaime den Kopf, befahl dem Burschen dann aber doch, ihnen den Stall zu zeigen. Während dieser das Pferd sattelte, zeigten alle drei Messer auf ihn. Danach legte Zahra ihm wieder Fesseln an, bugsierte ihn aufs Pferd und setzte sich hinter ihn.

»Ich warte, bis ihr in der Höhle angekommen seid!«, rief Zahra, doch Jaime forderte sie auf, sofort aufzubrechen. »Shihab darf dich auf keinen Fall erwischen! Du bist unsere einzige Chance!«

Sie tauschten einen letzten Blick, einen Blick voller Liebe, Hoffnung und Angst, dann trieb Zahra das Pferd an und preschte mit dem Jungen davon.

XIII.

Granada
25. August 1492

Zahras Gefühl hatte sie nicht getrogen: Omar brachte sie auf direktem Wege in den Nachbarort zum Qadi, der in der Tat sein Onkel war und auf Omars und Zahras Bericht hin sofort einen Trupp bewaffneter Männer und einen Wagen zu Ibrahims Haus schickte, um Jaime und Zainab abzuholen. Jaime wurde von einem *dschabbar* untersucht, sein Finger ordentlich geschient und seine zahlreichen Wunden und Prellungen mit heilenden Pasten bestrichen und verbunden. Da sie Shihab nicht angetroffen hatten, waren zwei Bewaffnete zurückgeblieben, die ihn festnehmen sollten, sobald er auftauchte. Mit einer zweiten Fuhre wurde Ibrahim geholt. Der Qadi veranlasste, dass er in einen Kellerraum gesperrt wurde, der nicht zum ersten Mal als Gefängniszelle diente. Gleich am nächsten Tag wollte er ein Urteil über ihn fällen.

Um das Wohl und die Genesung von Zahra, Zainab und Jaime waren die Dorfbewohner geradezu rührend besorgt und betonten immer wieder, wie unendlich sie es bedauerten, was ihnen widerfahren war; aber als Ibrahim die kleine, abgelegene Farm gepachtet hatte, hatte ja niemand ahnen können, was er dort vorhatte.

Am Abend stießen Raschid und Gonzalo zu ihnen. Nachdem der Bote, den der Ortsvorsteher, der Qaid, zu ihnen geschickt hatte, die Nachricht von ihrer Rettung überbracht hatte, hatten sich beide sofort auf den Weg machen wollen.

Als sie eintrafen, saßen Zahra, Jaime und Zainab vor dem Haus des Qaids, bei dem sie untergekommen waren, und genossen die späte Nachmittagssonne und ihre wiedergewonnene Freiheit. Zahra sank ihrem Bruder selig in die Arme, und sie strahlte noch viel mehr, als er ihr versicherte, dass Chalida und alle anderen wohlbehalten seien und ihre Rückkehr kaum noch erwarten konnten. Ganz besonders berührte Zahra zu sehen, dass Jaime und Gonzalo sich herzlich umarmten. Später trat Gonzalo auch zu ihr und drückte ihr, obwohl er sie als nicht der Familie Angehörender nicht anfassen durfte, kurz, aber dafür umso herzlicher die Hand. Noch deutlicher drückten seine Augen aus, welch tiefe Zuneigung er für sie empfand – so deutlich, dass Zahra hoffte, Jaime würde sich nicht eben jetzt zu ihnen umdrehen, denn dann wäre es um die frisch gewonnene brüderliche Eintracht gewiss schnell geschehen gewesen. Vorsorglich wandte sie sich von Gonzalo ab und nahm wieder neben Zainab Platz.

Raschid und Gonzalo wollten die drei umgehend mit zurück nach Granada nehmen. Niemand vermochte zu sagen, ob Ibrahim nicht noch mehr Helfer hatte, die ihnen trotz dessen Gefangennahme gefährlich werden könnten. Die beiden Männer, die gegenüber ihrem Wohnhaus in Granada lebten, hatte Gonzalo nach Raschids Bericht jedenfalls vorsorglich schon einmal verhaften und das Haus dabei gründlich durchsuchen lassen – ein Unterfangen, das sich ausgezahlt hatte, denn im Haus wurden einige Gegenstände gefunden, die zweifelsfrei zum gestohlenen Hausstand der Sulamis gehörten, womit eine Mittäterschaft der beiden bei dem Überfall auf der Hand lag. Da es bereits dämmerte, beschlossen sie, zumindest die Nacht hier zu verbringen.

Raschid berichtete, dass sie noch einen weiteren Gehilfen Ibrahims hatten ausfindig machen und festnehmen können. Nach seiner Beschreibung wurde Zahra klar, warum sie sich in Ibrahims Haus nicht auch noch mit Shihab hatten auseinandersetzen müssen.

»Also doch Shihab!«, meinte sie zu ihrem Bruder, der nicht verhindern konnte, darüber zu erröten.

»Ja, ja«, brummte er, »dein Bauchgefühl war richtig: Marias Verehrer steckte mit Ibrahim unter einer Decke! In Zukunft werde ich mehr auf deine Ahnungen geben!«

Während sich Zahra, Zainab und Jaime wuschen und mit frischen Kleidern versehen wurden, begaben sich Gonzalo und Raschid in Ibrahims Haus und fanden dort in einem Nebenraum einen großen Teil dessen, was ihnen von Ibrahims Leuten bei dem Überfall geraubt worden war – allem voran das Gold.

Als sie dies bei ihrer Rückkehr berichteten, ließ dies die drei Geretteten recht ungerührt.

»Ich glaube, wir brauchen ein paar Tage, bis wir das alles verdaut haben, und dann wird auch die Freude darüber kommen«, seufzte Jaime.

»Nun ja«, meinte Zahra. »Zumindest einen Traum könnten wir uns damit schon erfüllen …«

Fragend sahen die anderen zu ihr, wobei in Jaimes Gesicht auch Sorge zu lesen war. Zahra beeilte sich, ihn zu beruhigen: »Keine Sorge, Jaime, nein, ich will nicht mehr nach Portugal, aber es gäbe schon einen Ort, an dem ich weit lieber als in Granada leben würde: auf unserer alten Seidenfarm! Fernab der Stadt und damit auch weit weg von den Christen und den Änderungen, die sie unserem Land aufzwingen, würde ich freier atmen können!« Als sie merkte, dass auch Gonzalo sie ansah, errötete sie und hoffte, dass er den letzten Satz nicht falsch verstand, aber so oder so war es nun einmal das, was sie empfand.

Während sich Raschid zögerlich übers Kinn strich, strahlten Zainabs Augen auf. »Auch ich könnte mir nichts Schöneres vorstellen, als auf die Seidenfarm zurückzukehren!«

Jaime hüllte sich in ein ebenso dunkles Schweigen wie Raschid, und Zahra ahnte, was den beiden durch den Kopf ging: Die Rückkehr zur Seidenfarm bedeutete, dass sie täglich einen langen Ritt zur Alhambra zurücklegen und im Winter gewiss oft in ihrem Stadthaus übernachten mussten ... und auch wenn dieser Punkt Zahra ebenfalls nicht gefiel, änderte dies trotzdem nichts an ihrem Wunsch: Die Farm war für sie gleichbedeutend mit Freiheit, der Freiheit, ihren Glauben und ihre Sitten leben zu können, ohne dass sie sich dabei von den Christen ständig auf die Finger schauen lassen musste.

Wenig später rief ihr Gastgeber sie zum Essen. Raschid stützte Jaime auf dem Weg ins Speisezimmer, Zainab folgte ihnen, und als Zahra ebenfalls hineingehen wollte, hielt Gonzalo sie am Arm zurück.

»Nur auf ein Wort«, bat er sie.

Zahra zögerte.

»Es ... ich will Euch nur sagen, wie leid mir das alles tut. Als Euer Bruder mir mitgeteilt hatte, dass Ihr verschwunden wart, habe ich mir die größten Vorwürfe gemacht, weil ich Euch die Mitreise verweigert hatte. Nur deswegen seid Ihr allein aufgebrochen!«

»Wenn überhaupt jemanden eine Schuld trifft, dann mich!«, beruhigte Zahra ihn. »Schließlich war mir bewusst, dass es gefährlich ist, allein loszureiten, auch wenn natürlich niemand ahnen konnte, dass Ibrahim hinter all unserem Leid steckte und seine Leute im Haus gegenüber nur darauf gewartet haben, Zainab, Chalida oder mich irgendwann ohne die Begleitung unserer Wachleute zu erwischen!«

»Trotzdem«, beharrte Gonzalo und schien nicht anders zu können, als sie immer weiter anzusehen.

Zahra musste sich eingestehen, dass sein Blick sie berührte, obwohl sie wusste, dass sie dies nicht empfinden durfte. Als Zainab nach ihr rief, war sie deswegen erleichtert und huschte ihr schnell hinterher.

Auch beim Essen spürte Zahra immer wieder Gonzalos Blicke auf sich, und das, obwohl die Männer ein gutes Stück von den Frauen entfernt saßen. Sie wusste, dass sie seine Blicke nicht erwidern durfte, aber schließlich hielt sie die Anspannung nicht länger aus und sah doch zu ihm – und bereute es sofort, als sie die Sehnsucht sah, die in seinen Augen glomm. Sie deutete ein Kopfschütteln an und bemerkte, dass Jaime irritiert zwischen ihr und Gonzalo hin- und hersah. Hastig starrte Zahra wieder auf ihren Teller, hob den Blick für den Rest der Mahlzeit nicht wieder und zog sich gleich nach dem Nachtisch unter dem Vorwand zurück, sich ausruhen zu müssen. Zainab schloss sich ihr an. Während die Männer mit ihrem Gastgeber in einem Raum schliefen, war für Zahra und Zainab ein Schlafplatz in einem kleinen Zimmer vorbereitet worden, das im Winter der Lagerung von Vorräten diente.

Zahra legte sich neben Zainab auf ihr schlichtes Nachtlager. Da sie beide von den Tagen ihrer Gefangenschaft unendlich erschöpft waren, blies Zahra direkt die Lampe aus. Das Mondlicht schickte sein sanftes Licht in ihr Zimmer, was sie nach der Schwärze, die sie in ihrem Gefängnis hatten ertragen müssen, als Wohltat empfand. Trotzdem fand sie keinen Schlaf und merkte, dass sich auch ihre Schwester immer wieder unruhig hin- und herwälzte.

»Du, Zahra …«, hörte sie ihre Schwester nach einer Weile mit einer kleinen, schüchtern klingenden Stimme. »Ich … ich will dir gewiss keine Vorschriften machen, aber Gonzalo – er sollte dich nicht so ansehen. Das … gehört sich nicht.«

»Ich weiß«, gab Zahra leise zurück. »Und auch ich sollte … nun, ich hätte zumindest konsequent wegsehen müssen. Aber …« Sie verstummte.

Als sie weiterhin schwieg, setzte Zainab wieder zu reden an. »Ich verstehe dich nicht. Ich meine, welche Frau hat schon das Glück, mit dem Mann zu leben, den sie sich selbst ausgesucht hat? Und dann … dann …«

»Du findest mich undankbar, nicht wahr?«

»Nein, aber …« Zainab brach ab und seufzte kurz darauf: »Ja, doch, irgendwie schon. Statt froh zu sein, dass Jaime noch lebt … Und es gehört sich eben nicht!«

»Es wird nicht wieder vorkommen«, versprach sie. »Und es … Es war auch nur … Ach, Zainab, wenn ich Gonzalo ansehe, kommt so vieles von früher in mir hoch, die Erinnerung an eine Zeit, in der alles noch richtig und gut und hoffnungsvoll zu sein schien. Als ich ihn kennengelernt habe, war ich noch ein ganz junges Mädchen! Und wie sehr mir damals seine Nachdenklichkeit und sein Selbstbewusstsein imponiert haben, diese Art, die Dinge zu hinterfragen, und überhaupt sein ganzes Bemühen um Frieden zwischen unseren Völkern!«

»Aber du liebst doch Jaime!«

»Natürlich liebe ich ihn, und das alles hat mit Jaime auch gar nichts zu tun. Das ist … einfach etwas ganz anderes«, beendete sie ihren Satz, weil ihr keine Erklärung dafür einfiel. Es war auch wirklich etwas gänzlich anderes, beharrte sie in Gedanken und sagte es sich dann gleich noch einmal: Ja, natürlich ist es etwas anderes! Sie hoffte nur, dass Jaime und Gonzalo das auch so sehen konnten.

Wie geplant machten sie sich am nächsten Tag auf den Heimweg nach Granada, wo sie kurz nach Mittag eintrafen. Das Wiedersehen mit den Kindern, mit Deborah und Tamu – mit all den Menschen, die sie so sehr liebte, war für Zahra fast mehr, als sie aushalten konnte. Sie war so glücklich, dass sie ständig weinen musste, und schließlich ordnete Tamu an, dass sie ins Bett gehöre.

»Ihr müsst erst einmal wieder zu Euch kommen«, brummelte die gute Alte, brachte Zahra eigenhändig nach oben und wachte darüber, dass sie sich auch tatsächlich hinlegte.

Tamu hatte sie erst wenige Minuten allein gelassen, als sich die Zimmertür einen Spalt weit öffnete und Chalida hineinlinste. »Darf ich zu Euch kommen, Mutter? Und Miled auch?«

Zahra nickte und sah, wie Chalida ihrem Hund befahl, neben der Tür Platz zu machen, woraufhin sich der Kerl, obwohl Chalida ihn mit ihren fünf Jahren von der Größe her kaum noch überragte, auch sofort hinlegte und mit gespitzten Ohren zu ihr aufsah, ob sie noch weitere Befehle für ihn hatte.

»Oh«, machte Zahra, »wie ich sehe, hast du gewaltige Fortschritte mit ihm gemacht!«

Das Lob ihrer Mutter ließ Chalida strahlen. Sie rief dem Hund noch ein »Bleib!« zu und rannte dann zu Zahra, um sich mit einem seligen Seufzer an ihre Brust zu werfen und an sie zu kuscheln. »Ich habe Euch ja so so so so sehr vermisst!«

»Und ich dich erst!« Zahra strich ihr durch die Locken. »Und welche Angst ich um dich hatte!«

»Ich auch um Euch«, seufzte Chalida, »aber eigentlich war ich mir ganz sicher, dass Ihr und Vater und Tante Zainab heil wiederkommen würdet.«

»Oh, warst du dir?« Zahra konnte ein amüsiertes Grinsen nicht unterdrücken. »Und wieso?«

»Weil ich es gespürt habe und weil ich alle unsere Götter darum angefleht habe.«

Zahra hielt sie ein Stück von sich, um sie besser ansehen zu können. »Was soll das heißen: alle unsere Götter? Es gibt nur einen Gott, und Mohammed ist sein Prophet!«

»Ja, natürlich, das schon«, versicherte Chalida hastig, »und ich habe meine Bittgebete auch immer an Allah gerichtet, aber weil ich ganz sicher sein wollte, dass Euch nichts geschieht, habe ich außerdem auch noch zu Deborahs Ewigem und zu Vaters Jesuskind gebetet. So hatte ich einen Gott für jeden von Euch, und sie haben dann ja auch gemacht, dass Ihr alle heil wiedergekommen seid!«

Das Kind strahlte sie so glücklich und so stolz ob seines klugen Schachzugs an, dass Zahra ihm nicht böse sein konnte, dennoch erklärte sie ihm noch einmal, dass es nur einen Gott gäbe. »Du bist Muslima, Chalida, und dein Gott ist niemand anderes als Allah. Du darfst zu niemandem sonst beten, und vor allem nicht zu Jesus. Nach unserem Verständnis ist er kein Gott, sondern lediglich ein Prophet, und es ist eine sehr schwere Form von Unglauben, wenn man andere Götter anbetet, verstehst du das?«

»Aber es waren nur ein paar *du'as,* und Vater sagt doch immer ›Vater, Sohn und Heiliger Geist‹, wenn er betet, und er sagt, die drei seien sein Gott, und Deborah betet zu dem Ewigen … Wenn sie es dürfen, warum darf ich es dann nicht?«

»Weil du – im Gegensatz zu ihnen – Muslima bist, und außerdem …« Ja, was außerdem?, fragte sich Zahra. Wie erklärte man einem Kind, dass es nur einen Gott gab und dieser Allah war, wenn der eigene Vater an einen anderen und zudem noch an einen dreifaltigen Gott glaubte und die Tante wieder einen anderen Gott anbetete. Und vor allem: Wie sollte sie das Chalida erklären, ohne die anderen des Irrglaubens zu bezichtigen?

»Sie ... sie wissen es nicht besser«, sagte sie schließlich zu Chalida. »Aber wenn du Allah bittest, sie zu erleuchten, werden sie vielleicht eines Tages verstehen, dass es nur einen wahren Gott gibt – und dass dies Allah ist. Und da du dies schon weißt, mein Engel, darfst du zu niemand anderem beten als zu Allah, weil dies *shirk* wäre, Vielgötterei. Im Koran steht in der vierten Sure in Vers achtundvierzig: *Wahrlich, Allah wird es nicht vergeben, dass Ihm Götter zur Seite gestellt werden; doch vergibt Er das, was geringer ist als dies, wem Er will. Und wer Allah Götter zur Seite stellt, der hat wahrhaftig eine gewaltige Sünde ersonnen.* Verstehst du das? Es gibt nur den einen Gott, nur Ihn, und auch in einem Bittgebet darf man keine anderen Götter oder Heilige anbeten!«

Chalida krauste die Stirn und wirkte alles andere als überzeugt, aber noch ehe Zahra mit weiteren Erklärungen aufwarten konnte, sah Tamu zu ihnen ins Zimmer und scheuchte Chalida und ihren Hund mit wedelnden Handbewegungen hinaus. »Raus hier, raus, deine Mutter braucht Ruhe, zum Donner, und dann hat sie auch noch den Hund dabei, also so was aber auch!«

Kopfschüttelnd sah sie die beiden entschwinden, reichte Zahra einen Beruhigungstrank, den diese unter ihren wachsamen Augen zu sich nehmen musste.

Doch Zahra fand keinen Schlaf. Ständig musste sie über Chalidas Worte nachdenken und nahm sich vor, mit ihr in der nächsten Zeit weit mehr als bisher über ihre Religion und ihren Gott zu sprechen. Zudem beunruhigte sie, dass die rechte Seite ihrer Schlafstatt leer war. Tamu hatte dafür plädiert, dass Jaime, solange ihm das Gehen so schwerfiel, unten im Gästezimmer schlafen sollte, damit er nicht ständig Treppen steigen musste, und auch sie selbst hatte ihm zugeredet, dass dies derzeit sicher das Beste für ihn sei. In der Tat hatte Jaime unter der Kutschfahrt sehr gelitten und den Vorschlag dankbar aufgenommen – wie er wohl alles gutgeheißen hätte, was ihm ein sofortiges ruhiges Lager verhieß. Trotzdem fehlte er Zahra jetzt, sehr sogar, und schließlich erhob sie sich, um zumindest nachzusehen, ob es ihm an nichts fehlte.

Als sie in das Gästezimmer schlich, öffnete Jaime die Augen. »Was tust du denn hier, Zahra?«, murmelte er schläfrig. »Tamu hat gesagt, du sollst dich ausruhen, und du siehst in der Tat ganz danach aus, als hättest du es bitter nötig!«

»Ach Jaime!« So vieles sollten diese beiden Worte ausdrücken, und so vieles hätte sie ihm in diesem Moment zu sagen gehabt, aber stattdessen sank sie nur neben ihn und vergrub ihr Gesicht an seiner Schulter. Jaime strich ihr über das Haar und drückte sie an sich, und Zahra hoffte, dass er auch ohne Worte spürte, wie sehr sie ihn liebte und wie unendlich froh sie war, hier mit ihm in Sicherheit zu sein. Nachdem sie innig seinen Duft eingesogen hatte, sah sie wieder zu ihm auf und küsste ihn vorsichtig auf den noch immer geschwollenen Mund – und spürte, wie ihre Sehnsucht nach ihm stärker wurde. Jaime erwiderte ihren Kuss und stöhnte auf, weil sein Gesicht schmerzte, trotzdem zog er sie noch näher zu sich heran.

»Ich habe dich vermisst«, brummte er, und es klang, als meinte er damit weit mehr als nur die Tage, die sie durch seine Gefangennahme getrennt waren.

»Und ich dich erst!«, erwiderte Zahra im gleichen umfassenden Ton, sah Jaime an und hoffte mit ganzer Seele, dass das Leben auf der Seidenfarm ihnen helfen würde, wieder ein Stück weit zu einem normalen Leben zurückzufinden. Wenn sie nur erst weg von Granada waren, weg von den Kastiliern und den Veränderungen, die diese allem aufzwangen, und auch weg von ihren Erinnerungen an eine Zeit, in der ihr alles noch so einfach erschienen war … Ganz sicher würde dann alles so wie früher werden, als Jaime und sie noch auf derselben Seite gekämpft hatten!

»Ich liebe dich«, sagte Zahra leise. »Ich liebe dich so sehr!«

»Und ich dich, Zahra, und das weit mehr, als du dir vorstellen kannst!« Jaime hob seine Decke an, und Zahra kroch behutsam zu ihm. Als sie merkte, dass Jaime zusammenzuckte und nach einem weiteren, noch behutsameren Näherrücken von ihr gar schmerzhaft aufstöhnte, wollte sie schon wieder aufstehen, aber Jaime hielt sie fest. »Nein, bleib, Zahra, bleib, ich bitte dich, bleib bei mir!« Und wieder hatte sie das Gefühl, dass er mit seinen Worten nicht nur diesen Moment meinte.

Eine Weile lagen sie ganz ruhig beieinander. Sie lauschten dem Atem des anderen, spürten, wie sich ihre Brustkörbe im Gleichklang hoben und senkten und genossen ihr Zusammensein, den Frieden, die Einheit zwischen ihnen – das Einssein. Dann sagte Jaime in die Stille hinein: »Du … du kannst dir nicht vorstellen, was das für mich bedeutet hat, als Ibrahim …«

Zahra legte ihm den Finger auf die Lippen. »Doch, das kann ich, aber du solltest nicht mehr darüber nachdenken. Es ist vorbei, Jaime, für immer vorbei: Ibrahim wird nie wieder jemandem etwas antun können! Und im Endeffekt konnte ich ihn ja abwehren!«

»Aber hat er dich denn nicht auch vorher schon …«

»Nein«, beruhigte Zahra ihn. »Nur Zainab … Mein Gott, wie hat sie das nur all die Jahre mit diesem … diesem Schwein aushalten können?«

Jaime zog sie noch fester an sich. Es gab so vieles, was ihnen in der Brust brannte und sie zu gern in Worte gefasst hätten, aber sie spürten, dass jetzt der falsche Moment war. Sie waren beide noch so sehr verletzt, innerlich wie äußerlich. Was sie jetzt brauchten, war Ruhe und seliges Vergessen … Und so blieben sie still beieinander liegen und hofften, dass Allah oder Gott sie ihnen gewähren würde.

Zehn Tage später erfuhren sie, dass Ibrahim seinen Verletzungen erlegen war. Genau wie alle anderen im Haus war auch Zahra erleichtert, dass er nun nie mehr eine Bedrohung für sie darstellen konnte, aber zugleich war sie darüber erschrocken, einen Menschen getötet zu haben – und dies auf so höchst grausame Art und Weise.

»Es gab in diesem Moment nur seinen Untergang oder deinen, Zahra, was hättest du anderes tun sollen, als dich zu wehren?«, versuchte Deborah, ihr die Last des Gewissens zu nehmen, und im Grunde ihres Herzens wusste Zahra, dass sie recht hatte, und das noch mehr, wenn sie Chalida ansah, der Ibrahim nun ebenfalls nie mehr etwas antun konnte – oder Zainab, die seit der Nachricht von seinem Tod wie ausgewechselt war: Seit sie ein Kind war, hatte Zahra ihre Schwester nicht mehr so unbeschwert lachen und singen hören!

Raschid verhandelte unterdessen mit dem neuen Besitzer der Seidenfarm über einen Rückkauf. Zunächst hatte er versucht, seine Schwestern von dieser Idee abzubringen, zumal die Farm nach einem Überfall der Christen niedergebrannt war und ganz neu aufgebaut werden musste. Zudem wollten er und Jaime ohnehin lieber näher bei der Alhambra wohnen bleiben. Dann aber sprach sich auch Deborah aus gut nachvollziehbaren Gründen für eine Rückkehr auf die Farm aus: »Raschid, es ist ja nicht nur, dass wir wohl alle unsere glücklichsten Tage auf der Seidenfarm verlebt haben, sondern auch, dass ich seit meiner erzwungenen Taufe das Gefühl habe, ständig von den Christen beobachtet und verfolgt zu werden – was sich bis in meine Träume hinein fortsetzt! Wenn wir auf die Seidenfarm ziehen würden, könnte ich mich viel geschützter fühlen: Hinter den hohen Mauern, die das Wohnhaus umgeben, könnte ich es wagen, freitagabends die Schabbatkerzen anzuzünden, den Segen über Wein und Brot zu sprechen und die Schabbatlieder zu singen. Ach, Raschid, vielleicht fände ich sogar den Mut, für den Schabbat wieder Challot zu backen. Du kannst dir nicht vorstellen, wie sehr mir der Duft meiner geflochtenen Hefezopfbrote fehlt! Und wenn sich alles noch ein bisschen beruhigt hat, könnte ich womöglich sogar ab und an ein paar jüdische Freunde auf die Farm einladen, um den Schabbat gemeinsam zu feiern!«

Leider wollte der neue Eigentümer der Seidenfarm, ein Kastilier, weit mehr für die Farm haben, als er im Vorjahr dafür bezahlt hatte, obwohl er bisher noch nichts zur Instandsetzung der niedergebrannten Gebäude getan hatte. Doch natürlich hatte er rasch begriffen, dass die Farm für Zahras Familie etwas Besonderes war. Nicht einmal Jaime hatte den Kastilier umstimmen können, und so mussten sie nach wochenlangen Verhandlungen ihren Traum fürs Erste begraben.

Eines Abends stand Gonzalo vor ihrem Haus und wollte Jaime oder Raschid sprechen. Obwohl beide nicht im Haus waren, wies Zahra den Diener an, Gonzalo hereinzubitten. Sie verschleierte sich, bat Zainab, es ihr gleichzutun und mit ihr nach unten zu gehen, um Gonzalo zu empfangen.

»Du weißt genau, dass das nicht stattlich ist!«, schimpfte Zainab. »Jaime wird verärgert sein, und auch Raschid wird es nicht gefallen, dass du Gonzalo empfangen hast! Das gehört sich einfach nicht!«

»Musst du immer gleich so ein Drama machen?«, zeterte Zahra los. »Jetzt überleg doch mal selbst: Wenn Gonzalo sich persönlich herbemüht, muss es um etwas sehr Wichtiges gehen, also sei nicht strenger als der Imam! Außerdem will ich ihn ja gar nicht allein empfangen, sondern habe dich gerade gebeten, mit mir zu kommen, und die Diener sind auch noch im Haus! Und nun leg endlich deinen Schleier an, oder willst du ihn ewig da unten warten lassen?«

Vor sich hin grummelnd, verhüllte Zainab ihr Gesicht unter dem Niqab, legte den Hidschab um und folgte Zahra die Treppe hinunter. Anders als erwartet, befand sich Gonzalo nicht im Wohnraum, sondern lief im Innenpatio auf und ab und wirkte so aufgeregt, dass Zahra nicht anders konnte, als ihrer Schwester ein »Siehst du, habe ich es dir nicht gesagt, dass es um etwas Wichtiges gehen muss?« zuzuzischen. Allerdings hätte Zainab ihr im nächsten Moment ebenfalls ein »Siehst du!« an den Kopf werfen können, denn als Gonzalo Zahra kommen sah, strahlte er sie so offen an, dass ihr Treffen schon allein aus diesem Grund gegen jegliche guten Sitten verstieß. Zahra dankte dem Allmächtigen, dass Jaime dies nicht sehen konnte und damit Schlimmeres verhindert wurde.

Mit bewusst gesenktem Blick trat Zahra vor Gonzalo hin und begrüßte ihn. »Es tut mir leid, dass Ihr weder meinen Bruder noch Jaime antrefft, aber wir erwarten beide erst in einer guten Stunde zurück. Wollt Ihr auf sie warten, oder können auch wir Euch weiterhelfen?«

»Oh, ich muss sie nicht sprechen, ich wollte Euch einfach nur die guten Nachrichten überbringen, die ich für Euch habe – zumindest denke ich, dass sie Euch gefallen werden …« Seine Freude war so deutlich, dass Zahra nun doch zu ihm aufsehen musste.

»Worum geht es denn?«

»Um Eure Seidenfarm! Jaime hat mir erzählt, dass Ihr sie zurückkaufen wollt, der neue Eigentümer aber einen Phantasiepreis dafür gefordert hat, und genau deswegen bin ich gekommen …« Gonzalo zwinkerte Zahra zu. »Ich habe einen langen Vormittag mit dem Mann verbracht, und wenn Ihr die Farm noch immer kaufen möchtet, könnt Ihr dies nun doch – und das zu einem Preis, der sogar leicht unter dem liegt, zu dem Ihr sie ihm verkauft habt, womit der Mann angesichts der gefallenen Bodenpreise allerdings immer noch gut wegkommt.«

»Aber wie … Oh Gott!« Zahra sah zwischen ihm und Zainab hin und her, schlug sich vor lauter Freude auf die Wangen und schrie nach oben zur Galerie: »Deborah, komm, so hör doch! Komm schnell! Deborah, hörst du denn nicht?«

Als Deborah endlich ein »Aber ja doch, ja doch!« zurückrief, blickte Zahra zurück zu Gonzalo und wäre ihm vor lauter Freude und Dankbarkeit am liebsten um den Hals gefallen. Ersatzweise tat sie dies bei ihrer Schwester, und dann kam endlich Deborah, und sie umarmte auch diese und sprudelte ihr die frohen Nachrichten entgegen. Auch Deborah war ganz außer sich vor Glück und vergoss sogar ein paar Tränen. »Mein Gott, welche Erlösung es sein wird, endlich aus der Stadt mit ihren vielen Augen herauszukommen!«

Erst jetzt fiel Zahra ein, das Naheliegende zu fragen. »Das hat er doch sicher nicht ganz freiwillig getan! Wie habt Ihr ihn dazu bewegen können?«

Ein Lächeln überzog Gonzalos Miene und brachte seine bernsteinfarbenen Augen zum Leuchten. »Ich kenne den derzeitigen Besitzer recht gut, und nachdem Jaime mir erzählt hat, dass er keinen Schritt weiterkommt, dachte ich, könnte ich den guten Mann einmal daran erinnern, dass er mir noch einen Gefallen schuldet. Außerdem hatte ich ihm etwas zu bieten, was für ihn viel mehr wert ist als die Farm, die er ja nur aus reinem Starrsinn nicht verkaufen wollte: Sein ältester Sohn kann Page des Thronfolgers werden. Wenn Ihr wollt, könnt Ihr schon in wenigen Tagen auf die Seidenfarm zurückkehren und mit ihrem Wiederaufbau beginnen!«

Zahra klebte förmlich an seinen Lippen. »Oh Gonzalo, Ihr könnt Euch nicht vorstellen, wie glücklich Ihr uns damit macht! Ich hoffe, wir können uns …« – dafür irgendwie erkenntlich zeigen, wollte Zahra sagen, stockte dann aber mitten im Satz, zumal sie zumindest einen von Gonzalos verborgenen Wünschen nur allzu gut kannte und wusste, was der Erfüllung dieses Wunsches im Wege stand.

»Nun …«, fuhr sie verlegen fort. »Ich … Es wäre schön, wenn auch wir Euch eines Tages einen Weg ebnen könnten!« – was ihr angesichts seiner selbstlosen Hilfe allerdings recht unzulänglich erschien. Hilfesuchend schaute sie sich nach Zainab und Deborah um, doch die rannten gerade in die Küche, um auch Tamu und den anderen die guten Nachrichten zu überbringen. Aus einem spontanen Impuls heraus nahm Zahra da Gonzalos Hände, drückte sie innig und strahlte ihn mit grenzenloser Dankbarkeit an. »Ich bin Euch wirklich aus ganzem Herzen dankbar, und ich hoffe, Ihr wisst, wie wichtig Ihr mir seid und immer wart!«

»Was wird denn das hier?«, donnerte da Jaimes Stimme zwischen sie.

Wie vom Blitz getroffen, fuhren Gonzalo und Zahra auseinander. »Jaime, du … ich, also, ich habe deinem Bruder gerade dafür gedankt, dass es ihm gelungen ist …«

Ohne auf Zahra zu achten, schoss Jaime auf seinen Bruder zu. »Ich hatte damals ja gleich den Verdacht, dass du uns nicht aus reiner Menschenliebe hilfst, nach Chalida zu suchen. Dieses ganze Gerede, dass Zahra und die Kinder als Pfand hierbleiben müssten, damit du mir die Soldaten mitgeben kannst – für wie blöd hältst du mich eigentlich? Meinst du, ich hätte vergessen, dass du sie heiraten und dafür sogar deine sagenhafte Laufbahn am Hof aufgeben wolltest? Aber dass du es wagst, dich in unserem eigenen Heim an sie heranzumachen ...«

»Was redest du denn für einen Unsinn?«, unterbrach Gonzalo ihn nicht minder lautstark, aber doch um einiges beherrschter. »Ich bin lediglich gekommen, um euch zu sagen, dass ich euch den Weg für den Rückkauf der Seidenfarm habe ebnen können, und das ist auch schon alles!«

»Ebnen – der große Gonzalo, der alle Fäden in der Hand hält, was? Hast du dir das so vorgestellt? Meinst du, wenn du Zahra vor Augen führst, wie mächtig du inzwischen bist, bekommst du sie jetzt doch noch, ja, ist es das, was in deinem Hirn herumspukt?«

Jaime hatte sich dermaßen in seine Wut hineingesteigert, dass er Gonzalo die Worte entgegenspie.

»Jaime, bitte, beruhige dich. Was dein Bruder sagt, ist die Wahrheit!«, flehte Zahra, doch erst als Deborah zu ihm ging und ihm auf ihre zurückhaltende, fast schüchterne Art erklärte, dass nichts vorgefallen war, wofür sich jemand entschuldigen müsse, ließ Jaime von Gonzalo ab. Schnaubend drehte er sich um, starrte kurz die Wand an und stürmte dann so schnell in ihr gemeinsames Schlafzimmer, wie dies seine noch immer nicht ganz ausgeheilten Verletzungen zuließen. Donnernd krachte die Zimmertür zu.

Im gleichen Moment betrat Raschid das Haus und wunderte sich über die verstörten Mienen der Anwesenden. »Was ist denn hier los?«

Gonzalo erteilte ihm einen knappen Bericht. »Es tut mir leid, dass es zu diesem Missverständnis gekommen ist, aber mein Bruder war ja schon immer ein Hitzkopf. Mein Einsatz für eure Seidenfarm war jedenfalls ohne jeden Hintergedanken!«

Raschid lud Gonzalo ein, in seinem Arbeitszimmer alles in Ruhe zu besprechen, und machte den Frauen durch eine Bewegung seines Kinns klar, dass sie sich zurückziehen sollten. Da Zahra angesichts der gefurchten Stirn ihres Bruders ahnte, wie wütend er auf sie war, beeilte sie sich, seiner Aufforderung umgehend nachzukommen, zumal sie sich selbst schon genug Vorwürfe machte: Wenn sie den Sitten entsprochen und Gonzalo nicht empfangen hätte, wäre es nie zu diesem Streit gekommen! Mit zusammengepressten Lippen folgte sie Zainab und Deborah in den Wohnraum, bedauerte, dass die Farm schon vor dem Rückkauf zu einem solchen Zerwürfnis zwischen Jaime und ihr führte, und schickte ein stummes *du'a* an den Allmächtigen, dass dies kein schlechtes Omen für ihr Leben auf der Farm sein sollte.

XIV.

Granada / Seidenfarm
15. Juli 1497

Fünf Jahre waren vergangen, und inzwischen lebte die Familie schon lange wieder die überwiegende Zeit des Jahres auf der Seidenfarm. Genau wie sie es erhofft hatten, fühlten sie sich dort wesentlich freier, ja, fast befreit, und konnten an guten Tagen sogar zeitweise vergessen, dass nicht mehr Boabdil, sondern die Katholischen Könige das Land regierten. Am meisten von allen blühte Deborah auf, weil sie weit mehr als in der Stadt ihren jüdischen Glauben zu leben und zu praktizieren wagte, wobei sie peinlich darauf achtete, dass dies einem unerwarteten Besucher nicht ins Auge springen konnte. Bedauerlich fand sie nur, dass sich ihre jüdischen Freunde bisher kaum einmal getraut hatten, zum Schabbat zu ihr heraus auf die Seidenfarm zu kommen, weil das Gerücht umging, dass die Familiares der Inquisition solche »Zusammenrottungen« von Neuchristen gerade an solchen Tagen misstrauisch beäugten, und aus dem gleichen Grund hatten sie schon gar nicht zum Feiern der großen jüdischen Feste wie Jom Kippur oder Rosch ha-Schana kommen wollen. Ebenso schwierig war es, irgendwo einen geheimen Gottesdienst abzuhalten, da hierfür mindestens zehn Gläubige anwesend sein mussten und sie damit noch leichter die Aufmerksamkeit der

Familiares auf sich gezogen hätten. Aber in der Mischna hieß es nun einmal: *Man liest nicht das Schma, tritt nicht vor die Lade, erhebt nicht die Hände zum Priestersegen, liest nicht aus der Thora vor, liest nicht die Haftara aus den Prophetenbüchern, veranstaltet kein Stehen und Sitzen, spricht nicht den Trauersegen, Trostworte an die Leidtragenden und den Hochzeitssegen und veranstaltet keine Vorbereitung zum gemeinschaftlichen Tischsegen mit Nennung des Gottesnamens, wenn weniger als zehn Personen anwesend sind …*

Wem das Landleben ebenfalls eine besondere Art der Erleichterung verschafft hatte, war Jaime: Seit er eine gute Reitstunde von Granada zur Seidenfarm zwischen Gonzalo und Zahra wusste, war ihm weit wohler. Mittlerweile allerdings war Gonzalo noch nicht einmal mehr im Lande: Vor einem guten Jahr hatte er von Fernando ein Kommando für die königlichen Truppen erhalten und versuchte seither, den Franzosen das Königreich Neapel wieder zu entreißen. Mit sechzig mächtigen Kriegsschiffen und zwanzig kleineren Karavellen war er zusammen mit sechstausend Soldaten und siebenhundert Pferden zum Königreich Neapel aufgebrochen und hatte bisher, soweit man in Kastilien hörte, die meisten Schlachten zu seinen Gunsten entscheiden können.

Sehr viel ruhiger auf der Farm wurde auch Zahra. Solange sie die Christen nicht ständig vor Augen haben musste, konnte sie sich eher damit abfinden, dass sowohl ihr Bruder als auch Jaime weiterhin Talavera dienten.

Inzwischen war Abdarrahman zwölf. Ihr Ältester hatte sich zu einem stolzen und aufrechten Knaben mit den markanten Gesichtszügen seines Vaters und dem geraden, kämpferischen Blick seiner Mutter entwickelt. Noch immer fühlte er sich für Yayah verantwortlich, der in sein achtes Jahr ging und der von seiner schweren Verletzung am Tag des Überfalls außer der langen, wulstigen Narbe auch eine eingeschränkte Beweglichkeit des rechten Arms zurückbehalten hatte. Doch kein Kind, weder auf den umliegenden Farmen noch in Granada, wo inzwischen auch er regelmäßig zum Koranunterricht ging, hätte je gewagt, ihn deswegen zu hänseln. Jeder wusste, dass er es dann sofort mit Abdarrahman zu tun bekommen hätte, vor dem selbst Jungen, die um einiges älter und größer waren, einen gehörigen Respekt hatten.

Auch mit Chalidas Entwicklung war Zahra hochzufrieden. Die Zehnjährige war noch immer so ernsthaft und wissbegierig wie früher und derzeit besonders stolz darauf, dass ihre Brust zu knospen begann – was bislang allerdings einzig sie wahrnahm. Nicht nur Jaime, sondern die ganze Familie hielt stets ein wachsames Auge auf sie, geradezu, als hätte trotz Ibrahims Tod niemand von ihnen je den Tag vergessen können, an dem dessen Männer das Mädchen entführt hatten. Trotz allem Umhegt- und Umsorgtwerdens war Chalida ein mutiges, fast waghalsiges Mädchen. In diesem Sommer hatte sie ihren großen Bruder schon drei Mal bei den Pferdewettrennen schlagen können, die sie heimlich hinter der Farm austrugen, und auch wenn Abdarrahman behauptete, dass dies nur an Barbakan und nicht an den Reitkünsten seiner Schwester lag, musste er ihr doch zumindest dafür Achtung zollen, dass sie den Hengst, der sich sonst nur von ihrem Vater bändigen ließ, überhaupt zu reiten vermochte. Auch ein Ehemann war inzwischen für sie bestimmt, ein kluger, junger Mann von angenehmem Äußerem, der Sohn eines alten Freundes von Raschid. Allerdings sprachen Zahra und Raschid meist nur unter vier Augen über ihn, weil diese Heirat für Jaime ein ständiges Reizthema war. Wäre es nach ihm gegangen, wäre zumindest Chalida getauft und später mit einem Christen verheiratet worden, denn allein die Tatsache, dass die Jungen weiter in die

Moschee statt in die Kirche gingen, lag ihm von Jahr zu Jahr schwerer im Magen. Immerhin besuchte Chalida bisweilen mit ihm den Gottesdienst. Sie selbst hatte ihn vor einiger Zeit darum gebeten, weil sie wissen wollte, was ihr Vater dort tat und wie es überhaupt in einer Kirche aussah – und natürlich hielten sie beide diese Besuche vor den anderen streng geheim. Sowohl Chalida als auch Jaime war klar, dass Zahra und Raschid sie vierteilen würden, sollten sie ihnen je auf die Schliche kommen.

Leider lebte Zainab nicht mehr bei ihnen. Genau wie Mahdi vor fünf Jahren war nun auch sie zur Schwester ihres Vaters nach Fez gezogen. Seither waren von ihr etliche begeisterte Briefe eingetroffen, auch Mahdi schrieb nun regelmäßiger, und Zainab hatte dank ihrer Tante überdies einen Mann kennengelernt, den sie im nächsten Jahr heiraten wollte, und schien so glücklich wie noch nie in ihrem Leben zu sein.

Seit einigen Tagen herrschte freudige Anspannung im Hause as-Sulami: Man erwartete Deborahs Eltern zusammen mit Deborahs jüngster Schwester und einem ebenfalls jüdischen Jungen in Abdarrahmans Alter, den Deborahs Eltern aufgenommen hatten, nachdem dessen Familie in einem Pogrom ums Leben gekommen war. Deborahs Eltern hatten beschlossen, wieder nach Kastilien zurückzukehren. Seit der portugiesische König Manuel um die Hand der kastilischen Infantin Isabel angehalten hatte, stand er, was die Juden betraf, den Katholischen Königen gegenüber unter Zugzwang: Diese wollten einer Heirat nämlich nur dann zustimmen, wenn er endlich »entschlossen« gegen die »Rattenfänger«, »Brunnenvergifter« und »Mörder unseres Gottessohnes« vorging, wie Isabel sich ausgedrückt hatte – und unter »entschlossen« verstand sie nicht mehr und nicht weniger, als dass Manuel die in

Portugal lebenden Juden ebenso gründlich vertrieb – oder taufte –, wie sie dies in Kastilien getan hatte. Da Manuel nicht auf die hervorragenden jüdischen Handwerker, Kaufleute, Bankiers und Diplomaten, die aus Spanien zu ihm geflohen waren, verzichten wollte, griff er direkt zum Mittel der Zwangskonversion. Während Deborahs Geschwister trotzdem in Portugal bleiben wollten, hatten Deborahs Eltern entschieden, mit ihrer jüngsten, noch unverheirateten Tochter, einem Nachkömmling, und ihrem Pflegesohn nach Spanien zurückzukehren. Nach Portugal hatte sie einst die Freiheit gelockt, ihren Glauben frei ausüben zu können, aber da sich diese Illusion nach ihrer Zwangstaufe zerschlagen hatte, zogen sie es vor, in die alte Heimat zurückzukehren. Selbstverständlich hatte Raschid ihnen angeboten, bei ihnen auf der Seidenfarm zu leben, zumal er wusste, wie sehr Deborah an ihren Eltern hing.

»Mutter, Mutter, sie kommen, sie sind da!«

Die Wangen gerötet, das lockige Haar zerzaust und voller Stroh, wohl weil sie einen Großteil des Nachmittags wieder einmal mit ihrem Hund bei ihrem geliebten Barbakan verbracht hatte, stürmte Chalida wie ein kleiner Derwisch ins Haus, packte ihre Mutter an den Händen und wirbelte um sie herum. »Ich bin ja schon sooo gespannt auf meine kleine Tante!«

Der Gedanke, dass die kleine Nachzüglerin von Deborahs Eltern ihre Tante und trotzdem jünger war als sie, hatte Chalida von Anfang an sehr aufregend gefunden, und auch auf diesen Waisenjungen war sie sehr gespannt. Zwar lebten im Haus schon ihre Brüder und die vier Kinder Deborahs, aber einen ganz neuen Jungen kennenzulernen erschien ihr wie ein gewaltiges Abenteuer.

Lachend ließ sich Zahra von ihrer Tochter mitziehen und

rief auch nach Deborah, die sofort herbeigeeilt kam und noch vor ihnen nach draußen lief. Als Zahra und Chalida vors Haus traten, hatten die Jungen den Reisenden schon das Hoftor geöffnet, so dass sie gerade mit ihrem Pferdewagen vor der Eingangstür hielten. Mit einem Freudenschrei fiel Deborah ihren Eltern in die Arme. Acht Jahre hatten sie einander nicht gesehen. Auch Zahra und selbst die sonst so bedächtige Tamu fielen über die Neuankömmlinge mit hundert Fragen her, und die Kinder, die sie zwar nicht kannten, aber vor Neugier ebenso brannten wie Chalida, wuselten auch noch herum, damit ihnen nur ja nichts entging, und musterten ihre neuen Spielkameraden. Chalida wandte sich als Erstes ihrer »Tante« zu, fand sie enttäuschend blass, geradezu fade, und drehte sich dann zu Aaron um. Für seine dreizehn Jahre war er ein ausgesprochen hochgewachsener Junge, den man hätte schön nennen können, wäre da nicht diese undurchdringliche Mauer, diese dunkle Abwehr in den großen, schwarzen Augen gewesen, die ihm eine seltsame, vor der Zeit gekommene Reife verlieh. Trotz seiner abweisenden Haltung fühlte sich Chalida zu dem Jungen hingezogen und ärgerte sich, dass er auf keinen ihrer Blicke reagierte, sondern in sich gekehrt neben dem Fuhrwagen stand und das wilde Treiben um sich herum kaum wahrzunehmen schien. Auch auf die Annäherungsversuche der Jungen reagierte er nicht.

»Oh Vater, Mutter, Ihr müsst doch sterbensmüde von der langen Reise sein!«, kam es nach einer Weile des Lachens, Herzens und Fragens Deborah in den Sinn, und ihre Eltern konnte nicht anders, als dies schmunzelnd zu bejahen. Deborah zeigte ihnen das Zimmer, das man für sie vorbereitet hatte, ihre kleine Schwester Livana würde bei Chalida und Ranaa schlafen, Aaron bei den Jungen im Zimmer. Während die Diener den Wagen abluden und sich die Neuankömmlinge frisch machen konnten, vergewisserte sich Tamu, dass sich in der Küche weiter alle besondere Mühe für das Abendessen gaben. Auch bisher hatte sie für die Familie *halal* und für Deborah koscher gekocht, aber da Tamu von früher wusste, dass Deborahs Eltern überdies milchiges und fleischiges Essen nicht mischten, hielt sie es für angeraten, einen Blick auf Maria zu haben und darauf zu achten, dass sie tatsächlich auch das neue Kochgeschirr für das Essen der jüdischen Familienmitglieder benutzte.

Chalida, Ranaa und Livana kamen als Erste zum Tisch, durften sich aber nicht setzen, bevor die Erwachsenen Platz genommen hatten, und beäugten sich neugierig. Als Raschid und Jaime eintrafen, wurden ihnen von ihren aufgeregten Töchtern sogleich Livana und kurz darauf auch Aaron vorgestellt, der gegenüber den männlichen Erwachsenen weit weniger scheu zu sein schien. Nachdem die beiden Männer sich gewaschen und Raschid, wie es die Sitte vorschrieb, sich den Mund ausgespült hatte, rief dieser die Familie zum Essen.

Für das Willkommensessen hatte Zahra den großen Tisch in dem weitläufigen und blumenreichen Patio hinter dem Haus decken lassen. Obwohl Chalida vorgehabt hatte, beim Essen Livana in Augenschein zu nehmen und danach zu entscheiden, ob sie wirklich so fad war, wie sie auf den ersten Blick wirkte, wandte sie sich nun doch Aaron zu, zumal der von ihren Brüdern und ihren Cousins ignoriert wurde – was sie jedoch nicht wundern konnte. Wie vorhin am Wagen vermied Aaron es auch jetzt, zu einem von ihnen hinzusehen. Stattdessen blickte er starr auf seinen Teller, auf den der Diener gerade Reis und ein paar *albóndigas,* würzige Rinderhackfleischbällchen, legte. Beim Essen hob Aaron für keine Sekunde den Blick, allerdings hatte Chalida zunehmend den Eindruck, dass er dies nicht aus Schüchternheit tat, sondern weil er einfach in einer eigenen Welt lebte.

Auch an den nächsten Tagen beobachtete Chalida dies immer wieder: Aaron hielt sich abseits; und wenn er überhaupt Gesellschaft suchte, dann schien er die von Tieren zu bevorzugen.

Schließlich traf Chalida ihn im Pferdestall an Barbakans Verschlag. Sie war gekommen, um mit ihm auszureiten, was sie zwar nicht ohne Begleitung durfte, aber sie wusste, dass der Stallbursche sie nicht verraten würde, weil sie dem faulen Kerl oft bei der Arbeit half, und mit dem Hund an ihrer Seite, das fand zumindest sie, hatte sie ohnehin genug Schutz.

»Barbakan fasst du besser nicht an«, erklärte sie Aaron und bemühte sich, dabei weder altklug noch überheblich zu klingen; von ihren Brüdern wusste sie, wie schnell man Jungs damit wütend machte. »Barbakan gehört meinem Vater und ist sehr eigen. Wenn er jemanden nicht kennt, ist er unberechenbar.«

Aaron richtete sein Augenmerk auf das Zaumzeug in ihrer Hand, sagte aber nichts und sah ihr auch nicht ins Gesicht. Chalida blieb verwirrt stehen. Was war nur los mit diesem Jungen? Warum redete er nicht? Zwar hatte sie Aarons Pflegeeltern sagen hören, dass er vor zwei Jahren hatte mit ansehen müssen, wie seine Eltern bei einem Pogrom niedergemetzelt worden waren, und dass er selbst nur dank einem glücklichen Zufall mit dem Leben davongekommen wäre, aber deswegen musste er doch nicht auch sie mit Missachtung strafen – schließlich hatte sie nichts damit zu tun! Soweit sie es mitbekommen hatte, hatte er bisher auch noch mit sonst niemandem gesprochen, denn ein bloßes »ja«, »nein« oder »danke« war in ihren Augen noch kein Sprechen, sondern zeigte lediglich, dass er weder taub noch stumm war.

»Reitest du auch gern?«

Aaron hob die Achseln.

»Aber du kannst reiten?«

Aaron nickte.

Chalida ging zu Barbakan, der sie mit erfreutem Schnauben empfing. Aaron kam ihr nach und streckte seine schlanke, für einen Jungen geradezu grazile Hand ebenfalls in Richtung der Pferdenüster. Zuerst scheute Barbakan zurück, aber dann kam er näher und schien den Jungen aufmerksam zu betrachten.

»Das heißt, er mag dich!«, rief Chalida strahlend. »Unglaublich! Außer Vater und mir lässt er niemanden an sich heran! Auch die Stallburschen können nur in seinen Verschlag, wenn Vater oder ich dabei sind.«

Aaron sah zweifelnd zu ihr auf. Es war nur kurz, aber ihre Blicke begegneten sich, und Chalida lächelte ihn an.

»Willst du mit mir ausreiten?« Sie zeigte auf die bildschöne Fuchsstute in der Nebenbox. »Gipta ist auch sehr schnell, wenn auch nicht ganz so schnell wie Barbakan, aber das ist ohnehin kein anderes Pferd in unserem Stall.«

Aaron ging noch näher zu Barbakan, und jetzt ließ sich der Hengst von ihm sogar über die Nüstern streichen. Chalida lächelte noch immer, wissend, dass Aaron ihrem Vater damit imponieren würde. Mit einem Mal fand sie es noch viel aufregender, einen Jungen im Haus zu haben, vor dem sie sich nie verschleiern würde müssen, weil er zu ihrer Familie gehörte – obwohl er nicht zu ihr gehörte.

»Na los, komm schon! Giptas Zaumzeug und Sattel findest du da drüben in der Sattelkammer, gleich auf der ersten Halterung rechts neben der Tür. Und dann wollen wir mal sehen, was du im Sattel draufhast!«

Und da sah Aaron wieder zu ihr, erneut nur ganz kurz, aber in den tiefschwarzen Augen war Licht.

Von da an ritten Aaron und Chalida beinahe täglich miteinander aus und verbrachten auch sonst viel Zeit miteinander, und allmählich begann Aaron, mit Chalida zu reden, zuerst nur das Nötigste, aber es wurde von Tag zu Tag mehr. Auch Jaime mochte den aufgeweckten Jungen, und als er sah, dass Chalida nicht geschwindelt hatte, sondern Barbakan Aaron tatsächlich an sich heranließ, willigte er ein, ihn einmal auf seinem Pferd reiten zu lassen. Beim ersten Mal führte er Barbakan am Stallhalfter, beim zweiten Mal ließ er ihn an der Longe im Hof traben, und als er sicher war, dass Barbakan unter Aaron tatsächlich ebenso brav voranschritt wie unter Chalida, erlaubte er ihm auch, ihn im Feld zu reiten – allerdings nur, wenn er selbst dabei war. Allein mit Barbakan ließ er nur Chalida reiten – was ein weiteres ihrer gut gehüteten Geheimnisse war, denn Jaime war schon lange dahintergekommen, dass der Stallbursche bei Chalida beide Augen zudrückte; nur den Grund dafür kannte er nicht.

Wer dagegen Aaron immer feindlicher gegenübertrat, war Abdarrahman. Anfangs war er dem Neuankömmling neugierig, dann nur noch gleichgültig gegenübergetreten, weil er ihn nicht zum Reden hatte bringen können, aber seit er Aaron so oft mit Chalida sah, entwickelte er eine regelrechte Antipathie gegen den »verstockten Kerl«, wie er ihn nannte. Er fand es unpassend, gar unschicklich, dass Aaron ständig mit seiner kleinen Schwester zusammensteckte, so unpassend, dass er sich sogar bei seinen Eltern darüber beschwerte, aber die fanden, dass die beiden noch Kinder seien – und Aaron überdies zur Familie gehörte.

Abdarrahman gab sich hiermit nicht zufrieden, und als Aaron trotz seiner Aufforderung, sich von seiner Schwester fernzuhalten, weiter den lieben langen Tag an ihrer Seite zu finden war, lauerte er ihm im Stall auf. Ihr Kampf war ebenso heftig wie erbittert und ging unentschieden aus: Einer der älteren Stallburschen tunkte die beiden Streithähne kurzerhand in die Pferdetränke – was deren Sympathie füreinander allein deswegen nicht vergrößerte, weil Chalida dieses unrühmliche Ende nicht entging, sie ihren Bruder einen Holzkopf nannte und ihm einen ordentlichen Tritt gegen das Schienbein verpasste, ehe sie Aarons Schürfwunden und seine Platzwunde am Hinterkopf mit ihrem Hidschab reinigte. Abdarrahmans blutige Nase und die aufgeplatzte Augenbraue wurden von Tamu versorgt und brachten ihm zu alledem auch noch eine Ohrfeige von der guten Alten ein. Auch die anderen Erwachsenen schimpften die Jungen wegen ihrer Prügelei aus – in diesem Fall zumindest bekamen beide ihr Fett weg –, ohne jedoch den Grund dafür herauszufinden, da beide Jungen hartnäckig schwiegen. Auch in der Folge hielt sich Aaron nicht von Chalida fern, aber Chalida achtete fortan darauf, dass ihr Bruder weniger von ihrem Zusammensein mitbekam, und die Heimlichkeit ihrer gemeinsamen Stunden vertiefte ihre Freundschaft nur noch mehr.

Am Abend des vierten Oktober 1494 kamen Jaime und Raschid sehr viel später als gewöhnlich nach Hause. Als Zahra sie kommen hörte, ging sie ihnen entgegen und schluckte angesichts ihrer ernsten Mienen.

»Was ist passiert?«, fragte sie und krampfte unwillkürlich die Hände ineinander.

»Es …« Jaime kämpfte um Fassung. Erst einen guten Moment später hatte er seine Stimme wieder in der Gewalt. »Der … Infant, Juan … er ist nicht mehr. Ein … ein gottverdammtes Fieber hat ihn einfach so hinweggerafft!«

Auch wenn Zahra dem kastilischen Königshaus nach wie vor die Pest an den Hals wünschte, machte der Tod des kastilischen Thronfolgers auch sie betroffen, zumal sie sah, wie sehr sein Dahinscheiden Jaime traf.

»Ich weiß, wie sehr du die Königsfamilie hasst, aber ich ... ich kenne ihn, seit er so war!«, fuhr er mit brüchiger Stimme fort und steckte mit den Händen die Länge eines Dreijährigen ab. »Jahr für Jahr habe ich ihn am Hof heranwachsen sehen, und dann erst die Zeit, in der ich über sein Leben gewacht habe!«

»Natürlich verstehe ich das«, sagte Zahra leise und wollte Jaime umarmen, doch der hob abwehrend die Hand und wandte sich zur Treppe.

»Ich ... ich lege mich eine Weile hin, und sag Tamu, dass sie mein Essen nicht länger warmzuhalten braucht.«

Es tat Zahra leid, dass er sich in seinem Schmerz von ihr zurückzog; andererseits konnte es sie nicht wundern: Sie hatte nie viel Gutes an dem Thronfolger gelassen. Aber da war er auch ihr Feind gewesen. Jetzt war er nur noch ein toter junger Mann. Bekümmert wandte sie sich an ihren Bruder und musste feststellen, dass auch in seinem Gesicht Trauer und Verstörtheit zu lesen waren.

»Jaimes Reaktion kann ich ja noch verstehen, aber dass auch du ...«, setzte sie an, beendete den Satz dann aber nicht und schüttelte nur kurz den Kopf.

»Du verkennst den Ernst der Lage, Schwesterherz, Juan wäre nicht der schlechteste Regent für Kastilien geworden. Immerhin waren unter seinen Lehrern nicht nur der engstirnige Deza, sondern auch Humanisten wie Lucio Marineo Sículo, außerdem war er eng mit den Söhnen von Kolumbus befreundet und hatte von denen eine weit offenere Sicht von der Welt übernommen, als du sie bei seinen Eltern finden kannst. Wer weiß, wer uns, wenn die Zeit gekommen ist, nun an seiner statt regieren wird!«

»Stimmt«, brummte Zahra. »Er war ja Isabels einziger Sohn!«

Raschid nickte. »Seine Mutter soll ganz und gar untröstlich sein; es gibt sogar Leute aus ihrem Umfeld, die befürchten, dass sie ihm aus Kummer ins Grab folgen könnte. Sie scheint nur noch ein Schatten ihrer selbst zu sein!«

Zahra war Mutter genug, um den Kummer der Königin trotz ihrer Ablehnung nachempfinden zu können. »Und wer tritt nun in Juans Fußstapfen als Thronfolger?«

»Ich habe gehört, dass Juan noch kurz vor seinem Tod ein Testament aufgesetzt hat. Seine Frau ist guter Hoffnung, und er hat dieses Kind als Erben bestimmt. Würde das Kind sterben, fiele die Macht an seine älteste Schwester, an Isabel.«

»Hat Isabel nicht letzte Woche den portugiesischen König, diesen Manuel, geheiratet? Und war es nicht eben diese Ehe, deretwegen sich die portugiesischen Juden alle taufen lassen mussten, weil sie ebenso glaubensfanatisch wie ihre Mutter ist?«

Raschid nickte wiederum. »Das stimmt, ja, aber noch können wir ja auf Margarete und ihr ungeborenes Kind hoffen – und darauf, dass sie einen Sohn zur Welt bringt und dass er am Leben bleibt! Warten wir also ab, was geschehen wird.«

Zahra atmete schwer aus. »Ich beginne, deine bekümmerte Miene zu verstehen: Nichts ist mehr vorhersehbar – auch für uns nicht! Wie konnte Juan überhaupt so plötzlich sterben? Er war doch noch ein ganz junger Mann!«

»Er war erst neunzehn, ja, aber schon immer kränklich. Jaime hat mir einmal erzählt, dass die Ärzte ihn als Kind lange ausschließlich mit Schildkrötenfleisch ernährt haben, weil sie hofften, ihn dadurch widerstandsfähiger zu machen. Über immer größere Entfernungen mussten die Tiere damals herbeigeschafft werden, und stets ging die Angst um, dass sie eines Tages einmal keine Tiere mehr für ihn finden könnten!«

»Und das Schildkrötenfleisch hat ihm geholfen?«

»Anscheinend; aber eine gewisse Anfälligkeit ist ihm geblieben. Vor einem halben Jahr hat er Margarete geheiratet, die Tochter des römisch-deutschen Königs Maximilian – ein genialer Schachzug von Fernando. Für ihn bot diese Ehe Rückendeckung im Norden gegen seinen Dauerfeind, den Franzosenkönig Carlos, und um diesen Schutzbund mit Maximilian weiter zu verstärken, hat Fernando auch Juans Schwester Juana mit einem von Maximilians Kindern verheiratet, mit dessen Sohn Felipe. Du erinnerst dich gewiss noch an die Doppelhochzeit, oder? Man erzählt sich übrigens, dass sich beide Ehen, obwohl sie aus rein strategischen Gründen geschlossen worden sind, schnell zu wahren Liebesehen entwickelt haben. Juan soll seine Frau abgöttisch geliebt haben. Auf dem Weg nach Portugal zur Hochzeit seiner Schwester Isabel wurde er von einem heftigen Fieber befallen, das ihn binnen weniger Tage hinweggerafft hat. Manche behaupten allerdings auch, er habe sich an seiner Ehefrau zu Tode geliebt.«

»So gibt es also auch bei den Katholischen Königen Ereignisse, die sich nicht so entwickeln, wie sie es geplant haben!«, kommentierte Zahra trocken.

»Zahra, also wirklich!«

»Aber es ist doch wahr! Immerhin haben die Kastilier uns besiegt, jetzt siegen sie in Italien und Neapel, auch in der von Kolumbus neu entdeckten Welt breiten sie sich nach Gutdünken aus, und mit dieser neuen Ehe in Portugal machen sie sich einen weiteren alten Feind zum Verbündeten. Und zu guter Letzt dann auch noch den mächtigen Maximilian als doppelten Schwiegervater ... Bei so viel Erfolg klingt es fast wie

Hohn, dass den Königen jetzt der einzig männliche Erbe für ihr riesiges Imperium wegstirbt!«

Raschid hob die Achseln. »Übrigens – wo wir schon beim Thema sind: Dir würde auch kein Zacken aus der Krone brechen, wenn du mal zugibst, dass es uns unter den Kastiliern sehr viel bessergeht, als wir befürchtet haben: Mit dem Grafen de Tendilla und Talavera haben wir zwei wahrhaft kluge, weitsichtige und milde Führer in Granada, die uns aus ganzem Herzen wohlgesinnt sind!«

Zahra verzog das Gesicht. »Falls du es schon vergessen hast: Das Leben in einem maurischen Reich fühlt sich anders an!«

»Sicher, aber gemessen an den Umständen, geht es uns gut. Auch wenn du es nicht gern hörst, Zahra: Wenn man durch die Gassen von Granada geht, spürt man, dass die Menschen den Grafen und Talavera lieben und verehren – auch und vielleicht sogar gerade unsere Glaubensbrüder! Die Art und Weise, wie Talavera sich um eine gegenseitige Annäherung bemüht und das oft genug gegen den Widerstand aus den eigenen Reihen, ist beeindruckend!«

»Aber das tut er doch nur, um uns einzuwickeln und uns von unserem Glauben abzubringen!«, begehrte Zahra auf.

»Natürlich will er uns bekehren, aber statt Druck und Gewalt einzusetzen, versucht er, die Menschen zu überzeugen – und gerade weil er dabei so milde vorgeht, hagelt es aus seinen eigenen Reihen nicht eben wenig Kritik, und trotzdem ändert er nichts an seinem Vorgehen! Nein, Zahra, das musst du zugeben: Talavera ist ein durch und durch integrer Mann, der unseren Respekt und unsere Achtung verdient!«

»Und was war mit der Ausweisung der Juden vor fünf Jahren? Oder solltest du vor lauter Bewunderung für deinen Dienstherrn etwa schon vergessen haben, dass deine Frau sich nicht taufen lassen wollte, sondern *musste?*«

»Natürlich habe ich das nicht vergessen, Zahra, was soll das? Aber du weißt auch, dass die Zwangstaufen nicht von Talavera ausgegangen sind, sondern er sich intensiv für die Juden eingesetzt hat, ganz so, wie er sich überhaupt immer für die Menschen hier einsetzt.«

»Na, dann wird er uns ja gewiss bald unsere Eigenständigkeit zurückgeben und die Kastilier zum Teufel jagen!«, spottete Zahra.

»Sag mal, ist dir wirklich nicht klar, wie es in Granada aussähe, wenn wir hier als Erzbischof einen der sogenannten Falken, einen dieser Scharfmacher aus den Reihen der Inquisition hätten?«, erboste sich Raschid. »Talavera dagegen bemüht sich um Nähe zu uns, um Verständnis, um ein Miteinander. Wusstest du, dass er Arabisch lernt? Einmal hat er zu mir gesagt, dass er bereit wäre, eines seiner Augen hinzugeben, wenn er damit nur endlich unsere Sprache richtig beherrschen würde und direkt zu uns predigen und sprechen könnte. In seinem Haus hat er eine Arabischschule für seine Priester eingerichtet, damit auch die unsere Sprache lernen, und eine Grammatik und ein Glossar der arabischen Sprache lässt er ebenfalls in lateinischen Lettern verfassen. Talavera will verstanden werden, und er will, dass seine Priester verstanden werden. Zahra, glaub mir, Talavera schätzt uns, und wie sehr, zeigt eine Bemerkung, die er gerade letzte Woche zu mir gemacht hat: ›Alles, was fehlt, um einen guten Christen zu machen, sind maurische Werke und kastilischer Glaube.‹«

»Das hört sich an, als hätte Talavera zumindest dich schon so gut wie am Taufbecken!«, zischte Zahra. »Aber mich, mich wird er niemals dahin zerren können, und meine Kinder auch nicht!«

»Jetzt verdreh doch nicht alles, Zahra! Nein, natürlich will ich nicht zum christlichen Glauben konvertieren, aber trotzdem achte ich Talaveras Leistungen! Ich will nur, dass du endlich aufhörst, in Menschen wie Talavera deinen Feind zu sehen – und damit mir und Jaime immer wieder zu unterstellen, wir würden für den Feind arbeiten. Talavera ist nicht unser Feind!«

»Sondern was? Vielleicht unser Freund?« Ungehalten warf Zahra ihr volles, langes Haar zurück. »Raschid, du bist Muslim! Du bist – nein: du *warst* Maure! Und was bist du jetzt?«

»Mach Frieden, Zahra, mit Talavera, mit den Christen – und mit dir! Weißt du, wie die Menschen in Granada Talavera nennen? Sie nennen ihn den ›Alfaquí Santo‹, den heiligen Rechtsgelehrten, und für viele Menschen in Granada ist er weit mehr einer von uns als einer von ihnen! Zahra, aus den anderen Teilen Kastiliens hört man weit schlimmere Dinge, wahre Schauergeschichten! Allein, wie die Inquisition dort gegen die Menschen vorgeht … Wir dürfen uns nicht beklagen! Es hätte alles viel schlimmer kommen können.«

»Was aber nicht heißt, dass es dies nicht noch werden kann«, gab Zahra düster zurück – und ahnte nicht, wie sehr sie damit recht behalten sollte.

Zweiter Teil

Cisneros
1499 bis 1502

I.

Seidenfarm
Oktober 1499

»Chalida, um alles in der Welt, jetzt nimm doch Vernunft an!« Kopfschüttelnd eilte Zahra ihrer Tochter nach. Sie erwischte sie an der Tür und hielt sie am Handgelenk fest. Chalida fuhr zu ihr herum und machte sich mit einer wütenden Geste frei.

»Ihr seid ungerecht! Ungerecht und gemein!«, sprühte sie ihrer Mutter entgegen und wischte sich mit dem Handrücken die Tränen vom Gesicht. »Was ist denn plötzlich so schlimm daran, wenn Aaron und ich zusammen ausreiten? Schließlich haben wir das schon immer getan, und bisher hat auch niemand etwas dran gefunden – außer Abdu vielleicht, aber der konnte Aaron ja von Anfang an nicht leiden und würde mich sowieso am liebsten rund um die Uhr in meinem Zimmer einsperren. Aber Ihr, Mutter, was habt denn auch Ihr plötzlich gegen Aaron?«

»Aber Kind, das richtet sich doch nicht gegen Aaron!« Zahra seufzte, nahm Chalida diesmal sanfter am Arm und ging mit ihr zurück zum Diwan. »Komm, lass uns in Ruhe darüber reden. Bitte, Chalida!«

Widerstrebend ließ sich Chalida mitziehen. Ihrer Miene war anzusehen, was sie von dieser Mutter-Tochter-Aussprache hielt – zumal es nicht die erste dieser Art war. In den letzten Monaten waren sie schon unzählige Male aufeinandergeprallt, und wenn Tamu nicht immer wieder zwischen ihnen vermittelt hätte, hätte Zahra sich schon lange nicht mehr zu helfen gewusst. Zu ihrem Ärger unterstützte Jaime sie in keiner Weise, sondern nahm Chalida oft genug auch noch in Schutz.

Zahra setzte sich und veranlasste Chalida, es ihr gleichzutun. »Chalida, hör zu. Mir ist klar, dass Aaron in den zwei Jahren, die er nun zu unserer Familie gehört, fast wie ein Bruder für dich geworden ist, zumal ihr euch von Anfang an so gut verstanden habt. Aber jetzt, da du regelmäßig deine Blutung hast, bist du kein Kind mehr, und deswegen gehört es sich nicht, dass du weiter so viel mit ihm zusammen bist. Ganz gleich, was du für ihn empfindest – in Wahrheit ist er eben nicht dein Bruder!«

»Mutter, wir sind zusammen ausgeritten. Aus-ge-rit-ten!«

»Ich unterstelle dir auch gar nichts anderes, aber in zwei oder drei Jahren wirst du Musheer heiraten, und wenn er oder seine Familie erfahren, dass du stundenlang mit einem jungen Mann durch die Wälder streifst ...«

»Das können sie von mir aus sofort erfahren, und Ihr wisst genau, dass ich Musheer ohnehin nicht heiraten will!«, fiel Chalida ihr heftig ins Wort.

»Was du willst oder nicht willst, ist unerheblich«, hörte Zahra sich weit schärfer erwidern, als sie vorgehabt hatte. Chalida starrte sie mit funkelnden Augen an. Unwillkürlich musste Zahra an die Gefühlsstürme denken, die in ihr getobt hatten, als sie in Chalidas Alter gewesen war. Ja, auch sie war damals alles andere als begeistert davon gewesen, mit einem ihr wildfremden Mann verheiratet zu werden, dabei war Kamal, ihr erster Bräutigam, gewiss keine schlechte Wahl ihrer

Eltern gewesen, und je älter sie wurde, desto häufiger fragte sie sich, wie ihr Leben wohl verlaufen wäre, wenn er nicht kurz vor der Hochzeit gestorben wäre. Dann wäre sie mit ihm nach Marokko gezogen, nach Fez, wo zu dieser Zeit auch noch ihre Halbschwester Hayat mit ihrem ersten Mann gelebt hatte. All das Elend, die Not und Ängste, die sie im Krieg um das Königreich Granada erlitten hatte, wären ihr erspart geblieben – und so manch anderes mehr. In Marokko würde sie überdies auch heute noch unter Muslimen leben können und nicht in ständiger Sorge sein müssen, wie lange sie ihren Glauben noch frei würde ausüben können. Zahra fragte sich, wie es Hayat ging. Seit fünfzehn Jahren hatte sie die Halbschwester nicht mehr gesehen, und seit diese nach der Geburt ihres dritten Kindes den christlichen Glauben ihres Geliebten angenommen und ihn geheiratet hatte, war auch ihr Briefverkehr nahezu zum Erliegen gekommen. Zahra wusste, dass sie daran nicht unschuldig war. In ihren Briefen fehlte es seither an Offenheit und Herzlichkeit. Zwar verstand sie, dass Hayat nach all den Jahren, die sie mehr oder minder verborgen mit Miguel bei den Christen in der ständigen Angst gelebt hatte, als Muslima entdeckt zu werden, diesen letzten Schritt hatte tun müssen. Dennoch war durch ihren Abfall vom muslimischen Glauben ein tiefer Graben zwischen ihnen entstanden, weswegen sie auch nach Kriegsende nie versucht hatte, Hayat in Córdoba zu besuchen.

Erst jetzt gestand Zahra sich ein, dass Hayats Glaubenswechsel ihr Angst gemacht hatte, ja, es war fast, als hätte sie ihr damit ein Zerrbild ihrer eigenen Zukunft gespiegelt … Aber sosehr sie Jaime auch liebte – ihren Glauben, das wusste Zahra, würde sie niemals für ihn aufgeben. Der Austritt aus der religiösen Glaubensgemeinschaft der Muslime, der *umma*, war undenkbar für sie. Von Geburt an waren alle Muslime

Teil der *umma*, und ganz gleich, in welchem Land man geboren wurde – für jeden galten die fünf selben Pflichten: das Glaubensbekenntnis, das rituelle Gebet, das Zahlen der Armenspende, das Fasten im Monat Ramadan und zumindest für die Männer die Pilgerfahrt nach Mekka. Ein Austritt aus dieser Gemeinschaft war im Koran nicht nur nicht vorgesehen, sondern galt als Hochverrat und wurde mit dem Tode bestraft. Nein, niemals käme eine Konversion für sie in Frage, und auch für ihre Kinder wollte sie sicherstellen, dass sie stets Teil der *umma* blieben. Nicht zuletzt aus diesem Grund drängte sie zu Chalidas Heirat mit Musheer, den sie als sehr ernsthaften Muslim kennengelernt hatte.

Zahras Blick kehrte zu ihrer Tochter zurück. Sie war gewiss, dass diese, wenn sie erst mit Musheer verheiratet war, verstehen würde, welche gute Wahl Raschid, Jaime und sie getroffen hatten. Sie strich ihr über den Arm und fuhr mit sanfter Stimme fort: »Du bist noch so jung, Kind, du kannst nicht wissen, worauf es im Leben ankommt. Oft müssen wir steinige Wege gehen, und dafür brauchen wir Menschen an unserer Seite, auf die wir zählen können. Glaub mir: Musheer ist so ein Mensch. Hör auf, gegen die Hochzeit mit ihm aufzubegehren. Er ist ein sympathischer junger Mann, klug und strebsam und trotzdem zu Späßen aufgelegt. Und auch, dass Abdu schon seit Jahren mit ihm befreundet ist, sollte dich für ihn einnehmen! So hab doch Vertrauen zu uns! Wenn du Musheer kennenlernst, wirst du ihn mögen und dich gewiss auch in ihn verlieben.«

»Aber wenn nicht, bin ich trotzdem schon mit ihm verheiratet«, schnaubte Chalida und wollte noch mehr entgegnen, da stürmte ihr großer Bruder ins Zimmer und ergriff augenblicklich das Wort. »Ich muss Euch sprechen, Mutter, sofort!«

Er sah zu Chalida und machte eine entschiedene Bewegung

mit dem Kinn, woraufhin Chalida noch einmal schnaubte – und das ungleich vehementer als zuvor. »Um mit Aaron auszureiten, bin ich zu alt, aber um hier zuzuhören, zu jung. Ihr beiden legt Euch doch immer alles so zurecht, wie Ihr es braucht!«

Ein bloßes Augenbrauenheben Abdarrahmans genügte, um Chalida zum Schweigen zu bringen, was Zahra schmunzeln ließ. Nicht zum ersten Mal stellte sie fest, dass Abdarrahman mit seinen fünfzehn Jahren ein ungewöhnlich reifer junger Mann war, und sie wusste, dass er sich durchaus nicht nur bei seiner kleinen Schwester so mühelos Respekt zu verschaffen wusste, wobei ihm zweifellos die aufrechte, selbstbewusste Art seines Vaters half, die er ebenso wie den unnachgiebigen Stolz seiner maurischen Vorfahren geerbt hatte.

Zahra begrüßte ihren Ältesten mit einem liebevollen Lächeln. »Friede sei mit dir, mein Sohn, wie schön, dich so früh zu Hause zu sehen! Was brennt dir auf der Seele?«

Abdarrahman wartete, bis seine Schwester die Tür hinter sich geschlossen hatte, und sagte nur: »Cisneros.«

Das Wort blieb wie eine Drohung im Raum stehen. Zahra schluckte und rieb sich über die Arme, als fröstele sie. Der Erzbischof von Toledo war bekannt für seine feindliche Einstellung gegenüber Juden, Muslimen und Neuchristen – oder *Marranen,* wie sie auch genannt wurden – und wurde von ihnen in Granada noch mehr als Torquemada gefürchtet. Trotz seiner hohen Stellung lebte er sehr zurückgezogen und in solch aufreizender Askese inmitten des Palasts, den er als Erzbischof hatte beziehen müssen, dass er dafür sogar schon vom Papst gerügt worden war. Seine Entsagung von allen Sinnesfreuden war angesichts der Prunkhaftigkeit und wollüstigen Liebesfreuden seiner Amtskollegen wie eine stumme Anklage, die ihm sogar der Papst übelnahm. Aber dafür konnte der dreiundsechzigjährige Franziskanermönch auf die bedingungslose Unterstützung Königin Isabels zählen, mit der er im Sommer nach Granada gekommen war.

»Was … ist mit Cisneros?«, fragte Zahra schließlich.

»Ich habe eben erfahren, dass er nicht mit Isabel und Fernando abreisen wird, sondern in Granada bleiben soll – als Inquisitor.«

Im ersten Moment war Zahra so erschrocken, dass sie keinen Ton hervorbrachte. Dann fasste sie sich und zeigte ein bitteres Lächeln. »Ich nehme an, das ist die Rache der Katholischen Könige für den Empfang, den wir ihnen bei ihrer Rückkehr bereitet haben …«

Als die Könige im Sommer nach mehrjähriger Abwesenheit zum ersten Mal wieder nach Granada gekommen waren, hatte Graf de Tendilla, der Alcaide der Stadt, die Mauren dazu aufgerufen, das Regentenpaar würdig zu begrüßen, auf seine Bitte jedoch kein Echo erhalten. Erst als sich auch Erzbischof Talavera für einen ehrenvollen Empfang von Isabel und Fernando eingesetzt hatte, war Bewegung unter die Mauren gekommen – allerdings einzig und allein Talavera selbst zuliebe, der sich in diesen Jahren wie kein zweiter Christ die Achtung und Zuneigung der Mauren erworben hatte. Am Tag der Ankunft des Königspaares standen von der Plaza de Bibarrambla bis zur Anhöhe von Gomérez fast dreißigtausend Mauren dicht gedrängt Spalier und boten in der gleißenden Sonne mit ihren weißen maurischen Festtagsgewändern einen mächtigen Anblick – anscheinend zu mächtig für die Könige, denn anstatt sich über die große Masse der sie willkommen Heißenden zu freuen, waren Isabel und Fernando entsetzt darüber, wie unverändert maurisch alles in Granada geblieben war. Ihr weiterer Aufenthalt in der Stadt konnte diesen ersten Eindruck nur noch verstärken: In den Gassen herrschte weiterhin das gutturale Arabisch der Mauren vor, das Straßenbild war geprägt von wehenden Tuniken und Schleiern, aus den Häusern wehte der Duft von stark gewürzten maurischen Gerichten, und fünfmal am Tag erschallte der durchdringende Ruf des Muezzins über den Dächern der Stadt. Nicht weniger störten sich die Könige an dem »Freitagsgehabe« der Muslime mit den rituellen Waschungen und Moscheebesuchen, und dass an diesem Tag niemand von ihnen arbeitete, während sie am Sonntag, dem christlichen Ruhetag, überall emsig schafften und werkelten – in den Augen der Könige ein Trauerspiel, das dem Herrn spottete. Tief enttäuscht hielt Isabel Talavera vor, dass sich in den mehr als fünf Jahren ihrer Abwesenheit nichts geändert habe, und auch wenn Talavera ihr lange Listen von Bekehrungen vorlegen konnte, war dies Isabel nicht genug. »Wir sind ein christliches Land«, erwiderte sie kühl, »und das sollte man nach dieser langen Zeit endlich auch sehen und fühlen können!«

Aus diesem Grund konnte es Zahra nicht überraschen, dass Isabel zu härteren Maßnahmen greifen wollte. »Und was genau soll Cisneros hier ausrichten? Eigentlich hat die Inquisition doch nur Zugriff auf Christen – und die Ketzer unter ihnen.«

»Auf jeden Fall kann er seine Spitzel auf die getauften Juden ansetzen …« Abdarrahman hob die Achseln. »Immerhin ist die Inquisition auch in La Guardia gegen Nicht-Christen vorgegangen … Und wie man hört, erhoffen die Könige von Cisneros, dass er in den Gassen Granadas endlich für christliche Ordnung sorgt.«

»Aber wir haben doch niemandem etwas getan, ich meine, er kann uns schließlich nicht zwingen, christlich zu werden, wir sind durch die Kapitulationsbedingungen geschützt und dürfen unseren Glauben frei ausüben!«

»Dürfen ja, aber wir sollen nicht!« Abdarrahman warf seiner Mutter einen beredten Blick zu. »Ich befürchte, Talavera war das Angebot zur Konversion – Cisneros wird der Zwang dazu werden. Was ich bisher gehört habe, lässt leider darauf schließen, dass Cisneros auch nicht vor Gewalt zurückschrecken wird, um uns zum Glaubensübertritt zu bewegen. Und das sehen wir alle so!«

Bei Abdarrahmans »wir alle« zogen sich Zahras Augenbrauen zusammen. Sie wusste, dass ihr Sohn sein Medizinstudium in der der Moschee angeschlossenen Medresse zwar sehr ernst nahm, sich dort aber auch häufig mit einer Gruppe von Freunden traf, die schon vor Cisneros' Eintreffen in der Stadt mit den herrschenden Umständen unzufrieden gewesen waren. Da die Gruppe bisher nichts weiter getan hatte, als eine Handvoll Beschwerdebriefe zu schreiben, hatte Zahra keinen Grund gesehen, ihrem Sohn den Umgang mit den überwiegend jungen Leuten zu verbieten, und Jaime nichts davon gesagt.

»Vor allem Musheer wettert gegen Cisneros«, berichtete Abdarrahman weiter. »Er meint, dass wir Druck auf die Faqihs und den Imam ausüben sollten, damit sie unter Berufung auf die Kapitulationsvereinbarungen bei der Königin vorstellig werden. Wir können es uns nicht leisten, einfach nur zuzusehen und abzuwarten. Immerhin hat die Inquisition mit der Verurteilung der Juden in La Guardia schon einmal bewiesen, dass sie durchaus auch außerhalb der eigenen Reihen zuschlägt, wenn sie es für nötig hält!«

»Abdu, meinst du nicht, du solltest solche Dinge anderen überlassen? Ich will nicht, das du da reingezogen wirst, und wenn dein Vater davon erfährt …«

»Das wird er nicht, Mutter, seid gewiss, dass ich vorsichtig bin. Außerdem wisst Ihr genau, dass auch Musheer kein

Hitzkopf ist, und Ihr müsst verstehen, dass wir uns Sorgen machen!«

Die werden wir uns von nun an wohl alle machen müssen, dachte Zahra, doch zu Abdarrahman meinte sie bloß: »Du weißt, dass ich dir vertraue, mein Sohn. Mach, dass dies auch so bleiben kann!« Zugleich wehte sie der Gedanke an, inwieweit Jaime eigentlich noch *ihr* vertrauen konnte, ein Gedanke, den sie ebenso rasch wieder vertrieb, wie er ihr gekommen war.

Obwohl Cisneros in den folgenden Wochen durch keine besonderen Maßnahmen von sich reden machte, war seine Anwesenheit doch überall spürbar. Sein Name begann sich mit Widerhaken in den Köpfen der Mauren festzusetzen, und wenn sie jetzt Christen durch ihr Viertel oder um ihre Häuser streifen sahen, fürchteten sie sofort, es könnten Cisneros' Familiares, seine Spitzel sein, auch wenn diese ihnen von Gesetzes wegen nicht nachspionieren durften. Bei ihren Besuchen in der Stadt spürte Zahra das wachsende Misstrauen, sah die verschlossenen Mienen, registrierte die Schreckhaftigkeit der Menschen – und geriet darüber immer öfter mit Jaime in Streit.

Schließlich spürten die as-Sulamis die nahende Präsenz Cisneros zum ersten Mal auch auf ihrer Farm und erschraken darüber zutiefst: Wie aus dem Nichts standen an einem Samstagmorgen zwei ältere Christen mitten in ihrem Haus und sahen sich mit offensichtlicher Neugier um. Zubair fasste sich als Erster. Er ging auf sie zu und fragte sie unumwunden, was sie hier zu suchen hätten. Die Männer behaupteten, auf der Durchreise zu sein, und baten darum, ihren Wasserschlauch auffüllen zu dürfen, der ihnen durch eine Unachtsamkeit leergelaufen sei – doch dies glaubte ihnen weder Zubair noch sonst jemand im Haus. Zubair ließ ihnen ihren Wasserschlauch von einem Diener füllen, und alle atmeten auf, als die beiden endlich wieder im angrenzenden Wald verschwunden waren.

Am Abend zog sich Zahra mit Jaime in den Gartenteil des Patios hinter dem Haus zurück, um dort wie so oft in den letzten Tagen auf einer ausgebreiteten Decke die letzten milden Herbstabende zu genießen, aber nach Zahras Bericht über diesen Vorfall fuhr Jaime augenblicklich wieder hoch.

»Das haben wir nun von eurem Leichtsinn«, schimpfte er. »In drei Teufels Namen: Wie oft habe ich euch schon gesagt, dass Deborah und ihre Eltern uns noch die Inquisition auf den Hals hetzen werden?«

»Aber seit Deborahs Eltern die Wohnung in Granada haben, sind sie doch kaum noch hier!«

»Aber heute waren sie da! Bei allem Verständnis für ihre Lage, Zahra, aber ihr müsst ihnen klarmachen, dass sie ihren früheren Glauben auf keinen Fall mehr praktizieren dürfen, sonst landen wir noch alle im Kerker! Ich wage gar nicht, daran zu denken, was alles hätte passieren können. Und dann war heute auch noch Schabbat! Ich hoffe, Deborah hatte wenigstens keine Kerzen ins Fenster gestellt?«

»Aber nein, das tut sie bereits seit Cisneros' Amtsantritt nicht mehr, und das weißt du auch!« Zahra setzte sich nun ebenfalls auf. »Außerdem konnten wir wohl kaum damit rechnen, dass hier so weit draußen auf der Farm plötzlich irgendwelche Christen auftauchen und herumschnüffeln!«

»Ich habe euch schon oft genug davor gewarnt, dass bei Cisneros mit allem zu rechnen ist!« Jaime riss ein paar Grashalme aus und schleuderte sie davon. »Und die Challot? Ich will doch hoffen, dass Deborah auch ihr Schabbatzopfbrot nicht mehr backt!«

Zahra hob hilflos die Schultern. »Sie … sie legt es nicht mehr auf den Esstisch, aber in der Küche …«

»Das darf doch nicht wahr sein, Zahra! Ist euch denn nicht klar, dass Cisneros' Familiares ganz genau wissen, wo die getauften Juden wohnen? Und welcher Tag könnte für sie besser geeignet sein, um nachzuprüfen, wie ernst es den Neuchristen mit der Taufe ist, als der Schabbat? Kannst du dir vorstellen, was passiert wäre, wenn die beiden Männer in die Küche spaziert wären? Du weißt, dass ich nichts gegen Deborahs Glauben habe, aber die Zeiten haben sich geändert, und wenn ihr das nicht endlich begreift, spielt ihr mit unser aller Leben!«

»Aber Deborah und ihre Familie sind doch ganz vorsichtig!«, versuchte Zahra, ihn zu beschwichtigen. Mittlerweile ärgerte sie sich, ihm überhaupt von dem Vorfall erzählt zu haben. Sie wollte nicht ständig mit ihm streiten, und schon gar nicht über dieses Thema. Sie verfluchte diesen Cisneros, der all diesen Unfrieden über sie brachte, schenkte Jaime ein bittendes Lächeln und strich ihm über die Falten auf seiner Stirn. »Jetzt versetz dich doch einmal in die Lage von Deborah: Letztendlich geht es hier auch um ihre Identität! Wenn ich mir vorstelle, man würde die Moschee schließen und ich dürfte meine Gebete nicht mehr verrichten …«

»Zahra, ich bezweifle in keiner Weise, dass all dies sehr schwierig und schmerzhaft für sie ist«, fiel Jaime ihr ins Wort, »aber zugleich muss ich an eure Sicherheit denken!«

Er schnaubte, wirkte aber versöhnlicher als zuvor und ließ eine ihrer Haarsträhnen durch seine Finger gleiten.

Zahra kam ihr Gespräch mit Abdarrahman in den Sinn. »Vielleicht sieht ja auch bald alles schon wieder ganz anders aus.« Sie lächelte Jaime an. »Immerhin sind ernsthafte Versuche im Gang, Cisneros aus der Stadt wegzubekommen, und wenn Allah auf unserer Seite ist, sind wir ihn womöglich schon in wenigen Wochen wieder los!«

»Von diesen Bestrebungen seitens der Mauren habe ich zwar gehört, aber sie sind keinesfalls in aller Munde! Woher also weißt du davon?« In Jaimes Augen trat Argwohn.

Zahra hoffte, dass sie nicht errötete, und verwünschte ihren Sohn, weil er sie nicht gewarnt hatte, all dies noch für sich zu behalten. Zugleich musste sie sich fragen, wie Abdarrahman an diese Informationen gelangt war. War diese Gruppe, der er angehörte, etwa doch nicht so harmlos, wie sie angenommen hatte?

»Zahra, ich habe dich gefragt, wo du das aufgeschnappt hast!«

»Ich … keine Ahnung«, stotterte Zahra. »Vielleicht hat … hat einer der Patienten von Deborahs Vater davon erzählt. Er … er betreut ja etliche Mauren in Granada, seit er die Wohnung dort hat, und du weißt, wie oft ich in der letzten Zeit mit ihm unterwegs war …«

Die Heilkünste von Deborahs Vater waren in der Region sehr gefragt, zumal viele jüdische und maurische Ärzte seit der Machtübernahme der Christen das Land verlassen hatten, aber allmählich machte Mosche sein Alter zu schaffen, so dass er jemanden brauchte, der ihm bei Hausbesuchen zur Hand ging – eine Aufgabe, die Zahra freudig übernommen hatte. Schon seit Jahren suchte sie nach einem Weg, das Heilwissen zu vermehren, das sie von Tamu übernommen hatte, und der alte jüdische Arzt hatte sie nur zu gern unter seine Fittiche genommen.

Jaime senkte die Augenbrauen. »Ein Patient von Mosche soll dir das gesagt haben? Sag mal, Zahra, hältst du mich für blöd? Zum Donner noch eins, was treibst du wirklich, wenn du mit Mosche unterwegs bist?«

»Die Kranken versorgen, was sonst?« Zahra sprang auf, riss eines der herbstlich gelbverfärbten Blätter vom Maulbeerbaum und drehte den Stengel nervös in den Händen. Verdammt, verdammt, verdammt, sagte sie sich dabei wieder und wieder und war froh, dass sich Jaimes Argwohn wenigstens nur gegen sie und nicht auch noch gegen Abdarrahman richtete. Wenn er je herausfand, dass ihr Ältester nicht nur zum Studieren in die Medresse ging, würde er ihm zweifelsohne auf der Stelle Hausarrest erteilen.

»Und ... und meinst du, dass diese Bestrebungen Erfolg haben können?«, versuchte Zahra, Jaime abzulenken. »Ich meine, können wir hoffen, dass Cisneros über kurz oder lang wieder abberufen wird?«

Jaime hob die Achseln. »Auf jeden Fall gibt es auch viele Altchristen, die über seine Anwesenheit alles andere als erfreut sind – mit Talavera angefangen. Er befürchtet, dass Cisneros das ganze Vertrauen, das er so mühsam zu den Menschen hier aufgebaut hat, binnen weniger Monate zerstören wird.«

»Weiß man inzwischen, was genau Cisneros vorhat?«, drängte sich mit einem Mal Abdarrahmans Stimme zwischen sie. Zahra wandte den Kopf und sah, wie ihr Sohn unter den Zweigen des Maulbeerbaums hindurch zu ihnen trat.

»Friede sei mit Euch, Vater!« Er verbeugte sich vor Jaime und berührte mit der linken Hand grüßend Brust und Stirn. Danach wandte er sich auch an seine Mutter. Zahra fragte sich, wie ihr Sohn seine Stimme so unbeteiligt klingen lassen konnte. Nach dem Eindruck, den sie soeben über seine »Umtriebe« in der Medresse gewonnen hatte, musste ihm doch alles an dieser Antwort liegen!

»Die Könige haben ihm doch gewiss konkrete Anweisungen geben ...«, fuhr er fort.

»Alles, was ich weiß, ist, dass sie ihn aufgefordert haben, mit mehr Entschiedenheit gegen jedwede Form von Unglauben vorzugehen, was meiner Einschätzung nach zunächst vor allem abtrünnige Christen zu spüren bekommen werden. Gewiss wird er versuchen, sie zurück in den Schoß der Kirche zu treiben.«

»Oh Gott, die arme Maria!«, entfuhr es Zahra. Die Dienerin war schon vor vielen Jahren zum muslimischen Glauben übergetreten, und auch ihr Sohn war nicht getauft, sondern besuchte mit Zahras Söhnen die Koranschule.

»Manchmal verfügst du über eine bemerkenswerte Doppelmoral«, knurrte Jaime. »Du selbst würdest niemals zum christlichen Glauben übertreten und regst dich über jeden auf, der es tut, aber umgekehrt würdest du jeden Christen, der zu deinem Glauben wechselt, vor lauter Freude am liebsten umarmen!«

»Und was hat Cisneros noch vor?«, hakte Abdarrahman nach. »Vor allem mit uns, meine ich.«

»Das weiß ich nicht, aber allzu viel kann er nicht ausrichten, weil ja in der Kapitulationsvereinbarung die Glaubensfreiheit zugesagt worden ist. Deswegen verstehe ich auch nicht, worauf sich die Hoffnung der Könige stützt …«

Unwillig sah Zahra zu ihrem Sohn. Es behagte ihr nicht, dass er seinen Vater ausfragte, zumal sie sicher war, dass er dessen Antworten an anderer Stelle weitergeben würde – und Jaime seine Antworten, wenn er dies wüsste, ganz gewiss anders formulieren würde. Was passiert hier mit uns?, fragte sich Zahra. Wohin soll das führen, wenn jetzt schon die Söhne die Väter aushorchen? Und wo stehe ich in dem Ganzen? Müsste ich Jaime nicht zumindest warnen? Ist es mit uns in der Tat schon so weit gekommen, dass der Vater vor dem Sohn gewarnt werden muss?

Als Jaime einen Moment den Blick senkte, packte Zahra endgültig das schlechte Gewissen. Sie versetzte ihrem Sohn einen festen Rippenstoß und machte ihm mit gekrauster Stirn ein Zeichen, zurück ins Haus zu gehen. In Abdarrahmans Augen trat dunkler Trotz, aber schließlich gab er nach und verzog sich unter einem Vorwand. Zahra nahm sich vor, gleich am nächsten Tag ein ernstes Gespräch mit ihm zu führen.

Maria weinte sehr, als Zahra sie über Cisneros' Pläne unterrichtete, trotzdem war sie nicht bereit, sich wieder als gläubige Christin in die Kirche einzugliedern. »Niemals!«, schluchzte sie. »Nach all dem, was meine Landsleute mir angetan haben, werde ich ganz gewiss nicht in den Schoß ihrer Kirche zurückkehren! Bitte, Herrin, Ihr dürft mich nicht verraten, lasst mich bei Euch bleiben!«

Zahra musste daran denken, wie Raschid und sie Maria damals – fast noch ein Kind war sie gewesen – vor ihrem kastilischen Herrn gerettet hatten, der sie über Jahre geschunden und missbraucht hatte. Später hatte Maria ihnen erzählt, dass sie in ihrer Verzweiflung sogar den Pfarrer ihres Dorfes bei der Beichte um Hilfe angefleht hatte, doch dieser hatte lediglich gesagt, dass sie an allem die Schuld trage, weil sie ein verderbtes Weib sei, und sie aufhören müsse, ihren Herrn zu reizen. Zur Buße erlegte er ihr zehn Vaterunser und zehn Ave-Maria auf. Außerdem musste sie ihm auf die Bibel schwören, vor ihrem Herrn fortan züchtig die Augen niederzuschlagen. An ihrer Situation hatte sich dadurch natürlich nichts geändert.

Zahra verstand nur zu gut, dass Maria nichts mehr mit den Christen zu tun haben wollte, aber sie wusste nicht, wie sie sie schützen sollte. Schließlich kamen sie überein, Maria fortan nicht mehr mit ihrem christlichen Namen, sondern mit der arabischen Übersetzung von Maria, Maryam, anzusprechen. So würden sie auf der Straße oder im Haus, wenn sie nach ihr riefen, nicht gleich die Aufmerksamkeit von Christen auf sie lenken. Mit den Tagen beruhigte sich Maria – Maryam – so weit, dass sie in der Woche darauf Zahra sogar nach Granada begleiten wollte, wo diese Deborahs Vater bei der Pflege eines Schwerkranken unterstützen sollte. Wohnen konnten sie in ihrem Stadthaus, für das sie weiterhin Miete zahlten.

Da Zahra Stoffe für neue Winterkleidung brauchte, ging sie an ihrem ersten Abend in der Stadt zusammen mit Maryam und Zubair in den Suq. Seit dem Sommer war Zahra nicht mehr dort gewesen, und nicht nur sie, sondern auch Maryam wunderte sich, wie viele Christen dort jetzt anzutreffen waren. Ihr fiel ein, dass Jaime von den Bemühungen der Könige erzählt hatte, in und um Granada herum mehr Christen anzusiedeln, indem man den Umsiedlern sogar Land schenkte und sie in der ersten Zeit überdies kostenlos mit Weizen und Fisch versorgte, aber die Vielzahl der Christen versetzte sie trotzdem in Erstaunen.

Nachdem Zahra ein paar prächtige Wollstoffe für die Djellabas ihrer Söhne erstanden hatte, erblickte sie einen herrlichen tiefblauen Stoff, der wie für ihre Tochter gemacht war. Sie sah sich nach dem Händler um, konnte ihn aber nirgends entdecken – bis sie auf einen Kastilier aufmerksam wurde, der mit dem Händler am Nachbarstand sprach. Zuerst wollte Zahra ihn auf Spanisch ansprechen, aber dann hatte sie Angst, dass er sie aufgrund ihres fehlenden Akzents für eine zum muslimischen Glauben übergetretene Christin halten könnte, und redete ihn doch auf Maurisch an. Der stämmige Mann fuhr zu ihr herum und riss ihr augenblicklich den Stoff aus den Händen. »Finger weg von meinen Sachen, ich verkaufe nichts an euch ungläubiges Pack, na los, verschwinde, sieh zu, dass du weiterkommst, du Teufelsbraut!«

Empört schnappte Zahra nach Luft und hatte eine entsprechende Erwiderung schon auf der Zunge, doch Maryam packte sie am Arm und zog sie mit einem flehentlichen »Bitte, Herrin, lasst uns gehen, so kommt doch!« weiter. Erst nachdem Zahra mehrmals heftig durchgeatmet hatte, sah sie ein, dass Maryam recht hatte: Nein, mit so einem bornierten kastilischen Ochsen lohnte es sich allerdings nicht, einen Streit anzufangen, zumal sie damit womöglich Maryam in Gefahr brachte. Aber die Zurückweisung des Kastiliers rumorte weiter in ihr. Granada – das war über siebenhundert Jahre lang die Stadt der Mauren gewesen. Wie konnte dieser Kastilier es wagen, so mit ihr zu reden? Und wenn er sich dies nun schon zu Beginn von Cisneros' Amtszeit herausnahm – wie würde es dann weitergehen?

II.

Granada
20. November 1499

Als Abdarrahman und Musheer geendet hatten, sahen ihre Freunde sie ungläubig an. Wie so oft in den letzten Wochen waren sie nach dem Unterricht in ihrem Studiersaal in der Medresse geblieben, um über die neuesten Vorfälle in der Stadt zu diskutieren. Doch was die beiden jungen Männer ihnen heute zu berichten gehabt hatten, überstieg alles, was sie sich je hätten vorstellen können: Cisneros hatte vier Imame, einen Faqih und einen Mufti in seine Gewalt gebracht und wollte sie erst wieder freilassen, wenn sie die Taufe angenommen hatten und fortan dem Gott der Christen dienen wollten – was nicht weniger bedeutete, als dass sie ihre alten Glaubensbrüder dem christlichen Glauben zuführen sollten.

Der Erste, der sich aus seiner Starre löste, war Abdul. Er erhob sich von seinem Sitzkissen und ging zur hohen Flügeltür des Saals, um sie zu schließen, und allen war klar, warum er dies tat: Auch in ihnen hatte der Bericht die Befürchtung ausgelöst, dass man fortan selbst auf dem Gelände der Moschee nicht mehr vor Cisneros' Spitzeln sicher war. Als Abdul seinen Platz wieder eingenommen hatte, räusperte er sich und fragte mit tonloser Stimme: »Aber wie kann Cisneros seit einer Woche sechs so bekannte muslimische Glaubensführer in seiner Gewalt haben, ohne dass wir etwas davon erfahren haben? Warum haben ihre Familien niemandem etwas gesagt?«

»Ganz einfach: Weil sie Cisneros' Rache fürchten!« Abdarrahman hob die Augenbrauen. »Und selbst jetzt, da wir eindeutige Beweise haben, behaupten die Familien dieser Männer noch, dass sie lediglich auf einer Reise seien!«

Abdul schüttelte fassungslos den Kopf. »Und Cisneros lässt sie tatsächlich nur wieder frei, wenn sie die Taufe annehmen? Und was wollen sie uns dann später erzählen, wie sie zu ihrem neuen Glauben gekommen sind? Dass ihnen auf ihrer ›Reise‹ der Heilige Geist erschienen ist und sie deswegen zum Christentum konvertiert sind?«

»Ich verstehe deinen Zorn, Abdul, aber wenn die Männer keine andere Möglichkeit sehen, um ihr Leben und das ihrer Familien zu retten, sollten wir sie keinesfalls verspotten«, mischte sich Musheer wieder in die Diskussion. Trotzdem auch er erst siebzehn Jahre alt war, zeugten seine Worte stets von großer Reife. »Und noch weniger sollten wir diese Männer verurteilen! Cisneros hat offensichtlich weit mehr Macht und noch weniger Skrupel, als wir angenommen hatten. Und leider scheint dies noch nicht einmal der erste Fall von Beugehaft zu sein: Vor zwei Wochen muss Cisneros schon einmal drei Imame festgesetzt haben, und das ist wohl nur deswegen niemandem aufgefallen, weil sich seine ersten muslimischen ›Gäste‹ ziemlich rasch von ihm haben überzeugen lassen, dass es heilbringender für sie ist, den Glauben zu wechseln.«

»Zum Lohn für ihre rasche Auffassungsgabe hat Cisneros ihnen dann etliche Morgen fruchtbares Land in der Vega übereignet«, fügte Abdarrahman bitter hinzu. »Die jetzigen Gefangenen setzen Cisneros offenbar mehr Widerstand entgegen!«

»Und was genau droht den Männern, wenn sie sich weigern, sich von Cisneros bekehren zu lassen?«, wollte ein drahtiger Student aus den hinteren Reihen wissen.

»Wir wissen, dass Cisneros auch vor Gewalt nicht zurückschreckt«, gab Musheer zurück. »Zumindest einen der Faqihs hat er schon foltern lassen.«

»Aber … aber das kann er doch nicht machen«, entfuhr es dem Mann, und auch durch die Reihen der anderen Studenten ging ein entsetztes Raunen. Stimmen wurden laut, dass man die Männer sofort befreien müsse.

»Dafür müssten wir erst einmal herausfinden, wo genau Cisneros sie gefangen hält«, bremste Musheer ihren Elan. »Er scheint sie beinahe täglich zu verlegen, und gestern hat unser Informant endgültig ihre Spur verloren.«

»Dein Vater ist doch einer der Leibwächter Talaveras«, rief Abdul und sah Abdarrahman an. »Wäre es nicht das Einfachste, du fragst ihn, wo die Gefangenen sind?«

»Wie du schon richtig sagst, ist mein Vater Talaveras und nicht Cisneros' Leibwächter – und ich kann dir versichern, dass weder mein Vater noch Talavera das Geringste mit diesen Entführungen zu schaffen haben!« Obwohl Abdarrahman fest von der Richtigkeit seiner Aussage überzeugt war, errötete er bis zum Haaransatz. Je mehr Unheil die Christen über die Mauren brachten, desto peinlicher war es ihm, mit ihnen in Verbindung gebracht zu werden – und das vor allem, wenn es um seinen Vater und seine Arbeit ging. Verdammt, Vater, knurrte er in sich hinein. Reicht es nicht schon, dass du Christ bist? Musst du auch noch den Christen an den höchsten Stellen dienen? Machst du dir eigentlich jemals Gedanken darüber, in welche Lage du deine Kinder damit bringst? Nicht zum ersten Mal überkam ihn heftiger Groll gegen seinen Vater, ein Groll, der ihm ebenso peinlich war wie die Verdächtigung seines

Kommilitonen, sein Vater könnte auch nur im Entferntesten etwas mit den Gefangenen zu schaffen zu haben, aber trotzdem konnte er diesen Groll nicht überwinden. Wehmütig dachte er daran, wie sehr er seinen Vater früher bewundert hatte für seine Kraft, für seinen Einsatz für die Mauren, für die hochgeachtete Stellung, die er unter dem Emir innegehabt hatte … und wie wenig von dieser Bewunderung heute noch übrig war. Zum ersten Mal wurde ihm der Grund dafür klar: Er fühlte sich von ihm verraten, bloßgestellt …

Als er merkte, dass die anderen ihn erwartungsvoll ansahen, drängte er seinen Unwillen zurück, holte kurz Luft und fuhr dann ruhiger fort: »Ich denke, wir sind uns alle darüber einig, dass man Talavera und Cisneros nicht über einen Kamm scheren kann. Talavera war strikt gegen Cisneros' Einsetzung als Inquisitor – und leidet inzwischen kaum weniger unter ihm als wir!«

Der drahtige Student nickte eifrig. »Cisneros soll den Königen vorgehalten haben, dass es Talaveras Missionierungsmaßnahmen am rechten Glauben fehle, und seit er herausgefunden hat, dass Talavera Kirchenlieder in der kastilischen Sprache dichtet, um seine Gläubigen mehr in den Gottesdienst einzubinden, wirft er ihm gotteslästerliches Verhalten vor. Einzig die lateinische Sprache sei würdig, im Haus Gottes zu erklingen, und es sei unerheblich, ob die Gläubigen etwas davon verstehen oder nicht.«

»Das habe ich auch gehört«, erhob ein anderer junger Mann die Stimme, »und ebenso, dass Cisneros fast vor Wut geplatzt ist, als er herausgefunden hat, dass Talavera an einem Glossar und einer Grammatik der arabischen Sprache arbeitet und seine Priester Arabisch lernen lässt! Wenn das so weitergeht, kann Talavera froh sein, wenn er von Cisneros nicht noch selbst vor ein Inquisitionsgericht gestellt wird!«

»Lasst uns lieber überlegen, wie wir die Männer finden und sie befreien könnten«, bat Musheer und wandte sich an ihren Studienkollegen Salah, einen korpulenten, rotgesichtigen Jungen. »Meinst du, dein Cousin würde noch einmal eine seiner Damen für uns einsetzen?«

Salahs Cousin führte ein anrüchiges Dar al-'attar, in dem nicht nur Christen, sondern auch einer von Cisneros' Leibwächtern sein Vergnügen suchte. Unter Alkoholeinfluss und angesichts der Verlockungen eines drallen Weibes wurde der Mann recht redselig, was sie sich schon mehrfach zunutze gemacht hatten.

Salah nickte. »Das wird er für uns gewiss tun. Und keine Frage, dass ihr auf mich zählen könnt, um die Männer zu befreien!«

Abdarrahman und Musheer nickten einander zufrieden zu. Die Zeit des stillen Abwartens war vorüber!

Fünf Tage später waren Cisneros' Gefangene wieder auf freiem Fuß – und alle waren sie getauft. Abdarrahman und seine Freunde kochten vor Wut, weil sie sie nicht vorher hatten finden und befreien können. Da Abdarrahman einen der freigelassenen Imame gut kannte, beschloss er, ihm einen Besuch abzustatten. Seine Frau öffnete ihm die Tür, wollte ihn aber nicht vorlassen. »Mein Mann ist krank und braucht viel Ruhe, kommt ein anderes Mal wieder!«

»Ich … ich will ihn ja auch nicht lange stören«, stotterte Abdarrahman und schob zaghaft den Fuß in den Türspalt. »Bitte, es ist wirklich wichtig, dass ich ihn wenigstens ganz kurz spreche!«

Da die Frau noch immer keine Anstalten machte, ihn einzulassen, versuchte Abdarrahman es auf einem anderen Weg. »Sayyidati«, setzte er neu an. »Ihr braucht mir nichts vorzumachen, ich weiß, was Eurem Gemahl widerfahren ist, und wenn wir verhindern wollen, dass Cisneros jetzt immer so weitermacht, müssen wir mehr von ihm erfahren! Bitte, überzeugt ihn, wenigstens mit uns zu reden!«

Unschlüssig ließ die Frau ihre Hand an der Tür auf- und abgleiten, trat schließlich einen Schritt beiseite und winkte ihn seufzend ins Haus. »Oh Gott, er wird schimpfen mit mir, und wie er schimpfen wird«, jammerte sie, »aber vielleicht könnt Ihr ihm ja auch klarmachen, dass er einen Arzt kommen lassen muss!«

Kurz darauf erreichten sie das Schlafzimmer des Imams, und Abdarrahman schnürte es die Kehle zu, als er sah, in welch jämmerlichem Zustand der alte Mann sich befand: Der Bereich um das linke Auge war so dick geschwollen, wie Abdarrahman dies noch nie bei einem Menschen gesehen hatte, die Lippen waren aufgeplatzt, die Stirn voller Schürfwunden, und der Verband, den er um den rechten Arm trug, war durchgeblutet. »Sayyidi, ich … ich bitte, mein Eindringen zu entschuldigen, aber meine Freunde und ich sind sehr besorgt um Euch und über das, was Euch widerfahren ist, und wir wollten mit Euch reden, weil wir hofften, in Zukunft …« Abdarrahman brach ab, denn je länger er den Mann betrachtete, desto klarer wurde ihm, dass es im Moment Wichtigeres gab. »Sayyidi, bitte gestattet mir, einen Arzt zu holen!«

»Auf … keinen Fall!«, stöhnte der alte Mann und warf seiner Gemahlin einen unwilligen Blick zu. »Fatima, ich hatte … hatte dir doch ausdrücklich … aufgetragen, niemanden vorzulassen!«

»Aber du brauchst Hilfe!«, fiel ihm die gescholtene Gemahlin mit Tränen in den Augen ins Wort. »Und da der junge as-Sulami auch sonst ein so gern gesehener Gast bei dir ist, dachte ich …«

Ein ärgerliches Handheben des Imams brachte sie zum Verstummen.

»Sayyidi, scheltet bitte nicht Eure Gemahlin, weil sie mich vorgelassen hat. Ich habe sie so sehr gedrängt, dass ihr gar nichts anderes übrigblieb, aber wir müssen einfach wissen, wie es Euch und den anderen Männern geht, die Cisneros gefangen gehalten hatte!« Vor Verlegenheit sprach Abdarrahman immer schneller. »Ist … ist es denn wahr, was uns zugetragen worden ist? Lässt Cisneros wirklich nur diejenigen wieder frei, die zum christlichen Glauben konvertieren, und wer es nicht freiwillig tut, den … den …«

»Den kriegt … er schon irgendwie klein, wollt Ihr sagen?« Die trüben, fiebrig glänzenden Augen des Imams ertranken in Scham. »Ich wollte mich nicht beugen, ich … wollte widerstehen, aber ich bin zu alt und zu gebrechlich – meine Widerstandskraft … war so schnell aufgebraucht.«

»Aber ich mache Euch doch keinen Vorwurf!«, versicherte Abdarrahman ihm hastig. »Es geht nur darum, dass wir jetzt endlich etwas gegen Cisneros unternehmen müssen!«

Der alte Mann seufzte und schüttelte traurig den Kopf.

»Aber warum wollt Ihr das nicht?«, begehrte Abdarrahman auf. »Die Katholischen Könige haben uns Religionsfreiheit zugesagt, darüber gibt es Verträge! Warum drängt Ihr nicht auf deren Einhaltung? Und seid gewiss, dass Ihr mit der Unterstützung unserer Gruppe rechnen könnt!«

»Ach, Abdarrahman, Verträge …« Die Stimme des Alten wurde noch schleppender. »Habt Ihr … noch nicht gemerkt, dass Cisneros und seine Inquisition … über dem Gesetz stehen?«

»Niemand steht über dem Gesetz. Und deswegen dürft Ihr dies auch nicht auf sich beruhen lassen!«

»Ich kann nicht anders, mein Sohn, ich … bin zu alt … und

zu schwer verletzt, um das alles … noch einmal durchzustehen. Ich habe mit mir gerungen, ich habe versucht … zu widerstehen. Mehr zu tun stand … nicht in meiner Macht.«

»Und die anderen – sind sie auch …?«

Der Imam nickte. »Unter uns Gefangenen war ein Mufti. Er war es, der uns … am Ende zugeredet hat, Cisneros zu Willen zu sein. Er meinte, dass es … unter solchen Umständen kein Verstoß gegen den Koran sei, wenn wir uns taufen ließen. Allah … er verlangt nicht, dass wir unser Leben opfern, nur um einer Konversion zu entgehen.«

Ein trockener Husten schüttelte ihn, woraufhin seine Frau Abdarrahman einen ebenso verzweifelten wie flehentlichen Blick zuwarf. Plötzlich wurde der Husten so schlimm, dass der alte Mann kaum noch Luft bekam. Hastig eilte Abdarrahman zu ihm, half seiner Frau, ihn aufzurichten, drückte ihm einige Kissen in den Rücken und sprach beruhigend auf ihn ein. »Atmet, Sayyidi, Ihr müsst gegen den Hustenreiz anatmen. Ja, so ist es besser!«

Als der Husten endlich nachließ, gierte der alte Mann pfeifend nach Luft.

Seiner Frau liefen die Tränen über die Wangen. »Sie haben die Zelle meines Mannes unter Wasser gesetzt, bis er sich fast den Tod geholt hat. Nur deswegen hat er Cisneros' Drängen nachgegeben! Oh Gott, wenn er mich doch wenigstens den Arzt holen ließe! Allmählich glaube ich, er will sterben, um Cisneros' weiteren Repressalien zu entgehen: Er hat von ihm verlangt, dass er auch andere Muslime zum christlichen Glauben bewegen muss, und wenn er dies nicht tut, wird er ihn wieder einsperren und foltern!«

Abdarrahman schüttelte fassungslos den Kopf. »Sayyidi, ich beschwöre Euch: Wir werden für alles einen Weg finden, aber jetzt müsst Ihr Euch behandeln lassen! Meine Mutter weiß viel über die Heilkünste, und überdies haben wir einen guten jüdischen Arzt in der Familie. Ich flehe Euch an: Lasst mich zumindest einen der beiden holen gehen!«

Der Imam reagierte nicht, aber seine Gemahlin machte Abdarrahman unmissverständliche Zeichen, woraufhin dieser nicht länger zögerte.

Eine halbe Stunde später kehrte er mit seiner Mutter zurück. Schon während sie den Patio überquerten, hörten sie den Imam hustend nach Luft ringen. Eilig folgte Zahra der Frau in das Gemach des Imams, half ihr, den keuchenden Mann aufzusetzen, und beruhigte ihn mit einem gleichmäßigen Redefluss und einer sanften Rückenmassage. Nach quälend langen Minuten ebbte der Hustenanfall endlich ab. Zahra untersuchte den Imam und bat seine Gemahlin, aus den Kräutern, die sie aufgrund von Abdarrahmans Schilderung wohlweislich mitgebracht hatte, einen Sud zu bereiten, von dem der Kranke alle halbe Stunde trinken sollte; ihren Sohn hieß sie eine Salbe mit ätherischen Ölen auf Brust und Rücken auftragen. Schon wenige Minuten später beruhigte sich die Atmung des Kranken weiter, aber ein wenig entspannen konnte sich der Mann erst, als Zahra ihm schwor, mit niemandem über ihren Krankenbesuch und das, was sie hier sah und hörte, zu sprechen. Anschließend erlaubte der Imam seiner Frau und Abdarrahman, Zahra den Grund für seine Verletzungen und seine Erkrankung zu nennen – mitsamt der Rolle, die Cisneros dabei gespielt hatte. Trotzdem lehnte er weiter jede Vergeltung ab und wollte auch nicht die Könige über die Vorfälle informieren.

»Unser Volk hat in diesem unseligen Krieg schon genug gelitten, und wir müssen unter allen Umständen vermeiden, dass es zu neuen Kämpfen kommt«, stöhnte er. »Allahu akbar, Gott ist groß. Auch wenn wir uns von diesem Cisneros mit Weihwasser besprengen lassen, um unser Leben zu retten, weiß der Allmächtige doch, dass wir in unseren Herzen weiter gläubige Muslime sind!«

Auf dem Heimweg mahnte Zahra ihren Sohn, sich an die Bitte des Imams zu halten. »Glaub mir, ich bin über Cisneros' Willkür und Übergriffe ebenso empört wie du, aber der Imam hat recht: Es bringt niemandem etwas, wenn wir die Feuer des Krieges neu anfachen. Es hat schon viel zu viele Tote gegeben. Das darf sich nie mehr wiederholen!«

»Niemand will einen neuen Krieg, Mutter, aber tatenlos zusehen können meine Freunde und ich nicht mehr. Wir haben beschlossen, eine Delegation zu den Katholischen Königen zu schicken! Wenn sie uns allerdings nicht empfangen und anhören ...« Er unterbrach sich, aber Zahra wusste auch so, was die Folge davon wäre. Sie sah sich erschrocken um, doch die Gasse um sie herum war menschenleer. Trotzdem lief ihr ein Schauder über den Rücken.

»Abdu, du hast den letzten Krieg zwar nur als Kind erlebt, aber du müsstest doch noch genug Erinnerungen daran haben, um zu wissen, wie ...«

»Mutter, so weit sind wir doch noch lange nicht!«, fiel Abdarrahman ihr ins Wort. »Jetzt geht es erst einmal nur darum, die Könige auf diese himmelschreiende Ungerechtigkeit aufmerksam zu machen und wieder für Recht und Ordnung zu sorgen!«

»Aber wenn du den nächsten Schritt schon ins Auge fasst ...« Zahra biss sich auf die Lippen. Sie durfte ihren Sohn durch ihre Reaktion nicht zu sehr verschrecken, wenn sie wollte, dass er auch in Zukunft weiter so offen zu ihr war. Sie strich sich über die Stirn. »Gut, bleiben wir bei der Delegation. Habt ihr schon ein paar mächtige Verbündete im Auge, die euch unterstützen könnten? Diese Männer sollten auch bei den Christen einen guten Namen haben! Mir fallen hier als Erste Ismail ibn Badr und seine Freunde ein. Ismail war einer der engsten Freunde Boabdils und ist bei den Christen hochgeachtet. Wenn sein Name unter eurer Petition steht, wird sie mehr Gewicht haben!«

Abdarrahman hob anerkennend die Augenbrauen. »Ihr habt recht, das wäre allerdings ein kluger Schachzug! Ich werde es den anderen vorschlagen!«

Zahra hielt ihren Sohn am Ärmel seiner Tunika fest und zwang ihn damit, stehen zu bleiben und sie anzusehen. »Abdu, du weißt, dass du jederzeit auf meine Unterstützung zählen kannst, aber bitte versprich mir, dass du dich nicht in Gefahr bringst und dass du dich an keinem Blutvergießen beteiligst!« Und nach einer kurzen Pause fügte sie leiser hinzu: »Und bete, dass uns dein Vater niemals auf die Schliche kommt!«

Abdarrahman warf ihr einen hochfahrenden Blick zu und machte sich mit einer ruckartigen Bewegung von ihr frei.

Irritiert sah Zahra zu ihm auf. »Verdammt, Abdu, er ist dein Vater!« Aber sie spürte selbst, wie erbärmlich wenig das in Momenten wie diesen wog.

»Lass mich los, verdammt, du tust mir weh! Du sollst mich loslassen!«

»Nichts da, ich bringe dich jetzt zu Mutter, du schamloses Ding!«

Von den Schreien ihrer Kinder alarmiert, eilte Zahra von der Küche in den Innenhof der Seidenfarm, wo Abdarrahman Chalida mit hinter dem Rücken hochgedrehten Arm höchst unsanft vor sich herschob.

»Was soll das?«, herrschte sie ihn an. »Was fällt dir ein, so mit deiner Schwester umzuspringen? Lass sie sofort los!«

Abdarrahman tat, wie Zahra ihm geheißen, versetzte seiner Schwester dabei aber einen unsanften Stoß, so dass sie fast stürzte. Zahra stellte sich zwischen die beiden und stemmte die Hände in die Hüften. »Das reicht jetzt!«

»Wartet, bis Ihr wisst, was sie getan hat!«

»Nichts habe ich getan, gar nichts«, zischte Chalida und rieb sich den schmerzenden Arm.

»In diesem Aufzug« – Abdarrahman wies auf Chalidas offenes Haar und ihr unverschleiertes Gesicht – »ist sie in den Männertrakt reingeplatzt, um ihren blöden Aaron zu suchen. Nicht mal angeklopft hat sie. Und selbst als sie gesehen hat, dass ich dort nicht allein war, ist sie nicht gegangen, sondern hat Musheer angestarrt, als hätte er drei Augen und einen Rüssel im Gesicht.«

»Musheer?«, rief Zahra erstaunt. »Er ist hier? Seit wann? Und warum? Und wieso bist du noch nicht in der Medresse? Du hast doch heute früh Unterricht!«

»Wir … wir haben eben einiges zu besprechen, Dinge, die … die wichtiger sind als das Studium!«, gab Abdarrahman ausweichend zur Antwort, warf noch einen wütenden Blick auf seine Schwester und stürmte zurück in das Zimmer, in dem sein Freund auf ihn wartete.

Kopfschüttelnd drehte sich Zahra zu Chalida um. »Und du? Was fällt dir ein? In dem Aufzug hast du allerdings nicht in den Männertrakt zu gehen, eigentlich überhaupt nirgendwohin – und das weißt du auch! Und dann ausgerechnet, wenn Musheer da ist! Was soll er denn jetzt von dir denken?«

»Je schlechter, umso besser!«, gab Chalida patzig zurück.

Wider Willen musste Zahra lachen. »Manchmal kommst du mir wirklich noch wie ein kleines Kind vor!«

»Aber ich bin keins mehr«, zischte Chalida. »Und diesen Musheer – den heirate ich niemals! Der ist ja noch blasierter als Abdu, und wie wichtig der sich nimmt. *Du musst heute Abend unbedingt in unsere Geheimversammlung kommen*«, äffte sie Musheer nach. *»Du weißt, worum es geht!«*

»Geheimversammlung?« Schlagartig wurde Zahra ernst. »Was für eine Geheimversammlung?«

»Das weiß ich doch nicht!«, gab Chalida unverändert erregt zurück, »und es ist mir auch egal. Aber wenn er jetzt schon mal bei uns ist, dann könnt Ihr die Zeit gleich nutzen, um ihm zu erklären, dass er sich nach einer anderen Braut umsehen kann. Eher sterbe ich, als dass ich so einen arroganten Kerl heirate, hört Ihr? Eher sterbe ich!« Und schon stürmte sie davon in Richtung ihres Zimmers.

Zahra sah ihr kurz nach und wandte sich dann in Richtung des Männertrakts. Das Wort Geheimversammlung schwirrte ihr weiter im Kopf herum. In was ließ sich ihr Sohn da hineinziehen? Und Musheer? Zögernd, aber unaufhaltsam angetrieben von Sorge, ging sie zu dem Teil des Hauses, in dem die Männer gewöhnlich unter sich waren, zog auf dem Weg dorthin ihren Hidschab über und bedeckte auch den unteren Teil ihres Gesichts. Als sie die Tür erreicht hatte, hob sie die Hand, um anzuklopfen, doch im gleichen Moment drangen Satzfetzen von Musheer zu ihr, die ihre Hand wie gelähmt erscheinen ließen.

»Wir müssen etwas tun, sonst stirbt der Zegrí!«

Sie hörte, wie ihr Sohn etwas erwiderte, konnte seine Worte aber nicht verstehen.

Musheers Stimme hingegen vernahm sie klar: »Ja, natürlich heute Abend, und deinen Eltern präsentierst du eben eine Ausrede. Warum sagst du nicht, dass du bei mir übernachtest, weil wir morgen schon ganz früh in die Medresse müssen?«

Zahra riss entschlossen die Tür auf. Die beiden jungen Männer fuhren erschrocken zu ihr herum.

»Mu… Mutter! Was tut Ihr denn hier?«

Zahra schloss die Tür hinter sich und trat auf die beiden zu. »Von was für einer Geheimversammlung redet ihr da? Und was ist das mit dem Zegrí?«

Abdarrahman und Musheer tauschten einen Blick und erbleichten.

»Jetzt redet schon, denn irgendwie finde ich es ohnehin heraus – und wenn ich deinen Vater auf euch ansetzen muss!«, fügte sie, zu ihrem Sohn gewandt, mit drohender Stimme hinzu.

»Nein, Mutter, nicht Vater, bitte!«

»Dann redet jetzt, und zwar alle beide!«

Nachdem sie einen weiteren langen Blick miteinander getauscht hatten, fuhr sich Musheer durch sein dichtes, dunkles Kraushaar, seufzte und ergriff das Wort. »Es ist nicht so, wie Ihr denkt, wir … wir tun nichts Unrechtes!«

»Das würde ich an eurer Stelle auch behaupten!«

»Ich weiß nicht, ob Ihr schon von der neuen Verhaftungswelle gehört habt …« Musheer machte eine wohlberechnete Pause, in der Zahra den Kopf schüttelte und sich beklommen über den Hals strich. »Diesmal haben Cisneros' Büttel gleich ein ganzes Dutzend unserer angesehensten Glaubensführer gefangen genommen, unter ihnen auch ein Zegrí, ein Cousin zweiten Grades von Boabdil. Die meisten Gefangenen haben sich von Cisneros nach einigen Tagen ›überreden‹ lassen, sich taufen zu lassen, und sind wieder auf freien Fuß gesetzt worden, aber zwei der Gefangenen und der Zegrí sind noch immer eingesperrt und sollen schon mehrmals gefoltert worden sein!«

»Mutter, so versteht doch, dass wir etwas unternehmen

müssen, und zwar schnell!«, fiel Abdarrahman seinem Freund ins Wort. »Über eine Woche sind diese Männer schon gefangen, und unser Spitzel meint, dass Cisneros ihre Zelle schon seit Tagen wässern lässt. Ihr wisst, was das bedeutet!«

Das wusste Zahra allerdings: Die Kerker des Inquisitors waren ohnehin feuchtkalt, und wenn sie knöchelhoch geflutet wurden und die Männer ständig im Wasser stehen, sitzen und schlafen mussten, bekamen sie über kurz oder lang hohes Fieber und Infektionen – was im Kerker den sicheren Tod bedeutete.

»Aber wieso ihr«, stöhnte Zahra. »Ich meine, es gibt doch genug erwachsene Männer in der Stadt! Warum kümmern die sich nicht darum? Und was hat eigentlich die Delegation erreicht, die ihr zu den Königen geschickt habt?«

»Die Delegation wurde noch nicht einmal empfangen, und zu diesen Versammlungen kommen sehr wohl auch ältere und sehr angesehene Männer, und täglich werden es mehr!« Abdarrahman warf Zahra einen drängenden Blick zu. »Bitte, Mutter, Ihr dürft Vater nichts sagen! Und wir wollen doch auch erst einmal nur reden!«

»Aber mit Worten allein werdet ihr die Männer kaum aus dem Kerker holen! Und alles andere ... Ihr ... das ist doch viel zu gefährlich!« Zahra atmete tief durch. »Abdu, ich will nicht, dass du weiter auf diese geheimen Versammlungen gehst, und dein Vater will dies gewiss noch viel weniger.«

»Wenn Ihr es ihm nicht sagt, wird er es nie erfahren!«

»Wenn du nicht hingehst, brauche ich ihm auch nichts davon zu sagen – und diese Version gefällt mir eindeutig besser.«

»Aber Mutter, wir können doch nicht dasitzen und abwarten, dass der Zegrí und die beiden anderen in Cisneros' Kerker sterben! Und danach holt sich Cisneros gleich das nächste Dutzend Männer?«

Zahra ging in Richtung des Diwans, verharrte einen Moment und kam dann langsam wieder zu ihnen zurück. Erst als sie wieder vor ihnen stand, hob sie den Blick und sagte: »Ich … ich habe nur gehört, dass ihr beide heute Abend auf eine Feier mit Studienkollegen geht, und genauso ist es doch, nicht wahr?«

Abdarrahman lief zu ihr und drückte ihr dankbar die Hand. »Ich wusste, dass Ihr uns verstehen würdet! Danke, Mutter!«

»Aber pass auf, dass dein Vater nie etwas anderes zu hören bekommt. Nie, hörst du! Und du lässt dich zu keinerlei Gewalttaten hinreißen! Ich hoffe nur, Chalida hat vorhin von all dem nichts mitbekommen?«

Abdarrahman beruhigte sie, und schon eine halbe Stunde später ritt er mit seinem Freund in die Stadt. Besorgt blickte Zahra ihnen nach. Dabei hatte sie durchaus nicht nur Angst um Abdarrahman, sondern auch um Jaime. Denn wenn je herauskäme, dass sein Sohn an solchen Versammlungen teilnahm, würde es auf ihn zurückfallen, und er würde größte Schwierigkeiten bekommen, wahrscheinlich sogar noch weit größere als Abdarrahman und seine Freunde. Immerhin war Jaime Christ und hatte, als er als Leibwächter an den Hof zurückkehrte, seinen Schwur erneuert, die kastilische Krone und die christliche Kirche mit seinem Leben zu schützen.

III.

Granada
15. Dezember 1499

Das Klopfen war so vernehmlich, dass Zahra es bis hoch ins erste Stockwerk hörte. Verwundert blickte sie von ihrem Schlafzimmerfenster hinunter auf die Straße. Am Vorabend war sie mit Jaime, ihren Söhnen, Zubair, Maryam und deren Sohn in Granada eingetroffen. Mosche hatte sie gebeten, eine Patientin zu übernehmen, die intensive Pflege benötigte. Niemand von ihren Freunden oder Bekannten wusste bislang, dass sie hier waren, überdies war es noch so früh am Tag, dass sie gerade das *fadschr,* das Gebet vor dem Sonnenaufgang, hatte verrichten wollen – was den Verdacht nahelegte, dass der frühe Besucher kein Muslim war. Beklommen strich sich Zahra über den Hals und wünschte sich, Jaime wäre noch im Haus, aber er hatte schon vor Sonnenaufgang bei Talavera sein müssen.

»Wer da?«, hörte Zahra Zubair an der Haustür rufen.

»Friede sei mit dir, Bruder. Verzeih die frühe Störung, aber ich … ich komme in wichtigen Angelegenheiten.«

Die Stimme erkannte Zahra auf Anhieb. Sie gehörte dem Faqih ihres Viertels. Rasch hüllte sie sich in ihren Hidschab und eilte nach unten. Der Faqih traf beinahe gleichzeitig mit ihr in dem Patio ein.

»As-Salamu alaikum, Sayyidi«, begrüßte sie ihn. »Was treibt Euch zu dieser frühen Stunde in unser Haus?«

»Wa alaikum as-Salam, Zahra, ich …« Da drängten sich zwei christliche Soldaten in den Patio und bauten sich mit der Hand am Heft ihrer Schwerter rechts und links neben dem alten Mann auf. Zahra raffte ihren Hidschab enger um sich und blickte den Faqih fragend an.

»Es … es tut mir leid, aber ich … Nun, wie Ihr seht, komme ich nicht aus freien Stücken und überdies mit einer mir sehr unangenehmen Aufgabe: Leider muss ich Eure Bücher beschlagnahmen. Cisneros verlangt, dass wir bis zum Ende der Woche alle muslimischen Bücher abgeben. Ich bitte Euch, Zahra, macht keine Schwierigkeiten. Ich habe keine Wahl, und Ihr seht ja selbst, wer mich begleitet.«

»Alle Bücher? Aber …«

»Sagt der Frau, sie soll nicht schwatzen, sondern endlich die Bücher beischaffen!«, raunzte einer der Soldaten den Faqih auf Kastilisch an, gewiss nicht ahnend, dass auch Zahra diese Sprache bestens verstand. »Und hört auf, mit ihr auf Arabisch zu reden, sonst fangen wir an, selbst nach ihren Büchern zu suchen!«

Zahra sah, wie Zubairs Hand an sein Schwert fuhr, und erinnerte sich im gleichen Moment an die Zusicherung in den Kapitulationsvereinbarungen, dass Christen keine maurischen Häuser betreten durften, es sei denn, sie waren dort willkommen – was hier gewiss nicht der Fall war. Außerdem hätte sie den Soldaten zu gern vorgehalten, dass sie kein Recht hatten, ihre Bücher zu verlangen, doch sie erweckten nicht den Eindruck, als ob sie mit sich diskutieren ließen. Zahra ging zu der Truhe im Wohnzimmer, in der sie Bücher aufbewahrten. Ganz obenauf lag *Das Halsband der Taube* von Ibn Hazm, ein reich verziertes Buch über die Liebe, das sie immer wieder gern zur Hand nahm. *Der Duft des Parfüms* von al-Maqqari war ebenfalls ein ausnehmend kostbares Werk, und auch wenn die drei Gedichtbände von Ibn Said al-Maghribi einfachere Kopien waren, hing ihr Herz doch an ihnen. Am Boden der Truhe lagen die medizinischen Fachbücher, für deren Kauf Abdarrahman den ganzen Sommer über auf der Seidenfarm hart mit angepackt hatte. Aus einem plötzlichen Entschluss heraus zog Zahra ihre Stickarbeiten, die ebenfalls in der Truhe lagen, über die Bücher ihres Sohnes und schloss den Deckel. Mit undurchdringlicher Miene reichte sie den Soldaten die anderen Bände.

»Und das sind alle?«, fragte der Ältere der beiden.

Zahra nickte, und obwohl ihr das Herz bis zum Halse klopfte, erwiderte sie den eisig forschenden Blick des Soldaten mit stoischem Gleichmut. Der Mann reichte die Bücher an seinen Untergebenen weiter, ging zu der Truhe und riss den Deckel wieder auf. Zahra stockte der Atem, doch der Soldat schloss die Truhe wieder – einen Atemzug später öffnete er sie jedoch erneut, hob die Sticksachen an, riss die Bücher heraus und schleuderte sie Zahra mit wütendem Gebrüll entgegen. Eine der mit Silber verstärkten Buchecken streifte sie an der Schläfe. Warme Flüssigkeit rann ihr über die Wange, Zahra hob nicht die Hand, um das Blut abzuwischen, sondern hielt dem Blick des Soldaten hasserfüllt stand.

»Wo im Haus habt Ihr noch Bücher?«, brüllte er sie an. »Na los, redet!«

»Das sind alle.«

Der Faqih kam zu ihr, legte den Arm um ihre Schulter und sah zu den Soldaten. »Bitte, Ihr wolltet das doch ganz in Frieden machen!«

Der ältere Soldat schlug jedes einzelne Buch auf und schnauzte: »Da ist kein Koran dabei!«

Zahra fragte sich, ob er tatsächlich arabische Schriftzeichen zu lesen vermochte oder ob er nur so tat, doch angesichts des verzweifelten Blickes des Faqihs wagte sie keine neue Konfrontation heraufzubeschwören. Gewiss würde man ihn später dafür büßen lassen, wenn sie jetzt dreist einen der Poesiebände als Koran ausgab und später die Wahrheit herauskam.

»Unser Koran liegt oben«, sagte Zahra in bewusst gebrochenem Spanisch. »Ich gehe ihn holen.«

Der jüngere Soldat wollte ihr die Treppe hinauf folgen, aber Zubair stellte sich vor den Treppenaufgang und legte drohend die Hand auf den Schwertknauf. Nach einem Blickwechsel mit seinem Vorgesetzten blieb der Soldat stehen. Zahra eilte die Stufen hoch und kehrte kurz darauf mit einem ihrer Korane zurück. Es war ihr eigener; den in Raschids Zimmer hatte sie bewusst dort liegen lassen: Er stammte noch von ihren Urgroßeltern.

Wenig später verließen die Soldaten das Haus; der Faqih warf Zahra beim Abschied einen ebenso inständigen wie dankbaren Blick zu. Kaum war das ungleiche Gespann gegangen, hieß Zahra Zubair die Tür verriegeln.

»Wer weiß, ob sie nicht noch einmal zurückkommen. Schnell, wir müssen den Koran meiner Urgroßeltern verstecken; in der Küche neben dem Kamin sind ein paar lose Backsteine!«

In der Küche kauerte Maryam tränenüberströmt im hintersten Winkel. Zahra kniete sich vor sie und zog sie an sich. »Keine Angst, Maryam, sie sind wieder weg, und sie haben auch nicht nach dir, sondern nur nach unseren Büchern gesucht!«

Der Schreck aber saß Maryam so tief in den Knochen, dass sie trotzdem nicht mit dem Weinen aufhören konnte.

Zahra machte sich mit Zubair daran, zwei lose in der Wand sitzende Backsteine zu bearbeiten, bis sie sich aus der Wand nehmen ließen, schabte eine dahinterliegende Vertiefung aus, schob den Koran hinein und passte die Steine wieder ein. Erst langsam wurde ihr die Ungeheuerlichkeit des Vorgehens der Christen richtig bewusst.

»Was … was fällt ihnen eigentlich ein, uns unsere Bücher wegzunehmen, und was wollen sie überhaupt mit ihnen?«, fragte sie Zubair stotternd. »Und was … was werden sie als Nächstes tun?«

Der alte Mann hob hilflos die Achseln und wirkte ebenso beklommen wie sie.

Als Maryam und sie am nächsten Tag das Haus ihrer Patientin verließen, drangen Gesprächsfetzen von zwei Männern zu ihr. Einen der beiden kannte Zahra als Vorbeter aus der Moschee.

»Aber ja, wenn ich es Euch doch sage«, beharrte der Imam mit gepresster Stimme. »Cisneros wird die Bücher verbrennen, am achtzehnten Dezember – auf der Plaza de Bibarrambla!«

Zahra verharrte an der Tür und starrte ungläubig zu den Männern hin.

»Verbrennen?«, erwiderte sein Begleiter entsetzt. »Er will unsere Bücher …« Die Stimme des Mannes brach. »Aber warum denn, um Himmels willen, warum?«

»Cisneros bezeichnet unsere Bücher als Ausdünstungen des Teufels, die den heiligen Flammen der Kirche übergeben werden müssten, wie er sich ausdrückt. Er sagt, sie würden unsere Seelen verunreinigen und uns vom rechten Glauben abhalten.« Der Imam seufzte schwer.

»Sayyidi!« Zahra verbeugte sich vor dem Imam und machte die Grußzeichen über der Brust. »Verzeiht, aber … aber das, was Ihr eben gesagt habt, das … das kann doch unmöglich wahr sein!«

Der Imam wandte sich zu ihr um. »Leider doch, mein Kind, leider doch!«

»Aber sie können doch nicht … nicht den Koran … Sie können doch nicht den Koran verbrennen! Und auch nicht all unsere anderen Bücher … Die Gedichtbände, astrologische Werke, Glaubensschriften, mathematische Aufzeichnungen, mystische Poesie, historische Bände …« Ihre Stimme erstarb.

Mit kummervollem Blick deutete der Imam auf einen Anschlag, der nur wenige Schritte von ihnen entfernt an einer Hauswand angebracht war und die Bücherverbrennung in großen Lettern ankündigte. »Soweit ich gehört habe, wird Cisneros einzig medizinische Schriften aufbewahren und diese zur Universität von Alcalá bringen lassen. Alle anderen Bücher sollen verbrannt werden.«

Obwohl Zahra die Worte des Imams verstand, den Anschlag las und auch ihr Bruder und Jaime ihr am Abend bestätigten, dass Cisneros die Bücher verbrennen würde, konnte sie es doch nicht begreifen – und Abdarrahman noch viel weniger. Wie ein Berserker stürmte er im Wohnraum auf und ab und ließ seiner Verzweiflung freien Lauf.

»Aber ist den Christen denn nicht klar, dass sich unter diesen Werken auch die Bücher von Abu Ali al-Husain ibn Abdullah ibn Sina befinden, der ihnen doch immerhin so vertraut ist, dass sie ihn Avicenna nennen?«, rief er seinen Eltern entgegen. »Und was, zum Teufel, haben wir davon, wenn Cisneros Sinas *Qanun at-Tibb,* seinen Kanon der Medizin, in Alcalá aufbewahrt? Wir brauchen diese Schriften hier für unsere Studien, HIER! Und auch Sinas Werke über Geometrie, Theologie, Astrologie – und die Werke unserer anderen

Wissenschaftler! Das sind unschätzbare Quellen des Wissens! Was geht nur in den Köpfen der Christen vor? Ihre Wissenschaft kann der unseren nicht das Wasser reichen, und dann wollen sie eine solche geballte Masse an Wissen *verbrennen?* Warum verbietet Cisneros uns nicht gleich das Studieren und sperrt uns zu den Schafen in die Ställe? Vater, Mutter, Raschid, Ihr müsst etwas tun! Ihr müsst doch irgendetwas tun können!«

»Niemand weiß, was sich Cisneros dabei denkt«, meinte Jaime nach einem Räuspern. »Auf jeden Fall widerspricht es allem, was in den Statuten der Kapitulationsvereinbarungen festgelegt wurde. Auch Talavera ist entsetzt. Er sagt, dass die Könige dies keinesfalls gutheißen werden, aber es bleiben uns ja nur drei Tage, und so schnell können wir sie nicht erreichen!«

»Cisneros hin, Könige her – Abdu hat recht!«, fiel Zahra ihm ins Wort. »Es muss etwas geben, womit wir Cisneros von dieser Wahnsinnstat abhalten können!« Sie sah zu Raschid und Jaime und warf dann ihrem Sohn einen eigentümlich forschenden Blick zu, denn es gab etwas, wovor ihr noch weit mehr graute als vor der Bücherverbrennung: dass sich Abdarrahman und seine Freunde zur Aufgabe machen könnten, was eigentlich die Pflicht ihrer Glaubensführer war!

»Der arabische Rat hat bereits ein entsprechendes Schreiben an Cisneros verfasst – aber viel mehr als das können sie nicht tun«, erwiderte Raschid. »Zahra, Abdu, so versteht doch: Uns sind die Hände gebunden – jedenfalls, wenn wir keine neue kriegerische Auseinandersetzung heraufbeschwören wollen. Und das kann niemandes Ziel sein!«

Jaime zuckte die Schultern.

»Und was wird Cisneros nach den Büchern verbrennen?«, fragte Zahra heiser.

»Oder wen!«, zischte Abdarrahman, woraufhin er von seinem Vater einen strengen Blick erntete. Unbeirrt hielt er ihm stand. »Ja, wen Vater, *wen!* Denn auch wenn Euch das alles als Christ nicht betrifft – *mich* betrifft es! Weil ich nämlich kein verdammter Christ, sondern Muslim bin!«

»Abdu, das reicht!« Erschrocken sprang Zahra vom Diwan auf und zog ihren Sohn zurück, doch Abdarrahman schüttelte ihre Hand wutentbrannt ab, fuhr zu seinem Vater herum und spuckte ihm voller Verachtung entgegen: »Bei Gott, wenn Ihr wüsstet, wie sehr mir Eure gottverdammte Scheinheiligkeit zum Hals heraushängt!«

»Vorsicht, mein Sohn, pass auf, was du sagst!«, zischte Jaime zurück, so dass Zahra zusammenzuckte.

»Jaime, bitte, er ... Abdu ...«

»... weiß genau, was er sagt«, beendete Jaime ihren Satz, ohne Abdarrahman aus den Augen zu lassen. »Denn du«, er warf Zahra einen kurzen Seitenblick zu, »wirfst mir insgeheim doch genau das Gleiche vor, nur dass er immerhin den Mut aufbringt, es mir mitten ins Gesicht zu sagen!«

»Aber das stimmt doch gar ...«

»Schweig, Zahra, schweig! Und dir Abdu«, er wandte sich wieder seinem Sohn zu, »dir kann ich nur raten, die Augen zu öffnen und zu erkennen, wo dein wahrer Feind ist – zumindest, wenn du mich nicht tatsächlich zum Feind haben willst!«

Jaime verließ den Raum, ohne einem von ihnen noch einen Blick zuzuwerfen.

Obwohl Zahra wusste, dass es ihren Schmerz noch vergrößern würde, konnte sie das nicht davon abhalten, zur Bücherverbrennung auf der Plaza de Bibarrambla zu gehen. Sie hatte das Gefühl, mit eigenen Augen sehen zu müssen, wie Cisneros die Bücher ihres Volkes den Flammen zum Fraße vorwarf, um seinen Hass auf sie und ihren Glauben auch nur annähernd begreifen zu können. Sie wartete bewusst, bis Raschid und Jaime das Haus verlassen hatten, und bat Zubair, sie zu begleiten. Zu ihrem Verdruss war auch er erst nach einigem Hin und Her dazu bereit, weil er fand, dass dies kein Platz für eine ehrbare Frau sei, und als dann auch noch Yayah mitkommen wollte, streikte er beinahe wieder. Auch Zahra hatte kein gutes Gefühl dabei, ihren jüngsten Sohn mitzunehmen. Sie befürchtete, dass der stets nach Abenteuern lüsterne Junge in der Bücherverbrennung nur ein aufregendes Spektakel sehen würde, aber schließlich gab sie doch nach.

Die Plaza de Bibarrambla lag im Zentrum, unweit von einem erst kürzlich eingeweihten christlichen Gotteshaus. Trotz der frühen Stunde hatten sich bereits zahlreiche Menschen um den für den Scheiterhaufen abgesperrten Platz versammelt. Sogar eine Tribüne war errichtet worden. Zahra dirigierte Zubair und Yayah an eine Stelle, wo sich mehr Mauren als Christen aufhielten und man eine gute Sicht auf den Platz hatte.

Schon kurz darauf traf die feierliche Prozession ein. An der Spitze schritt ein gutes Dutzend mit Piken und Musketen bewaffneter Kohlenhändler. Sie lieferten das Holz, mit dem die Bücher verbrannt werden sollten. Ihnen folgte eine kleine Gruppe Franziskaner, die ein weißes Kreuz und das Banner der Inquisition trugen, und nach ihnen kam Cisneros selbst, umgeben von einer Traube von Priestern, Granden und anderen hochgestellten Persönlichkeiten, die zu den treuesten Dienern der Inquisition zählten. Hinter ihnen schritten in zwei langen Doppelreihen schwarz-weiß gekleidete Wachleute, gefolgt von einer unübersehbaren Reihe von Maultierwagen, auf denen Berge maurischer Bücher herangeschafft wurden.

Wie immer trug Cisneros eine braune, wollene Franziskanerkutte und schlichte Sandalen, und er thronte auch nicht – wie seine Amtskollegen andernorts – auf einem prächtig aufgezäumten Ross, sondern schritt wie jeder einfache Mann vom Volk zu Fuß. Obwohl er für diese angesichts seines hohen Amtes geradezu provozierende Bescheidenheit erst vor wenigen Wochen erneut vom Papst getadelt worden war, führte er sie unbeirrt fort.

Wie von unsichtbaren Händen geschoben, teilte sich die Masse der Wartenden, um die Prozession zum Podium ziehen zu lassen. Für einen kurzen Moment fing Zahra Cisneros' Blick auf: Durchdringend und messerscharf empfand sie ihn, und so kalt, dass sie ein Schauer überlief.

Immer mehr bis zum Überquellen mit Büchern beladene Wagen trafen ein. Fassungslos glitten Zahras Augen zu dem Scheiterhaufen …

Cisneros begann, die Messe zu lesen, und hob die Hände zum Gebet. Die Christen stimmten ein.

Plötzlich zupfte Yayah seine Mutter aufgeregt am Ärmel ihrer Tunika. »Mutter, schaut! Da drüben ist Abdu!«

Zahra sah in die Richtung, in die Yayah wies, und erkannte ihren Ältesten kaum wieder, so hart und verbissen war seine Miene.

»Können wir nicht zu ihm gehen, Mutter?«

Statt ihm zu antworten, sah Zahra zu Zubair, der Abdarrahman ebenfalls entdeckt hatte und ähnlich besorgt wirkte wie sie.

»Das werden sie nicht wagen«, versuchte er, sie zu beruhigen. »Nicht bei dem Aufgebot an Soldaten!«

»Aber dieser unglaubliche Zorn in seinen Augen …« Zahra räusperte sich, um das Zittern ihrer Stimme in den Griff zu bekommen. »Oh Gott, ich habe ihn noch nie dermaßen wütend gesehen, und auch seine Freunde …«

»Euer Sohn ist kein Dummkopf; er weiß, dass sie hier nichts ausrichten können.« Zubair nickte ihr zuversichtlich zu. »Wenn es wirklich zu einem Tumult kommen sollte, wird er sich garantiert zurückziehen.«

Zahra hoffte aus ganzem Herzen, dass er recht hatte.

Da Yayah keine Antwort erhalten hatte, machte er sich allein auf den Weg zu Abdarrahman, doch noch ehe er in der Menge verschwinden konnte, schnappte Zubair ihn an der Kapuze seiner Djellaba und zog ihn zurück. Unwillig sah Yayah zu dem Diener auf und versuchte, sich freizukämpfen, aber ein einziger Blick Zahras genügte, damit Yayah seinen Widerstand aufgab, die Augen senkte und sich wieder in ihre Reihe einfügte.

Cisneros beendete die Messe mit einem Segen für die Gläubigen und gab dem Henker das Zeichen, den Scheiterhaufen zu entzünden. Als der große, rotgesichtige Mann die brennende Fackel an das Reisig hielt, zischte beinahe augenblicklich ein nervös knisterndes Feuer empor, gierig leckende Flammen fraßen sich in die Augen der Zuschauer, eine heftige, drängende Hitze schlug ihnen entgegen und breitete sich auf dem Platz aus; auch Zahra spürte sie auf Stirn und Wangen. Unwillkürlich zog sie Yayah näher an sich heran.

Nachdem Cisneros die Männer, denen er die ehrenvolle Aufgabe zugedacht hatte, die »Satansschriften« dem Feuer zu übereignen, gesegnet hatte, rollte der erste Wagen an den Scheiterhaufen heran. Auf ihm lagen vor allem Korane.

»So übergebt denn diese zwischen Buchdeckel gebannten Zeichen des Aberglaubens, diese Auswüchse der mohammedanischen Ungläubigkeit den reinigenden Flammen, auf dass auch ihre Seelen gereinigt und gerettet und dem einzig wahren Glauben zugeführt werden mögen!«

Die Männer begannen mit Eifer, die Bücher in die Flammen zu werfen. Viele Korane waren wahre Kunstwerke mit aufwendigst gearbeiteten und mit viel Gold verzierten Buchdeckeln und oft schon seit Jahrzehnten im Familienbesitz gewesen. Als Cisneros' Getreue die ersten Werke ins Feuer warfen, zischten Funken hoch – und durch die Reihen der Mauren ging ein schmerzerfülltes Raunen. Immer mehr von ihnen hoben die Stimme zum Gebet – Stimmen, die unter dem Applaus und dem Johlen der Christen fast untergingen. Voller Sorge sah Zahra zu Abdarrahman. Die jungen Männer um ihn herum brüllten und gestikulierten immer aufgeregter, und plötzlich preschten die Ersten von ihnen vor, um Cisneros' Getreue daran zu hindern, ihre heiligen Bücher weiter ins Feuer zu werfen. Augenblicklich stürzte eine Gruppe von Soldaten herbei und prügelte auf die jungen Leute ein. Das Handgemenge weitete sich aus, Abdarrahman rief seinen Freunden etwas zu, drängte zu ihnen – und dann verlor Zahra ihren Sohn aus den Augen. Sofort wollte sie sich zur anderen Seite durchschlagen, aber Zubair packte sie am Arm. »Herrin, bitte, das würde Euer Sohn Euch niemals verzeihen!«

Zahra ballte die Hände zu Fäusten, gab aber nach. Sie stellte sich auf die Zehenspitzen, versuchte, an den Köpfen vorbeizuschauen, drängte auch Yayah, nach seinem Bruder Ausschau zu halten, konnte vor lauter Sorge kaum noch atmen – aber dann machte Zubair ihr Zeichen, dass er ihn entdeckt hatte. Abdarrahman hatte sich ein paar Schritte von dem Gerangel zurückgezogen. Schwarz, starr und fassungslos hing sein Blick am Scheiterhaufen, auf dem sich die Bücher wie kleine, verendende Tiere unter den Flammen bogen und wanden, schließlich selbst Feuer fingen und mit heller Glut ihr Leben aushauchten.

Als sich auch die Gruppe hinter Abdarrahman noch in die Kämpfe mit den Wachleuten stürzte, schoss mit einem Mal auch Zahras Sohn vor: Mit einem gezielten Fausthieb streckte er einen von Cisneros' Soldaten nieder, rammte seine Fäuste gleich dem nächsten in den Magen – da sprang Musheer ihm nach, riss ihn mit aller Macht zurück und zerrte ihn weg. Zunächst setzte sich Abdarrahman auch gegen den drei Jahre älteren Freund zur Wehr, doch Musheer verpasste ihm einen rüden Stoß, der Abdarrahman zur Besinnung brachte: Zwar gestikulierte er wütend gegen den Freund, folgte ihm aber doch in eine Seitengasse. Nur Sekunden später stürmte ein zweiter Trupp Soldaten herbei und nahm die überwiegend jugendlichen Aufrührer fest. Panisch versuchten sie zu fliehen, aber nur den wenigsten gelang es, aus dem Menschenauflauf zu entkommen.

Erst jetzt, da Zahra ihren Sohn in Sicherheit wusste, nahm sie die dichten Rauchschwaden wahr, in die der Platz inzwischen gehüllt war. Die Menschen vor ihr drängten immer heftiger nach hinten. Als Yayah zu husten begann, beschloss Zahra zu gehen. Niemand wagte es, sich dem massigen Zubair entgegenzustellen, so dass sie den Platz rasch hinter sich lassen konnten, aber auch als sie schon etliche Straßenzüge entfernt waren, fiel Zahra das Atmen noch schwer. Schuld daran waren jedoch nur zum geringen Teil die Rauchschwaden, die weiter von der Plaza in die Gassen der Stadt krochen. Es war die Angst vor der Zukunft, die ihr den Atem nahm.

Nichts wäre Zahra an diesem Tag lieber gewesen, als die Stadt sofort zu verlassen und in den Schutz der Seidenfarm zurückzukehren, doch Mosches Patientin brauchte sie noch. Zumindest aber ließ sie Yayah von Zubair zurück zur Farm bringen und bot Maryam an, Yayah und Zubair zu begleiten. Die junge Frau bestand jedoch darauf, bei ihr zu bleiben. »Ich kenne Euch doch: Wenn ich nicht für Euch koche, werdet Ihr Euch wieder nur von ein paar Stücken Obst ernähren, und dabei seid Ihr ohnehin schon so mager!« Auch ihren Sohn wollte sie nicht zurück zur Farm bringen lassen. Seit dem frühen Tod ihres Mannes war er alles, was sie hatte, und sie war nur ruhig, wenn sie ihn in ihrer Nähe wusste.

Am Abend kehrten Jaime und Raschid von der Alhambra zurück. Da sie befürchteten, dass es in der Nacht zu Unruhen kommen könnte, positionierten sie zwei Wachleute an der Haustür. Als sie den Patio betraten, lief Zahra ihnen entgegen und begrüßte Jaime mit einer langen Umarmung. Sie fand es selbst übertrieben, wie unglaublich erleichtert sie war, ihn zu sehen, aber seit sie nach der Bücherverbrennung nach Hause gekommen war, hatte sie ständig das Gefühl gehabt, das nächste Unheil stünde schon bevor, und war froh, zumindest ihn und ihren Bruder wohlbehalten vor sich zu sehen.

»Es ist doch vorbei, Zahra, ruhig, es ist vorbei!«, raunte Jaime ihr zu, grub die Finger in ihr dickes Lockenhaar und küsste sie auf die Stirn.

»Und woher willst du wissen, dass es vorbei ist?«, gab Zahra mit dünner Stimme zurück. »Was, wenn es der Anfang war?«

»Aber nein, Zahra, gewiss nicht, außerdem haben wir uns selbst im Krieg immer irgendwie retten können. Inschallah, Zahra, vertrau darauf, dass wir eine Lösung finden werden! Auch jetzt hast du ja zumindest den Koran deiner Großeltern retten können!«

Er zwinkerte ihr verschwörerisch zu, und auch wenn Zahra ahnte, dass ihm weit weniger leichtherzig zumute war, als er vorgab, und ihm die Bücherverbrennung ebenso an die Nieren ging wie ihr, war sie ihm doch dankbar für seine Zuversicht und fühlte sich so sehr eins mit ihm wie schon lange nicht mehr – und sie glaubte ihm. Ja, in diesem Moment glaubte sie ihm, weil sie fühlte, dass er alles tun würde, um sie zu schützen und zu verteidigen. Zahra vergrub ihr Gesicht an seinem Hals. Jaime begann zu schnüffeln. »Du riechst ... Wieso riecht dein Haar nach Rauch? Sag nicht, du warst auch dort!«

Zahra sah zu ihm auf und hob verlegen die Achseln. »Wie hätte ich nicht dort sein können?«

Jaimes Miene verschloss sich, und als Zahra schon befürchtete, er würde sie loslassen und ihr Vorhaltungen machen, atmete er sehr lange und gründlich aus und strich ihr über den Rücken. »Ja, da hast du recht: wie auch nicht ... Ich hoffe, dir ist zumindest klar, wie sehr ich diese Bücherverbrennung bedauere – und übrigens auch die Auseinandersetzung mit Abdu neulich ... und das, was ich zu dir gesagt habe!«

Zahra nickte und wollte noch etwas erwidern, aber im gleichen Moment öffnete sich die Haustür, und kurz darauf betrat Abdarrahman den Patio. Nach einem kurzen Zögern gab Jaime ihm, ganz wie früher, einen aufmunternden Klaps auf die Schulter, und Zahra hoffte, dass nur ihr auffiel, wie Abdarrahman zurückzuckte. Sie tauschte einen langen, bittenden Blick mit ihrem Sohn, dem dieser erst voller Trotz standhielt, aber dann nickte er doch: Ja, er würde den Frieden wahren, zumindest heute. Zahra atmete auf.

Still nahmen sie kurz darauf ihre Plätze zum Essen ein, auch Raschid hatte sich mittlerweile zu ihnen gesellt, und genossen den Lammeintopf, den Maryam zubereitet hatte. Ihre Gespräche verfingen sich in kleinen Alltäglichkeiten: Der Nachbarssohn würde in der folgenden Woche heiraten, der Sohn des Imams am Wochenende beschnitten werden, der alte Nabil war von seiner Pilgerreise zurückgekehrt ... Mit einem Mal kamen Zahra die Tränen. Verstohlen wischte sie sich mit dem Zeigefinger über die Wangen und senkte den

Kopf, aber Abdarrahman bemerkte es trotzdem, griff nach ihrer Hand und drückte sie – woraufhin Zahra noch heftiger weinen musste.

»Ich … es ist nichts!«, sagte sie hastig, als sie Jaimes besorgten Blick bemerkte, und zwang sich zu einem Lächeln. »Einfach nur die Anspannung vom Morgen, und … Nein, nichts!« Und doch flossen die Tränen immer weiter.

»Ich …«, stammelte sie da. »Ich frage mich nur einfach, wie lange wir noch über solche Dinge werden reden können. Wie lange werden wir unsere Kinder noch beschneiden, wie lange uns zu einer Pilgerreise bekennen dürfen? Wie wird unser Leben weitergehen? Wie … wie sollen unser Glaube und unsere Sprache, ja, unsere ganze Kultur denn ohne unsere Bücher am Leben bleiben?«

»Es wird sich ein Weg finden!«, versuchte Jaime, sie zu beruhigen. »Es kommen auch wieder bessere Zeiten!«

»Und für wen?« Abdarrahman sah seinen Vater herausfordernd an. »Für wen, Vater? Für Euch oder für uns?«

Schlagartig verdunkelte sich Jaimes Blick. »Hüte deine Zunge, Sohn! So gut ich verstehen kann, wie schwer der heutige Tag für dich gewesen ist – such die Verantwortlichen da, wo sie sitzen, und ich versichere dir, sie sitzen nicht an diesem Tisch!«

»Abdu, Jaime, bitte!« Flehend sah Zahra von einem zum anderen und schließlich auch zu ihrem Bruder. »Wir dürfen doch jetzt nicht auch noch innerhalb der Familie aufeinander losgehen!«

Zahra sah, wie Abdarrahman die Lippen zusammenpresste und seinen Blick starr auf den Lammeintopf in der Tischmitte richtete. Das Anschwellen und heftige Pochen seiner Stirnader verriet ihr, wie sehr dieses Thema weiter in ihm arbeitete, und auch Jaimes Wut stand spürbar im Raum.

»Jaime, bitte … wir … Die heutigen Ereignisse haben uns alle sehr aufgewühlt und werden sich sicher tief in uns einbrennen, aber für Abdu und seine Freunde ist es besonders schwer: All ihre Ziele und Hoffnungen sind mit einem Mal wie Seifenblasen zerplatzt!«

»Fest steht, dass Cisneros die Medresse eigentlich gleich mit hätte niederbrennen können«, schoss es da aus Abdarrahman heraus. »Ohne Bücher können wir nicht weiter studieren!«

»Die Bücherverbrennung ist allerdings ein unglaublicher Verlust – und zwar für die Muslime *und* für die Christen«, mischte sich Raschid mit bedächtigem Tonfall ein. Als Zahra merkte, wie sich die Aufmerksamkeit von Vater und Sohn voneinander löste und sich Raschid zuwandte, atmete sie auf.

»Und ich denke, Cisneros wird noch merken, welch fatalen Fehler er heute gemacht hat«, fuhr Raschid fort. »Sosehr ihm der Islam verhasst sein mag – immerhin tritt er in seinem Land für Bildung ein, ja, er ist sogar einer der Förderer der Humanisten, wie auch immer man das verstehen soll. Dieser riesige Wissensschatz, den er da den Flammen übereignet hat, hätte auf jeden Fall auch seinen Wissenschaftlern unschätzbare neue Erkenntnisse bringen können, Kenntnisse, von denen jetzt viele unwiederbringlich verloren sind, denn nicht von allen Büchern gibt es in anderen Ländern Kopien!«

»Diese Widersinnigkeit will mir auch nicht in den Kopf«, stimmte Jaime ihm zu. »Aber offensichtlich ist Cisneros der Hass auf alles Muslimische wichtiger als das Fortkommen seiner Wissenschaftler!« Er holte tief Luft und atmete langsam wieder aus. »Es … Leider ist da noch etwas, was ihr wissen solltet … Cisneros kündigt ja schon länger an, dass er gegen die Renegados vorgehen will, aber jetzt scheint er ernst damit machen zu wollen: Offensichtlich plant er, den zum

Islam übergetretenen Christen ihre Kinder wegzunehmen, um sie in christlichen Familien erziehen zu lassen.«

Von der Tür zum Wohnraum her erklang ein entsetztes »Nein!«, gefolgt von einem lauten Scheppern. Zahra fuhr herum und sah, dass Maryam die Schüssel mit dem Nachtisch hatte fallen lassen und wie betäubt gegen die Wand sank. Maryam hatte ihren Sohn in dem muslimischen Glauben ihres verstorbenen Mannes erzogen, den ja auch sie angenommen hatte – und damit gehörten sie und ihr Sohn zu dem Personenkreis, dem sich Cisneros nun widmen wollte.

Zahra eilte zu ihr und nahm sie in den Arm. »Ganz ruhig, Maryam, bisher sind es nur Pläne, und bis Cisneros die in die Tat umsetzt, ist uns für deinen Sohn gewiss eine Lösung eingefallen!«

»Und welche?«, schluchzte Maryam. »Oh Herrin, Herrin, wenn ich nach meinem Mann jetzt auch noch unser Kind verliere ...« Schluchzend sank sie an Zahras Brust.

Hilfesuchend sah Zahra zu Jaime. »Können wir Maryam gleich morgen früh mit ihrem Sohn zur Farm bringen? Dort suchen sie doch gewiss nicht nach ihr!«

Jaime nickte. »Ich gehe davon aus, dass sie sich erst einmal auf Granada konzentrieren werden. Allerdings ...« Jaime brach ab und schüttelte den Kopf. »Ja, so machen wir es. So machen wir es.«

Zahra ahnte, was Jaime noch hatte sagen wollen, nämlich, dass die Büttel eines Tages auch zu ihrer Farm hinausfinden würden und es für die Renegaten nirgends mehr Sicherheit gab.

»Ist Weglaufen alles, was Euch dazu einfällt?«, kam es da gepresst aus Abdarrahmans Kehle. »Sollen wir uns das jetzt etwa auch noch gefallen lassen? Ja, verdammt, seht Ihr denn nicht, dass wir uns endlich wehren müssen?!«

»*Wir* müssen gar nichts!« Jaime wandte sich zu seinem Sohn um. »Und ich warne dich: Wag es nicht, dich in diese Dinge einzumischen, wag es bloß nicht!«

Abdarrahman warf seiner Mutter und seinem Onkel einen schnellen Blick zu. Raschid hob abwehrend die Hände, in Zahras Augen aber spiegelte sich zumindest ein gewisses Verständnis. Nach einem Blick zurück zu seinem ihn noch immer erbittert ansehenden Vater erhob sich Abdarrahman und verließ den Wohnraum. Er schloss die Tür beinahe geräuschlos hinter sich, und doch durchfuhr das Klicken Zahra wie ein hämmernder Glockenschlag. Ihr war, als sei damit endgültig eine neue Zeit eingeläutet worden.

IV.

Granada
22. Dezember 1499

»Herrin, Herrin!«
Zischelnd und drängend schob sich Zubairs Stimme in Zahras andächtiges Gebet. Verwundert verstummte sie, hob den Kopf von ihrem Gebetsteppich und sah zu ihm auf. Mit einer Öllampe in der Hand stand er an der Tür und leuchtete in ihr Zimmer, in das durch die Mashrabiya-Gitter gerade das erste Tageslicht seinen Weg suchte. Zahra konnte sich nicht daran erinnern, dass Zubair jemals in ihr Zimmer oder in das eines der anderen Frauen im Haus getreten wäre. Und das dann auch noch gerade zur Gebetszeit …

Noch ehe sie ihn fragen konnte, was es denn so Dringendes gab, legte er die Finger auf die Lippen und flüsterte: »Vielleicht haben wir Glück, und sie wollen gar nicht zu uns, aber falls doch, solltet Ihr gewarnt sein!«

»Gewarnt?«, entfuhr es Zahra voller Schreck.

Mahnend führte Zubair die Finger noch einmal zu den Lippen. Zahra nickte, richtete sich geräuschlos auf und schlich zu ihm. »Wer soll nicht zu uns wollen?«

»Die Büttel … Sie kommen die Straße hoch. Ich habe sie eben von der Dachterrasse aus gesehen, wo ich mein Gebet verrichten wollte.«

Im gleichen Moment klopfte es energisch an der Haustür. Dumpfe Stimmen drangen zu ihnen hoch, und sie klangen alles andere als wohlmeinend.

»Verdammt«, fluchte Zubair. »Habe ich es doch geahnt!«

Erst eine Sekunde später wurde Zahra klar, was er meinte – und vor Schreck blieb ihr fast das Herz stehen. »Maryams Sohn!«

In Windeseile rannte sie nach unten, suchte Maryam und verfluchte Raschids und Jaimes Arbeit in der Alhambra, die sie wieder einmal gezwungen hatte, das Haus schon vor Tagesanbruch zu verlassen. Allerdings waren die beiden durchaus mit dem guten Gefühl gegangen, dass heute früh einer ihrer Wachleute Maryam und ihren Sohn zur Seidenfarm bringen würde, wohin auch Yayah schon am Abend zuvor mit Raschid zurückgekehrt war. Niemand hatte damit rechnen können, dass die Büttel schon bei Tagesanbruch bei ihnen auftauchen würden, zumal Maryam bei weitem nicht die einzige Renegada Granadas war. Zu ihrem Erstaunen fand Zahra weder die junge Frau noch ihren Sohn im unteren Schlafraum, sah dann Licht in der Küche und eilte weiter. Tatsächlich waren die beiden dort. Der neunjährige Hamid lehnte an der Wand, Maryam hatte die Ärmel ihrer Tunika bis über die Ellbogen hochgekrempelt und knetete Brotteig, obwohl Zahra ihr am Vortag versichert hatte, dass sie sehr gut ein paar Tage selbst für sich sorgen könne. Als Zahra gerade etwas zu Maryam sagen wollte, klopften die Büttel erneut.

»Aufmachen! Im Namen der heiligen Inquisition – öffnet, oder wir brechen die Tür auf!«

Sofort war auch Maryam klar, worum es ging. Ihr Blick flog panisch zu ihrem Sohn, der sich nun zu ihnen umdrehte. Auch in seinen Augen stand die nackte Angst. Zahra legte

Maryam warnend die Hand auf den Mund. »Pst. Sie dürfen dich nicht hören!«

»Aber Herrin, ich … Was soll denn werden, wenn sie hereinkommen? Mein Sohn … Hamid, Hamid!« Sie streckte die Hand nach ihm aus, doch Hamid war wie versteinert.

Endlich kam Zahra eine Idee. »Schnell, Maryam, hoch auf die Dachterrasse mit euch, und von dort flieht ihr über die Terrassen der Nachbarn, bis ihr in sicherer Entfernung vom Haus seid, und geht dann zum Hammam. Wenn sich alles beruhigt hat, komme ich euch dort abholen!«

»Hamid ist zu groß«, heulte die Dienerin auf. »Ich darf ihn nicht mehr zu den Frauen mit reinnehmen! Schon das letzte Mal hat die *mu'allima* sich geweigert, ihn einzulassen, und bis ich ihr alles erklärt habe, haben uns die Büttel längst eingeholt!«

Zahra überlegte angestrengt. Erneut hämmerte es an der Tür, und das so gewaltig, dass Zahra befürchtete, die Büttel könnten ihre Drohung wahr machen.

»Zubair, sag ihnen, wir öffnen. Sie mögen sich nur gedulden, bis wir … angezogen sind!« Zu Maryam zischte sie: »Dann lass Hamid bei mir! Vertrau mir! Ich gebe ihn als meinen Sohn aus. Und jetzt lauf los, beim Allmächtigen, lauf!«

Zahra sah, wie Maryam zögerte, und verstand nur zu gut, welch heftiger innerer Kampf sich in der armen Frau abspielte. »Maryam, das ist Hamids einzige Chance!«, drängte sie sie erneut und schob sie zur Treppe im Innenhof. »Nur so können wir Hamid retten!«

Erst drei quälend lange Atemzüge später kam Bewegung in Maryam. Sie küsste ihren Sohn noch einmal auf die Stirn und eilte mit fliegenden Kleidern die Treppen hinauf.

Kaum hörte Zahra die Tür zur Dachterrasse zuschlagen, zog sie Hamid hinter sich und machte Zubair Zeichen, zur Haustür zu gehen. »Ganz ruhig, Hamid, und vergiss nicht: Ab sofort bist du *mein* Sohn!«

Der hübsche Knabe nickte, an den langen Wimpern schimmerten Tränen. Schon gestern, als klarwurde, dass Hamid vor den Christen in Sicherheit gebracht werden und deswegen aus der Stadt fliehen musste, hatte er bittere Tränen vergossen, denn mit dem Weggehen von Granada zerbrachen auch all seine Hoffnungen für die Zukunft. Zahra und Raschid war schon lange aufgefallen, wie klug der Junge war, und da sie Maryam nach dem Tod ihres Mannes versprochen hatten, ihr beizustehen, wo immer es ihnen möglich war, hatten sie beschlossen, dem Jungen genau wie ihren Kindern die Gelegenheit zu geben, in die Koranschule zu gehen und dort später in der Medresse weiter zu studieren. Mit seinem Lerneifer hatte Hamid rasch die Aufmerksamkeit seines Lehrers auf sich gezogen. Seither träumte Hamid davon, genau wie Abdarrahman Arzt zu werden, und entsprechend hart traf es ihn, die Stadt nun für unabsehbare Zeit, ja, womöglich sogar für immer verlassen zu müssen.

Als Zubair die Haustür öffnete, stürmten sofort zwei Büttel an ihm vorbei in den Innenpatio. Der eine war ein drahtiger, älterer Mann, der andere überragte ihn um mehr als einen Kopf, hatte Hände groß wie Grabschaufeln und starrte Zahra so dunkel an, dass ihr fast das Herz stehenblieb. All ihren Mut zusammennehmend, zog sie ihren Hidschab fester über dem Gesicht zusammen und rief im Brustton echter Empörung: »Was fällt Euch ein? Ihr habt kein Recht, in das Haus unbescholtener Mauren einzudringen!«

»Halt's Maul, Frau!« Der Drahtige hielt Zahra ein Amtsschreiben vors Gesicht, dies allerdings so flüchtig, dass Zahra noch nicht einmal die Überschrift lesen konnte. Sie streckte die Hand nach dem Schreiben aus. »Wenn Ihr erlaubt?«

Der Mann war über ihr Ansinnen so verblüfft, dass er ihr das Schreiben tatsächlich reichte. Zahra nahm an, dass er noch nicht viele Frauen getroffen hatte, die lesen konnten. Ihr ging es vor allem darum, Zeit zu schinden, damit sich Maryams Vorsprung vergrößern konnte.

Nach wenigen Atemzügen riss der Büttel ihr das Schreiben wieder aus der Hand. »Das reicht jetzt! Und nun sagt schon, wo sie sind!«

»Wer – sie? Woher soll ich wissen, wovon Ihr redet, wenn Ihr mich das Schreiben nicht lesen lasst?«

»Eure Dienerin Maria und ihr Sohn! Wir sollen das Kind mitnehmen, damit dieses gottlose Geluder endlich ein Ende hat. Der Junge kommt jetzt in eine christliche Familie, wo er eine gottgefälligere Erziehung erfahren kann, als dies hier der Fall ist! Also, wo sind die beiden?«

»Oh, es geht um Maria!« Zahra drückte Hamids Hand. »Nun, die Frau ist vor ein paar Tagen weggelaufen, mit irgendeinem Mann! Den Jungen hat sie mitgenommen. Wenigstens das! Aber wo sie jetzt sind …« Sie zuckte mit den Achseln und hoffte, dass man ihr nicht ansah, wie es ihr die Kehle zusammenschnürte. Auch dass sich Hamid immer mehr verspannte, machte es nicht leichter für sie.

Der Drahtige tat einen Schritt auf sie zu. »Und wie verhält es sich dann damit, dass die Renegada noch gestern hier gesehen worden ist? Du spielst mir was vor, und der Junge da an deiner Hand, das ist garantiert der von dem Ketzerweib, oder etwa nicht? Und sie, sie versteckst du hier irgendwo im Haus! Ihr Maurenpack seid doch alle gleich!«

»Der Junge?« Zahra lachte auf, was ihr nicht schwerfiel, allerdings war es die reine Hysterie. Sie zog Hamid vor sich, drückte ihn so liebevoll an sich, wie es jede Mutter mit ihrem Sohn getan hätte, und strich ihm durchs Haar. »Aber nein, das ist mein Sohn, Yayah as-Sulami. Wollt Ihr seine Papiere sehen?«

Zahras Herz schlug mittlerweile so heftig, dass ihr schwindlig wurde, denn genau wie Yayah waren auch seine Papiere auf der Seidenfarm.

Der Drahtige kniff die Augen zusammen, blickte sie scharf an und zog eine weitere Pergamentrolle aus seiner Umhängetasche. Er rollte sie auf und durchsuchte eine lange Liste von Namen. »Ja«, brummte er schließlich. »Hier wohnt tatsächlich noch ein anderer Junge in dem Alter.«

Er verstaute die Pergamentrolle wieder, ging mit misstrauischem Blick zum Wohnraum, stieß mit einem Fußtritt die Tür auf, marschierte weiter zur Küche, zum Gesindeschlafraum und zur Speisekammer, während sein Amtskollege die Treppe hochstieg und sich dort in den Schlafräumen und auf der Dachterrasse umsah.

»Scheint sonst niemand da zu sein«, brummte der Büttel mit den riesigen Händen wenig später von der Galerie herunter.

»Hier unten auch nicht«, knurrte der Drahtige. Mit unwirschem Schnauben machte er seinem Amtskollegen Zeichen, wieder herunterzukommen, und trat dann so dicht an Zahra heran, dass diese trotz des Hidschabs seinen Atem auf ihren Wangen spüren konnte.

»Seid gewiss, dass wir wiederkommen«, zischte er sie an, »und diese impertinente Renegada und ihren verblendeten Balg früher oder später finden werden! Und wenn wir je herausfinden, dass Ihr sie versteckt habt, seid Ihr dran!«

Zahra unterdrückte einen Schluckreflex. »Ja, sucht die

Frau!«, gab sie zurück und schaffte es sogar, dies ohne ein Zittern in der Stimme zu sagen. »Und sagt ihr, dass auch ich noch ein Hühnchen mit ihr zu rupfen habe! Mich einfach so mit dem Haushalt sitzen zu lassen – eine Unverschämtheit ist das!«

Die Miene des Büttels blieb ungerührt. Immerhin aber winkte er seinem Kollegen zu, nach unten zu kommen, und verließ dann ohne einen weiteren Blick auf sie das Haus. Als die Tür ins Schloss fiel, zog Zahra Hamid noch enger an sich. Sie spürte, wie der Jungen zitterte, und mit einem Mal schlang er ihr aufschluchzend die Arme um den Hals.

Es ist ja gut, alles ist gut, wollte Zahra ihn trösten, brachte es aber nicht über die Lippen, denn sie wusste, dass nichts mehr gut war.

Nicht nur Maryam und ihr Sohn versuchten, dem Zugriff der Büttel zu entkommen, auch viele andere Renegados flohen mit ihren Kindern Hals über Kopf aus der Stadt, und diejenigen, denen dies nicht mehr gelang, flehten ihre muslimischen Nachbarn an, ihre Kinder bei sich zu verbergen und sie, wie Zahra es getan hatte, als ihre eigenen auszugeben. Trotz aller Unterstützung auf Seiten der Mauren führten die Büttel den ganzen Tag über Kinder der Renegados ab. Das Weinen und Wehklagen der Mädchen und Jungen und ihrer Eltern hallte wie ein einziger, langgezogener Klagelaut durch die Stadt – und brachte die Seelen der Mauren dermaßen zum Kochen, dass sich in der Stadt Männer zusammenrotteten. Zuerst diskutierten und schimpften sie nur, aber mit jeder Stunde fanden sich mehr Entschlossene, die dem Treiben der Christen ein Ende setzen wollten – und schließlich lösten sich aus ihnen einzelne Gruppen heraus, die ihre Schwerter ergriffen und Cisneros' Büttel die Kinder mit Waffengewalt entrissen. Später fanden sich einige von ihnen in der Medresse wieder, wo dann auch Abdarrahman und Musheer, die eben vom Unterrichtssaal hinaus in den Innenpatio traten, von den Vorfällen erfuhren.

»Aber woher nehmen die Christen das Recht, diese Kinder zu rauben?«, ereiferte sich Abdarrahman. »Die Glaubensfreiheit, die sie uns in den Kapitulationsvereinbarungen zugesagt haben, muss doch auch für Neumuslime gelten, und nichts anderes sind diese Kinder!«

»Außerdem haben die Christen sowieso nicht das Recht, in unsere Häuser einzudringen!«, pflichtete Musheer ihm bei.

»Recht oder nicht Recht – sie tun es!«, übertönte da eine zwar ruhige, aber deswegen nicht weniger dominante Stimme alle anderen.

Abdarrahman wandte den Kopf und machte Assad al-Kinani als Sprecher aus. Er war Medizinstudent im letzten Lehrjahr, stammte wie Abdarrahman aus einer hochangesehenen maurischen Familie und war dafür bekannt, eine deutliche Sprache zu sprechen – selbst wenn ihm daraus Nachteile erwuchsen. Viele scheuten deswegen seine Nähe, Abdarrahman aber hatte ihn schon immer bewundert.

»Hast du die Büttel gesehen?«, fragte Abdarrahman.

»Allerdings.« Assad hob die Augenbrauen. »Leider haben wir ihnen nur fünf Kinder entreißen können, und ob diese es mit ihren Familien aus der Stadt herausgeschafft haben, ist nicht einmal sicher. Wenn die Soldaten nicht gekommen wären, hätten wir sicher noch mehr ausrichten können.«

In Abdarrahman stieg Scham auf, dass er in der Medresse auf einem Kissen gesessen und einer Vorlesung über Brüche gelauscht hatte, während auf der Straße Familien auseinandergerissen und verschleppt wurden.

»Werdet …« Abdarrahman schluckte. »Werdet ihr auch morgen wieder den Renegados beistehen?«

Assad nickte.

»Ich glaube, den Gedanken schlägst du dir besser gleich wieder aus dem Kopf!«, knurrte Musheer Abdarrahman leise von der Seite zu, legte ihm die Hand auf den Arm und warf ihm einen eindrücklichen Blick zu. Abdarrahman schluckte: Ja, seine Mutter würde allerdings nicht wollen, dass er sich in diese Dinge einmischte – und sein Vater noch viel weniger.

»Aber wir … wir können doch nicht einfach nur zusehen!«, begehrte er unglücklich auf. »All unser Gerede der letzten Monate, die Briefe und Delegationen – sie haben rein gar nichts bewirkt! Heute sind es die Renegados, die sie abführen – morgen werden es die Muslime sein!«

»Es sind schon jetzt Muslime«, korrigierte Assad ihn sanft. »Die Kinder unserer Glaubensbrüder sind schließlich Teil unserer *umma*, sie gehören zu uns – auch wenn ihre Mütter oder auch beide Elternteile früher Christen waren. Morgen früh werden wir noch weit mehr Männer in der Stadt verteilen, um die Kinder zu schützen. Die Christen müssen merken, dass wir uns nichts mehr gefallen lassen.«

»So gut ich dich verstehe – aber Abdu ist nicht der Richtige für diese Aktionen«, hielt Musheer Assad entgegen. »Zum einen ist er noch nicht einmal sechzehn, und zum anderen ist sein Vater Christ, und du kannst dir gewiss vorstellen, was der mit ihm anstellt, wenn er dahinterkommt, dass er bei euch mitmischt!«

»Dann soll er es eben mitkriegen!«, fiel Abdarrahman seinem Freund heftig ins Wort. »Denn *ich* bin kein Christ, und ich werde auch nie einer werden, und deswegen werde ich morgen sehr wohl mit ihnen gehen!«

»Abdu, du …«

»Ich weiß, was ich tue!«, unterbrach Abdarrahman ihn

noch einmal und hatte auf einmal das Gefühl, viel mehr Luft zu bekommen. »Ja, ich weiß es!«

Musheer rieb sich über die Stirn, blies die Backen auf und brummte: »Aber allein lasse ich dich da nicht mit!«

Als Abdarrahman die drei Büttel mit den beiden Wachsoldaten auf sich und seine Freunde zumarschieren sah, wich er unwillkürlich einen Schritt zurück. Assad hatte ihn und Musheer am frühen Morgen mit zu seinen Freunden genommen, wo ihnen mehrere Straßenzüge im Albaicín zugewiesen worden waren, in denen Renegados mit ihren minderjährigen Kindern wohnten und in denen sie patrouillieren sollten. Sie waren zu sechst: fünf Studenten und Musheers Bruder Jamaal, der aus der ersten Ehe seines Vaters stammte und fast doppelt so alt war. Im Krieg gegen die Christen war er über viele Jahre Heerführer von Boabdils Truppen gewesen und gehörte nun zu den Anführern des Aufstands. Er wusste wie kaum ein anderer das Schwert zu führen und war doch jemand, der stets eine friedliche Lösung einer kriegerischen vorzog. Von klein auf hatte Musheer zu ihm aufgesehen und war sehr stolz, nun zum ersten Mal Seite an Seite mit ihm kämpfen zu dürfen.

»Lasst euch nicht provozieren«, zischte Jamaal ihnen zu, ohne die christlichen Ordnungshüter aus den Augen zu lassen. »Wenn Allah uns beisteht, reicht vielleicht unsere bloße Präsenz, um sie von ihrem Vorhaben abzubringen. Niemandem ist an Blutvergießen gelegen; wir wollen lediglich die Kinder unseres Viertels schützen!«

Abdarrahman sah, wie seine Freunde nickten, und hoffte, dass der Allmächtige Jamaals Worte gehört hatte und ihnen beistand. Seine rechte Hand begann zu schmerzen. Er löste sie vom Schwertknauf, wischte sie an seiner Tunika trocken und zwang sich, den Knauf danach lockerer zu umfassen, was ihm jedoch nicht gelang, da die Büttel weiterhin genau auf sie zumarschierten. Es waren hochgewachsene, finstere Gesellen, nur ein dunkelblond gelockter Junge schien in ihrem Alter. In seinen blauen Augen flackerte die gleiche erbärmliche Angst, die auch Abdarrahman im Magen brannte. Jamaal trat vor ihre Gruppe und legte nun ebenfalls die Hand ans Heft.

»Verschwindet!«, schnauzte der Anführer der Christen ihn an. »Aus dem Weg, sage ich, ihr alle!«

»Wenn ihr gekommen seid, um die Kinder der Renegados in diesem Viertel zu holen, müsst ihr erst uns aus dem Weg schaffen!«, erwiderte Jamaal. Ohne ein Wort zu sagen, trat Assad neben ihn, schließlich auch die beiden anderen jungen Männer, und endlich fand auch Abdarrahman den Mut vorzutreten. Musheer schloss sich ihm an. Noch ehe sich Abdarrahman seines Platzes und seiner Rolle bewusst werden konnte, zogen die Büttel und die Soldaten ihre Schwerter und griffen an. Abdarrahman hatte sein Schwert noch nicht ganz aus der Scheide gezogen, als ihn eine der Klingen auch schon am Arm traf. Er wich zurück, drückte sich die Hand auf die Wunde, doch der Büttel sprang ihm sofort nach und hieb erneut auf ihn ein. Abdarrahman wich dem Schlag aus und parierte den Angriff. Mit hartem Klirren kreuzten sich ihre Klingen wieder und wieder. Er versuchte, den Mann zurückzudrängen, aber dann führte dieser einen tückischen Hieb direkt auf seinen Hals. Reflexartig ließ sich Abdarrahman fallen, kam mit einer langgestreckten Rolle sofort wieder auf die Füße und dankte seinem Vater insgeheim für seinen hervorragenden Unterricht. Kraftvoll griff er den erstaunten Büttel erneut an und sah aus dem Augenwinkel, dass sich auch seine Freunde wacker zur Wehr setzten. Obwohl die Christen in der Überzahl waren, konnten sie sie zurückdrängen. Schließlich rief einer der Büttel zum Rückzug. Johlend trieben Abdarrahman und seine Gefährten die Christen noch ein Stück vor sich her, ließen sie dann laufen und fielen sich strahlend in die Arme.

Jamaal jedoch mahnte sie: »Freut euch nicht zu früh. So leicht wird man die Christen nicht los. Würde mich nicht wundern, wenn sie noch heute mit Verstärkung wiederkämen!«

Zwei Stunden später hörten sie in einer der an ihr Gebiet angrenzenden Gassen helles Kinderweinen und verzweifeltes Flehen: »Mein Kind, mein Kind, Ihr könnt mir doch nicht mein Kind wegnehmen!«

»Na los, worauf wartet ihr?«, rief Jamaal und rannte los. Als sie in die Gasse einbogen, sahen sie, wie zwei Büttel ein etwa sechsjähriges Mädchen wegschleppten, während die Soldaten die Mutter zurückhielten, die panisch schrie und blindlings um sich schlug.

»Lasst das Kind und die Frau los!«, brüllte Jamaal. Er und Abdarrahman erreichten das Kind als Erste; Assad, Musheer und die beiden anderen knöpften sich die Soldaten vor.

Bedrängt durch Jamaals und Abdarrahmans Schwerter, mussten die Büttel das Kind loslassen. Sofort rannte das Mädchen zu seiner Mutter, die von den Soldaten nicht länger festgehalten werden konnte. Die Frau riss ihr Kind an sich und eilte zurück ins Haus. Als sie die Büttel und die Soldaten entwaffnet hatten, machte Jamaal den jungen Männern Zeichen, die Schwerter zu senken und die Christen laufen zu lassen. Doch der Soldat direkt neben Jamaal hob sein Schwert auf und ging sofort neu auf ihn los. »Verdammtes Maurenschwein, dich stech ich ab!«

Der Soldat erwischte Jamaal am Unterarm. Fluchend versetzte Jamaal seinem Gegner einen Tritt in den Unterleib, fand dann wieder die Kraft, auch sein Schwert einzusetzen, und die anderen nahmen ebenfalls den Kampf wieder auf.

»Verdammt, da kommen noch zwei Soldaten!«, brüllte Abdarrahman.

Der Nachschub schien den Christen neue Kräfte zu verleihen, und Abdarrahman hatte immer mehr Mühe, sich gegen seinen Gegner, einen vierschrötigen, kampferprobten Soldaten durchzusetzen. Mit einem Mal versetzte der Hüne ihm einen Schwerthieb, der Abdarrahman so hart traf, dass er regelrecht zurückflog. Er knallte mit dem Kopf gegen die Hauswand hinter ihm und sah direkt anschließend eine blitzende Schwertspitze auf seinen Hals zuschießen. Abdarrahman war von dem Schlag noch viel zu benommen, um auch nur sein Schwert anheben zu können. Ergeben schloss er die Augen – und hörte in der nächsten Sekunde einen heftigen Schlag direkt vor sich. Sofort riss er die Augen wieder auf, und noch ehe er verstanden hatte, was geschehen war, spritzte ihm ein Schwall warmes Blut ins Gesicht. Es dauerte, bis Abdarrahman klarwurde, dass dies nicht sein Blut war. Verstört wischte er sich die Augen frei und sah, wie sein Gegner röchelnd zu Boden sank. Assad zog sein Schwert zurück und starrte ebenso betroffen wie Abdarrahman auf den Sterbenden. Da brüllte Musheer: »Scheiße, da kommt ein ganzer Trupp Soldaten, los, nichts wie weg hier!«

Da Abdarrahman weiter wie erstarrt dastand, rissen Musheer und Assad ihn mit sich mit und wehrten zugleich diejenigen ab, die ihnen nachstürmten. Einen verletzten sie am Arm, den anderen am Bein, und noch ehe die Verstärkung herangerückt war, waren sie im Gassengewirr der Altstadt verschwunden, das sie mitsamt seinen Schlupflöchern viel besser kannten als die Christen. Als sie gewiss waren, die Soldaten abgehängt zu haben, verbargen sie sich in einem Hinterhof und sanken nach Luft ringend an die Hauswand. Erst jetzt sickerte das ganze Ausmaß dessen, was geschehen war, in Abdarrahmans Bewusstsein. Er starrte zu Musheer und Assad und brachte kein Wort hervor, aber in ihm flammte immer wieder der gleiche Gedanke auf: Ärzte hatten sie werden wollen, heilen und Menschenleben retten … und jetzt … jetzt hatten sie …

Abdarrahman spürte das fremde Blut, das noch immer auf seinem Gesicht klebte, er sah die tiefroten Flecken auf seiner Tunika und schluckte verzweifelt gegen den Brechreiz an.

Musheer schien zu merken, was in ihm vorging. Auch er war kalkweiß im Gesicht, fand aber trotzdem die Kraft, ihm beschwichtigend die Hand auf den Arm zu legen. »Assad hatte keine Wahl, Abdu«, keuchte er. »Hätte er den Soldaten nicht getötet, hätte er dir die Kehle durchgeschnitten!«

Abdarrahman nickte, weil er wusste, dass Musheer recht hatte. An seiner Verstörtheit änderte dies jedoch nichts, zumal ihr ganzer Einsatz auch noch vergebens gewesen war. Inzwischen hatten die Büttel das Kind sicher längst wieder abgeführt.

»Das wird Cisneros nicht auf sich beruhen lassen«, hörte er Jamaal sagen.

Er wandte ihm das Gesicht zu.

»Du und Assad«, fuhr Jamaal fort, »geht jetzt erst einmal nach Hause und zieht euch saubere Kleider an. Und haltet euch bis dahin von den christlichen Soldaten fern: Mit dem Blut an den Kleidern werden sie euch leicht wiedererkennen! Am Abend sehen wir uns in der Moschee; nach diesem Toten kann es kein Zurück mehr geben. Wir müssen den Christen jetzt zeigen, wer die wahren Herren dieser Stadt sind!«

Die Nachricht über den Kampf zwischen den Mauren und den Christen verbreitete sich wie ein Lauffeuer in der Stadt – und ebenso die über den toten Soldaten. Zahra erfuhr es von der Dienerin ihrer Patientin. Sie war so aufgeregt, dass sie immer wieder nach Luft schnappen musste.

»Und dass sie sich jetzt nichts mehr gefallen lassen und einen Aufstand machen wollen, das sagen die Leute auch«, haspelte die dralle Frau weiter. »Überall in den Gassen stehen bewaffnete Landsleute von uns, und wer kein Schwert besitzt, der trägt zumindest einen Dolch, ein Fleischermesser oder eine Axt in der Hand! Selbst die Alten sind dabei, und die Jungen sowieso, ach, selbst halbe Kinder habe ich unter ihnen gesehen, und sie tragen ihre Mistgabeln so stolz wie Mohammeds Schwert vor sich her!«

Zahra schluckte. Sie wusste, dass Abdarrahman kein Hitzkopf war und nicht zu unüberlegten Handlungen neigte, aber er würde sich nicht aus der Verantwortung stehlen.

Ich muss ihn aus der Sache heraushalten, am besten schicke ich ihn auf die Farm, ehe er sich in etwas hineinziehen lässt, wo er später nicht wieder herauskommt!, hämmerte es in ihrem Kopf, wieso habe ich ihn nicht mit Maryam und deren Sohn hinaus auf die Farm bringen lassen? Auch an Jaime musste sie denken und wie er reagieren würde, wenn sein eigener Sohn … Zahra wagte den Gedanken nicht zu Ende zu denken.

Sie sah zu ihrer Patientin, einer gebrechlichen Frau, die ein seit Tagen währender Durchfall so geschwächt hatte, dass sie das Bett nicht mehr verlassen konnte. Sie fasste nach ihrer Hand. »Lalla, ich … ich muss Euch heute schon früher verlassen, aber auch Eure Dienerin kann Euch später noch zweimal den Sud einflößen, den ich für Euch zubereitet habe, und wenn es irgendein Problem gibt, soll sie mich später noch einmal holen!«

»Ja, mein Kind, ist gut, ist gut, ich sehe doch, wie die Nachrichten Euch aufregen. Geht nur, geht nach Hause und schaut nach den Euren, sonst findet Ihr ja doch keine Ruhe. Wenn ich Söhne hätte, ginge es mir nicht anders!«

Zahra drückte ihr dankbar die Hand und verließ das Haus unverzüglich, ohne auf Zubair zu warten. Sie wollte Abdarrahman abfangen, ehe er zum Abendgebet in der Moschee verschwand. Vor dem Hintergrund der neuesten Ereignisse erschienen ihr seine Treffen dort mit seinen Freunden in einem neuen, bedrohlichen Licht …

Obwohl Zahra noch vor dem Ruf des Muezzins zum Gebet vor der Moschee eintraf, konnte sie Abdarrahman nicht unter den Männern entdecken, die in die Moschee strömten, und wagte auch niemanden von ihnen nach ihrem Sohn zu fragen. Eine Frau, noch dazu ohne Begleitung, konnte auf der Straße keine Männer ansprechen, die nicht zu ihrer Familie gehörten, wenn sie sich nicht in Verruf bringen wollte. Abdarrahman selbst in der Moschee zu suchen war ihr aber ebenso wenig möglich. Der Prophet hatte die Trennung zwischen Mann und Frau befohlen, und das ganz besonders an dem Ort, der von Allah am meisten geachtet wurde: der Moschee. Der weitläufige Innenpatio des Moscheegeländes mit seinen Brunnen und Gärten, dem Betsaal und den Nebenräumen mitsamt der Medresse waren einzig den Männern vorbehalten; Frauen durften lediglich einen durch einen hohen Leinenvorhang abgetrennten Teil des Betsaals betreten, der von der anderen Straßenseite her zugänglich war. Von dort aus aber hatte sie keine Möglichkeit, einen Blick zu den Männern zu werfen. Als der Zug der Männer zur Moschee abebbte, ließ sich Zahra auf einem zurückliegenden Mauervorsprung nieder und wartete, bis das Gebet zu Ende ging. Ängstlich fragte sie sich, ob sie Abdarrahman nur verpasst hatte, weil er schon vor ihrer Ankunft in die Moschee gegangen war, oder ob ihm bei den heutigen Unruhen etwas zugestoßen war. Mehrmals erwog sie, nach Hause zu gehen, um Zubair zu fragen, ob er etwas von Abdarrahman gehört hatte, wagte es dann aber doch nicht, weil sie Angst hatte, Abdarrahman noch einmal verpassen zu können.

Nach dem Gebet verließen nur wenige Männer die Moschee; Abdarrahman war erneut nicht unter ihnen. Vor Angst und Sorge ballte Zahra immer wieder die Hände. Der Gedanke, dass die Älteren ihn aufhetzen und zu gefährlichen Handlungen verleiten könnten, brachte sie fast um den Verstand. Allmächtiger, bitte, er ist doch erst sechzehn Jahre alt, dachte sie, ein halbes Kind noch! Aber im gleichen Moment, in dem sie dies dachte, wurde ihr klar, dass Abdarrahman das eben nicht mehr war … Nein, er war kein Kind mehr, und genau darum hatte sie solche Angst um ihn.

Lange nach Mitternacht traten Abdarrahman und Musheer ins Mondlicht hinaus. Im ersten Moment war Zahra unendlich erleichtert, ihn heil und gesund zu sehen, aber dann fiel ihr die Betroffenheit – und Härte – in seiner Miene auf, und sie wurde erneut von Sorge erfasst. Da die beiden ohnehin in ihre Richtung gingen, wartete sie, bis sie auf zwei Schritte an sie herangekommen waren, und gab sich ihnen zu erkennen.

»Mutter!«, rief Abdarrahman verwundert. »Was tut Ihr denn hier zu dieser späten Stunde – und dann auch noch allein?«

»Kannst du dir das nicht denken?« Zahra sah zwischen ihm und seinem Freund hin und her. »Was habt ihr vor? Und versucht nicht, euch herauszureden; dazu sprechen eure Mienen eine viel zu deutliche Sprache!«

Die beiden jungen Männer blickten einander stumm an.

»Ach«, rief Zahra. »Die Herren ziehen es vor zu schweigen?« Angesichts des ebenso beharrlichen wie überheblichen Schweigens der beiden schoss eine Woge blanker Wut in ihr hoch. Sie ließ eine Gruppe Männer an ihnen vorbeischreiten, dann zischte sie den Jungen zu: »Glaubt nicht, mir wäre nicht klar, was in euren Köpfen vorgeht, aber ich kann euch versichern, dass ich sehr viel mehr von dem weiß, was jetzt auf uns und vor allem auf euch zukommt, als ihr ahnt. Im Gegensatz zu euch habe ich nämlich schon einen Krieg gegen die Christen erlebt – und weit mehr als das!«

Wiederum musste Zahra warten, bis eine Gruppe Männer an ihnen vorbeigegangen war. Angst schlug in ihr hoch, die Angst, dass alles wieder von vorn anfangen könnte: der Krieg, die Flucht, die Verfolgung, der Hunger, der Tod. Den letzten Krieg hatten sie überlebt, zumindest die meisten Mitglieder ihrer Familie, aber wenn das alles jetzt wieder von vorne begann … Und heute würde Jaime im Gegensatz zu damals nicht einer von ihnen sein können; er hatte einen Eid darauf geleistet, das christliche Königshaus und den Erzbischof Talavera mit seinem Leben zu schützen! Und diesen Eid würde er niemals brechen.

Als sie wieder frei reden konnte, war ihre Stimme nur umso eindringlicher: »Ihr dürft euch nicht aufhetzen lassen. Beim Allmächtigen, er möge euch erleuchten: Seht ihr denn nicht, dass wir keine Chance gegen die Christen haben? Die hatten wir vor zehn Jahren nicht, und heute haben wir sie noch weniger! Damals standen die Christen *vor*, inzwischen aber leben sie *in* der Stadt, und selbst die Alhambra gehört ihnen!«

»Sicher, Mutter, aber … Ihr versteht das nicht! Ihr seid eben nur eine Frau …«

»Nur?«, fiel Zahra ihrem Sohn wütend ins Wort. »Als ich

in eurem Alter war, war ich die engste Vertraute der Frau des Emirs, und du kannst mir glauben, Abdu, dass ich weit mehr als die meisten in diesem Land davon mitbekommen habe, was sich hinter den hohen Mauern der Herrscher abspielt, denen der Mauren wie denen der Christen! Als die Christen damals vor den Toren unserer Städte standen, erst in Málaga und später in Granada, war ich eine der Letzten, die dafür waren, dass wir aufgeben, und diese Entscheidung lag nicht zuletzt an dir, Abdu, und deinen Geschwistern. In eurem Alter ist es leicht, mutig zu sein, weil man nichts als das eigene Leben zu verlieren hat. Aber ich habe drei Leben geboren – und mir liegt alles daran, dass sie auch am Leben bleiben! Anders als früher haben wir nichts mehr zu gewinnen, wir können nur noch mehr verlieren!«

»Ich weiß sehr gut, was Ihr damals für unser Land getan habt«, warf nun Musheer ein. »Mein Vater hat oft davon erzählt, und wenn es in unserem Land eine Frau außer der abgedankten Sultanin gibt, von der er mit höchster Achtung spricht, dann seid Ihr es! Trotzdem muss ich Euch widersprechen: Auch wenn die Christen die Alhambra innehaben und ihre Soldaten selbst in den kleinsten Gassen unserer Stadt patrouillieren und herumschnüffeln – wir müssen uns endlich zur Wehr setzen, wenn wir uns nicht selbst verlieren wollen!«

»Uns selbst verlieren …« Zahra schüttelte den Kopf. »Wenn wir tot sind, wird es kein ›uns selbst‹ mehr geben, und deswegen«, sie sah ihren Sohn nachdrücklich an, »deswegen wirst du gleich morgen früh raus auf die Seidenfarm reiten und fürs Erste dort bleiben!«

»Aber Mutter!«, begehrte Abdarrahman auf.

»Keine Widerrede – oder ich erzähle deinem Vater von diesen Treffen, die ihr nach dem Unterricht in der Medresse abhaltet und von dem ihr sicher auch eben gekommen seid!«

»Das … das dürft Ihr nicht! Damit werdet Ihr uns alle in Gefahr bringen. Bitte, Mutter, so hört mir doch erst einmal zu!«

»Tut das nicht, Sayyidati«, bat nun auch Musheer. »Ihr habt uns doch eben selbst daran erinnert, dass Ihr über so viele Jahre eine Kämpferin für unser Land und unseren Glauben gewesen seid. Findet Ihr nicht auch, dass wir uns schon jetzt viel zu viel haben wegnehmen lassen? Und die Christen gehen ja immer noch weiter! Wie sollen wir die Kinder ohne Koran in unserem Glauben unterrichten? Wie sollen wir die jungen Leute ohne Bücher in die Wissenschaft einweisen und sie ausbilden zu Ärzten, Astronomen, Übersetzern, Philosophen? Ich habe mein Medizinstudium erst zur Hälfte absolviert, Abdu hat gerade erst angefangen, und derzeit behelfen wir uns mit Schiefertafeln und dem Wissen der Lehrer, aber das ist nur ein allzu schwacher Trost und alles andere als eine fundierte Ausbildung! Sayyidati: Ein Volk ohne Glauben, Bildung und Kultur ist ein sterbendes Volk!«

Zahra wandte sich einen Moment lang von den beiden ab. Sie wollte nicht, dass sie sahen, wie sie mit sich ringen musste. Sosehr sie Musheer recht gab und auch ihren Sohn verstand – so sehr hatte sie doch auch Angst um ihre jungen Leben und vor einem neuen Krieg. »… ist ein sterbendes Volk«, wiederholte sie in Gedanken Musheers Worte, und tief in ihrem Inneren spürte sie, dass er recht hatte. Nein, es reichte allerdings nicht zu atmen und zu essen, der Mensch brauchte mehr, jedes Volk brauchte mehr als das. War es nicht besser, um seine Rechte und seine Freiheit zu kämpfen, als lebendig tot zu sein?

Mit zittrigen Fingern strich Zahra eine Haarsträhne unter ihren Hidschab zurück, atmete tief durch und wandte sich wieder zu den beiden um. »Ihr plant einen Aufstand, nicht wahr?«

Abdarrahman warf einen zögernden Blick zu Musheer, und erst als dieser ihm zunickte, gab er es zu. »Ja, Mutter. Es geht nicht mehr anders.«

Zahra schluckte. Sie dachte an Jaime und bat ihn insgeheim schon jetzt für ihre folgenden Worte um Abbitte. »Ich … ich nehme an, ihr seid froh um jeden, der euch dabei hilft, die Verletzten zu versorgen?«

Abdarrahman sah sie mit großen Augen an. »Wollt Ihr damit etwa andeuten … Ihr wärt bereit, uns zu unterstützen?«

»Das heißt vor allem, dass ich euch nicht sterben sehen und lieber in eurer Nähe sein will, als zu Hause zu sitzen, während ihr alleingelassen auf offener Straße verblutet!«

Abdarrahman trat einen Schritt auf sie zu, als wolle er sie vor Dankbarkeit umarmen. Zahra machte eine abwehrende Geste. »Ich hoffe, du weißt, in welchen Konflikt du mich damit bringst!«

»Aber Vater könnte doch …«

»Nein, könnte er nicht«, fiel Zahra ihm ins Wort. »Und das weißt du auch! Und jetzt lass uns nach Hause gehen und dort weiterreden. Wände haben Ohren – vor allem in Zeiten wie diesen!«

Schweigend gingen sie durch die menschenleeren Gassen zu ihrem Haus, und Zahras einziger Trost war, dass Jaime und Raschid an diesem Abend sicher in der Alhambra hatten bleiben müssen und sie ungestört sprechen konnten – zumindest, nachdem sie Zubairs Donnerwetter über sich hatte ergehen lassen. Sicher machte sich der Arme schon die größten Sorgen um sie. Ob ihr Bruder die Jungen und sie verstehen würde, wusste sie nicht, aber dass sie bei Jaime auf keinerlei Verständnis zu hoffen brauchte, war gewiss. Sie wagte nicht, darüber nachzudenken, wie sie sich vor ihm rechtfertigen wollte, wenn er ihnen je auf die Schliche kam. Denn auch wenn sie ihm nie verziehen hatte, dass er wieder in die Dienste der Christen getreten war – sie konnte ihn verstehen. Und fast dachte sie: leider. Denn dann wäre ihr Gewissen jetzt um einiges leichter gewesen.

V.

Granada
25. Dezember 1499

Als Abdarrahman sich schon früh am nächsten Morgen von ihr verabschiedete, musste Zahra all ihre Kraft aufbringen, um ihn nicht doch zurückzuhalten. »Pass auf dich auf«, raunte sie ihm zu, als er sie umarmte, sorgsam darauf achtend, dass Zubair, der nicht weit von ihnen stand und sein Schwert putzte, es nicht hörte. Sie machte dem ehemaligen Leibwächter ihres Vaters nicht gern etwas vor, aber sie war sich nicht sicher, ob er ihrem Bruder oder womöglich sogar Jaime mehr ergeben war und Abdarrahman und sie an einen der beiden verraten würde. Zum zigsten Mal verfluchte sie die Christen dafür, dass sie diesen Keil zwischen sie trieben. Gebe der Allmächtige, dass dieser Wahnsinn ein rasches und unblutiges Ende findet, betete sie noch ein inniges *du'a,* und dass unsere Familie nicht darüber zerbricht! *Inschallah.* So Gott will.

»Kein guter Tag für Euren Sohn, um in die Medresse studieren zu gehen«, brummte Zubair ihr zu, als sich Abdarrahman zur Tür wandte.

»In die Moschee werden die Christen ja wohl kaum eindringen«, gab Zahra nervös zurück, nickte Abdarrahman zu, dass er sich nicht aufhalten lassen solle, und eilte in die Küche, wo der neue Sud für ihre Patientin köchelte. Wenig später verließ auch sie das Haus in Zubairs Begleitung, am Arm ihren Korb. Außer dem frisch gebrauten Sud enthielt er noch verschiedene andere Kräuter, Schmerz- und Betäubungsmittel, Nadel, Faden und Verbandsmaterial.

In sämtlichen Gassen gab es nur ein Gesprächsthema: Alle redeten davon, dass die Christen weiter Jagd auf die Kinder der Renegados machten und nach dem Toten vom Vortag noch mit weit mehr Soldaten angerückt waren. Außerdem erzählte man sich, wie mutig und entschlossen sich die Mauren der Verschleppung der Kinder widersetzten – und dass es auf beiden Seiten bereits Tote und Verletzte gegeben habe. Von Gesprächsfetzen zu Gesprächsfetzen wurde es Zahra flauer im Magen, und sie fragte sich, ob sie Abdarrahman nicht doch aus der Stadt hätte schicken sollen.

Bei ihrer Patientin angekommen, verabschiedete sie sich von Zubair. »Ich schicke dir die Dienerin, wenn ich hier fertig bin, aber es wird spät werden!«

Zu ihrer Erleichterung ging es der alten Frau erneut ein wenig besser. Sie gab der Dienerin das Gefäß mit dem frischen Sud und wartete voller Unruhe auf das Eintreffen ihres Sohnes. Erst als die bleiche Wintersonne ein gutes Stück höher gestiegen war, kam er, um sie abzuholen.

»Können wir gleich los?«, drängte Abdarrahman, und als die Dienerin kurz den Raum verließ, zischte er Zahra zu: »Ich bitte Euch, Mutter, beeilt Euch! In einem der Häuser, die man uns für Verletzte zur Verfügung gestellt hat, ist niemand, der sie ordentlich versorgen könnte. Sie brauchen dringend Eure Hilfe!«

Kurz darauf brachen sie auf. Wegen der Kämpfe musste Abdarrahman sie auf Umwegen zum anderen Ende des Albaicíns schleusen. Als sie ankamen, verließen gerade zwei mit wertvollen Schwertern bewaffnete Mauren das Haus. Ihre Kleider waren zerrissen und mit Blut besudelt, die Gesichter matt und verzweifelt. Als sie Abdarrahman und Zahra erspähten, kehrte ein Hauch Hoffnung in ihre Mienen zurück. »Endlich! Die Männer da drin krepieren allesamt, wenn nicht endlich jemand nach ihnen sieht, und eben haben wir noch zwei Schwerverletzte gebracht. Kannst du gleich wieder mit uns kommen, Abdarrahman? Im Suq brauchen sie dringend Verstärkung!«

Abdarrahman nickte seiner Mutter kurz zum Abschied zu und verschwand. Zahra blieb keine Zeit, um ihm nachzusehen. Schon am Hauseingang klang ihr das Stöhnen und Schreien der Verwundeten im Patio entgegen. Ein buckliger alter Mann, dessen Tunika über und über mit Blut besudelt war, erklärte ihr in aller Hast, dass die schwersten Fälle in den beiden angrenzenden Räume lagen und sie dort anfangen möge. »Ich habe mich ja bemüht, etwas auszurichten, aber viel mehr als Wunden abbinden kann ich nun einmal nicht!«, erklärte er entschuldigend und zeigte ihr den Weg.

Das Elend in dem ersten Raum, den Zahra betrat, war so groß, dass sie am liebsten sofort die Flucht ergriffen hätte: Einem Mann fehlte die rechte Hand, über einen anderen beugte sich ein junger Bursche und drückte ihm ein Tuch in die Bauchwunde, zwei hatten großflächige Kopfverletzungen, und direkt neben dem Eingang lag ein Mann mit zahllosen Stichwunden an Armen und Beinen.

»Aber wieso habt Ihr überhaupt keinen Arzt?«, fragte Zahra den alten Mann entsetzt.

»Ganz einfach, weil der, der kommen wollte, am Morgen zwischen die Kämpfenden geraten ist und jetzt selbst mit dem Tode ringt …«

Zahra tauschte einen Blick mit ihm und erkannte, er wusste

ebenso gut wie sie, dass es unmöglich war, mit all den Verwundeten allein und ohne ärztliche Unterstützung zurechtzukommen, aber im Moment blieb ihr nichts anders übrig, als es wenigstens zu versuchen. Sie stellte ihren Korb neben sich, krempelte die Ärmel ihrer Tunika hoch und kümmerte sich als Erstes um den Mann, dem die Hand abgeschlagen worden war. Für ihn jedoch konnte sie nicht mehr tun, als mit ihm »La ilaha illa llah« zu beten. Es gibt keinen Gott außer Gott. Seine Antwort war kaum mehr als ein Hauch: »Und Mohammed ist sein Prophet.« Zahra schätzte, dass er höchstens zwei Jahre älter als Abdarrahman war. Er atmete noch einen kurzen Moment, dann sank sein Kopf zur Seite, und Zahra schloss ihm die Augen.

Bis zum Nachmittag hatte Zahra zwei Dutzend Verletzte versorgt, wobei ihr noch drei weitere Männer unter den Händen wegstarben. Für einen Mann mit einer Bauchwunde kam jede Hilfe zu spät, ein anderer verblutete, weil sie erst nach ihm sehen konnte, als sie die Wunde eines anderen Aufständischen genäht hatte, der dritte hatte eine komplizierte Rippenfraktur und erstickte vor ihren Augen. Immer wieder drängte Zahra die Männer, die stets neue Verwundete brachten, dass sie endlich einen Arzt oder zumindest einen *dschabbar,* einen Bader, auftreiben sollten, doch erst am späten Nachmittag brachten sie jemanden. Sein Name war Taufiq, und er war Medicus – für mehr Kommunikation war keine Zeit.

»Kommt schnell!«, drängte Zahra ihn und führte den Mann, der nur wenig älter als sie zu sein schien, zu einem jungen Studenten, dessen Hand nur noch halb am Arm hing. »Ich flehe Euch an, tut etwas! Heute früh ist mir schon jemand mit so einer Verletzung weggestorben, und für einen Tag habe ich wahrlich genug Tote gesehen!«

Ohne ein Wort zu verlieren, bereitete Taufiq das vollständige Abtrennen der Hand vor und kauterisierte den Armstumpf; danach ging es Schlag auf Schlag. Erst Stunden später kam er dazu, Zahra beim gemeinsamen Versorgen eines Schwerverletzten zu erzählen, dass er sich bis zu seinem Kommen im östlichen Teil des Albaicíns um Verwundete gekümmert hatte, aber dann waren die königlichen Truppen ihrem Unterschlupf so nahe gekommen, dass sie die Versehrten an einen anderen Ort hatten bringen müssen, wo es schon einen Arzt gab, so dass man ihn hierhergebeten hatte. »Ich finde es beeindruckend, dass Ihr dies alles bisher ganz allein gemeistert habt!«

»Habe ich eben nicht, sonst hätten wir jetzt vier Tote weniger«, knurrte Zahra und eilte zu einem Neuzugang, der gotterbärmlich schrie.

Erst lange nach Sonnenuntergang hatten sie alle Verletzten zumindest notversorgt. Als eine Nachbarin einen Kessel mit Suppe für Helfer wie Verwundete brachte, rief Taufiq Zahra, dass sie sich zu ihm setzen und etwas essen solle. »Lasst uns draußen einen Platz suchen und einen Moment ausruhen. Wenn Ihr vor Erschöpfung umfallt, nutzt das niemandem!«

Sie setzten sich auf die gemauerte Bank im überdachten Stück des Innenpatios; die Verletzten waren inzwischen alle in Räumen untergebracht oder von ihren Familien abgeholt worden. Erst als Zahra den ersten Löffel der heiß dampfenden Fleischbrühe in der Hand hielt und ihr der Duft von Lauch und kräftigen Gewürzen in die Nase stieg, merkte sie, wie hungrig, entkräftet und durchgefroren sie war. Trotz der Anwesenheit von Taufiq und anderen Männern legte sie zum Essen den Schleier ab und schlang die Suppe hinunter. Als der Teller bis auf den letzten Tropfen geleert war, legte sie den

Schleier wieder an, sank zurück gegen die Wand, sah sich im Patio um und registrierte erst jetzt, dass es zu regnen begonnen hatte. Trotzdem wollte sie nicht zurück in die Räume. Selbst hier draußen waren das Stöhnen und die Schmerzensschreie der Verletzten noch zu hören, der durchdringende Geruch nach Blut und beim Kauterisieren verbranntem Fleisch zu riechen. Erneut fragte sie sich, ob es richtig gewesen war, Abdarrahman in der Stadt zu lassen und nicht auch selbst auf die Seidenfarm geflohen zu sein. Auch wenn sie bereits einen Krieg überstanden hatte, hatte sie das Elend der Verwundeten doch nur selten so hautnah erlebt wie heute, und sie war sich nicht sicher, ob sie das auch nur noch einen einzigen weiteren Tag würde ertragen können.

Warum, mein Gott, warum?, fragte sie wieder und wieder. Warum kann es für uns hier keinen Frieden mehr geben? Wir waren gut zu diesem Land, wir haben es aufgebaut, wir haben die Christen und ihren Glauben toleriert – warum können sie uns jetzt nicht wenigstens das vergelten?

Sie musste an Jaime denken und fragte sich, ob auch er in die Kämpfe verwickelt worden war, bezweifelte es aber. Seine Aufgabe war es, Talavera zu schützen. Ein Zusammentreffen von ihm und Abdarrahman bei den Straßenkämpfen war also höchst unwahrscheinlich. Allein die Vorstellung, dass Jaime bei den Kämpfen Abdarrahman auch nur sehen könnte, versetzte sie in helle Panik, und wenn er erst erfuhr, was sie hier trieb …

Müde wischte sie sich mit dem Handrücken eine Strähne aus der Stirn, zu müde selbst, um sie wieder ordentlich unter ihren Hidschab zu stecken. Sie fragte sich, was werden sollte, wenn die Kämpfe ihre Situation nicht verbessern konnten, fand aber keine Antwort. Auf nichts fand sie mehr eine Antwort. Der Gedanke wehte sie an, dass Männer, die beim

Dschihad, beim Kampf gegen Ungläubige, ums Leben kamen, als Shahids, als Märtyrer, direkt ins Paradies eingingen, aber sie bezweifelte, dass dies den betroffenen Müttern ein Trost wäre. Ihr jedenfalls wäre es keiner.

Kurz darauf betrat ihr Sohn den Patio. Zahra sprang auf, nahm seine Hand und drückte sie an ihre Wange, obwohl sie merkte, wie unangenehm Abdarrahman dies war. Taufiq bot ihm einen Teller Suppe an. Statt einer Antwort schaute Abdarrahman prüfend zwischen Zahra und Taufiq hin und her, aber als Zahra ihn bat, sich zu setzen und etwas zu essen, gab er nach und schlang die Suppe gierig hinunter. Da kam Musheer in den Hof gelaufen. Er rang nach Luft. »Cisneros ...«, keuchte er und blieb mit auf die Oberschenkel aufgestützten Händen vor Abdarrahman stehen. »Er ... er hat Jamaal, Assad und zwei Faqihs festnehmen lassen! Irgendjemand hat ihm verraten, dass sie unsere Anführer sind. Wenn wir nicht die Waffen niederlegen, will er sie hinrichten lassen!«

Abdarrahman rutschte der Teller vom Schoß, er fiel zu Boden und zerbarst. Niemand schien dies zu bemerken. Auch Zahra und Taufiq starrten fassungslos zu Musheer.

»Jamaal – deinen Bruder Jamaal?«, stotterte Zahra, und Musheer nickte.

»Dann müssen wir sie befreien«, presste Abdarrahman hervor. »Wir ... wir können nicht aufgeben!«

»Cisneros hat sie in der Alhambra untergebracht. Gleich ist eine Versammlung in der Freitagsmoschee!«

Sofort erhob sich Abdarrahman.

Zahra sah erschrocken zu ihm auf. »Oh nein, Abdu, nicht in die Alhambra, nicht du! Dein Vater ...«

Doch Abdarrahman machte nur eine abweisende Handbewegung und rannte davon. Als Zahra Anstalten machte, ihm nachzueilen, packte Taufiq sie am Handgelenk. »Er würde sich ohnehin nicht aufhalten lassen!«

»Ach, und das zu beurteilen obliegt Euch?« Zahra warf ihm einen wütenden Blick zu und versuchte, ihm den Arm zu entwenden, doch Taufiq ließ sie nicht los.

»Wollt Ihr Euren Sohn vor seinen Freunden lächerlich machen?« Er lockerte seinen Griff etwas und zog sie zugleich zurück auf ihren Sitzplatz. Widerstrebend folgte Zahra der Bewegung und sah dabei diesen Mann, mit dem sie heute über so viele Stunden um das Leben der Verwundeten gekämpft hatte, zum ersten Mal richtig an. Sein nachtschwarzes Kraushaar war ganz kurz geschoren, sein feingeschwungener Mund wurde von einem gepflegten, kurzen Bart umrahmt, in den tiefbraunen Augen fand sie Verständnis, aber auch Unnachgiebigkeit und, ja, Bitterkeit.

»Wenn Ihr Kinder hättet, würdet Ihr verstehen, warum ich meinem Sohn hinterhergehen wollte«, zischte Zahra ihn an und entzog ihm mit einem entschlossenen Ruck endgültig den Arm.

»Wenn ich vor zehn Jahren nicht meinen kämpfenden Landsleuten beigestanden hätte, hätte ich wahrscheinlich noch Kinder und eine Frau«, gab Taufiq tonlos zurück und wandte den Blick ab.

Zahra zuckte zurück, als hätte er sie geohrfeigt, und in der Tat wäre es ihr lieber gewesen, wenn er es getan hätte. Warum habe ich auch nicht den Mund halten können?, fragte sie sich und schämte sich zutiefst. »Verzeiht, ich ... ich wollte keine alten Wunden aufreißen!«

Taufiq stapelte ihre Teller und stellte sie neben sich auf den Boden. »Schon gut. Ihr konntet ja nicht ahnen ...« Er schluckte. »Niemand konnte das ahnen. Während ich unsere verletzten Soldaten verarztet habe, sind die Christen von hinten in unser Haus eingedrungen und … Wir waren damals erst seit zwei Jahren verheiratet; unsere beiden Söhne waren gerade geboren worden.«

»Oh Gott, wie entsetzlich!«

Taufiq nickte und sah sie an. »Glaubt mir: Obwohl ich weiß, wie weh es tut, seine Familie zu verlieren, bin ich dafür, dass wir kämpfen. Wir haben keine andere Wahl, wenn wir uns nicht selbst verlieren wollen!« Er rieb sich kurz mit beiden Händen über die Wangen und erhob sich. »Es wird Zeit, dass wir uns um die Verletzten kümmern!«

Zahra sah ihm nach, fand aber nicht die Kraft, wieder aufzustehen und hineinzugehen. *Wenn wir uns nicht selbst verlieren wollen …* Die Worte klangen in ihr nach, sie spürte deren tiefe Wahrheit. Sie wusste, dass sie an Abdarrahmans Stelle nicht anders gehandelt hätte. Natürlich mussten sie sich gegen die Christen zur Wehr setzen, mussten es für ihr Seelenheil tun. Nur wie und wo sie Jaime in all dem unterbringen sollte, war ihr immer weniger klar. Sie fragte sich, ob er bereits wusste, dass sie noch nicht wieder zu Hause war – oder gar warum. Zubair fiel ihr ein, der sich gewiss schon seit Stunden um sie sorgte. Was würde er Jaime ausrichten, wenn dieser einen Boten schickte, um nach ihr und Abdarrahman zu fragen – und das würde er garantiert tun und gewiss verlangen, dass Zubair sie und Abdarrahman unverzüglich aus der Stadt brachte.

»Zahra …«

Taufiq war an die Zimmertür getreten. »Bei mehreren Wunden sind die Verbände durchgeblutet …« Er nickte ihr aufmunternd zu.

Zahra drängte ihre Fragen und Ängste zurück, erhob sich und folgte ihm. In den nächsten beiden Stunden arbeitete sie mit schweigender Verbissenheit und verbot es sich, an etwas anderes zu denken als an das, was sie tat. Doch obwohl sie sich ganz auf ihre Arbeit konzentrierte, merkte sie, wie ihre Blicke auch immer wieder zu Taufiq wanderten. Sie fand, dass er ein bemerkenswerter Mann war. Als er ihren Blick auffing und erwiderte, sah sie schnell zur Seite, bekam aber trotzdem einen feuerroten Kopf. Sie hoffte, dass er das im schummrigen Licht der Öllampen nicht sah, und ärgerte sich über sich – und darüber, dass sie überhaupt so viel über ihn nachdachte.

Zahra und Abdarrahman kamen erst lange nach Mitternacht nach Hause – und wurden direkt an der Haustür von einem aufgebrachten Zubair empfangen.

»Um Euren Gemahl nicht zu beunruhigen, hatte ich seinem Boten am Nachmittag ausgerichtet, wir befänden uns schon so gut wie auf dem Weg zur Seidenfarm«, wetterte er los, »und als Ihr nicht nach mir habt schicken lassen, bin ich selbst zu Eurer Patientin gegangen, um zu sehen, wie lange Ihr noch bei ihr bleiben wollt – und was musste ich da feststellen? Dass Ihr schon seit Stunden fort wart! Herrin, alles was recht ist – ich bin vor Sorge um Euch fast umgekommen! Wie ein Wahnsinniger habe ich Euch in der ganzen Stadt gesucht! In welchen Konflikt bringt Ihr mich denn da?«

Nur mit Mühe gelang es Zahra, Zubair zu beruhigen. Sie erzählte ihm von einer weiteren Patientin von Mosche und einer Operation, bei der sie ihm hatte assistieren müssen, doch als Zubair klarwurde, dass Zahra die Stadt auch am nächsten Tag nicht verlassen wollte, machte er ihr erneut Vorwürfe und wollte nun doch Jaime informieren. »Ihr müsst das verstehen, Herrin. Ich würde es mir niemals verzeihen, wenn Euch etwas zustoßen würde, und der Herr würde mich vierteilen, und das zu Recht! Immerhin stand in der Nachricht seines Boten am Nachmittag, dass er sich voll und ganz darauf verlässt, dass ich mich um Eure Sicherheit kümmere, solange er in der Alhambra bleiben muss – und das wird sicher noch einige Tage lang der Fall sein.«

Nachdem Zahra ihm hoch und heilig versprochen hatte, dass sie am nächsten Abend mit ihm zurück zur Farm reiten wollte, beruhigte sich Zubair, so dass Zahra und Abdarrahman zumindest einen Tag gewonnen hatten, an dem sie die Aufständischen unterstützen konnten.

Wie nicht anders zu erwarten gewesen war, weiteten sich die Kämpfe am nächsten Tag weiter aus. Jetzt, da ihre wichtigsten Anführer inhaftiert waren, beschränkten sich die Aufständischen nicht mehr darauf, nur die Kinder der verzweifelten Renegados zu schützen, sondern sie wollten auch die eingesperrten Männer befreien und verfolgten letztlich noch ein weit größeres Ziel: Sie wollten die Christen endgültig aus ihrer Stadt und ihrem Land vertreiben.

In aller Eile zog der christliche Alcaide Granadas, der Conde de Tendilla, seine Truppen zusammen und führte sie gegen die Aufständischen, suchte aber auch den Dialog mit ihnen. Wie Talavera hatte auch er bisher ein gutes Verhältnis zu der maurischen Bevölkerung gehabt und war voller Wut auf Cisneros, der ihm diesen Aufstand eingebrockt hatte.

»Wie konnten die Könige nur diesen Mann hierherschicken!«, machte er seinem Unmut gegenüber Talavera Luft.

»Diese Frage stelle ich mir nicht erst seit heute.« Talavera stöhnte. »So wahr mir Gott helfe: Keiner dieser vielen Toten auf beiden Seiten wäre nötig gewesen, wenn Cisneros uns unseren Weg hätte weitergehen lassen! Und dann diese Zwangskonversionen … Nein, nein, so bringt man niemanden zum Glauben. So bringt man die Muslime nur dazu, uns zu hassen!«

Zumindest dieser Gesprächsteil machte auch bei den Mauren die Runde, und obwohl ihre Achtung vor dem Conde und Talavera weiterhin groß war – die Gemüter beschwichtigen und den Aufstand beenden konnten die Sätze nicht. Auch Abdarrahman war trotz einiger tiefer Schrammen fest entschlossen, sich am nächsten Tag wieder an dem Aufstand zu beteiligen.

Als Zahra am Abend entkräftet nach Hause kam, war es erneut viel zu spät, um die Stadt zu verlassen, und auch Abdarrahman war noch nicht zurückgekehrt. Nach all dem Schrecklichen, was sie an diesem Tag erlebt hatte, wollte sie nur noch schlafen, und sie ließ Zubairs Vorwürfe wie Regentropfen an sich herabrinnen. Sie streifte sich im Hauseingang die Schuhe von den Füßen und wollte Zubair und seine Vorhaltungen eben hinter sich lassen, als die Tür hinter ihr noch einmal geöffnet wurde. Zahra fuhr herum und erschrak bis ins Mark, als sie Jaime vor sich sah.

»Zahra, wieso bist du hier?« Verwundert trat Jaime auf sie zu und warf Zubair einen zornigen Blick zu. »Ich denke, du bist längst mit Abdu auf der Seidenfarm? Eigentlich bin ich nur hergekommen, um kurz nachzusehen, ob auch bei uns jugendliche Randalierer ins Haus eingedrungen sind, wie man es jetzt allenthalben hört …«

Zahra wusste nicht, was sie sagen sollte, gar nichts wusste sie mehr. Tränen brannten in ihren Augen, und sie hätte noch nicht einmal zu sagen vermocht, wem genau sie galten: diesem Tag, der so schrecklich wie kaum ein zweiter in ihrem Leben gewesen war, diesem Aufstand, der das Unheil ihres Volkes nur noch zu vergrößern schien, für den es aber doch keine Alternative gab – oder Jaime, in dessen Augen zunehmend Misstrauen und Unwillen traten und damit eine immer größere Distanz zu ihr, eine Distanz, die sie nie gewollt hatte und von der sie nicht wusste, wie sie sie jemals wieder rückgängig machen sollte. Dabei sehnte sie sich nach nichts mehr, als von ihm in den Arm genommen und getröstet, ja, sogar verstanden zu werden ... Aber wie konnte sie es wagen, mit ihm zu reden, wie sollte sie auf ihn zugehen, wenn er sie so ansah? Wie – nach all dem, was sie in den letzten beiden Tagen getan hatte und was er ihr niemals verzeihen würde?

Jaime trat einen Schritt auf sie zu und hielt ein Stück Stoff ihres Hidschabs gegen das Licht der Öllampe. »Was sind das für Flecken? Ist ... ist das Blut? Von wem stammt das? Bist du verletzt? Oder Abdu?«

Zahra schüttelte den Kopf und hätte am liebsten die Augen geschlossen und so getan, als sei sie nicht da. Warum konnte man sich nicht einfach in Luft auflösen? Sie wusste, dass sie Jaime antworten musste, aber weder gelang es ihr, ihm die Wahrheit zu gestehen, noch ihm ins Gesicht zu lügen.

»Zahra, was hast du? Du bist ja völlig verstört! So rede doch endlich!«

»Ich musste ... bei einer sehr ... sehr schwierigen Operation helfen«, brachte sie schließlich stotternd hervor und tat so, als untersuche sie ihren Hidschab nach weiteren Flecken. »Mosche ... er ... er brauchte mich.«

Zahra sah kurz auf und stellte fest, dass Jaime ihr glaubte. Es schmerzte, dass auch diese Lüge jetzt noch zwischen ihnen stand. Verdammt, sie liebte ihn doch. Warum gab es denn auf einmal keinen Weg mehr für sie, den sie gemeinsam gehen konnten?

»Und Abdu?«, wollte er wissen. »Ist wenigstens er zurück auf der Seidenfarm?«

»Maryam und ihr Sohn sind mittlerweile wohlbehalten auf

der Farm angekommen.« Jaimes Blick vermeidend, wandte sich Zahra in Richtung Patio.

»Zahra, was mit Abdarrahman ist, habe ich gefragt!« Jaime eilte ihr nach. »Wo, zum Teufel, ist er?«

An der Küchentür blieb Zahra stehen, drehte sich aber nicht zu Jaime um. »Abdu ist kein Kind mehr«, sprach sie in den Raum vor ihr. »Er … er tut, was er für seine Pflicht hält.«

»Willst du damit andeuten, dass du ihm erlaubt hast, in der Stadt zu bleiben?« Jaime riss sie herum. »Zahra, das ist nicht dein Ernst!«

»Abdu ist aus dem Alter heraus, in dem er sich von mir etwas erlauben oder verbieten lässt«, fiel sie ihm ins Wort und schluckte den zweiten Teil des Satzes – »Und du warst ja nicht da, um dafür zu sorgen, dass er zurückkehrt!« – im letzten Moment herunter, zumal ihr klar war, wie ungerecht ein solcher Vorwurf gewesen wäre – und wie sinnlos. Denn auch von Jaime hätte ihr Sohn sich nicht aufhalten lassen. Genau wie auch sie nicht …

»Soll das etwa heißen, Abdu ist da draußen bei diesen … diesen Verrückten?«

»Das kommt darauf an, wen du als verrückt bezeichnest«, gab Zahra zurück und erzürnte sich dermaßen über Jaimes Ausdruck, dass sie seinem Blick nun doch standzuhalten vermochte. »Wenn du von Cisneros und seinen Anhängern sprichst, die uns in ihrem Glaubenswahn beständig neu attackieren, kann ich dich beruhigen: Nein, bei diesen ›Verrückten‹ ist Abdarrahman allerdings nicht!«

»Tu nicht so, als hättest du nicht genau verstanden, wovon ich rede. Und Cisneros ist nicht verrückt, sondern er erfüllt lediglich seine Aufgabe – weit schärfer, als erwartet und als ich gutheißen kann, ja, aber damit werden wir leben müssen.«

»Sagst du. Als Christ. Und dazu als ein Christ, der allmählich jede Objektivität verliert! Verdammt, Jaime, siehst du denn wirklich nicht, welches Höllenfeuer dieser Mann entfacht hat?«

»Das heißt also, dass Abdu in der Tat bei den Aufständischen ist?« Jaimes grüne Augen sprühten vor Zorn. »Zahra, jetzt rede endlich! Siehst du denn nicht, was in der Stadt los ist? Verdammt, wo ist unser Sohn?«

»Natürlich sehe ich, was in der Stadt los ist, aber welche andere Möglichkeit als diesen Aufstand hatten wir denn? Unsere Eingaben an die Könige sind alle ignoriert worden! Außerdem verstößt Cisneros gegen sämtliche Vereinbarungen, die Boabdil und die Katholischen Könige unterzeichnet haben: Seine Männer dringen in unsere Häuser ein, sie lassen uns unseren Glauben nicht mehr frei ausüben, sie verbrennen unsere Bücher, sie stehlen unsere Kinder, sie …«

»Ich will wissen, wo Abdu ist!«, fiel Jaime ihr ins Wort. Seine Stimme zitterte. »Wo, Zahra, *wo*?«

Statt ihm zu antworten, ging Zahra in die Küche. An der Wand hing eine Stofftasche mit einem Laib Brot. Sie holte es heraus und schnitt sich eine Scheibe ab. Sie brauchte Zeit, um ihrer Gefühle Herr zu werden. Sie konnte sich nur allzu gut in Jaime hineinversetzen, und sie hätte nicht mit ihm tauschen mögen. Ganz gewiss liebte er ihre drei Kinder ebenso wie sie. Während sie zu den Söhnen eine engere Beziehung hatte, stand er Chalida näher, aber insgesamt, das wusste sie, würde er sich für jedes seiner Kinder die Hand abhacken lassen, wenn es nötig wäre. Erst in diesem Moment wurde Zahra bewusst, wie tief es Jaime tatsächlich treffen würde, wenn er erführe, dass sein Sohn nicht nur mit ganzer Seele für die Aufständischen war, sondern er darüber hinaus auch noch eigenhändig mit dem Schwert für ihre Sache eintrat, er also mit

Fleisch und Blut auf der Seite von Jaimes Feinden stand – denn als nichts anderes konnte Jaime die Muslime jetzt sehen, da er für Talaveras Schutz verantwortlich war. Zahra stellte sich vor, wie sie reagieren würde, wenn Chalida sich je auf die Seite der Christen schlagen oder sich taufen lassen würde … Mit einem Mal wurde ihr schwindlig. Sie lehnte sich gegen die Wand, das Brot glitt ihr aus der Hand. Tastend fuhr sie sich über die Stirn und fragte sich, wohin das alles führen sollte. Sie waren doch eine Familie. Sie waren doch *eine* Familie!

»Du kannst dich beruhigen: Abdu ist nicht bei den Aufständischen«, presste sie schließlich hervor und strich sich über die Augen. Sie zwang sich, tief durchzuatmen, und ging an Jaime vorbei durch den Patio nach oben. Sie musste sich waschen und umziehen, endlich dieses Blut loswerden, das ihr auf einmal heiß und stechend direkt auf der Haut zu kleben schien.

Jaime folgte ihr. Noch bevor Zahra den Fuß auf die erste Treppenstufe gesetzt hatte, legte er die Hand aufs Treppengeländer und verstellte ihr den Weg. »Und wo soll Abdu sonst sein?«

»Er wollte in die Moschee, zum Abendgebet, und danach bei Musheer essen und vielleicht bei ihm übernachten«, log Zahra. »Soweit ich weiß, hat er heute tagsüber geholfen, die Verwundeten zu versorgen. Auch wenn er erst am Beginn seines Studiums steht, konnte er sicher schon die eine oder andere hilfreiche Handreichung machen.«

»Und du bist sicher, dass er sonst nichts mit den Aufständischen zu tun hat? Ganz sicher?« Jaime sah sie eindringlich an. Zahra nickte, eine Spur zu hastig vielleicht, und Jaimes Blick konnte sie nicht standhalten, aber er schien es nicht zu bemerken, vielleicht nicht bemerken zu wollen. Seine Hand sank schlaff vom Geländer. Zahra nutzte die Gelegenheit, schlängelte sich an ihm vorbei und lief die Treppe nach oben. In ihrem Zimmer betete sie ein inständiges *du'a,* dass Jaime schon wieder auf dem Weg zur Alhambra sein möge, ehe Abdarrahman nach Hause kam. Sie wusste, dass eine Konfrontation auf Dauer unvermeidbar war, aber wenigstens wollte sie sie hinauszögern, und ihr war dabei sehr wohl bewusst, dass sie dies nicht zuletzt um ihretwillen wollte – weil sie sich so noch länger der Illusion hingeben konnte, dass in ihrer Familie doch eigentlich gar nichts passiert war und sicher bald alles wieder in Ordnung käme. »Inschallah.« So Gott will.

VI.

Granada
22. Februar 1500

Die blassgelbe Sonne quälte sich zwischen den tief hängenden Wolken hervor und tauchte die Stadt in ein kränkliches Licht. Während des Berichts des Palastwachenkommandanten marschierte Cisneros übellaunig in seinem Empfangszimmer auf und ab und brachte den untersetzten Mann schließlich mit einer herrischen Handbewegung zum Schweigen. »Raubt mir nicht weiter die Zeit mit Eurem Geschwätz, sondern unternehmt lieber endlich etwas gegen diese Teufelsbrut!«

»Unternehmen? Und wie stellt Ihr Euch das vor? Die Mauren haben den Platz vor dem Palast geradezu überschwemmt! Schon gestern habe ich Euch gewarnt, dass es nicht bei den Straßenschlachten bleiben wird, und jetzt seht Ihr es: Keine Maus passt mehr auf den Platz! Der Aufstand breitet sich aus wie ein Lauffeuer, und deswegen sage ich Euch noch einmal: Ihr müsst den Palast auf der Stelle durch die unterirdischen Gänge verlassen! Noch schreien und pöbeln die Menschen nur, aber wenn sie nicht bekommen, was sie wollen, werden sie den Palast stürmen. Und dass meine Truppe gegen diese rachsüchtige Meute keine Chance hat, liegt wohl auf der Hand!«

Cisneros näherte sich dem Fenster und spähte hinunter auf die wütende Menge, wobei er sorgsam darauf achtete, dass er von unten nicht gesehen werden konnte. »Was brüllt dieser vom Satan besessene Mob da eigentlich? Versteht dieses Kauderwelsch denn niemand?«

»Unser Übersetzer sagt, sie fordern die Freilassung der Inhaftierten, dieses Assads …«

Cisneros unterbrach ihn mit einem unwirschen »Ph!« und nahm seine Wanderung wieder auf. In unregelmäßigen Abständen zog er seine buschigen Augenbrauen zusammen, wodurch die extrem lange Vogelnase in dem hageren Gesicht noch stärker hervorzutreten schien.

»Excelencia, ich flehe Euch an: Lasst mich Euch in die Alhambra bringen!«

»Ein treu ergebener Diener des einzigen und wahren dreifaltigen Gottes muss sich nicht vor den Laufburschen der Sekte Mahomas fürchten! Gott wird seine schützenden Hände über uns halten!«

Der Kommandant schnaufte durch die Nase. »Bei allem Respekt vor Eurem Vertrauen in den Allmächtigen, Excelencia, aber wenn diese tollwütigen Massen da draußen den Palast stürmen …«

»Wie oft muss ich Euch noch erklären, dass ein Inquisitor der katholischen Kirche nicht vor den Anhängern einer Teufelssekte davonläuft!«, fiel Cisneros ihm zornig ins Wort und ballte die Hand so fest um seinen Gehstock, dass die Knöchel seiner Finger weiß hervortraten. »Und wenn Ihr nicht in der Lage seid, da unten für Ruhe zu sorgen, dann werde ich das jetzt eben selbst tun! Geht mir aus dem Weg und lasst mich diesen gottlosen Anhängern der Sekte Mahomas verkünden, was ich zu sagen habe!«

Während der Kommandant der Palastwachen, Cisneros' Leibwächter und seine Berater alles taten, um den Inquisitor von diesem Schritt abzuhalten, der ihrer Ansicht nach zur endgültigen Eskalation führen würde, kochte auf dem Platz die Stimmung im Volk auch ohne Cisneros' Zutun weiter hoch.

»Verräter!«

»Kinderdieb!«

»Mörder!«

»Freiheit für Jamaal, Assad und die Faqihs!«

Da sich der Inquisitor trotz der nachhaltigen Rufe nicht zeigte und auch sonst niemand auf ihr Begehren reagierte, warfen sich die dem Palast am nächsten stehenden Mauren immer wütender gegen das Tor. Abdarrahman und Musheer standen direkt hinter diesen Männern. Während Musheer sie mit heißblütigen Rufen anfeuerte und zwischendurch immer wieder den Namen seines Bruders brüllte, zerrte Abdarrahman ihn mehrmals an seiner Tunika zurück, um ihn dazu zu bewegen, den Platz zu verlassen.

»Das gibt hier ein Blutbad«, brüllte er seinem Freund zu und stieß verärgert einen Mann zurück, der ihn noch weiter zum Tor zu schieben versuchte. »Ein Blutbad, das niemandem etwas bringen wird – und schon gar nicht die Freiheit für Jamaal! Musheer, bitte, wir müssen verschwinden!«

»Mich kriegt hier niemand weg, ehe Jamaal, Assad und die Faqihs nicht frei sind. Niemand!« Und wieder feuerte Musheer die Männer am Tor an. »Na los, fester, fester! Verdammt, wo bleibt denn die Brechstange?«

Im gleichen Moment wurde ein Rammbock über ihre Köpfe hinweg zum Tor gereicht. Abdarrahman packte Musheer an der Schulter. »Das bringt doch nichts!«

»Wir müssen den Christen endlich zeigen, dass wir nicht

länger alles mit uns machen lassen!«, schrie ihn der Freund mit leidenschaftlich aufglühenden Augen an und entzog sich seinem Griff. »Jetzt oder nie, Abdu, das ist unsere Stunde! Jamaals Gefangennahme – das war der Tropfen, der das Fass zum Überlaufen brachte!«

Mit einem flauen Gefühl in der Magengrube sah sich Abdarrahman um. Hunderte von Menschen drängten sich dicht an dicht hinter und neben ihnen, alle schoben und drückten, brüllten und drohten, und er fragte sich, wie Musheer und er jemals wieder aus diesem tobenden Pulk herauskommen sollten. Auch der Blick nach vorn zum Tor konnte ihn nicht beruhigen. Es lag auf der Hand, dass sie, wenn sie das Tor wirklich aufbrechen konnten, von einer großen Truppe Wachen erwartet werden würden, die zwar vielleicht in der Minderzahl, aber gewiss besser ausgerüstet waren als sie. Abdarrahman gefror das Blut in den Adern. Er dachte an den Toten vom ersten Tag, der ihm nicht nur nachts mit seiner durchgeschnittenen Kehle und den brechenden Augen erschien …

»Das ist der falsche Weg, Musheer, und wenn diese Meute hier Cisneros meuchelt, werden Jamaal und Assad dafür bezahlen müssen!«

»Umgekehrt: Wir werden meinen Bruder nie da rausholen, wenn wir nicht Cisneros als Druckmittel in der Hand haben. Aber wenn du Angst hast, dann hau doch ab!«, zischte Musheer zurück und versuchte zugleich, noch näher an das Tor heranzukommen, um den Männern mit dem Rammbock zu helfen.

Angst. Das Wort traf Abdarrahman wie eine Ohrfeige. Blut schoss ihm in den Kopf, und er hatte das Gefühl, dass die Männer um ihn herum voller Verachtung von ihm abrückten. Dann bemerkte er inmitten des Tobens, Schreiens und Wogens noch etwas anderes: einen Trupp berittener Soldaten!

»Scheiße, Musheer, die Christen greifen uns von hinten an!«

Musheer wandte sich zu Abdarrahman um und sah an dessen ausgestreckter Hand entlang. »Na los, worauf wartest du? Oder willst du immer noch weglaufen?«

Abdarrahman schnaubte wütend und versuchte nun ebenfalls, sich einen Weg zur östlichen Seite des Platzes zu bahnen, wo die Soldaten von ihren hohen Rössern herab mit ihren Schwertern auf die Köpfe der Aufständischen einschlugen. Die wenigsten Mauren waren gleichwertig bewaffnet. Viele hatten einfache Brot- oder Fleischmesser dabei und sanken unter den zischenden Schneiden der christlichen Schwerter wie geschnittenes Gras zu Boden, andere konnten sich zumindest mit einer Axt zur Wehr setzen. Die wenigen Schwertträger kämpften um ihr blankes Leben, behindert durch ihre fliehenden Landsleute, die sie in ihrer Panik entweder einfach umstießen oder aber im Weg waren und damit Gefahr liefen, von den eigenen Männern ermordet zu werden. Nach und nach bahnten sich immer mehr mit Schwertern bewaffnete Mauren einen Weg zu den Angreifern, unter ihnen Musheer und Abdarrahman, die sich schließlich bis in die erste Reihe der Kämpfenden vorgearbeitet hatten. Geschickt konterte Abdarrahman die Attacken eines Angreifers, aber als er die Gelegenheit hatte, ihn niederzustechen, sah er vor seinem inneren Auge wieder den Blick des sterbenden Soldaten vom ersten Kampftag, und seine Hand versagte ihm den Dienst. Sein Gegner wusste sein Zögern zu nutzen: Er hieb erneut auf ihn ein, erwischte ihn am Arm und holte gleich wieder aus. Abdarrahman sah die Schneide im Sonnenlicht aufblitzen, sah, wie sie auf seinen Hals herunterfuhr – und wie Musheer sie in letzter Sekunde zur Seite schlug, direkt einen neuen Angriff auf den Soldaten ausführte und ihm sein Schwert nach einem weiteren kraftvollen Hieb mitten ins Gesicht rammte. Tödlich getroffen sank der Soldat zu Boden.

»Was treibst du denn da?«, brüllte Musheer ihn an. »Warum verteidigst du dich nicht?« – und dann wehrte er auch schon den nächsten Angreifer ab. Wieder folgte Hieb auf Hieb, bis er mit einem gellenden Schrei zurück gegen Abdarrahman fiel. Reflexartig fing dieser ihn auf und löste sich damit endlich aus seiner Starre. Als Musheers Angreifer den nächsten Schlag gegen sie führte, konterte er kraftvoll und spürte gleichzeitig, wie Musheer, der noch immer gegen ihn lehnte, sich zusammenkrümmte. Er sah an seinem Freund herab und entdeckte den Blutfleck auf seiner Tunika. Der kastilische Soldat musste ihn in Bauchhöhe getroffen haben. Wut und Panik schossen in Abdarrahman hoch – und eine unendliche Angst, dass sein Freund hier vor seinen Augen sterben könnte. Er riss sein Schwert höher und setzte es jetzt mit einer wahren Höllenwut ein, aber zugleich doch so kontrolliert, als lenke ihn eine höhere Macht. Schritt um Schritt wich sein Gegner zurück und ließ schließlich sogar ganz von ihm ab. Hastig fasste Abdarrahman Musheer mit dem Arm unter der Achsel, zog ihn Stück um Stück aus der Masse der Kämpfenden heraus und hielt ihnen zugleich andere Angreifer vom Leib. Dass er bei jedem Hieb lauter schrie, merkte Abdarrahman nicht, auch seine Tränen spürte er nicht – nur den Freund in den Armen, den spürte er, als sei es sein eigener Leib.

»Beim Allmächtigen, Musheer, halte durch, halte durch!«

Endlich hatte sich Abdarrahman weit genug von den Kämpfenden entfernt: Ein gutes Stück abseits des Platzes sank er mit seinem Freund in einen Hauseingang. Die Tür war zwar verschlossen, aber zumindest bot der Eingangsbereich ein wenig Schutz. Abdarrahman legte Musheer vorsichtig auf den

Boden und kniete sich vor ihn, säbelte ein großes Stück Stoff von seiner ohnehin zerrissenen Tunika ab und drückte es auf die Wunde, um die Blutung zu stoppen.

»Es ist sicher nicht so schlimm, wie es aussieht«, versuchte Musheer, ihn zu beruhigen, aber seine Stimme klang so klamm und gepresst, dass er Abdarrahmans Sorge damit nur noch vergrößerte. Fluchend sah er sich nach jemandem um, der ihm helfen konnte, Musheer zu Taufiq und seiner Mutter zu bringen, aber angesichts der tödlichen Auseinandersetzung vor ihnen war es unmöglich, einfach jemanden herbeizurufen. Also musste er ihn allein weitertragen. Zu ihrem Glück war es nur ein Häuserblock entfernt. Er erklärte Musheer, was er vorhatte. Der Freund nickte, dann ließ er den Kopf auf Abdarrahmans Bein sinken und schloss die Augen, um seine Kräfte zu schonen.

Während Abdarrahman die Blutung kontrollierte, hastete sein Blick immer wieder zwischen den Kämpfenden hin und her, und so wurde er auf einen heranrückenden Trupp von einem guten Dutzend Christen aufmerksam. Auf den ersten Blick erkannte er, dass dies keine gewöhnlichen Soldaten waren: Ihre Rösser waren edlen Geblüts, ihre Kleider aus teurem Tuch, ihre Schwerter schmiedeeiserne Kunstwerke. Mit unnachgiebiger Gewalt hieb auch diese Gruppe auf die Mauren ein – und das mit so großer Geschicklichkeit und Kampfkraft, dass Abdarrahman schnell klarwurde, dass diese Gruppe auch in anderer Hinsicht etwas Besonderes sein musste.

Und mit einem Mal entdeckte er seinen Vater unter ihnen, und im gleichen Moment erspähte sein Vater auch ihn. Ihre Blicke kreuzten sich kaum eine Sekunde lang, aber diese Sekunde traf Abdarrahman wie ein Schlag in den Magen. Nach der ersten Fassungslosigkeit erkannte er Wut in den

Augen seines Vaters, grenzenlose Wut, und Abdarrahman war klar, wie gern sein Vater ihn jetzt auf der Stelle geschnappt und windelweich geprügelt hätte ... Er versuchte, dem Blick seines Vaters mit Stolz oder wenigstens mit Trotz zu begegnen, doch sein Magen war mit einem Mal wie vollgepumpt von einem seltsamen Gefühl, das weit mehr mit Sehnsucht als mit sonst etwas zu tun hatte, und ihm war nur noch nach Heulen zumute. Fort, nur fort von hier, hämmerte es in seinem Kopf, aber als er sich erheben wollte, waren seine Knie so weich wie frisch geschorene Schafswolle.

»Sieh nur«, stöhnte da Musheer, »dein ... dein Vater! Er ... er metzelt unsere Glaubensbrüder nieder!«

Nun trat zu Abdarrahmans Gefühlen auch noch heiße Scham – und mit der Scham kehrte die Kraft in seine Beine zurück. Er streckte den Rücken durch, wandte den Kopf von seinem Vater ab, stand auf und sah Musheer entschlossen an, aber sein Herz pochte ihm weiter bis zum Hals, und das noch mehr, da ihm der Gedanke in den Kopf schoss, dass auch seine anderen Freunde seinen Vater hier sehen – und damit die längste Zeit seine Freunde gewesen sein würden. Es war eben etwas anderes, nur zu wissen, dass sein Vater in Talaveras Diensten stand, oder zu erleben, wie er hier auf ihre Glaubensbrüder einschlug. Abdarrahman meinte schon vor sich zu sehen, wie sie ihn künftig als »Nazarener« beschimpfen würden, wie sie es auch schon mit Saladin, einem anderen Jungen in der Medresse, taten. Sie würden ihn verfluchen, herumstoßen, ausschließen – oder vielleicht sogar töten ...

Plötzlich löste sich aus dem Gemetzel eine im Kampf verstrickte Gruppe von Christen und Mauren, die Raum für ihre Schwerthiebe suchte, und kam immer näher auf sie zu.

»Verdammt, wären wir doch nur schon von hier weg«, fluchte Abdarrahman in sich hinein. Er bat seinen Freund, jetzt selbst den Stoff auf die Wunde zu pressen, schob ihm den Arm unter die Achseln und versuchte, ihn hochzuhieven, doch noch ehe er ihn auch nur halbwegs auf den Beinen hatte, waren die Schwertkämpfer auf einer Höhe mit ihnen. Hastig setzte Abdarrahman Musheer wieder ab, während der Christ vor ihm einen Mauren mit einem wuchtigen Hieb zu Fall brachte und ihm sofort danach die Schwertspitze ins Herz rammte. Wie im Blutrausch fuhr er herum, erblickte Abdarrahman und hieb mit seiner blitzenden Klinge auf ihn ein. Den ersten Schlag konnte Abdarrahman abwehren, den zweiten nicht mehr: Ein heißer Schmerz schoss ihm durch die Schulter, sein Kopf schlug gegen die Mauer – dann wurde es schwarz um ihn.

Als Zahra Jaime an der Tür sah, sackte ihr das Herz in die Knie, und das noch mehr, als sie erkannte, wen er auf den Armen trug.

»Taufiq, Ihr müsst sofort kommen – mein Sohn!«

Noch vor Zahra war Taufiq bei Jaime und half ihm, Abdarrahman auf einer Strohmatte abzulegen. Jaime hatte Abdarrahmans Wunde zwar notdürftig versorgt, aber der Junge hatte viel Blut verloren und war noch immer ohnmächtig. Ein anderer Mann, ein Maure, trug Musheer. Auch dieser hatte das Bewusstsein verloren.

Wie gelähmt starrte Zahra auf ihren Sohn hinab, und erst als Taufiq sie zum dritten Mal aufforderte, sich um Musheer zu kümmern, kam Bewegung in sie. Als sie sich vor Musheer kniete, begegnete sie Jaimes Blick. Der Vorwurf und die Enttäuschung in seinen Augen trafen sie bis ins Mark. Und noch etwas sah sie in seinen Augen, eine Verletztheit, die noch tiefer ging und die sie nicht anders als mit dem Wort Verlorenheit zu bezeichnen wusste. Betroffen sah sie zurück zu Musheer und machte sich hastig daran, seine Wunde zu säubern und sie zum Nähen vorzubereiten. Kurz darauf versicherte Taufiq ihr, dass Abdarrahmans Schulterverletzung eine reine Fleischwunde war. »Seine Lunge hat nichts abbekommen!«

»Und die Kopfverletzung?«, fragte Zahra. »Wie schlimm ist die?«

»Das wird wieder, keine Sorge!«

Die Erleichterung trieb Zahra Tränen in die Augen. Erneut suchte ihr Blick den Jaimes, und sie sah, wie er sich über ihren Sohn beugte und ihm die blutverkrusteten Locken aus der Stirn strich. Die Geste griff ihr ans Herz, zumal ihr klar war, wie wütend er sein musste, dass Abdarrahman zu den Aufrührern gehörte und sie ihn sowohl über sein als auch über ihr Treiben belogen hatte. Allmächtiger, stöhnte sie. Warum nur musste das alles so schwierig sein? Und warum konnte Jaime nicht wie früher auf ihrer Seite stehen?

Als Taufiq seine Arbeit beendet hatte, beugte er sich über Zahra, strich ihr kurz über den Arm und nahm ihr mit leisen Worten auch noch den letzten Zweifel an Abdarrahmans baldiger Genesung. Mit fast mädchenhafter Schüchternheit sah Zahra zu ihm auf, nicht ahnend, wie unglaublich zerbrechlich und anziehend sie dabei wirkte, und dankte ihm – und spürte im gleichen Moment, dass Jaime zu ihr sah. Sie wandte sich ihm in einer Mischung aus Schreck, Verzweiflung und Trauer zu, sie fühlte die Wut, die wie die Hitze einer herandonnernden Lavamasse in ihm hochbrodelte, und noch ehe sie etwas sagen konnte, sprang er auf und stürmte davon. Hilflos sah Zahra ihm nach, und obwohl sie sehr wohl bemerkte, wie verwundert Taufiq Jaime nachsah, erklärte sie ihm nichts.

Erst lange nach Mitternacht kam Zahra dazu, sich für mehr als nur für einen kurzen Augenblick zu ihrem Sohn zu setzen. Seit den frühen Abendstunden war er bei Bewusstsein, klagte aber über hämmernde Kopfschmerzen und war so schwach, dass er noch nicht einmal ein Glas Wasser ohne Hilfe trinken konnte. Zahra beruhigte ihn, dass sich die Schwäche geben würde, sobald sein Körper den Blutverlust ausgeglichen hatte, und dankte Gott dafür, dass ihm nicht mehr passiert war und dass auch Musheer auf dem Wege der Besserung war.

Was Zahra von Stunde zu Stunde mehr belastete, war, dass Jaime nicht zurückgekommen war, um sich nach Abdarrahman zu erkundigen. Zwar redete sie sich ein, dass er sich mit seinem Entfernen von Talaveras Kampftruppe gewiss genug Ärger eingehandelt hatte und aus Gründen der Sicherheit die nächsten Tage ständig um Talavera sein musste, aber insgeheim war ihr klar, dass Jaime einen Weg gefunden hätte, von dort wenigstens für eine Stunde zu verschwinden, wenn er es nur gewollt hätte. Da sie im Moment von keinem der Verwundeten mehr dringend gebraucht wurde, beschloss sie, nach Hause zu gehen und sich wenigstens ein paar Stunden Schlaf zu gönnen. Überdies wollte sie Zubair bitten, Jaime am Morgen Nachricht zur Alhambra schicken zu lassen, damit er wusste, dass Abdarrahman auf dem Wege der Besserung war, denn ganz gleich, wie wütend er war – Sorgen machte er sich gewiss trotzdem.

In ihren Hidschab gehüllt, ließ sich Zahra von einem der Aufständischen, die vor dem Haus Wache standen, nach Hause begleiten. Als sie in den Patio trat, erwartete sie dort zu ihrer großen Überraschung Jaime. Mit starrer Miene hockte er auf dem Treppenabsatz im Patio und sah sie so eisig an, dass es ihr das Herz zusammenzog. Krampfhaft suchte Zahra nach einem vermittelnden Wort, fand aber keines und meinte schließlich nur: »Ich habe nicht erwartet, dich hier vorzufinden …«

»Ja, stell dir vor: Ich bin hier!«, gab Jaime bissig zurück und erhob sich. »Du wirst dir für dein Stelldichein mit deinem Medicus also einen anderen Platz suchen müssen!«

»Jaime, bitte, du hast das alles ganz falsch verstanden!«

»Ach ja, habe ich das? Und deine Arbeit in diesem ›Hospital‹«, er spuckte das Wort regelrecht aus, »habe ich mir wohl auch nur eingebildet. Und Abdarrahmans Mittäterschaft bei dem Aufstand natürlich auch!«

»Ich ...« Zahra verstummte. Sie verstand, dass Jaime sich von Abdarrahman und ihr hintergangen fühlte, aber was hätten sie tun sollen? Dem Leibwächter Talaveras die Pläne der Mauren verraten? Zahra senkte den Blick.

»Ach, plötzlich so schweigsam?«, donnerte Jaime weiter und tat einen heftigen Schritt auf sie zu. »Aber so kommst du mir nicht davon! Ich will wissen, wie lange das mit diesem Arzt schon geht! Hast du überhaupt auch nur einen Tag lang mit Deborahs Vater gearbeitet, oder warst du von Anfang an mit diesem Mauren zusammen? Ihr müsst euch ja totgelacht haben über meine Dummheit und Ahnungslosigkeit!« Er blieb kurz stehen, die Augen voller Verachtung.

»Jaime, ich schwöre dir, dass ich Taufiq erst seit drei Tagen kenne, und so leid es mir tut, aber Abdu und ich konnten dir unmöglich verraten, was wir vorhatten!«

»Wahrscheinlich habt ihr gedacht, es sei für mich ja auch viel angenehmer, wenn ich in der Alhambra davon erfahre – von Juans ehemaligen Leibwächtern, zum Beispiel, die mir ohnehin ständig Knüppel zwischen die Beine werfen, oder noch besser, von Talavera selbst, und zwar in dem Moment, in dem er mich als Verräter in den Kerker wirft!«

»Es war deine Entscheidung, wieder in den Dienst der Christen zu treten, und du weißt, dass und warum ich dagegen war«, erwiderte Zahra leise, deswegen aber doch nicht weniger bestimmt.

»Dann habe ich diese Entscheidung also nur so zu meinem Vergnügen getroffen? Oder war es nicht vielleicht eher so, dass es mir dabei um euer Wohl und eure Sicherheit ging – die ihr mit eurem Handeln der letzten Tagen allerdings selbst derartig untergraben habt, dass es mich wundert, dass wir nicht schon alle im Kerker sitzen!«

»Jaime, ich habe nichts weiter getan, als Verwundete zu versorgen, und Abdu …«

»Erzähl mir nichts von dem! Cisneros' Palast stürmen wollen … Cisneros' Palast!!! Eine Nummer kleiner ging es wohl nicht?«

Zahra schluckte. »Jaime, was sollen wir denn sonst tun? Vielleicht immer weiter die Köpfe hinhalten, bis Cisneros sie uns schließlich abschlägt? Und du und wir – spätestens seit Cisneros in die Stadt gekommen ist, stehen wir nun einmal auf verschiedenen Seiten!«

»Aber wenn dem so ist, dann nur, weil du es so willst, Zahra! Auch dein Bruder verurteilt nämlich das Vorgehen der Mauren auf dem Platz vor Cisneros' Domizil! Aber wahrscheinlich ist für dich ja ohnehin nur noch die Meinung dieses Taufiq von Bedeutung – denn so war sein Name doch, oder nicht?«

»Ich habe dir bereits gesagt, dass ich ihn erst seit drei Tagen kenne, und was heißt überhaupt ›kennen‹? Wir haben gleichzeitig im selben Raum Verletzte versorgt und dabei kaum einen Satz miteinander gewechselt, also lass ihn aus dem Spiel! Und wenn Raschid es richtig findet, dass die Christen die Kapitulationsvereinbarungen mit Füßen treten, dann ist das seine Sache – ich aber werde mich nicht damit abfinden, und deswegen kann und werde ich Abdarrahman und alle anderen, die für ihre Rechte eintreten, auch weiter unterstützen!«

»Ja geht denn nicht in deinen Kopf, dass ihr die Stimmung

mit solchen Aktionen nur noch mehr anheizt? Willst du einen neuen Krieg entfachen?«

»Einen Krieg, in dem du anscheinend nicht mehr auf unserer Seite stehst!« Zahra wandte sich von ihm ab, damit er ihr nicht ansah, wie weh ihr dieser Satz tat.

»Einen Krieg, der nicht zu gewinnen ist, Zahra!« Er drehte sie wieder zu sich herum und sah sie eindringlich an. »Einen Krieg, der der reine Selbstmord wäre!«

»So weiterzumachen wäre auch Selbstmord; der Selbstmord für mein ganzes Volk!«, konterte Zahra und machte sich von ihm frei. »Wir können uns nicht unsere Identität nehmen lassen. Erst die Bücher, dann die muslimischen Kinder der Renegados – und was kommt morgen? Zwangstaufen für alle wie bei den Juden? Ausweisungen? Scheiterhaufen? Ihr habt uns mit den Juden doch schon vorgemacht, wozu ihr in der Lage seid!«

»Wieso ›ihr‹, Zahra? Wieso greifst du mich für die Taten der Krone und der Inquisition an?«

»Weil du ein Teil von all dem bist – und das sogar täglich mehr!«

»Früher war ich ein Teil von euch und ihr von mir«, gab Jaime auf einmal sehr viel leiser und mit spürbarer Verletztheit zurück.

»Aber jetzt hast du dich entschieden, auf diesem Platz vor Cisneros' Palast gegen meine Landsleute zu kämpfen – und damit auch gegen uns!«, konterte Zahra, obwohl Jaimes letzte Worte sehr wohl in ihr nachhallten. Auch sie war leiser geworden.

»Zahra, der Conde de Tendilla hatte Verstärkung angefordert, und um ihm zu helfen, hat Talavera uns dorthin geschickt. Ja, ich habe dort gekämpft, und ich kann dir versichern, dass es mir verdammt schwergefallen ist. Immerhin war mir wohl bewusst, dass unter den Aufständischen Männer sind, die ich seit Jahren kenne und schätze, aber, zum Donner, was hätte ich denn tun sollen? Ich hatte doch keine Wahl; Abdu und du dagegen schon!«

»Oh doch, du hattest eine Wahl – ehe du in Talaveras Dienste getreten bist!«

Statt etwas zu erwidern, wandte sich Jaime von ihr ab. Zahra sah auf seinen Rücken, sah, wie sich seine Schultern bei jedem neuen Atemzug hoben und senkten und dass er weit schneller als sonst atmete. Ihr war klar, wie sehr all dies ihn schmerzen musste, aber auch in ihr war alles wund, und obwohl ihr jetzt so manch versöhnliches Wort in den Sinn kam, gelang es ihr nicht, auch nur eines davon über die Lippen zu bringen.

»Ich denke«, sagte Jaime mit rauher Stimme in die Stille hinein, »es ist für alle Beteiligten das Beste, wenn ich fürs Erste zu Marco ziehe.«

Seine Worte trafen Zahra wie ein eisiger Messerstich. Sie wollte ihn am Arm fassen, ihn zurückhalten, aber stattdessen ballte sie die Fäuste und zischte: »Welch wunderbare Idee!« Ihre Stimme troff vor Ironie. »So bist du dann wenigstens aus der Schusslinie, falls wir auch weiterhin Dinge tun, die dir vor deinem Erzbischof peinlich sein könnten!«

»Aus der Schusslinie wäre ich auch, wenn ihr solche Handlungen einfach unterlassen würdet«, sagte Jaime und drehte sich langsam wieder zu ihr um.

»Und ihr? Warum unterlasst nicht ihr endlich eure Attacken gegen uns und haltet euch an die verdammten Kapitulationsvereinbarungen? Warum schränkt ihr uns immer mehr ein?«

»Ich sage es dir noch einmal, Zahra: Ich bin nicht ›ihr‹, und ich bin nicht ›die‹ Christen, sondern einzig und allein der

Christ Jaime de Aguilar, und solange du diesen Unterschied nicht wieder machen kannst, hat es keinen Sinn, dass wir weiterreden.« Jaime nickte ihr zu und verließ das Haus. Leise, aber nachdrücklich fiel die Tür hinter ihm ins Schloss.

Als Zahra allein zurückblieb, machte sich kalte Furcht in ihrem Magen breit, aber trotzdem eilte sie Jaime nicht nach, und auch in den nächsten Tagen versuchte sie nicht, mit ihm Kontakt aufzunehmen oder ihn gar darum zu bitten zurückzukommen. Dabei vermisste sie ihn so sehr, dass es ihr jedes Mal das Herz zusammenkrampfte, wenn sie an ihn dachte, und wenn sie sich vorstellte, dass er vielleicht nie mehr zu ihr zurückkehren würde, hätte sie schreien mögen vor Schmerz.

Als sie am Abend darauf von dem provisorischen Hospital der Aufständischen zurückkam, wurde sie zu ihrer Überraschung von Deborah erwartet. Schluchzend sank sie ihr in die Arme.

»Oh Deborah, Deborah!«, quoll es mitsamt ihren Tränen aus ihr heraus. »Oh Deborah!«

Deborah strich ihr über die bebenden Schultern. »Ach Zahra, ich ahnte ja, dass es dir schlechtgeht, aber so schlecht …«

Schniefend wie ein kleines Kind wischte sich Zahra über das Gesicht und sah zu der Freundin auf. »Aber warum denn? Ich meine, ich habe doch niemandem etwas gesagt …«

»Raschid. Er weiß von Jaime, dass Abdu bei den Kämpfen verletzt worden ist und … na ja, alles andere auch.« Sie zwinkerte ihr zu. »So bist du also noch immer die Rebellin der Familie!«

»Rebellin …« Zahra schüttelte den Kopf. »Aber irgendjemand muss die Jungen doch wieder zusammenflicken!«

»Und Jaime? Ist er sehr wütend auf dich?«

Hilflos hob Zahra die Achseln. »Ehrlich gesagt wundert es

mich schon, dass er Raschid überhaupt davon erzählt hat. Ich dachte, ich sei jetzt gestorben für ihn – zumindest hat es sich so angefühlt, als er mich vor drei Tagen einfach stehen ließ … Und Raschid? Was denkt er?«

Deborah zog ihr den Hidschab vom Kopf und strich ihr über das Haar. »Wegen Jaime oder wegen dem, was Abdu und du tust?«

»Wegen allem …«

»Du kennst ihn doch: Er ist gegen jedwede Form von Gewalt. Zuerst hat er Abdu laut tobend als kindsköpfigen Trottel beschimpft, aber heute früh war er wieder ganz zahm und wird in den nächsten Tagen sicher nach Abdu sehen. Auch auf dich ist er ziemlich wütend, und wegen Jaime … Er scheint ihn besser als euch beide verstehen zu können. Leider, muss ich sagen. Denn ich finde, du und Abdu – ihr habt recht!«

»Warum kann Jaime seinen Dienst bei Talavera auch nicht einfach quittieren? Natürlich haben wir anfangs den Sold, den er bei der kastilischen Krone als Leibwächter bezieht, dringend zum Überleben gebraucht, aber inzwischen besitzen wir doch wieder unser Anwesen in der Vega. Früher hat es ihm doch auch gereicht, die Seidenfarm zu leiten. Warum heute nicht mehr? Und warum merkt er nicht, wie sehr es unsere Beziehung belastet, dass er gerade den Menschen dient, die unseren Glauben ausrotten wollen?«

»Weil Jaime einen Eid geleistet hat – und ihn nicht brechen will, nehme ich an.«

»Aber geht ihm denn nicht auf, was er damit nicht zuletzt auch unseren Söhnen antut, die so langsam, aber sicher zu seinen ureigensten Feinden werden?«

»Du weißt selbst, was Jaime darauf erwidern würde, oder?«

Zahra schnaubte und ließ ihre Hände von Deborah herabgleiten. »Natürlich zwingt niemand Abdu und mich zu tun, was wir tun – aber wir können, verdammt noch mal, auch nicht weiter nur tatenlos zusehen! Auf der anderen Seite …« Zahra schluckte. »Aber auf der anderen Seite habe ich eine so jämmerliche, so elendige Angst, Jaime zu verlieren, dass ich noch verrückt darüber werde!«

»Geduld, Zahra, Geduld. Gib ihm Zeit, gib dir Zeit – und viel mehr kann im Moment wohl niemand tun. Und jetzt komm, ich bin doch hergekommen, um dich aufzumuntern! Ich habe dir von der Farm ein paar Leckereien mitgebracht und natürlich auch tausend Küsse von den Kindern und Tamu und allen anderen!«

Sie nahm Zahra bei der Hand, zog sie mit zurück zur Küche und erzählte ihr, während sie ihre Köstlichkeiten auspackte, was die Kinder in den letzten Tagen alles angestellt hatten, und so konnte Zahra zumindest für eine Stunde das Gefühl haben, dass es noch ein Leben außerhalb der Kämpfe da draußen auf der Straße gab, ein Leben, das eigentlich doch auch ihres war … zumindest bislang gewesen war und hoffentlich, hoffentlich bald wieder ihres werden würde.

Schon am nächsten Tag musste Deborah zurück zur Farm und zu ihren Kindern, und so war Zahra fast dankbar, dass es in dem provisorischen Hospital der Aufständischen alle Hände voll für sie zu tun gab – so hatte sie wenigstens keine Zeit zum Nachdenken. Auch Taufiq versorgte dort weiter Verletzte, und wenngleich er nicht wissen konnte, was sie belastete, schien er es doch zu spüren und versuchte, sie mal mit einem Lob, mal mit einem Lächeln aufzumuntern. Anfangs senkte Zahra jedes Mal den Blick und kontrollierte verlegen den Sitz ihres Schleiers, wohl wissend, dass sie auf diese kleinen Aufmerksamkeiten nicht reagieren durfte, aber mit der

Zeit durchströmte sie doch jedes Mal eine feine, stille Freude, die sie bald kaum mehr missen wollte und die ihr einziger Trost war – denn Jaime ließ weiterhin nichts von sich hören. Tatsächlich fühlte sie sich mehr und mehr von ihm im Stich gelassen, ein Stück weit gar verraten, woran auch Deborahs Worte nichts hatten ändern können.

Zumindest aber fand sie am folgenden Abend die Zeit, sich für mehr als nur ein paar Minuten zu Abdarrahman zu setzen. Da sie den ganzen Tag über in dem Nothospital war, hatte sie es für am sinnvollsten erachtet, ihn hier und nicht zu Hause weiter zu versorgen, wo außer ihr nur noch Zubair war. Inzwischen ging es ihrem Sohn um einiges besser, nur seine Stimmung schien von Tag zu Tag trüber zu werden, und Zahra ahnte, dass daran nicht nur die beängstigenden Nachrichten über den Fortgang der Kämpfe schuld waren.

Sie ermunterte ihn, sein Krankenlager zumindest für eine kurze Zeit zu verlassen und mit ihr hinaus in den Patio zu gehen, wo sie jetzt, nachdem alle Neuzugänge versorgt waren, ungestört waren.

»Es ist wegen deines Vaters, stimmt's?«, fragte sie ihn, kaum dass er sich neben sie gesetzt hatte – und woraufhin Abdarrahman sich gleich wieder erheben und weggehen wollte. Entschlossen packte Zahra ihn am Arm und zog ihn zurück auf seinen Sitzplatz. »Zum Donner, so rede doch wenigstens mit mir!«

»Ich … oh Mutter, ich kann nicht aufhören, darüber nachzudenken, was geschehen wäre, wenn ich Vater direkt im Kampf begegnet wäre! So groß meine Wut auch auf ihn ist – ich hätte doch niemals das Schwert gegen ihn erheben können!«

Zahra zog seine Hand an ihre Lippen und küsste sie. »Und du weißt genau, dass auch er das Schwert nicht gegen dich erheben könnte!«

»Und wie wird das weitergehen? Wenn jemand von meinen Freunden gesehen hat, dass Vater gegen die Aufständischen gekämpft hat, dann … dann …«

»Immerhin hat er dir und Musheer das Leben gerettet!«

»Schon, aber …«

»Und sich dafür von seiner Truppe entfernt und sicher einigen Ärger dafür bekommen!«

Abdarrahman sah sie an und schüttelte verständnislos den Kopf. »Wie könnt Ihr ihn nur immer noch verteidigen?«

»Das tue ich gar nicht, Abdu, wahrscheinlich müsste ich ihn sogar viel mehr verteidigen. Und was soll ich dir sonst sagen, gerade dir – als seinem Sohn!«

»Sohn …« Abdarrahman lächelte traurig. »Wenn Ihr wüsstet, wie oft ich mir in der letzten Zeit gewünscht habe, das nicht zu sein!«

»Ich kann es mir denken, und ich verstehe dich auch. Aber in dieser Situation, in der dein Vater sich zwischen seinem Eid gegenüber der Krone und dir hatte entscheiden müssen, hat er zu dir und damit zu uns gehalten!« Und erst in diesem Moment wurde Zahra wirklich bewusst, dass Jaime weit mehr zu ihnen als sie zu ihm hielten, und spürte erneut diesen zähen, tiefen Schmerz im Herzen. Oh Jaime, Jaime, warum nur müssen wir uns so weit voneinander entfernen?

Zwei Tage später stürmten ein paar junge, aufgeregte Männer zu ihnen herein, und sie sprudelten ihre Neuigkeiten nur so hervor: Ja, auch an diesem Morgen waren sie vor Cisneros' Palast gezogen, um die Freilassung ihrer Anführer und der verschleppten Kinder zu fordern, aber gerade als die Soldaten der Krone sie angreifen wollten, sei Talavera auf den Platz gekommen. Trotz des Tumults hatten ihn alle sofort bemerkt und sich ihm voller Respekt zugewandt. Zuerst hatte er den

Soldaten Einhalt geboten und sich dann an die Mauren gewandt.

»Ganz allein kam er, nur von ein paar Leibwächtern begleitet, und er hat versprochen, sich für uns einzusetzen!«

Nicht nur Zahra, auch Taufiq sah erstaunt von seinem Patienten auf. »Und?«, rief er. »Was weiter? Nun erzähl schon, Junge!«

»Na ja, er klang aufrichtig. Um die Freilassung unserer Leute will er sich kümmern, um die Rückgabe der Kinder und darum, dass wir wegen der Revolte nicht bestraft werden!«

»Nicht bestraft werden …« Taufiq wiederholte die Worte voller Bitterkeit und sah zu dem jungen Mann, dem er am Vortag das linke Bein hatte abnehmen müssen. Auch Zahra wusste nicht, was sie sich unter »nicht bestraft werden« vorstellen sollte.

»Es geht immerhin das Gerücht, dass Cisneros alle Männer, die sich an dem Aufstand beteiligt haben, aus dem Land weisen will«, fügte der andere Junge an, als könne er Zahras und Taufiqs Gedanken lesen. »Und manche behaupten sogar, er wolle sie alle hinrichten lassen!«

Taufiq erbleichte. »Aber … das kann er doch nicht machen!«

»Oh doch, Cisneros kann …«, entfuhr es Zahra heiser. Sie sah Taufiq direkt an. »Habt Ihr dem Mann noch nie in die Augen gesehen?«

Die direkte Folge von Talaveras Einschreiten war, dass die Aufständischen zumindest in der Stadt die Waffen niederlegten. Nur von der Vega, den Alpujarras, Almería und Ronda hörte man, dass die Mauren weiter gegen die zunehmend verhassten christlichen Machthaber kämpften. Da niemand davon ausging, dass schon in den nächsten Tagen eine Entscheidung darüber fiele, wie es nun mit den Mauren weitergehen sollte, aber keine Verletzten mehr gebracht und die alten nach und nach von ihren Familien nach Hause geholt wurden, beschloss Zahra, auf die Seidenfarm zurückzukehren, zumal Abdarrahmans Zustand dies inzwischen erlaubte. Sie sehnte sich nach der Abgeschiedenheit der Farm, auch wenn sie wusste, dass die Ruhe, die sie dort erwartete, eine trügerische war, aber zumindest hatten die Kämpfe die Farm bisher nicht berührt. Nicht minder sehnte sie sich nach ihren anderen Kindern und nach Tamu und Deborah, den einzigen Menschen, mit denen sie über Jaime sprechen konnte.

Am vierten Tag nach dem Ende der Aufstände war es endlich so weit: Zahra hatte alles für ihre Rückkehr auf die Farm vorbereitet und wollte sich nur noch von Taufiq verabschieden.

»Oh, dann ist es jetzt wirklich vorbei!« Taufiq kratzte sich, offensichtlich nach Worten suchend, an der Schläfe. »Ich … also, ich persönlich hätte sehr gern noch weiter mit Euch zusammengearbeitet. Ich muss gestehen, dass Ihr mir fehlen werdet!« Er warf ihr einen intensiven Blick zu, unter dem Zahra beinahe erschrocken die Augen senkte.

»Ich … wollte Euch nicht verlegen machen«, fuhr Taufiq fort. »Aber da ich weiß, dass wir uns unter normalen Bedingungen wahrscheinlich niemals begegnet wären und vielleicht auch nie wieder begegnen werden, musste ich dies einfach loswerden.«

Obwohl Zahra bewusst war, dass sich dieses Gespräch in keiner Weise schickte, musste sie doch noch einmal zu ihm aufsehen. »Ich … es war auch mir eine große Ehre und Freude, mit Euch zusammenzuarbeiten und Euch kennenzulernen!«

»In dem Fall hoffe ich dann einfach einmal, dass der Allmächtige vielleicht doch vorhat, dass sich unsere Wege noch einmal kreuzen! Inschallah, so Gott will!« Er legte die Hand vor die Brust und verneigte sich mit einem beinahe schelmischen Lächeln. Dann rief ein Patient nach ihm, dessen Wunde nach einer unbedachten Bewegung wieder zu bluten begonnen hatte. Zahra sah ihm nach und wunderte sich, wie schwer es ihr fiel, all dies und vor allem ihn zurückzulassen. Trotz des Leids und Kummers war ihr Leben hier einfacher als derzeit sonst irgendwo auf der Welt gewesen, und Taufiq ... Sie waren eine Einheit gewesen: Sie sprachen dieselbe Sprache, glaubten an denselben Gott, hatten dieselben Aufgaben bewältigt und sich bei ihrer Arbeit ganz wunderbar ergänzt. Zahra fragte sich, wieso ihr Vater sie damals nicht mit einem solchen Mann verheiratet hatte, und schämte sich schon in der nächsten Sekunde so sehr für diesen Gedanken, dass sie ihren Hidschab hastig enger um den Körper raffte und beinahe fliehenden Schrittes das Haus verließ.

»Was habt Ihr, Herrin?«, fragte Zubair besorgt. Er hatte auf Zahras ausdrücklichen Wunsch hin auf der Straße auf sie gewartet.

»Nichts, nichts«, haspelte Zahra. »Gar nichts.« Und sie wünschte sich nichts mehr, als dass es wahr gewesen wäre.

VII.

Seidenfarm
4. März 1500

Während die Mauren Granadas um ihre Zukunft bangten, sah auch Chalida dem, was auf sie zukam, voller Unbehagen entgegen. Auch wenn ihre Mutter jetzt schon seit gut zwei Wochen in Granada weilte, war das letzte Gespräch mit ihr über ihre Heirat mit Musheer für sie noch so gegenwärtig, als hätte es gerade eben erst stattgefunden. An ihrem Standpunkt hatte sich in der Zwischenzeit nichts geändert: Auf keinen Fall wollte sie diesen Musheer heiraten!

Seit vor zwei Stunden ein Bote die Ankunft Zahras, Abdarrahmans und eines männlichen Gastes für den Nachmittag angekündigt hatte, kämpfte sie vergeblich gegen ihre Wut, den Wünschen ihrer Mutter so sehr ausgeliefert zu sein. Eine Zeitlang blieb sie bei ihrer Cousine im großen Wohnraum und lauschte deren Lautenspiel, das normalerweise eine beruhigende Wirkung auf sie hatte, aber diesmal ließen die einschmeichelnden Melodien Ranaas diesen Effekt auf sie vermissen. Schließlich sprang sie auf und flüchtete in den großen Patio hinter dem Haus. Es war dort kühler, als sie erwartet hatte, so dass sie sich ihren Hidschab wie ein Umschlagtuch eng um die Schultern zog. Zunächst lief sie nur einfach auf und ab, doch mit einem Mal packte sie wieder die Wut, und sie trat mit voller Wucht gegen einen Stein, der mit einem dumpfen Platschen im Gartenteich versank.

»Oh, was ist denn mit dir heute los?«, hörte sie da Aarons Stimme hinter sich.

Chalida fuhr herum und wollte ihn zuerst angiften, dass ihn das gar nichts anginge, aber als sie in seinen Augen so viel echtes Mitgefühl und Sorge entdeckte, fiel sie ihm statt dessen schluchzend um den Hals. Im ersten Augenblick machte Aaron ein ebenso berührtes wie erschrockenes Gesicht und hielt seine Hände eine Elle von ihren Schultern entfernt, aber als sie immer heftiger weinte, traute er sich schließlich doch, den Arm um sie zu legen. Unsicher strich er ihr über den Rücken, und als sie ihn nicht abwehrte, zog er sie noch ein wenig enger an sich heran – und von Atemzug zu Atemzug breitete sich ein seligeres Strahlen in seinen Augen aus.

Erst einige Zeit später sah Chalida zu ihm auf und entdeckte zu ihrer Verwunderung ein Leuchten in seinen sonst so dunklen Augen. Sie setzte zum Sprechen an, doch Aaron legte ihr den Zeigefinger auf die Lippen.

»Nicht reden, nicht jetzt …«, bat er mit rauher Stimme, ließ den Finger langsam über ihr Kinn und an ihrem Hals herabgleiten und fuhr zwischen ihren festen Jungmädchenbrüsten entlang über ihren Bauch. Danach schob er seine Hände in ihren Rücken und streichelte ihn sanft. Ein Schauder durchlief Chalida, ein wundervoller, von ihr noch nie erlebter Schauder. In ihre Augen trat eine bewegte Mischung von aufgeregter Scheu und grenzenlosem Vertrauen. Aaron umfasste sie noch fester, beugte sich etwas hinunter und senkte die Lippen auf ihren weichen, vollen, leicht geöffneten Mund …

Als Aaron sie wieder losließ, sprachen sie nicht, sondern sahen sich immer weiter an. Auch Aarons Gesicht war ein einziges Strahlen, und schließlich küsste er sie noch einmal, ebenso zart und vorsichtig wie zuvor, aber doch mit spürbarem Verlangen, das Chalida trotz ihrer Unerfahrenheit eine Ahnung davon verlieh, welch unbändiges Feuer in seinen Lenden brennen musste. Danach zog er sie wieder ganz fest an sich heran, als müsse er sie in seiner Nähe spüren, um glauben zu können, was geschah.

»Was …«

Mit einem »Alles!« unterbrach Aaron sie und vergrub das Gesicht in ihrem Haar. »Es hat alles zu bedeuten!« Er gab ihr einen innigen Kuss auf den Scheitel und atmete aus tiefster Seele aus. »Mein Gott, wie lange ich davon schon geträumt habe!«

»Aber du …« Chalida geriet ins Stottern. »Warum hast du nie etwas gesagt?«

Aaron lockerte seine Umarmung, so dass sie zu ihm aufsehen konnte. »Es gibt Dinge, über die kann man nicht reden. Außerdem bist du doch schon …« Er biss sich auf die Lippen, und in seinen Augen flammte dunkler Schmerz auf. Chalida verstand: Ja, natürlich, sie war Musheer versprochen. Und gleich darauf ging ihr auf, dass ihre Küsse verbotene waren und dass Abdarrahman Aaron auf der Stelle töten würde, wenn er von ihnen erfuhr.

Aaron schien ihren Gedanken zu erraten. »Keine Sorge, das war es mir wert«, beruhigte er sie. »Und wenn es das letzte Schöne wäre, was ich erleben darf!«

»Du bist verrückt«, entfuhr es Chalida, und sie selbst musste es wohl auch sein, denn nach nichts sehnte sie sich mehr, als dass Aaron sie noch einmal so küsste. Zaghaft schlang sie ihm die Arme um den Hals, und das war Aaron Aufforderung genug …

»Chalida, bei allen Dämonen, wo steckst du?« Grimmig hallte Tamus Stimme erst durchs Haus und dann auch in den Patio hinaus: »Chalida, deine Mutter ist angekommen; wo bist du denn? Also wirklich, wie kannst du einer alten Frau nur diese Herumsucherei zumuten!«

Es folgte heftiges Grummeln und weiteres Zetern, in dessen Verlauf sich Chalida und Aaron hinter die Hecke im Patio flüchteten und sich dort verbargen. Chalida sah Aaron an, dass auch ihm das Herz bis zum Halse schlug. Nicht auszudenken, was passiert wäre, wenn Tamu sie erwischt hätte! Sie hörten, dass Tamu ins Haus zurückkehrte. Aaron fasste sich als Erster. Er fächelte Chalida mit der Hand Luft zu, und mit einem Mal grinste er von einem Ohr zum anderen. »Wenn deine Mutter dich mit dieser feuerroten Birne sähe, bräuchtest du ihr garantiert nicht mehr zu erklären, was du in der letzten halben Stunde gemacht hast!«

Chalida fühlte ihre heiß glühenden Wangen und musste lachen, woraufhin Aaron ihr rasch die Hand auf den Mund legte, obwohl auch er lachen musste. Immerhin nahm Chalidas Gesicht über ihrer beider Ausgelassenheit wieder eine normale Hautfarbe an. Als Tamu erneut nach ihr rief, tauschten sie einen Blick, bei dem erneut die Verzauberung aufflackerte, die sie eben noch empfunden hatten, dann ordnete Chalida mit flinken Fingern ihr Haar und ihren Hidschab, drückte Aaron mit schelmischem Blick einen Kuss auf den Mund und eilte ins Haus, wo sie direkt in Tamu hineinlief. Die alte Berberin packte sie an der Schulter. »Wo kommst denn du jetzt her? Manchmal erinnerst du mich mit deinem plötzlichen Verschwinden und Auftauchen mehr an einen Dschinn als an ein normales menschliches Wesen!«

Mit einer fast schon groben Geste drückte sie Chalida eine vorwitzige Haarlocke unter den Hidschab, fegte ein Ästchen von ihrer Tunika und zischte sie an, sich auch das Gesicht mit dem Hidschab zu bedecken. »Deine Mutter ist vor dem Haus, und das nicht nur mit Abdu, sondern auch mit seinem Freund Musheer. Warum sie will, dass du auch ihn begrüßt, weiß der Allmächtige allein, gehören tut es sich jedenfalls nicht, aber deine Mutter ist ja immer für eine Überraschung gut!«

Chalida wich zurück. »Aber … aber ich …«

»Du tust, was man dir aufträgt!« Tamu packte sie am Oberarm und schob sie grimmig weiter. »Bei seinem letzten Besuch hast du Musheer schließlich auch gesehen, und das, weil du es wolltest, also tu jetzt nicht so, als ob du plötzlich Skrupel wegen der Schicklichkeit bekämst, und geh endlich, ehe Abdu und sein Freund im Männerflügel verschwunden sind und deine Mutter schon gleich bei ihrer Ankunft wieder einen Grund hat, sich über dich zu ärgern!«

Notgedrungen stolperte Chalida aus dem Haus, wo die ganze Familie samt Dienerschaft versammelt war, um Zahra willkommen zu heißen, doch von Abdarrahman und Musheer war schon nichts mehr zu sehen – wohl aber zu hören. Die beiden tobten lachend und herumalbernd durch den Männertrakt; erst als die Tür dort zuschlug, verstummten ihre Stimmen und ihr Gelächter. Trotzdem fühlte sich Chalida weiterhin befangen und zog sich schnell wieder bis zum Haus zurück.

»Was ist denn mit dir?«, staunte Zahra. »So still und gesittet? Solltest du in diesen Tagen etwa erwachsen geworden sein?« Sie ging an den anderen vorbei auf Chalida zu und begrüßte sie mit einer langen, stummen Umarmung. Unsicher erwiderte Chalida die Geste und wäre zu gern im Erdboden versunken, wenn ihr dies erspart hätte, ihrer Mutter gleich wieder ins Gesicht sehen zu müssen. Ein einziger forschender Blick ihrer Mutter, dessen war sie gewiss, würde genügen, um sie erneut feuerrot werden zu lassen …

Doch der Blick ihrer Mutter glitt über sie hinweg, überhaupt wirkte sie fahrig und müde, und nun bemerkte Chalida auch, wie verkrampft und gezwungen das Lächeln war, mit dem sie einen nach dem anderen begrüßte. Und die Tatsache, dass sie sie nicht tadelte, weil sie so lange hatte auf sich warten lassen, wunderte sie ebenso sehr. Schließlich wandte sich Zahra Tamu und Deborah zu und ging mit ihnen ins Haus. Aufatmend sank Chalida gegen die Hauswand und sah ihnen nach.

Als Chalida später von Tamu hörte, dass Musheer einige Wochen bei ihnen bleiben würde, weil sich seine Eltern seit zwei Monaten auf einer Pilgerreise nach Mekka befanden und sein Onkel, bei dem er in dieser Zeit wohnen sollte, erkrankt war, stöhnte sie, und noch mehr, als sie weiter erfuhr, dass sie Musheers Anwesenheit wegen bis auf weiteres streng nach Geschlechtern getrennt essen würden – denn dies bedeutete, dass sie Aaron nun nicht mehr bei den Mahlzeiten sehen konnte. Entsprechend nachdenklich und abwesend war Chalida, als sie am Mittag zu Tisch saßen. Von den Berichten ihrer Mutter über den Aufstand in Granada bekam sie kaum mehr mit, als dass dieser mittlerweile auch auf die Bergdörfer übergegriffen hatte, wo noch immer schwere Kämpfe stattfanden, und wurde erst dann aufmerksamer, als ihr auffiel, dass die Blicke ihrer Mutter trotz deren offensichtlicher Müdigkeit jetzt doch immer öfter forschend zu ihr wanderten. In aller Hast aß sie ein Stück von dem köstlichen, noch ofenwarmen Mandelkuchen, den Tamu Musheer zu Ehren hatte backen lassen, und bat dann, sich in ihr Zimmer zurückziehen zu dürfen, um ihrer Mutter keine Gelegenheit zu geben, sie nach dem Essen in die Zange zu nehmen. Automatisch fuhr Zahras Hand zu Chalidas Stirn. »Mir ist vorhin schon aufgefallen, wie seltsam ruhig und blass du bist, aber Fieber scheinst du nicht zu haben …«

»Aber nein, ich … ich bin nicht krank, ich … habe nur Kopfschmerzen, den ganzen Tag schon!«

Chalida sah, wie Tamu die Augenbrauen zusammenzog, und beeilte sich, das Weite zu suchen, ehe Tamu auf die Idee kam, sie zur Rede zu stellen, denn die Alte wusste natürlich, dass sie am Nachmittag noch bester Dinge gewesen war. Sie schalt sich einen Schafskopf, ausgerechnet diese Ausrede benutzt zu haben, und war heilfroh, als sie unter ihren Laken lag und jetzt gewiss niemand mehr nachbohren würde, was mit ihr los war.

Chalidas Erleichterung hielt nicht lange an, denn auch wenn sie auf ihrem Bettlager vor den anderen ihre Ruhe hatte – in ihrem Inneren ging es zu wie in einem Ameisenhaufen, in den man mit einem Ast gestochert hatte. Aaron, Aaron, Aaron … So neu war das, so fremd – und so herrlich aufregend! Voller Unruhe drehte sie sich erst auf die rechte Seite, dann auf die linke, von dort auf den Bauch und schließlich wieder, unwillig aufstöhnend, auf den Rücken, und das Gleiche wiederholte sie wieder und wieder, ohne dass sie darüber Schlaf oder Entspannung finden konnte. Aufzustehen aber wagte sie nicht, weil sie Angst hatte, dann doch noch in die Fänge ihrer Mutter zu geraten. Endlich gingen auch ihre beiden Zimmerkameradinnen zu Bett, atmeten bald ruhig und tief, im ganzen Haus schien Ruhe eingekehrt. Nachdem sie noch einmal angestrengt gelauscht und noch immer keine Geräusche im Haus hatte vernehmen können, erhob sie sich schließlich doch, machte ihrem Hund Zeichen, sich nicht von der Stelle zu rühren, legte ihre Kleider über den Arm und huschte aus dem Zimmer. Sich hastig nach allen Seiten umsehend, verzog sie sich in eine dunkle Flurecke, zog sich dort rasch an und eilte über den nur von einer milchigen Mondsichel beschienenen Hof zum Pferdestall. Barbakan empfing sie mit einem freundschaftlichen Wiehern. Chalida huschte in seinen Verschlag, schlang ihm die Arme um den Hals und drückte ihre Wange an das warme Fell. »Ach du, du verstehst mich wenigstens!«

Barbakan schnaubte; sein warmer Atem, der ihr über den Rücken strich, fühlte sich an wie eine Liebkosung. Auf einmal ruckte sein Kopf hoch, und Chalida bemerkte, wie er nervös mit den Ohren spielte, doch sie konnte nichts Besonderes feststellen. Beruhigend strich sie ihm über den Hals und fand es erstaunlich, wie scharfsinnig er in seinem inzwischen doch schon recht fortgeschrittenen Alter noch war. Chalida konnte sich ohnehin nicht vorstellen, dass er eines Tages nicht mehr da sein würde, und war ihrem Vater unendlich dankbar, dass er ihr Barbakan inzwischen ganz überlassen hatte, während er einen fünfjährigen Nachkommen Barbakans ritt. Plötzlich schnaubte der Hengst erneut, und als Chalida jetzt aus dem Verschlag lugte, entdeckte sie im faden Schein des Mondlichts Aaron. Sofort klopfte ihr Herz wie wild.

»Pst«, machte sie zu ihm und schlängelte sich aus dem Verschlag heraus.

»Was machst du denn hier?« Mit einem aufstrahlenden Lächeln eilte er zu ihr und strich nach einem kurzen Zögern über ihr unverschleiertes Haar. »Wie sehr ich mir gewünscht habe, dich hier zu finden!«

Unwillkürlich fühlte Chalida der Bewegung seiner Hand nach und musste an sich halten, der Hand nicht mit dem Kopf zu folgen – so sehr vermisste sie diese, kaum, dass er sie wieder von ihr genommen hatte.

»Ich …« Seine Nähe machte sie so nervös, dass sie schlucken musste. »Ich … konnte nicht schlafen …«

Aaron schob sie zurück in den Verschlag und schlupfte direkt hinterher. Barbakan begrüßte ihn mit einem harten Kopfstoß.

»Du warst schon mal weniger ruppig«, beschwerte sich Aaron, lachte dabei aber gutmütig und streichelte Barbakan über die Nüstern. Dann sah er wieder zu Chalida, ihre Blicke verfingen sich ineinander, und Chalida hatte das Gefühl, dass sich alles um sie herum in einem nebligen Nichts auflöste – alles bis auf Aaron. Aaron ... Aarons Nähe ... so oft hatte sie sie erlebt, und doch war sie jetzt auf eine neue, so aufregende Art anders, dass ihr die Knie weich wurden und ihr Herz so heftig hämmerte, dass sie es zu hören meinte. Wie hatte nur ein einziger Kuss all ihre Gefühle für ihn so verändern können? Oder waren sie vorher schon da gewesen, und sie hatte sie nur nie bemerkt? Aaron strahlte sie mit einem verschmitzten Lächeln an, das Chalidas Sehnsucht nach einer neuerlichen Berührung von ihm noch verstärkte. Unbewusst lehnte sie sich in seine Richtung, und dies war Aaron Aufforderung genug: Sofort schloss er sie in die Arme, und als Chalida die Umarmung ohne Zögern erwiderte, wagte er auch, sie zu küssen. Schnell nahmen seine Küsse an Leidenschaft zu und trieben Chalida in immer neue Gefühlsstürme – bis Aaron sie wieder losließ, und dies so plötzlich und unvermittelt, dass Chalida fast das Gleichgewicht verlor. Verstört sah sie zu ihm auf, registrierte, wie schnell sein Atem ging, und stellte verwundert fest, dass auch sie mit einem Mal völlig atemlos war. Aaron strich sich über das Kinn und blies Luft zu seiner Stirn hoch, als müsse er sie kühlen. »Ich ... es tut mir leid, Chalida, ich weiß, ich sollte dich nicht so küssen, aber ich ... Oh Gott, wenn du wüsstest, wie lange ich dich schon liebe, wie lange ich mich schon nach dir sehne!«

Chalida, für die ihre Gefühle noch weit neuer waren als für ihn die seinen, konnte ihn nur immer weiter ansehen.

»Warum nur?«, fragte sie ihn. »Warum habe ich nie gemerkt, was da zwischen uns ist? Weder, was du für mich fühlst, noch, was ich ...« Sie wagte nicht weiterzusprechen, hob aber die Hand und strich ihm mit zitternden Fingern über die zarten Wangen. Aaron schloss sie erneut in die Arme, presste sie fest an sich und raunte kaum hörbar in ihr Haar: »Es war so fürchterlich, den ganzen Abend mit Musheer an einem Tisch sitzen zu müssen. Ich dachte, er und Abdu müssten mir doch ansehen, dass ich ... dass wir ... Aber sie machten nur ihre üblichen Späße, redeten von den Aufständen und waren ausnahmsweise sogar einmal richtig nett zu mir, vor allem Musheer; ich glaube, er hat noch nie so viel mit mir geredet wie heute Abend!«

Sie hielten sich weiter umarmt, und obwohl Chalida spürte, dass Aaron dachte, was auch sie dachte, wagte sie nicht, es auszusprechen. Es war noch zu früh, diese Frage zu stellen, aber sie wusste, dass ihnen nicht viel Zeit blieb, sich damit auseinanderzusetzen – denn aus der Tatsache, dass ihre Mutter gewollt hatte, dass sie Musheer begrüßte, konnte sie nur schließen, dass diese weiter entschlossen war, sie mit ihm zu verheiraten, wozu sie nach diesem Nachmittag mit Aaron noch weniger bereit war. Diese Nähe, die sie seit jeher zu Aaron gespürt hatte – auf einmal hatte sie noch eine ganz andere Bedeutung. Ja, dieses wortlose Verständnis, das sie von Anfang geteilt hatten, dieses Gefühl des Einsseins mit ihm, das manchmal so stark war, dass sie den Rest der Welt gar nicht mehr wahrgenommen hatten ...

Chalida war sich gewiss, dass diese Gefühle ein Geschenk waren, das einem der Allmächtige nur ein einziges Mal im Leben machte, und schwor sich, dass niemand sich jemals zwischen sie und Aaron stehen sollte, auch Musheer nicht. Als Aaron sie nun wieder ansah, spürte sie ein Kribbeln im Bauch, das sie auf angenehme Art und Weise wieder unruhig werden ließ; ihr Körper schien ein Eigenleben zu entwickeln, und die Sehnsucht nach Aaron und seinen Küssen wurde so groß, dass sie schließlich ihre Scheu überwand, sich auf die Zehenspitzen stellte und ihre Lippen den seinen näherte …

Chalida entging nicht, dass ihre Mutter am nächsten Tag eine Gelegenheit suchte, mit ihr über Musheer zu sprechen. Deshalb flüchtete sie sich in eifrige Geschäftigkeit: Mal debattierte sie aufs Heftigste mit ihren Cousinen, dann bürstete sie voller Feuereifer ihren Hund und half später sogar in der Küche aus. Wenn sie sich allein wähnte, versuchte sie, zum Männertrakt zu gelangen, aber sobald sie auch nur in die Nähe des Gangs kam, der zu den Räumen der Männer führte, tauchte Tamu oder eine der Dienerinnen wie aus dem Nichts auf, woraufhin sie immer wieder hastig das Weite suchte. Am späten Nachmittag gelang es Chalida, sich ungesehen in den großen Patio zu verziehen. Nervös verbarg sie sich hinter den Hecken und hoffte, dass auch Aaron den Weg hierherfinden würde. Eine Ewigkeit schien vergangen zu sein, als sie endlich Schritte hörte, und sie wollte schon befreit »Aaron!« rufen und zu ihm hineilen, als sie im letzten Moment ihre Mutter erkannte und zumindest ihren Ausruf noch unter einem Hustenanfall verbergen konnte. Ihre Mutter hob irritiert die rechte Augenbraue, sagte aber nichts weiter als: »Endlich erwische ich dich einmal allein.«

Sie wies sie an, sich mit ihr auf die gemauerte Bank neben dem Eingang zu setzen, und seufzte. »Jetzt guck nicht wie ein Kalb auf dem Weg zur Schlachtbank, Kind. Und tu nicht so, als wüsstest du nicht ganz genau, worüber wir reden müssen!«

Chalida sah zu Boden und schluckte. Möglicherweise war es kein Zufall, dass ihre Mutter sie ausgerechnet in dem Patio gesucht hatte, in dem sie gestern mit Aaron gewesen war. Krampfhaft überlegte sie, wer sie hier gesehen haben könnte, und kam auf Yayah. Der vorwitzige Kerl war ja immer überall da unterwegs, wo man ihn am wenigsten vermutete, und seine große Schwester zu verpetzen war eine seiner Lieblingsbeschäftigungen. Wut stieg in ihr auf. Sie wappnete sich gegen die Vorwürfe, mit denen ihre Mutter sie nun ohne Zweifel überschütten würde, und wagte nicht daran zu denken, wie Abdarrahman reagieren würde, wenn auch er Wind von dem Ganzen bekam. Doch als sie wieder zu Zahra sah und mit einem gequälten »Mutter« Gnade für Aaron erflehen wollte, ging ihr auf, dass ihre Mutter gar nicht wütend aussah. Verwirrt presste sie die Lippen wieder aufeinander.

In der Tat begann Zahra ihre Rede mit einer liebevollen Geste: Sie strich Chalida die kastanienbraunen Locken aus dem Gesicht, mokierte noch nicht einmal den fehlenden Hidschab und schenkte ihr stattdessen ein liebevolles Lächeln. »Du hast dich sicher gewundert, dass ich dich gestern von Tamu habe rufen lassen, um Musheer zu begrüßen …«

Chalida sah sie unsicher an.

»Ich … ich hatte in Granada trotz all dem Grauen, das ich dort erlebt habe, Zeit zum Nachdenken, viel Zeit sogar, und habe mich daran erinnert, wie es mir damals ergangen war, als meine Eltern mir von meinem Bräutigam erzählt haben. Ihre erste Wahl war auf einen jungen Mann gefallen, einen Gelehrten, der in Marokko lebte, und wann immer ich an diese Hochzeit dachte, schnürte sich mir die Kehle zu – so groß war meine Angst vor dieser Ehe, weil ich keine Ahnung hatte, was mich mit diesem Mann erwarten würde!« Zahra drückte Chalidas Hand. »Du hast Musheer zumindest schon ein Mal gesehen, du weißt, dass er deinem Bruder ein guter und treuer Freund ist, und auch wenn dies nicht den Sitten entspricht, will ich dir jetzt überdies erlauben, dass du dich mit Musheer, solange er hier bei uns ist, ein- oder zweimal unterhältst – sittsam verschleiert und begleitet von deinem Bruder, versteht sich. Eine erste Begegnung hatte ich ja schon bei meiner Ankunft geplant, wo sie ganz unverfänglich gewirkt hätte, aber leider bist du erst später gekommen. Meinst du nicht auch, es würde dich beruhigen, wenn du ihn näher kennst?«

Chalida öffnete den Mund, um ihn gleich wieder zu schließen. Was hätte sie auch erwidern sollen? Dass sich ihre Mutter Musheer endlich aus dem Kopf schlagen sollte? Dass sie am Vortag überdies entdeckt hatte, was es hieß, einen Mann zu lieben – und sie diese Gefühle für einen Mann empfand, den ihre Familie niemals akzeptieren würde – und schon gar nicht in der bedrängten Situation, in der die Muslime heute waren?

Plötzlich hörten sie einen markerschütternden Schmerzensschrei, der von dem großen Hof vor dem Haus zu kommen schien. Sofort sprang Zahra auf und eilte dorthin, und Chalida folgte ihr – zutiefst erschrocken, da ihr sofort Aaron und ihr Bruder in den Sinn gekommen waren. Möglicherweise hatte Yayah sie doch beobachtet und Abdarrahman alles erzählt?

Als sie aus dem Haus gerannt kamen, sahen sie, wie Abdarrahman sich über Musheer beugte.

»Was ist geschehen?«, rief Zahra.

»Ich weiß es nicht, auf einmal ist Musheer ohne ersichtlichen Grund zusammengebrochen!«

Chalida sah, wie ihre Mutter sich vor den jungen Mann kniete und ihr Bruder in Schluchzen ausbrach: »Musheer, mein Gott, Mutter, so tut doch was!«

Musheers verkrampfte Haltung ließ Zahra offensichtlich Schlimmes befürchten. Entsetzt starrte sie auf den jungen Mann, und jetzt sah auch Chalida, wie sich seine blaue Tunika im Bauchraum rot färbte …

Eilig winkte Zahra Zubair zu sich. »Hilf Abdu, Musheer in sein Zimmer zu tragen! Nur dort kann ich seine Wunde ordentlich versorgen!«

Verstört sah Chalida zu, wie alle im Haus verschwanden, während ihre Mutter nach Tamu rief und einer Dienerin auftrug, Wasser zu kochen und ihr sofort ihren Behandlungskorb zu bringen. »Na los, jetzt setz dich endlich in Bewegung!«

Einzig sie selbst, Chalida, rührte sich nicht von der Stelle und starrte in blankem Entsetzen zum Haus. Auch wenn sie Musheer nicht hatte heiraten wollen, so hatte sie ihm doch nichts Böses gewünscht. Der Gedanke, was sein würde, wenn er jetzt stürbe, schoss in ihr hoch, und sofort verwünschte sie sich dafür. Angsterfüllt folgte sie den anderen ins Haus. Noch immer klangen neue kurze Befehle ihrer Mutter durch die Gänge.

»Heißes Wasser, habe ich gesagt, heißes!«

»Hol mir Tücher, na los, jetzt geh schon!«

»Tamu, wo ist Tamu? Verdammt, warum holt sie denn niemand?«

Chalida schnürte es die Kehle zu, denn sie wusste, dass ihre Mutter nicht leicht aus der Fassung zu bringen war. Und so gern sie auch um die Heirat mit Musheer herumgekommen wäre, so wenig wollte sie dies auf Kosten seines Lebens tun. Tränenblind stolperte sie ins Mädchenzimmer, drückte die Tür hinter sich zu und betete mit zitternder Stimme ein *du'a* nach dem anderen für Musheers Genesung.

Als Zahra sah, wie stark entzündet Musheers Bauchwunde war, hätte sie ihm am liebsten eine Ohrfeige verpasst. So ein dummer Kerl!, schimpfte sie den Bewusstlosen in Gedanken. Warum hatte er ihr denn nichts gesagt – oder sich zumindest von Taufiq oder dem Arzt seiner Familie weiterbehandeln lassen? Und so jemand wollte selbst Medicus werden! Angesichts der schweren Entzündung wunderte sie sich, dass Musheer überhaupt hatte reiten und auch noch so guter Stimmung hatte sein können. Er musste fürchterliche Schmerzen gehabt haben, und jetzt hatte wohl eine unachtsame Bewegung dazu geführt, dass die nie richtig verheilte Wunde wieder aufgerissen war.

»Tamu, Tamu!« Aus Zahras Schrei klang die pure Hilflosigkeit. Eine so vereiterte und weit aufgerissene Wunde hatte sie noch nie gesehen, und als sie Musheer die Hand auf die Stirn legte, wurde auch diese Befürchtung von ihr bestätigt: Er glühte wie ein Backofen! Nicht zum ersten Mal bedauerte sie, dass sich Mosche jetzt fast nur noch in Granada aufhielt, obwohl sie annahm, dass er in diesem Fall auch nicht mehr als Tamu hätte ausrichten können.

Endlich kam die alte Berberin herbeigeeilt, und auch sie sog entsetzt die Luft ein, als sie Musheers Wunde sah. »Der Allmächtige stehe uns bei!«

»Tamu, ich … ich habe keine Ahnung, was ich da noch tun soll!« Hilflos sah Zahra zu der alten Berberin auf.

Tamu machte eine herrische Geste zu einer der wie aufgescheuchte Hühner herumstiebenden Dienerinnen und ließ sich von ihr beim Hinknien helfen. Ohne ein Wort zu sagen, betrachtete sie die Wunde, roch an ihr und ließ sich die Schüsseln mit dem heißem Wasser und dem Essig reichen, um sich die Hände zu reinigen. Anschließend trocknete sie sie mit einem sauberen Leinentuch, tippte mit dem Zeigefinger kurz auf die Wunde und danach mit dem gleichen Finger auf ihren Handrücken, um festzustellen, wie klebrig und zähflüssig der Eiter war. Dann wusch sie sich erneut die Hände.

»Tamu, bitte, jetzt sag doch endlich was!«, flehte Abdarrahman.

»Als Erstes muss das tote Fleisch weggeschnitten, die Wunde gründlich gespült und dann neu zugenäht werden«, brummte die Alte. »Und bis dies gemacht ist, wird mir schon irgendetwas einfallen.«

Tamu forderte Zahra auf, das Wegschneiden des toten Fleischs und das Nähen zu übernehmen, weil sie befürchtete, dass ihre alten, in letzter Zeit oftmals allzu zittrigen Hände dafür nicht mehr taugten. Als Zahra den letzten Stich gesetzt hatte, brummte die Alte: »Mhm, das könnte gehen.«

Zahra schaute zu ihr auf. »Was meinst du?«

»Honig«, gab Tamu zurück und erhob sich ächzend.

»Honig?« Zahra riss die Augen auf. »Was willst du denn mit Honig? Tamu, du hast doch gesehen, wie entzündet die Wunde ist – oder etwa nicht?«

»Tamu, Mutter hat recht!«, begehrte auch Abdarrahman auf. »Wir brauchen Kräuter, die besten, die du hast!«

Tamu schüttelte den Kopf. »Ihr habt mich nach meiner Meinung gefragt, und das ist sie: Honig. Allerdings nicht irgendein Honig, sondern diesen neuen, den ich letzten Herbst gekauft habe.«

Die Alte ging in ihre Kammer und kehrte kurz darauf mit einem kleinen, tönernen Gefäß zurück. Sie hob den Deckel an und ließ Zahra riechen. Der Honig roch würzig, fast streng.

»Hast du in dem Honig Kräuter eingelegt?«

»Nein, aber trotzdem liegt Ihr nicht ganz falsch«, bekannte die alte Berberin und sprach leise weiter. »Es ist ein besonderer, ein ganz besonderer Honig sogar! Er hat mich ein kleines Vermögen gekostet. Die Bienen sammeln diesen Honig in einem Gebiet, in dem viele wunderwirksame Kräuter wachsen. Ich habe ihn von einem von Dorf zu Dorf ziehenden *dschabbar* gekauft«, sie legte Zahra, die ihr gerade vehement widersprechen wollte, beschwichtigend die Hand auf die Schulter, »und ihn natürlich auch schon ausprobiert. Einer der Hengste hatte sich im Winter beim Kampf um eine rossige Stute eine hässliche Bisswunde zugezogen, die trotz aller Kräuterbehandlungen immer schlimmer wurde. Jaime hatte das Tier schon töten wollen, als mir der Honig wieder einfiel. Nach nur drei Tagen war die Wunde so gut wie abgeheilt!«

»Aber das war ein Pferd, Tamu«, empörte sich Abdarrahman, »und Musheer ist ...«

»Ob Mensch oder Tier ...« Tamu schüttelte den Kopf, und ehe er oder Zahra noch mehr sagen konnten, entnahm sie einen vollen Löffel aus dem Gefäß und strich ihn behutsam auf die Wunde. Zahra krauste die Stirn, da sie aber auch keinen besseren Vorschlag hatte, schwieg sie ebenso wie Abdarrahman, dem der kalte Schweiß auf die Stirn getreten war.

»Und was, wenn auch das Musheer nicht wieder gesund macht?«, brach es mit zittriger Stimme aus ihm heraus.

Zahra drückte ihm die Hand. »Wir müssen auf den Allmächtigen vertrauen. Du weißt: Alles Leben und Sterben liegt allein in seiner Macht!«

Abdarrahman entriss ihr seine Hand. »Aber ...«

»Nein, Abdu, kein Aber!« Zahra sah ihn nachdrücklich an und verband dann Musheers Wunde mit einem Leinentuch, das zuvor ausgekocht worden war. Weder sie noch Abdarrahman wichen dem jungen Mann in den nächsten Stunden von der Seite. Zu ihrer Enttäuschung konnten sie jedoch keinerlei Besserung feststellen; Musheers Fieber stieg im Laufe des

Abends sogar noch an, auch das Bewusstsein erlangte er nicht wieder.

Als der Morgen graute, nötigte Zahra ihren Sohn, sich neben Musheer zu legen und wenigstens eine Stunde zu schlafen.

»Aber wenn er …«

»Pst, Abdu, pst. Es ist der Allmächtige, der entscheidet, nicht du!«

Abdarrahman war zu erschöpft, um weiter Widerstand zu leisten, und sank auf die Strohmatte neben Musheers Lager. Zahra strich ihm übers Haar und betete für Musheer. Hoffnung hatte sie keine mehr.

Am nächsten Morgen ging es auch Zahra nicht gut. Die Aufregungen der letzten Wochen und die durchwachte Nacht forderten ihren Tribut, wobei ihr der Bruch mit Jaime am meisten von allem zu schaffen machte. Seit sie zurück auf der Farm war, fürchtete sie sich vor dem Moment, in dem die Kinder fragen würden, wann ihr Vater endlich auch von Granada nach Hause käme.

Matt und mit stechenden Kopfschmerzen zog sie sich in ihr Zimmer zurück. Sie ruhte nicht lange, und als sie sich erheben wollte, wurde sie von so heftigem Schwindel und Übelkeit erfasst, dass sie sich sofort wieder hinlegen musste. Auch eine Stunde später ging es ihr trotz Tamus Kräutertee noch so schlecht, dass an eine Pflege von Musheer durch sie nicht zu denken war.

»Und was jetzt?«, fragte sie Tamu verzweifelt. »Abdarrahman weiß noch fast nichts von Krankenpflege, den Dienern traue ich in diesem schweren Fall noch weniger zu, und du schaffst das doch auch nicht mehr.«

»Da habt Ihr leider recht. Die alten Knochen wollen einfach nicht mehr so, wie sie sollen.«

»Am besten frage ich Deborah, ob sie sich um Musheer kümmern kann …«

»Nein, Mutter, bitte, lasst mich nach ihm sehen!«

Zahra und Tamu sahen erstaunt zur Tür, wo Chalida stand und sie flehend ansah. »Ich … ich kann mich um ihn kümmern!«

Die alte Berberin strich sich nachdenklich über die Stirn und sah dann mit erhobenen Augenbrauen zu Zahra. »Bei den Pferden stellt sie sich geschickt an; da hat sie goldene Hände!«

Zahra warf Tamu einen befremdeten Blick zu: Es stand in den Sternen, ob Musheer auch nur diesen Tag überleben würde. In ihren Augen war Chalida viel zu jung, um mit einer solchen Situation zu Rande zu kommen.

»Bitte!«, bedrängte Chalida sie weiter. »Ich werde mich genau an Eure Anweisungen halten, und … und mir ist schon klar, wie schlecht … also, was … was passieren kann.«

Zahra fragte sich, wieso sich Chalida so sehr um diese Aufgabe bemühte. Hatte das kurze Gespräch ihre Einstellung zu Musheer etwa schon ändern können? Da ihr keine Alternative einfiel und Tamu ihr drängend zunickte, stimmte sie schließlich zu.

»Das Wichtigste ist, dass du ihm Wasser einflößt«, erklärte Tamu Chalida an Musheers Krankenlager und zupfte deren Niqab noch ein kleines Stück höher über die Nase. Auch wenn Musheer seines hohen Fiebers wegen wie besinnungslos dalag und sie kaum wahrnehmen würde, sollte doch die Schicklichkeit, soweit es irgend möglich war, gewahrt bleiben. »Die Flüssigkeit wird helfen, trotz des Fiebers die Säfte im Fluss zu halten! Gib ihm immer abwechselnd Wasser und diesen Kräutersud hier.«

Chalida nickte ihr zu und machte sich an ihre Aufgabe. Eine Zeitlang blieb Tamu noch bei ihr stehen, nickte dann befriedigt und machte Abdarrahman Zeichen, das Zimmer mit ihr zu verlassen und Chalida ihre Arbeit tun zu lassen. Unwillig schnaubte Abdarrahman auf.

Leise zog Tamu die Tür hinter ihnen zu. Als Chalida nun allein mit Musheer war, wagte sie zum ersten Mal, ihn richtig anzusehen. Die Totenbleiche seines Gesichts erschreckte sie, und sie machte sich erneut die heftigsten Vorwürfe, sich so vehement gegen eine Ehe mit ihm aufgelehnt zu haben. Sie wusste, dass der Gott ihres Vaters ein strafender Gott war; das hatte sie ihn oft genug sagen hören. Der Christengott strafte alle, die nicht seinen Geboten folgten – die so anders nicht waren als die Vorschriften des Korans. Ob der Christengott wohl auch Muslime strafen konnte, die sich gegen den elterlichen Willen vergingen – so wie sie, als sie Aaron geküsst hatte? Immerhin gehörte ihr Vater der christlichen Religion an, und da gab es das Gebot: »Du sollst Vater und Mutter ehren!«

Er war zweifelsohne ein grausamer Gott: Oder wie sonst konnte er diese Autodafés gegen die Juden zulassen, von denen sie Deborah und ihre Mutter hatte erzählen hören? Und wenn sie noch bedachte, dass sie trotz Allahs Hilfe den Krieg gegen die Christen verloren hatten … War nicht auch dies ein Beleg für dessen unfassbar große Macht?

Und ihr eigener Gott, der Gott der Muslime? Musste nicht auch er gegen sie zürnen? Genau wie der Christengott verlangte auch er Gehorsam und dass sie den Mann ihrer Glaubensgemeinschaft heiratete, den ihre Eltern für sie ausgewählt hatten. Doch statt sich deren Willen zu fügen, hatte sie einen getauften Juden geküsst …

Siehe diejenigen, welche glauben und hernach ungläubig werden, dann wieder glauben und dann noch zunehmen an

Unglauben, denen verzeiht Allah nicht und nicht leitet Er sie des Weges, hieß es in einer Sure.

Chalida strich sich über die Stirn. Allmächtiger, was willst du mir sagen?, hämmerte es in ihrem Kopf, und zugleich drängte sich ihr der Gedanke auf, dass sie doch bei ihren Eltern schon erlebte, wie unendlich schwierig eine Beziehung zwischen den Angehörigen verschiedener Glaubensgemeinschaften war. Sollten ihre Gefühle für Aaron sie irreleiten? Gewiss konnte ihr Gott ihr Verhalten nicht gutheißen, kein Gott würde das, gleich welcher Religion …

»Allmächtiger, so hilf mir doch!«, flehte sie, »hilf mir, und straf nicht Musheer für mein Vergehen. Ich flehe dich an: Mach, dass er wieder gesund wird!«

Chalida griff erneut nach dem Wasserbecher und dem Tuch, befeuchtete es, tupfte behutsam Musheers Lippen ab und träufelte ihm ein paar Tropfen in den Mund. Anschließend fühlte sie ihm die Stirn und legte einen kalten, feuchten Lappen darauf. Gut zwei Stunden später kam Tamu, um den Verband zu wechseln; erst nach dem dritten Versuch gelang es der alten Berberin, sich hinzuknien. Als Chalida die Wunde sah, erschrak sie zutiefst und schämte sich für die Küsse, die sie Aaron gegeben hatte, endgültig in Grund und Boden.

Obwohl Tamu immer wieder den Eiter abfließen ließ, die Wunde spülte, Honigumschläge auflegte und Chalida Musheer im halbstündigen Rhythmus einen fiebersenkenden und wundheilenden Sud einflößte, schien er sich nicht zu erholen. Er war nur über kurze Zeitspannen bei Bewusstsein und versank am Abend endgültig in Apathie. Von Stunde zu Stunde krampfte sich Chalidas Herz mehr zusammen. *Das alles ist nur meine Schuld, allein meine Schuld!,* pochte es in ihrem Kopf, denn je länger sie darüber nachdachte, desto mehr war sie davon überzeugt, dass es bei Musheers heftigem Rückfall nicht mit rechten Dingen zugegangen sein konnte. Und selbst wenn der eine oder der andere Gott vielleicht zu beschäftigt gewesen war, um sich die Zeit zu nehmen, ein Maurenmädchen so hart zu bestrafen, gab es immer noch die Dschinns und viele andere Dämonen, die für eine Bestrafung in Frage kamen. Niemals hätte sie es wagen dürfen, einen Nichtgläubigen zu küssen und damit ihre Ehre und die ihrer Familie zu beschmutzen!

Pausenlos betete sie *du'as* und erflehte vom Allmächtigen Vergebung, Schutz und Musheers Genesung. Dazwischen wanderte ihr Blick immer wieder zu dem bleichen, reglosen Gesicht, das milde, ja fast sanft wirkte und etwas Verletzliches an sich hatte, was nichts mit seiner Wunde, sondern einzig mit seiner Ausstrahlung, mit seinem Wesen zu tun hatte …

Erst am Abend betrat Zahra Musheers Krankenzimmer. Chalida zuckte zusammen, als sie sah, wie blass ihre Mutter war und dass sie immer wieder haltsuchend nach der Wand greifen musste. Als sie aufstehen und sie stützen wollte, winkte diese jedoch ab. »Nein, lass, es geht schon. Ich lege mich auch gleich wieder hin, aber ich musste doch wenigstens kurz sehen, wie es Musheer geht, und wenn Tamu hundertmal meint, ich könne ohnehin nichts weiter für ihn tun.«

Sie ließ sich von Chalida die Wunde zeigen und krauste bekümmert die Stirn. Zwar gab es noch keine neuen schwarzen Wundränder, aber von der »Wunderheilung«, die Tamu ihnen versprochen hatte, war leider ebenso wenig zu sehen.

»Und dir fällt nichts ein, was wir noch versuchen könnten?«, fragte Zahra Tamu, die ihr gefolgt war.

»Ihr wisst so gut wie ich, dass man manche Dinge in die Hände Allahs legen muss«, erwiderte sie. »Inschallah, so Gott will, wird er die Nacht überstehen und damit vielleicht morgen über den Berg sein. Und wenn Gott nicht will …« Sie hob die Schultern. »Gott ist der Allmächtige. Er allein entscheidet über unser Schicksal!«

Zahra bot Chalida an, sie zumindest für eine Stunde abzulösen, aber die schüttelte den Kopf. »Danke, Mutter, ich sehe doch, dass es Euch nicht gutgeht, und ich … ich bleibe gern weiter bei ihm. Wenn etwas Besonderes ist, rufe ich Euch natürlich sofort!«

Verwundert hob Zahra die Augenbrauen. »Dann iss wenigstens eine Kleinigkeit. Nach dem Essen kannst du weiter bei ihm wachen.«

»Aber …«

»Chalida, geh jetzt und iss etwas, damit du bei Kräften bleibst!«

Notgedrungen erhob sich Chalida, verließ den Raum und stieß fast mit ihrem Bruder zusammen.

»Und?«, fragte er heiser.

Chalida konnte nur hilflos die Achseln heben. »Frag Mutter. Sie ist gerade bei ihm.«

Chalida eilte zur Küche, wo sie auf Aaron traf, der Brennholz in den Herd geschafft hatte.

»Endlich sehe ich dich wieder!«, seufzte er und richtete sich auf. »Wie geht es Musheer?«

Chalida biss sich auf die Lippen, aber auch damit konnte sie nicht verhindern, dass ihr Tränen in die Augen schossen. Aaron warf einen schnellen Blick in den Flur, und da dort niemand zu sehen war, zog er Chalida mit sich in den hintersten Winkel der Küche und nahm sie, Tröstliches murmelnd, in den Arm. Im ersten Moment klammerte sich Chalida aufschluchzend an ihn und wäre am liebsten ganz in ihn hineingekrochen, aber dann flammte ihr schlechtes Gewissen auf. Sie bezwang ihre Tränen, rückte von ihm ab und wischte sich entschieden über die Wangen. »Ich ... wir dürfen das nicht, Aaron, bitte, mach es mir nicht so schwer!«

Er hob die Hände. »Aber ...«

»Aaron, so versteh doch! Vielleicht will der Allmächtige mich strafen, weil wir ... weil du und ich ... und das, wo ich doch Musheer versprochen bin! Oder die Dämonen holen jetzt erst ihn und dann mich und dann ...«

»Aber Chalida, was redest du da? So etwas darfst du nicht denken, niemals! Die Gefühle, die wir füreinander empfinden, die ... niemals würde der Ewige uns dafür bestrafen! Er ist auf unserer Seite, daran glaube ich ganz fest. Und auch du musst daran glauben, hörst du? Seit dem Tag, an dem ich mit Mosche und seiner Frau bei euch auf der Farm angekommen bin, bist du für mich ... alles. Ja, einfach alles, Chalida! Mit dir kam das Glück zurück in mein Leben, nachdem meine Eltern in diesem grauenhaften Pogrom ...«

Als er sah, dass Chalida erneut Tränen in die Augen stiegen und sie den Kopf schüttelte, brach er ab und rannte aus der Küche. Chalida hob die Hand, sie wollte ihm nachgehen, ihn zurückhalten, aber da hörte sie Tamus schwerfällige Schritte im Flur, und dann betrat diese auch schon den Raum. Die Augenbrauen zusammengezogen, blickte die Alte sie forschend an. Mit flatternden Lidern wandte sich Chalida zum Schneidebrett und legte den Brotlaib darauf, um sich ein Stück abzusäbeln, obwohl sie nicht die geringste Absicht hatte, die Scheibe auch zu essen. Musheer ... Aaron ... und dazu Tamus scharfer Blick im Rücken ... Ihre Finger krallten sich so fest in das Brot, dass Tamu neben sie trat, sie mit einem Kopfschütteln beiseiteschob und mit unverständlichem, aber alles andere als freundlich klingendem Knurren das Abschneiden der Scheibe übernahm.

In der Nacht ging es Musheer zunehmend schlechter. Seine Stirn glühte so sehr, dass Chalida ihm ständig kalte Umschläge auflegte, jedes Mal aufs Neue inständig hoffend, dass sein Fieber nun endlich wenigstens ein bisschen zurückgehen würde, doch es schien das genaue Gegenteil der Fall zu sein. Gegen Mitternacht schluckte Musheer nicht mehr: Das Wasser, das Chalida ihm einflößte, rann ihm aus dem Mundwinkel, geradezu, als habe er beschlossen, dass es nun des Leidens genug sei. Chalida redete sich ein, dies läge nur daran, weil er wieder das Bewusstsein verloren hatte, aber wirklich glauben konnte sie es nicht. Immer wieder legte sie ihm die Hand auf die Brust, um sicherzugehen, dass er noch atmete, und schluchzte schließlich: »Mein Gott, bitte, bitte hilf ihm doch endlich, und mach, dass es ihm bessergeht! Lass nicht ihn für meine Sünden büßen!« Schließlich sank ihr Kopf auf seine Brust, und sie stöhnte: »Und wenn ich dir schwöre, Aaron nie mehr zu küssen – hilfst du Musheer dann? Ja, wenn du machst, dass Musheer wieder gesund wird, dann … dann heirate ich ihn, ich schwöre es bei meinem Leben! Aber bitte, mach, dass er sich endlich erholt, und lass nicht zu, dass er mir unter den Händen wegstirbt. Ich will nicht an seinem Tod schuld sein!«

Im Laufe der Nacht wiederholte Chalida ihren Schwur noch viele Male, und da sich an Musheers Zustand weiterhin nichts änderte, leistete sie denselben Schwur zur Sicherheit auch dem Gott ihres Vaters.

Mit einem Mal setzte Musheers Atmung aus. Panisch rüttelte Chalida an seiner Schulter, woraufhin er tatsächlich wieder zu atmen begann, aber der Schrecken saß ihr tief in den Knochen, und fortan wagte sie nicht mehr, den Blick auch nur einen Lidschlag lang von ihm zu nehmen.

Gegen drei Uhr früh half Chalida Tamu, den Verband zu wechseln, und von der Wunde schlugen ihnen so schlechte

Gerüche entgegen, dass Tamu den Kopf schüttelte und nur auf Chalidas Drängen hin noch einmal von dem Honig auftrug.

Als sie wieder gegangen war, fing Chalida, inzwischen selbst wie im Fieber, erneut mit den kühlenden Umschlägen an, und irgendwann war sie so müde und erschöpft, dass sie kaum noch gegen den Drang ankam, den Kopf auf Musheers Bettlager abzulegen, um einen winzigen, einen ganz, ganz winzigen Moment lang die Augen zu schließen, aber gewiss nicht, um einzuschlafen und Musheer alleinzulassen, nur um ihn abzulegen, nur ganz kurz abzulegen … und schließlich bettete sie den Kopf auf seinen Arm. Nur kurz, nur ganz, ganz kurz, schwor sie wieder – und nickte ein.

Chalida erwachte vom Zwitschern der Vögel im ersten Dämmerlicht. Erschrocken fuhr sie hoch. »Oh Gott, verzeih mir, ich wollte Musheer nicht alleinlassen!«

Zitternd fuhr ihre Hand zu seiner Stirn. Sie war heiß, aber doch etwas weniger heiß als zuvor, was noch kein Zeichen von Genesung war, denn auch sie wusste, dass Fieber gegen Morgen immer sank. Da schoss noch ein anderer, weit erschreckender Gedanke in ihr hoch. Atmete Musheer überhaupt noch? Sosehr sie sich auch anstrengte, konnte sie nicht erkennen, ob sich seine Brust noch hob und senkte, und geriet nun vollends in Panik.

Nahezu erstarrt vor Angst, näherte sie die Wange seinem Gesicht, um sich letzte Gewissheit zu verschaffen, ob der Atem des Lebens wirklich aus ihm gewichen war – und brach kurz darauf vor Erleichterung in Tränen aus.

Auch die nächsten beiden Tage schwebte Musheer zwischen Leben und Tod. Zahra, der es allmählich etwas besserging, reinigte die Wunde wieder und wieder, musste noch einmal schwärendes Fleisch wegschneiden, aber dann, endlich, trat eine kleine, Hoffnung weckende Besserung ein: Musheers Fieber sank, und er kam so weit zu sich, dass er sogar ein wenig Brühe zu sich nehmen konnte. Chalida war zu diesem Zeitpunkt so entkräftet, dass Zahra ihr befahl, jetzt endlich aus Musheers Zimmer »zu verschwinden«, weil sie sie sonst von den Wachen hinaustragen lassen würde. Doch nicht diese Drohung war es, die Chalida zum Gehen veranlasste, sondern einzig und allein das gute Gefühl, dass Musheer nun wieder gesund werden würde und sie sich deswegen in der Tat ein paar Stunden – dringend benötigten – Schlaf gönnen durfte.

»Aber nachher bleibe ich wieder bei ihm«, hauchte sie noch, ehe sie die Tür hinter sich zuzog und sich, wankend vor Übermüdung, zum Mädchenzimmer schleppte.

Zahra und Tamu sahen ihr nach und lächelten einander zufrieden zu. So aufopfernd, wie sich Chalida in den letzten Tagen um Musheer gekümmert hatte, sollte wohl kein Anlass mehr zu der Sorge bestehen, dass sie der Heirat weiter ablehnend gegenüberstand.

VIII.

Seidenfarm
10. März 1500

Obwohl Talavera sich so für die Aufständischen eingesetzt hatte, herrschte auch eine Woche später noch Ungewissheit, ob und wie die am Aufstand beteiligten Mauren bestraft werden würden. Man hörte, dass die Verhandlungen, die deswegen in der Alhambra geführt wurden, von Tag zu Tag an Hitzigkeit zunahmen – und sich damit immer mehr von einer alle Seiten zufriedenstellenden Lösung entfernten. Der Alcaide Granadas, der Conde de Tendilla, der bei den Kämpfen viele seiner tapfersten Soldaten verloren hatte, beharrte darauf, alle am Aufstand beteiligten Mauren hinzurichten, andere forderten nur deren Ausweisung, hohe Geldstrafen oder Zwangstaufen. Talavera war der Einzige, der die Mauren in Schutz nahm: Er bekniete seine Landsleute, Gnade vor Recht ergehen zu lassen, zumal den Rechtschaffenen unter ihnen klar sein musste, dass Cisneros die Mauren bis aufs Blut gereizt hatte. Was eine wohlwollendere Beurteilung des Aufstands erschwerte, war die Tatsache, dass die Rebellion außerhalb Granadas noch nicht beendet war und sich sogar noch ausweitete. Daher waren viele Christen der Ansicht, in Granada müsse ein Exempel statuiert werden.

Nur die wenigsten der Aufständischen wussten, ob ihr

Name auf der Liste der an den Kämpfen Beteiligten auftauchte oder nicht – auch Abdarrahman und Musheer tappten im Dunkeln, und Zahra bangte mit ihnen und ein Stück weit auch um sich selbst, denn manche munkelten, dass selbst Ärzte und Pfleger, welche die Verwundeten versorgt hatten, mit auf die Anklagebank gesetzt würden. Immer wieder überlegte sie, ob sie nicht doch nach Granada reiten und Jaime bitten sollte, sich für Abdarrahman und Musheer einzusetzen – aber wann immer sie schon fast auf dem Weg zum Pferdestall war, trieb ihr Stolz sie zurück ins Wohnhaus. Genau wie Abdarrahman und Musheer und Tausende von Mauren war sie davon überzeugt, dass sich ihr Volk mit Fug und Recht gegen Cisneros aufgelehnt hatte, und sah nicht ein, sich dafür rechtfertigen oder gar entschuldigen zu müssen – auch und gerade vor Jaime nicht. Letztendlich trieb sie die Sorge um ihren Sohn und Musheer zumindest dazu, ihren Bruder um Rat zu fragen, aber Raschid wusste auch nicht mehr als sie und weigerte sich strikt, Jaime für sie auszuhorchen. »Zahra, du musst das Gespräch mit ihm suchen, *du!* Und ich kann nicht verstehen, dass du das nicht längst getan hast!«

Die Vorwürfe ihres Bruders und das Warten, die Unsicherheit, das Bangen um ihren Sohn und künftigen Schwiegersohn setzten vieles in Bewegung. Zahras Wut auf die Christen und Jaime flaute ab, sie wurde nachdenklicher, empfindsamer – und zumindest in Bezug auf Jaime auch milder. Tatsächlich verstand sie von Tag zu Tag besser, dass er nicht anders hatte handeln können, als sie zu verlassen, und er sich, von seiner Warte aus betrachtet, durchaus im Recht fühlen konnte. Trotzdem war sie noch nicht bereit, einen Schritt auf ihn zuzugehen.

Dabei vermisste sie ihn von Tag zu Tag mehr: Es war, als sei ihr mit ihm ein Teil ihres Körpers entrissen worden, und statt dass diese Wunde mit den Wochen heilte, schien sie immer größer zu werden, sie schwärte, gärte, pochte und hörte einfach nicht auf, weh zu tun.

Auch die Stimmung auf der Farm war kaum dazu angetan, sie auf andere Gedanken zu bringen. Obwohl Musheers Heilung endlich gut voranschritt, erschienen alle weiter bedrückt, fast als befürchteten sie, bald trotzdem einen Toten beklagen zu müssen – und auch ohne dass sie darüber ein Wort verloren, wussten alle, wer das sein würde: das maurische Volk.

Die dunkle Stimmung drückte wie tiefhängende, schwarze Wolken auf die Familie, so dass Zahra beschloss, obwohl Musheer zum ersten Mal wieder zum Essen aufstehen wollte, weiterhin gemeinsam mit allen an einem Tisch zu speisen: Die Kinder schienen die Kraft, die aus der Gemeinschaft der Erwachsenen entstand, derzeit dringend zu benötigen. Um nicht völlig den Sitten zu widersprechen, trug sie ihrer Tochter auf, Hidschab und Niqab anzulegen, und auch sie selbst verschleierte sich. Als Raschid nach Hause kam, gingen sie zu Tisch und mussten von ihm erfahren, dass Talaveras Versuche, die Köpfe der am Aufstand beteiligten Mauren zu retten, erneut an Cisneros' und Tendillas Widerstand gescheitert waren.

»Bis zum Ende der Woche wird Tendillas endgültige Entscheidung erwartet«, endete er und fügte mit Blick auf Abdarrahman und Musheer hinzu, dass sie – wie auch immer diese Entscheidung ausfallen mochte – auf seine Hilfe rechnen konnten. Ein mageres Nicken der beiden war die Antwort, denn ihnen war bewusst, dass ihnen im Ernstfall niemand würde helfen können, und auch wenn keiner das Wort »Flucht« auch nur zu denken wagte, hing es doch in der Luft.

Zahra bemühte sich, ruhig und gefasst zu wirken, und ermunterte vor allem die Kinder, ordentlich zuzugreifen – »Die

Albóndigas sind Maryam heute wieder besonders gut gelungen!«. Dennoch lud sich jeder nur wenig auf den Teller und brachte selbst davon kaum einen Bissen herunter.

Die Einzige, die auch noch etwas anderes beschäftigte, war Chalida: Immer wieder sah sie für winzige, kaum lidschlaglange Momente zu Aaron hinüber, den sie heute zum ersten Mal seit vielen Tagen wiedersah, weil er bei Mosche in Granada gewesen war, und jedes Mal brauchte sie viele, viele Atemzüge, bis sie das Zittern ihrer Hände wieder unter Kontrolle gebracht hatte. Doch nicht einmal Aaron bemerkte das: Auch er war so sehr über Raschids Bericht erschrocken, dass er kaum noch zu den anderen hinzusehen wagte, und zu Chalida zu blicken vermied er sowieso, seit sie ihn in der Küche so endgültig abgewiesen hatte. Er war nicht ohne Grund zu Mosche nach Granada gegangen …

Mit einem Mal vernahmen sie im Hauseingang schwere Schritte. Während sich die Erwachsenen noch unsicher ansahen, sprang Chalida schon mit einem hellen Aufblitzen in den Augen auf und rannte in die Eingangshalle. In ihrem beinahe geschluchzten »Vater, oh Vater!« schwang ihre ganze Seelenpein der letzten Wochen mit.

Auch Yayah schoss von seinem Platz hoch und stürzte Jaime mit einem Jubellaut entgegen, wohingegen Abdarrahman erbleichend zu seiner Mutter sah. Auch Musheer rutschte unbehaglich auf seinem Platz hin und her. Zahra wandte sich an ihren Bruder, in ihren Augen den deutlich zu lesenden Vorwurf, dass er sie ruhig über Jaimes Ankunft hätte informieren können, doch Raschid hob abwehrend die Hände. »Du irrst, Zahra, ich hatte keine Ahnung!«

Nach einem Moment des Zögerns und einem einvernehmlichen Blick mit ihrem Ältesten schob Zahra ihren Teller zurück und erhob sich.

In der Empfangshalle klebten Chalida und Yayah noch immer jubelnd an Jaimes Brust. »Ihr erdrückt mich ja«, rief Jaime lachend, und Zahra sah, wie seine Augen vor Rührung schimmerten. Als er Zahra gewahr wurde, erstarb sein Lächeln schlagartig, und seine Miene wurde verschlossen, fast feindselig. Er küsste die Kinder auf die Stirn und machte sich behutsam von ihnen frei. »Seid so gut und lasst mich mit eurer Mutter allein.«

Yayah murrte zwar, trollte sich aber und hopste zurück in den Wohnraum, während Chalida von Zahra zu ihrem Vater und zurück zu Zahra sah. Zahra schluckte. Es war klar, dass sie ihrer Tochter fortan nichts mehr würde vormachen können: Nach dieser steifen, geradezu starren Begrüßung ihrer Eltern musste sie nur eins und eins zusammenzählen und wusste damit, dass es keineswegs die schwierige politische Lage und die viele Arbeit war, die ihren Vater so lange daran gehindert hatte, nach Hause zu kommen, wie Zahra es ihr und ihren Geschwistern glauben gemacht hatte. Nein, Zahras wegen war er dem Heim ferngeblieben …

Es tat Zahra weh zu sehen, wie sich Chalidas Miene schlagartig verschloss und sie ihre Hand in die ihres Vaters schob. Mit keinem Wort hätte sie besser zum Ausdruck bringen können, auf wessen Seite sie stand. Zahra schluckte. Zumindest nach den Gründen für die Trennung ihrer Eltern hätte ihre Tochter fragen können, bevor sie sich so klar auf Jaimes Seite schlug, fand Zahra, verübelte ihrer Tochter ihre Entscheidung aber nicht. Tamu hatte sie schließlich schon vor langer Zeit gewarnt, dass sie, wenn sie Jaime verlor, auch Chalida verlieren würde …

Zahra strich sich über die Stirn und wollte Chalida zum Gehen auffordern, brachte aber keinen Ton heraus. Schließlich war es Jaime, der seine Tochter mit einer beredten Kinnbewegung um ihre Rückkehr in den Wohnraum bat. Chalida atmete heftig aus, ließ seine Hand los und setzte sich in Bewegung. Als sie die Tür hinter sich schloss und damit die Stimmen der anderen mit einem Mal nicht mehr zu hören waren, fühlte sich Zahra so allein wie nur selten in ihrem Leben.

»Warum kommst du?«, wollte sie fragen, fand ihre Stimme aber noch immer nicht wieder.

Auch Jaime schwieg, wies dann aber in Richtung ihres Schlafgemachs, die Geste kam einem Befehl gleich. Trotzdem nickte Zahra und drehte sich um. In ihrem Schlafgemach blieb sie mitten im Raum stehen, das Gesicht von ihm abgewandt. Sie hörte, wie er die Tür hinter sich schloss und eine Öllampe auf den Boden stellte. Sie wappnete sich gegen das, was er zu sagen haben würde, spürte seine Wut, die mit den Wochen noch größer geworden zu sein schien. Sie spürte, dass er weiter auf sie zuging, und erwartete fast, dass er sie schlug – als er sie plötzlich an der Schulter packte, sie zu sich herumdrehte und sie voll Wut, aber auch voll heißhungriger Gier küsste. Ein Zittern durchlief Zahra, ein Schauder, eine wilde, unbezähmbare Lust. Ihre Finger gruben sich in Jaimes Rücken und seine Locken, und sie erwiderte seine Küsse mit der gleichen hitzigen Hast, die auch er ausströmte. Als er seine Hände unter ihre Tunika schob und sie auf ihre Liegestatt warf, entrang sich ihrer Kehle ein heiseres, sehnsüchtiges Stöhnen …

Drei Mal liebten sie sich mit der gleichen Hitze, der gleichen brodelnden Wut und Besessenheit, bis sie endlich ermattet und schweißgebadet nebeneinander liegen konnten, ohne sich weiter küssen und fühlen und umarmen zu müssen. Nur die Fingerspitzen von Jaimes rechter und Zahras linker Hand berührten einander noch, ihr Atem flachte im gleichen Rhythmus ab. Als er ganz ruhig geworden war, brummte Jaime leise gegen die von der Öllampe unregelmäßig erhellte Zimmerdecke: »Danke für die Nachricht, die du mir wegen Abdu in die Alhambra hast zukommen lassen. Ich nehme an, dass er inzwischen wieder ganz gesund ist?«

Zahra nickte, obwohl ihr bewusst war, dass Jaime sie nicht ansah. »Auch Musheer ist so weit in Ordnung. Allerdings hatte er einen schweren Rückfall, der ihn beinahe das Leben gekostet hätte.« Sie bemühte sich, auch jetzt nicht zu Jaime hinzusehen, weil sie in seinen Augen nicht lesen wollte: Selbst schuld! Niemand hat ihn und Abdu gezwungen, bei den Aufständen mitzumischen.

Etliche Atemzüge später fragte er: »Seit ... seit wann seid ihr wieder auf der Farm?«

Statt einer Antwort wandte Zahra ihm nun doch den Kopf zu, und Jaime tat automatisch das Gleiche.

»Warum, Jaime, warum bist du gekommen?«

Er sah zurück zur Decke.

Zahra biss sich auf die Lippen. Verdammt, knurrte sie in sich hinein. Warum habe ich mich bloß von meinen Gefühlen mitreißen lassen? Wir hätten erst einmal reden müssen. Jetzt war alles noch viel schwieriger ... Niemals würde sie es ertragen, wenn er sie nach diesem Liebesakt wieder verließ – und doch wusste sie, dass sie auf keine der Bedingungen, die er ihr zweifelsohne stellen würde, eingehen konnte. Wie zerbrechlich ihre Beziehung doch war! Sie fragte sich, ob sie das jetzt immer sein würde und ob dies tatsächlich nur die Schuld der Christen war. Sie musste an Taufiq denken. Ob sie mit einem Mann wie ihm, einem Mann, der ihre Erziehung, ihre Kultur, ihre Religion teilte, glücklicher geworden wäre? Sie stellte sich vor, wie es wohl wäre, in seinen Armen zu liegen, ihn zu küssen, ihn zu lieben ... und schämte sich im gleichen Moment so sehr für diesen Gedanken, als hätte sie Jaime tatsächlich mit ihm betrogen. Sie richtete sich ein Stück auf und fragte noch einmal: »Warum, Jaime, warum bist du gekommen?«

Mit einem Ruck setzte er sich auf, sah sie kurz an, stand auf und zog seine Beinkleider an. Erst dann blickte er sie wieder an. »Wieso glaubst du eigentlich immer, das alles sei nur für dich so schwer? Die Mauren, die armen, verfolgten Mauren und ja, die armen Juden vielleicht auch noch – aber dass auch ich bei all dem mein Paket zu tragen habe, siehst du nie!«

Zahra wollte etwas erwidern, doch Jaime brachte sie mit einer entschiedenen Geste dazu zu schweigen. »Warum kannst du nicht wenigstens einsehen, dass ich nichts, aber auch rein gar nichts an dem Gang der Dinge ändern kann? Natürlich diene ich den Christen, natürlich bin ich für Talaveras Sicherheit verantwortlich, aber trotzdem beeinflusse ich in *nichts* deren Entscheidungen, und ich versichere dir überdies, dass ihr Mauren alles Interesse daran haben solltet, dass Talavera niemals auch nur ein Haar gekrümmt wird! Und was auch immer die Christen heute, morgen oder nächstes Jahr aushecken, Zahra, ich bin und war doch trotzdem immer für dich und die Kinder da!«

Zahra musste daran denken, wie Jaime ihr ihren verletzten Sohn in das Nothospital gebracht hatte. »Du … hast sicher Schwierigkeiten bekommen, weil du von dem Aufstand weggegangen bist, um Abdu und Musheer zu uns zu bringen …«

»Natürlich hatte ich Ärger. Was denkst denn du?« Er lachte freudlos auf. »Aber wie ich gerade gesagt habe: Auch wenn ich einen Schwur geleistet habe, Talavera mit meinem Leben zu verteidigen, so trage ich doch auch euch gegenüber eine Verantwortung – und meinen eigenen Schwur, dass ihr stets an erster Stelle steht! Und das weißt du, Zahra, das weißt du!«

»Nicht so richtig, nein«, erwiderte Zahra leise und sah zu

ihm auf. »Auf jeden Fall hast du das noch nie so deutlich gesagt.«

Jaime krauste die Stirn, schwieg aber.

»Hast du … wegen Abdu und Musheer sehr große Schwierigkeiten bekommen?«

Jaime zuckte mit den Achseln. »Sagen wir mal so: Talavera hat mir dankenswerterweise die Gelegenheit gegeben, mein Verschwinden zu erklären – und danach beschlossen, meinen Kopf zu retten und es bei einer Verwarnung zu belassen.«

»Du … willst damit nicht sagen, du warst tatsächlich in Gefahr …«

»Vergiss es«, fiel Jaime ihr ins Wort. »Ich lebe ja noch. Ein weiteres Mal kann ich mir das allerdings nicht erlauben.«

»Und die Jungen?«, entfuhr es Zahra. »Werden sie bestraft werden? Und die Mauren? Was haben die Christen jetzt mit uns vor?«

»Ich weiß es nicht, Zahra, ich weiß es ehrlich nicht, und du kannst mir glauben, dass ich meine Ohren gerade in der letzten Zeit überall hatte. Es kursieren haufenweise Gerüchte, aber niemand weiß, was geschehen wird. Es kann derzeit nicht schaden zu beten – egal zu welchem Gott!«

Zahra presste die Lippen zusammen und nickte.

Jaime musste schon am nächsten Morgen zurück in die Alhambra, und als er am Abend mit Raschid wiederkam, berichtete er ihnen, dass die Christen die Entscheidung, was mit den Aufständischen geschehen würde, nun allein von dem Verhalten der Aufständischen in den Alpujarras abhängig machten – und wie es schien, waren viele der maurischen Kämpfer bereit, deswegen tatsächlich die Waffen niederzulegen.

Eine Woche später saß Zahra auf einem Mauervorsprung vor dem Haus und wartete, das Herz von düsteren Ahnungen schwer, auf Jaimes abendliche Rückkehr. Erst mit dem letzten Licht des Tages ritt er in den Hof ein und wirkte so müde und enttäuscht, dass Zahra das Schlimmste befürchtete. Ein Blick in Jaimes Augen bestätigte ihr: Ja, Tendillas Entscheidung war gefallen, und sie war nicht gut für die Mauren.

Zahra bat ihn, mit ihr in den Patio hinter dem Haus zu kommen, und machte auch Raschid, der kurz darauf erschien, Zeichen, noch niemandem etwas zu sagen. Es war ihr lieber, wenn Abdarrahman diese Nachrichten nicht von seinem Vater, sondern von ihr vernahm. Seit Jaime wieder auf der Farm lebte, waren die beiden sich tunlichst aus dem Weg gegangen, und Zahra hatte Angst, dass die Konfrontation zwischen ihnen nun, da die Entscheidung gefallen war, unausweichlich sein würde.

Wortlos ging sie voran zu dem hohen, alten Maulbeerbaum, der sich mit seinen frühlingsfrischen Blättern wie ein Schirm über den hinteren Teil des Patios ausbreitete. Die Hände im Rücken gegen den Stamm pressend, nahm sie ihren ganzen Mut zusammen und sah zu Jaime auf. »Dann heraus damit: Was hat Tendilla mit uns vor?«

Jaime zog die Schultern hoch. »Es wird dir nicht gefallen, und auch mir gefällt es nicht, aber ehe du mich attackierst, lass dir zumindest sagen, dass es die Mauren schlimmer hätte treffen können – und dass Musheers Bruder seit heute Morgen ebenso wieder auf freiem Fuß ist wie dieser Assad und die beiden Faqihs ... dank Talavera! Außerdem konnte Talavera für einen Teil der Aufständischen sowohl die Ausweisung als auch die Zwangstaufe verhindern: Es gibt die Möglichkeit, sich mit einem Bußgeld freizukaufen.«

»Wie hoch ist es?«

»Fünfzigtausend Ducados.«

»Fünf... fünfzigtau...« Zahra krallte ihre Nägel in die

Baumrinde. »Aber das können wir niemals aufbringen, und die meisten anderen auch nicht!«

Mit einem Seufzen strich sich Jaime die Locken über der Stirn zurück. »Das Geld für Abdarrahman habe ich … besorgt.«

Zahra sah ihn verblüfft an. »Diese riesige Summe? Das ist nicht dein Ernst!«

»Doch. Ich … Es kommt von Gonzalo.«

Zahras Erstaunen nahm noch zu. Weder hatte sie gewusst, dass Gonzalo von Neapel zurück war, noch hätte sie sich jemals vorstellen können, dass Jaime gerade ihn um Hilfe bitten würde. Sie ahnte, welche Überwindung ihn das gekostet haben musste – und dass es gleichzeitig Abdarrahmans einzige Chance war. Auch wenn Raschid gemeint hatte, dass Abdarrahman jederzeit auf ihn zählen könne – ganz gewiss hätte er nicht einen großen Teil ihres Landes verkauft, nur um den Kopf seines Neffen aus der Schlinge zu ziehen. Immerhin war Raschid gegen den Aufstand gewesen, wie er überhaupt schon zeit seines Lebens Gewalt abgelehnt hatte …

»Aber wie sollen wir ihm das je zurückzahlen?«

»Das lass meine Sorge sein.« Jaimes Miene verschloss sich. »Allerdings erwarte ich, dass Abdu und ihr alle euch künftig von jedweder Art von Widerstand gegen die Christen fernhaltet!«

»Aber …«

»Nein, Zahra, kein Aber! Ein Aber darfst du in Zukunft noch nicht einmal denken, und das musst du auch unseren Söhnen klarmachen, denn wenn überhaupt, hören sie in diesem Punkt ohnehin nur auf dich! Dieses Mal kann ich Abdu noch retten, ein zweites Mal wird dies nicht möglich sein!«

Zahra öffnete den Mund, schloss ihn aber wieder, ohne etwas zu erwidern. Sie rechnete es Jaime hoch an, dass er Abdarrahman half, und sie wusste, wie schwer es ihm gefallen sein musste, gerade Gonzalo um Hilfe zu bitten, doch ihr war auch ganz klar, dass sich Abdarrahman in einem ähnlichen Fall nicht anders verhalten würde. Du kannst ihn nicht kaufen, schoss es ihr durch den Kopf, nicht ihn und nicht mich und nicht die Mauren. Es geht und es ging schon die ganze Zeit um unseren Glauben, die *umma,* unsere Identität, und das ist uns mehr wert als unser Leben!

»Was …« Sie zögerte. »Was geschieht mit denen, die das Bußgeld nicht aufbringen können?«

»Sie müssen das Land verlassen – oder sich taufen lassen und fortan als gute Christen leben.«

»Aber hast du nicht eben gesagt, es wird weder Zwangstaufen noch Ausweisungen geben?«

»Nein, ich habe nur gesagt, dass es dank Talavera eine Möglichkeit gibt, beidem zu entgehen.« Auf Jaimes Stirn erschienen tiefe Furchen. »Zum Donner, Zahra, was willst du eigentlich noch? Nicht ich habe mir diese Strafen ausgedacht – und überdies habe ich das Bußgeld für Abdu aufgetrieben, und du kannst dir vielleicht vorstellen, wie schwer …«

Zahra hob entschuldigend die Hand. »Es tut mir leid, ich sage ja schon nichts mehr!« Doch statt einen Schritt auf ihn zuzugehen oder zumindest sonst noch ein vermittelndes oder gar dankendes Wort an ihn zu richten, wandte sie sich von ihm ab und ging ins Haus, ohne sich noch einmal nach ihm umzusehen.

Erst am nächsten Tag sprach Zahra mit Abdarrahman, der auf die Neuigkeiten so reagierte, wie sie erwartet hatte. Weder war er bereit, sich bei seinem Vater für die Zahlung des Bußgelds zu bedanken, noch würde er versprechen, sich künftig in ähnlichen Situationen zurückzuhalten. Doch Jaime war klug genug, seinem Sohn dieses Versprechen nicht direkt abzuverlangen, er redete überhaupt nur das Nötigste mit ihm. Wie es schien, war ihm bewusst, dass sein Sohn und er spätestens seit der Bücherverbrennung zwei getrennten Lagern angehörten – und dass ein unbedachtes Wort genügte, um die Lunte, die unter ihrer Beziehung lag, zu entzünden.

Drei Tage später suchte Jaime erneut das Gespräch mit Zahra: Er wollte, dass Chalida und Abdarrahman so bald wie möglich heirateten, am besten in wenigen Wochen. Zahra ahnte den Grund. Er hoffte, dass Frau und Kind ihren Sohn und Musheer davon abhalten würden, weiter in den maurischen Widerstandsgruppen mitzumischen. Musheer, der seit einigen Tagen wieder bei seinem Onkel in Granada wohnte und den er bereits aufgesucht hatte, hatte ihm allerdings schon eine Absage erteilt. Er wollte mit der Hochzeit warten, bis seine Eltern von ihrer Pilgerreise zurück waren, wogegen Jaime nur schwerlich etwas hatte vorbringen können. Bei Abdarrahman hoffte er nun auf Zahras Hilfe. Abdarrahmans Hochzeit mit einem Mädchen namens Adilah war schon seit vielen Jahren beschlossene Sache, so dass es auch hier nur um eine Vorverlegung des Termins ging.

Zahra seufzte. »So gut ich deine Motive für die Hochzeit nachvollziehen kann – es geht nicht. Heute Morgen hat uns der *dschabbar* im Nachbarort zugesagt, dass Abdu bei ihm in die Lehre gehen kann. Du weißt, wie lange er sich schon bemüht hat, praktische Erfahrungen zu sammeln, und wie enttäuscht er war, dass Mosche ihn nicht hat übernehmen wollen.«

»Nein, das wusste ich nicht«, brummte Jaime. »Falls du es schon vergessen haben solltest: In der letzten Zeit habt ihr mir so manches verschwiegen – und allzu oft gesehen haben wir uns auch nicht …«

Zahra errötete. »Mosche sagt, dass ihm eigentlich schon die Ausbildung von Aaron zu viel ist; er spürt das Alter in jedem Knochen, und die anderen Ärzte und *dschabbars* in der Umgebung sind seit der Bücherverbrennung mit ehemaligen Medizinstudenten überlaufen. Solange es der Medresse nicht gelingt, über Marokko eine ausreichende Anzahl an neuen medizinischen Lehrbüchern in die Stadt zu schmuggeln, findet ja kaum Unterricht statt!«

»Wobei ich das mit dem Schmuggeln eben nicht gehört habe«, knurrte Jaime und sank mit einem Seufzer auf den Diwan. »Und was, bitte, hat der *dschabbar* mit der Heirat zu tun?«

»Abdarrahman soll bei ihm wohnen, teilweise auch mit ihm herumreisen … Wenig passend für einen frischgebackenen Ehemann, findest du nicht? Übrigens wird Abdu auch bei dem *dschabbar* nicht viel Zeit finden, sich um weitere Aufstände zu kümmern – denn darum geht es dir doch, oder etwa nicht?«

Jaime zuckte mit den Achseln. »Kannst du es trotzdem versuchen?«

Obwohl Zahra wenig Lust dazu verspürte, nickte sie, zumal sie ungern daran erinnert werden wollte, dass Abdarrahman nur dank seines Einsatzes die Zwangstaufe beziehungsweise die Ausweisung aus dem Land erspart geblieben war.

Als Zahra mit Abdarrahman sprach, bekam sie von ihm genau die Antwort, die sie schon erwartet hatte: »Das muss doch wirklich nicht jetzt sein!«, stöhnte er und schoss unwillig von seinem Sitzkissen hoch, um aus dem Raum zu stürmen. Im letzten Moment erwischte Zahra ihn noch am Arm. Sie war so verärgert, dass sie nahe daran war, ihn an den Einsatz seines Vaters für ihn zu erinnern, aber ehe sie auch nur den Mund öffnen konnte, knurrte Abdarrahman auch noch:

»Und sag ihm, er soll aufhören, sich in mein Leben einzumischen! Ein Kafir hat mir nichts zu sagen!« Damit stürmte er endgültig davon.

Ein Kafir, ein Ungläubiger … Sprachlos starrte Zahra ihrem Sohn hinterher.

Eine gute Woche später erreichte die Familie ein Schreiben von Adilahs Eltern. Sie teilten ihnen mit, dass sie nach Marokko auswandern würden, weil sie befürchteten, hier auf Dauer ihren Glauben nicht ausüben zu können. Sie schrieben von ihrer Angst, in naher Zukunft – ähnlich wie die Juden vor ein paar Jahren – zwangsweise und damit auch ohne die Möglichkeit, ihr Eigentum mitzunehmen, ausgewiesen zu werden. Sie zögerten allerdings, ihre Tochter mit auf diese gefährliche Reise zu nehmen, zumal sie zur Hochzeit im übernächsten Jahr dann wieder übers Meer hätten zurückreisen müssen, und das, obwohl dort immer mehr Piraten ihr Unwesen trieben. Leider aber gab es niemanden, bei dem sie ihre Tochter bis zur Hochzeit lassen konnten, weswegen sie in aller Demut anfragten, ob sich Abdarrahmans Familie vorstellen könne, die beiden schon jetzt zu verheiraten.

Es war Raschid, der das Schreiben nach dem Essen den Erwachsenen und Abdarrahman vorlas, da Jaime zwar Maurisch sprach und verstand, es aber nicht gut lesen und schreiben konnte, und kaum erkannte Abdarrahman, worauf es abzielte, sprang er von seinem Sitzkissen auf und spuckte seinem Vater ein wütendes »Da steckt doch Ihr dahinter!« entgegen.

Noch ehe Jaime ebenfalls aufspringen konnte, packte Zahra ihn am Arm. »Bitte nicht, Jaime! Das bringt uns nicht weiter!« Auch ihren Sohn zwang sie mit einem scharfen »Abdu!«, sich wieder zu setzen. »Zu solchen Maßnahmen zu greifen hat dein Vater ganz gewiss nicht nötig, und ich übrigens auch nicht!«

»Dann soll Adilah halt wie Aaron einfach so bei uns wohnen!«, knurrte Abdarrahman, wobei er es strikt vermied, auch nur in die Richtung seines Vaters zu sehen. »Im Mädchenzimmer ist noch genug Platz!«

Zahra schüttelte den Kopf, und auch Raschid urteilte, dass dies für niemanden eine Lösung sei. Jaime schwieg. Zahra sah von einem zum anderen und wunderte sich, welch heftige Beklemmungen der Gedanke an die Hochzeit in ihr auslöste. Bisher war ihr dieser letzte Schritt ihres Sohnes ins Erwachsenenleben immer so weit weg erschienen, dass sie noch nie ernsthaft darüber nachgedacht hatte, aber jetzt … Ihr ältester Sohn war ihr auf eine Art und Weise nah, wie sie es mit den anderen beiden Kindern nie gespürt hatte – auch wenn sie sie mit derselben Bedingungslosigkeit liebte. Aber Abdarrahman – das war auch die dramatische Zeit ihrer Schwangerschaft mit ihm, eine Zeit, in der dieses winzige Wesen in ihr alles gewesen war, was ihr noch einen Grund gegeben hatte, am nächsten Tag wieder die Augen zu öffnen. Dann später die schwierigen Umstände seiner Geburt und die Angst, dass er entdeckt werden und ihr für immer entrissen werden könnte … Mit einem Mal erschienen ihr all die Not, die Ängste, das Leid wieder ganz nah zu sein. Es war, als sei damals ein Band zwischen ihnen entstanden, das sich weigerte, zerrissen zu werden – von wem oder was auch immer. Ach was, das ist die blanke Eifersucht, warf sich Zahra vor, ja, du bist eifersüchtig! Aber tief in ihrem Inneren wusste sie, dass es mehr war als das … und ebenso, dass sie keinesfalls gegen die Hochzeit reden durfte, wenn sie Jaime nicht erneut gegen sich aufbringen wollte.

»Ich heirate jetzt nicht«, brummte Abdarrahman noch einmal. »Nicht jetzt!«

Da erhob sich Jaime und sagte mit entschiedener Stimme

zu Raschid: »Du kannst Adilahs Eltern schreiben, wir seien mit dem Vorschlag einverstanden und Abdarrahman freue sich, seinen künftigen Schwiegereltern einen Dienst zu erweisen. Schließlich ist er der Letzte, der nicht verstehen würde, dass man alles, aber auch wirklich alles dafür tut, seinen Glauben zu bewahren, nicht wahr, mein Sohn?«

Er sah Abdarrahman an – und dieser ihn, und Zahra wusste nicht, welcher der Blicke ihr mehr Angst einflößte. Immerhin aber wagte Abdarrahman nicht, erneut aufzuspringen und auch nicht, etwas zu erwidern. Irgendwann senkte er den Kopf, und Zahra spürte seine Wut so klar, als läge sie in Form eines glühenden Dolches vor ihr.

Schon sechs Wochen später sollte die Hochzeit stattfinden. Wegen der gebotenen Eile sollte sie nicht ganz so groß und prächtig gefeiert werden, wie es angesichts zweier so hochstehender Familien üblich gewesen wäre. Doch Abdarrahman war ohnehin nur eines wichtig: Er wollte Adilah sehen, und das *vor* der Hochzeit, und es interessierte ihn kein bisschen, dass dies verboten war. Zu seinem Verdruss kannte er noch nicht einmal jemanden, der das Mädchen je gesehen hatte. Auch seine Mutter war ihr nur ein Mal begegnet, als Adilah noch ein kleines Mädchen gewesen und die Hochzeit vereinbart worden war. Vor Nervosität brachte er allmählich kaum noch ein Auge zu und erwachte nachts aus Alpträumen, in denen unter dem Hochzeitsschleier eine dreiäugige Hexe ohne Nase zum Vorschein kam.

Vier Tage vor dem Hochzeitstermin bezog Adilah mit ihrer Familie einige Gästezimmer auf der Seidenfarm. Sie sollte mit den Frauen der beiden Familien die üblichen Riten zelebrieren, zu denen auch der Besuch im Hammam des Nachbarorts gehörte: Am Tag vor der Hochzeit würde die junge Braut dort epiliert, mit aromatischen Duftölen massiert, für ihren großen Tag frisiert und ihre Hände mit Henna bemalt werden, wobei die Farbe Rot Fruchtbarkeit symbolisierte und als Sinnbild für eine große Liebe, zahlreiche Kinder und Wohlstand stand.

Vom Tag ihrer Ankunft an stromerte Abdarrahman in jeder freien Minute um den Frauentrakt herum, doch ein jeder im Haus achtete darauf, dass er ihn nicht zu betreten wagte. Wenigstens erfuhr Abdarrahman von seiner Mutter, dass sich Adilah zu einer sehr schönen, ja geradezu lieblichen Frau weiterentwickelt hatte, was Chalida ihm breit grinsend bestätigte. Doch statt sich nun zu beruhigen, stachelte diese Auskunft seine innere Not sogar noch mehr an.

Am Tag vor der Hochzeit, vor dem Aufbruch zum Hammam, gelang es ihm endlich, eine der für die Hochzeitsfeierlichkeiten gemieteten Dienerinnen mit einem Goldstück zu bestechen. Die Dienerin versprach, Adilah auf dem Weg aus dem Haus in den Patio zu locken, wo er sie, hinter den Hecken versteckt, erwarten wollte. Später wollte sie behaupten, sich in der Tür geirrt zu haben, was ihr, da sie erst seit zwei Tagen hier war, gewiss jeder glauben würde. Zitternd vor Erwartungsfreude, hockte Abdarrahman nun schon seit einer guten Stunde hinter der Hecke und hätte nicht mehr zu sagen vermocht, ob er vor Aufregung oder wegen der heiß niederstechenden Sonne so erbärmlich schwitzte. Endlich, endlich öffnete sich die Haustür, und die Dienerin geleitete eine zierliche kleine Frau in den Patio, deren Gesicht nur unvollständig mit dem Hidschab verhüllt war. Es waren kaum drei Sekunden, die Abdarrahman Adilahs Gesicht zu sehen vermochte, dann merkte Adilah den Irrtum der Dienerin und kehrte ins Haus zurück, aber diese wenigen Sekunden reichten, um Abdarrahman fortan einen halben Spann über dem Boden schweben zu lassen.

»Ihre Augen sind sanfter als die eines Engels, und ihr süßes kleines Gesicht so liebreizend und wunderschön …«

»Hör auf, hör auf!«, lachte Musheer ihn aus. Er war für die Hochzeit auf die Farm zurückgekehrt und musste sich nun bereits seit etlichen Minuten Abdarrahmans Schwärmereien anhören. »Sonst erzähle ich Adilahs Eltern von deinem Betrug, und so strenggläubig, wie sie sind, lassen sie die Hochzeit dann sicher platzen und nehmen ihren Augapfel lieber mit nach Marokko, wo es gesittetere junge Männer als dich gibt!«

Gutmütig stimmte Abdarrahman in sein Lachen ein, und in der Tat wäre es für ihn höchst unangenehm gewesen, wenn seine Eltern oder seine künftigen Schwiegereltern von seinem kleinen Betrug erfahren hätten.

In der Nacht vor der Hochzeit bekam Abdarrahman kein Auge zu. Er erlebte seine Trauung wie im Fieberwahn, einen einzigen, langen, nicht enden wollenden Rausch – und war in der Hochzeitsnacht selbst so aufgeregt und nervös, dass er seiner blutjungen Gattin erst kurz vor Sonnenaufgang beiwohnen konnte, aber dies mit all der Zärtlichkeit und Vorsicht, derer er fähig war – und was immer noch rechtzeitig war, um der gespannt wartenden Familie vor dem Frühstück das Bettlaken mit dem Jungfernblut vorführen zu können.

Es war eigenartig: Er, der bisher immer so ernst und geradlinig, fast schon steif gewesen war, gewann dem Leben plötzlich auch eine leichte Seite ab. Er lachte, scherzte, sang fast, wenn er sprach – und ganz besonders, wenn er von ihr sprach: seiner Adilah, was übersetzt »eine, die richtig handelt« bedeutete. Für ihn schien sie allerdings die Richtige, die einzig Richtige zu sein – und er der einzig Richtige für sie. Ja, auch Adilah war trotz ihrer Schüchternheit anzumerken, dass sie Abdarrahman tief und innig liebte, und bei so viel Einklang und Verbundenheit war es kein Wunder, dass sich ihre Eingliederung in die Familie ohne Probleme vollzog. Alle mochten das kluge, bescheidene Mädchen, ihre stille, hilfsbereite Art, und Zahra bildete keine Ausnahme. Die Einzige, die eine spürbare Distanz zu Adilah beibehielt, war Chalida. Als Zahra sie fragte, was sie gegen das zuvorkommende Mädchen habe, erwiderte Chalida bloß: »Aber gar nichts, Mutter, gar nichts, ganz bestimmt nicht!«

Zahra ahnte, dass diese auffallende Distanz mit Chalidas Veränderung in der letzten Zeit zu tun hatte. Denn so frohgemut und leichtherzig ihr Sohn jetzt durchs Leben wandelte, so nachdenklich und in sich zurückgezogen erschien ihr Chalida neuerdings. Doch sie kam nicht dahinter, was diese Veränderung ausgelöst haben mochte, nur, dass es wohl um die Zeit des Aufstands oder kurz danach begonnen haben musste – ohne dass diese zeitliche Eingrenzung ihr dabei half, ihre Tochter besser zu verstehen. Auf entsprechende Fragen wich Chalida ebenso aus wie auf diejenigen, die Adilah betrafen. Immerhin fand Zahra mit den Wochen eines heraus: dass sich Chalida nicht zuletzt an Adilahs strenger Gläubigkeit stieß.

»Aber warum stört dich gerade das?«, fragte sie ihre Tochter. »Kraft aus seinem Glauben zu ziehen und ernsthaft seinen Pflichten als Muslima nachzukommen ist doch etwas Schönes und Positives!«

»Das kommt darauf an, von welcher Seite man das sieht«, gab Chalida übellaunig zurück. »Denn eines zumindest müsst Ihr zugeben: Neben Adilah würde selbst die Tochter des Propheten noch wie eine Ungläubige wirken!«

»Aber es verlangt doch niemand, dass du ihr nacheiferst …«

»Ach nein? Und warum sonst essen wir, seit sie hier ist, nach Geschlechtern getrennt? In den letzten Wochen habe ich Vater kaum mehr als ein paar Stunden gesehen! Früher haben wir nur getrennt gegessen, wenn Besuch da war. Und auch sonst machen alle, was sie will!«

»Aber das stimmt doch gar nicht! Wir machen nur, was im Koran geschrieben steht.«

»Das stand da auch schon alles, bevor Adilah Abdu geheiratet hat!«

»Aber damals …« Zahra zögerte und seufzte. »Ehrlich gesagt ist mir die Umstellung auch schwergefallen, aber Adilah ist nun einmal nicht daran gewöhnt, mit Juden unter einem Dach zu leben, und da die Geschlechtertrennung bei den Juden beim Essen nicht durchgeführt wird, haben wir uns da irgendwie ihnen angepasst. Doch genauso viel Achtung und Respekt wie Deborahs Familie gebührt auch Adilah, und Deborah hat das sofort eingesehen.«

»Trotzdem«, murrte Chalida. »Im Endeffekt ist es doch so, dass alle machen, was sie will. Und auch Ihr betet viel mehr und viel regelmäßiger, seit Adilah hier ist!«

Zahra lächelte.

»Und wisst Ihr, was sie erst neulich zu Ranaa gesagt hat?« Chalida setzte ein gewichtiges Gesicht auf. »Sie hat gesagt, dass sie sich niemals so wie Ranaa zwangstaufen lassen würde. Nie, nie, niemals, hat sie gesagt! Eher würde sie sich das Leben nehmen. Ganz im Ernst hat sie das gesagt, und Abdu, der danebengestanden hat, ist weiß wie die Wand geworden; er sah wirklich aus, als würde er vor Schreck gleich selbst tot umfallen! Ach, Mutter, wollt Ihr allen Ernstes behaupten, dass Ihr neben Adilah nicht auch manchmal das Gefühl habt, weniger wert zu sein, zumal Ihr und Vater …« Verlegen presste Chalida die Lippen aufeinander, aber Zahra nahm ihr die Anspielung auf ihr streng genommen unsittliches Verhältnis nicht übel, sondern wiegte nur den Kopf. »Ja, irgendwie hast du schon recht – zumindest, wenn man es von dieser Seite aus betrachtet. Und es stimmt, dass auch ich Momente habe, in denen ich mich neben ihr seltsam … ungenügend fühle – obwohl mir klar war, was mich mit ihr erwartete: Jedermann in Granada weiß, wie strenggläubig ihre Familie ist. Immerhin befinden sich unter ihren Onkeln zwei Faqihs und drei Imame!«

»Auch das noch«, brummte Chalida und rieb sich über die Nase. »Da war es damals sicher nicht leicht, eine Ehe zwischen Adilah und Abdu zu vereinbaren, oder?«

»Allerdings nicht«, musste Zahra zugeben. »Die Tatsache, dass ich mit einem Kafir zusammenlebte, erschien Adilahs Eltern im höchsten Maße unehrenhaft und geradezu schockierend, aber irgendwie hatte Raschid sie davon überzeugen können, dass ich euch im rechten Glauben erzog und wir trotzdem alle gute und ernsthafte Muslime waren – und natürlich hat auch Raschids tiefe Freundschaft mit Adilahs Vater dazu beigetragen, dass der dann doch sein Jawort gab.«

Zahra sah zu ihrer Tochter und spürte zum ersten Mal, seit Jaime wieder bei ihnen wohnte, eine gewisse Nähe zu ihr – und das machte sie sehr glücklich.

»Und wenn ich …«, setzte Chalida an, verstummte kurz und fuhr dann doch fort: »Und wenn ich einen Christen kennenlernen würde, so wie Ihr damals? Würdet Ihr mir dann auch erlauben, mit ihm zu gehen, so wie Ihr mit Vater einfach mitgegangen seid?«

»Natürlich nicht!« Zahra schüttelte amüsiert den Kopf. »Du kommst aber auch auf Ideen! Außerdem könnte man das gar nicht miteinander vergleichen: Mein Vater wollte mich damals mit Ibrahim verheiraten – und du wirst mir gewiss recht geben, dass man Musheer keinesfalls mit diesem Scheusal vergleichen kann! Außerdem waren das ohnehin andere Zeiten.«

»Meint Ihr wirklich, dass lässt sich nur mit den Zeiten erklären?«, hakte Chalida nach. »Und ist es nicht manchmal so, dass Gefühle einfach stärker als alles andere sein können?«

Noch ehe Zahra antworten konnte, platzte Yayah ins Zimmer, das Gesicht feuerrot vor freudiger Aufregung.

»Mutter, Mutter, der Stallknecht sagt, ich soll Euch holen kommen. Afya wird jeden Moment fohlen, und Ihr wolltet doch sehen, wie das Fohlen auf die Welt kommt!«

Sofort erhob sich Zahra und folgte ihm in den Stall. Dass ihre pferdebegeisterte Tochter nicht mitkam, fiel ihr nicht auf, und noch viel weniger, welche Verzweiflung und Ratlosigkeit in deren jungem Gesicht zurückblieben.

Nicht nur in Chalida tobte es weiter – auch im Land blieb es unruhig, und schon im Herbst kam es wieder zu Unruhen. Diesmal gingen sie von den Alpujarras aus und breiteten sich schnell nach Süden und gen Westen aus. Die Aufstände erwiesen sich als besonders hartnäckig: Über den ganzen Winter und bis ins Frühjahr hinein zogen sie sich hin, doch Jaimes Plan schien aufzugehen: Sosehr Abdarrahman auch im Geiste und im Herzen mit den Aufständischen mitkämpfen mochte, so wenig war er bereit, seine junge Frau allein zu lassen, zumal sie guter Hoffnung war.

IX.

Seidenfarm
17. November 1501

Im späten Herbst, einige Monate nach der glücklichen Geburt von Abdarrahmans Sohn, fühlte sich Zahra zunehmend matter. Vor allem morgens bekam sie kaum einen Bissen herunter, und sie verlor so viel Gewicht, dass es sie nicht verwunderte, als ihre Blutungen ausblieben. Da sich dies auch in den nächsten Wochen nicht wieder einspielte, wollte sie Tamu um Rat fragen. Sie fand sie in der kleinen Stube, in der sie ihre Kräuter trocknete und aufbewahrte.

»Ihr wisst nicht, was mit Euch los ist, stimmt's?«, brummte die Alte, nachdem Zahra ihre eine Zeitlang schweigend beim Mörsern zugesehen hatte.

»Nicht so ganz, nein, zumal meine Beschwerden kein bisschen besser geworden sind.« Sie seufzte. »Wenn ich zu dem Ziehen in den Brüsten Hitzewallungen hätte, könnte ich das alles ja verstehen, aber ich habe keine – und auch diese seltsame Übelkeit passt nicht zu den typischen Frauenbeschwerden meines Alters. Hast du keinen Rat, was ich noch versuchen könnte?«

»Ich denke mal, in ein paar Wochen wird es Euch von ganz allein bessergehen, aber bis Ihr wieder rundherum die Alte seid, wird es wohl noch ein halbes Jährchen dauern!« Mit einem breiten Grinsen wandte die Alte Zahra den Kopf zu. »Und ich wette, es wird wieder ein Junge!«

Zahra brauchte Tage, bis sie Tamus Eröffnung verdaut hatte – und war jeden Tag weiter davon entfernt, sich zu freuen. Sie war gerade Großmutter geworden, Großmutter, ja … Aber noch einmal Mutter … und das in diesen Zeiten, in denen niemand sagen konnte, wie es für sie weitergehen würde … Der letzten Zwangstaufe und Zwangsausweisung waren sie knapp genug entkommen, und da sollte sie es wagen, noch einmal ein Kind zwischen diese beiden Religionen zu gebären, ohne auch nur verheiratet zu sein? Früher ja, da hatte sie den Mut dazu gehabt, aber da war sie jünger gewesen und hatte mehr Kraft gehabt. Und Illusionen.

Im Prinzip wusste Zahra, wie sie ein ungewolltes Kind aus dem Leib treiben konnte, allerdings hatte sie dies bisher erst ein Mal bei einer Patientin angewendet, und dies auch nur, weil die Mutter des Kindes die Schwangerschaft niemals überlebt hätte. Tagelang brütete Zahra über dem Gedanken, ihr Kind nicht auszutragen, und wiederum bewies die alte Berberin, dass ihre Wahrnehmungen noch lange nicht vom Alter getrübt waren, denn ohne dass Zahra auch nur ein Wort hatte verlauten lassen, sagte sie ihr auf den Kopf zu, was sie vorhatte. »Aber für eine Abtreibung braucht Ihr Hilfe«, zischte sie sie voller Ingrimm an. »Und ich wäre weit und breit die Einzige, die Ihr fragen könntet – und meine Antwort ist nein! Niemals, hört Ihr, niemals!«

Zuerst löste Tamu damit in Zahra vor allem Wut aus. Sie fühlte sich im Stich gelassen. Aber nachdem sie einmal akzeptiert hatte, dass sie ohnehin nichts gegen diese Schwangerschaft ausrichten konnte, kam allmählich doch noch Freude in ihr auf, und sie redete endlich mit Jaime. Genau wie sie war auch er erst einmal vor allem verblüfft, doch schon nach dem nächsten

Atemzug grinste er breit. »Nun, warum eigentlich nicht? Sooo alt sind wir ja auch noch nicht«, brummelte er, umschlang betont schwungvoll Zahras Hüften und fasste sich sogleich mit spaßeshalber schmerzverzerrtem Gesicht an den Rücken.

Lachend schmiegte sich Zahra an ihn. »Willst du es diesmal den Kindern sagen?«

»Nein, das überlasse ich traditionsgemäß dir, allerdings ...« Sein Grinsen wurde noch breiter. »Allerdings würde ich ihnen dafür gern etwas anderes verkünden, nämlich, dass ihre Eltern jetzt endlich heiraten!«

Zahra schüttelte den Kopf. »Vergiss es. Das haben wir schon oft genug diskutiert.«

Schlagartig wurde Jaime ernst. »Zahra, ich bitte dich: Du wirst doch nicht allen Ernstes auch dieses Kind noch unverheiratet in die Welt setzen wollen? Immerhin reicht es völlig, wenn du nur zum Schein zum christlichen Glauben übertrittst!«

»Das ... das sagst du jetzt nicht im Ernst, oder?«, fragte Zahra mit belegter Stimme, doch Jaime nickte. Zahra machte sich von ihm frei. Klebrige Enttäuschung kroch ihr in den Hals und machte ihr das Atmen schwer. Ungläubig strich sie ihr Haar zurück.

»Mein Gott, Zahra, jetzt guck doch nicht so! Ich will doch lediglich, dass dem Kind und dir nichts passieren kann!«

»Genau das würde es aber!«, fuhr sie ihn an. »Denn natürlich würde ich unser Kind trotzdem im muslimischen Glauben großziehen, und das würde irgendwann jemandem auffallen. Und dann würden sie uns das Kind wegnehmen – wie sie auch den Renegados alle Kinder weggenommen haben, derer sie habhaft werden konnten!«

»Nicht, wenn wir auch das Kind zum Schein taufen lassen!«

»Zum Schein, zum Schein!« Zahra wich einen weiteren

Schritt zurück. »Hast du in all den Jahren so wenig von mir und meiner Religion begriffen? Was hilft denn das bisschen vermeintliche Sicherheit auf Erden, wenn ich mir damit Allahs Unwillen und die ewige Verdammnis zuziehe? Was, Jaime, was?«

»Aber …«

»Nein, Jaime, kein Aber!« Zahra sah ihn eindringlich an und verließ rasch den Raum, ehe sie Dinge sagen konnte, die ihr später leidtun würden.

Während sich Zahras Bauch rundete, gerieten die Aufständischen immer mehr in Bedrängnis. Vor allem in den Alpujarras eroberten die Christen einen Ort nach dem anderen zurück, richteten die Anführer, derer sie habhaft werden konnten, auf der Stelle hin und steckten ihre Anhänger in den Kerker. In der Region von Purchena flammten die Kämpfe trotzdem immer wieder auf; der Nachfluss von kampfbereiten Mauren aus anderen Landesteilen schien endlos zu sein, nicht zuletzt, weil die Wut durch die Nachricht, dass die Katholischen Könige die zurückgebliebenen Frauen, Kinder und Alten zur Taufe zwangen, immer wieder neu angefacht wurde.

Trotz des tapferen Widerstands der Mauren wurde im April 1501 die letzte Bastion ihres Aufstands niedergeschlagen. Allen Beteiligten war klar, dass die Aufrührer diesmal nicht mehr mit Geldbußen davonkommen würden. Abend für Abend rückten die as-Sulamis näher zusammen und lauschten mit bleichen Gesichtern den Schreckensnachrichten, die Raschid und Jaime von Granada mit nach Hause brachten. Zusätzlich drückte ihnen das fürs Frühjahr ungewöhnlich schwülheiße Wetter aufs Gemüt. An diesem Tag hatte die Sonne erbarmungslos auf die Vega niedergebrannt, so dass das Haus einem Brutkasten glich und die Familie auf der Suche nach einem Windhauch in den großen Patio floh – ohne ihn dort zu finden. Während sie auf Raschid und Jaime warteten, konnte sich Zahra des Eindrucks nicht erwehren, dass sich nicht nur die Christen, sondern auch das Wetter gegen sie verschworen hatte: Es war, als wolle es ihnen mit dieser Gluthitze einen Vorgeschmack auf die Scheiterhaufen der Christen geben.

Endlich kamen Jaime und Raschid nach Hause; beiden stand der Schweiß auf der Stirn, und ihre Mienen waren erschöpft und hoffnungslos. Jaime kippte den Becher Minztee herunter, den Zahra ihm reichte, und bat Raschid, das Wort zu ergreifen. Auch dieser trank erst einen Becher Minztee und räusperte sich dann umständlich.

»Es … es tut mir leid«, setzte er an, »dass ich euch keine besseren Nachrichten übermitteln kann, aber trotz Talaveras Einwirken besteht der Conde de Tendilla weiterhin darauf, alle Aufständischen hinzurichten, und ihr wisst selbst, wie viele unserer Freunde unter diesen Menschen sind! Aber auch diejenigen Mauren, die nicht am Aufstand teilgenommen haben, werden nicht ungeschoren davonkommen: Der Conde hat den Königen einen Gesetzesentwurf vorgelegt, nach dem wir entweder die Taufe annehmen oder das Land verlassen müssen. Wir können jetzt nur beten, dass die Könige diesen Entwurf nicht billigen.«

»Ich habe noch von weit grausligeren Plänen gehört!«, knurrte Abdarrahman. Seit er verheiratet war, nahm er ebenfalls an den Versammlungen der Erwachsenen teil. Er warf einen unsicheren Blick auf Chalida, der Zahra heute ausnahmsweise erlaubt hatte zu bleiben, aber seine Wut war so groß, dass es einfach aus ihm herausmusste: »Pläne, die so weit gehen, dass sich hochstehende Christen im Umfeld des Condes sogar ganz offen über eine Zwangskastration unseres

Volkes austauschen, während andere vorhaben, uns vollständig auszurotten!«

Fassungslos sah Zahra zu Jaime und wollte von Flucht reden, aber im gleichen Moment zog das Drama ihrer Flucht von vor zehn Jahren wieder an ihr vorbei, und ihr war klar, dass sie sich diesmal nicht nur vor Strauchdieben und Wegelagerern in Acht würden nehmen müssen. Wenn die Christen in der Tat ein solches Gesetz beschlossen, würden sie auch dafür sorgen, dass ihnen keine der Seelen, die sie »retten« wollten, entwischte …

Jaime hob beschwichtigend die Hand. »Noch kann niemand sagen, was geschehen wird, und das, was du da erzählst, Abdu, halte ich für reine Panikmache!«

»Und warum? Nur weil es *Eure* gottverdammten Christen sind?« Abdarrahman spuckte seinem Vater die Worte fast entgegen. Augenblicklich schnellte Jaime von seinem Platz hoch. »Pass du nur auf, dass du dir nicht schon gleich jetzt etwas von einem Christen einfängst – und zwar von mir!«

»Nur keine Scheu! Darauf warte ich ohnehin schon lange!«

Zahra trat vor ihren Sohn und warf auch Jaime einen scharfen Blick zu. »Hört auf damit, sofort!«

Abdarrahman machte eine wütende Handbewegung, drehte sich um und stampfte leise fluchend ins Haus. Erst als Zahra spürte, wie die Spannung auch in Jaime nachließ, konnte sie wieder atmen.

»Und was soll jetzt werden?«, fragte sie kurz darauf so leise und verzweifelt in die Stille hinein, als erwarte sie ohnehin von niemandem eine Antwort – weil es auf diese Frage keine Antwort geben konnte.

»Ich weiß nur eines, nämlich, dass Tamu gesagt hat, du sollst viel ruhen, wenn du dich und unser Kind nicht in Gefahr bringen willst«, gab Jaime zurück. »Wir haben also so oder so keine andere Wahl, als hierzubleiben und abzuwarten. Und Abdus Schauergeschichte – nein, niemals würde Isabel einen solchen Erlass unterschreiben!«

»Aber vielleicht Fernando – oder Cisneros«, erwiderte Zahra tonlos. Sie dachte an Gonzalo. Gewiss würde auch er an den Verhandlungen teilnehmen, aber ob er die Mauren noch so wie früher verteidigte …

»Außerdem haben die Christen schon oft mit Zwangstaufen gedroht«, versuchte auch Raschid, die Gemüter zu beruhigen, »und hinterher ist dann doch nichts geschehen. Und das Exil … Wir alle wissen, welche Gefahren auf dem Weg dahin auf uns lauern. Wie viele der Mauren, die damals zeitgleich mit uns geflohen sind, und wie viele der Juden, die vor neun Jahren das Exil der Taufe vorgezogen haben, haben ihr Ziel niemals erreicht oder sind auch in ihrer neuen Heimat zur Taufe gezwungen worden, womit sie ihre Ländereien und ihr Leben hier für nichts und wieder nichts aufgegeben haben? Auch Deborahs Eltern sind ja aus diesem Grund zurückgekommen.«

»Und sie haben ihre Rückkehr trotz allem nicht bereut«, warf Deborah schüchtern ein.

Raschid nickte beipflichtend. »Nein, Flucht bringt uns nicht weiter!«

»Aber die Zwangstaufe … Mein Gott, wir können uns doch nicht taufen lassen!« Hilfesuchend sah Zahra ihren Bruder an, während sich in Chalidas Miene, von ihnen allen unbemerkt, ein banges Hoffen breitmachte …

Als Chalida Aaron am nächsten Tag im Stall traf, war es das erste Mal seit vielen, vielen Monaten, dass sie ihm nicht aus dem Weg ging, sondern stehen blieb, ihn ansah und ansetzte, um das Wort an ihn zu richten – aber dann senkte sie doch den Blick und eilte zu Barbakan weiter. Sie spürte, dass Aaron ihr nachsah, und als sie hörte, dass er ihr folgte, schoss ihr eine glühende Hitze ins Gesicht, und ihr Herz raste so sehr, dass sie kaum noch Luft bekam. Hastig griff sie nach dem Riegel der Tür von Barbakans Verschlag, doch statt ihn zu öffnen, schloss sich ihre Hand wie im Krampf um das Metall.

»Chalida, bitte – soll das jetzt immer so weitergehen? Sobald wir von den anderen unbeobachtet sind, meiden wir einander, als hätte der andere die Pest … und dabei … dabei sind wir doch einmal Freunde gewesen. Ich meine, anfangs brauchten wir sicher Abstand voneinander, ich auf alle Fälle, aber inzwischen habe ich begriffen, dass … dass mit uns … dass du eben Musheer heiraten willst … Und ich finde, dass wir wenigstens wieder so wie früher miteinander reden sollten! Ich … das fehlt mir nämlich!«

Chalidas Finger krallten sich noch fester um den Riegel; ihr Blick ging so starr zu Barbakan, als sei er ihr letzter Halt, die Augen übervoll von Tränen.

»Ich will wirklich nur ganz normal reden, Chalida«, bat Aaron. »Zählt unsere alte Freundschaft gar nichts mehr für dich?«

Das Flehen in seiner Stimme schnürte ihr den Hals zu.

Als sie sich nicht rührte, kam er noch näher, strich ihr über den Arm und murmelte so leise, als sagte er es nur zu sich selbst: »Warum schenkt mir der Ewige bloß so viel Liebe für dich, wenn er nicht will, dass ich sie dir auch gebe?«

Und als seien diese Worte genau diejenigen gewesen, auf die ihr Herz, das sie doch nur so mühsam hatte verschlossen halten können, gewartet hatte, drehte sich Chalida zu Aaron um und fiel ihm schluchzend in die Arme. Minutenlang konnte sie nur weinen, und auch über Aarons Gesicht rannen Tränen, stumme, allzu lang unterdrückte Tränen, die mit demselben Schmerz wie die ihren getränkt waren.

»Willst du *so* leben?«, fragte Aaron leise, als sie sich allmählich beruhigt hatten.

Chalida wischte sich mit dem Handrücken die Tränen vom Gesicht. »Gestern ... gestern hat mein Vater gemeint, dass die Muslime jetzt vielleicht auch getauft werden ...« Wieder musste sie sich Tränen von den Wangen wischen.

Aaron zog sie erneut an sich und strich ihr sanft übers Haar. »Ja, ich weiß, Abdarrahman hat beim Essen über nichts anderes geredet, und auch wenn mir bewusst ist, dass dies für dich kein Thema ist, habe ich doch gleich denken müssen, wie ungerecht das Schicksal ist: Wenn du getauft werden würdest, gehörten wir zumindest nach außen derselben Religion an – und könnten dann ganz offiziell heiraten!«

Chalida hob den Kopf und sah Aaron an, welche Kraft es ihn kostete, sich zu diesem scheinbar gleichmütigen Lächeln zu zwingen.

»So ist es doch, nicht wahr?«, brummte er. »Wenigstens von der Theorie her. Aber deine Entscheidung ist ja ohnehin gefallen.«

»Das ist sie nicht«, fuhr Chalida auf, »das heißt doch, schon, aber, oh Aaron, ich habe nie gesagt, dass ich dich nicht lieben würde, es ist nur ... Ich kann nicht anders! Und selbst wenn die Zwangstaufe kommt – das würde für meine Eltern doch auch nichts ändern!«

»Für deine Mutter vielleicht nicht, aber möglicherweise für deinen Vater ...« Aaron sah sie eindringlich an, und dann brach es aus ihm heraus: »Oh Chalida, ich ... ich könnte mit deinem Vater reden oder meinen Ziehvater darum bitten. Mosche hat eine so enge Beziehung zu deiner Mutter – womöglich könnte er sie überreden! Bei Abraham, so lass es uns wenigstens versuchen!«

»Aber ich habe mein Wort gegeben! Verstehst du denn nicht, Aaron? Als Musheer mit dem Tod gerungen hat, habe ich dem Allmächtigen geschworen ... weil ich eine solche Angst hatte, dass ... dass Musheer ... Oh Gott, wenn ich nur wüsste, was Er wirklich von mir erwartet!«

»Du hast Ihm geschworen ...« Aaron riss die Augen auf, und seiner Miene war anzusehen, dass er nun endlich verstand, warum Chalida sich von ihm abgewandt hatte.

»Ja, Aaron«, erwiderte Chalida mit erstickter Stimme.

Mit einer hilflosen Geste entzog sie sich ihm und nickte ihm noch einmal zu, die Augen in Tränen versinkend, aber doch fest entschlossen, und mehr musste nicht gesagt werden. Mit hängenden Armen sah Aaron zu, wie sie in Barbakans Box verschwand, und schloss die Augen.

So entschlossen Chalida auch war, ihr Versprechen an den Allmächtigen zu halten – wenn sie Aarons Wege kreuzte, gelang es ihr dennoch nicht mehr, seinem Blick auszuweichen, und jedes Mal drängte sich ihr aufs Neue die Frage auf, ob Er damals wahrhaftig diesen Schwur von ihr gewollt hatte. War es tatsächlich Sein Wille, dass sie Musheer heiratete? Und wenn der wahre Gott doch der dreifaltige Christengott war? Immerhin – wenn die Mauren nun alle getauft werden würden, hieße das doch, dass der Dreifaltige Allah erneut besiegt hatte. Vielleicht wollte Er ihr mit all dem sogar ein Zeichen geben und ihr vor Augen führen, dass sie Ihn damals falsch verstanden und Er sie nicht Musheer, sondern Aaron zugedacht hatte?

Der Kopf drehte sich Chalida vom Grübeln und Zweifeln, er drehte sich ihr so sehr, dass sie krank davon wurde. Apathisch und fiebrig lag sie auf ihrer Bettstatt, konnte nichts essen, nichts trinken, wollte niemanden sehen, und weder Zahra noch Mosche, den Zahra in ihrer Sorge hinzugezogen hatte, wussten, wie sie ihre Lebensgeister wieder wecken sollten.

»Sie wird es überwinden«, murmelte Tamu, ohne erklären zu wollen, was dieses »es« sein sollte. »Sie braucht nur Zeit, Zeit …« Dann mischte sie für Chalida einen übelriechenden Sud, den zu trinken sich diese allerdings weigerte.

»Lass es gut sein, Tamu, lass es, wie es ist«, sagte sie leise zu der alten Berberin, als sie allein waren. »Es ist besser, wenn ich gehe!«

Tamu strich ihr über die Locken, die ihr schmales, blasses Gesicht wie einen Fächer umgaben. »Nichts lasse ich gut sein, mein Engelchen, gar nichts, und jetzt trink, na komm, tu's für deine alte Tamu!«

Doch Chalida schloss die Augen, zu schwach selbst, um weiter zu widersprechen.

»Dann trinkst du es eben später, mein Kind, ich komme wieder«, brummelte Tamu. »Glaub mir: Du wirst darüber hinwegkommen, ganz gewiss wirst du das!«

Auch an diesem Tag fanden im Thronsaal der Alhambra hitzige Diskussionen über die Zukunft der Mauren statt. Während der Conde de Tendilla und Cisneros drakonische Strafen bis hin zur Vernichtung des maurischen Volkes forderten, warben Talavera und Gonzalo unermüdlich um Milde und Verständnis – und bekamen diesmal, gänzlich unerwartet, Unterstützung von Fernando selbst. Mit einem breiten Lächeln lehnte sich der König in seinem Thronsessel zurück, schlug die Beine übereinander und meinte zu Cisneros: »Aber Vater, ich bitte Euch, wenn Euer Pferd eine Dummheit begeht, dann zieht Ihr doch auch nicht Euer Schwert, um es zu töten, oder? Ihr versetzt ihm vielmehr einen Schlag auf die Kruppe, um es zu strafen, und wenn es weiter bockt, werft Ihr ihm einen Überzug über den Kopf. Und genauso sollten wir bei den Mauren vorgehen. Schon die Ausweisung der Juden hat uns vieler kluger Köpfe und immenser Vermögen beraubt! Außerdem dürft Ihr nicht vergessen, wie viele Mauren auf dem Land arbeiten. Wer soll die Äcker bestellen, wenn wir sie alle köpfen? Ihr würdet unser Land einer Hungerkatastrophe preisgeben! Nein, viel sinnvoller ist es, sie einfach endlich alle zu taufen! Auch wenn sich von den Alten sicher nur die wenigsten zu guten Christen entwickeln werden, so bleiben uns immer noch deren Kinder und Kindeskinder. Wenn wir erreichen, dass wenigstens diese später gute Christen werden, haben wir damit alles gewonnen!«

Isabel pflichtete ihm bei. »Ja, auch ich sehe das als die einzig praktikable Lösung an, und auf lange Sicht wäre das in der Tat ein großer Gewinn für unsere Kirche!«

»Und was ist mit den Kapitulationsvereinbarungen?«, rief Gonzalo und sah fassungslos zwischen dem Herrscherpaar hin und her. »Ihr habt den Mauren doch zugesagt ...«

»Und was haben sie uns zugesagt?«, fiel Fernando ihm süffisant lächelnd ins Wort. »Und haben sie sich an ihr Wort gehalten? Nein! Sie haben die Waffen gegen uns erhoben!«

»Aber doch nur ...«

»Und deswegen«, übertönte Fernando Gonzalos Stimme, und sein Lächeln gefror zu Eis, »und deswegen haben wir das Recht, diese Vereinbarungen als nichtig anzusehen!«

Talavera legte Gonzalo die Hand auf den Arm und hob warnend die Augenbrauen. Gonzalo schnappte nach Luft, aber er wusste, dass der Erzbischof recht hatte: Fernando und Isabel würden ihren Entschluss nicht mehr revidieren, die

Mauren hatten verloren – und es half niemandem, wenn er jetzt noch den Kopf in die Schlinge legte.

Am vierzehnten Februar 1502 erließen die Könige das Edikt, dass alle Muslime mit Ausnahme von Knaben unter vierzehn und Mädchen unter zwölf Jahren bis Ende April das Land zu verlassen hatten, und wer von ihnen danach noch angetroffen werde, mit dem Tod zu bestrafen sei. Entziehen konnten sich dem Edikt nur diejenigen, die sich vor diesem Datum taufen ließen und schworen, fortan als gute Christenmenschen unter ihnen zu leben.

Als Zahra Jaime am Abend in den Wohnraum treten sah, verriet ihr seine tief gefurchte Stirn auf den ersten Blick, dass die Stunde der Mauren geschlagen hatte. Um es ihm nicht noch schwerer zu machen, setzte sie sich auf dem Diwan, auf den Tamu sie verbannt hatte, ein wenig auf, strich sich über den mittlerweile deutlich gewölbten Leib und bemühte sich, ihm so gleichmütig entgegenzusehen, wie es ihr nur möglich war. Ihr Blick streifte Adilah, die zu ihren Füßen auf einem Sitzkissen saß und unter Deborahs geduldiger Anleitung an einem Hidschab stickte, während Abdarrahman Gedichte aufschrieb, die er früher, als sie noch Bücher besessen hatten, auswendig gelernt hatte. Er wollte, dass sie seinem Sohn wenigstens auf diese Art und Weise erhalten blieben. Anschließend wollte er sich wieder seinen Studien widmen, mit denen er dank des Baders, bei dem er seit letztem Jahr drei Tage in der Woche arbeitete, wieder recht gut vorankam. Bei Jaimes Eintreten sahen auch sie zu ihm auf. Zahra nickte ihm zu. »Bringen wir es hinter uns: Was haben die Könige mit uns vor?«

Jaime strich sich über die Nase und begann mit seinem Bericht, zuerst schleppend, dann immer hastiger, geradezu als müsse er dies alles, nachdem er einmal begonnen hatte, jetzt so schnell wie möglich loswerden. Bei jedem weiteren Detail über das »Moriskenedikt«, das am Morgen erlassen worden war, wurden seine vier Zuhörer bleicher – und als er von der Zwangstaufe sprach, sank Zahra schwer atmend zurück auf ihr Kissen und verlor das Bewusstsein. Erschrocken eilte Jaime zu ihr, rief wieder und wieder ihren Namen und tätschelte ihr die Wangen. Doch erst als Tamu auf Adilahs Hilferuf hin eine Riechessenz aus Hirschhornsalz und Pfefferminzöl unter Zahras Nase geschwenkt hatte, kam Zahra wieder zu sich. Betroffen knetete Jaime ihr die Hand. »Ich … ich wusste, dass ich es dir nicht hätte sagen sollen!«

Zahra schüttelte matt den Kopf. »Irgendwann hätte ich es ja doch erfahren, und ich … wollte es doch wissen.«

»Ich bitte dich, versuch es so zu nehmen, wie du es damals Deborah geraten hast: Auch die Taufe wird nichts daran ändern, dass du in deinem Herzen zu dem Gott betest, an den du glaubst!«

»Und genauso ist es, Zahra!«, sagte Deborah mit eindringlichem Blick. »Man entfernt sich von seinem Gott nicht, nur weil die Christen einem ein Kreuz mit Weihwasser auf die Stirn streichen!«

»Außerdem hat Raschid mir gesagt, dass der Mufti eine Fatwa herausgeben wird: Kein Muslim, der sich dem Zwang der Christen beugt, die Taufe anzunehmen, braucht Angst vor ewiger Verdammnis zu haben, solange er in seinem Denken und Glauben weiter Muslim bleibt!«

Zahra nickte und legte sich die Hand auf den Bauch. »Weit mehr Sorgen als um mich mache ich mir um die Kinder. Jaime, bitte, du musst mir schwören, dass auch dieses Kind, sofern es ein Sohn wird, beschnitten wird, und dass du mich nie daran hindern wirst, mit meinen Kindern die fünf Gebete zu beten und sie in meinem Glauben zu unterweisen. Schwöre es!«

Jaime schloss die Augen, und Zahra ahnte, was in ihm vorging. Natürlich würde es, wenn sie erst einmal getauft waren, gefährlich sein, weiter ihren alten Glauben auszuüben. Gewiss würden die Christen nach den neuen Zwangstaufen noch weit mehr als bisher kontrollieren, was in den Häusern der »Neuchristen« vor sich ging. Nichts mehr würde so sein wie zuvor: Wenn es offiziell keine Muslime mehr gab, würden die Christen ihre Moscheen gewiss genauso schließen wie damals die Synagogen oder, was noch schlimmer war, sie weihen und fortan als Kirchen nutzen. Nie mehr würde in Granada der Ruf des Muezzins erklingen ... Nie mehr würde sie das Freitagsgebet in einer Moschee beten können ... Und all ihre Feste, ihre Sitten, ihre Riten ... Das Schächten zum Beispiel, ihre Art des Schlachtens, bei der den Tieren mit einem besonderen Messer und einem einzigen Schnitt quer durch die Halsunterseite die großen Blutgefäße, die Luft- und die Speiseröhre gleichzeitig durchtrennt wurden – gewiss würde ihnen auch das verboten werden. Doch nur auf diese Art war das rückstandslose Ausbluten des Schlachtviehs gewährleistet, und nur solches Fleisch durften sie essen, da genau wie im Judentum auch im Islam der Verzehr von Blut verboten war. Ob sie es wagen könnten, zumindest hier draußen auf der Farm weiter zu schächten?

Und dann all die anderen Dinge, die sie würden verraten können: Der arbeitsfreie Tag der Christen war der Sonntag, ihrer aber der Freitag ... und der der Juden der Samstag, und wenn jemand einen Gebetsteppich bei ihnen entdeckte oder ...

»Schwöre es mir«, unterbrach Zahra ihren eigenen Gedankenfluss, »schwöre es beim Leben unseres ungeborenen Kindes, dass du uns nicht daran hindern wirst, unserem alten Glauben treu zu bleiben, und dass du alles tust, um uns beizustehen!«

Erst etliche Atemzüge später nickte Jaime, begleitet von einem schweren Seufzen – und im gleichen Moment ließ sie ein grauenhafter Aufschrei in die Höhe fahren.

»Das … das war Abdu!«, entfuhr es Zahra, und erst jetzt fiel ihr auf, dass Deborah, Abdarrahman und Adilah nicht mehr im Raum waren. Augenblicklich stürmte Jaime hinaus. Dann hörten sie Abdarrahman: »Mutter, Tamu, kommt schnell! Adilah – sie verblutet!«

Der Ruf kam aus Abdarrahmans und Adilahs Gemach. Zahra erreichte das Zimmer nur kurz nach Jaime, und das, was sie dort erblickte, war so grauenhaft, dass sie erneut gegen eine Ohnmacht ankämpfen und sich an der Türfüllung abstützen musste.

»Adilah, oh nein, warum hast du das getan?«, heulte ihr Sohn auf und drückte seiner Frau schluchzend ihren Schleier auf die weit klaffende Bauchwunde, um die Blutung zu stoppen. »Mutter, so tut doch was! Tamu!«

Zahra bemerkte das neben dem Bett liegende Messer und wollte sich weiterschleppen, aber die Beine versagten ihr den Dienst. Tamu drängte sich an ihr vorbei und ging zum Bett. »Allmächtiger!«, stöhnte die alte Frau. »Allmächtiger!« Kurzatmig wies sie Abdarrahman an, Adilahs Tunika hochzuschieben, damit sie die Wunde, die Adilah sich mit dem Brotmesser zugefügt hatte, besser versorgen konnte. Ihre Stimme zitterte, und ihre Augen schwammen in Tränen.

Nun trat auch Zahra hinzu. Sie untersuchte Adilahs Bauchwunde und schickte eine Dienerin nach ihrem Korb mit den Kräutern und den Nadeln. Einer zweiten befahl sie, heißes Wasser zu kochen und Essig zu bringen, um sich die Hände zu reinigen. Als die Dienerin loslief, tauschte sie einen verzweifelten Blick mit Tamu.

Während Zahra die von dem scharfen Messer in mehrere Richtungen aufgerissene Wunde zu nähen versuchte, klebten Abdarrahmans Augen starr an seiner Frau, und immer wieder erklang sein verzweifeltes, fast bettelndes: »Mutter, Adilah schafft es doch, nicht wahr? Auch wenn sie viel Blut verloren hat … Bitte, sie schafft es doch?«

Als Zahra die Wunde versorgt hatte, sank sie matt auf ein Sitzkissen und hob hilflos die Augenbrauen. Die alte Berberin umfasste Abdarrahmans Schulter und drückte sie kurz. »Deine Mutter hat ihr Bestes gegeben, mein Junge. Alles Weitere liegt bei Ihm, wie alles Leben allein in Seiner Hand liegt. Bleib auch weiter bei ihr, damit sie nicht allein ist, wenn … wenn sie wieder zu sich kommt.«

Jedem von ihnen war klar, warum Adilah versucht hatte, ihrem Leben ein Ende zu bereiten. Immer wieder hatte sie verkündet, dass sie lieber sterben wolle, als den christlichen Glauben anzunehmen. Aber dass sie so prompt reagieren würde – damit hatte niemand gerechnet.

Zahra strich ihrem Sohn über den Rücken und verspürte den Impuls, ihm seine pausenlos herabrinnenden Tränen von den Wangen zu wischen, wie sie es getan hatte, als er noch ein Kind war. Mein Gott, wie ohnmächtig wir Menschen doch sind! Und warum, Allmächtiger, warum stehst du uns nicht bei? Waren wir dir nicht immer treu ergebene Diener? Warum hast du dein Volk verlassen? Warum nur hast du uns verlassen?

In ihre Zweifel hinein erhob sich die Stimme ihres Sohnes beim Rezitieren einer Schutzsure. Schon bei den ersten Worten erkannte Zahra die Schutzsure hundertvierzehn, die Schutzsure al-Falaq.

»Im Namen Allahs, des Allerbarmers, des Barmherzigen, la hawla wa la quwwata illa billah, es gibt keine Macht noch Stärke außer bei Allah. Sag: Ich nehme Zuflucht beim Herrn des Tagesanbruchs vor dem Übel dessen, was Er erschaffen hat, und vor dem Übel der Dunkelheit, wenn sie zunimmt, und vor dem Übel der Knotenanbläserinnen und vor dem Übel eines jeden Neidenden, wenn er neidet.«

Während Abdarrahman die Schutzsure rezitierte, schob sich Yayahs Hand in Zahras, und er fragte sie mit banger Stimme: »War das die Knotenanbläserin, Mutter? Hat sie dafür gesorgt, dass Adilah das Messer in den Bauch gerammt wird?«

Zahra zog ihren Jüngsten an sich, strich ihm über den Kopf und nahm ihn mit in ihr Schlafgemach. »Nein, die Knotenanbläserin ist hierfür nicht verantwortlich, das … hat nur etwas mit den Christen zu tun. Und vor der Knotenanbläserin muss man sowieso keine Angst haben. Du kennst doch die alte Legende, nicht wahr?«

Yayah nickte, aber in seinen Augen schwammen so viele Tränen, dass Zahra beschloss, sie ihm trotzdem noch einmal zu erzählen, um ihn abzulenken: »Vor vielen, vielen Jahren lebte in Medina ein alter, weiser Jude. Er hieß Labid und war weithin berühmt für seine Zauberkräfte. Ein Mann bot ihm eine hohe Belohnung an, wenn es ihm gelänge, den Propheten mit einem tödlichen Fluch zu belegen. Labid erklärte, dass er dies könne, sofern er ein paar Haare des Propheten bekäme. Der Mann beeilte sich, sie ihm zu besorgen. Labid knüpfte elf Knoten in die Haare und ließ seine Töchter über jeden Knoten einen Fluch sprechen. Dann band er die Haare an den Zweig einer Dattelpalme und warf ihn in einen tiefen Brunnen. Seinem Auftraggeber erklärte er, der Zauber könne nur gebrochen werden, wenn es jemandem gelänge, die Knoten zu lösen.

Der Prophet stellte bald darauf fest, dass etwas mit ihm nicht stimmte. Er fühlte sich plötzlich sehr schwach, und wenn seine Frau ihm sein Essen brachte, konnte er kaum etwas davon zu sich nehmen. Eines Nachts sah er im Traum zwei Männer bei sich sitzen, den einen bei seinem Kopf, den anderen zu seinen Füßen, und er hörte, wie der eine dem anderen den Grund seiner Schwäche erklärte. Hierbei fiel auch der Namen des Brunnens. Als der Prophet erwachte, erschien ihm der Engel Gibril, der ihm seinen Traum bestätigte und ihm riet, jemanden zum Brunnen zu schicken, um dort die beiden Schutzsuren zu rezitieren. Sofort rief der Prophet nach Ali und bat ihn, am Brunnen die Schutzsuren hundertdreizehn und hundertvierzehn vorzutragen. Bei jedem Aufsagen der Suren löste sich ein Knoten, und Ali wurde nicht müde, die Suren zu rezitieren, bis alle Knoten geöffnet waren, und als er zurück nach Hause kam, fand er den Propheten wieder bei bester Gesundheit vor.«

»Und wenn Abdu diese Sure aufsagt, bekommt auch Adilah ihre Kraft zurück und muss dann nicht sterben?«

»Inschallah, mein Sohn, so Gott will. In Seinen Händen liegt alle Macht, in Seinen Händen liegt unser Leben.«

In diesem Fall jedoch entschied Allah, dass Adilahs Leben zu Ende sein sollte. Kurz vor Mitternacht kam sie noch einmal zu sich, woraufhin Abdarrahman leise »La ilaha illa llah«, zu ihr sagte. Es gibt keinen Gott außer Gott. »Und Mohammed ist sein Prophet.«

»Verzeih mir«, hauchte Adilah mit tränenschweren Augen, »aber ich … musste es tun. Und wenn ich es nicht sofort getan hätte, hättest du versucht, mich abzuhalten.«

»Aber wir hätten doch auswandern können«, schluchzte Abdarrahman. »Alles, alles hätte ich für dich getan! Ich liebe dich, Adilah, mehr als mein Leben!«

»Auch ich liebe dich mehr als mein Leben, und wenn wir von hier weggegangen wären …« Mit letzter Kraft deutete sie ein Kopfschütteln an. »Dann wärst du unglücklich geworden, Geliebter. Du bist nichts ohne deine Familie und dein Land, und unser Sohn wird sein wie du. Ich aber bin nichts ohne meinen Glauben. Alles ist gut, wie es ist.«

Und dann wiederholte sie seine Worte, die Worte, die ihr den Weg in den Paradiesgarten ebnen würden: »La ilaha illa llah.« Sie lächelte ihn noch ein letztes Mal an, drückte seine Hand und überließ sich der Gnade des Allmächtigen.

X.

Granada
11. Februar 1502

Zehn Jahre nach der Judenausweisung wurde den Bewohnern Kastiliens am elften Februar 1502 durch Aushänge und Ausrufer das Dekret zur Moriskenausweisung bekanntgegeben. Kaum mehr als zwei Monate billigte man ihnen zu, um zwischen Taufe und Exil zu wählen: Der letztmögliche Tag für die Auswanderung war der dreißigste April; danach drohte ungetauften Mauren die Enteignung und der Tod durch Erhängen. Die Frist war bewusst so kurz gesetzt, denn Fernando und Isabel wollten nicht, dass die Mauren das Land verließen, um weder ihres Vermögens noch ihrer Arbeitskraft verlustig zu gehen. Zur Taufe wollten sie sie treiben, auf dass ihr gesamtes Reich christlich und Gott wohlgefällig wurde – und das erreichten sie auch: Nicht zuletzt aufgrund der dramatischen Schicksale der jüdischen Flüchtlinge vor zehn Jahren suchten diesmal nur wenige ihr Heil in der Flucht.

Auch Zahras Familie beschloss, im Land zu bleiben. Stumm und mit krampfhaft verschlossenen Herzen ließen sie die Taufe über sich ergehen. Mit starr auf den Boden gerichtetem Blick folgte Zahra Jaime und den Kindern in die Kirche und versuchte, all ihre Sinne auszuschalten: Nicht hören, was der Priester predigte, nicht riechen, wie der Weihrauch bis zu ihren

Plätzen waberte, nicht sehen, dass in ihrer Moschee jetzt das Kreuz des christlichen Gottes hing, nicht die Hostie schmecken, die der Priester ihr wie allen Neuchristen in den Mund schob, und hoffen, dass sie bald aus der Kirche kam, um den ungewollten Leib des fremden Gottes, der ihr am Gaumen klebte, wieder von sich geben zu können. Natürlich dachte an diesen Tagen so mancher Maure erneut an Aufstand, aber der letzte war gerade erst so vernichtend niedergeschlagen worden und hatte so viele Tote gefordert, dass ihnen für einen neuen die Kraft fehlte. Sie fühlten sich verlassen, vom Glück und vom Allmächtigen verraten und verdammt, und viele machten sich Vorwürfe, dass sie nicht viel, viel früher und viel entschiedener dagegen aufbegehrt hatten. Zu ihnen gehörte Abdarrahman. Er zermarterte sich vor Selbstvorwürfen, während des zweiten Aufstands zu Hause bei seiner Frau geblieben zu sein, statt die Ehre und die Religion der Mauren im Kampf zu verteidigen. Von Tag zu Tag schien sein Schmerz größer zu werden, so dass Zahra sich schließlich fragte, ob es vom Allmächtigen nicht gnädiger gewesen wäre, wenn er ihren Sohn seiner geliebten Frau in den Tod hätte folgen lassen.

Auch an diesem Tag redete Zahra wieder auf ihn ein, sich nicht ständig mit Vorwürfen zu quälen. Sie hatte sich zu ihm in den großen Patio gesetzt, wo sie ihn in sich zusammengesunken auf Adilahs Lieblingsplatz gefunden hatte.

Seufzend strich sie ihm über den Arm. »Mein Gott, Abdu, Adilah hat dir doch auch keine Vorwürfe gemacht, sondern dir im Gegenteil euer beider Sohn ans Herz gelegt. Sie wollte, dass ihr hierbleibt und glücklich werdet. Mach ihr Opfer, so sinnlos oder falsch es dir auch erscheinen mag, nicht dadurch zunichte, dass du dich jetzt aufgibst – und deinem Sohn damit auch noch den Vater nimmst. Du bist ja nur noch ein Schatten deiner selbst, aber dein Sohn braucht dich!«

»Ich hätte es verhindern müssen«, stieß Abdarrahman zwischen den Zähnen hervor, den Blick starr auf die Rosen gerichtet. »Ich hätte es spüren müssen, dass … dass sie …«

»Niemand hätte das gekonnt, weil sie es nicht gewollt hat!«, erklang es da sanft hinter ihnen. Die Stimme des Mannes war belegt, so dass sie beide erst erkannten, wer hinter ihnen stand, als sie sich umdrehten. Während Zahra Jaime dankbar zunickte, wandte Abdarrahman sich sofort wieder ab, und seine Miene verschloss sich noch mehr.

»Abdu, ich bitte dich: Komm zurück ins Leben. Und … ehrlich gesagt würde es mich freuen, wenn du mich wenigstens wieder einmal ansehen würdest, wenn du schon nicht mehr mit mir sprichst. Ich kann doch schließlich auch nichts für das Ganze!«

»Ach nein?« Auf einmal flog Abdarrahmans Kopf doch noch herum. »Wer hat die Hiobsbotschaft denn überbracht? Und wessen Landsleute tun uns das an? Und was überhaupt habt Ihr getan, um all das zu verhindern – außer mich daran zu hindern, für die Rechte meiner Landsleute einzutreten!«

Von Wort zu Wort war seine Stimme lauter, wütender und schneidender geworden, und nun schoss er hoch, direkt auf seinen Vater zu. »Wenn Ihr wüsstet, wie sehr mir Eure verdammte Selbstherrlichkeit zum Hals heraushängt!«

»Wie alle Väter versuche ich nur, das Beste für meine Kinder zu tun«, gab Jaime ruhig zurück und machte Zahra ein unmissverständliches Zeichen, dass sie sich nicht einmischen sollte. »Und du weißt, dass ich auf deiner Seite stehe und für dich eintrete, und das selbst über das hinaus, was ich eigentlich tun darf!«

»Wie könnt Ihr Euch nur einbilden, Ihr hättet mir am Tage des Aufstands vor Cisneros' Palast einen Gefallen getan, weil Ihr Musheer und mich aus dem Kampfgetümmel rausgeholt habt? Ich schwöre beim Leben meines Sohnes, dass ich tausendmal lieber gestorben wäre, als mich ausgerechnet von Euch retten zu lassen!«

»So etwas lässt sich leicht sagen«, gab Jaime noch immer ruhig zurück. Er tat einen Schritt auf Abdarrahman zu und wollte ihn am Arm fassen, aber sofort sprang sein Sohn zurück und brüllte: »Fasst mich nicht an, nie mehr, hört Ihr, und meinen Sohn auch nicht! Aber es passt zu Eurer Selbstherrlichkeit, dass Ihr Euch einredet, mich gerettet zu haben, während Ihr mir in Wahrheit die größte Schmach meines Lebens zugefügt habt. Was glaubt Ihr eigentlich, wer von meinen alten Freunden noch mit mir spricht? Und warum ich so bereitwillig die Ausbildung bei dem Bader aufgenommen habe, statt mich weiter um Bücher für ein Studium in der Medresse zu bemühen? Nichts, gar nichts habt Ihr von dem verstanden, was Ihr mir angetan habt, und werdet es auch nie, gottverfluchter Kafir, der Ihr seid! Tot seid Ihr für mich, tot, tot, tot – so tot wie Adilah nie sein wird!«

Und dann drehte er sich um und stürmte ins Haus.

Fassungslos starrte Jaime ihm nach, und auch Zahra brachte zunächst kein Wort hervor.

»Das … das meint er nicht so«, brach es schließlich heiser aus ihr hervor.

»Doch. Das meint er so. Genau so sogar!«

»Aber …«

Jaimes energisches Kopfschütteln brachte Zahra zum Verstummen. Dann ging auch er ins Haus. Als Zahra später nach ihm und Abdarrahman sehen wollte, musste sie feststellen, dass sie beide nicht mehr auf der Farm waren.

Aber auch diese große Auseinandersetzung änderte nichts daran, dass nach der Zwangstaufe allmählich wieder der Alltag auf die Farm zurückkehrte. Zwei Wochen nach der Zwangstaufe wurde Zahras Kind geboren. Seine Geburt war schwer, Zahra ertappte sich bei dem Gedanken, dass ihr Körper sich weigerte, einen Nachkommen der alten maurischen Familie der as-Sulamis in einem christlichen Land das Licht der Welt erblicken zu lassen. Es war ein großer, kräftiger Junge mit sonnigen Augen und einem friedfertigen Gemüt.

»Ich will, dass er wie der Prophet heißt«, flüsterte Zahra, als Tamu ihn ihr nach der Geburt in die Arme legte. »Nennt ihn Mohammed!« Danach sank sie in einen tiefen, erschöpften Schlaf.

Als Tamu ihre Worte Jaime wiedergab, furchte er zwar die Stirn und brummte: »Ich glaube kaum, dass dies die richtigen Zeiten für einen solchen Namen sind«, aber da die Geburt Zahra so sehr mitgenommen hatte und sie sich überdies nur langsam erholte, wagte er seinen Protest nicht vor ihr zu wiederholen, und so blieb es zumindest innerhalb der Familie bei diesem Namen.

Auch mehrere Wochen nach der Geburt hatte Zahra noch nicht wieder zu ihrer alten Kraft zurückgefunden, so dass sie sich fragte, ob seit der Taufe vielleicht ein Fluch auf ihr lag – einer wie in der Legende, die sie Yayah am Abend von Adilahs Selbstmord erzählt hatte. Allerdings wusste sie nicht, in welchem Brunnen ihre verwunschenen Haare lagen, so dass niemand eine Schutzsure über sie sprechen konnte, um sie von dem Fluch zu befreien.

Auch an diesem Tag lastete auf Zahra eine bleierne Müdigkeit und schien jeden ihrer Schritte mit Zentnergewichten zu beschweren. Überdies hämmerte und dröhnte ihr Kopf so sehr, dass sie bisweilen kaum noch die Augen offen halten konnte. Als sie endlich mit Maryam den Küchenplan der kommenden Woche durchgesprochen hatte, sehnte sie sich deswegen nach nichts mehr, als sich endlich wieder hinlegen und ausruhen zu können. Im Flur jedoch fing Jaime sie ab. Er war soeben von Granada zurückgekommen und bebte vor Wut. Ohne ein Wort der Begrüßung packte er sie am Oberarm und zerrte sie mit sich in den großen Wohnraum. Zahra war so verblüfft, dass sie wie ein ertapptes Schulkind hinter ihm herstolperte, und auch als er die Tür hinter ihnen zudonnerte und losschimpfte, verstand sie zunächst nicht, was er von ihr wollte, zumal dieses fürchterliche Dröhnen in ihrem Kopf unter seinen Schimpftiraden noch immer schlimmer wurde.

»Das geht so nicht weiter, Zahra. Das, was ihr hier treibt, ist ganz und gar unmöglich!«, war das Erste, was bis in ihr Bewusstsein vordrang. Wieder und wieder stürmte Jaime mit wütenden Schritten an ihr vorbei durch den Wohnraum, und jedes Mal, wenn er an den beiden Öllampen vorbeikam, die in Erwartung der Abenddämmerung auf der Truhe standen, erzitterten deren Flammen wie bei einem Erdbeben. »Wenn ihr so weitermacht, landen wir alle noch vor dem Ende des Jahres auf dem Scheiterhaufen!«

Behutsam öffnete jemand von außen die Zimmertür, doch noch ehe die Person auch nur in den Raum lugen konnte, war Jaime mit zwei großen Schritten hingeeilt und knallte die Tür wieder zu. Verstört wollte Zahra zur Tür gehen, um nachzusehen, wer ins Zimmer hatte kommen wollen, aber Jaime verstellte ihr den Weg. »Unser Gespräch ist noch nicht beendet!«

»Ein Gespräch nennst du das?« Zahra strich sich über die Stirn und versuchte, in Jaimes Miene eine Erklärung für sein Gebaren zu finden, wobei ihr nicht einmal bewusst wurde, dass Jaime unterdessen weiterschimpfte. Schließlich drangen die Worte »Glaube«, »Abdu« und »schächten« durch die Nebelschwaden in ihrem Kopf. Entschlossen hob sie die Hand, um Jaimes Wortschwall zu unterbrechen. »Jaime, bitte, ich …

ich habe dir von Anfang an gesagt, dass die Zwangstaufe uns nicht davon abhalten wird, zumindest zu Hause weiter unseren Glauben und unsere Sitten zu praktizieren. Und Abdu bleibt nach Adilahs Tod kein anderer Trost!«

»Ich sage ja auch nichts dagegen, dass ihr eure fünf Gebete sprecht und euch weigert, Schweinefleisch zu essen, und von mir aus könnt ihr auch weiter schächten, aber ihr dürft uns deshalb nicht um Kopf und Kragen bringen!« Jaime trat so energisch auf sie zu, dass Zahra unwillkürlich einen Schritt zurückwich.

»Im Hof hat er geschächtet, unser Sohn, mitten im Hof!«, donnerte er weiter. »Hat denn hier niemand von euch genug Verstand, um ihn dazu zu bewegen, so etwas wenigstens hinten im Stall zu tun? Was meinst du eigentlich, was passiert wäre, wenn genau in diesem Moment jemand in den Hof gekommen wäre?«

»Aber um die Farm herum leben doch nur Muslime und Juden …«

»Falsch: Hier leben nur noch Neuchristen! Und gerade unter den Neuchristen finden sich die meisten Denunzianten, weil sie sich durch die Anzeige von Ketzern mehr Anerkennung bei den Christen erhoffen. Sie gehen damit übrigens noch nicht einmal ein Risiko ein, weil die Inquisitoren Denunzianten nicht namentlich benennen!«

»Das habe ich allerdings nicht bedacht …« Zahra schloss unter einer neuen Schmerzenswelle die Augen.

»Nicht bedacht, nicht bedacht …« Jaime schnappte Zahra am Arm und schüttelte sie wie ein verstocktes Kind. »Wie wäre es, wenn du allmählich mal zu dir kommst? Immerhin geht es hier um unser aller Leben!« Er holte tief Luft, stieß sie heftig aus und ließ Zahra wieder los. Als er weitersprach, klang seine Stimme gedämpft, fast verlegen. »Außerdem gibt es da noch ein Problem. Es geht darum, dass du und Abdu seit der Taufe kein einziges Mal sonntags mit uns in die Kirche gegangen seid und uns das nun schon die dritte Ermahnung eingebracht hat … Wenn ich nicht jedes Mal mit meinem guten Namen dafür einstehen würde, dass ihr zwei ernsthaft krank seid, hätten wir schon längst eine saftige Geldbuße oder die Inquisition im Haus!«

»So ist dein guter Name also wenigstens dafür gut«, gab Zahra zurück. Sie merkte selbst, wie zynisch dies klang, und hob entschuldigend die Hand. »Außerdem war ich in der … Kirche. Am Freitag.«

»Du warst in der alten Moschee!«

»Die ihr zu einer Kirche geweiht habt!«

»Und hast dir, als du dort warst, mit Sicherheit vorgestellt, du seist in der Moschee, und auch nicht an meinen Gott, sondern an deinen Allah gedacht und deine Gebete garantiert auf Arabisch und in Richtung Mekka verrichtet. Und ebenso sicher ist, dass du zuvor zu Hause die rituellen Waschungen vorgenommen hast!«

»Ich bin getauft. Ich war in einer Kirche. Das muss dir und deinen Christen genügen!«

»Rede nicht immer von mir. Mir ist es vollkommen egal, wo, wann und zu wem du betest. Von Bedeutung ist nur, was die Familiares der Inquisition darüber denken!« Jaime machte eine verzweifelte Geste. »Verdammt, Zahra, jetzt tu nicht so, als wüsstest du das alles nicht!«

»Du hast mir geschworen, dass du uns nicht daran hindern wirst, unseren Glauben weiter auszuüben!«

»Und das tue ich auch nicht, trotzdem könnt Abdu und du nicht jede Vorsicht fahren lassen! Wenn du zu deinem Gott beten willst, tue dies gefälligst hier zu Hause, und gib dir nach außen ein bisschen Mühe, die gläubige Christin zu spielen!«

Er hob die Hände und ließ sie langsam sinken. »Zahra, ich will nur, dass euch nichts passiert. Raschid passt sich doch auch an. Er war bisher jeden Sonntag in der Messe.«

»Und weil er nicht drum herumkommt, die Hostie zu nehmen, kotzt er sich hinterher jedes Mal den Rest des Tages die Seele aus dem Leib.«

»Ja, verdammt, ja, aber ist das nicht immer noch besser, als in den Kerker geworfen zu werden und nicht mal mehr was zum Rauswürgen im Magen zu haben?« Jaime strich sich das Haar über der Stirn zurück. »Außerdem hat der Pfarrer mich schon wieder gefragt, wann wir unseren Sohn endlich taufen lassen wollen. Üblicherweise macht man dies direkt nach der Geburt – und die ist nun schon etliche Wochen her. Sag mir also bitte, welches Datum ich ihm nennen kann!«

Zahra hob die rechte Augenbraue.

Jaime knirschte mit den Zähnen. »Ich hatte dir versprochen, dass du ihn beschneiden lassen kannst, wenn er alt genug dafür ist. Aber wenn du ihn jetzt nicht taufen lässt, wirst du diesen Tag nicht erleben, weil man ihn dir vorher wegnehmen wird – und wenn du mir das nicht glaubst, dann frag Fatima, die *mu'allima* des Hammams. Letzte Woche hat man ihre älteste Tochter und deren Mann verhaftet und der Ketzerei angeklagt, weil sie weiter offen ihren alten Glauben gelebt haben. Ihre drei Kinder sind jetzt in der Obhut von Christen, die sie jeden Sonntag in die Kirche schicken und sich die Hände reiben, weil sie ein paar billige Arbeitskräfte geschenkt bekommen haben. Zahra, wach auf!«

Zahra wandte sich ab.

»Zum Donner, Zahra, dann nehme ich Mohammed eben morgen früh mit in die Stadt und lasse ihn ohne dich taufen!«

Augenblicklich schnellte Zahra zu ihm herum. »Das wagst du nicht!«

»Und ob! Denn wenn ich ihn nicht vor deinem Starrsinn schütze, wer dann?«

Wortlos wandte sich Zahra zur Tür, doch Jaime hielt sie am Handgelenk fest. »Schwöre mir, dass du nichts unternehmen wirst, um seine morgige Taufe zu verhindern!«

Zahra sah ihn an, und auf einmal drehte sich alles um sie, und das Hämmern hinter ihren Schläfen wurde so heftig, dass sie noch nicht einmal mehr ihre Verzweiflung spüren konnte, nur einen schwarzen, kalten Sog, der ebenso in ihrem Kopf wie um sie herum zu wirbeln schien. Hilf mir, ich kann nicht mehr, und ich will auch nicht mehr … Wie einen Rettungsanker warf sie diesen Gedanken aus, und zugleich war er das Einzige, was in diesem höllisch schmerzenden Kopf noch Platz hatte. Ganz von fern streifte sie das Bild einer Frau, die sich in dieser Situation ihre Kinder geschnappt hätte und mit ihnen geflohen wäre … das Bild einer Frau, die sie selbst einmal gewesen war – in einem früheren Leben. Ehe sie diese Schuld der Taufe auf sich geladen hatte … und damit selbst die Knoten der Verdammnis in ihr Haar geknüpft hatte …

»Zahra, du sollst es mir versprechen!«

…

»Zahra, versprich es mir!«

Zahra sah Jaime an, nickte, ohne zu wissen wozu, wohl aber instinktiv erfassend, dass sie nicken musste, wenn sie wollte, dass er sie gehen ließ, woraufhin Jaimes Hand tatsächlich von ihrem Arm glitt, aber im gleichen Moment bedauerte sie auch schon, dass er sie losgelassen hatte, denn nun war sie wahrhaftig allein.

Chalida genoss den vertrauten Geruch von Heu und dampfenden Pferdeleibern und Barbakans freudiges Schnauben, als sie auf seinen Verschlag zuging. Zu ihm hatte Tamu Chalida gebracht, als ihre Lebenskräfte immer weiter schwanden und die Kräutersuds, die sie ihr einflößte, auch nach Tagen keine Wirkung gezeigt hatten – denn auch Barbakan war damals von einem Tag auf den anderen erkrankt. Tamus Plan war aufgegangen: Die Sorge um ihr geliebtes Pferd hatte Chalida Kraft zum Weiterleben gegeben. Viele Wochen lag dies nun zurück, und nach wie vor waren Barbakan und der Stall der einzige Ort, an dem sie sich wohl und eins mit sich fühlte und die Zweifel zumindest kurzzeitig von ihr abfielen. Sie hörte, wie Barbakan erwartungsfroh scharrte, als sich plötzlich Aaron aus dem Schatten hinter dem Tor löste und vor sie trat – und über das unvermittelte Zusammentreffen ebenso erschrak wie sie. Seit sie ihm von ihrem Schwur erzählt hatte, hatte er sie ebenso gemieden wie sie ihn und sich überwiegend bei Mosche in Granada aufgehalten. Doch sie sah seinem dunklen, schweren Blick an, dass er in dieser Zeit nicht weniger gelitten hatte als sie – und diese Begegnung ebenso gefürchtet hatte wie sie. Und noch etwas merkte sie: dass die Wochen es ihr nicht leichtergemacht hatten und der Schmerz noch ebenso groß war wie zuvor. Hastig eilte sie weiter. Zunächst ließ Aaron sie gehen, aber dann folgte er ihr doch. »Chalida, bitte …«

Fast panisch öffnete Chalida Barbakans Verschlag, aber kaum war sie eingetreten, drückte sich Aaron an ihr vorbei, schloss die Tür hinter ihnen und zog sie mit sich hinter den warmen Pferdeleib. Nachdem er sich durch einen nachdrücklichen Blick über Barbakans Kruppe hinweg vergewissert hatte, dass niemand außer ihnen im Stall war, wandte er sich ihr wieder zu und wollte sprechen, brachte aber keinen Ton heraus. Chalida sank mit dem Rücken gegen die Stallwand und sah ihn mit flehendem Blick an. »Lass mich, bitte, Aaron, vergiss mich!«

»Das kann ich aber nicht!«, presste Aaron hervor und donnerte mit der Faust gegen die Stallwand. »Ich kann dich nicht vergessen, und ich will es auch nicht, weil ... weil ich mir sicher bin, dass weder dein Gott noch meiner etwas dagegen hat, dass wir uns lieben! Und dieser Schwur, verdammt, warum musstest du es Ihm schwören und damit alles noch komplizierter machen? Musheer wäre doch auch so wieder gesund geworden!«

»Vielleicht. Vielleicht aber auch nicht«, stöhnte Chalida. »Ich kann den Schwur nicht ungeschehen machen.«

»Wer hat dir eigentlich gesagt, dass Er dieses Versprechen überhaupt wollte? Für Musheer bist du doch nur ... nur irgendwer. Er will dich nicht heiraten, weil ihm etwas an dir liegt, sondern nur, weil eure Eltern diese Verbindung beschlossen haben. Warum also musstest du da Gott mit ins Spiel bringen? Warum sollte es für ihn von Bedeutung sein, wen du heiratest?«

»Zumindest ist für ihn von Bedeutung, dass ich meinen Eltern gehorche und einen Muslim heirate, ganz so, wie es im Koran geschrieben steht: *Und verheiratet keine gläubigen Frauen mit Götzendienern, ehe sie gläubig geworden; selbst ein gläubiger Sklave ist besser als ein Götzendiener, sosehr dieser euch gefallen mag. Jene rufen zum Feuer, Allah aber ruft zum Paradies und zur Vergebung durch Sein Gebot. Und Er macht Seine Zeichen den Menschen klar, auf dass sie sich ermahnen lassen.*«

Aaron wollte sofort etwas erwidern, aber Chalida hob abwehrend die Hand. »Auch wenn wir jetzt alle Neuchristen sind, sind wir in unseren Herzen doch weiter Muslime oder Juden, und Muslimas dürfen eben nur Muslime heiraten, weil allein so gewährleistet ist, dass sie ihren Glauben weiter ausüben können und ihre Kinder im rechten Glauben aufwachsen. Oh Aaron, du siehst doch selbst, wie schwierig es zwischen meinem Vater und meiner Mutter ist: Immer und immer wieder steht ihr Glaube zwischen ihnen!«

»Aber wir könnten es besser machen, und soweit ich von meinen Pflegeeltern weiß, war es auch nicht immer so schwierig zwischen ihnen. Zu Zeiten des Maurischen Königreichs muss ihre Beziehung sogar sehr innig gewesen sein, und Raschid und Deborah führen doch auch eine sehr gute Ehe, obwohl sie nicht derselben Religion angehören. Und ganz gleich, ob du Musheer oder mich heiratest – du wirst deine Kinder so oder so taufen lassen müssen!«

»Wenn ich Musheer heirate, kann ich meine Kinder aber wenigstens zu Hause in meinem alten Glauben unterweisen, aber wenn … Ach, Aaron, du hängst an deinem Glauben doch ebenso wie ich an meinem!«

»Aber noch mehr hängt mein Herz an dir!« Aaron sah sie eindringlich an. »Solange wir uns früher regelmäßig gesehen haben und zusammen ausgeritten sind, habe ich wenigstens noch mit dir reden und mich an deinem Lächeln erfreuen können, aber jetzt … jetzt sehe ich dich, wenn überhaupt, nur noch tief verschleiert aus der Ferne, und selbst da gelingt es mir kaum, zu dir hinzusehen, weil mir der Schmerz fast die Sinne raubt! Verdammt, Chalida, ich liebe dich, und ich kann nicht ohne dich sein, ich kann es einfach nicht!«

Aaron hob die Hand, nahm Chalidas Gesichtsschleier ab und trat noch näher auf sie zu. Im ersten Moment versuchte Chalida, ihm auszuweichen, aber als Aaron sie auf die Stirn küsste und an sich zog, brach ihr Widerstand unter einem erbarmungswürdigen Laut unterdrückten Jammers in sich zusammen, und sie sank ihm schluchzend an die Brust. »Oh Aaron, Aaron!« Wie eine Ertrinkende klammerte sie sich an seinen Hals.

»Chalida!« Aaron wiegte sie wie ein kleines Kind, und schon längst schimmerte es auch in seinen Augen. Er vergrub das Gesicht in ihrem Haar und atmete ihren schweren Blütenduft ein. »Ich flehe dich an, Chalida, gib uns nicht auf, sondern lass uns um unsere Liebe kämpfen! In den letzten Monaten hat sich vieles verändert. Du bist jetzt ebenso Neuchrist wie ich, und damit könnten wir sogar heiraten! Und du weißt, dass uns nicht mehr viel Zeit bleibt: Du sollst Musheer schon im Oktober heiraten! Ich liebe dich, Chalida, ich liebe dich mehr als mein Leben, und ich möchte nichts weiter, als immer nur mit dir zusammen zu sein!«

Chalida wischte sich die Tränen vom Gesicht und richtete sich auf. »Es fragt uns aber niemand, was wir möchten …«

»Darum sollten wir damit anfangen!« Aaron nahm ihre Hand und sah sie eindringlich an. »Chalida, ich bin der festen Überzeugung, dass uns auch unsere Liebe für andere Menschen von dem Ewigen geschenkt wird – und er uns dann hilft, diese Liebe zu leben!«

»Aber unser Glaube, Aaron …«

»Ich werde dir deinen Glauben nicht nehmen, und du mir nicht den meinen, und unsere Kinder werden wir mit beiden Religionen vertraut machen und sie später selbst entscheiden lassen.«

»Du stellst dir das alles viel zu einfach vor …« Sie schüttelte den Kopf, und erneut schossen ihr Tränen in die Augen. »Wenn ich wenigstens nicht dauernd an Adilah denken müsste. Dieser Mut, lieber zu sterben, als sich den Glauben nehmen zu lassen … Wie gering ist dagegen mein Opfer, einen Mann zu heiraten, den ich nicht liebe! Ihr Tod muss doch auch für die Lebenden etwas bedeuten!«

»Bist du dir so sicher, dass ihre Entscheidung richtig war? Und kannst du dir das auch noch sagen, wenn du dir deinen

Bruder und ihr Kind ansiehst? Meinst du, Abdu wird sich je von ihrem Verlust erholen? Wird ihr Sohn je so laut und ausgelassen wie andere Kinder lachen können? Chalida, ich bin mir der Unterschiede zwischen unseren Religionen sehr wohl bewusst. Und ganz sicher werde ich jetzt und immerdar nur an den Gott der Juden, an den Ewigen, glauben, aber unsere beiden Religionen haben viele Gemeinsamkeiten, und die müssen wir suchen, und nur auf die dürfen wir uns besinnen, und nicht auf das Trennende!«

»Ach, Aaron ...« Chalida seufzte tief und sah zu ihm auf, und im gleichen Moment wehte sie das gute, das heftige Gefühl an, dass der Allmächtige tatsächlich nichts dagegen haben könnte, dass sie sich liebten. Als Aaron seine Lippen den ihren näherte, fuhr sie nicht zurück, sondern schmolz unter seinen Küssen dahin. Oh Aaron, Aaron!, hämmerte es in ihrem Kopf, ich will doch auch nur mit dir zusammen sein! Und schließlich kam ihr der überraschende Gedanke, ob nicht allein wichtig war, dass es überhaupt einen Gott gab, der sie alle beschützte, und ob es nicht reichen könnte, dass sie sich einfach nach Kräften bemühten, Gutes zu tun und immer gewissenhaft ihre Gebete zu verrichten ...

Obwohl Aaron sie bedrängte, sie bei ihrem Ausritt begleiten zu dürfen, bat sie ihn, nicht mitzukommen. »Ich ... da geht so vieles durcheinander in meinem Kopf ... Lass mir Zeit, bitte, ich muss nachdenken!«

Notgedrungen gab Aaron nach und half ihr, Barbakan zu satteln. Augenblicklich sprang Chalidas Hund herbei, doch selbst ihn wollte Chalida nicht mitnehmen. »Das nächste Mal wieder«, tröstete sie ihn und bat Aaron, darauf zu achten, dass er ihr nicht nachlief.

Als Chalida mit ihrem geliebten Hengst die freien Wiesen

erreicht hatte und sie den Platz, die Weite um sich spürte, kam ihr das, was hinter ihr lag und dort weiter auf sie wartete, noch enger, noch bedrückender vor. Immer entschlossener trieb sie Barbakan an; schneller, schneller, schneller wollte sie reiten, regelrecht dahinfliegen, nicht mehr überlegen müssen, ob Aaron recht hatte und der Allmächtige diesen Schwur vielleicht nie von ihr verlangt hatte, ob es für Aaron und sie doch noch eine Hoffnung gab. Doch je schneller sie ritt, desto klarer wurde ihr, dass es vor diesen Fragen kein Entrinnen gab, und schließlich brach sie schluchzend über Barbakans Hals zusammen. Schnaubend verfiel das kluge Tier daraufhin in Schritt, blieb schließlich ganz stehen und ließ unruhig die Ohren spielen.

Als sich Chalida zu beruhigen begann, fiel ihr auf, dass sie unbewusst in Richtung der Farm der Eltern ihrer langjährigen Freundin Anisha geritten war. Früher in Granada hatten sie sich oft im Hammam getroffen, doch nachdem sie auf die Seidenfarm gezogen waren, hatten sie sich etwas aus den Augen verloren – bis auch Anishas Familie nach der Zwangstaufe der Stadt und ihren allzu neugierigen Augen und Ohren den Rücken gekehrt hatte. Seither trafen sie sich wieder häufiger. Chalida wischte sich noch einmal übers Gesicht und trieb Barbakan an, weiter in diese Richtung zu reiten, und je näher sie der Farm kam, desto größer wurde ihre Erleichterung. Ja, sie musste endlich mit jemandem über ihre Zweifel reden, und Anisha würde sie gewiss nicht verraten und wusste vielleicht sogar einen Rat!

Damit Anishas Eltern nicht sahen, dass sie ohne Begleitung durch die Wälder strich, band sie Barbakan im nahe gelegenen Wäldchen an und schlich sich von hinten an die Patiomauer an. Geschickt hangelte sie sich an dem Maulbeerbaum hoch, schwang sich über die Mauer und eilte durch den Garten in

Anishas Zimmer. Als Anisha sie plötzlich vor sich stehen sah, schrak sie zusammen, lachte dann aber und umarmte Chalida herzlich. »Du bist wahrlich immer für eine Überraschung gut!«

In den Armen der Freundin kamen Chalida erneut die Tränen. »Ich befürchte nur, meine heutige Überraschung wirst du wenig erheiternd finden …«

Anisha musterte sie eindringlich und wollte sie mit sich zu den Sitzkissen ziehen, doch Chalida sah unruhig zur Zimmertür. »Können wir nicht zu unserem Versteck im Wald gehen? Wenn jemand von euren Dienern oder gar deine Eltern hören, was ich dir zu erzählen habe …«

»Oha.« Anisha legte unverzüglich Niqab und Hidschab an und stahl sich mit Chalida von dem Grundstück weg. Barbakan hinter sich herführend, gingen sie zu der verlassenen Mühle. Die ehemaligen Besitzer hatten das Land nach dem Ende der Reconquista mit dem Schiff gen Marokko verlassen, waren dort aber, soweit man wusste, nie angekommen – wie so viele andere auch nicht.

An der Mühle angekommen, setzten sich die Mädchen auf den alten, umgestürzten Baumstamm, der schon seit Jahren quer vor dem Eingang lag und von dem sie einen direkten Blick auf den von allerlei Büschen fast zugewucherten Bachlauf hatten.

»So, jetzt erzähl«, rief Anisha aufgeregt. »Ich platze schon fast vor Neugierde!«

Während Chalida sich die ersten Worte zurechtlegte, fiel ihr Blick auf etwas Rotes. Sie erhob sich und brachte Anisha ihren Fund. »Schau mal, ein Filzhut. Offenbar sind wir nicht die Einzigen, die ab und an hierherkommen!«

Anisha betrachtete den Fes, an dem eine lange, goldene Quaste hing. »Der kann noch nicht lange hier liegen. Sonst hätte er von dem Gewitter am Freitag etwas abbekommen und sähe viel mitgenommener aus!«

Unsicher sahen sich die Mädchen um, lauschten und spähten die Umgebung aus, konnten aber nichts feststellen, so dass Anisha neben sich auf den Baumstamm klopfte. »Jetzt komm, setz dich wieder und erzähl endlich, was du auf dem Herzen hast! Der Besitzer des Hutes wird schon nicht gerade jetzt hier vorbeikommen, um ihn zu suchen!«

Chalida nickte und nahm wieder Platz. Die ersten Worte zu finden fiel ihr schwer, und ganz besonders, Anisha zu gestehen, dass sie Aaron geküsst hatte, aber als das heraus war, sprudelte alles Übrige, ihre Ängste und ihre Verzweiflung in Bezug auf Musheer wegen seiner lebensgefährlichen Verletzung und ihr deswegen erfolgter Schwur ebenso wie ihre heutige Begegnung mit Aaron, wie ein Sturzbach aus ihr heraus.

»Beim Allmächtigen«, stöhnte Anisha, als Chalida geendet hatte. »Das hört sich ja an, als seist du vom Dschinn geschlagen!«

»So verurteilst also auch du mich?«

»Aber nein, Chalida, im Gegenteil, und ich kann mir sehr gut vorstellen, wie schrecklich das alles für dich sein muss!« Sie strich Chalida mitfühlend über den Arm. »Aber wie kannst du Musheer heiraten, wenn du Aaron so sehr liebst? Warum versuchst du nicht wenigstens, mit deinen Eltern darüber zu reden?«

»So hartnäckig, wie meine Mutter seit der Zwangstaufe für unseren alten Glauben eintritt, wird sie mich niemals einen Juden heiraten lassen!«

»Und was ist mit deinem Vater? Du hast mir doch schon oft erzählt, wie wütend er ist, weil ihr alle so offensichtlich weiter unseren alten Glauben lebt – so würdest zumindest du in einer Kirche heiraten …«

Ein Knacken ließ die Mädchen zusammenfahren. »Was …?«, setzte Anisha an, doch Chalida drückte ihr die Hand auf den Mund. Angespannt lauschten die Mädchen und hörten erneut das Knacken von Holz, ein kleines Stück entfernt, wollte es Chalida scheinen, und dann gleich noch einmal. Chalida machte Anisha Zeichen, sich zu erheben und mit ihr wegzuschleichen. Auch unter ihren Füßen knackte der eine oder andere Zweig, aber schließlich hatten sie Barbakan erreicht, schwangen sich auf seinen Rücken und jagten mit ihm davon. Auch als sie Anishas Farm längst erreicht hatten, zitterte Chalida noch am ganzen Leib.

»Wer kann das nur gewesen sein?«, jammerte sie. »Mein Gott, wer weiß, wer uns da belauscht hat!«

»Jetzt mal doch nicht gleich den Teufel an die Wand«, versuchte Anisha, sie zu beschwichtigen. »Wahrscheinlich war das bloß ein Tier!«

»Und wenn nicht? Was, wenn uns jemand aufgelauert hat?« Chalida verschluckte sich fast an ihren eigenen Worten, so sehr erschreckte sie der Gedanke. »Mein Vater warnt uns doch ständig, die Familiares der Inquisition seien überall!«

»Ach was«, machte Anisha, wurde aber um einige Nuancen blasser. »Das … das war sicher nur ein Wilderer, oder … oder jemand, der selbst vor den Christen auf der Flucht ist.«

»Und wenn nicht, Anisha? Das Letzte, worüber wir gesprochen hatten, war, wie wütend mein Vater ist, weil wir alle so offensichtlich unseren alten Glauben weiterleben. Anisha, wenn das der Falsche gehört hat …«

»Hör auf, Chalida, du machst dich wegen nichts und wieder nichts verrückt! Das war ein Wilderer, hörst du, das war gewiss nur ein Wilderer!«

Chalida nickte. Sie nickte und nickte, doch erst als Anisha

sie hart am Arm packte und schüttelte und noch einmal wiederholte, es sei nichts gewesen, schien sie aufzunehmen, was Anisha gesagt hatte.

»Du … du hast sicher recht«, stammelte sie und zwang sich, ruhiger zu atmen. »Ja, es war bestimmt nur ein Wilderer. Oder – oder ein Schäfer, der ein entlaufenes Lamm sucht, nicht wahr?«

»Genau«, bestätigte Anisha. »Und das hatte rein gar nichts mit uns zu tun. Es ist nichts, und es wird nichts daraus folgen! Und bitte, Chalida, rede mit deinem Vater, das musst du mir versprechen! Du hast doch nichts zu verlieren!«

»Ja, ich … mal sehen«, gab Chalida zurück, mied aber Anishas Blick und griff mit plötzlicher Eile nach den Zügeln. »Ich … ich muss nach Hause!«, stotterte sie und schwang sich auf Barbakan.

In wildem Galopp jagte sie zurück zur Farm. Es war nichts, nur ein Wilderer, betete sie dabei wie ein Mantra vor sich hin, aber tief in ihrem Inneren fand sie einen ganz anderen Widerhall: »Das war ein Zeichen Gottes, dass ich endlich aufhören muss, mir Fragen zu stellen, und Musheer heiraten soll. Ich spüre es, und nur wenn ich ihm gehorche, schüttet er kein neues Unheil über unserer Familie aus. Nur dann verschont er uns!«

Zu Hause verkroch sie sich fröstelnd in ihr Bett und hatte bis zum Abend so hohes Fieber, dass Tamu seufzend wieder ihren bitteren Sud für sie zuzubereiten begann.

»Zahra, würdest du dich jetzt bitte fertig machen, damit wir endlich nach Granada reiten können?« Seufzend sank Jaime gegen den Türrahmen des Wohnraums und kämpfte sichtlich um Beherrschung. Als Zahra, statt in ihre Gemächer zu eilen, langsam zum Fenster ging, schlug er mit der Hand auf das

Holz, fuhr herum und rief donnernd nach seinen Kindern: »Abdarrahman, Chalida, Yayah!«

Zumindest die beiden Jüngeren tauchten sofort auf und waren, anders als Zahra, auch schon für den Ritt nach Granada und für die sonntägliche Messe passend gekleidet. Jaime nickte ihnen mit knurriger Miene zu. »Geht schon mal raus zu Raschid und den anderen, und schaut, ob unsere Pferde bereit sind. Ich komme sofort nach – *mit* eurer Mutter. Und seht zu, dass Abdu ebenfalls fertig ist, damit wir endlich loskommen!«

Chalida und Yayah befolgten eiligst, was ihr Vater ihnen aufgetragen hatte. Als Jaime sich wieder umdrehte, verhakte Zahra ihre Finger in das Mashrabiya-Gitter, als wolle sie andeuten, dass Jaime sie schon mitsamt dem Gitter wegtragen müsse.

»Ich dachte eigentlich, ich hätte mich deutlich genug ausgedrückt«, stöhnte Jaime.

»Und ich denke, es reicht, dass du schon mit Mohammed getan hast, was du willst«, erwiderte Zahra leise, zum Fenstergitter gewandt. »Immerhin hast du jetzt einen weiteren getauften Sohn, einen Christen mehr für deine wundervolle Kirche. Was willst du noch?«

Ihre Worte hatten spitz und auch ein bisschen wütend klingen sollen, aber sie klangen nur müde und matt, unendlich matt. Mit Tränen in den Augen ließ Zahra den Kopf gegen das Gitter sinken. Noch nicht einmal meine Stimme hat mehr Biss, dachte sie. Von Tag zu Tag fühlte sie sich schlechter, und allmählich war sie tatsächlich zu schwach, um bis nach Granada reiten zu können, aber da Jaime und Raschid in den letzten Tagen mehrmals Fremde rund um die Farm beobachtet hatten und jemand im Nachbarort intensiv Erkundigungen über sie eingezogen hatte, befürchtete Jaime, dass sie ins

Visier der Familiares geraten waren, und hatte ihnen am Abend erklärt, dass er heute keine Ausrede gelten lasse: Sowohl sie als auch Abdarrahman würden mit in die Kirche kommen, und wenn er sie eigenhändig hinschleifen musste. Abdarrahman hatte mit keinem Lidzucken verraten, ob er seine Worte auch nur gehört hatte. Zahra hatte zumindest durch ein Nicken bekundet, dass sie ihn verstanden hatte – aber nicht, ob sie vorhatte, darauf so zu reagieren, wie Jaime es verlangte.

»Ich nehme an, deine Kirche wird auch ohne mich voll genug werden«, presste Zahra hervor und klammerte die Finger noch fester in das Gitter, weil ihr plötzlich jämmerlich schwindlig wurde.

»Du weißt sehr gut, dass es einzig und allein darum geht, dass der Priester wenigstens heute einmal deinen und Abdus Namen auf seiner Liste abhaken kann!«, knurrte Jaime. »Und damit du auch gleich das noch weißt und dich darauf einstellen kannst: Talavera hat mich gestern zu sich bestellt und mir erklärt, dass einer Heirat von uns jetzt, da auch du getaufte Christin bist, nichts mehr im Wege stehe und dass er erwartet …«

»… erwartet?« Zitternd fuhr Zahra zu ihm herum. »Zwei Jahrzehnte lang hast du mich mit der Schande leben lassen, nicht nach den Gesetzen meiner Religion verheiratet zu sein – zwei Jahrzehnte lang! Und nur, weil dein Talavera mit dem kleinen Finger zuckt, soll ich jetzt vor einen christlichen Traualtar treten?« Ihr brach kurzzeitig die Stimme. »Weißt du was? Ich werde überhaupt keine Kirche mehr betreten, heute nicht und morgen nicht und überhaupt nie mehr. Das Ganze ist ohnehin eine Farce: Kein Einziger meiner Glaubensbrüder und -schwestern glaubt, nur weil ihr euer Weihwasser über sie geschüttet habt, plötzlich an euren Gott!«

»Aber so weit, wie du tust, liegen unsere Religionen doch gar nicht auseinander!«

»Ach nein? Und was hat dich dann seinerzeit daran gehindert, zum Islam zu konvertieren?« Zahra schüttelte den Kopf. »Wie verlogen das alles ist. Außerdem weißt du ganz genau, dass die Unterschiede schon damit anfangen, dass die Geburt des von euch so verehrten Jesus im Koran nicht die eines Gottessohnes, sondern die eines Propheten, eines Menschen aus einer menschlichen Mutter ist und wir ihn deswegen nicht als Gott anbeten dürfen. Im Koran steht: *Es gibt nur einen Gott, und Mohammed ist sein Prophet!* Und natürlich glauben wir auch nicht an eure Kreuzigung – und hätte sie stattgefunden, wäre sie eine geradezu unfassbare Erniedrigung des Propheten Jesus und des allmächtigen Gottes gewesen. Aber sie hat nicht stattgefunden, denn niemals hätte Allah zugelassen, dass sein Prophet gepeinigt und getötet wird! Und da ich nicht an deinen, sondern an meinen Gott glaube, werde ich den meinen auch nicht dadurch verhöhnen und beleidigen, dass ich in deine Kirche gehe!«

»An was oder wen du glaubst, ist mir vollkommen gleichgültig, Zahra, und das habe ich auch schon tausendmal gesagt. Sonntags einen Kirchenbesuch, die Taufe von Mohammed, unsere Eheschließung – zum Donner, mehr will ich doch gar nicht von dir! Was ist denn so schlimm daran, zumal es doch die Fatwa gibt, die dir all dies ausdrücklich erlaubt?«

»Du scheinst da etwas gründlich misszuverstehen: Die Fatwa ist keinesfalls ein Erlaubnisschein, fortan als gläubiger Christ zu leben, und sie sagt auch nicht, dass wir in die Kirche gehen *sollen* – sondern lediglich, dass wir nicht bestraft werden, wenn wir es gegen unseren Willen tun. Doch dabei erwartet man von uns sehr wohl, dass wir alles vermeiden, was wir nur vermeiden können!«

»Aber es zwingt dich niemand, den Märtyrer zu spielen! Verdammt, Zahra, was willst du mir beweisen? Dass du die Gute, die Edle, die Unangreifbare, die Erniedrigte, das bedauernswerte Opfer bist – und ich nur ein verdammungswürdiger Christ? Vergiss bitte nicht, dass für ein solches Gebaren derzeit der denkbar schlechteste Zeitpunkt ist, weil dich das dein Leben kosten wird!«

»Genau das scheinst du nicht zu verstehen: Nämlich, dass es mich so oder so das Leben kostet – weil ich so nicht leben kann«, stöhnte Zahra und sank matt zurück gegen das Mashrabiya-Gitter. »Was dir als ein schlechter Zeitpunkt erscheint«, sagte sie leise, »ist für mich die einzige Art, wie ich überhaupt noch Luft holen kann. Für mich ist es gerade jetzt wichtig, an meinem Glauben festzuhalten, denn von ihm hängt mein künftiges Leben ab: mein Leben nach dem Tod. Und um nichts anderes geht es mir. Und was Abdu betrifft: Du kannst nicht erwarten, dass er, nachdem sich seine Frau nur wegen dieses unmenschlichen Erlasses das Leben genommen hat, heute in die Kirche marschiert, als sei nichts gewesen. Es vergeht kein Tag, an dem ich Allah, dem Schöpfer des Universums, nicht danke, dass er Adilahs Tod allmählich zu überwinden beginnt. Und wenn unser Sohn nach Adilahs Selbstmord vor Schmerz nicht selbst mehr tot als lebendig und ganz betäubt von Tamus Kräutern gewesen wäre, hättest weder du noch sonst jemand auf dieser Welt ihn dazu bewegen können, sich taufen zu lassen. Also sei zufrieden, dass er zumindest das über sich hat ergehen lassen, und hör auf, ihn zu bedrängen, sonst wird er nie den Weg zu dir zurückfinden. Mehr als diese schändliche Taufe kannst und darfst du nicht von ihm erwarten, und auch von mir nicht. Jede Nacht erscheinen mir vor meinem inneren Auge die Bilder, wie Adilah in dieser Blutlache gelegen hat. Ich kann einfach nicht wieder in eine Kirche gehen!«

»Mit dieser Weigerung wirst du Adilah nicht wieder lebendig machen – und Abdus Leid nicht rächen!«

»Aber ich kann mir zumindest mein Seelenheil bewahren. Das ist das Einzige, was uns in diesen Zeiten bleibt.«

»Und was hilft dir dein verdammtes Seelenheil, wenn du im Kerker sitzt? Und was ist überhaupt mit den Kindern? Merkst du nicht, wie du auch sie mit deinem Verhalten in Gefahr bringst?«

»So oft, wie du sie in die Kirche schleppst, wird niemand wagen, ihnen auch nur ein Haar zu krümmen!«

»Da wäre ich mir an deiner Stelle nicht sicher!« Jaime sah sie nachdrücklich an. »Kommst du jetzt? Bitte, Zahra!«

»Nein, Jaime. Nein!«

Einen Moment lang blickte Jaime sie an, als sähe er sie zum ersten Mal, dann holte er tief Luft. »Also gut, wenn du und Abdu mit aller Macht euren Untergang sucht, dann werde ich euch nicht länger aufhalten – dabei allerdings auch nicht weiter zusehen. Noch heute werde ich mich zum Neapelheer melden – und wenn ich erst weg bin, könnt ihr endgültig machen, was ihr wollt, denn mir ist mittlerweile klar, dass weder du noch Raschid mich auf die Kinder Einfluss nehmen lassen werdet, also verantwortet auch selbst, was ihr ihnen antut!«

Obwohl seine Eröffnung Zahra wie ein Messer ins Herz fuhr, blieb ihre Miene unbewegt, und sie sagte nichts mehr. Einen Atemzug lang fraß sich Jaimes Blick noch in den ihren, dann drehte er sich um und stürmte davon, wobei er fast Chalida umrannte.

Zahra wusste nicht, wie lange ihre Tochter schon da stand, aber so, wie Chalida sie anstarrte, musste sie auf jeden Fall Jaimes letzte Ankündigung mitbekommen haben. Ihr Gesicht war weiß wie der Hidschab, den sie sich jetzt mit endlos schwerer Geste vom Kopf zog.

»Das … das kann nicht Euer Ernst sein, Mutter. Ihr … Ihr könnt Vater doch nicht einfach gehen lassen, und schon gar nicht nach Neapel!«

»Da wird er schon nicht hingehen«, erwiderte Zahra mit dünner Stimme, und sie schien erst allmählich zu begreifen, was Jaime als Letztes gesagt hatte. »Das … das wird er schon nicht …«

»Und wenn doch?« Chalida griff sich an den Hals. »Was, wenn doch, Mutter?«

»Dann … soll es … so sein«, erwiderte Zahra, jedes Wort so mühsam hervorpressend, als müsse sie zugleich sich selbst überzeugen, dass diese Fakten unausweichlich und unabänderlich waren. »Denn nicht wir … entscheiden über unser Schicksal, sondern … der Allmächtige.« Und dann ging sie einfach an Chalida vorbei in Richtung ihres Gemachs. Sie hatte den Raum schon fast erreicht, als sich Chalida an ihr vorbeidrängte und ihr mit ausgebreiteten Armen den Weg versperrte. »Nein, Mutter, das stimmt nicht! Es ist nicht immer nur der Allmächtige – manchmal sind es auch wir Menschen, die das Schicksal beeinflussen, wahrscheinlich sogar öfter, als wir wahrhaben wollen. Und wenn Vater sein Leben im Kampf um Neapel lässt, Mutter, dann habt Ihr Euch das zuzuschreiben, Ihr – und nicht der Allmächtige!«

Einen Moment lang sah sie ihre Mutter noch mit brennenden Augen an, dann fuhr sie herum und rannte mit wehenden Kleidern ihrem Vater hinterher.

Als die Haustür ins Schloss krachte, sank Zahra erschöpft gegen die Wand und drückte die Stirn gegen den kalten Putz. Müde, unendlich müde fühlte sie sich, ihr Inneres ein einziges Meer aus Trauer und Schmerz.

»Warum, Allmächtiger, warum?«, stöhnte sie.

Erst etliche Atemzüge später fand sie die Kraft, sich von

der Wand wieder abzudrücken und den Weg in ihr Gemach fortzusetzen.

Auf dem Weg nach draußen hüllte sich Chalida wieder in ihren Hidschab, doch vor dem Haus fand sie nur noch Aaron vor. Er erklärte ihr, dass Raschid aus Sorge, zu spät zum Gottesdienst zu kommen, schon vorausgeritten sei, und kurz darauf sei ihr Vater aus dem Haus gestürmt, auf sein Pferd gestiegen und davongaloppiert. »Was war denn los? Er ist losgeprescht, als sei der Teufel hinter ihm her!«

Statt ihm eine Antwort zu geben, schwang sich Chalida auf Barbakan und trieb ihn an. »Lauf, mein Guter, lauf, so schnell du kannst!«

Chalida war klar, dass ihr Vater nur auf dem Weg nach Granada sein konnte und er einen kürzeren, aber weniger bequemen Weg als Raschid genommen hatte. Tatsächlich gelang es ihr, ihn einzuholen. Als sie seiner ansichtig wurden, ließ sich Aaron, der ihr sofort gefolgt war, ein Stück zurückfallen. Obwohl ihr Vater sie bemerkte, zügelte er sein Pferd erst, als sie ihm zum dritten Mal hinterhergerufen hatte, dass er auf sie warten möge.

»Was willst du?«, knurrte Jaime sie an. »Warum bist du nicht mit Raschid vorausgeritten? Drückst jetzt auch du dich noch vor dem Gottesdienst?«

»Ich … Nein! Ich wollte nur nicht ohne Euch reiten!« Chalida sah ihn drängend an. »Vater, bitte, Ihr … Ihr müsst mir versprechen, dass Ihr das, was Ihr eben zu Mutter gesagt habt, nicht ernst meint!«

»Kümmere dich um Dinge, die dich etwas angehen!«

»Aber …«

Jaime warf ihr einen so finsteren Blick zu, dass Chalida ihre weiteren Worte im Hals steckenblieben.

»Und jetzt reite endlich zu, damit du noch rechtzeitig zum Gottesdienst kommst!«

»Geht … geht Ihr wenigstens mit mir in die Kirche?«

Erst nach etlichen Atemzügen nickte er und schlug dann Barbakan auf die Hinterhand, woraufhin der Hengst wiehernd in Galopp verfiel.

Nach dem Gottesdienst zog sich Jaime mit Raschid in den Schatten einer Platane zurück, während Deborah mit den Kindern und den Dienern zu einer nahe gelegenen Zisterne ging, um sich den Mund auszuspülen und Gesicht und Hände zu waschen – und wenigstens einen Hauch dessen von sich spülen, mit dem sie gezwungenermaßen in Berührung gekommen war. Jaime bat Raschid, seine Kinder mit zurück zur Farm zu nehmen. »Ich … ich werde fürs Erste im Stadthaus wohnen. Den Grund kannst du dir sicher denken.«

Raschid nickte betrübt, und noch ehe er etwas erwidern konnte, schob sich Chalida zwischen sie und flehte ihren Vater an, bei ihm bleiben zu dürfen. »Bitte, Vater, bitte! Und ich … ich könnte auch für Euch kochen!«

Jaime schüttelte unwirsch den Kopf und schwang sich auf sein Pferd. Raschid folgte ihm, klopfte dem Hengst auf den Hals und sah dann zu Jaime auf. »Den Grund kann ich mir denken, ja, und ich sehe auch, wie es in dir brodelt, aber trotzdem muss ich dir sagen, dass man in einer solchen Stimmung schnell Entscheidungen trifft, die man später bereut. Überstürze nichts, du weißt, dass du immer auf mich zählen kannst! Ich habe dir vor vielen Jahren, als wir noch gemeinsam für Boabdil gekämpft haben, gesagt, dass du wie ein Bruder für mich bist, und daran wird sich niemals etwas ändern. Sag mir, wenn ich etwas für dich tun kann – und wenn du auch nur jemanden brauchst, der dir zuhört.«

Jaime rang einen Moment um Fassung. Dann nickte er langsam und presste ein »Danke!« hervor, doch statt die Zügel aufzunehmen, fasste er nach Raschids Unterarm, der noch immer auf dem Pferdehals lag. »Es gibt allerdings etwas, worum ich dich bitten möchte: Pass auf Zahra auf – und auf Abdu. Du weißt so gut wie ich, in welche Gefahr sie sich und letztlich euch alle mit ihrem Verhalten bringen, aber auf mich wollen sie nicht hören. Ich habe sogar das Gefühl, je mehr ich sage, desto mehr versucht Zahra, den Unwillen der Kirche auf sich zu ziehen. Deswegen denke ich, es ist besser, ich halte mich von ihr fern, bevor sie sich noch ganz und gar ins Unglück stürzt, nur um mir zu beweisen, wie grausam und gewalttätig ›wir‹ Christen sind. In ihrem Kopf werde ich doch täglich mehr eins mit der katholischen Kirche und der Inquisition!«

»Da kann ich dir leider nicht widersprechen«, knurrte Raschid. »Natürlich werde ich versuchen, mit ihr zu reden; und du – tu auch du nichts Unvernünftiges!«

Jaime nickte und trieb sein Pferd an.

In den nächsten Tagen kam Jaime noch nicht einmal auf die Farm, um seine Kinder zu sehen. Mohammed war noch zu klein, um seine Abwesenheit beklagen zu können; die drei Älteren aber registrierten sie sehr wohl – und nahmen sie keineswegs einfach hin. Abdarrahman bedrängte seine Mutter, sich nicht seinetwegen mit seinem Vater zu überwerfen. »Ihr wisst, dass meine Entscheidung, keinen Fuß mehr in eine Kirche zu setzen und nicht mehr mit … mit ihm zu reden, einzig mit Adilah zu tun hat, und ich erwarte keinesfalls, dass Ihr mich dabei unterstützt oder Partei für mich ergreift! Dies ist meine persönliche Rechnung, die ich mit den Christen und Vater offen habe, und ich bete täglich, dass ich die Christen eines Tages für das, was sie Adilah angetan haben, bezahlen lassen kann!«

Yayah umschlich seine Mutter mal mit flehendem, mal mit besorgtem, schließlich mit dunkel umwölktem Blick, und Chalida hielt ihrer Mutter ebenso lautstark wie tränenreich vor, dass sie mit ihrem Verhalten ihrer aller Untergang beschwor. »Ihr müsst Vater zurückhalten und endlich tun, was er von Euch verlangt!«

Zahras einzige Reaktion auf Chalidas Flehen war, dass sie sich erhob und in ihr Zimmer zurückzog, und das sogar, ohne ihre Tochter für ihren ungebührlichen Ton getadelt zu haben – weil ihr dafür, wie für alles andere, die Kraft fehlte. Seit Jaimes Aufbruch war ihr endgültig jeder Schritt zu viel, und oft saß sie über Stunden allein und in sich versunken in einem stillen Winkel im zurückliegenden Teil des Gartens des großen Patios, den Blick ins Nichts gerichtet, und wurde trotz der drückenden Temperaturen immer wieder von Kälteschauern geschüttelt, so dass Deborah oder die Dienerinnen sie in wärmende Decken hüllten – was sie kaum wahrzunehmen schien.

Auch Deborah und Raschid bemühten sich immer wieder, mit ihr zu reden und ihr Mut zuzusprechen, konnten aber ebenso wenig wie die anderen zu ihr durchdringen und mussten hilflos mit ansehen, wie sich Zahra weiter und weiter von ihnen entfernte. Auch mit Jaime sprach Raschid noch etliche Male, doch dieser lehnte die Rückkehr auf die Farm selbst dann noch ab, als Raschid ihm gestand, dass Zahra regelrecht in sich zerfiel.

»Glaub mir, Raschid: Auch wenn ich zurückkäme, würde es Zahra nicht bessergehen, eher im Gegenteil. Du wirst sehen: Wenn sie mich erst einmal in der Ferne und nicht mehr mitten in der ihr heute so verhassten Alhambra weiß, wird es ihr leichterfallen, zu allem Abstand zu finden. Direkt nach Chalidas Hochzeit werde ich mich nach Neapel einschiffen; bis November ist ja nicht mehr lange.«

Auch an diesem Abend führte Raschids erster Weg nach der Heimkehr von Granada zu seiner Schwester. Er fand sie im Garten sitzend, mit dem Rücken gegen den Maulbeerbaum gelehnt, die Hände um die Knie geschlungen und gefangen in diesem Nichts, das sie jetzt ständig umgab. Erst als er sie zum dritten Mal ansprach, sah sie zu ihm auf, aber das mit so leerem Blick, dass er sich zunächst noch nicht einmal sicher war, ob sie ihn erkannte. Seufzend ließ er sich neben sie sinken und drückte ihr einen Kuss auf die Hand. »Wenn ich doch irgendetwas für dich tun könnte!«

Eine Zeitlang blieb er stumm neben ihr sitzen und hielt einfach nur ihre Hand.

»Wenn du dies alles hier nicht mehr ertragen kannst«, seufzte er schließlich, »warum verlässt du das Land dann nicht mit Jaime und den Kindern? Ich verstehe nicht, was du mit deiner starren Haltung zu gewinnen meinst.«

»Gewinnen?« Zahra entzog ihm die Hand, strich eine imaginäre Fluse von ihrem Umhang – eine sehr müde Geste, die wirkte, als wolle sie damit zugleich auch alle anderen alten Hoffnungen von sich streifen – und deutete ein Kopfschütteln an. »Zu gewinnen gibt es schon lange nichts mehr. Eigentlich sind wir doch alle nur noch Verlierer; die Christen wissen es nur noch nicht. Und weggehen … Früher hätte ich Jaime vielleicht noch dazu überreden können, aber heute … Er mag mit manchem, was die Katholischen Könige oder Cisneros tun, nicht einverstanden sein, aber es ist sein Land, sein Glaube, seine Vergangenheit und seine Zukunft.« Von Wort zu Wort war ihre Stimme leiser geworden. Kraftlos schloss sie die Augen. Raschid nahm erneut ihre Hand, und erst als sie ihn wieder ansah, fuhr er zu sprechen fort: »Und wenn wenigstens du und die Kinder oder zumindest du und Abdarrahman …« Er unterbrach sich und drückte ihre Hand. »Bei den Dämonen, ich weiß ja selbst, welche Gefahren bei der Überfahrt auf euch lauern, aber bevor ihr beide hier zugrunde geht … Ihr könntet nach Fez gehen, zu Vaters Schwester – Zainab und Mahdi sind doch sehr glücklich dort!«

Zahra strich sich mit einer müden Geste über das Gesicht. »Lass nur, Raschid, alles ist gut, wie es ist. Jaime soll sein Leben führen, ich lebe das meine, und Marokko …« Sie schüttelte den Kopf. »Ich habe mein ganzes Leben hier verbracht, meine Kinder sind hier geboren – und hier will ich auch beerdigt werden.«

»Oh Zahra, *ghuzailati!*« In seiner Stimme schwammen Tränen, als er den Kosenamen »meine kleine Gazelle« benutzte, wie er Zahra als Kind immer gerufen hatte. »Du bist erst achtunddreißig, hör also auf, von deiner Beerdigung zu sprechen, und sieh lieber zu, dass auch die Inquisition keine für dich plant. Du hast Kinder, dein Jüngster ist noch kein Jahr alt! Zum Donner noch eins: Reiß dich zusammen!«

Doch Zahra ließ sich auch von ihm nicht aufrütteln; nichts konnte sie aufrütteln, und erst als ihr auffiel, dass Tamu ständig um sie herumstrich, wurde ihr bewusst, dass es wohl in der Tat schlecht um sie stehen musste. Ja, gestand sie sich da ein, ich bin nicht einfach nur müde und aufgerieben, ich bin wundgerieben … und die Wunden heilen nicht mehr.

Sie fühlte sich am Ende – und in Tamus Augen sah sie die Sorge, dass es von dort keine Rückkehr mehr gab.

Am folgenden Sonntag fehlte Zahra die Kraft, auch nur das Bett zu verlassen. Sie ließ ihrem Bruder ausrichten, dass sie nicht mit ihm nach Granada zur Messe reiten könne. Sie hörte ihren Bruder fluchen und kurz darauf ihren Ältesten andonnern, dass zumindest er mit ihnen kommen sollte, dann schlug die Haustür zu, und Zahra ahnte, dass ihr Sohn zum Stall lief und sich Raschids weiterem Drängen durch einen langen Ausritt entzog. Wenig später klopfte jemand schüchtern an ihre Tür.

»Ja?«

Deborah huschte ins Zimmer, schloss die Tür wieder hinter sich und setzte sich neben Zahra.

»Hilft dir Tamus Behandlung denn kein bisschen?«, fragte sie bekümmert.

Zahra hob kaum sichtbar die Achseln.

Mitfühlend strich Deborah ihr das Haar über der Stirn zurück. »Kann es nicht sein, dass du wegen der Geburt noch so matt bist? Manche Frauen werden ja nach der Geburt eines Kindes über viele Monate von einer ebenso unerklärlichen wie tiefgehenden Traurigkeit befallen …«

Zahra deutete ein Kopfschütteln an. »Ich … ich habe mich einfach müde gekämpft und kann nicht verwinden, dass wir alles verloren haben.«

»Aber in deinem Herzen …«

»Ich weiß, das habe ich damals zu dir gesagt, als du die Zwangstaufe annehmen musstest: ›In deinem Herzen wirst du doch deinem Gott treu und immer Jüdin bleiben …‹ Aber erst jetzt, da ich selbst in dieser Situation bin, wird mir bewusst, was das eigentlich bedeutet, von seinem Glauben abgeschnitten zu sein: keine Moschee mehr zu haben, in der man Allahs Nähe suchen kann, den Imam nicht mehr aufsuchen zu dürfen, die Kinder nicht mehr in die Koranschule schicken zu können, wo sie den Glauben unserer Väter lernen, bei jedem Gebet in Sorge sein zu müssen, dass man dabei beobachtet wird, wie man sich gen Mekka wendet … Und dann erst die Angst, dass die Kinder sich verraten könnten. Aber wir müssen sie doch beten lehren, wenn wir ihnen nicht den Weg zum Paradies versperren wollen! Spätestens, wenn sie ihren siebten Geburtstag vollendet haben, müssen auch sie täglich die fünf Gebete sprechen, und je eher man sie damit vertraut macht, desto mehr wird es ihnen in Leib und Seele übergehen! Aber wie kann ich das später bei Mohammed wagen? Wie soll ich ihm meinen Glauben näherbringen, wenn ich Angst davor haben muss, dass er mich eines Tages mitten in der Messe fragt, warum die Christen sich beim Gebet nicht wie wir gen Mekka wenden? Was, wenn er auf der Straße davon zu reden beginnt, dass wir unsere Tiere ausbluten lassen, wenn wir sie schächten? Oder wenn er irgendwo erzählt, dass wir nicht den Sonntag, sondern den Freitag ehren und uns vor dem Beten rituellen Waschungen unterziehen … Mein Gott, es ist unmöglich, dass wir unseren wahren Glauben auf Dauer geheim halten! Ich will nicht ständig mit dieser Angst leben, und ich kann es auch nicht. Inzwischen kann ich Adilah verstehen, zumindest solange ich nicht in Abdus Augen sehe, denn tue ich es und sehe sein Leid, seinen Schmerz, seine Verzweiflung über ihren Tod …« Ihre Stimme brach, und erst, als sie sich geräuspert und mehrmals geschluckt hatte, konnte sie weitersprechen. »Es ist einfach so, Deborah: Ich kann nicht mehr, und deswegen bitte ich euch: Versucht nicht weiter, mich wie einen Ochsen, der sein Tagwerk nicht verrichten will, in diese Kirche zu treiben. Lasst mich, ich bitte euch, wenn euch irgendetwas an mir liegt, lasst mich, und wenn die Büttel der Inquisition kommen, dann will ich mich auch nicht beklagen.«

»Aber die Kinder …« Deborah knetete hilflos ihre Hand. »Zahra, deine Kinder brauchen dich! Und ich bin mir sicher, dass du tief in dir drin sehr wohl noch immer genug Kraft besitzt, du musst sie nur auch finden *wollen!*«

Zahra schloss die Augen und sprach erst etliche Atemzüge später weiter. »Auch mein kleiner Bruder ist ohne Mutter groß und ein aufrechter junger Mann geworden. Ich kann den Kindern nichts mehr geben, im Gegenteil, ich habe das Gefühl, dass ich ihnen nur noch schade. Glaub nicht, mir sei entgangen, dass Chalida schon lange etwas auf dem Herzen hat. Wenn ich sie frage, was es ist, will sie nicht reden, und inzwischen denke ich: Ich selbst bin das, was ihr das Herz schwer macht! Chalida hatte schon immer nur Augen für ihren Vater, und seit sie den letzten Streit von uns miterlebt hat, sieht sie mich nicht einmal mehr an.«

»Aber solche Streitereien und Missverständnisse – die vergehen, Zahra, das renkt sich wieder ein, und ganz gewiss will auch Chalida dich nur einfach wieder aus ganzem Herzen leben und lachen sehen!«

»Das kann ich aber nicht. Ich passe nicht mehr in diese Welt, ich passe da nicht mehr hinein …«

Am Abend bekam Zahra Fieber, und es stieg so hoch, dass Tamu nicht mehr von ihrer Seite wich. Auch Deborah und Zahras Kinder kamen immer wieder ins Zimmer und saßen mit bangen Augen an Zahras Liegestatt. Zunächst wollte Tamu Chalida nicht erlauben, die Pflege zu übernehmen, doch nachdem sie ihr weinend gestanden hatte, welche Vorwürfe sie sich machte, ihrer angegriffenen Mutter in der letzten Zeit ständig Vorhaltungen gemacht und damit sicher zu ihrem Zusammenbruch beigetragen zu haben, gestattete sie dem Mädchen, die Nacht ebenfalls an Zahras Seite zu verbringen.

Wie bei Musheers Pflege wagte Chalida auch diesmal kein

Auge zuzumachen, vor allem, nachdem Tamu sich gegen Morgengrauen auf ihr eigenes Lager zurückzog. Immer wieder riss sie krampfhaft die Augen auf, legte ihrer Mutter einen kühlen Lappen auf die glühend heiße Stirn und schwebte durch die Übernächtigung, die Anspannung und die Angst um ihre Mutter schließlich so sehr zwischen den Welten, dass sie, als donnernde Stiefeltritte ins Haus drangen, diese für Sinnestäuschungen hielt. Verstört rieb sie sich die Augen und über das Gesicht, doch die eigenartigen Wahrnehmungen blieben und nahmen sogar noch zu: Auf einmal schien ihr das Haus voll von dröhnenden Stimmen zu sein und die knallenden Tritte immer näher zu kommen …

Das ist der Satan, der Satan persönlich, der mich holen kommt!, schoss es ihr mit schreckensheißer Panik in die Glieder. Er will mich strafen für meine Vergehen, meinen Verrat an Ihm, an Musheer, an Mutter – aber dann stürmte Yayah in das Gemach ihrer Mutter und haspelte aufgeregt etwas von Bütteln und den Glaubensknechten der Inquisition, und hinter ihm drängten sich zwei Christen mit brutalen Schlägen an den fassungslos durcheinanderschreienden Dienern vorbei in Zahras Schlafraum. Abdarrahman eilte ihnen nach und wies sie aufgebracht zur Ordnung: »Was fällt Euch ein, hier einzudringen?«

Sein akzentfreies Spanisch verunsicherte die Büttel, doch ihre Verblüffung währte nur kurz. Der Ältere, ein finsterer Andalusier mit einem verkrüppelten Ohr, streckte Abdarrahman knurrend ein Schreiben entgegen. Abdarrahman überflog es. Sie sollten untersuchen, warum Zahra und Abdarrahman as-Sulami am heiligen Sonntag schon zum wiederholten Mal nicht in der Messe gewesen seien. Und wenn sie zu dem Schluss kamen, dass sie sich damit gegen ihren neuen Glauben vergangen hatten, Abdarrahmans Sohn mitnehmen und in einer Familie unterbringen, in der er in gottgefälliger Weise aufwachsen konnte, und Abdarrahman und Zahra festnehmen. Obwohl Abdarrahman jedes Wort verstanden hatte, musste er das Schreiben noch einmal lesen, wobei sein Herz immer wieder aussetzte. Er konnte keinen klaren Gedanken fassen. Ohne es zu merken, las er das Schreiben beim zweiten Mal mit halblauter Stimme vor. Sobald auch den anderen klarwurde, worum es ging, schlängelte sich Deborah an ihm vorbei und erklärte den Bütteln mit einem tapferen Lächeln, dass die Kranke, die vor ihnen im Bett lag, eben die von ihnen gesuchte Zahra as-Sulami sei und diese, wie sie wohl leicht erkennen konnten, zu krank war, um sich auch nur von ihrer Liegestatt zu erheben, geschweige denn bis nach Granada in den Gottesdienst zu reiten. In der Tat hatte selbst der Aufruhr in ihrem Gemach Zahra nicht aus ihrem Fieberschlaf wecken können.

»Und dieser Abdarrahman as-Sulami – wo ist der?«, knurrte der Büttel mit dem verkrüppelten Ohr. »Zumindest der hätte in der Kirche erscheinen müssen! Und wo ist sein Sohn?«

»Wagt es nicht, meinen Sohn auch nur …«

Hastig schob sich Deborah vor Abdarrahman, griff in ihrem Rücken nach seiner Hand und drückte sie inständig, um ihn zum Schweigen zu bringen. »Mein Neffe Abdarrahman hat sich in guter Christenpflicht um seine schwerkranke Mutter gekümmert!«

Unschlüssig sahen die Büttel erst Zahra und dann einander an. Nach einem schier endlosen Zögern nickte der Ältere. »Nun gut, aber sollte die Frau bis nächsten Sonntag immer noch nicht wieder auf den Beinen sein, muss jemand anderes nach ihr sehen – sonst nehmen wir ihn und seinen Sohn doch noch mit! Wer nie in die Messe geht, kann sein Kind kaum zu einem guten Christenmenschen erziehen!«

Als Zahra zu stöhnen anfing, zischte der Jüngere dem Älteren etwas zu. Die Worte »Miasmen« und »sehen wir zu, dass wir von hier wegkommen« waren zu verstehen, und danach hatten sie es beide sehr eilig. Erst als die Haustür hinter ihnen ins Schloss fiel, ließ Deborah Abdarrahmans Hand los und drehte sich zu ihm um. Kalkweiß war sein Gesicht und das Amtsschreiben in seiner Rechten längst zur Unkenntlichkeit zerknüllt. Mit einem Mal schleuderte er es von sich, als hätte er sich daran verbrannt. »Was fällt denen ein?«, keuchte er. »Woher nehmen sie sich das Recht …«

»Ruhig, Abdarrahman, so sei doch leise; wenn sie dich hören!«, flehte Deborah und bat ihn, in den Wohnraum mitzukommen. Dort wich Abdarrahmans Zorn zunehmend völliger Fassungslosigkeit. »Mein Sohn … mich ja, aber sie können doch nicht … nicht meinen Sohn!«, stieß er hervor und sank unter beständigem Kopfschütteln auf den Diwan. »Deborah, doch nicht meinen Sohn!«

Mit hilflos hochgezogenen Schultern ließ sich Deborah neben ihn sinken. »Ach, Abdu, so gut ich deine Haltung und die deiner Mutter verstehen kann – und glaub mir, das tue ich! –, aber … mein Gott, willst du es wirklich zum Äußersten kommen lassen? Ich bitte dich: Wenn du es schon nicht für dich tust, so tu es wenigstens für deinen Sohn! Lass den Christen ihren Willen, geh in ihre Kirche! Du verrätst Adilah nicht, nur weil du am Sonntag die Messe besuchst, im Gegenteil: Du schützt alles, was dir von ihr noch bleibt: euren Sohn!«

Zwei Wochen lang schwebte Zahra zwischen Leben und Tod, und man hatte schon Chalidas Hochzeit verschieben wollen, als sie sich endlich doch erholte. Wieder einmal hatten Tamus Heilkräuter dem Tod die Eingangstüren verschlossen und ein Familienmitglied zurück zu den Seinen geholt. Zuerst verlangte es Zahra nur nach Wasser, doch dann, und dies durchaus gegen ihren Willen, kehrte auch ihr Appetit zurück, und als sie zum ersten Mal wieder draußen im Garten saß und die Sonne ihren noch immer unendlich schwachen Körper durchflutete, konnte sie nicht anders, als die Augen zu schließen und diesen Moment der Wärme sogar zu genießen.

Ein paar Tage später stand Gonzalo vor den Toren der Seidenfarm der as-Sulamis und verlangte Jaime zu sprechen. Unsicher rief der Diener nach Abdarrahman. Als sein Neffe auf ihn zutrat, meinte Gonzalo seiner Miene anzusehen, dass dieser genau wusste, mit wem er es zu tun hatte, und auch die unwillige Abwehr, mit der er ihm entgegentrat, konnte ihm nicht verborgen bleiben. Mit knappen Worten erklärte Abdarrahman ihm, dass sein Vater nicht im Haus sei, er ihm aber eine Nachricht übermitteln könne. Zuerst wollte Gonzalo sogleich wieder gehen, aber je länger er den jungen Mann ansah, je mehr er sich seiner Ähnlichkeiten mit Zahra bewusst wurde – dieser feste, entschlossene Blick seiner Augen, der stolz erhobene Kopf –, desto weniger konnte er sich des Gedankens erwehren, dass sich Zahra in erster Linie Abdus wegen damals für Jaime und nicht für ihn entschieden hatte. Wenn sie nicht diesen Sohn von Jaime empfangen hätte … Gonzalo verbot es sich weiterzudenken. Als Jaime vor einem Jahr zu ihm gekommen war, um ihn für diesen Sohn um ein Darlehen zu bitten, um damit dessen Bußgeld für die Teilnahme an dem Aufstand zu zahlen, hatte er im ersten Moment geglaubt, entweder ersticken – oder seinen Bruder niederschlagen zu müssen.

Gonzalo wurde bewusst, dass Abdarrahman ihn fragend ansah.

»Ich … Und Eure Mutter?«, platzte es da aus ihm heraus. »Zumindest Zahra ist gewiss zu sprechen!«

Im ersten Moment wusste Gonzalo selbst nicht, warum er nach Zahra verlangte, zumal ihm bewusst war, dass sein Ansinnen ungehörig war, aber kaum zerging ihm Zahras Namen auf den Lippen, sehnte er sich danach, sie wiederzusehen. Er wollte nicht gehen, ohne zumindest ein paar Worte mit ihr gewechselt zu haben.

»Meine Mutter?« Abdarrahman sah ihn erstaunt an. »Nach unseren Sitten ist es …«

»Es wird ihr Schaden nicht sein«, fiel Gonzalo ihm bewusst nebulös ins Wort. »Und der deine auch nicht, Neffe!« Er wusste selbst nicht, warum er Abdarrahman so ansprach.

»Die Herrin ist krank!« Wie aus dem Nichts stand plötzlich eine gebeugte Alte ein paar Schritte hinter Abdarrahman. In ihrer Stimme schwang Feindschaft wie Donnergrollen mit. Gonzalo erinnerte sich, sie schon einmal gesehen haben; sogar ihr Name fiel ihm wieder ein: Tamu …

»Ich hoffe, es ist nichts Ernstes!«, erwiderte er, trat entschlossen, sich auch von ihr nicht aufhalten zu lassen, ins Haus und drückte Abdarrahman seinen Umhang in die Hand. »Na los, jetzt bring mich schon zu ihr!«

»Was fällt Euch ein!«, fuhr Abdarrahman auf.

»Es ist schon gut, Abdu, bitte, lass unseren Gast eintreten!«

Zart wie eine Vogelstimme wehte ihnen Zahras Stimme entgegen, und als Gonzalo daraufhin zu ihr sah, war er zutiefst erschrocken, wie dünn, geradezu durchscheinend sie war. Er verfolgte, wie sich Abdarrahman empört zu seiner Mutter umwandte – und Zahra ihrem Sohn zwar nur schwach, aber entschieden zunickte.

Obwohl auch die alte Berberin entrüstet die Hände in die Seiten stemmte, ließ Abdarrahman Gonzalo schließlich passieren. Gonzalo bemühte sich, in seiner Miene keinerlei Triumph aufleuchten zu lassen – und noch weniger die Seligkeit, die ihn bei der Aussicht befiel, tatsächlich zumindest für ein paar Minuten mit Zahra reden zu können.

»Ich danke Euch«, sagte er und begrüßte Zahra mit einem respektvollen »As-Salamu alaikum«.

Zahra bat ihn, ihr in den Patio zu folgen, wo sie ihm einen Platz auf der Sitzbank anbot. Anschließend setzte auch sie sich. Obwohl Gonzalo bewusst war, wie ungehörig es war, sie ständig weiter so direkt anzusehen, konnte er doch nicht anders – und es rührte ihn, wie tapfer sie den Kopf anhob, um ihn nicht merken lassen, wie müde und schwach sie war. Nicht zum ersten Mal haderte er mit Gott, dass er ihm so vieles im Leben geschenkt hatte, aber nicht das, woran ihm am meisten gelegen hatte – denn er begehrte Zahra mehr denn je.

Zehn Jahre waren vergangen, seit Gonzalo damals zu ihnen in ihr Haus in Granada gekommen war, um ihnen mitzuteilen, dass sie die Seidenfarm nun doch zum alten Preis zurückkaufen konnten, aber als Zahra ihm nun in die Augen sah, hatte sie das Gefühl, jemand hätte die Zeit noch viel, viel weiter zurückgedreht. Auf einmal stand ihr ihre erste Begegnung im Myrtenhof der Alhambra wieder so lebendig vor Augen, als hätte sie erst gestern stattgefunden, sogar die tiefe Verwirrung, die sie damals verspürt hatte, prickelte erneut durch ihren Körper. Über Jahre hatte Gonzalo damals ihre Phantasie beflügelt. Sie fragte sich, wie ihr Leben wohl an seiner Seite verlaufen wäre – und musste erkennen, dass auch er seine Welt nicht für sie hätte verlassen können und sie für ihn nicht die ihre. Die Stille zwischen ihnen begann, sie verlegen zu machen – und noch mehr seine Blicke.

»Es ist schön, Euch wiedersehen …«, sagte sie schließlich.

Als er ihr daraufhin direkt in die Augen sah, durchfuhr sie ein kleiner Schauer.

»Eure Anziehung auf mich hat jedenfalls nichts von ihrer Kraft verloren«, gab Gonzalo leichtherziger und jungenhafter zurück, als ihm zumute zu sein schien. Danach wurde er in der Tat gleich wieder ernst, schüttelte den Kopf, als wundere er sich über sich selbst, und murmelte etwas. Einen Teil des Satzes meinte Zahra zu verstehen: »Und wenn Gott mir gnädiger gestimmt gewesen wäre, hätte er mich wenigstens Euren Anblick öfter genießen lassen …« Hastig senkte sie die Augen.

»Ich … ich bin gekommen, weil ich eine Angelegenheit bereinigen möchte, die mir schon lange auf der Seele brennt …« Er sah zu Abdarrahman, der sich unweit von ihnen mit verschränkten Armen aufgebaut hatte.

Zahra nickte ihrem Sohn zu, woraufhin der zwar unwillig die Augenbrauen hob, sich aber doch ins Haus verzog. Als sie allein waren, warf Gonzalo ihr einen langen Blick zu. »Täuscht mich mein Eindruck oder wart Ihr sogar sehr krank? Denn auch wenn Eure Augen den gewohnten Glanz verstrahlen, spüre ich doch, wie schwer Euch noch alles fällt.«

»Glanz …« Zahra machte eine zaghafte Handbewegung, die wirkte, als wolle sie alles Vergängliche im Leben damit zusammenfassen. »Ja, ich war sehr krank, aber jetzt geht es wieder. Womit kann ich Euch also dienen?«

»Eigentlich bin ich gekommen, weil ich meinem Bruder ein Schreiben geben wollte, genauer gesagt einen Schein …«

»Geht es um das Geld, das Jaime sich bei Euch für Abdarrahmans Bußgeld geborgt hat?«

Gonzalo hob erstaunt die Augenbrauen. »Ihr wisst davon?«

»Ja, und ich werde Euch ewig dankbar dafür sein, auch wenn wir uns letztendlich doch alle taufen lassen mussten.«

»Was mich zutiefst getroffen hat!«, beeilte sich Gonzalo zu versichern. »Talavera und ich haben alles in unserer Macht Stehende getan, um die Muslime zu verteidigen, aber weder Cisneros noch Fernando oder die Königin waren bereit, auf unsere Vorschläge einzugehen. Lasst mich Euch versichern, dass dies auch für mich persönlich eine herbe Niederlage bedeutete!«

Zahra hob die Hand. »Ich wollte Euch keinesfalls einen Vorwurf machen! Ich nehme an, es geht darum, dass Ihr Euer Geld jetzt zurückhaben müsst?«

Gonzalo schüttelte den Kopf. »Nein, und da Ihr ohnehin davon wisst, lasst mich offen sprechen: Ich will nicht, dass dieser Schuldschein weiter in meinem Arbeitszimmer liegt, während ich in Neapel auf dem Kriegsfeld stehe – eigentlich wollte ich nie, dass dieser Schuldschein überhaupt auch nur aufgesetzt wurde, aber Ihr wisst ja, wie stur mein Bruder sein kann. Und jedes Mal, wenn er kommt, um mir einen weiteren Teilbetrag zurückzuzahlen, verlangt er, ihn zu sehen, um sicherzugehen, dass ich ihn nicht vernichtet habe. Aber wenn mir in Neapel etwas zustößt, ich meine, was brächte es denn, wenn meine Gemahlin … Was ich sagen will ist, dass sie auf das Geld nicht angewiesen ist, und ich möchte nicht, dass der Schuldschein in die falschen Hände gerät.«

Das Wort »Gemahlin« versetzte Zahra, trotzdem sie von Gonzalos Hochzeit gehört hatte, einen kleinen Stich.

»Ich nehme an, Ihr wisst, dass auch … Jaime nach Neapel gehen will?«

»Wie bitte?« Durch Gonzalo ging ein Ruck. »Warum das denn?«

Obwohl Zahra mit dieser Frage hatte rechnen müssen, fiel es ihr nun schwer, sie zu beantworten. Sie spürte, wie ihr die Tränen in die Augen drangen. Schnell tat sie so, als sei ihr eine

Wimper ins Auge geraten, die sie entfernen musste – doch Gonzalo war anzusehen, dass er sich nicht täuschen ließ und intuitiv den ganzen Umfang dessen erfasste, was hinter Jaimes Meldung für den Neapelkrieg stand.

»Oh, das … das tut mir leid«, stieß er hervor. »Und das jetzt … Ich meine, seit der Zwangstaufe muss doch alles für Euch besonders schwierig sein!« Er machte eine kurze Pause, und obwohl Zahra nichts erwiderte, musste der Schatten der Trauer, der in ihre Augen trat, doch genug verraten, denn Gonzalo nickte verstehend, und seine Stimme klang belegt, als er fortfuhr: »Auch wenn ich Euch meinem Bruder immer missgönnt habe, muss ich zugeben, dass es mich berührt und beeindruckt hat, wie sehr er sich durch Euch verändert hat: Niemals hätte ich für möglich gehalten, dass er, der früher ein wahrer Maurenhasser gewesen ist, sich aus Liebe zu einer Frau, zu Euch, so ändern und zurücknehmen könnte. Natürlich ist die Lage heute eine grundlegend andere … und ich hoffe, dass Ihr trotz allem, was die Christen Euch und Eurem Volk in den letzten Jahren angetan haben, nun nicht in das umgekehrte Extrem verfallt und vor allem nicht auch mich mit diesen engstirnigen Hetzern in einen Topf werft!«

Zahra öffnete den Mund, um ihm eben dies zu versichern, doch Gonzalo hob die Hand und sprach sogleich weiter: »Ihr müsst nichts dazu sagen, und ich würde es Euch gewiss nicht verübeln, wenn Ihr so denken würdet; mir an Eurer Stelle würde es gewiss so gehen. Was ich sagen will, ist, dass ich hoffe, dass Ihr und mein Bruder einen anderen Weg findet, als Euch in den Graben reißen zu lassen, den Scharfmacher wie Cisneros zwischen unseren Glaubensgemeinschaften schlagen – und Euch lieber darauf besinnt, was uns verbindet. Immerhin haben unsere beiden Glaubensgemeinschaften gerade hier in Granada über Jahrhunderte in Frieden und tiefster

Eintracht zusammengelebt. Verliert nicht den Glauben daran, dass solche Zeiten wiederkommen!«

Die Erinnerung an früher schnürte Zahra den Hals zu, und als sie dann auch noch an Jaime denken musste, wurde ihr vor Schmerz schwarz vor den Augen, zumal Gonzalos Worte ihr Dinge ins Gedächtnis zurückgerufen hatten, die ihre Enttäuschung über Jaime wie ein Kartenhaus in sich zusammenfallen ließen.

Gonzalo reichte ihr ein Schriftstück. »Ich bitte Euch, verwahrt oder noch besser zerreißt den Schuldschein und macht Jaime klar, dass er mir nichts mehr davon zurückzahlen soll. Ich kann nicht aufhören, mich zu fragen, ob ich nicht doch noch etwas hätte tun können, um die Maßnahmen gegen die Muslime unseres Königsreichs zu verhindern. Er täte mir einen Gefallen, wenn er mir erlaubt, diesen Schuldschein zu vergessen, denn wenn, dann habe ich eine Schuld bei den Mauren offen, weil ich das Moriskenedikt nicht habe verhindern können – und auch so manch anderes nicht, was Ihr und Euer Volk seit dem Ende der Reconquista zu erleiden hattet, eine Schuld, die ich wohl nie werde begleichen können.«

»Ihr …«

»Nein, Zahra, bitte, lasst es so stehen. Und jetzt will ich Euch nicht länger aufhalten. Es war mir wichtig, Euch noch einmal zu sehen, bevor ich … Und ich hoffe, dass sich Jaime besinnen und doch nicht in den Krieg ziehen wird. Selbst ein Blinder kann sehen, wie sehr er Euch und Eure Kinder liebt!«

Noch ehe Zahra etwas erwidern konnte, erhob er sich, verneigte sich zum Abschied und verließ mit langen Schritten den Patio. Nachdenklich sah Zahra ihm nach, und mit einem Mal vermisste sie Jaime mit solcher Macht, dass ihr Körper nur noch ein einziger stechender Schmerz war. Doch statt ihr

Leid hinauszustöhnen, biss sie die Zähne zusammen und straffte sich – und merkte nicht, dass ihr die Tränen wie Bäche über das Gesicht rannen.

Es war Tamus Hand, die sie zurück ins Hier und Jetzt holte, diese rauhe, inzwischen ach so faltige Hand, deren Wärme sie von Kindesbeinen an kannte. Sie spürte sie auf ihrer Wange, wo sie ihr die Tränen abwischte, und sah zu ihr auf. Tamu tätschelte ihr mitfühlend die Schulter und ließ sich mit einem schweren Seufzer neben sie sinken. »Er hat recht«, murmelte die Alte. »Jaime liebt Euch, und Ihr werdet es bitter bereuen, wenn Ihr ihn nicht davon abhaltet, in diesen unseligen Krieg zu ziehen!«

»Eigentlich dachte ich, dass du allmählich zu schlecht hörst, um noch immer lauschen zu können«, grummelte Zahra, aber in ihren Augen war kein Vorwurf, sondern nur Zuneigung für die alte Berberin zu lesen.

»Es sind nicht die Ohren, mit denen ich so etwas aufnehme, es ist das Herz«, entgegnete Tamu sanft und trocknete auch noch ihre andere Wange. »Es ist gut, dass Ihr weint. Nur das kann Euch helfen, wieder ins Leben zurückzufinden. Ganz über den Berg seid Ihr erst, wenn Ihr das Leben wieder in Euch spüren könnt – und das tut nun einmal manchmal weh …«

»Ach, Tamu«, seufzte Zahra.

»Aber nicht nur Ihr macht mir Sorgen, Herrin«, sagte die Berberin einen Moment später mit belegter Stimme.

»Ich weiß.« Zahra sah sie an. »Chalida …«

Tamu nickte. »Ich kann mich nicht daran erinnern, wann ich das Kind zum letzten Mal lachen gehört habe – und je näher die Hochzeit rückt, desto mehr zieht sie sich in sich zurück.«

»Ich glaube nicht, dass die Hochzeit etwas damit zu tun hat. Ich … ich bin es, die ihr aufs Gemüt drückt.«

Tamu atmete hörbar durch die Nase aus und schüttelte den Kopf. »Wie wenig Ihr Eure Tochter kennt!«

»Was willst du damit andeuten?«

»Nicht mehr, als ich damit gesagt habe.« Sie warf ihr einen Blick zu, der deutlich zum Ausdruck brachte, dass sie sich nicht weiter zu dem Thema äußern würde.

»Tamu, wenn du mehr weißt als ich …«

»Ich weiß nichts, und ich höre schlecht. Aber ich habe Augen im Kopf. Und die habt Ihr auch.« Ächzend erhob sich die Alte. Sie nickte ihr noch einmal nachdrücklich zu und ging zurück ins Haus.

Noch am gleichen Abend versuchte Zahra, mit Chalida zu reden, doch auf ihre Frage, wie es ihr ginge und ob sie ihr helfen könne, verschloss diese sich sofort und versicherte ihr, dass sie sich keine Gedanken machen müsse.

»Und die Hochzeit?«, fragte Zahra behutsam weiter. »Ich … also, wenn es da etwas gibt, das dir Sorgen macht, dann solltest du es sagen und …«

»Aber nein, Mutter, auch die macht mir keine Sorgen, ehrlich nicht. Ich bin Musheer während seiner Krankheit nähergekommen und weiß jetzt, dass Ihr mir einen wahrhaft guten Mann ausgesucht habt!«

»Aber dich belastet doch etwas, Kind, das spüre ich, und auch Tamu sagt das. Oder ist es wegen deines Vaters und mir und weil er jetzt nach Neapel gehen will?«

»Zerbrecht Euch meinetwegen nicht den Kopf, es geht mir gut. Kann ich jetzt gehen? Anisha ist eben gekommen und muss schon in einer Stunde wieder zurück …«

Seufzend ließ Zahra sie ziehen, obwohl ihr klar war, dass

Chalida es nicht Anishas wegen so eilig hatte. *Trotzdem hat Tamu nicht recht,* dachte sie, als sie nachdenklich auf ein Sitzkissen sank. *Nicht Musheer, sondern ich bin schuld an ihrer Niedergeschlagenheit … nur würde sie das niemals zugeben …*

Wie zur Bestätigung hielt sich Chalida die nächsten Tage noch deutlicher von ihr fern – allerdings auch von allen anderen, ja, selbst Ranaa wich sie aus. Stattdessen ritt sie häufig allein mit Barbakan aus, und das, obwohl Zahra und Abdarrahman ihr immer wieder strengstens untersagten, sich allein vom Hof zu entfernen. Anders als früher bestrafte sie aber niemand dafür; es war, als spürten alle, dass sie diese Ausritte derzeit so dringend wie die Luft zum Atmen brauchte.

Einen Monat vor der Hochzeit ließ Chalida Aaron eine Nachricht zukommen, in der sie ihn bat, sich mit ihr auf einer Lichtung im Wald zu treffen, auf der sie früher oft über Stunden zusammengesessen und geredet hatten. Ohne auf seine Antwort zu warten, ritt sie los und hatte ihren einstigen Lieblingsplatz bald erreicht. Sie band Barbakan an einem Baum an und setzte sich auf einen Findling, den Blick bang in die Richtung heftend, aus der sie gekommen war …

Auch eine gute Stunde später, als die Sonne allmählich ihren höchsten Stand erreicht hatte, war von Aaron noch nichts zu sehen. Mit wachsender Unruhe rupfte Chalida Grashalme aus und warf sie neben sich. Sie wollte die Hoffnung schon aufgeben, als sie auf einmal Hufschlag hörte – und Aaron kurz darauf seinen Schimmel zwischen den Bäumen hindurchtrieb. Obwohl er sie sofort bemerkte, blieb sein Blick auf sein Pferd gerichtet. Er zügelte es, glitt aus dem Sattel und band das Tier unweit von Barbakan an einen Baum, wobei er es noch immer vermied, Chalida anzusehen.

Seine Zurückhaltung konnte Chalida nicht wundern: Nachdem sie vor sechs Wochen von Anisha zurückgekommen war, hatte ihr der Schreck, im Wald womöglich belauscht worden zu sein, so tief in den Knochen gesessen, dass sie ihn im Stall, wo er auf sie gewartet hatte, mit zitternder Stimme gebeten hatte, sich künftig von ihr fernzuhalten und ihr auch keine Fragen mehr zu stellen – was Aaron allerdings erst versprochen hatte, nachdem sie in Tränen ausgebrochen war und ihn angeschrien hatte, dass er endlich aufhören solle, sie zu quälen. Wenn jemand von der Familie um sie herum war, bemühten sie sich beide, sich wie früher zu verhalten, aber tatsächlich hatten sie seither kein persönliches Wort mehr miteinander gewechselt.

Und auch jetzt, als Aaron auf sie zuging … dieses Zögern in seinen Schritten, die Verschlossenheit seiner Miene … Je näher er kam, desto unwohler fühlte sich Chalida. Sie fragte sich, welcher Dschinn in ihr gewohnt hatte, als sie gewagt hatte, ihn herzubitten. Hatte sie ihm dieses Treffen tatsächlich auch noch antun müssen? Immer tiefer gruben sich ihre Hände in den Hidschab, der in ihrem Schoß lag, und sie wünschte sich nichts mehr, als nie hergekommen zu sein, aber jetzt einfach aufzustehen und unter einem Vorwand wieder zu gehen, wagte sie nicht.

Auch als Aaron sich jetzt ihr gegenüber im Gras niederließ, maß er sie nur kurz, dann glitt sein Blick wieder zu den Pferden, und seine Miene und seine ganze Haltung waren so abweisend, dass es Chalida erst nach mehrfachem Räuspern gelang, zumindest ein »Danke, dass du gekommen bist« herauszubringen.

»Deine Bitte hat mich allerdings gewundert«, gab Aaron nach einer Chalida endlos erscheinenden Zeitspanne zurück und sah ihr nun zum ersten Mal voll ins Gesicht. »Immerhin hast du mich in den letzten Wochen gemieden, als hätte ich die Pest …«

»Umso mehr danke ich dir, dass du trotzdem gekommen bist«, gab Chalida mit einer Stimme zurück, der man nur zu gut anhörte, wie schwer es ihr fiel, die Tränen zurückzuhalten.

Aaron schüttelte den Kopf. »Verdammt, Chalida, ich … Was wird das hier? Ich verstehe nicht, was das alles soll! Na, zumindest kommt mir dieses Treffen nicht ungelegen. Ich will dir nämlich schon seit längerem etwas sagen, und so habe ich jetzt endlich die Gelegenheit dazu.«

Seine Ankündigung erschreckte Chalida, ohne dass sie einen Grund dafür hätte angeben können. »Dann … willst du vielleicht anfangen?«, fragte sie heiser.

Aaron schüttelte den Kopf. »Nein, nein, mach du!«

Auf einmal wusste Chalida, dass sie es nicht konnte. Nicht, wenn er so dasaß, nicht, wenn er sie noch nicht einmal richtig ansah und sein Körper nur Wut, Enttäuschung und Ablehnung zum Ausdruck brachte. Schon zu Hause hatte sie gewusst, dass es nicht leicht sein würde, mit ihm darüber zu reden oder gar selbst den Anfang zu machen, aber jetzt war es ihr ganz und gar unmöglich.

»Ich … ich kann nicht«, presste sie hervor, und als hätten diese drei Worte zumindest einen Teil des Drucks von ihr genommen, erwiderte sie Aarons Blick nun zum ersten Mal offen und bemühte sich auch nicht weiter, die Tränen zurückzuhalten. Jetzt war ohnehin alles gleich. Es war vorbei, vorbei, vorbei!

Als Aaron ihre Tränen sah, verhärtete sich seine Miene, und schließlich schloss er die Augen, geradezu, als wolle er von all dem nichts mehr mitbekommen, aber dann sah er sie doch wieder an – sprang auf, kniete sich vor sie und schloss sie mit einem tief aus seinem Inneren kommenden Klagelaut in die Arme. »Oh Chalida, verdammt, warum musst du nur so stur sein? Alles, alles würde ich für dich tun, wenn du mich nur lassen würdest, aber du …« Er vergrub das Gesicht in ihren Haaren und weinte nun auch selbst. »Noch könnte ich mit deinem Vater reden, und wir …«

Chalida hob den Kopf von seiner Schulter an. Das Gesicht tränennass, sah sie zu ihm auf, drückte ihm den Zeigefinger auf die Lippen und schüttelte den Kopf. »Bitte, Aaron, mach es nicht noch schwerer, als es ohnehin schon ist. Ich will nicht enden wie meine Eltern, und so würden wir enden, irgendwann – und stets beide ohne Heimat sein und uns auch nicht gegenseitig eine Heimat geben können, weil wir noch nicht einmal zusammen beten könnten. Lass uns nicht mehr darüber reden, bitte. Außerdem habe ich dem Allmächtigen geschworen, dass ich Musheer heiraten werde!«

»Und um mir das zu sagen, hast du mich hergebeten?«

Chalida sah, wie Aaron schlucken musste. Sie fasste seine Hände, drückte sie kurz und drückte ihre Lippen gegen sie. »Nein, ich … ich wollte … dich um etwas bitten, aber jetzt sehe ich, dass es nicht geht.« Feurige Röte stieg in ihrem Gesicht auf. Hastig ließ sie seine Hände los und griff nach ihrem Hidschab.

»Warum sagst du es nicht trotzdem, Chalida? Du weißt, dass du alles von mir bekommen kannst – außer einem: Wenn du tatsächlich Musheer heiraten willst, werde ich die Seidenfarm und Granada schon nächste Woche für immer verlassen. Ich habe bereits mit Mosche gesprochen. Ich werde meine Ausbildung bei einem mit ihm befreundeten Medicus fortsetzen. Nächste Woche kommt dieser Medicus von einer langen Reise in den Norden Europas durch Granada, und Mosche hat mit ihm vereinbart, dass ich dann mit ihm nach Córdoba gehe. Ja, und das war es auch, was ich dir sagen wollte.«

Chalida sah ihn kurz an, nickte mit zusammengepressten Lippen und senkte den Blick. Aaron ... Córdoba ... Nie mehr würde sie ihn sehen, nie, nie mehr, noch nicht einmal mehr zufällig in den Gassen Granadas ... Und eigentlich hätte es das für sie leichtermachen sollen ... Doch so war es nicht. Auf einmal war nur noch ein dunkler, abgrundtiefer Schmerz in ihr.

»Also, Chalida, was soll ich für dich tun?«

Chalida brachte kein Wort mehr über die Lippen. Nein, sie hätte nie herkommen dürfen, niemals ... Und mit einem Mal hatte sie nichts Eiligeres mehr zu tun, als von hier wegzukommen. Mit fliegenden Händen legte sie ihren Hidschab an. »Ich ... gar nichts. Es geht nicht. Ich ... muss zurück!«

Aaron packte ihre Hände, sah sie an, und als sich ihre Augen nun begegneten, gelang es Chalida nicht, ihm weiter auszuweichen. Ihre Blicke verschmolzen ineinander, immer tiefer, tiefer, tiefer, und zugleich wurde Chalida von einem so heftigen Gefühl des Einswerdens, nein: des Einsseins mit Aaron durchflutet, dass sie nichts anderes mehr als nur sie beide wahrnahm. Ihr Kuss war zwar scheu, aber doch voll des Drängens, eines Drängens, in dem mit einem Mal eine brennende, sie fast zerreißende Leidenschaft hochbrandete, woraufhin sie sich mit einer Kraft, einer Gewalt, einer Sehnsucht umarmten, als sollten ihre Körper tatsächlich eins werden. Chalida wusste, dass sie dies alles nicht tun und nicht zulassen durfte, aber trotzdem musste sie keine inneren Sperren überwinden, und auch Scham verspürte sie nicht, denn um dies zu erleben, war sie hergekommen: Dieses erste Mal wollte sie mit dem Mann zusammen sein, den sie begehrte! Als Aaron ihre Brust zu liebkosen begann, entkam ihrer Kehle ein heiseres

Stöhnen, das sie selbst erschreckte und Aaron unwillkürlich zurückschnellen ließ.

»Ich ... Oh Gott, verzeih!«, keuchte er, und sein Kopf sank mit einem Schluchzer auf ihre Schulter. »Aber ich liebe dich, verdammt, ich liebe dich so sehr!«

»Und ich dich, Aaron!« Chalida nahm sein Gesicht zwischen die Hände und hob es wieder an. »Und ich dich! Und deswegen will ich, dass ... dass wenigstens dies für immer uns gehört!«

Chalida war klar, dass sie für das, was sie mit Aaron tun wollte, in die Hölle kommen würde – doch das war ihr gleich. Sie tröstete sich mit dem Versprechen des Propheten, dass niemand ewig in der Hölle schmoren müsse, und gern wollte sie fortan immer alle seine Gesetze pflichtschuldig befolgen, aber ein Mal, ein einziges Mal in ihrem Leben musste sie den Mann spüren, den sie liebte.

»Küss mich weiter, Aaron, bitte, hör nicht auf!«

»Du ... aber ...« Aaron wurde so bleich wie der Mond in einer eisigen Winternacht. »Und was, wenn ...«

»Keine Angst: Ich weiß, wie ich nach meiner ersten Nacht mit Musheer trotzdem bluten kann. Tamu hat es mir verraten. Anscheinend bluten nicht alle Mädchen in der ersten Nacht, und Tamu meinte, da ich so viel reite, sei diese Gefahr bei mir besonders groß ...«

»Du willst also ... Aber warum, Chalida? Warum nur ein Mal – wenn wir es immer haben könnten!«

»Weil wir es eben nicht immer haben können, Aaron, wir könnten es nicht, niemals, und so lass uns wenigstens dies erleben, nur dies, bitte!«

Und da endlich gab er nach, senkte die Lippen wieder auf die ihren und begann, sie zärtlich zu liebkosen. Schon wenige Küsse später schwappten die Wellen einer alle Bedenken mitreißenden, brodelnden Leidenschaft über ihnen zusammen ...

Erst Stunden später ritten Chalida und Aaron nach Hause zurück, und in ihren Augen glomm ebenso viel Seligkeit wie Trauer, Verzweiflung gar ob der baldigen Trennung. Als sie schon fast in Sichtweite der Farm waren, griff Aaron in Barbakans Zügel und zwang Chalida, stehen zu bleiben.

»Chalida, bitte, du musst doch auch gespürt haben, dass wir füreinander bestimmt sind! Du ... du kannst doch nicht ... Nicht, nachdem wir das erlebt haben; das kann nicht dein Ernst sein! Du kannst nicht wahrhaftig immer noch glauben, dass der Ewige diesen Schwur von dir gewollt hat!«

»Aber selbst wenn nicht, Aaron, selbst wenn nicht ... Wie sollte das gehen? Niemals würde Mutter ihre Zustimmung geben! Seit der Zwangstaufe ist sie ... Ich weiß auch nicht. Manchmal denke ich, sie sucht ihren Untergang, und ach, sie ist nur noch am Beten! Wie soll ich ihr da erklären, dass ich einen Kafir liebe?«

Aaron sah Chalida drängend an. »Und wenn wir heimlich zusammen weggehen? Ich finde schon ein Auskommen für uns, und das Wichtigste ist doch, dass wir zusammen sind!«

Chalida schüttelte den Kopf.

»Dann rede ich mit deiner Mutter. Zum Donner: Mehr als nein kann sie schließlich nicht sagen! Und du versprichst mir, dass du, wenn ich sie überreden kann, nicht mehr an den Schwur denkst!«

»Aber sie wird ...«

»Versprich es, Chalida, bitte, versprich mir zumindest das!«

Chalida sah ihn an, sah in seine flehenden braunen Augen, die sie noch nie so ernst und so dunkel erlebt hatte, dachte an die letzten beiden Stunden, die die wundervollsten waren, die sie je erlebt hatte, und wusste auf einmal, dass sie sich etwas vormachte: Ganz gleich, was sie dem Allmächtigen geschworen hatte – sie konnte Musheer nicht heiraten, sie würde es nicht ertragen, wenn er sie berührte, und schon gar nicht, wenn er sie küsste.

»Aaron, ich …« Ihre Stimme kippte, und sie wollte gerade nach Aarons Hand fassen, als in der Ferne spitze Hilfeschreie ertönten. Verstört richtete sich Chalida auf. »Mein Gott, was ist da los?«

Aaron und sie trieben ihre Pferde an. Sie galoppierten bis zum Waldrand, von wo aus sie eine gute Sicht auf die Farm hatten, zügelten die Tiere im Schutz der letzten Bäume und erblickten zahllose nach kastilischer Art aufgezäumte Reittieren vor der Farm.

»Was geschieht da?«, stammelte Chalida.

»Ich befürchte, das sind Büttel.« Aaron atmete heftig aus. »Mein Gott, wenn die die Inquisition geschickt hat …«

»Der Fes«, stammelte Chalida. »Der rote Fes …«

»Was für ein Fes?« Aaron sah sie verwirrt an.

»Vor ein paar Wochen, Anisha und ich … Wir hatten das Gefühl, belauscht worden zu sein … Schon als die Büttel neulich kamen, um zu kontrollieren, ob Mutter wirklich zu krank war, um die Sonntagsmesse besuchen zu können, dachte ich … Oh Gott, Aaron, ich habe sie auf die Farm gelockt, ich!«

»Aber als du mit Anisha im Wald warst – da war nur ich hinter euch!«

Doch das hörte Chalida schon nicht mehr. Sie stieß ihrem Pferd die Fersen in den Leib und jagte es zur Farm. Aaron brüllte ihr noch nach, dass sie sofort zurückkommen solle, sie sich sinnlos in Gefahr bringe und sie alles nur noch schlimmer mache, doch nichts drang mehr zu ihr durch. Schon wenige Minuten später erreichte sie die Farm. Gerade als sie in den Hof ritt, stießen die Büttel ihre Mutter aus dem Haus. Sie stürzte, fiel in den Staub und wurde von einem der Büttel in den Leib getreten. »Na los, weitergehen, ausruhen kannst du dich, wenn du in der Hölle schmorst!« Und wieder trat er zu.

Mit einem gellenden Aufschrei sprang Chalida vom Pferd und rannte ihrer Mutter zu Hilfe. »Lasst sie in Ruhe, so lasst sie doch! Das dürft Ihr nicht!«

Als der Büttel ihre Mutter erneut mit einem Tritt weiterbeförderte, stürzte sich Chalida auf ihn und schlug ebenso panisch wie blindwütig auf ihn ein. »Ihr sollt meine Mutter in Frieden lassen, hört sofort auf damit!«

»Verdammtes muslimisches Miststück!«, fluchte der Büttel und hieb Chalida mitten ins Gesicht. Sein Handrücken traf sie an der Schläfe. Chalida taumelte zurück, wurde von einem weiteren Schlag getroffen, stürzte und fiel gegen die Hauswand. Auch nach ihr trat der Büttel jetzt. Sein nächster Tritt traf sie am Kopf und ließ sie in einem dichten Nebel versinken.

XI.

Granada
Herbst 1502

Als Chalida zu sich kam, spürte sie die Wärme eines Leibes, der sie hielt, und eine Hand, die ihr sanft übers Haar strich und sie damit Stück um Stück dem Alpdruck entriss, der sie wie ein Eisenmantel einzwängte und ihr den Atem nahm. Sie machte Anstalten, sich aufzusetzen und die Augen zu öffnen, doch sofort packte die Hand beherzter zu und drückte sie zurück.

»Bleib liegen, mein Herz, wenigstens noch eine Weile, bis du wieder ganz zu dir gekommen bist!«

Jetzt öffnete Chalida endgültig die Augen, sah zu ihrer Mutter auf – und augenblicklich schoss ihr ein so stechender Schmerz in den Kopf, dass sie die Augen sogleich wieder zukniff. Sie tastete über die pochende Stelle über dem Ohr und spürte etwas Klebriges. Ihre Mutter zog ihre Hand zurück. »Nicht, so bringst du nur noch mehr Schmutz in die Wunde!«

Allmählich nahm Chalida trotz der rasenden Kopfschmerzen mehr von ihrer Umgebung auf: Sie spürte den festgestampften Lehmboden unter der Hand, nahm die feuchte Kälte und die Dunkelheit wahr und hörte ein Stöhnen, das von weither zu kommen schien. Sie öffnete die Augen wieder, bewegte den Kopf diesmal weit behutsamer, erkannte, dass sie in einem Kerker eingesperrt waren, und sah sich erschrocken um, ob auch noch andere Familienmitglieder hier untergebracht waren, konnte aber unter dem guten Dutzend Frauen kein bekanntes Gesicht entdecken.

»Wo sind Ranaa und Deborah und die anderen?«, fragte sie mit banger Stimme und wurde noch banger, als sie sah, wie ihre Mutter schluckte. »Aber … aber sie … sie sind doch nicht …«

»Nein, nein, das nicht!«, fiel Zahra ihr hastig ins Wort. »Die Büttel sind zwar auch mit ihnen nicht eben zimperlich umgegangen, aber abgeführt haben sie nur uns beide.« Zahra küsste sie innig aufs Haar. »Ach Kind, warum hast du mir bloß zu helfen versucht? Es tut mir so leid, dass du jetzt auch noch in dies alles hineingeraten bist! Aber dein Vater wird dich gewiss bald holen kommen! Raschid hat bestimmt schon mit ihm geredet, und dir können sie nichts vorwerfen. Nur ich habe nicht die Messe besucht, nur mich können sie anklagen!«

Wieder strich Zahra ihr übers Haar. Doch statt den Trost der Geste zu spüren und sich zu beruhigen, züngelte in Chalida ein immer heißer, immer bedrohlicher werdender Gedanke hoch: der Fes, der rote Fes! Nur sie allein war an der Verhaftung schuld – und wenn Gott sie strafen wollte, dann hatte er recht: Sie hätte nicht mit Anisha über Aaron reden und noch viel weniger Zukunftspläne mit Aaron schmieden und sich ihm sogar hingeben dürfen. Man schwor dem Allmächtigen nicht etwas und suchte sich dann ein Schlupfloch, um ihn zu hintergehen … Und je länger sie darüber nachdachte, was sie mit Anisha im Wald alles besprochen hatte, desto elender und jämmerlicher wurde ihr zumute. Mein Gott, welches Unglück habe ich mit meinem Egoismus, meinem Eigensinn, meinem Ungehorsam über meine Familie gebracht! Erneut schnürte sich ihr der Brustkorb zusammen, bis sie kaum noch Luft bekam und sich alles um sie herum zu drehen begann.

»Mutter, Mutter, ich …« Sie fuhr sich mit der Hand über die Brust, grub die Finger in den Stoff ihrer Tunika. Mit hellem Entsetzen starrte sie ihre Mutter an, bis erneut Nacht über ihr Bewusstsein sank.

Aus Sorge um Chalida brachte Zahra kein Auge zu. Als Chalida Schüttelfrost bekam, reichte ihr eine der anderen Gefangenen eine Decke und nickte ihr mitfühlend zu. »Als meine Tochter vor einem halbem Jahr mit ihrem Mann nach Konstantinopel ausgewandert ist, habe ich über Wochen nur noch weinen können, aber inzwischen danke ich dem Ewigen täglich für die Gnade, dass zumindest sie in Sicherheit ist!«

Zahra wünschte sich nichts weiter, als dass sie etwas Ähnliches hätte sagen können, und flehte den Allmächtigen die ganze Nacht über an, nicht ihre Tochter dafür leiden zu lassen, dass sie nicht ihr Heil in der Flucht gesucht, sondern die Taufe angenommen hatten. »Denn nicht sie hat das entschieden, sondern nur ich allein!«

Gegen Morgen kroch durch ein schmales, vergittertes Oberlicht ein Hauch Sonnenlicht zu ihnen herein und trieb das Leben zurück in die verängstigten Leiber der Frauen. Sie klopften das Stroh von ihren Kleidern, tranken Wasser, die Muslimas unter ihnen versuchten, sich zumindest die Hände, die Füße und das Gesicht zu waschen, um ihr Morgengebet verrichten zu können. Danach rückten ein paar von ihnen näher zu Zahra und wollten wissen, was man ihr vorwarf. Zahra erzählte ihnen das Wenige, was sie wusste, und erfuhr, dass die meisten von ihnen der Ketzerei angeklagt waren. Insgesamt waren sie vier Jüdinnen, eine vor zwanzig Jahren zum Islam konvertierte Christin und drei Muslimas; alle waren zwangsgetauft. Die anderen vier Frauen saßen wegen Hehlerei, Diebstahls und der Nötigung eines Bordellbesuchers ein.

Erst gegen Mittag brachte der Wärter ihnen Brot und einen Kübel mit frischem Trinkwasser. Zahra half ihrer Tochter, sich zumindest eine Handbreit weit aufzusetzen, und reichte ihr den Kanten Brot, doch Chalida wollte nichts essen. »Nein, ich … ich muss erst den Fes finden, den Fes, den Fes, Mutter!«

»Beruhige dich, Kind, du hast schlecht geträumt!«

»Nein, der Fes, der Fes ist daran schuld!«

Voller Sorge fühlte Zahra Chalidas Stirn, aber sie hatte kein Fieber, sondern wirkte gar unterkühlt. Chalidas Kopf sank zurück, ihr Blick verlor sich in der Ferne. »Liebe … lieben bis in den Tod …«, murmelte sie noch, dann sank sie in einen unruhigen Schlaf. Zahra zog sie wieder auf ihren Schoß, wiegte sie in den Armen und wagte nicht sich vorzustellen, welche Folgen es haben würde, wenn Chalida auch vor dem Inquisitor so wirres Zeug redete. Jaime, Jaime, bitte, du musst sie hier rausholen! Du musst!, flehte sie unablässig. Und in der Tat war es einzig die Hoffnung, dass er ihre Tochter freibekommen würde, die sie davor bewahrte, vor Angst um Chalida den Verstand zu verlieren.

Über eine Woche saßen Zahra und Chalida nun schon im Kerker, und Zahra hatte sie schon mehrmals gefragt, was es mit dem Fes auf sich hatte, von dem sie in ihren wirren Momenten gesprochen hatte, aber nachdem Chalida das letzte Mal auf ihre Frage hin in haltloses Schluchzen ausgebrochen war, hatte sie keinen weiteren Versuch gewagt. Die meiste Zeit schlief Chalida und schien selbst in ihren wachen Momenten wie in einem Nebel gefangen, weswegen Zahras Sorge um sie weiterhin groß war. Überdies hatte sie noch immer nichts von Jaime gehört, und das, obwohl sie ihm mittlerweile über beide Wächter eine Nachricht hatte zukommen lassen – was sie zwei ihrer Ringe gekostet hatte. Aber um Chalida freizubekommen, hätte sie, ohne zu zögern, auch noch ihre beiden Arme dazugegeben – wenn es denn nur geholfen hätte!

Als sich die zweite Woche ihrem Ende zuneigte, platzte ein hinkender Büttel in den Kerker und herrschte Zahra an, mit ihrer Tochter zum Verhör zu kommen. Eilig sprang Zahra auf die Füße, flehte ihn an, nur sie mitzunehmen, und haspelte weiter, dass ihre Tochter ohnehin nur wegen eines bedauerlichen Missverständnisses hier sei. Mit zusammengekniffenen Augen kam der Büttel näher, maß sie mit stechendem Blick, riss Chalida ohne Vorwarnung an den Haaren hoch und zerrte sie wie einen ungehorsamen Köter hinter sich her. »Und wenn ihr noch einmal die Klappe aufreißt, stopfte ich euch eure verdammten Maurenmäuler, bis ihr noch nicht einmal mehr eure Namen wisst!«

Hastig stolperte Zahra ihm nach, entwand ihm unter jämmerlichen Klagelauten ihre Tochter und beschwor diese danach auf Maurisch, das Reden vor dem Inquisitor allein ihr zu überlassen. Sie wusste nicht, ob ihre Worte überhaupt bis zu Chalida vordrangen: In ihren Augen jedenfalls stand nur blankes Entsetzen.

In der Kammer, in die der Büttel sie im oberen Stockwerk stieß, erwarteten sie der Inquisitor, sein kahlköpfiger Beisitzer und ein knochiger Schreiberling. Hochgewachsen, mit steinernem, bleichem Gesicht saß der Herr über Leben und Tod in der Mitte eines langen Tisches. Die Vorhänge der zwei Fenster hinter ihm waren zugezogen, so dass die beiden fünfarmigen Kerzenleuchter, die hinter dem Tisch auf nahezu mannshohen Säulen standen, die einzige Lichtquelle waren. Bei jeder Bewegung des Inquisitors warfen sie züngelnde Schatten in den

Raum, als lechzten wahrhaftige Teufelsfratzen nach ihnen. Zahra wich unwillkürlich zurück – woraufhin sie von dem neben ihr stehenden Büttel einen so harten Schlag gegen die Rippen erhielt, dass ihr im ersten Moment die Luft wegblieb. Als ihr gleich darauf eine kalte, seltsam metallen klingende Stimme entgegenhallte, zuckte sie erneut zusammen.

»Was dein Name ist, habe ich gefragt!«, herrschte der Schreiber sie noch einmal an.

»Zahra as-Sulami.« Zahra strich sich beklommen über den Hals und zerrte Chalida mit ihrer anderen Hand hinter sich.

»Und die andere? Na los, wir haben nicht den ganzen Tag Zeit!«

»Aber meine Tochter … sie ist doch nur …«

Ein zweiter harter Schlag gegen ihre Rippen ließ Zahra abrupt abbrechen. »Chalida«, brachte sie danach erstickt hervor. »Chalida as-Sulami.«

Er notierte sich auch diesen Namen und sah zum Inquisitor, der jetzt ein eigenartig mildes Gesicht aufsetzte und zu Zahra hin eine einladende Geste machte. »Nun kannst du sprechen, mein Kind!«

»Aber … aber was soll ich denn sagen?«, stammelte Zahra.

»Das, was du zu gestehen hast, natürlich.«

»Wieso gestehen? Ich … Was genau wirft man mir denn vor?«

Der kahlköpfige Beisitzer beugte sich vor. »Das weiß niemand besser als du, aber hier kannst du dein Gewissen erleichtern, mein Kind. Wir haben dich hergeholt, damit du deine Schuld bekennen kannst. Nur dann wird Gott dir vergeben!«

»Aber …« Zahra verstummte, versuchte wieder, einen Schritt zurückzuweichen, woraufhin der Büttel ihr einen neuen Hieb versetzte.

»Vielleicht will ja deine Tochter reden«, wandte sich nun der Inquisitor an Chalida und winkte ihr zu, hinter ihrer Mutter vorzutreten. »Befrage dein Gewissen, meine Tochter, und gestehe uns die Wahrheit, vertrau dich der Gnade des Tribunals an! Nur so wird dir und deiner Mutter die Folter erspart bleiben!«

»Ich …« Chalida versuchte, an ihrer Mutter vorbei nach vorn zu treten, aber Zahra riss sie sofort zurück und zischte ihr auf Maurisch zu, dass sie schweigen solle. »Lasst meine Tochter gehen, ich flehe Euch an, dann will ich Euch auch gern gestehen, was immer Ihr hören wollt! Sie hat nichts getan, das ist alles nur ein Missverständnis. Sie ist eine gute Christin!«

Der Inquisitor seufzte. »Es ist der Teufel, der euch so verstockt macht, aber bisher haben wir noch alle zum Reden gebracht!« Er nickte dem Büttel zu. »Bring sie zurück in die Zelle. Wir haben Zeit, viel Zeit. Und wenn die beiden mit ihrem Gewissen Rücksprache gehalten haben, sollen sie es uns mitteilen, damit wir sie weiter befragen können.«

»Aber … aber Ihr könnt uns jetzt doch nicht einfach immer weiter einsperren«, begehrte Zahra auf. »Meine Tochter ist unschuldig, sie besucht jeden Sonntag die Messe und …«

Der Büttel packte sie am Oberarm und stieß sie nach draußen, und als Zahra noch immer weiterredete, schlug er ihr so fest auf den Mund, dass ihre Lippe aufplatzte.

»Mutter!«, schluchzte Chalida und schob sich vor sie, damit der Büttel ihre Mutter nicht noch einmal schlagen konnte, woraufhin der nächste Hieb sie selbst traf.

Im Kerker verzog sich Zahra wortlos auf ihren alten Platz und drückte den Handrücken auf die Lippen, um die Blutung zu stillen. Chalida hockte sich mit angezogenen Beinen neben sie und weinte so sehr, dass ihr ganzer Körper von Schluchzern geschüttelt wurde.

»Es … aber es ist doch nichts weiter passiert, mein Kind, ich … es ist ja nichts, es tut mir nur leid, dass du meinetwegen jetzt mit eingesperrt bist!«

»Wegen Euch?« Chalida entfuhr ein jämmerlicher Klagelaut. »Aber nein, ich, ich allein bin an allem schuld! Nur weil ich …«

Zahra drückte ihr den Arm. »Rede dir keinen Unsinn ein, nichts ist deine Schuld, Kind, gar nichts!«

»Doch Mutter!« Chalida weinte noch mehr und wollte weiterreden, aber im gleichen Moment war der Wärter zu hören, so dass sie sich hastig unterbrach. Er brachte ihnen einen Topf mit Suppe. Eine der Frauen verteilte die dünne Brühe; mehr als eine Kelle voll für jede war es nicht. Obwohl Chalida ihr gesagt hatte, dass sie nichts essen wolle, ließ Zahra sich auch deren Teller füllen. An ihrem Platz erkannte sie dank des Oberlichts, dass in der Brühe drei schmale Streifen eines undefinierbaren Gemüses und – wie jeden Tag – auch ein großes Stück sehniges Schweinefleisch schwamm. Kaum saß sie wieder, kam auch schon die knochenmagere Hehlerin zu ihr gekrochen und ließ sich ihr Schweinefleisch geben.

»Möge Gott es dir vergelten«, murmelte sie, obwohl sie wusste, dass es allein die Regeln ihres Glaubens waren, die Zahra daran hinderten, das Fleisch zu essen, und huschte auf ihren Platz zurück.

Während die anderen Gefangenen gierig die Brühe herunterlöffelten, stellte Zahra ihre Schüssel neben sich und strich Chalida über den Arm. »Na komm, Kind, iss wenigstens ein bisschen!«

Da Chalida sich nicht rührte, nahm Zahra nach einem tiefen Seufzer selbst einen Löffel voll Suppe, um ihre Tochter zu ermuntern, aber Chalida schüttelte nur den Kopf.

»Mutter, bitte, ich … ich kann nicht«, stöhnte sie und sah sie mit tränennassen Augen an. »Ich muss Euch endlich sagen, was ich getan habe, sonst ersticke ich noch daran!«

Zahra ließ den Löffel wieder sinken. »Aber Kind, wie oft soll ich dir denn noch sagen, dass du gar nichts getan hast! Du bist nur noch immer von dem Sturz verwirrt und …«

»Nein, Mutter, ich bin nicht verwirrt, ich war noch nie so klar wie heute!«

»Chalida, dein Vater hat mich schon lange gewarnt, dass meine Weigerung, in die Kirche zu gehen, mich genau hierherbringen würde. Nur dass du da mit hineingeraten bist, das hätte nicht passieren …«

»Ich bin belauscht worden«, platzte Chalida da heraus. »Nur deswegen sind wir hier: Weil ich belauscht worden bin!«

»Du – aber …«

»Es ist passiert, als ich bei Anisha war. Wir sind in den Wald gegangen und haben den Lauscher hinter uns erst bemerkt, als er einen unbedachten Tritt gemacht und ein Stück Holz geknackt hat.«

»Im Wald? Mit Anisha? Aber wann denn? Mein Gott, Kind, ich habe doch eben schon gesagt, dass du wieder phantasierst!« Zahra wollte ihr die Hand auf die Stirn legen, aber Chalida fuhr unwillig zurück.

»Nein, ich phantasiere nicht, und ich muss jetzt endlich reden, Mutter! Es war vor ein paar Wochen, weil … ich musste mich einfach jemandem anvertrauen und erzählen, dass … dass …« Sie biss sich auf die Lippen. »Und dabei habe ich erwähnt, dass wir zu Hause weiter unseren alten Glauben …«

Zahra packte sie so hart am Arm, dass Chalida vor Schmerz

aufschrie. »Nichts hast du gesagt, hörst du?«, zischte sie. »Gar nichts!«

»Aber ich …«

»Nichts!«

Wortlos nahm Zahra ihren Teller wieder auf den Schoß. Mit seltsam holzigen Bewegungen löffelte sie die Suppe weiter und krallte die Finger so fest um den Blechlöffel, dass ihre Knöchel weiß hervortraten.

»Mutter, bitte …«

»Iss.«

Chalida gab nach, aber schon als sie den ersten Löffel zum Mund hob, musste sie erneut weinen und stellte den Teller wieder neben sich.

»Mutter, bitte, ich … Dann lasst mich zumindest das andere noch sagen!« Und ehe ihre Mutter sie erneut abhalten konnte, fuhr sie fort: »Aaron – Aaron und ich, wir … wir lieben uns, und nur weil ich endlich mit jemandem darüber reden musste, ist das alles passiert! Seinetwegen bin ich zu Anisha geritten, damit sie mir rät, was ich tun soll …«

Zahra starrte sie fassungslos an, und Chalida redete hastig weiter: »Ich habe nie etwas zu sagen gewagt, weil ich doch weiß, dass ich Musheer heiraten soll, und dem Allmächtigen auch geschworen habe, dass ich gehorchen werde … Aber dann bin ich doch wieder schwach geworden. Ich kann Aaron einfach nicht vergessen! Und jetzt, jetzt straft Allah mich für meinen Ungehorsam! Hätte ich mich nicht in Aaron verliebt, wäre ich nicht zu Anisha – und hätte nicht belauscht werden können!«

»Du … das …« Zahra schloss die Augen.

»Ich weiß, dass Ihr mir nie verzeihen könnt, aber ich … ich konnte einfach nicht anders!«, schluchzte Chalida.

Zahra schüttelte den Kopf und öffnete wieder die Augen.

»Du trägst keine Schuld. Das alles war nur … Mein Gott, ich habe es dir doch vorgelebt …« Und in der Tat konnte sie sich noch bestens daran erinnern, wie sie sich damals in Jaime verliebt und ihn mit jeder Faser ihres Körpers herbeigesehnt hatte. Oh ja, sie verstand ihre Tochter, und wie sie sie verstand, aber in Zeiten wie diesen war Liebe das Letzte, was zählte.

»Chalida, ich … Bitte, du musst mir schwören, dass du Aaron nicht wiedersiehst! Selbst wenn du Musheer nicht versprochen wärest – eine solche Verbindung kann nicht gutgehen!«

»Aber früher habt Ihr und Vater Euch doch auch geliebt!«

Zahra hob die Hand, als wollte sie Chalida ebenso wie die Worte, die sie ausgesprochen hatte, von sich drücken, ließ sie dann wieder sinken und stöhnte: »Du weißt nicht, wovon du redest, und gebe Gott, dass du es nie erfährst. Lieben … Mein Gott, wenn es nur das wäre! Aber Allah will nicht, dass wir Ungläubige lieben! Und du siehst doch, was aller Liebe zum Trotz aus deinem Vater und mir geworden ist!«

»Oh nein, Mutter, das ist nicht *geworden,* auch wenn ich das zuerst selbst so gesehen habe. Inzwischen denke ich: Ihr habt es *werden lassen!* Und *Ihr* seid diejenige, die sich verändert hat, nicht Vater.«

Zahra lehnte den Kopf an die Wand und starrte zur Decke. »Früher, zu Zeiten des Maurischen Königreichs von Granada, habe auch ich geglaubt, guter Wille und Toleranz seien ausreichend, damit wir uns alle verstehen, aber dann haben die Katholischen Könige den Emir vertrieben – und damit das Glück unseres Volkes!« Sie sah wieder zu Chalida. »Nein, Kind, es kann keinen Frieden mehr zwischen uns geben, nie mehr!«

»Die Christen, die Juden, die Muslime – immer und immer wieder sagt Ihr dasselbe!«, brauste Chalida auf. »Als es im Frühjahr hieß, dass wir uns taufen lassen müssen – wisst Ihr, dass ich da im ersten Moment fast erleichtert war? Ich dachte, dann würden sie endlich aufhören, diese endlosen Streitgespräche, wer an welchen Gott glaubt und wer im Recht ist. Als Kind gab es für mich nur den muslimischen Glauben, da ich von Vater kaum etwas mitbekommen habe. Aber dann kamen die Christen nach Granada, und Vater hat mich manchmal mit in seine Kirche genommen – heimlich, weil er genau wusste, dass Euch das wütend machen würde. Dabei hatte ich ihn selbst darum gebeten, weil ich wissen wollte, was in seiner Kirche schlechter als in unserer Moschee sein sollte. Und wisst Ihr was, Mutter? Ich musste feststellen, dass ich Gott dort ebenso spüren konnte wie in unserer Moschee, und bei unseren Gebeten – und wenn ich Deborah mit ihren Kindern beten sah, ging es mir nicht anders. Wer sagt Euch denn, dass es nur Euren Gott gibt? Oder woher wisst Ihr, dass wir nicht alle zu demselben Gott beten?«

»Verzeiht, wenn ich mich ungefragt einmische«, sagte da eine brüchige Frauenstimme hinter ihnen. Zahra und Chalida wandten den Kopf. Esther, eine ältere, überaus hilfsbereite Jüdin trat schüchtern zu ihnen. »Ich habe mitbekommen, worüber Ihr redet, und würde Euch gern eine Geschichte erzählen, eine Geschichte, die Euch vielleicht ebenso helfen kann, wie sie mir einst geholfen hat …«

Zahra hob unwillig die Augenbrauen, nickte der Frau aber trotzdem zu und lud sie mit einer zögerlichen Geste ein, bei ihnen Platz zu nehmen. Das Hinsetzen fiel der gebeugten Frau schwer, und als ein wenig Licht auf ihre Hände fiel, sah Zahra, dass Esthers Fingerkuppen verkohlt waren. Ungläubig fasste sie nach der Hand, doch die Alte entzog sie ihr mit einem sanften Lächeln. »Das ist nichts, das vergeht. Wie alles Irdische vergeht!«

»Haben sie Euch das heute früh angetan?«, fragte Zahra.

Esther nickte so verlegen, als trüge sie selbst Schuld an den Verstümmelungen. Mit Tränen in den Augen strich Zahra ihr über den Arm. Sie hatte derart zugerichtete Hände schon einmal gesehen und wusste, dass man bei dieser Art der Folter brennende Zündhölzer unter die Fingernägel schob – und das so lange, wie die Zündhölzer noch irgendwie einen letzten Hauch Halt am Finger fanden …

Die Jüdin verbarg die Hände im Schoß. »Seid versichert, dass ich Eure Qual ebenso gut wie die Eurer Tochter verstehe – weil es auch mir viele Jahre ähnlich erging: Ich bin Jüdin, aber der Mann, den ich liebte, war Muslim, und schließlich bin ich, um ihm noch näher sein zu können, zum muslimischen Glauben übergetreten und deshalb von meinen Eltern verstoßen worden. Seither habe ich mich immer gefragt, ob ich nun dem rechten oder dem falschen Glauben angehöre, und dann musste ich mich, genau wie Ihr, taufen lassen – und ich fragte mich, welcher Sinn hinter all dem steckte. Der Zufall wollte es, dass ich wenige Tage nach der Zwangstaufe unseren alten Rabbi wiedertraf. Ich redete mit ihm über meine Verwirrung, meine Verzweiflung und Verlorenheit, woraufhin er mir diese Geschichte erzählte, die vor vierhundert Jahren von einem sephardischen Juden aufgeschrieben wurde …«

Nachdem Zahra ihr aufmunternd zugenickt hatte, fuhr die Alte fort: »Die Geschichte erzählt von dem Juden Melchisedech, der wegen seiner Weisheit weithin gerühmt war. Er wurde von König Saladin gefragt, welche der drei Religionen, die jüdische, die muslimische oder die christliche, er für die wahre halte. Der Jude begriff sofort, in welche Gefahr er sich mit einer Antwort begeben würde, und antwortete mit einer Parabel. Er erzählte ihm von einem vornehmen und wohlhabenden Mann, dessen wertvollster Besitz ein Ring war, der vom Vater auf den Sohn vererbt wurde, den er am meisten liebte und den er als seinen wahren Erben ausweisen wollte. Jetzt hatte dieser Vater aber drei Söhne, die ihm alle drei gleich tugendhaft, gehorsam und ehrbar erschienen und die ihm deswegen alle im gleichen Maße ans Herz gewachsen waren. Er konnte sich nicht entscheiden, welchem er den Ring vermachen sollte. So kam er auf die Idee, sich von dem Ring Duplikate fertigen zu lassen, und hinterließ, als er sich zum Sterben niederlegte, jedem seiner Söhne einen Ring. Als die Söhne nach seinem Tod merkten, dass sie alle drei mit einem Ring bedacht worden waren, begannen sie, um die Vorherrschaft zu kämpfen und damit auch um das Recht, als der Meistgeliebte zu gelten.«

»Und wer von ihnen konnte beweisen, dass er der rechte Sohn war?«, fragte Chalida.

»Keiner.« Die alte Jüdin lächelte sie an. »Und der Vater wollte ja auch keinen der drei vorziehen, weil er sie alle gleich geliebt hat. Es gab keinen richtigen und keinen falschen Ring.«

Chalida nickte. »Was die Geschichte sagen will, ist also, dass der Allmächtige den Völkern mit ihren Religionen auch drei Ringe gegeben hat? Und dass jedes Volk die Gesetze seiner Religion für wahr halten und glauben soll und darf, dass es seine Gebote unmittelbar von Gott erhalten hat, nicht wahr?«

»So sehe ich das jetzt auch, ja.« Die Jüdin nickte und wandte sich Zahra zu. »Und wenn Ihr mir auch das noch zu sagen erlaubt: In meinen Augen werden wir erst dann wahrhaftige Gläubige sein, wenn wir dies verinnerlicht haben, denn keine der drei Religionsgemeinschaften erlaubt das Töten, keine sucht den Kampf.«

»Was aber helfen uns Eure schönen Worte?«, fragte Zahra bitter. »Denn leider handeln die Menschen, die diese Religionen repräsentieren, anders, als ihre Glaubensbücher es ihnen vorschreiben! Allein der Zwang, den die Christen uns mit der Taufe auferlegt haben … Und dass Ihr, nachdem die Christen Euch gefoltert haben, noch ein Wort der Verteidigung für sie finden könnt …«

»Es ist der Mensch, der fehlbar ist, der Mensch gleich welcher Religion«, erwiderte die alte Jüdin sanft. »Nicht in der Bibel der Christen steht geschrieben, dass ich gefoltert werden soll, sondern der Inquisitor selbst hat dies verfügt – und auch er ist nur ein Mensch! Wir Menschen schaffen die Auseinandersetzungen der Religionen wegen, und wir tun es, weil vielen gar nicht bewusst ist, dass sich unsere Religionen so ähnlich wie leibliche Brüder sind! Ob wir nun den Sonntag, den Schabbat oder den Freitag ehren, zweimal am Tag in der Kirche oder fünfmal auf dem Gebetsteppich gen Mekka oder dreimal in der Synagoge beten, ob die Frauen ein Häubchen oder einen Schleier tragen, ob wir vierzig Tage vor Ostern, im Ramadan oder an festgeschriebenen Tagen wie an Jom Kippur fasten, ob wir Almosen geben, weil Gott uns Nächstenliebe geboten oder, wie im Koran, zum Zakat und im Judentum zur Zedaka verpflichtet sind, und ob wir den Allmächtigen Ewigen, Gott oder Allah nennen … Wo liegt da der große, der echte, der wahre Unterschied? Und ganz sicher rechtfertigt dies nicht, dafür Menschen zu foltern und zu töten!«

»Zu Zeiten des Königreichs Granada gab es diese Gleichstellung der Religionen«, erinnerte Zahra sie. »Und Frieden!«

»Ja, die Emire waren tatsächlich weit toleranter als die Katholischen Könige; niemand wurde gezwungen, seinen Glauben aufzugeben, sondern konnte ihn offen ausüben. Und warum sollte mein Nachbar auch nicht in die Kirche, ich in die Moschee und der andere Nachbar in die Synagoge gehen?

Ist es nicht nur wichtig, dass wir alle von Herzen gute Menschen sind und überhaupt an einen Gott glauben, der eines Tages über uns richten wird und vor dem wir all unsere Taten auf Erden am Ende werden verantworten müssen? Ist Gott nicht überall und damit auch in jedem von uns?«

Chalida fasste nach der Hand ihrer Mutter. »Genau das wollte ich vorhin zum Ausdruck bringen! Ich konnte mich Gott immer nah fühlen, ganz gleich, ob ich mit Deborah in der Synagoge, mit Vater in der Kirche oder mit Euch in der Moschee war. Und ich … liebe Aaron, auch wenn er kein Muslim ist, ich liebe ihn mehr als mein Leben!«

Im Gang näherten sich schwere Schritte. Augenblicklich verstummten alle Gespräche im Kerker. Unter schrillem Quietschen und Schnarren wurde die massive Eichentür geöffnet, und als die Frauen den Folterknecht sahen, wurde es so still, als sei schlagartig jedes Leben aus ihnen gewichen. Man meinte, die Angst zu riechen, eine Angst, die der Kerkermeister sichtlich genoss. Er sah über die Frauen hinweg, als müsse er erst noch überlegen, wen er diesmal mitnehmen wollte. Am Ende blieb sein Blick ganz hinten in Zahras Ecke hängen.

»Na, mein Täubchen«, säuselte er mit Blick auf Zahra, »wie wäre es mit uns beiden? Der Schreiberling des Inquisitors hat mir erzählt, du seist ja ganz und gar nicht mitteilsam gewesen! Bist du jetzt redseliger, oder soll ich mir dich einmal vornehmen?«

Die anderen sahen verwundert zu Zahra hin. Oft vergingen Wochen, bis der Inquisitor einen zum zweiten Mal einbestellte. Die Delinquenten lange im Ungewissen zu lassen war fester Bestandteil des ausgeklügelten Systems der Inquisition. Normalerweise wurde man nur für die Folter in so kurzen Abständen geholt …

Nach einem trockenen Schlucken stand Zahra auf, machte

Chalida mit einem harten Blick klar, sich nicht von der Stelle zu rühren, und schritt dem Wärter erhobenen Hauptes entgegen. Als sie vor ihm stand, grinste er sie breit an und zischte: »Der Hochmut steht dir zwar, aber er wird dir nichts nutzen – und dir bald vergehen!«

Er gab Zahra eine Ohrfeige, dann schnippte er mit dem Finger nach der alten Jüdin. »Na los, Esther, beweg dich: Die Zündhölzer warten!«

Mit bleichen Lippen drückte sich die Jüdin, die noch immer neben Chalida saß, vom Boden hoch und schleppte sich schwer atmend zu dem Wärter. Ehe die Tür hinter ihr zufiel, sah Zahra noch, wie sie die Finger in ihren Rock krallte, als spüre sie schon jetzt den Höllenschmerz des Feuers unter den Nägeln … Nur mühsam ein Aufschluchzen unterdrückend, sank Zahra gegen die Kerkertür und presste sich die Fäuste vor den Mund.

Eine Stunde später wurde Esther von zwei Wärtern zurück in den Kerker getragen. Achtlos warfen sie sie ins Stroh und gingen wieder, ohne auch nur noch einen Blick auf sie zu werfen. Zahra eilte zu ihr und klopfte ihr auf die Wange, aber das brachte sie nicht zur Besinnung. Voller Sorge untersuchte sie Esthers Hände, konnte jedoch nur an zwei Fingern im Kuppenbereich neue Versengungen feststellen, allerdings hätte sie alles andere auch gewundert: An den Fingerkuppen war schon vorher nichts mehr gewesen, woran der Folterknecht noch ein Zündholz hätte feststecken können.

»Mutter, oh Gott, schaut hier …«, krächzte da Chalida. Erst jetzt fiel Zahra auf, dass ihre Tochter ihr nachgekommen war, und als sie deren Fingerzeig zu Esthers Füßen folgte, sog sie vor Entsetzen die Luft ein. Regelrechte Löcher hatten die Zündhölzer dort in die Zehen gebrannt, schwarz, geschwollen und verschmort standen die Zehen wie Mahnmale von den Füßen ab.

Zahra trug Esther mit Chalida zu dem schmalen Oberlicht. Sie bettete die Jüdin behutsam ins Stroh, strich ihr den kalten Schweiß von der Stirn und untersuchte sie gründlich, konnte aber keine weiteren Wunden oder Verletzungen ausmachen.

»Werden …« Chalida brach die Stimme. Erst nach einem heftigen Räuspern konnte sie fortfahren: »Werden sie das auch mit uns machen?«

Zahra fuhr entsetzt zu Chalida herum. »Das … das darfst du nicht einmal denken! Nein, nein, nichts werden sie dir tun, gar nichts! Dein Vater wird dich holen kommen. Raschid hat gewiss längst mit ihm gesprochen. Und Jaime findet einen Weg. Er … er hat bisher noch immer einen Weg für alles gefunden, immer!«

Zahra merkte selbst, wie sehr sie sich in eine immer größere Aufgeregtheit hineinredete, die Chalida weit mehr beunruhigen als beruhigen konnte. Doch allein beim Gedanken, der Wärter könne Chalida mit in die Folterkammer nehmen, blieb ihr fast das Herz stehen. Um ihre Tochter nicht noch mehr zu ängstigen, wandte sie sich wieder Esther zu, konnte sich im Moment aber auch auf diese nicht konzentrieren. Jaime, das war alles, was in ihrem Kopf noch Raum hatte. Verdammt, Jaime, wo bist du? Warum holst du Chalida nicht endlich hier heraus? Und zugleich gingen ihr wieder ihre letzten Worte durch den Kopf. Ja, natürlich hatte Jaime bisher immer einen Weg gefunden, und noch nie, nie, nie hatte er sie im Stich gelassen, ganz gleich, wie wütend er auf sie gewesen sein mochte. Auch jetzt zweifelte sie nicht daran, dass er Chalida helfen würde – und verspürte mit einem Mal eine solche Sehnsucht nach ihm, dass es ihr schier den Atem nahm.

Verdammt, dachte sie, selbst hier, selbst jetzt bin ich noch voll von Liebe zu dir, und als ihr bewusst wurde, dass sie Jaime womöglich niemals wiedersehen würde, tat ihr Herz so weh, dass sie die Faust auf die Brust drücken musste, um nicht vor Schmerz aufzuschreien. Nie mehr würde sie ihm sagen können, wie leid ihr letzter Streit ihr tat, und auch nicht, dass sie ihm in Wahrheit gar keine Vorwürfe machte, weil sie letztlich so dachte wie Esther. Sie war nur so erbost, so verletzt, so verzweifelt über alles gewesen, was die Christen ihrem Volk angetan hatten, dass sie auch Jaime gegenüber immer ungerechter geworden war …

Zahra presste die Lippen zusammen. Die ganze Wut, Enttäuschung und Verbitterung, die sie in den letzten Wochen Jaime gegenüber empfunden hatte, ertrank in der Milde, die die Worte der Jüdin in ihr hinterlassen hatten, einer Milde, gegen die sie sich gerade in diesem Moment wehrte, in dem sie die arme Frau so jämmerlich zugerichtet vor sich liegen sah. Mein Gott, stöhnte Zahra, wenn sie nur weiter unter Boabdil hätten leben können, dann gäbe es diesen ganzen Hass und Zwang und die Verfolgungen nicht – und vielleicht, sagte sie sich, vielleicht hätte Chalida dann auch den Mut aufgebracht, ihr einfach zu sagen, dass sie Aaron liebte, und sich nicht in diese Seelenqual gestürzt. Und womöglich hätte sie sich von ihr sogar tatsächlich umstimmen lassen …

»Jaime wird kommen«, sagte sie noch einmal zu Chalida und versuchte, das Zittern in ihrer Stimme zu unterdrücken. »Er wird kommen!«

Wenig später brach die Dämmerung herein. Binnen kürzester Zeit war es so finster im Kerker, dass sie die Hand kaum noch vor den Augen erkennen konnte. Ihr einziger Trost an diesem Abend war, dass Esther inzwischen wieder zu sich gekommen war und sogar etwas getrunken und gegessen hatte – so sinnlos dies auch sein mochte, wenn sie letztlich doch auf dem Scheiterhaufen enden würde. Genau wie sie selbst. Trotzdem hatte auch sie gegessen.

Zahra hörte ihre Tochter neben sich atmen, ganz ruhig schlief sie, auch alle anderen im Kerker schienen zu schlafen. Sanft strich sie Chalida übers Haar, rückte noch etwas näher an sie heran und hatte das Herz so übervoll, dass sie sie am liebsten in die Arme genommen und an sich gepresst hätte. Wer wusste schließlich, wie lange sie dazu noch die Möglichkeit hatte? Auch an ihre drei anderen Kinder musste sie denken und daran, dass sie sie wohl niemals wiedersehen würde … Aber trotzdem es ihr vor Schmerz fast das Herz zerriss, war sie davon überzeugt, dass sie nicht anders hatte handeln können, und hoffte inständig, dass ihre Kinder dies eines Tages verstehen oder ihr wenigstens würden verzeihen können. Dann fragte sie sich erneut, warum Jaime Chalida nicht schon längst abgeholt hatte. Er war doch Christ, Chalida seine Tochter … Warum dauerte das so lange?

Unruhig erhob sich Zahra, tastete sich an den Wänden entlang in Richtung des schmalen Oberlichts und sog gierig die kalte Nachtluft ein, eine Wohltat nach dem scharfen Geruch hier drinnen nach Urin, Schmutz und fauligem Stroh. Als sie sich zurück zu ihrem Platz tasten wollte, hörte sie Schritte. Unwillkürlich wandte sie den Kopf in Richtung der Kerkertür, merkte dann aber, dass die Schritte von oben kamen. Auch gedämpfte Männerstimmen machte sie nun aus, und schließlich meinte sie eine von ihnen sogar zu erkennen.

»Jaime?«, hauchte sie atemlos. »Bist du das?«

Sie lauschte, doch da war nichts zu hören – außer ihren eigenen Atemgeräuschen. Sie dachte schon, sich die Stimmen nur eingebildet zu haben, als jemand am Oberlicht leise ihren Namen rief.

»Jaime?«, rief Zahra ebenso leise zurück und meinte oben den diffusen Lichtschein einer Öllampe wahrzunehmen. »Bist du es wirklich?«

»Ja, sei ganz ruhig. Wir holen euch jetzt da raus! Ist Chalida bei dir?«

»Ja, ja!«

»Dann geh mit ihr von dieser vergitterten Öffnung weg – und sag euren Mitgefangenen, dass sie in Deckung gehen sollen. Es gibt gleich zwei Explosionen: Die erste ist weiter weg; mit der wollen wir die Soldaten ablenken. Sobald sie sich nach dorthin auf den Weg gemacht haben, sprengen wir das Oberlicht hier auf. Kommt sofort danach her, damit wir euch rausziehen können; die Wachen werden sich nicht lange von unserem Täuschungsmanöver ablenken lassen!«

Zahra eilte zu Chalida, weckte sie, trug mit ihr die Jüdin nach hinten und trieb die anderen Frauen mit eilig hervorgepressten Erklärungen in den hinteren Teil ihrer weiträumigen Zelle, damit sie sich dort hinter dem Mauervorsprung verbargen. Aufgeregtes Flüstern breitete sich wie das Summen eines herannahenden Bienenschwarms aus, eine Frau bekam einen heftigen Schluckauf, eine andere schluchzte: »Oh Gott, hab Erbarmen, hilf uns, diesem Kerker zu entkommen!«

Immer wieder versuchte Zahra, die Frauen mit einem »Psst, so seid doch still, wenn der Wärter uns hört!« zum Schweigen zu bringen, doch die Frauen heulten und jammerten und kreischten immer mehr.

Kaum hatten sie sich hinter dem Mauervorsprung verborgen, hörten sie in der Ferne die erste Explosion, die so gewaltig war, dass der Boden unter ihren Füßen bebte. Schreiend pressten sich die Frauen in ihrer Ecke zusammen. Immerhin, dachte Zahra, würde der Wärter ihrem Lärm jetzt keine weitere Aufmerksamkeit schenken. Die Frauen wurden gerade etwas ruhiger, als der Geruch von brennendem Öl zu ihnen drang.

»Achtung, in Deckung!«, schrie Zahra, und in der nächsten Sekunde schossen ihnen auch schon mit einem ohrenbetäubenden Knall Steinbrocken und Geröll entgegen, und direkt danach rollte eine gewaltige Staubwolke auf sie zu. Hustend und keuchend stolperten sie über die Gesteinsmassen zu dem freigesprengten Ausstiegsloch, das jedoch noch immer zu hoch über ihnen lag, als dass sie einfach hätten hinausklettern können. Jemand seilte von oben Öllampen in den Kerker hinab, so dass sie zumindest eine diffuse Richtung vor Augen hatten, und als sie näher kamen, sahen sie die Seile, die von oben heruntergelassen worden waren.

»Zahra, Chalida, wo seid ihr?«, brüllte Jaime.

Chalida schlüpfte flink zwischen den anderen hindurch und erreichte ihren Vater; Zahra versuchte, Esther hochzuheben und mitzuziehen. Die Jüdin jedoch fasste sie am Arm und schüttelte den Kopf. »Lasst mich, ich bitte Euch, geht! Ihr habt Kinder und eine Familie – ich habe niemanden mehr. Wenn Ihr Euch mit mir belastet, werden wir nur beide unser Leben lassen. So lauft doch schon, um Himmels willen, lauft, jeden Moment werden die Wärter mit Soldaten kommen!«

Erst nach einem weiteren guten Zureden der Alten ließ Zahra ihr ihren Willen und kraxelte über die Steinbrocken zum Ausstieg. Sie sah, wie Jaime Chalida nach oben zog, während er in einem fort brüllte: »Zahra, verdammt, wo steckst du?«

Als sich Jaime diesmal tief in die Zelle herabbeugte, trafen sich ihre Blicke, was eine solche Flut von Gefühlen in Zahra auslöste, dass es ihr fast das Herz sprengte. Oh Gott, wie sehr ich dich liebe!, schoss es ihr durch den Kopf, doch zugleich kam der Gedanke: Aber wozu soll ich hier heraus, wozu mein

Leben retten, wenn es keine Zukunft mehr mit dir geben kann und ein Dasein ohne dich nur Folter für mich wäre?

»Zahra, nun mach schon!«, brüllte Jaime ihr über den Lärm hinweg zu, ließ ihr ein Seil herab und beugte sich so tief herunter, dass sie fast seine Hand berühren konnte. »Los, Zahra, worauf wartest du?«

Da endlich griffen ihre Hände wie von selbst nach dem Seil. Im nächsten Moment flog die Tür des Kerkers auf. Schreie schwollen an, die Panik unter den Frauen nahm noch zu, und jede stieß jede, das Einzige, was zählte, war, noch rechtzeitig herauszukommen! Jaime zog Zahra hinauf. Ihre Hand lag schon auf dem rettenden Ausstiegsloch, als eine Frau an ihr hochsprang, sich in ihre Tunika krallte und versuchte, über sie hinweg ins Freie zu gelangen – und sie damit beide zu Fall brachte.

»Verdammt, Zahra, steh wieder auf, fass nach, los, los!«, brüllte Jaime, doch noch ehe Zahra wieder auf die Beine kam, zeigte ihr eine Schwertspitze auf die Kehle.

»Eine einzige Bewegung, nur eine einzige!«, zischte der Wärter sie an. Zahra hob die Hände, um zu zeigen, dass sie nicht fliehen würde, und sah zwei weitere Wärter in den Kerker stürmen.

»Es ist zu spät«, rief Zahra nach oben. »Seht zu, dass ihr wegkommt!«

Doch Jaime ließ einen kurzen, scharfen Pfiff ertönen, sprang in den Kerker herunter, hieb noch im Sprung dem Wärter, der Zahra bedrohte, das Schwert aus der Hand und verletzte ihn so schwer am Arm, dass er keuchend gegen die Wand zurücksank.

»Und jetzt raus hier, Zahra!«, brüllte Jaime, doch da griff ihn der zweite Wärter an. Er war geübter, und mehrmals konnte Jaime seinen scharfen Hieben nur knapp entgehen.

Entsetzt rutschte Zahra zurück an die Wand und riss sich dabei an einem Steinbrocken den Arm und die Hand auf. Sie versuchte aufzustehen, wurde aber immer wieder von den Frauen umgestoßen, die vor dem dritten Wärter flohen: Mit unbarmherzigen Schwerthieben trieb er sie von dem freigesprengten Ausstieg weg, doch zwei Frauen gelang die Flucht dennoch, was die anderen ermutigte. Endlich kam Zahra wieder auf die Beine. Ohne nachzudenken, nahm sie einen Steinbrocken auf, drückte ihn an sich und starrte zu Jaime und seinem Widersacher.

»Los, raus, raus mit dir!«, zischte Jaime sie an und brüllte dann: »Raschid, nun mach schon, zieh Zahra hoch!«

Als er kurz zum Ausstieg blickte, erwischte sein Angreifer ihn an der Wange. Fluchend sprang Jaime zurück, stolperte dabei über das hinter ihm liegende Geröll, und im gleichen Moment sah Zahra, wie der Wärter, den er zuvor verletzt hatte, ein Messer aus seinem Stiefelschaft zog und sich auf ihn stürzte.

»Pass auf, hinter dir!«, gellte Zahra, riss den Stein in ihren Händen hoch, sprang nach vorn und ließ ihn auf den Wärter niederkrachen. Sie erwischte ihn an der Schulter. Brüllend vor Schmerz fuhr der riesige Kerl zu ihr herum und holte mit dem Messer nach ihr aus, doch Zahra hatte bereits einen weiteren Stein aufgeklaubt und donnerte ihn ihm ins Gesicht. Sie traf ihn an der Schläfe. Er taumelte zurück, fing sich, stocherte mit dem Messer nach ihr und streifte sie am Arm. Während er erneut zustoßen wollte, machte Jaimes Angreifer einen Ausfallschritt. Jaime sprang zur Seite und trat ihm gegen die Beine, woraufhin dieser das Gleichgewicht verlor, auf den Wärter fiel, der Zahra zusetzte, und ihm das Schwert in den Leib rammte – und damit Zahra unfreiwillig das Leben rettete. Sofort stürzte sich Jaime auf den letzten Wärter. Mit geschickten Hieben drängte er ihn an die Wand und streckte ihn mit einem gezielten Schwerthieb nieder. Dann fuhr er wieder zu dem vorherigen Wärter herum, der fassungslos vor seinem toten Kollegen stand, die Hände hob und um Gnade flehte. Jaime nickte, drückte ihm die Schwertspitze an den Hals und keuchte zu Zahra: »Jetzt aber nichts wie weg hier, Zahra, los, du zuerst!«

Doch als sie sich dem Ausstieg zuwandten, waren die rettenden Seile verschwunden; erst jetzt nahmen sie wahr, dass auch dort oben Kämpfe stattfanden: Schreie und Schwertschläge drangen zu ihnen, Flüche und Warnungen. Jaime herrschte den Wärter an, ihnen einen anderen Fluchtweg zu zeigen. »Und komm nicht auf die Idee, uns in eine Falle zu locken, sonst bist du der Erste, der draufgeht!«

Zitternd schnappte sich der Wärter eine Öllampe und stolperte ihnen voran aus dem Kerker. An anderen Zellen vorbei brachte er sie zur Treppe, die sie zum Aufenthaltsraum der Wärter führte. »Vor dem Hauptausgang patrouillieren im halbstündigen Rhythmus zwei Wachleute. Flieht besser durch diese Seitentür, ehe ich hier doch mein Ende finde!«

Misstrauisch öffnete Jaime die angewiesene Tür, sah hinaus und nickte ihm zu. »Du kannst deinen Kopf behalten, aber jetzt zurück nach unten! Und du tust gut daran, mich nicht so zu beschreiben, dass mich jemand wiedererkennt – wenn dir an deinem Leben auch weiterhin etwas liegt!«

Er stieß den Wärter zur Treppe, verriegelte die Tür hinter ihm und rannte mit Zahra zur Seitentür. Nach einem raschen Blick hinaus nickte er ihr zu und zog sie mit sich. Die ersten Meter liefen sie geduckt und eng an die Wand gedrückt, aber als sie die Hauptstraße erreicht hatten, raunte Jaime Zahra zu, dass sie besser so taten, als machten sie einfach einen Abendspaziergang. Zahra rückte näher zu ihm auf. »Und wie helfen wir jetzt den anderen?«

»Von hier aus können wir gar nichts tun«, gab Jaime ebenso leise zurück und nahm sie am Arm, damit sie ihre Schritte weiter verlangsamte. Sein Blick ging warnend in Richtung des gegenüberliegenden Gehsteigs. Jetzt bemerkte auch Zahra die beiden Wachleute, die vor dem Kerker patrouillierten. Ihr Herz schlug so heftig, dass sie meinte, es müsse ihr gleich aus dem Leib springen, aber die beiden schenkten ihnen keinerlei Aufmerksamkeit und gingen weiter. Als sie um die nächste Ecke gebogen waren, meinte Jaime: »Vielleicht haben die anderen ja fliehen können und erwarten uns in unserem Versteck. An die rückwärtige Kerkerseite kommen wir so oder so nur von unserem Versteck aus heran. Von dort aus gibt es einen Zugang über die Dachterrassen der Nachbarhäuser.«

Jaime führte sie zur nächsten Straßenkreuzung, bog mit ihr in eine Nebengasse und zog sie in ein altes, halb verfallenes Haus. Behutsam schloss er die nur noch an einem Scharnier hängende Tür hinter ihnen, entzündete eine bereitstehende Öllampe und lauschte. Es war offensichtlich, dass sie die Ersten waren. Er fluchte und beschwor Zahra, auf ihn zu warten. Dann hastete er die Stiegen hoch, die vom Innenpatio zur Galerie und zum Dach führten. Ehe er die Dachterrassentür hinter sich schloss, sah er noch einmal kurz zu ihr zurück. »Bitte, Zahra, tu wenigstens einmal in deinem Leben, worum ich dich bitte, und rühr dich nicht vom Fleck!«

Zahra nickte.

Unablässig lief Zahra in dem finsteren, kalten und modrig riechenden Haus auf und ab. Mehr als ein Mal stieg sie die Treppe zur Dachterrasse hoch, wagte dann aber doch nicht, die Tür zu öffnen, zumal ihr klar war, dass sie nichts hätte ausrichten können: Ohne Waffen war sie niemandem eine Hilfe, und in den Räumen hier hatte sie nichts Brauchbares finden können. Auch an Esther musste sie immer wieder denken, doch mehr als für sie beten konnte sie nicht.

Eine gute Stunde später hörte sie Schritte auf der Dachterrasse und eilte zwei Stufen auf einmal nehmend die Treppe hoch. Als sie die Tür aufriss, stand Jaime direkt vor ihr. Er trug Chalida in den Armen, ihre Tunika war über und über mit Blut durchtränkt.

»Es sieht schlimmer aus, als es ist«, beruhigte er sie. »Das meiste ist nicht ihr Blut, sondern das des kastilischen Soldaten, der sie festgehalten hat!«

»Und die anderen?«, fragte Zahra erschrocken. »Gibt es noch mehr Verletzte?«

»Sie kommen jeden Moment«, gab Jaime ausweichend zur Antwort und ging vor ihr hinunter in den Patio.

Sie waren kaum unten angekommen, als Raschid eintrat. An seiner Seite ging Abdarrahman; sein rechter Arm war verbunden, an der Stirn war er ebenfalls verwundet. Ihm folgten zwei Diener und drei Wachsoldaten von der Seidenfarm.

Als Jaime Chalida auf dem Boden ablegen wollte, stöhnte sie vor Schmerz. Augenblicklich hielt er in der Bewegung inne. »Ich kann mir schon denken, dass das verdammt weh tut, aber wenn ich dich jetzt hinlege, darfst du trotzdem auf keinen Fall schreien! Man weiß nie, wer draußen vorbeigeht, und bisher warst du doch auch tapfer!«

Chalida nickte, biss die Zähne zusammen, und Jaime legte sie vorsichtig ab. Zahra kniete sich vor ihre Tochter und bemerkte sofort die unnatürliche Stellung des rechten Armes.

»Wie hat sie sich die Schulter ausgekugelt?«

»Das war der Mistkerl, der sie zurückgerissen hat, als wir fliehen wollten«, knurrte Abdarrahman.

»Kannst du das hier richten?«, fragte Jaime.

Zahra nickte und blickte zu ihrem Sohn. »Und was ist mit

dir?« In ihren Augen lag die unausgesprochene Frage, ob er denn endlich wieder mit seinem Vater sprach. Als Antwort hob Abdarrahman ebenso verlegen wie unschlüssig die Achseln. Zahra verstand: Zumindest so viel, dass sie sie gemeinsam aus dem Kerker hatten befreien können.

Auf ihre Frage bezüglich seiner Verletzung brummte ihr Sohn: »Gar nichts, mir geht es gut!«

Zahra nahm ihm trotzdem den Armverband ab. Die Schnittverletzung war tief, aber nicht bedrohlich, so dass sie den Verband wieder anlegte. Dann ging ihr Blick zu den anderen fünf Männern, und sie erkannte erst jetzt, dass einer von ihnen kein Wachmann, sondern Aaron war. Bleich hockte er in einer Ecke. Er hielt die Augen geschlossen, die Miene war angespannt, die beiden Hände schlossen sich krampfhaft um sein Bein, wo Zahra jetzt auch den notdürftigen Verband bemerkte. Er schien unter großen Schmerzen zu leiden. Nach einem kurzen Zögern ging Zahra zu ihm und kniete sich vor ihn. Aaron schrak zusammen und sah zu ihr auf. Zahra musterte ihn, die Miene unbewegt.

»Ich … ich kann mir schon denken, dass Ihr mich in Grund und Boden verdammt«, stotterte Aaron, »und ich erwarte keineswegs, dass Ihr Euch um mich kümmert!«

»Was … was hat Aaron?«, rief Chalida. Sie versuchte, sich zu ihnen umdrehen, aber ihre ausgekugelte Schulter ließ die Bewegung nicht zu. Stöhnend sank sie in ihre alte Position zurück.

Ohne ein Wort zu sagen, schob Zahra Aarons Hände beiseite, riss seine Pluderhose bis zum Oberschenkel hoch auf, nahm den Verband ab und stieß entsetzt die Luft aus. Die Wunde war nicht nur sehr tief, sondern auch aufgerissen und musste weit gründlicher versorgt werden, als sie dies hier tun konnte. Fragend sah sie Aaron an.

»Ich habe Eurem Mann alles gesagt«, stotterte der weiter. »Mir … mir ist egal, was Ihr denkt, das heißt, nicht egal, aber … aber ich bin nicht länger bereit, auf Chalida zu verzichten. Und wenn Ihr nicht wollt, dass sie die Meine wird, könnt Ihr mich gleich hier sterben lassen!«

Mit unbewegter Miene riss Zahra Stoffstreifen aus dem Hosenbein und legte einen Druckverband an. Alles Weitere konnte sie erst später tun, wenn sie in Sicherheit waren, und sie hielt Aaron für zäh genug, um so lange durchzuhalten. Dann ging sie zu ihrer Tochter und bat Jaime, ihr zu helfen.

»Ich weiß, dass ich dir jetzt weh tue, aber es geht nicht anders«, sagte sie. »Je mehr du dich entspannst, umso weniger wirst du leiden!«

Chalida nickte. Jaime bereitete einen Knebel vor und schob in ihr in den Mund. »Wir können nicht riskieren, dass du schreist!«

Anschließend hielt er ihre linke Seite fest, während Zahra Chalidas rechten Arm nahm, einen Fuß auf ihren Achselbereich stemmte, vorsichtig zog und zugleich eine behutsame Außenrotation des Arms durchführte. Der Knebel dämpfte Chalidas Schrei, sie bäumte sich auf – aber die Schulter war wieder in der Gelenkpfanne.

Während sie Chalidas Arm am Körper fixierte, weinte ihre Tochter stumm vor sich hin. Zahra tröstete sie mit keinem Wort und vermied überdies, ihr ins Gesicht zu sehen.

Schweigend setzte sie sich zu den anderen. Jaime sah sie lange an und brummte schließlich: »Ich nehme an, dir ist klar, dass du jetzt keine andere Wahl hast, als das Land umgehend zu verlassen?«

Zahra sah zu Boden.

»Zahra, sie werden dich suchen – und finden! Auch für Chalida ist es das Sicherste. Trotz all meiner Eingaben habe ich nichts für sie erreichen können, und für dich schon gar nicht. Abdarrahman will mit euch gehen.«

Als Jaime »mit euch« sagte, verspürte Zahra einen so scharfen, stechenden Schmerz im Herzen, dass ihr kurzzeitig die Luft wegblieb. Sie schloss die Augen und schalt sich dumm und einfältig: Hatte sie sich wirklich eingebildet, nur weil Jaime sie aus dem Kerker befreit hatte, hätte sich etwas zwischen ihnen verändert – und das sogar in dem Maße, dass Jaime mit ihr auswandern würde?

Sie versuchte zu nicken, was ihr erst im zweiten Anlauf gelang. »Und Yayah und Mohammed?«

»Ich dachte mir schon, dass du ohne sie nicht gehen würdest – allerdings weißt du, wie gefährlich die Überfahrt ist …«

»Ich nehme an, das heißt, ich soll mit dem Schiff nach Marokko zu Vaters Schwester?« Sie sah zwischen Jaime und ihrem Bruder hin und her. Beide hoben die Schulter, als sei ihnen das Thema unangenehm; mehr bedurfte es nicht. Ein eisiger Schauer überlief Zahra, gefolgt von einem zweiten, der so heftig war, dass sie sich schütteln musste.

Jaime nahm seinen Umhang ab und breitete ihn um ihre Schultern. Die kurze Berührung seiner Hand löste eine solche Sehnsucht in Zahra aus, dass ihr ganzes Inneres nur noch ein einziges Brennen war. Und dann spürte sie unter dem Umhang auch noch seine Wärme, roch seinen Duft … Sie schluckte und schloss die Augen.

»Ich …« Jaime räusperte sich. »Raschid und ich dachten, Fez sei nicht der schlechteste Ort für euch. Immerhin sind dort Zainab und Mahdi. Und wenn ihr das Schiff von Málaga aus nehmt, ist die Überfahrt recht kurz und die Gefahr eines Überfalls geringer.«

»Ihr habt also schon alles bis ins letzte Detail geplant«, erwiderte Zahra heiser und öffnete wieder die Augen. »Und was wird aus dir und Raschid und den anderen? Was, wenn euch einer der Büttel vor dem Kerker erkannt hat? Und du«, sie sah Jaime an, »bist du dir so sicher, dass der Wärter unten im Kerker dich nicht doch noch verrät?«

»Du hast doch gesehen, welche Angst er hatte – auch die patrouillierenden Wachen hatte er uns nicht entgegengeschickt, und das wäre ein Leichtes für ihn gewesen!«, erwiderte Jaime. »Und hinter dem Kerker war es ziemlich finster. Ich denke nicht, dass uns da jemand gesehen oder gar erkannt hat.«

»Aber werden sie euch nicht ohnehin verdächtigen?«

»Verdächtigen vielleicht, aber sie werden es uns nicht nachweisen können, denn wir haben vorgesorgt: Offiziell sind Raschid und ich auf dem Weg zu einem Kloster, um dort wichtige Papiere abzuholen, aber in Wahrheit reiten zwei Freunde von uns dahin.«

»Und was ist mit Musheer? Kommt er auch mit?«

»Nein«, erwiderte Jaime. »Ich … Raschid und ich … Also, wenn Chalida möchte …« Er schnaubte und knurrte zu Raschid: »Zum Donner, so hilf mir doch!«

»Soll das etwa heißen, ihr habt die Hochzeit abgeblasen?«

»Verdammt, Zahra«, platzte es da aus Raschid heraus. »Ich denke, derzeit hast du wahrlich dringlichere Probleme, als wen Chalida heiraten wird!«

»Und was heißt das?« Angriffslustig blitzte Zahra zwischen ihrem Bruder und Jaime hin und her.

Jaime stöhnte und raufte sich die Haare. »Das heißt, dass … oh Mann, Zahra, nach dieser ganzen Sache kann Chalida doch sowieso nicht im Land bleiben, und Musheers Eltern werden niemals zulassen, dass er das Land verlässt, wo jetzt gerade auch Jamaal ausgewandert ist und ihnen damit niemand außer ihm bleibt! Auf der anderen Seite scheint es so zu sein, dass Chalida und Aaron …«

»Das ist nicht dein Ernst!«, fiel Zahra ihm ins Wort. »Du kannst deiner Tochter nicht wünschen, dass sie durchmacht, was ich durchgemacht habe: nie vor Allah verheiratet zu sein, nie zum anderen gehören können, nie …«

»Immerhin verdankst du Aaron dein Leben! Er hat herausgefunden, wo die Büttel euch eingesperrt haben, und die Sache mit dem Sprengstoff war auch seine Idee!«

»Ich flehe Euch an, Mutter, so lasst doch mit Euch reden«, erhob nun auch Chalida die Stimme. »Ich hatte so sehr gehofft, Esthers Gleichnis hätte Euch gezeigt …«

»Esthers Gleichnis!«, fiel Zahra ihr erbost ins Wort. »Kind, das war eine Legende, ein Märchen! Aber das hier ist das wahre Leben!«

»Wenn Ihr damit sagen wollt, dass ich Aaron nicht heiraten darf, könnt Ihr mich gleich zurück in den Kerker bringen!« Entschlossen hielt sie dem Blick ihrer Mutter stand.

Aaron erhob sich, hinkte zu ihr und nahm Chalidas Hand. »Bitte, Sayyidati, ich … ich werde alles tun, um Eure Tochter glücklich zu machen!«

Und mit einem Mal trat auch noch Abdarrahman zu ihnen und nickte Zahra aufmunternd zu. »Selbst mich hat Aaron in den letzten Tagen überzeugen können, Mutter, und Musheer … Vater hat recht. Er wird niemals das Land verlassen, und dank Adilah habe ich ja erfahren können, wie es ist, seine wahre Liebe zu finden …«

Fassungslos sah Zahra zwischen ihrem Ältesten und Chalida und Aaron hin und her. »Und wie stellt ihr Kindsköpfe euch das vor?«, wetterte sie. »In Marokko könnt ihr noch nicht einmal heiraten, und du, Jaime, und du, Raschid, ihr seid auch nicht viel gescheiter, wenn ihr dem Jungen das Ganze nicht schon längst ausgeredet habt!«

»Aaron ist bereit, sich als Muslim auszugeben und Chalida

vor einem Qadi zu heiraten«, erwiderte Jaime, woraufhin Zahra ihn so durchdringend ansah, dass er den Blick senken musste. In der Tat hatten Jaimes Worte sie mit herber Bitterkeit erfüllt. *Vor einem Qadi heiraten … Das ist weit, weit mehr, als du für mich und die Kinder je zu tun bereit gewesen bist!* Und je länger sie diesen Satz in ihrem Kopf hin- und herdrehte, desto unerträglicher wurde er ihr. Sie strich sich über die Stirn. »Wann …« Ihre Stimme brach, doch auch wenn sie belegt und heiser klang, fuhr sie doch entschlossen fort: »Wann also ist die Überfahrt?«

Als Zahra feststellte, dass Jaime und Raschid ihre Flucht schon bis ins letzte Detail vorbereitet hatten, war sie ihnen zwar einerseits dankbar, aber andererseits fühlte sie auch sich abgeschoben, und das ganz besonders, wenn sie Jaime ansah. Nun stand seiner Karriere am Hof also nichts mehr im Weg: Seine maurisch-muslimische Frau war endlich weg, die Mischlingskinder gleich dazu – und jedes Mal, wenn sie das dachte, schämte sie sich, denn im Grunde ihres Herzens wusste sie, dass sie ihm unrecht tat. Doch letztlich war dies die einzige Art, wie sie all dies überhaupt aushalten konnte. Nie mehr würde sie ihn wiedersehen. Nie, nie mehr!

Zu den Vorbereitungen gehörte, dass Jaime die Wächter am westlichen Stadttor bestochen hatte. Statt zur Farm, wo sie früher oder später von den Schergen der Inquisition gesucht werden würden, brachten sie sie und Chalida in den Unterstand, den sie im Krieg unter Boabdil in der Nähe der Farm gebaut und den sie jetzt auf die Schnelle wieder hergerichtet hatten. Anschließend ritt Raschid mit einem Diener zur Farm, um die Kinder, Maryam und deren Sohn Hamid zu holen, die ebenfalls mit ihnen das Land verlassen würden. Als Zahra ihre beiden Jüngsten in die Arme schloss, konnte sie sich zum ersten Mal richtig darüber freuen, dass Jaime sie aus dem Kerker gerettet hatte. Für einen kurzen Moment wagte sie sogar zu denken, dass es vielleicht nicht einmal die schlechteste Lösung war, endlich das Land zu verlassen. Immerhin würde sie ihre Kinder in Marokko offen in ihrem eigenen Glauben großziehen können, es würde keine Lügen mehr geben, kein Versteckspiel, keine Erniedrigung. Sie würde wieder sie selbst sein dürfen. Auch Abdarrahman, der seinen Sohn ebenfalls geholt hatte, erschien ihr zum ersten Mal seit langem ruhig und zuversichtlich. Einzig zu Chalida und Aaron konnte Zahra nicht hinsehen. Sosehr sie ihre Tochter einerseits verstand, so sehr schmerzte es sie, sie diesen Weg gehen zu sehen.

Um sie sicher nach Málaga zu bringen, von wo aus sie nach Tanger übersetzen würden – der Ort, von dem aus die Mauren einst die Iberische Halbinsel erobert hatten –, hatte Jaime einige ehemalige maurische Soldaten angeheuert. Als sie am nächsten Morgen zu ihnen stießen, hieß es Abschied nehmen – ein Abschied für immer. Als Raschid sich erhob, um sie noch ein letztes Mal in den Arm zu nehmen, kostete es Zahra ihre ganze Kraft, die Fassung zu wahren. Sie klammerte sich so fest an ihn, als wolle sie ihn nie mehr loslassen.

»Umarme auch Deborah und alle anderen von mir!«, bat sie ihn. »Und Tamu, oh Gott, meine Tamu!«

Beim Gedanken an ihre treue alte Dienerin, die wie eine zweite Mutter für sie gewesen war und der sie so vieles zu verdanken hatte, kamen ihr dann doch die Tränen. »Tamu …«, flüsterte sie noch einmal. Einen Moment lang glaubte sie, doch nicht weggehen zu können, aber als Yayah seine Hand in die ihre schob, wusste sie, dass sie keine Wahl hatte, und ließ ihren Bruder endlich los.

»Inschallah werden wir uns zumindest im nächsten Leben

wiedersehen!«, sagte sie und strich Raschid ein letztes Mal liebevoll über die Wange.

»Das werden wir, *ghuzailati*, meine kleine Gazelle, und möge der Allmächtige dich und die Deinen auf eurem Weg begleiten!«

Als Zahra zu ihm aufsah, merkte sie, dass ihm Tränen in die Augen stiegen, und beeilte sich, auf ihr Pferd zu steigen. Jaime reichte ihr Mohammed, wobei sich ihre Blicke kreuzten. Plötzlich schoss Hass in Zahra hoch. Warum, hätte sie selbst nicht zu sagen vermocht. Es ist doch nicht Jaime, der mich von hier vertreibt, rief sie sich zur Ordnung und begriff erst dann, dass dies gar nicht der Grund für ihren Hass war. Nein, wurde ihr klar, sie hasste ihn, weil er zurückbleiben würde und damit endgültig all ihre Hoffnungen zerstörte, Hoffnungen, die sie niemals zugegeben hätte.

Der Weg nach Málaga war hart und beschwerlich, zumal sie die Christen meiden mussten und ständig Angst vor Verfolgern hatten. In den Bergen von Málaga suchten sie in einem Bergdorf einen Qadi auf, der Chalida und Aaron trauen sollte. Aaron hatte vorgeschlagen, sich schon jetzt als Muslim auszugeben, damit sie in Marokko als verheiratetes Ehepaar einwandern konnten. Er war sich sicher, diese Rolle perfekt spielen zu können: Immerhin lebte er seit vielen Jahren unter Mauren und kannte ihre Sitten und Gebete ebenso gut wie die seinen.

Ihre Tochter mit Aaron vor dem Qadi stehen zu sehen schmerzte Zahra, und das noch mehr, als ihr Blick zu Jaime glitt und ihr vor Augen führte, wie eine mit so viel Illusionen und Hoffnungen begonnene und über lange Zeit gelebte Verbindung enden konnte. Hastig wandte sie sich wieder von ihm ab und konzentrierte sich lieber auf die Scham, dass die

Hochzeit ihrer Tochter in so erbärmlich kleinem Rahmen, ohne Gäste und ohne Fest stattfinden musste.

Als der Qadi Aaron und Chalida die Heiratsurkunde vorlas, strahlten die beiden einander selig an und konnte ihre Unterschriften gar nicht schnell genug unter das Dokument setzen, das ihnen nun doch noch eine gemeinsame Zukunft schenkte. Anschließend trug der Qadi die Fatiha vor, die erste Sure aus dem Koran, um die Ehe endgültig zu besiegeln: *»Im Namen Allahs, des Gnädigen, des Barmherzigen. Aller Preis gehört Allah, dem Herrn der Welten, dem Gnädigen, dem Barmherzigen, dem Meister des Gerichtstages. Dir allein dienen wir, und zu Dir allein flehen wir um Hilfe. Führe uns auf den geraden Weg, den Weg derer, denen Du Gnade erwiesen hast, die nicht Dein Missfallen erregt haben und die nicht irregegangen sind.«*

Als sich Chalida und Aaron danach bei den Händen fassten und einen Blick voll inniger Liebe austauschten, traten Zahra trotz allem Tränen in die Augen. Dann aber merkte sie, dass Jaime sie ansah, und sie schluckte sie hastig wieder herunter. Mit eisigem Stolz und erhobenem Haupt erwiderte sie seinen Blick.

Eine ganze Woche brauchten sie von dem kleinen Bergdorf nach Málaga, einer Stadt, mit der Zahra so manch schmerzhafte Erinnerung verband: die Zeit der Belagerung, die sie damals mit Jaime, Abdu und der gerade erst geborenen Chalida hier verlebt hatte, die Hungersnot, die Kämpfe … Und immer, immer, hatte sie Jaime an ihrer Seite gewusst.

Ihr Weg führte sie zum Hafen. Einer von Jaimes Männern war vor einigen Tagen vorausgeritten, um alles für eine Überfahrt vorzubereiten. Wie vereinbart, erwartete er sie im dortigen *funduq*.

»Und?«, fragte Jaime ihn ohne Umschweife. »Hast du alles richten können?«

Der Mann nickte und erklärte ihnen, dass sie direkt am nächsten Morgen auslaufen müssten. »Alle anderen Schiffe wollen keine Mauren ohne Papiere mitnehmen«, fuhr er mit bedauerndem Achselheben fort.

Jaime und die anderen konnte dies nicht wundern: Durch höchsten königlichen Erlass war den Mauren das Verlassen des Landes nur unter ganz bestimmten Voraussetzungen und mit einer Sondererlaubnis möglich, und entsprechend engmaschig und streng wurden die Schiffe kontrolliert. Die Katholischen Könige hatten Angst, dass die Mauren ihre Besitztümer außer Landes bringen und Kastilien damit ausbluten könnten. In den letzten Monaten waren immer wieder Reeder und Kapitäne aufgeflogen, die Mauren hinauszuschmuggeln versucht hatten, und dafür auf der Stelle geköpft worden. Sie wussten, dass sie froh und dankbar sein mussten, überhaupt eine Gelegenheit für eine Überfahrt zu finden. Außerdem war der Kapitän in der Lage, ihnen gefälschte Papiere zu besorgen, was das Risiko einer Entdeckung verringerte und Jaime sogar noch mehr Gold wert gewesen wäre, als der Kapitän ohnehin schon forderte.

»Dann also morgen früh«, meinte Jaime und sah fragend zu Zahra.

Zahra erwiderte seinen Blick und hoffte so sehr, dass er endlich etwas sagen oder tun würde, das diesem Alptraum hier ein Ende bereitete – doch er sah sie nur weiter abwartend an, und so nickte sie schließlich. *Ja, sicher, warum nicht gleich morgen? Je eher ich diesen Schritt hinter mich bringe, desto besser,* redete sie sich ein und vergrub die Hände in ihrer Tunika, damit Jaime nicht sah, wie sehr sie zitterten.

Jaime ging zu Chalida, die mit Aaron ein Stück zurückgeblieben war, und redete auch mit ihnen, während Abdarrahman zu Zahra trat und ihr über den Arm strich. »Schaut nach vorn, Mutter, nicht zurück! Habt Ihr mir das nicht auch schon so oft gesagt? Und denkt an Mohammed, so wie auch ich an meinen Sohn und seine Zukunft denke!«

Zahra drückte dankbar seine Hand, konnte aber nichts erwidern.

Sie gingen zum Suq, aßen eine Kleinigkeit, und Zahra sog zum letzten Mal den Duft eines maurischen Basars ein, in dem jetzt auch viele Kastilier zu finden waren – und sie ahnte, dass ihr selbst das in der Fremde fehlen würde. Viel zu schnell waren sie mit ihrem Lammeintopf und dem Nachtisch, einem warmen Pinienhonigkuchen, fertig, dann gingen sie zum Funduq, um dort die Nacht zu verbringen. Zu Sonnenaufgang sollten sie an Bord gehen.

Die *Maria* war eine prächtige Karavelle, die überwiegend dem Transport von Fracht diente. Schweigend lief Zahra mit ihrer Familie die wenigen Meter vom Funduq bis zum Kai, auf dem trotz der frühen Morgenstunde schon rege Betriebsamkeit herrschte.

Die Segel waren bereits gehisst. Der Kapitän hatte ihnen Papiere besorgt, nach denen es so aussah, als wären sie erst vor einer Woche von Marokko gekommen, und als marokkanische Bürger hatten sie natürlich das Recht auf eine Rückreise in ihr »Heimatland«.

»Und was sollen wir hier eine Woche lange gemacht haben?«, fragte Zahra, als Jaime ihr die Papiere reichte.

»Ihr wart auf einer Hochzeit.«

Nur mit Mühe konnte Zahra ein verbittertes »Wie sinnig!« unterdrücken, aber so wenige Minuten vor der Trennung war wohl kaum der geeignete Zeitpunkt für einen neuen Streit.

»Der Kapitän hat mich außerdem gewarnt, dass ihr auf keinen Fall Kastilisch reden sollt, falls der Kontrolleur euch anspricht!«

Zahra schärfte dies vor allem Yayah ein, der sich daraufhin den Zeigefinger und den Daumen auf den Mund legte und so tat, als schließe er ihn ab. Obwohl Zahra sah, dass er sich überdies um ein verschmitztes Grinsen bemühte, mit dem er sie sonst immer aufmuntern konnte, schaffte sie es nicht, sich ein Lächeln abzuringen. Sie fuhr ihm durchs Haar und nickte ihm zu.

Dann wurde es Zeit, an Bord zu gehen. Zuerst verabschiedeten sich die Kinder von Jaime: Chalida schluchzte und klammerte sich so sehr an den Hals ihres Vaters, dass Aaron sie von ihm wegreißen musste. Er versprach Jaime, immer gut auf sie und alle anderen aufzupassen, und führte Chalida, die vor lauter Weinen am ganzen Körper zitterte, über die Bohlen an Bord. Auch Yayah weinte, aber da er vor den Matrosen, die noch mit dem Laden der letzten Frachtstücke beschäftigt waren, nicht als kleines, heulendes Kind dastehen wollte, fasste er sich schließlich, schlang noch ein letztes Mal die dünnen Arme um den Hals seines Vaters und rannte dann Chalida und Aaron hinterher. Schließlich kam die Reihe an Abdarrahman. Zuerst stand er nur einfach vor Jaime, sah ihn an, und jeder spürte, welche Gefühlsstürme in diesem Moment in ihm tobten. Der Groll, die Wut, das Unverständnis, das sich in den letzten Jahren wie eine Wand zwischen sie geschoben hatte, kam in diesem Moment ebenso wieder in ihm hoch wie die guten Erinnerungen an früher, als sie noch unter Boabdil gelebt hatten. Ohne eine Miene zu verziehen, nickte er seinem Vater zu, wandte sich dann von ihm ab, um zum Schiff zu gehen, aber dann schnellte er doch noch einmal herum, schlang die Arme um Jaime und schluchzte wie ein Kind. »Ich … es tut mir leid, Vater, vor allem, das, was ich damals im Patio zu Euch gesagt habe und überhaupt …« Seine weiteren Worte ertranken in seinen Tränen.

Auch Jaime traten Tränen in die Augen. »Mir tut es leid, mein Sohn, *mir!* Und sei gewiss, dass ich deine Wut auf mich verstehe – aber ich konnte nicht anders handeln. Genau wie ich auch jetzt … Nein, ich könnte nicht mit euch gehen. Es würde sich nicht richtig anfühlen. Wir … Es ist besser so, wie es ist. Für euch und für mich. Mach es gut, möge Gott dir beistehen und seine schützende Hand über dich halten und dir in Marokko ein glücklicheres Leben bescheren, als du es hier gehabt hast! Sei gewiss, dass ich in Gedanken immer bei dir und euch allen sein werde!«

Und dann kam die Reihe an Zahra, die sich abseits gehalten hatte. Sie reichte Abdarrahman sowohl seinen Sohn als auch Mohammed und bat ihn, schon an Bord zu gehen.

Auch wenn Zahra klar gewesen war, dass ihr dieser Abschied schwerfallen würde – es war nichts gegen das, wie sie sich jetzt fühlte. Komm mit!, schrie alles in ihr, ich liebe dich, lass mich nicht allein!, und: Verdammt, es sind doch auch deine Kinder! – Doch kein Wort kam ihr über die Lippen, und von Atemzug zu Atemzug musste sie mehr Kraft aufbringen, um Jaime nicht doch noch um den Hals zu fallen.

»Ich …« Auch Jaime hatte sichtlich Probleme zu sprechen. »Ich hoffe, du kannst verstehen, dass ich … Zahra, es geht nicht anders. Ich … es wäre nicht richtig, wenn ich mitkäme, es würde nichts bringen, weil wir … Ich meine, ach, zum Donner, Zahra, du weißt genau, was ich sagen will. Es geht einfach nicht!«

Zahra schloss kurz die Augen zum Zeichen ihrer Zustimmung.

»Und ich hoffe, mein Gott, Zahra, ich …« Jaime brach die Stimme, und als er die Hände hob, um sie ein letztes Mal zu umarmen, wehrte Zahra ihn ab und schritt eilig den anderen hinterher aufs Schiff, ohne sich noch einmal umzusehen.

An Bord überfielen ihre Gefühle sie umso heftiger, und sie musste sich mit aller Kraft in die Hand beißen, um nicht hemmungslos aufzuschluchzen. Einige Minuten später hatte sie sich wieder so weit gefasst, dass sie zu den anderen am Bug treten konnte, wo sie nach Jaime Ausschau hielten.

»Wisst Ihr, wo Vater hin ist?«, fragte Yayah sie und wischte sich nun doch wieder Tränen von den Wangen. »Die Matrosen haben uns von da drüben weggescheucht, und jetzt können wir Vater nirgends mehr entdecken!«

Zahra legte ihm den Arm um die Schulter und suchte mit ihm, konnte Jaime aber ebenfalls nicht finden. »Vielleicht war er zu traurig, um weiter hier zu sein«, versuchte sie, ihren Sohn über das Verschwinden seines Vaters zu trösten, und merkte, dass sie nicht minder enttäuscht war – obwohl sie wusste, dass es so am besten war. Warum den Schmerz noch immer weiter verlängern?

»Weißt du, wie lange die Überfahrt dauern wird?«, fragte Zahra Abdarrahman, der Mohammed an Chalida weitergereicht hatte und nur noch seinen eigenen Sohn trug.

»Wenn die Winde uns gnädig sind, sollten wir bis zum Abend dort sein, allerdings haben wir von Tanger bis Fez noch viele Tagesmärsche vor uns!«

»Solange wir nur nicht in die Hände von Piraten geraten, will ich alles andere gern hinnehmen!«, seufzte Zahra mit bangem Blick auf ihre Kinder, die mit Chalida ein Stück abseits von ihnen standen.

»Von allen möglichen Wegen nach Marokko ist dieser der kürzeste und sicherste. Die Karavelle wird von fünf Schiffen begleitet, und alle sind mit Kanonen und Soldaten bestückt! Außerdem hatten wir keine andere Wahl.«

»Du schon«, gab Zahra zurück, schüttelte dann den Kopf und strich ihrem Ältesten über den Arm. »Nein, sag nichts, ich weiß, eigentlich auch du nicht. Schade nur, dass Adilah …« Sie beendete den Satz nicht, da sie wusste, dass ihr Sohn sie auch so verstand. Sie strich ihm noch einmal über den Arm und sah wieder nach Yayah, der noch immer seinen Vater am Kai suchte. Mit einem Mal meinte Zahra ihn zu sehen.

»Da, schau, da hinten, bei den Weinfässern«, rief sie ihm zu und wies in die entsprechende Richtung, musste dann aber erkennen, dass sie sich getäuscht hatte. Da fuhr ihr eine heftige Bö so überraschend ins Gesicht, dass sie ihr fast den Hidschab wegwehte – wie überhaupt ihr ganzes Leben von ihr wegzuwehen schien. Mit einem Mal gab es auch für sie nichts Dringenderes mehr, als Jaime noch einmal, wenigstens noch ein einziges Mal zu sehen. Immer brennender suchten ihre Augen den Kai ab, ihre Kinder rannten auf die andere Bootsseite und hofften, ihren Vater beim Auslaufen auf der anderen Kaiseite sehen zu können, doch Zahra wollte ihn hier weitersuchen. Nur ein Mal, dich nur noch ein Mal sehen!, flehte sie pausenlos, aber nirgends konnte sie ihn entdecken. Nirgends, nirgends!

»Ich …« Jemand räusperte sich hinter ihr.

Zahra fuhr herum und glaubte, nicht richtig sehen zu können.

»Was …«, stotterte sie und presste sich die Hände vor den Mund.

»Sag nichts«, brummte Jaime verlegen. »Aber … aber ich kann euch nicht gehen lassen. Ich weiß nicht, was wird, Zahra, vor allem nicht, was mit uns wird, aber ich will dich nicht verlieren, und vielleicht haben wir in Marokko ja doch noch eine Chance, wenn ich erst wieder eine Tunika und eine Djellaba trage.«

Zahra starrte ihn an, als hätte sie eine Erscheinung. »Du … du sagst das im vollen Ernst?«

»Nun ja«, grinste Jaime. »Würde ich es nicht, täte ich gut daran, sofort über Bord zu springen, denn du weißt ja, was für ein lausiger Schwimmer ich bin!«

Einen Moment lang sah Zahra ihn fassungslos an, dann warf sie sich ihm an den Hals und drückte sich so fest an ihn, dass er kaum noch Luft bekam.

»Wenn du nicht augenblicklich locker lässt«, keuchte er, »springe ich doch noch von Bord!«

Lachend und weinend zugleich ließ Zahra ihn wieder los und zog ihn zu den Kindern. »Yayah, Chalida, Abdu, schaut, so schaut doch her: Euer Vater ist hier! Hier ist er, an Bord! Er kommt mit uns mit!«

Und als sie ihn nun noch einmal ansah, ihn ansah voller Scheu und Unsicherheit, entdeckte sie so viel Liebe und Zuversicht und Sehnsucht in seinen Augen, dass sie ihn noch einmal umarmte, weit zärtlicher, weit behutsamer als zuvor, aber so innig, dass sie ihm mit tausend Worten nicht mehr hätte sagen können. Ja, in Marokko würden sie neu anfangen können und ihre Chance bekommen – und sie zu ergreifen wissen! Und während Jaime sie noch küsste, sprangen von der Seite auch schon die Kinder an ihm hoch und jubelten so laut, dass Zahra sich lachend die Ohren zuhalten musste.

Historische Nachbemerkung

Der Tag, an dem die Katholischen Könige mit Granada auch noch die letzte maurische Bastion in Besitz nahmen, war ein Freudentag für die kastilischen Christen – und ein Tag der Trauer für die dort seit über siebenhundert Jahren ansässigen Mauren und Juden. Viele von ihnen befürchteten, dass die scheinbar so vorteilhaften Kapitulationsbedingungen nur Lockfutter und die Christen mit ihrem Kampf gegen sie noch lange nicht am Ende waren, und sie sollten recht behalten: Nach dem militärischen und politischen Sieg wollten die Katholischen Könige auch den über die jüdische und islamische Religion erringen.

Noch im gleichen Jahr wiesen sie die Juden aus dem Land, und nachdem Talaveras Bemühen, die Mauren mit Predigten zur Annahme des christlichen Glaubens zu überreden, scheiterte, zog Cisneros in Granada ein und war der Erste von vielen noch folgenden Herrschern und Inquisitoren, die es sich zum Ziel gesetzt hatten, die maurische Kultur und die islamische Religion bis ins letzte Glied auszurotten – womit zugleich auch all das verschwand, was die Mauren in den letzten Jahrhunderten erschaffen hatten: zahllose Übersetzungen arabischer Gelehrter und antiker griechischer Philosophen, riesige Bibliotheken und blühende Universitäten, unglaubliche Fortschritte in der Medizin, Mathematik, Geographie, Astronomie, Architektur und Kunst – und dazu so praktische

Errungenschaften wie einzigartige Bewässerungssysteme, die einen bis dahin nicht für möglich gehaltenen Zuwachs an landwirtschaftlich genutzter Fläche entstehen ließen … um nur einige ihrer Errungenschaften zu nennen.

Wie im Roman beschrieben, kam es unter Cisneros auch zu den Zwangstaufen von Mauren, was den ersten von vielen noch folgenden maurischen Aufständen auslöste – und auch in allen anderen Punkten habe ich mich im Roman streng an die historischen Fakten gehalten. Abgewichen bin ich nur an einer Stelle: Während die Mauren im übrigen Kastilien erst 1502 zwangsgetauft bzw. zur Ausweisung gezwungen wurden, traf dieses Schicksal die Mauren Granadas schon 1501. Danach durfte kein Muslim mehr in die Stadt einreisen, die Stadt war wie eine Insel – was den von mir geplanten Handlungsablauf so sehr störte, dass ich hier für alle Gebiete das Jahr 1502 genommen habe.

Mit den Zwangstaufen begann die eigentliche Leidenszeit der nun zu Morisken gewordenen Mauren, die immer demütigeren Bestimmungen und Verboten ausgesetzt wurden. Da die Morisken im Verborgenen weiter ihrer alten Religion anhingen, gerieten sie – ebenso wie die getauften Juden – schon bald ins Fadenkreuz der spanischen Inquisition, die ab dem Zeitpunkt der Taufe einen legalen Zugriff auf sie hatte: Als Ketzer angeklagt werden konnte nämlich nur derjenige, der zuvor – ob freiwillig oder unfreiwillig – getauft und damit Christ geworden war. Mit am stärksten betroffen von den Verfolgungen war Granada, während die Gebiete, die Fernando unterstanden (Valencia, Aragón) noch bis 1525 verschont blieben. Und auch im schon zuvor kastilischen Gebiet gab es Regionen, in denen die Mauren noch längere Zeit der Zwangstaufe entgehen konnten, nicht aber so demütigenden Auflagen, wie dass sie beispielsweise zur Erkennung ihrer Religion auf ihren Kopfbedeckungen einen blauen Halbmond tragen mussten.

Besonders schwierig wurde die Situation der Morisken nach 1517. In diesem Jahr kam es in Valencia zu verheerenden Überschwemmungen und zum Niedergang eines Kometen – wofür man den Muslimen die Schuld gab. Die Folge waren zahllose Übergriffe auf die muslimische Bevölkerung.

Mehr als zwei Jahrzehnte nach den ersten Zwangskonversionen in Kastilien verbot Isabels Enkel, Carlos I. de España (Karl V.), 1525/26 auch in Valencia und Aragón die Ausübung des islamischen Glaubens, eine Politik, die von seinem erzkatholischen Sohn Felipe II. de España (Philipp II.) noch weiter verschärft wurde. Muslimische Badeanstalten mussten geschlossen werden; Frauen hatten ihre Kleidung denen christlicher Frauen anzupassen und durften keinen Schleier mehr tragen. Die Morisken wurden gezwungen, die kastilische Sprache zu erlernen und sich intensiv mit der christlichen Lehre auseinanderzusetzen – und zugleich nahm der Druck der spanischen Inquisition, die sich ursprünglich primär der jüdischen »Conversos« angenommen hatte, weiter zu.

Als Kennzeichen von »Abtrünnigkeit« und Ketzertum galten rituelle Waschungen, das Fasten im Ramadan, das Zahlen der Almosensteuer, die Wallfahrt nach Mekka, das Freitagsgebet, das Feiern islamischer Feste, der Verzicht auf Schweinefleisch und Wein, Beschneidung, muslimische Namensgebung, verschiedene Begräbnisriten, das Sprechen der arabischen Sprache und der Besitz von arabischen oder gar islamischen Schriftstücken.

Mit ihren Nachstellungen waren die Spitzel sehr erfolgreich, das Denunziantentum blühte, selbst Familienangehörige zeigten einander an, doch trotzdem gelang es den Herrschern nicht, die muslimische Religion ganz auszurotten – was erklärt, dass im Laufe der Geschichte mehrfach Zwangstaufen und Ausweisungen von Muslimen stattfanden.

Die Strafen der überführten Ketzer gingen von Bußgeldern und Zwangsunterweisungen in der christlichen Lehre über Verbannung, Auspeitschung, Galeerendienst und Gefängnisstrafen bis hin zum Tragen des »Sanbenito«, des Schandgewands, und schließlich bis zur Höchststrafe: dem Tod auf dem Scheiterhaufen. Einen vorläufigen Höhepunkt der Verfolgung gab es, nachdem das Inquisitionstribunal von Jaén 1526 nach Granada verlegt wurde. Die Verfolgungen hielten bis 1550 an. Eine neue Welle begann 1560 und endete erst zwanzig Jahre später. 1560 wurden allein in Granada 153 Morisken verurteilt. Zu diesem Zeitpunkt machten die Morisken immer noch 54 Prozent der Bevölkerung von Granada aus – so viel wie sonst nirgends in Kastilien. Insgesamt geht man davon aus, dass allein unter Torquemada zehntausend Ketzer jüdischer und muslimischer Herkunft verbrannt worden sind, vierhunderttausend Menschen mussten das Land verlassen …

Noch ein letztes Wort …

Oft bin ich gefragt worden, wieso ich, eine gebürtige Hessin, die in einem katholischen Umfeld groß geworden ist, ausgerechnet ein Buch über eine Maurin schreibe und diesen Roman auch noch in einer Epoche spielen lasse, in der die Christen nicht eben gut wegkommen. Der erste Anlass für diesen Roman und seinen Vorgänger *Die Maurin* war ein Besuch der Alhambra in Granada, bei dem mich die maurische Kultur und Lebensart so sehr fasziniert hat, dass ich darüber zu lesen und zu recherchieren begann – und Feuer fing. Ich fragte mich, wie die Mauren damals eine so hoch entwickelte Kultur pflegen konnten, während der Rest Europas noch im finstersten Mittelalter lebte. Nicht weniger berührte mich, dass unter der jahrhundertelangen Herrschaft der Mauren bis auf wenige Ausnahmen ein friedliches und von gegenseitiger Toleranz geprägtes Zusammenleben der drei großen Religionen stattfand. Als »Dhimmi«, als Schutzbefohlene, konnten Christen und Juden ihre Religion unter den Mauren gegen Zahlung einer Schutzsteuer frei ausüben, eine Tradition, die die neuen Herrscher des maurischen Gebietes, die Katholischen Könige, leider nicht fortführten.

Im Roman erzählt Esther Zahra und ihrer Tochter die Legende von dem Vater, der seinen drei Söhnen zum Zeichen seiner Liebe und Anerkennung drei Ringe vererbt, woraufhin diese darüber streiten, wer von ihnen vom Vater am meisten geliebt wurde, wer sein wahrer Erbe ist. Die »Ringparabel« mag vielen bekannt vorkommen. Ja, sie taucht in Boccaccios *Decamerone* auf (und 1779 desgleichen in Lessings *Nathan der Weise*), allerdings hat sie weder Boccaccio noch Lessing ersonnen, sondern sie ist wahrscheinlich schon um 1100 auf der Iberischen Halbinsel von einem sephardischen Juden erfunden worden und dann über die Jahrhunderte ins ferne Italien gelangt – und da die Geschichte eigentlich aus Spanien kommt, fand ich es naheliegend, dass sie damals zumindest in jüdischen Kreisen bekannt war. Zugleich drückt die Ringparabel das aus, was auch mir am Herzen liegt. Deswegen möchte ich zum Schluss noch einmal wiederholen, was Chalida zu Esther meinte:

»Was die Geschichte sagen will, ist also, dass der Allmächtige den Völkern mit ihren Religionen auch drei Ringe gegeben hat? Und dass jedes Volk die Gesetze seiner Religion für wahr halten und glauben soll und darf, dass es seine Gebote unmittelbar von Gott erhalten hat, nicht wahr?«

»So sehe ich das jetzt auch, ja.« Die Jüdin nickte und wandte sich Zahra zu. »Und wenn Ihr mir auch das noch zu sagen erlaubt: In meinen Augen werden wir erst dann wahrhaftige Gläubige sein, wenn wir dies verinnerlicht haben, denn keine der drei Religionsgemeinschaften erlaubt das Töten, keine sucht den Kampf.«

Danksagung

Mit Danksagungen ist das immer so eine Sache: Die einen, von denen man gern hätte, dass sie sie lesen, werden womöglich gar nicht in das Buch schauen, und andere, die hier mit zitterndem Herzen reinlesen, werden vielleicht feststellen, dass sie nicht erwähnt werden. Leider kann ich nicht allen danken, weil das Buch sonst noch länger wird und meine wunderbare Lektorin Regine Weisbrod ohnehin schon mit meinem allzu langen Manuskript zu kämpfen hatte. Aber wer mir offen sagt, dass er hier auch einmal genannt werden möchte, den nehme ich ganz bestimmt in die nächste Danksagung rein, versprochen – vorausgesetzt, das Buch ist nicht wieder zu lang …

Am besten bleibe ich gleich bei Regine. Auch diesmal danke ich Dir von Herzen für Dein untrügliches Gespür, wo im Roman noch welche Passagen vertieft werden sollten. Wie immer hat Dein Lektorat dem Buch (und mir!) gutgetan!

In diesem Zusammenhang möchte ich auch den Mitarbeitern des Verlags Droemer Knaur meinen Dank aussprechen, zumal einige von ihnen – wie Frau Christine Steffen-Reimann und Frau Patricia Kessler! – sehr viel für mich getan haben!

Vielen Dank auch der Korrektorin Michaela Zelfel für ihren unbestechlichen Blick.

Ein weiteres dickes Dankeschön geht an einige meiner Autorenkollegen: Allen voran danke ich Andrea Schacht für ihre ebenso kompetente wie inspirierende Leitung der Montségur-Plotgruppen, in denen auch mein Roman in der Planungsphase diskutiert und um so manch gute Idee bereichert worden ist! In den letzten Jahren habe ich sehr viel von Andrea lernen können. Mit von der Partie waren auch Karla Schmidt, Christa S. Lotz und Alessandra Bernardi, denen ich ebenfalls danken möchte – und natürlich ganz besonders Adriana Stern!

Ein ebenso herzliches Dankeschön gebührt Prof. Dr. Jordi Aguadé von der Universität Cádiz und seiner Frau Laila Benyahia, die mir auch in diesem Roman wieder bei meinen nervtötenden Fragen zu den Lebensumständen der Mauren, den historischen Verflechtungen und zum Islam sehr weitergeholfen haben! *Os lo agradezco mucho!*

Auch einem Mediziner möchte ich danken: Lieber Peter Kappes, mit Deinem Honig, der in einer Gegend gesammelt wird, in der antibakteriell wirkende Pflanzen wachsen, hast Du Musheer das Leben gerettet – und mich vor so manch medizinischem Fehler im Buch bewahrt!

Ebenso danke ich meinem Vater für so vieles – und nicht zuletzt dafür, dass er aus meinem Papierchaos immer etwas herzustellen vermag, mit dem mein Steuerberater restlos zufrieden ist – und weil er uns immer »Carepakete« schickt! Was täten wir nur ohne Dich!

Auch meinen Kindern danke ich – nicht zuletzt für die Nachsicht, wenn ich mal wieder zu ungeduldig war, weil ich im Buch hängengeblieben war – und bitte um Entschuldigung für so manche Mathe-, Englisch- oder Katalanischarbeit, bei der ich nicht genug beim Lernen geholfen habe, weil ich vor lauter Arbeit selbst kaum noch wusste, wo mir der Kopf stand. Aber ich durfte feststellen, Ihr beiden Großen kämpft Euch auch schon allein ganz gut durch – und bei den beiden

Kleinen entschuldige ich mich dann in zwei oder vier Jahren, wenn es bei ihnen »ernster« wird. Ihr seid schon alle vier richtig, wie Ihr seid – deswegen habe ich Euch das Buch gewidmet!

Nicht vergessen darf ich natürlich meinen wundervollen Mann! (Auch wenn er immer noch kein Deutsch kann, in die Danksagung guckt er immer rein!) Danke für die vielen, vielen Momente, in denen Du mir hilfreich zur Seite gestanden hast, wenn ich nicht genug Zeit oder Kraft für die Kinder, den Hund, die Katzen, den Haushalt oder was auch immer hatte, und auch dafür, dass ich nie Baguette kaufen gehen muss, weil Du es immer auf Dich nimmst, in den Ort zu laufen und dabei auch gleich noch alles andere mitbringst, was im Haus fehlt (inklusive der Kinder!) – und danke auch für so vieles andere, was nur wir beide wissen. Und nun noch einmal das Ganze nur für Dich auf Französisch: *Merci pour tout, Patou! (Le reste je te l'expliquerai à la maison! Mais oui, j'ai dit que tu étais le meilleur – parce que tu l'es VRAIMENT!)*

Und last but not least möchte ich meinen Lesern dafür danken, dass sie »schon wieder« ein Buch von mir gekauft haben! Ich hoffe, auch dieser Roman hat Euch gefallen, und ich freue mich, wenn Ihr mich auf meiner Webseite besucht (www.leakorte.de) und ebenso über jede Zuschrift von Euch an leakorte@leakorte.de oder einfach bei Facebook!

Herzlich
Lea – Spanien im Juni 2012

Glossar

Al-Andalus: die zwischen 711 und 1492 von den Mauren beherrschten Gebiete der Iberischen Halbinsel

Albaicín: das älteste Stadtviertel Granadas, entstanden in der maurischen Zeit Spaniens

Albóndigas: würzige Rinderhackfleischbällchen

Alcaide: Das Wort stammt aus dem Arabischen und bedeutet »Kapitän« oder »Anführer«. Im Mittelalter übertrug der König, ganz gleich, ob er muslimisch oder christlich war, verschiedenen Beamten, die meist aus den unteren Adelsschichten der Städte stammten, die Macht, in seiner Abwesenheit über seine Stadt, Burgen, Grenzorte oder auch Gefängnisse zu wachen. So übertrugen Isabella und Fernando die Macht über Granada an den Conde de Tendilla.

Alcázar von Córdoba: Palast der Katholischen Könige in Córdoba, heute Wahrzeichen der Stadt. Ursprünglich im achten Jahrhundert als Residenz für den Kalifen von Córdoba erbaut, 1328 unter Alfonso XI. neu errichtet. Er diente den Katholischen Königen bis zur Rückeroberung Granadas als königlicher Hof.

Alhambra: bedeutende Stadtburg auf dem Sabikah-Hügel von Granada. Sie gilt als eines der schönsten Beispiele des maurischen Stils der islamischen Kunst.

Autodafé: Vollstreckung eines Urteils der Inquisition oder eines Glaubensgerichts, wie z. B. die Verbrennung von Ketzern

Avicenna, arabisch: *Abu Ali al-Husain ibn Abdullah ibn Sina* (980–1037): persischer Arzt, Physiker, Philosoph, Mathematiker, Jurist und Astronom von großer Bedeutung – auch für die Christen

Burka: Kleidungsstück für Frauen, das der vollständigen Verschleierung des Körpers und des Gesichts dient. Im Bereich der Augen befindet sich ein Sichtfenster.

Challah, Plural: *Challot:* wörtlich übersetzt »Laib Brot«, wobei damit üblicherweise das weiche, süße Schabbatbrot gemeint ist

Conversos: siehe *Marranen*

Cruzados: portugiesische Währung

Dar al-'attar: Taverne, Bordell; Euphemismus, eigentlich: Drogerie, aber man benutzte es auch im doppelten Wortsinn. Wenn man sagte: »Ich gehe zur Drogerie«, konnte damit sehr wohl auch eine Bar gemeint sein – die bei den Muslimen genauso wie der Konsum von Alkohol verboten war.

Dhimmi: in der islamischen Rechtstradition Monotheisten, also Religionen, die *einen* allumfassenden Gott anerkennen – wozu sowohl Christen als auch Juden gehören. Sie wurden von den Muslimen geduldet und geschützt (»Schutzbefohlene«) und mussten dafür in der Regel eine Sondersteuer zahlen.

Diwan: von persisch *dīwīn;* ein mehrsitziges gepolstertes Sitz- und Liegemöbel

Djellaba: Kleidungsstück, eine Art Tunika

Dschabbar: ein maurischer Bader, »Arzt der kleinen Leute«

Dschihad: Die gängige sprachtechnische Definition des Dschihadbegriffs in den jeweiligen Rechtswerken ist *»sich so sehr anzustrengen, wie es einem möglich ist«,* während man die Dschihadpflicht im rechtlichen Sinne als Kampf gegen die Ungläubigen verstanden hat.

Dschinn: Fabelwesen aus der arabischen Mythologie

Du'a: persönliche Form des Bitt- oder Dankgebets im Islam. Während das rituelle Gebet (*salat*) nur zu festgeschriebenen Tageszeiten gesprochen werden darf und keinen Raum für eigene Anliegen lässt, kann ein *du'a* zu jeder Tages- und Nachtzeit gesprochen werden.

Ducados: dt. auch Dukaten; Goldmünze, die in ganz Europa verbreitet war. In Kastilien wurde sie unter den Katholischen Königen homogenisiert (3,6 g Gold für einen Golddukaten).

Emir: arabischer Fürst, König, Gouverneur oder Befehlshaber

Fadschr: die erste der fünf Gebetszeiten der Muslime; Gebet vor dem Sonnenaufgang

Familiares: »Spitzel« der Inquisition; Laienvertreter der Inquisition, die als Mittelspersonen zwischen Tribunal und Gefangenen agierten. Auch das Vorantreiben von Denunziationen fiel in ihren Aufgabenbereich.

Faqih: islamischer Rechtsgelehrter

Fatwa: islamisches Rechtsgutachten, das in der Regel von einem Mufti herausgegeben wird

Fes (auch Fez oder Tarbusch): eine früher im Orient weit verbreitete Kopfbedeckung in der Form eines Kegelstumpfs aus rotem Filz mit flachem Deckel und mit meist schwarzer, blauer oder goldener Quaste, benannt nach der Stadt Fez in Marokko

Funduq: arabischer Gasthof

Gibril: der Erzengel Gabriel

Grande: Angehöriger des spanischen Hochadels

Haftara: öffentliche Lesung aus den Prophetenbüchern an jüdischen Feiertagen oder am Schabbat

Halal: arabisch für »erlaubt«, »zulässig« im Sinne des islamischen Rechts. Hier in Verbindung mit den muslimischen Essensregeln benutzt, nach denen beispielsweise der Verzehr von Schweinefleisch, Rauschmitteln (Alkohol) und Blut verboten ist.

Hammam: öffentliches Dampfbad, das man vor allem im arabischen Kulturkreis findet und das ein wichtiger Bestandteil der islamischen Badekultur ist

Hanut: Art Taverne, die (wegen des Alkoholkonsums) im maurischen Gebiet eigentlich verboten waren

Hidschab: Schleier im weitesten Sinne; kann ein Ganzkörper-, Kopf- oder Gesichtsschleier sein (siehe auch »Niqab«)

Inschallah: »So Gott will« ist eine häufig benutzte Redewendung im Arabischen

Judaisieren: jüdisch machen, unter jüdischen Einfluss bringen

Kafir: arabisch für »Ungläubiger« (Plural: *Kuffar*). Muslime bezeichnen die Anhänger anderer monotheistischer Religionen – Juden und Christen – als *Kafir/Kuffar.*

Karacke: Segelschiffstyp des ausgehenden Mittelalters

Karavelle: zwei- bis viermastiger Segelschiffstyp des vierzehnten bis sechzehnten Jahrhunderts

Ketzer: getaufter Christ, der schwerwiegend vom christlichen Glauben abweicht, indem er zum Beispiel weiter Gebräuche seines alten Glaubens (Islam, Judentum) ausübt

Konversion: Wechsel von einer Religion zur anderen, vor allem zur katholischen Religion

Koscher: Die Thora unterscheidet u. a. Tiere, die zum Verzehr erlaubt sind (koschere), und solche, die nicht erlaubt sind (nicht-koscher oder *treife*). Nicht-koscher sind nach den jüdischen Regeln beispielsweise Schweinefleisch und Blut, weswegen die Juden genau wie die Muslime Tiere schächten. Ebenso nicht erlaubt ist der gleichzeitige Verzehr von fleischigen und milchigen Speisen.

Mahoma: Mohammed

Maradevis: kastilisches Zahlungsmittel

Marranen: (auch »Conversos« oder »Neuchrist«) bezeichnet die Gruppe von iberischen Juden und deren Nachkommen, die (oft unter Zwang) zum Christentum übergetreten sind. Immer wieder wurde ihnen vorgeworfen, weiter ihrem alten Glauben anzuhängen – und nicht wenige von ihnen wurden der Ketzerei angeklagt.

Mashrabiya: ist ein Holzgitterwerk, das als Fensterblende verwendet wird. Das Gitter dämpft Licht und Hitze und ermöglicht, dass man nach draußen blicken kann, ohne gesehen zu werden.

Maure: Der Begriff fasst all jene nordafrikanischen Berberstämme zusammen, die im siebten Jahrhundert von den Arabern islamisiert wurden und ihre Kämpfe gegen die Westgoten, die damals auf der Iberischen Halbinsel regiert haben, unterstützten. 1492 wurden die Mauren endgültig von den kastilischen Königen besiegt und später als Morisken (s. u.) bezeichnet.

Medresse: bezeichnet im engeren Sinne den Typus der islamischen religiösen Hochschule. Die wörtliche Bedeutung lautet »Ort des Unterrichts«.

Miasmen: bedeutet so viel wie »übler Dunst, Verunreinigung, Ansteckung«. Früher nahm man an, es gäbe gewisse Krankheiten auslösende Stoffe in der Luft oder in der Erde, von wo sie ausdünsteten, wie der »Gift-« oder »Pesthauch«.

Mischna: die erste größere Niederschrift der mündlichen Thora, eine der wichtigsten Sammlungen religionsgesetzlicher Überlieferungen des Judentums

Morisken: Morisken, auch Moriscos, sind zum Christentum konvertierte Mauren, die nach dem Abschluss der Reconquista in Spanien lebten

Mozaraber: Bezeichnung für Christen, die im Mittelalter unter muslimischer Herrschaft im heutigen Portugal und Spanien (al-Andalus) lebten

Mu'allima: Meisterin des arabischen Bades

Mudéjar: Person, »der es erlaubt wurde, zu bleiben«. Muslime, die im Verlauf der Reconquista unter die Herrschaft der christlichen Königreiche in Spanien geraten waren, doch ihre Religion weiter ausüben konnten und sich an ihre christliche Umgebung anpassten.

Neuchristen: siehe *Marranen*

Mufti: Rechtsgelehrter, der ein islamrechtliches Gutachten (Fatwa) über eine Rechtsfrage nach Maßstäben der Rechtswissenschaft (Fiqh) abgibt und dieses gemäß der von ihm befolgten Rechtsschule schariarechtlich begründet

Niqab: Schleier im weitesten Sinne, kann Ganzkörper-, Kopf- oder Gesichtsschleier sein. Um Verwechslungen zu vermeiden, habe ich mich am Gebrauch der Begriffe im heutigen Marokko orientiert und mit dem Niqab stets den Gesichtsschleier, mit dem Hidschab den Ganzkörperschleier bezeichnet.

Qadi: Richter in islamischen Ländern

Qaid: Ortsvorsteher oder Bürgermeister

Reconquista: Bezeichnung für die Rückeroberung der Iberischen Halbinsel durch christliche Nachkommen der Bevölkerung des Westgotenreichs, endet mit dem Sieg der Katholischen Könige über die Mauren 1492

Renegado: ein Christ, der zum Islam übergetreten ist und damit der christlichen Religion entsagt hat

Santa Fe: Während der Eroberung von Granada durch die Katholischen Könige bezogen die christlichen Könige zunächst ein provisorisches Heerlager vor den Toren der Stadt Granadas, das sie 1491 durch massive Steinhäuser ersetzten (wie in den letzten Kapiteln in meinem Roman *Die Maurin* beschrieben).

Sayyidati/Sayyidi: höfliche arabische Anrede, etwa: Herrin/Herr

Schma Jisrael: Das Schma Jisrael (auch kurz: Schma) und die Amida (das sog. Achtzehngebet) sind die beiden zentralen und täglichen Hauptgebete des Judentums. Das Schma wird zweimal täglich, die Amida dreimal täglich gebetet.

Sephardim: Der Name ist auf die Ort- oder Landschaft Sefarad in der hebräischen Bibel zurückzuführen, wo zu der Zeit Angehörige der vertriebenen zehn Stämme des Nordreichs lebten. Im Mittelalter wurde die Bezeichnung auf die Iberische Halbinsel und die von dort stammenden Juden übertragen.

Shirk: Beigesellung, Götzendienst, Polytheismus. *Shirk* heißt andere oder anderes an der Einzigkeit Gottes teilnehmen zu lassen; der Islam duldet jedoch keinen Polytheismus. Darunter fällt auch die Anbetung – auch in Form des Bittgebets (*du'a*) – eines anderen Gottes.

Suq: kommerzielles Viertel einer arabischen Stadt

Umma: religiöse Gemeinschaft aller Muslime

Vega: spanischer Verwaltungsbezirk rund um Granada. Das spanische Wort »Vega« heißt auch fruchtbare Ebene bzw. fruchtbares Schwemm- oder Bewässerungsland.

Zegrí: ein Maure, der in direkter Linie von den letzten maurischen Herrschern abstammt

Zuhr: islamisches Mittagsgebet. Es beginnt kurz nach dem Zeitpunkt, zu dem die Sonne ihren höchsten Stand erreicht.

Zwangskonversion: erzwungener Übertritt zu einer anderen Religion

Stammbaum des Hauses Aragón-Kastilien

Marie von Aragón ∞ (1) Johann II. von Trastamara, König von Kastilien-León

(1) Bianca von Navarra ∞
(2) Johanna von Portugal ∞
Heinrich IV, der Impotente (span.: Enrique) (1425 bis 1474)

Johanna von Kastilien (1462 bis 1530, Heinrichs Vaterschaft ungeklärt)

Germaine de Fox ∞ (2) Ferdinand II. von Aragón, Katholischer König von Aragón (span.: Fernando) (1452 bis 1516)

Isabella
(1470 bis 1498)
∞
1. Alfonso von Portugal, Infant von Portugal
2. Manuel I. Aviz, König von Portugal (1469 bis 1521)

Johann
(span.: Juan)
(1478 bis 1497)
∞
Margarete von Habsburg, Erzherzogin von Österreich (1480 bis 1530)

Johanna, » die Wahnsinnige «,
Königin von Kastilien-León und Ara
(1479 bis 1555)
∞
Philipp, » der Schöne « von Habsbu
Erzherzog von Österreich,
Herzog von Burgund,
König von Kastilien-León
(1478 bis 1506)

∞
(2)

Isabella von Portugal

— ∞ —
(1)

Isabella von Trastamara
Katholische Königin von
Kastilien-León
(span.: Isabel)
(1451 bis 1504)

Alfons
(span.: Alfonso)
(1453 bis 1468)

Maria
(1482 bis 1517)
∞
Manuel I. Aviz,
König von Portugal
(1469 bis 1521)

Katharina
(1485 bis 1536)
∞
1. Arthur, Prince of Wales
2. Heinrich VIII. Tudor,
König von England
(gest. 1547)

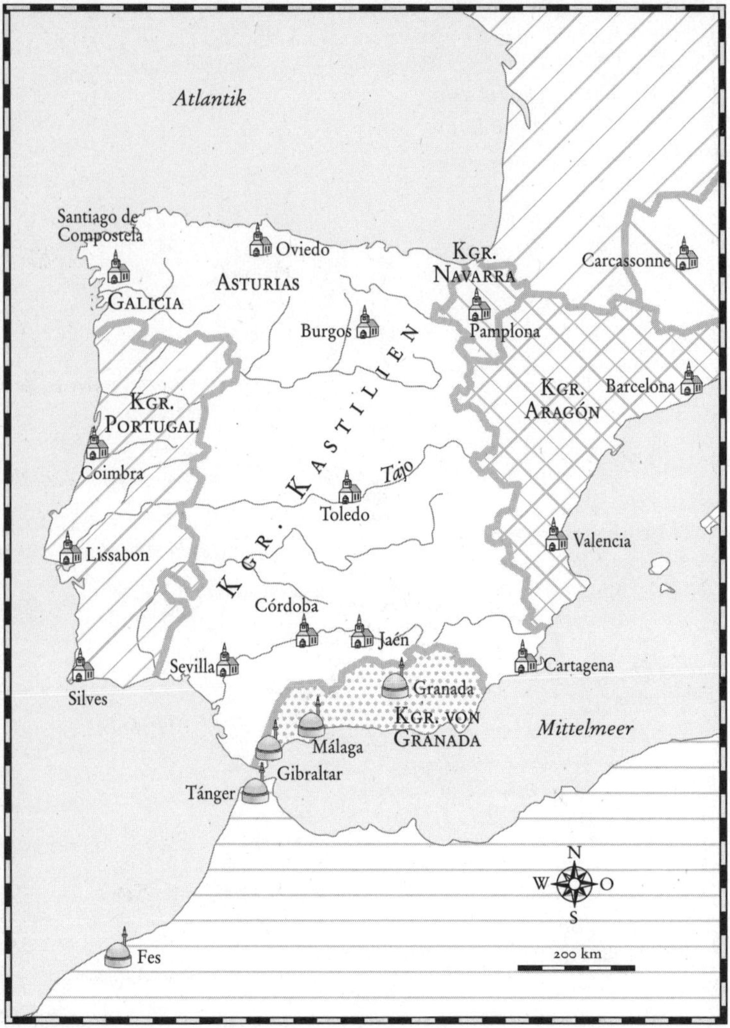

Spanien vor 1492

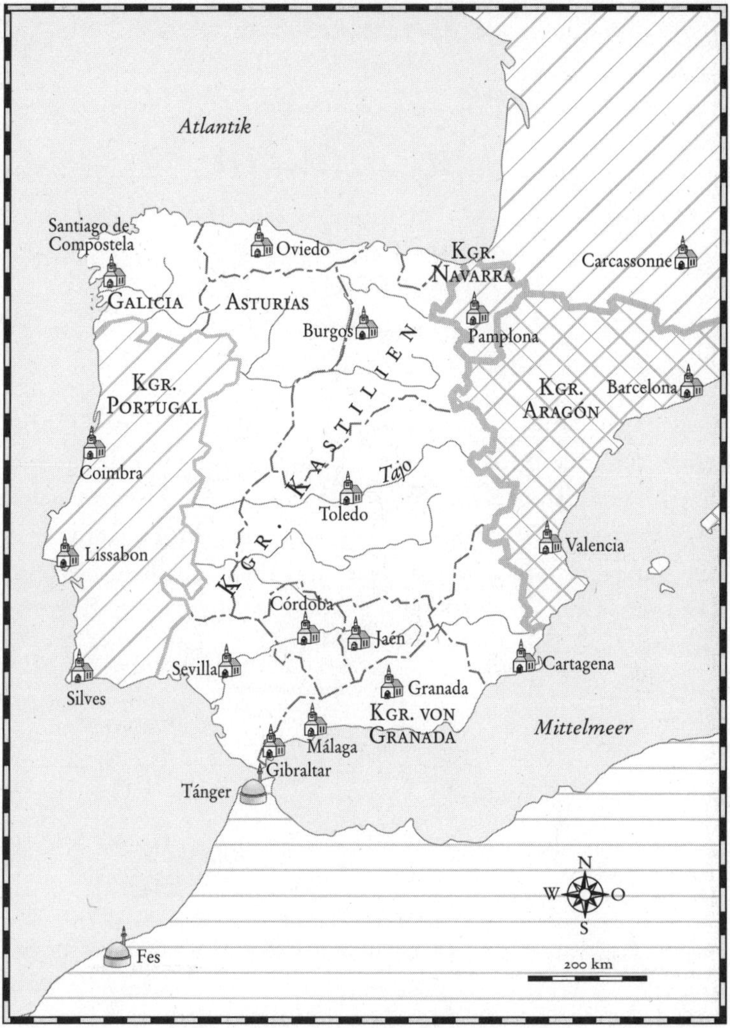

SPANIEN UM 1492

Lea Korte

Die Maurin

Roman

Andalusien im 15. Jahrhundert: Zwischen Mauren und Christen toben erbitterte Kämpfe – Kämpfe, die auch das Leben der jungen Zahra nicht unberührt lassen. Als Hofdame und enge Vertraute Aischas, der Hauptfrau des Emirs, gerät sie in ein grausames Spiel aus Intrigen und rücksichtslosen Machtkämpfen. Dann verliebt sie sich ausgerechnet in den Kastilier Gonzalo – eine Liebe, die sie in tödliche Gefahr bringt …

Knaur Taschenbuch Verlag

Ulf Schiewe

Die Comtessa

Roman

Südfrankreich in der Mitte des 12. Jahrhunderts: Der mächtige Graf von Toulouse will die Erbin Ermengarda zur Ehe zwingen und so das reiche Narbonne in seine Gewalt bringen. Doch die junge Waise ist fest entschlossen, ihre Freiheit und die der Grafschaft zu verteidigen, und flieht am Tag der geplanten Hochzeit. Niemand steht ihr zur Seite – außer den Rittern Arnaut und Felipe, die ihr Treue bis in den Tod geschworen haben. Die Flucht gelingt, doch ihre Verfolger lassen nicht lange auf sich warten. Trotz aller Angst und Not wächst die Liebe zwischen Ermengarda und Arnaut, aber auch erbitterte Rivalität zwischen den beiden jungen Männern …

Knaur Taschenbuch Verlag

Nicole Steyer

Die Hexe von Nassau

Roman

Das Herzogtum Nassau im Jahr 1676: Hier lebt die junge Katharina mit ihrer Mutter in der Nähe der Stadt Idstein. Als Graf Johannes seine grausamen Hexenverfolgungen beginnt, geraten die beiden Frauen in Gefahr. Katharinas Mutter wird hingerichtet. Und auch das Mädchen bleibt von Verdächtigungen nicht verschont, denn sie ist in das Visier des skrupellosen Henkers Leonhard Busch geraten. Dieser schreckt vor nichts zurück, um Katharina in seine Gewalt zu bringen.

Knaur Taschenbuch Verlag